KB263800

범죄의 여왕
애거사 크리스티 이야기

범죄의 여왕
애거사 크리스티 이야기

모든 미스터리는
그녀로부터 시작되었다

AGATHA CHRISTIE

루시 워즐리 지음 | 홍한별 옮김

위즈덤하우스

펠리시티 브라이언을 기억하며
감사하는 마음으로 이 책을 바칩니다.

"미시즈 크리스티는 참 알 수 없는 사람이네요.
저는 그 사람한테는 관심이 없어요."

— 애거사 크리스티가 터리사 닐로 가장하고 있을 때 했다고 보도된 말
1926년 12월 16일 《데일리 메일》

CONTENTS

마사 메서브
C. 1823~1852

1

너새니얼 밀러
1821~1869

2

마거릿 웨스트
1828~1919
'이모-할머니'

프레더릭 밀러
1846~1901

클라라 보머
1854~1926

매지
1879~1950

제임스 와츠
1878~1957

몬티
1880~1929

잭
1903~1961

FAMILY TREE

폴리 웨스트
1834~1919

프리드리히 보머
1813~1863

아치볼드 크리스티
1889~1962

1

애거사
1890~1976

2

맥스 맬로원
1904~1978

휴버트 드 버그
프리처드
1907~1944

1

로절린드
1919~2004

2

앤서니 힉스
1916~2005

매슈 프리처드
1943~

저자의 말
훤히 보이는 곳에 숨어

애거사 크리스티는 기차에 올라 조용히 앉아 있다가 누군가가 자기 이름을 입에 올리는 것을 들었다.

애거사는 같은 객차 안에 탄 "여자 두 명이 나를 두고 이야기를 나눴다. 두 사람 다 무릎 위에 내 책 문고판을 올려놓고 있었다"고 전한다. 두 사람은 나이 지긋한 동승자가 누군지 까맣게 모른 채 세상에서 가장 유명한 작가에 관한 이야기를 이어갔다. 한 명이 이렇게 말했다. "소문을 들었는데, 술을 물고기가 물 들이켜듯 많이 마신다더라고요."[1]

나는 이 이야기를 좋아한다. 애거사 크리스티의 많은 부분을 압축적으로 담고 있는 이야기이기 때문이다.

첫째로, 애거사가 이 일화를 들려준 자리는 1970년 애거사의 여든 번째 생일 기념 인터뷰였다. 애거사의 삶은 어찌나 길고 파란만장했던지!

애거사는 빅토리아 시대 말기 호사스러운 환경에서 태어났다. 애거사의 집안에는 상속 재산과 연회장이 있는 저택이 있었고 집안 일꾼도 엄청 많았다. 그런데 곧 이 모든 것을 잃고 애거사는 스스로 생계를 꾸려야 하게 된다. 또 그 80년은 두 차례의 세계대전, 대영제국의 쇠퇴, 격렬한 사회 변동을 겪은 시대이기도 했다. 애거사는 이 모든 시대 변화를 여든 권의 책에 담았다. 이 책들은 중독성 강한 오락거리일 뿐 아니라 역사적으로도 훌륭한 자료다.

두 번째로, 기차 안에 있던 여자들이 **둘 다** 애거사 크리스티 책을 들고 있었다는 사실이 있다. 당연한 일이었다. 애거사 크리스티는 사방 어디에나 있었다. 특히 제2차 세계대전 종전 후 '크리스마스에는 크리스티'가 연례행사처럼 굳어진 이후에는 더욱 그랬다. 애거사는 셰익스피어와 성경의 뒤를 이어 세상에서 책이 가장 많이 팔린 작가라고들 말한다. 내가 특히 관심을 두는 지점은, 애거사가 그런 지위를 차지하고 있을 뿐 아니라 **여성으로서** 그 자리에 올랐다는 사실이다. 또한 애거사는 소설가이면서 자신이 쓴 극을 무대에 역사상 가장 많이 올린 여성 희곡 작가이기도 하다. 하도 큰 성공을 거두었기 때문에 사람들은 애거사를 어떤 초석 같은 것으로 여길지언정 새로운 지평을 연 사람으로 생각하지는 않는다. 그렇지만 애거사는 둘 다였다.

셋째로, 오해가 있다. 오해가 너무 많다! 기차에서 마주친 여자들에게로 다시 돌아가보자. 애거사 크리스티는 '물고기가 물 들이켜듯' 술을 마시기는커녕 실제로는 술을 입에 대지도 않았다. 와인도 좋아하지 않았고 가장 좋아하는 음료는 아무것도 섞지 않은 크림이었다.

그렇지만 기차의 여인들은 작가가 중독자이며 망가진 사람, 불행한 사람일 거라고 생각했다.

또한 그 기차간에는 주위를 주의 깊게 관찰하는 애거사 본인이 있었다. 애거사는 눈에 뜨이지 않고 그 자리에 있으면서 삶을 흡수해 작품의 재료로 활용했다. 이 사건, 소설가가 사람들이 자기를 술꾼으로 지칭하는 것을 우연히 듣는 이 사건은 애거사의 소설 《죽은 자의 어리석음*Dead Man's Folly*》(1956)에 나온다. 이 책에서는 애거사의 분신인 탐정 소설가 애리아드니 올리버에게 같은 일이 일어난다.

이 장면에는 또 애거사 크리스티라는 한 인간에 관한 중요한 진실이 담겨 있다. 그랬다. 애거사는 중년을 넘긴 여성이 흔히 그렇듯, 무시하고 지나치기 쉬운 존재였다. 그렇지만 애거사는 자기가 평범해 보인다는 사실을 교묘하게 이용했다. 사람들 앞에 내보이는 모습은 진짜 모습을 감추려고 정교하게 만들어낸 이미지였다.

만약 기차에서 만난 두 여자가 애거사에게 이름을 물었더라도 '애거사 크리스티'라고 대답하지는 않았을 것이다. 애거사는 '미시즈 맬로원'이라는 이름으로 통했다. 맬로원은 애거사가 다소 성급하게 결혼한 열네 살 연하 고고학자인 맥스 맬로원Max Mallowan의 성씨다.

만약 누가 직업을 물었다면 애거사는 직업이 없다고 대답했을 것이다. 소설을 20억 부나 판 사람이면서 공문서에 직업을 적어야 할 일이 있으면 늘 '주부'라고 적었다. 엄청난 성공을 거두었음에도 애거사는 늘 외부인이자 구경꾼의 관점을 유지했다. 자신을 정의하려 하는 세상을 늘 비껴 나갔다.

이 책에서는 경계를 무너뜨리는 성취를 이룬 인물인 애거사 크리스티가 왜 평생 평범한 척하면서 살았는지 살펴보려고 한다. 애거사 크리스티는 이렇게 말한 적이 있다. "세상에 나만큼 주인공 역이 어울리지 않는 사람은 없다."[2] 극히 겸손한 사람이라서 이런 생각을 한 것일 수도 있지만, 애거사가 여성이 무엇은 할 수 있고 무엇은 할 수 없는가를 명시하는 세상에 태어났다는 사실도 큰 영향을 미쳤다. 이 책에서는 역사적 관점을 도입해서 20세기의 굴곡과 밀접히 얽혀 있는 한 여성의 삶을 이야기하려고 한다.

내가 애거사 크리스티에 대한 책을 쓴다고 사람들에게 말했을 때 가장 많이 들었던 질문은 1926년 애거사 크리스티가 '실종'되어 전국적으로 시신 수색이 벌어졌던 드라마틱한 11일의 진상이 뭐냐는 것이었다. 애거사가 남편에게 살인 누명을 씌우려고 잠적했다고 주장하는 사람이 많았다. 그게 사실인가?

흔히 말하길 애거사는 이 악명 높은 사건에 대해 평생 입을 꾹 다물었다고 한다. 하지만 그건 사실이 아니다. 나는 애거사가 실제로 그 일을 두고 **한** 놀라울 정도로 많은 발언을 모아 짜 맞춰보았다. 애거사의 진술을 자세히 들여다보면 이른바 미스터리라고 불리던 것의 많은 부분이 해소된다고 생각한다.

애거사는 20세기에 여성에게 요구되던 규범을 깨뜨렸다. 이 세대의 여성은 날씬하고, 일을 하지 않고, 아이를 많이 낳아 맹목적으로 사랑하고, 끊임없이 다른 사람을 위해 자신을 바쳐야 했다.

이 중 애거사가 충실히 수행한 것은 마지막 것 하나뿐이었다. 애거사는 자신의 최선, 이를테면 성실성, 창의성, 때때로 번득이는 천재성을 독자들에게 바쳤다. 그러니 독자들이 오늘날에도 여전히 애거사를 사랑할 수밖에 없는 것이다.

요새는 여자라는 이유로 단 위에 올려놓고 이상화하지는 않는다. 다시 말하면, 애거사 크리스티를 구성하는 여러 모순 가운데 매우 어두운 구석이 있다는 사실을 직시해야 한다는 뜻이기도 하다. 단지 애거사가 어린아이가 살인을 저지르는 이야기를 상상할 수 있었다는 것만을 말하는 것은 아니다. 애거사의 작품에 오늘날에는 받아들일 수 없는 인종적·계급적 견해가 포함되어 있다는 말이기도 하다.

그렇다고 해서 혀를 끌끌 차고 눈을 돌려버릴 수는 없는 일이다. 애거사 크리스티의 글이 오늘날 전형적인 영국적 세계관을 대변하는 일종의 약호가 되어버렸기 때문에 이것은 중대한 문제다. 애거사의 소설에 종종 드러나는 계급적·시대적 편견은 20세기 영국 역사의 일부다.

또한 나는 애거사의 작품이 표면적으로는 보수적이지만, 애거사가 세계에 대한 독자의 인식을 조용히 긍정적인 방향으로 바꾸고 있었던 것도 사실이라고 생각한다. 애거사가 쓴 소설은 자그마하고 여성적이고 우스꽝스러운 이름을 가진 '외국인'이라도 완력이 아니라 지력을 써서 악을 물리칠 수 있음을 보여준다. 가냘파 보이는 할머니도 악인에게 복수할 수 있다는 것도. 또 자녀가 없는 독신자도(에르퀼 푸아로와 미스 마플 둘 다 결혼하지 않았다), 전통적인 가정에 속해 있지 않아도 얼마든지 잘 살 수 있음도 보여준다.[3]

마지막으로, 애거사가 최초의 독자들에게는 '향수를 자극하는' 작가도 '전통'을 고수하는 작가도 아니었음을 분명히 밝히고 싶다. 어릴 때 나는 편안하고 온건하게 다듬은 판본의 애거사 크리스티 작품들을 텔레비전으로 보곤 했다. 하지만 원작 소설은 과거를 뿌리치며 탄생한 20세기의 산물이었다. 애거사 자신도 '현대적' 삶을 살았다. 하와이에서 서핑을 했고, 빠른 자동차를 좋아했고, 심리학이라는 새로운 학문에 관심을 가졌다. 그리고 애거사가 세상에 내놓은 소설들도 짜릿하고도 눈부시게 '현대적'이었다.

이 책에서 우리는 20세기 최고의 작가 중 한 명이면서 끊임없이 폄하되고 지속적으로 오해되며, 대단한 업적을 이루었으나 업적이 훤히 보이는 곳에 숨겨져 있는 인물을 만날 것이다.

그러나 그 전에 먼저 이 모든 이야기의 처음으로 가서 아마빛 머리카락을 가진 소녀를 만나보자.

1부
빅토리아 시대 소녀

1
내가 태어난 집

애거사 밀러Agatha Miller는 특별한 곳에서 자랐다. 애거사가 어릴 때 살았던 집은 데번주 남부에 있는 바닷가 휴양지 토키Torquay를 내려다보는 언덕 위에 있었다.

애시필드Ashfield라는 이름의 이 집은 빅토리아 양식의 웅장한 저택으로, 정원에 신령스러운 커다란 나무가 가득했다. 애거사는 기억할 수 있는 가장 어린 시절에 이 나무들을 사랑했다. "커다란 너도밤나무, 세쿼이아, 소나무, 느릅나무"가 있었고, "멍키 퍼즐(칠레 삼나무) 옆 요정의 고리 같은 푸른 풀밭"에서 애거사는 후프를 가지고 놀았다.

정원은 사라졌고 애시필드도 철거된 지 오래다. 그렇지만 오늘날 그 자리에 들어선 아파트 건물 사이를 걷다 보면 한 가지는 달라지지 않았음을 알게 된다. 지금도 멀리 바다가 보이고 이따금 만 건너편 브릭섬에 비구름이 두텁게 쌓이는 모습이 보인다.

애거사의 앞날에 많은 일이 일어나지만, 그럼에도 어릴 적 집은 언제까지나 애거사의 삶에서 가장 중요한 장소로 남게 된다. 말년에 애거사 크리스티는 자기 삶의 이야기를 글로 쓰기 시작했고, 이 원고는 《자서전 *An Autobiography*》(1977)이라는 제목으로 출간되었다. 이 책은 애시필드에서 시작해 애시필드로 끝난다. 애시필드 정원에서 찍은 애거사의 사진이 대미를 장식한다. "흐린 아마빛 머리카락에 소시지 모양 컬을 넣은 엄숙한 얼굴의 어린 여자아이."

그러니 1890년 9월 15일에 프레더릭 알바 밀러Frederick Alvah Miller와 클라라 밀러Clara Miller의 딸 애거사가 바로 이 집에서 태어났다는 사실도 너무나 당연한 일인 듯하다.

그날은 월요일이었고, 오후에 조산사의 도움을 받아 애거사가 태어났다. 36세 산모의 세 번째 아이였고, 생각하지 못했던 반가운 선물 같은 존재였다. 클라라(본명은 클라리사 마거릿 보머Clarissa Margaret Boehmer)에게는 벌써 열한 살 된 딸과 열 살 된 아들이 있었다.

클라라가 아기를 낳을 때 애거사의 이모-할머니인 마거릿 웨스트Margaret West도 그 자리에 있었다. 마거릿은 애거사 어머니의 이모면서 아버지의 새어머니이기도 했기 때문에 밀러 가족은 마거릿을 '이모-할머니'라고 불렀다. 맞다. 상당히 복잡한 가족이었다. 탐정 소설의 줄거리를 따라갈 때처럼 누가 누군지 집중해서 기억해야 한다. 애거사의 소설에 자주 등장하는 복잡한 가족의 뿌리가 실상 아주 가까운 곳에 있었던 것이다.

밀러 집안은 상당히 중요한 가문이어서 애거사의 출생 소식이 지역신문뿐 아니라 런던 《모닝 포스트*Morning Post*》에도 실렸다.[1] 애거사의 아버지 프레더릭은 최근 언덕 아래에 있는 800석 규모의 올세인츠 교회를 재건하는 데 자금을 보탰고, 애거사는 그 교회에서 세례를 받았다. 교구 명부에는 프레더릭의 '지위 또는 직업'이 '젠틀맨gentleman'(공식 문서 등에서 주로 고정 수입이 있어 육체노동을 하거나 직업을 가질 필요가 없는 사람을 가리키는 말로 쓰였다–옮긴이)으로 기록되어 있다. 증인 자격으로 참석해 세례반 주변을 둘러싼 사람들은 지역 병원장의 아내, 귀족의 자제, 미래의 자작 등 대단한 인물들이었다.

셋째 아이가 뜻밖의 선물처럼 여겨져서인지 클라라는 당시 관습대로 바로 유모에게 아기를 맡기지 않고 두 달이나 지난 다음에 유모를 구했다.[2] 참 예쁜 아기였다. 애거사의 눈은 보는 사람에 따라 회색이라고도 하고, 파란색이라고도 하고, 또 녹색이라고도 한다.[3] 사진 속 애거사는 빅토리아 시대 후기 상류층 아기에 걸맞은 빳빳한 흰색 면 소재 주름 장식과 보닛에 온통 둘러싸여 있다.

애거사가 자란 집은 호화로운 물건과 가구가 가득한, 자신감이 넘치는 빅토리아 시대 정점에 지어진 저택이었고, 이곳에서 어린 애거사는 아무 부족함 없이 자란 듯하다. 아기 때 찍은 사진들을 보면 애거사는 천으로 씌워진 어린이용 긴 의자에 앉거나, 든든한 아버지의 다리 사이에 앉거나, 혹은 농밀한 애시필드 정원의 푸른 나뭇잎 커튼 너머에서 오만한 눈으로 카메라를 응시한다.[4]

애거사에게는 또 빅토리아 시대의 경직된 사진 양식으로는 포착하기 힘든 무언가가 있었다. 그것은 바로 삶의 기쁨*joie de vivre*이었다. 애거사는 현재에 사는 법을 알았고 "무엇이든 최대로 누리는" 자신의 능력을 자랑스러워했다.[5] 애거사와 매우 가까운 사이였던 손자는 애거사에게는 특별한 "행복의 재능"이 있었다고 말한다.[6] 이 특별한 빅토리아 시대 소녀에게는 빅토리아 시대 특유의 점잔 빼는 위선이 전혀 없었다.

자라면서 애거사는 일상의 즐거움을 만끽했다. 피아노 레슨, 음식, 특히 케이크와 크림을 좋아했다. 뜨거운 우유의 맛이나 냄새는 몹시 싫어했지만. 애거사는 기운이 넘쳤다. 일곱 살 때 애거사는 가장 싫어하는 것이 "하나도 졸리지 않은데 자야 하는 시간"이라고 했고 "현재 기분 상태"를 "들뜸"이라고 묘사했다.[7] 애거사는 "엄청나게 칠칠치 못해서" 집 안에서 머문 자리마다 물건, 종이쪽지, 장난감 들을 흘리고 다녔다.[8]

그리고 애거사는 사랑받았다. 그것은 축복이자 동시에 저주였다. 애시필드의 안락한 세상에서 부모님이 그랬던 것처럼 이후 삶에서 애거사를 완전한 애정으로 감싸줄 수 있는 사람이 있을까?

토키의 다른 소녀들, 이웃들, 무용 수업을 같이 받은 학생들은 애거사의 자연스러운 우아함과 아름다움을 기억했다. 크림을 좋아하는 취향이 몸매로 드러나기 시작한 이후의 당당한 체구만 기억하는 사람에게는 놀랍게 들릴지 모르겠다. "네 모습이 생각나." 무용 교실의 친구 한 명이 회상했다. "예쁜 아코디언 플리츠 실크 드레스를 입고 웃던 모습 …… 금색 머리카락이 물 흐르는 듯 흘러내려서 마치 바다의 님프 테티스 같았어."[9]

그렇지만 어린 애거사가 사진 찍기를 좋아하는 부모 앞에서 취한 포즈에서는 이런 에너지가 느껴지지 않는다. 앳된 모습의 애거사가 목이 긴 부츠를 신고 뿌듯한 얼굴을 한 채 물뿌리개로 물을 준다. 소매를 부풀린 세일러 코트를 입었다. 조금 더 자란 뒤에는 가느다란 머리카락을 머리인두로 곱슬곱슬하게 말았고, 얼굴에는 엄숙한 신비감이 감돈다. 자기 개 조지 워싱턴과 함께 쌓아놓은 막대기 더미 사이에 무표정하게 앉아 있다. 사진에서 자신감이 느껴진다.

애거사가 자서전에 정원에서 무슨 놀이를 했는지 상세히 기록해놓은 덕에, 이 막대기가 지금은 사라진 어떤 상상의 세계를 상징한다는 걸 알 수 있다. 애거사는 혼자서 이야기를 꾸며내고 상상의 친구를 만들어내면서 행복하게 놀았다. 애거사는 가족과 함께 있을 때는 편안했지만 모르는 사람이 있으면 입을 꾹 다물고 한마디도 하지 않았다. "나는 말주변이 없다." 애거사 크리스티가 말했다. "그게 내가 작가가 된 원인 가운데 하나다."

자서전을 보면 애거사의 삶에서 가장 중요한 장소가 애시필드이며 가장 중요한 사람은 어머니라는 사실이 여실히 드러난다. 얼핏 읽으면 자서전에서는 어린 시절 이야기를 주로 하며 자신이 뜻밖의 과분한 행복과 성공을 누린다고 말하는 듯 느껴진다. 애거사는 "그저 **살아 있다는 것**이 멋진 일이다"라고 한다.[10] 자서전의 가볍고 해맑기만 한 어조에 실망한 독자도 있다. 잡다한 일화, 흥미로운 인물, 변화하는 사회적 관습 등이 담겨 있긴 하나 영혼을 깊이 파고들지 않는다고 말이다.

그러나 그 이면에도 그림자가 숨어 있다. 애거사 크리스티와 관련된 모든 것이 그러하듯 자서전의 반짝이는 표면 뒤에는 힘겨운 진실이 감추어져 있다. 애거사의 삶에도 큰 불행이 닥쳐온다.

애거사는 애시필드가 자기 어머니의 집이라고 믿었다. 어머니 클라라가 아버지 프레더릭이 외국에 나가 있을 때 즉흥적으로 구매한 것으로 알았다. 자서전 시작 부분에 그 이야기가 나온다.

"그런데 왜 산 거예요?" 아버지가 물었다.

"마음에 들어서요." 어머니가 대답했다.

어머니는 여자가 어떤 집이 그저 마음에 든다는 이유로 사는 게 자연스럽고 어쩌면 당연한 일이라고 생각했다고 애거사는 말한다.

그런데 보라. 자서전의 도입부일 뿐인데 벌써 발밑이 흔들리고 있다.

클라라와 애거사는 이 이야기를 **믿었을지** 모르지만, 실제 사실과는 맞지 않는다. 사실 클라라는 법적으로 애시필드를 구매할 수가 없었다. 클라라와 같은 위치에 있는 여성을 법적으로 펨 코버트*feme covert*(기혼 여성)라고 지칭했다. 당시에 법적으로 부부는 한 사람으로 간주되었고 그 한 사람은 반드시 남편이었다. 클라라가 유산으로 물려받은 돈이 있긴 했으나 신탁에 묶여 있었고, 그 돈을 사용하려면 다른 사람들의 허락을 받아야만 했다. 게다가 애시필드는 매물도 아니었다. 임차 계약으로 나와 있었다.[11] 그렇지만 애거사가 이런 이야기를 한 것은 속이려는 의도가 아니었다. 애거사에게는 꿈, 기억, 그리고 이야기를 들려주는 일이 냉정하고 무감한 사실보다 더 중요했을 뿐이다.

아무튼 어머니가 쉽게 집을 샀다는 이 이야기는 애거사의 삶에서 중대한 사실 한 가지를 **드러낸다**. 어머니가 집에서 주도적인 존재였으며 무엇이 옳고 그른지에 대한 강력한 직감을 지니고 있었다는 사실이다.

애거사는 어머니의 충동적 행동을 관찰하고 있었다. 나중에 애거사는 클라라를 따라서 집을 중시하고 물건을 사 모았고, 또 자신도 강박적으로 집을 사들이곤 해 한때는 집을 여덟 채까지 소유하기도 했다.

또 애거사는 집을 소유하는 것을 행복의 완성으로 보는 생각을 고수했다. 어릴 때 애거사는 재미로 또 가족들을 즐겁게 해주려고 이야기를 쓰곤 했는데, 애거사가 가장 어릴 때 쓴 이야기에는 "피투성이 레이디 애거사"와 "성의 상속을 둘러싼 음모"가 나온다. 어릴 때 쓴 또 다른 이야기에서는 화자가 어떤 집을 꿈꾼다.

> 너무나 아름다운 집. …… 나는 서서 그것을 바라보았다. …… 별것 아닌 것 같지만 그 생각이 종일 머릿속을 떠나지 않았다. 경이로움, 완벽하고 절대적인 행복.[12]

애거사가 말년에 쓴 정말 뛰어난 작품에서도 어떤 집이 집착의 대상이 된다. "나에게 가장 중요한 것."[13]

그러나 사랑하는 애시필드에서 아버지, 어머니와 함께 사는 삶이 애거사가 어릴 때 생각했던 것처럼 영원한 천국으로 남을 수는 없었다.

2
집안의 광기

나중에 출판사에서는 애거사 크리스티라는 작가를 '크림티를 좋아하고 데번주의 기름진 붉은 땅에 뿌리를 둔 전형적인 영국 여성'으로 마케팅할 것이다. 그렇지만 사실 애거사는 넓은 세계를 아우르는 집안 출신이었다. 처음부터 애거사는 영국과 영국인에 대해 이방인의 관점을 지니고 있었다.

아버지 프레더릭은 뉴욕시의 미국인 부모에게서 태어났고, 어머니 클라라는 아일랜드 더블린에서 태어났다. 클라라의 아버지는 독일계 가문 출신이고 어머니는 영국인인데 남편이 군인이라 전 세계를 여행했다.

애거사 집안의 재산을 일군 사람은 아버지 쪽의 미국인 할아버지이자 매사추세츠 출신의 자수성가한 사업가 너새니얼 알바 밀러 Nathaniel Alva Miller였다. 너새니얼은 집집마다 돌아다니면서 식탁용 날붙이를 파는 세일즈맨으로 일을 시작해서 상점 점원이 되었다. 너새니얼의 아내는 마사(결혼 전 이름은 마사 메서브Martha Messerve)라고 불리기도 하고 미네르바라고도 하는데 푸주한의 딸이었고, 두 사람은 로어이스트 사이드에 있는 하숙집에 살았다. 그런데 너새니얼에게는 돈 버는 재주가 있었다. 너새니얼은 말단 점원에서 승진해서 결국은 클래플린, 멜론 앤드 컴퍼니(애거사는 클래플린Claflin을 종종 '채플린Chaflin'이라고 잘못 쓰곤 했다) 도매 회사의 파트너 지위까지 올랐다. 브로드웨이에서 승승상구하는 회사였다.

밀러 부부의 아들 프레더릭은 1846년 10월 31일에 태어났다. 그러나 프레더릭이 다섯 살밖에 안 되었을 때 어머니가 폐결핵으로 죽고 말았다. 그 후 너새니얼은 점점 유럽 쪽으로 관심을 돌렸다. 아들 프레더릭을 스위스에 있는 고급 학교에 보냈고, 증기선을 타고 8일 만에 영국 맨체스터로 건너와 미국에서 판매할 재봉틀 공급처를 찾았다. 1861년에 클래플린, 멜론 앤드 컴퍼니는 맨해튼에 새로운 플래그십 스토어를 열었는데, 카운터 직원만 700명이었다. 너새니얼이 영국에 귀화 신청을 할 때 신원 보증인으로 열거한 친구들은 잘나가는 상인과 은행가였다.[1]

영국에서 너새니얼은 마거릿 웨스트를 두 번째 아내로 맞았다. 이 사람이 이모-할머니라고 불리는 사람으로, 프레더릭의 새어머니이자 조카 클라라를 밀러 집안으로 데려온 사람이다.

프레더릭과 클라라는 자라면서 같이 보내는 시간이 많았고, 결혼할 때가 되었을 때 프레더릭은 성격상 굳이 멀리서 아내를 찾지 않았다. 애거사는 아버지를 "아주 성격 좋은 분"이라고 묘사했지만, 누가 봐도 게으른 사람이기도 했다. 그래도 "오늘날 기준에서 보면" 아버지처럼 일을 안 하는 사람을 좋게 볼 수 없을 것이라고 애거사도 인정했다. 다만 "그때는 수입이 있는 사람은 일을 하지 않았다. 일을 하리라고 기대하지도 않았다. 어차피 아버지는 일을 했더라도 잘하지는 못했을 것이라는 생각이 강하게 든다".

프레더릭은 심한 쇼핑 중독이었지만, 본인의 말에 따르면 압도적으로 가장 좋아하는 일은 "아무것도 하지 않는 것"이었다. 가족들이 종종 재미로 설문지 책에 답을 써넣곤 했는데, 프레더릭이 이 책에 그렇게 답변을 적어놓았다. 프레더릭이 가장 길게 신나서 답한 항목은 가장 좋아하는 음식에 대한 질문이었다. "비프스테이크, 뼈째 구운 고기, 애플 프리터스, 복숭아, 사과. 온갖 종류의 견과류. 또 복숭아. 또 견과류, 아이리시 스튜. 롤리폴리 푸딩."

성격 좋고 게으른 프레더릭은 1878년 4월 서른한 살의 나이로 노팅힐에 있는 교회에서 순풍을 탄 듯 결혼에 골인했다. 스물네 살의 신부 클라라는 남편보다는 훨씬 덜 게을렀고 아마 성격도 그만큼 좋지는 않았을 테고, 빳빳한 크림색 다마스크 문양 드레스에 진주 장식 벨트를 맸다.[2]

프레더릭과 클라라는 주로 영국에 살았지만 프레더릭은 자주 미국에 건너갔다. 프레더릭은 뉴욕 사교계 인명록에 등록된 몇 안 되는 신흥 부자 가운데 한 명이었다. 비록 아버지는 자수성가한 사람이나 프레더릭 본인은 "일을 한 적이 한 번도 없는" 상류층이라고, 친구들이 얼른 프레더릭을 대신해 설명했고, 프레더릭은 "뉴욕 사교계에서 대대적으로 환영을 받았다".[3]

그러나 프레더릭과 클라라는 잉글랜드에 있는 편안하고 사교적인 바닷가 휴양지 토키에 정착하기로 했다. 프레더릭은 사교 모임에 속하기를 좋아해서 요트 클럽에도 들어갔고 토키 크리켓 클럽에서 스코어를 기록하는 일을 맡았는데, 애거사가 거들기도 했다. ("내가 도울 수 있어서 무척이나 뿌듯했다." "나는 그 일에 매우 진지하게 임했다." 애거사는 회상했다.)[4]

1890년대에 토키는 겨울을 따뜻하게 보내기에 좋은 곳으로 알려져 있었다. 프레더릭과 클라라의 첫 아이는 1879닌 1월 9일에 토키에서 임차한 집에서 태어났다. 아기 이름은 당연하게도 이모-할머니의 이름을 따서 마거릿이라고 지었다. 하지만 주로 매지Madge라는 이름으로 불렸다.

이듬해 6월, 클라라는 미국 방문 중에 아들 루이 몽탕Louis Montant(몬티)을 낳았다. 이들은 미국에서 자리 잡고 살기로 결정을 내리고 토키 집을 정리하려고 돌아왔다. 그런데 프레더릭이 혼자 뉴욕으로 건너가 있을 때 애시필드라는 이름의 저택이 클라라의 눈에 들어왔다. 침실이 여섯 개 있고 하수관이 토키 하수설비에 연결이 되어 있는 데다가, 특히 매력적인 부분은 "커다란 온실, 난초 온실, 양치식물관, 다양한 과수가 자라는 과수밭, 잘 관리된 잔디, 채소밭"을 갖춘 정원이었다.[5]

그래서 클라라는 미국으로 이민 가지 않겠다고 결정을 내렸다. 클라라는 쉽게 고집을 꺾는 여자가 아니었다. 옷차림부터 연극적이었다. 클라라는 "우아하고 위엄이 있었다. …… 흐르는 듯한 매러케인 재질의 검은색 롱코트를 입고 …… 고개를 꼿꼿이 치켜들고 집으로 들어오곤 했다".[6] 취향도 고급스러웠다. 테니슨, 랜시어, 멘델스

존, '미스 나이팅게일'을 존경했다. 그렇지만 클라라도 인간적인 약점이 없지 않아서 '아이스크림'과 '미국 탄산음료'라면 사족을 못 쓴다는 걸 인정했다.[7]

열정적 성격의 소유자이기는 했으나 클라라가 정말로 희구했던 것은 안정이었다. 클라라는 카리브해의 마르티니크에서 태어난 독일계 육군 장교 프리드리히 보머Friedrich Boehmer와 영국인 아내 폴리Polly 사이의 딸이었다. 부부는 슬하에 아들 넷에 클라라까지 다섯 자녀를 두었다. 클라라는 프리드리히가 더블린에서 복무할 때 태어났다.[8] 프리드리히는 퇴역 후 가족과 함께 저지섬으로 갔고 그곳에서 사망했다. 애거사는 프리드리히가 낙마 사고로 죽었다고 했다. 지역 교구 등록부에는 기관지염이라고 좀 더 평범한 사인이 기록되어 있다.

폴리가 군인 연금으로 다섯 아이를 키워야 하는 처지가 되었으니, 자식들은 중간 계급의 지위를 유지하기가 어려워졌다. 그래서 폴리는 아홉 살이던 클라라를 부유한 미국인 사업가와 결혼을 앞둔 언니 마거릿('이모-할머니')에게 맡겼다. 클라라는 생모가 자기를 보내버렸다는 사실을 평생 잊을 수가 없었다. 애정 결핍 때문에 집착이 심했고 "극단적인 상태로 자신을 몰고 가는" 성향이 있었다. 애거사는 자기 어머니가 "수줍음이 많고 지독하게 자신감이 없는 사람"이라고 생각했다.

클라라가 밀러 가문의 '가난한 친척'으로 살면서 불안감을 갖게 되었을 수도 있지만, 최근 연구에 따르면 클라라의 집안에 정신병적 성향도 있었던 것으로 보인다.[9] 클라라의 오빠 프레더릭은 권총 자살을 했고, 사촌 에이미 보머Amy Boehmer는 물에 뛰어들어 자살했고, 육촌 한 명도 같은 길을 갔다. 클라라의 종조부는 정신병원에서 생을 마감했고, 종조모도 1850년에 정신병원에 수용되었다. 오촌 한 명은 1880년에 정신병원에서 '광증'으로 사망했고, 이 사람의 누이는 1891년 정신병원에 강제수용되었다. 또 다른 오촌은 아내 폭행으로 유죄 판결을 받았으며 알코올 중독자였다.

이 일들이 서로 연관이 있는지 없는지는 중요하지 않다. 이런 이야기들은 빅토리아 시대 가족에게 공포와 수치를 안겨주는 종류의 이야기였다. 어머니 집안의 (당시 사람들의 용어로) '광기'라는 것이 애거사가 쓰는 작품에도 줄곧 등장하게 된다. 애거사가 어릴 때 쓴 아름다운 집 이야기의 여주인공에게는 정신병원에서 죽은 어머니가 있다.

> 집안에 광기가 있다. 할아버지는 권총 자살을 했고, 언니는 …… 창문에서 뛰어내렸다. …… 알레그라의 어머니는 몇 년째 시설에 있었다. 어머니는 그냥 이상한 게 아니라, 뭐랄까 정말, 정말로 미쳤다! 광기라는 것은 무시무시한 것이다.[10]

곧 문제가 닥치게 되긴 하지만, 클라라와 프레더릭의 길고 행복한 결혼 생활에 조금이라도 불화가 있었다는 증거는 전혀 남아 있지 않다. 열 살 때 이후로 클라라는 프레더릭 말고 다른 남자는 쳐다보지도 않았다. 그러나 클라라의 남편에 대한 숭배는 빅토리아 시대 결혼 계약의 일부라고 할 수도 있을 것이다.

클라라는 소설도 쓰고 시도 썼고 애거사에게 작가로서 최초의 롤모델이 되어주었다. 클라라가 직접 손으로 쓴 개인적인 시를 보면 빅토리아 시대적 결혼관이 뚜렷이 느껴진다. 클라라는 부부 사이에서 자신을 본질적으로 열등한 존재로 보았다.

하늘에 계신 하느님, 제 말을 들어주세요,

속삭이는 저의 기도를 들어주세요

저를 가치 있게 만들어주세요, 비천한 존재지만

그의 사랑과 삶을 함께할 수 있도록요.

프레더릭은 이에 대한 답시에서 아내를 '집안의 천사the Angel in the House'로 보는 관점을 드러냈다. 집안의 천사란 빅토리아 시대의 전통적인 여성상으로, 평온하고 정숙하고 가정적이며 가정의 도덕적 중심을 이루는 여성을 말한다.

그러나 내 마음은 진실하고 온유하여

소중한 아내에 대한 사랑으로 넘치네

그녀는 나의 순백의 영혼의 천사이니까

내 목숨보다 소중한 존재

그녀만이 나를 이끌 힘을 지녔지

어둠에서 빛으로.[11]

두 사람의 견고한 관계 안에서 애거사는 10년 동안 깊이 사랑받는 느낌을 받고 자랄 수 있었다. 특히 애거사는 클라라와 특별한 정서적 교감을 이루었고 "보통 사람들은 알 수 없는 직관적 이해"의 언어를 공유했다.[12]

그러나 얼마 후 애거사는 애시필드를 떠나야 하게 되고, 여성이 더는 "순백의 영혼의 천사"일 수 없는 20세기를 마주하게 된다. 굴욕을 겪으며 일해야 하고 돈에 쪼들려야 하는 세상이었다.

3

집 안의 그것

1892년 새해 전날, 정원에서 산책을 하던 프레더릭은 온실의 온수 파이프가 차갑게 식은 것을 알아차렸다. 이상한 일이었다. 프레더릭은 놀라서 3년째 "성실하고 부지런히" 일해온 정원사 윌리엄 헨리 캘리콧을 찾았다.

그런데 어디에도 없었다. 프레더릭은 계속 찾아다니다가 마침내 쓰지 않는 마구간 문을 열었다.

거기 사라진 남자가 있었다. 생명이 없는 시신이 되어 밧줄에 매달려 있었다.

애시필드에 전화기가 있었기 때문에 프레더릭은 곧바로 경찰에 연락할 수 있었다. 캘리콧이 딸이 아프다는 핑계로 애시필드 하인들의 크리스마스 파티에도 참석하지 않았다는 사실을 알게 되었다. 그런데 사실은 정원사가 심장병 때문에 걱정이 많았고, 앞날이 두려운 나머지 스스로 목숨을 끊은 듯했다.[1]

차갑게 식은 파이프가 단서가 되어 시신을 발견한 이야기라니 마치 애거사 크리스티 미스터리의 도입부 같다. 실제로 애거사는 미스터리는 아니지만 반‡자전적 소설인 《두 번째 봄*Unfinished Portrait*》(1934)(원제목의 뜻은 '미완의 초상')에 이 사건을 등장시킨다. 이 책뿐 아니라 무수히 많은 애거사 크리스티의 작품에서 집은 너무나 좋은 곳이자 동시에 불길한 장소로 등장한다.

어릴 적에 애거사는 집이 삶의 중심이라는 빅토리아 시대의 감성을 고스란히 받아들였다.

애거사는 훗날 애시필드의 울타리로 둘러싸인 세계에서 경험했던 풍부하고 강렬한 감각을 글로 썼는데, 그곳에서는 요리사 제인 로가 아주 중요한 존재였다. 애거사는 제인의 부엌을 좋아했다. 애시필드는 언제나 호사스러운 음식이 넘쳐났다. 애거사는 자신을 '욕심쟁이'라고 공언했고 가장 좋아하는 음식은 "과거에도, 현재에도, 아마 앞으로도 영원히 **크림**"일 것이라고 했다. 클라라가 나중에 애거사가 쓸 수 있도록 레시피를 모아 손으로 옮겨 적어 만든 책이 있는데, 소스를 뿌린 치킨부터 '중국식 쌀밥'에 이르기까지 온갖 요리법에 "크림을 반 파인트 추가한다"라는 말이 들어가 있다.[2]

1891년 인구조사 기록을 보면 애거사가 어렸을 때 벗 삼았던 사람들, 곧 집안 가사 노동자들의 이름을 알 수 있다. 70년 뒤에 쓴 자서전에서 애거사는 그들을 친근하게 떠올린다. 요리사 제인 로뿐 아니라 응접실 하녀 제인 랫클리프, 하녀 샬럿 프루드도 있었고, 누구보다도 애거사에게 중요한 존재는 유모 수전 루이스였다. 애거사는 고용인 없이 사는 것을 상상하기 어려운 계급 출신이었다. 한번은 애거사가 수전에게 이렇게 말한 적이 있다고 한다. "내가 어른이 되면, 우리 애시필드 정원에 작은 오두막집을 짓고 거기에서 우리 둘이서 **평생** 살자."[3]

애시필드는 먹을 것이 풍부하고 여성들 간의 유대가 깊은 데다가 시각적으로도 압도적인 경험을 제공했다. 사진을 보면 물건이 가득해 집이 터질 것 같다. 이 물건들 가운데 상당수는 시간이 흐른 뒤에 애거사가 데번에 마련한 저택 그린웨이로 가게 된다. 그린웨이 2층에 있는 침실 하나는 1990년대에 화장실로 개조되었다. 화장실 수납장에는 꼼꼼하게 정리된 솔랜더 박스(원고, 서류, 고서 등을 보관하는 데 쓰는 책 모양의 케이스. 대영박물관에서 일한 식물학자 대니얼 솔랜더가 디자인했다고 한다 - 옮긴이)가 차곡차곡 쌓여 있는데, 그 안에는 프레더릭의 강박적 쇼핑 습관의 증거가 가득하다.

솔랜더 박스를 열어보면 웨지우드 메달 한 쌍, '동양풍 그릇 두 개', '스탠드가 있는 작은 동석凍石(활석의 일종으로 감촉이 비누 같고 무른 돌 - 옮긴이) 조각상 여덟 개'의 청구서가 나온다. 프레더릭은 "예술품, 진귀한 도자기, 오래된 청동제품, 온갖 골동품"을 취급하는 가게를 보면 도저히 그냥 지나치지 못했다. 자신과 클라라의 커플 자수정 반지, 우산꽂이, 컷글라스 디캔터 한 쌍, 자수 장식이 있는 고급 마호가니 치펀데일 의자 다섯 개, 케이스에 담긴 은과 자개 디저트 포크 18쌍을 구입했다.[4] 프레더릭은 이 모든 물건을 들여놓을 공간을 확보하기 위해 집을 증축하고 "120명이 춤을 출 수 있는" 무도회장도 추가했다.[5] 또 프레더릭은 벽에 유화를 최대한 다닥다닥 붙여 거는 것도 좋아했다.

애거사는 아버지를 흉내 내어 자기도 작은 규모로 집을 꾸몄다. 용돈을 모아 자신이 아끼는 인형의 집에 넣을 가구를 사들였다.

거울이 달린 화장대, 반짝이는 동그란 식탁, 끔찍한 주황색 양단으로 덮인 식탁 세트가 있었다. 곧 내 인형의 집은 가구 창고처럼 되고 말았다.

말년에 애거사는 평생 이어진 열정의 씨앗이 이때 뿌려졌음을 깨달았다. "그 이후로 나는 줄곧 소꿉놀이를 해왔다"라고 썼다.

수없이 많은 집을 거쳤고, 집을 사고, 다른 집과 바꾸고, 가구를 들이고, 실내 장식을 하고, 구조를 바꾸었다. 집! 집에 신의 축복을!

애거사는 일링Ealing에 있는 이모-할머니의 집에서 지내면서 조부모 세대의 어둡고 매혹적인 집을 더욱 많이 접하게 된다. 이모-할머니가 사는 나인 크레이븐 가든스는 똑같은 모양으로 줄줄이 서 있는 튼튼한 저택 가운데 하나였고 일링 기차역에서 가까운 교통이 편리한 곳에 있었다.

이모-할머니는 어린 시절 애거사에게 중요한 존재였다. 자기주장이 강했고 '체리 브랜디'에는 약했다. 이모-할머니는 '인간 본성을 빠르게 간파'한다고 주장했는데, 애거사는 나중에 이모-할머니의 꿰뚫어 보는 듯하면서 이해심 깊은 눈빛을 미스 마플에게 부여한다.[6]

이모-할머니는 사람, 특히 남자가 '진짜로' 원하는 게 뭔지를 예리하게 파악했다. 미스 마플이 신사는 "홍차보다 더 강한 것을 원한다"고 웅얼거리며 위스키를 슬쩍 내주는 장면을 그릴 때 아마 애거사는 이모-할머니를 떠올렸을 것이다.[7] 이모-할머니는 또 "여자들은 만일의 사태에 대비해 늘 5파운드 지폐로 50파운드쯤은 지니고 있어야 한다"고 말하곤 했는데, 애거사가 말년인 1968년에 쓴 소설에 등장하는 어떤 이모도 같은 말을 한다.[8]

이모-할머니 집의 위풍당당한 빅토리아 중기 세계에서 어린 애거사가 가장 감탄한 것은 웅장한 변기였다. "멋들어진 커다란 마호가니 변기 …… 여기에 앉으면 정말로 왕좌에 앉은 여왕 같은 기분이다." 이모-할머니는 어둑한 응접실에 주로 머물며 거의 움직이지 않고 지냈는데, 유일하게 움직일 때는 찬장을 열쇠로 열고 "프랑스 자두, 체리, 안젤리카 당과, 건포도와 커런트, 버터 덩어리와 설탕 봉지"를 나눠 줄 때였다. 나이가 들면서 이모-할머니의 물건 모으는 습벽은 점점 심해졌다. 애거사는 늙어가는 마거릿 밀러를 점차 사랑스럽고 막강한 존재가 아니라 사랑스럽고 연약한 존재로 바라보게 되었다. 보물상자 같은 찬장도 이모-할머니를 다가오는 죽음으로부터 구할 수는 없었다.

애시필드와 크레이븐 가든스의 삶은 가사 노동자들에 의존하여 이루어졌다. 애거사는 1960년대에 들어 자신의 초기작을 다시 읽어 보고는 집 안에서 "돌아다니는 하인의 수"가 어찌나 많은지 놀랐다고 한다.[9] 어렸을 때는 하인의 존재를 당연히 여겼지만, 시간이 흐르면서 애거사도 가사 노동을 탐구하고 들여다보게 된다. 애거사는 자기 집안 여자들이 "하인들을 뼈 빠지게 부렸지만, 하인들이 아플 때는 살뜰히 돌봐주었다"고 생각했다. "젊은 하녀가 의도치 않은 임신을 하면, 할머니는 남자한테 가서 이렇게 말했다. '그래, 자네 해리엇을 위해 옳은 일을 할 건가?'"[10] 애거사는 하인과 주인 양쪽 다 얻는 것이 있는 관계라고 생각했다. 하인의 지위는 '좋은' 주인을 만나면 올라가는 것이니까.

그렇지만 이것은 이야기의 한 측면에 지나지 않는다. 애거사는 다른 사람의 집에서 일하는 사람들이 경험하는 굴욕이 어떤 것인지 알지 못했고, 작가로서 애거사의 '결함'으로 종종 지적되는 것 가운데 하나가 가사 노동자에 대한 무신경함이다. 《백주의 악마*Evil under the Sun*》(1941)에도 그런 사례가 나오는데, 이 소설에 나오는 호텔 직원들은 오직 계급 때문에 의심의 대상에서 제외된다. 그렇지만 애거사는 한편으로 편견을 역으로 이용하기도 한다. 이런 사례를 보고 애거사 크리스티 소설에서는 하인은 범인이 아니라고 단정했다가는 큰코다칠 것이다. 작가로서 애거사는 하인들을 경멸하지 않는다. 애거사는 하인들과 변동하는 지위에 관심을 가졌고, 작품 속에서 시간을 들여 하인들의 삶을 숙고하기도 한다.

일링에서는 대체로 한자리에 머물러 지냈지만, 어린 시절 토키의 생활은 매우 건강했고 신체 활동이 놀라울 정도로 활발했다. 애거사는 수영을 자주 했고 잘했다. 부두에 가면 롤러스케이트를 탈 수 있었고, 조랑말을 빌려 타기도 했다. 토키에는 젊은이들이 즐길 거리가 많았다. 1860년대부터 리조트 타운 토키에는 임페리얼 호텔이 있었다. 런던 밖에 세워진 최초의 5성 호텔로, 애거사의 소설 《엔드하우스의 비극*Peril at End House*》(1932)과 《서재의 시체*The Body in the Library*》(1942)에도 이 호텔이 등장한다. 1880년대에는 그레이트 웨스턴 철도로 가까운 역에 도착하는 방문객들을 위해 그랜드 호텔이 지어졌다.

애거사는 놀기 좋은 리조트 타운 근처에서 편안한 어린 시절을 보냈지만, 그럼에도 애거사의 세계관에는 뜻밖의 어두운 면이 존재했다.

앞에서 살펴본, 애거사가 어릴 때 쓴 글 〈아름다움의 집The House of Beauty〉에는 애거사의 소설을 관통하는 생각의 싹이 있었다. 바로 집 안에 악이 숨어 있다는 것이다. 기묘하고 강렬한 분위기의 이야기 속에서 화자는 완벽한 집을 찾았다고 생각하지만 그 안에 무언가 사악한 것이 있음을 알게 된다.

> 수없이 꿈을 꿨지만 오늘 밤처럼 이 집이 아름답고 수려하게 보인 적은 없었다. …… 누군가가 창문으로 다가왔다…….
> 그는 잠에서 깼다! 공포로, 그것에 대한 말할 수 없는 혐오감으로 몸을 떨며 …… '그것'이 창문으로 다가와 사악한 눈으로 그를 쳐다보았다. …… 그것은 절대적으로 완전하게 끔찍한 것이었고 너무나 불쾌하고 혐오스러워서 회상하는 것만으로도 구역질이 날 정도였다.

행복한 가정의 중심에도 악의 씨앗이 존재할 수 있다는 애거사의 관념이 이미 이때부터 있었던 것이다.

이 관념은 애거사의 작품에 반복해서 나타나는데, 심지어 가장 마지막으로 출간된 미스 마플 소설에도 없어졌던 문을 찾아내는 그 웬다라는 인물이 나온다. "급작스럽게" 그웬다는 "미묘한 불안감으로 전율했다". 의문의 문을 발견하면서 어린 시절 살인을 목격했던 억눌린 기억이 되돌아왔기 때문이다. 갑자기 그웬다는 자기 집이 안전하지 않다는 사실을 알았다. "집이 그웬다를 공포에 빠뜨렸다."[11]

어떤 집이나 어떤 사람이 친근하고 다정한 존재에서 순식간에 못되고 사악한 존재로 바뀔 수 있다는 생각은 애거사에게 너무나 익숙한 것이었고, 어린 시절에는 그런 생각이 총잡이(Gunman 또는 Gun Man)의 악몽으로 나타나곤 했다.

총잡이는 매우 생생하고 무시무시한 상상 속 존재였다. 애거사는 자서전에서도, 또 자전적 소설《두 번째 봄》(애거사와 아주 가까운 사람이 "아주 어렸을 때부터 중년에 접어들 때까지 애거사의 사적인 기억의 도막이 많이 들어가 있다"라고 묘사한 소설이다[12])에서도 총잡이를 묘사했다. 총잡이는 18세기 스타일의 코트를 입고 나타나기도 하고, 한쪽 팔이 없을 때도 있고, 평범한 날에 느닷없이 불쑥 어딘가에서 나타나곤 했다. 어떤 때에는 다른 사람의 몸을 빌리기도 했다.

> 엄마의 얼굴을 쳐다보았는데(분명 엄마였다) 엷은 청회색 눈이 보이는 거다. 그리고 엄마의 드레스 소매 안에(아 세상에!) 그 끔찍한 잘린 팔이. 엄마가 아니었다. 총잡이였다.[13]

공포가 또 다른 방식으로 육아실 문을 두드릴 때도 있었나. 애거사의 언니 매지는 연기력이 아주 뛰어났는데, 애거사가 청하면 자신의 무시무시한 분신 '큰언니'로 변신했다. '큰언니'는 매지와 똑같이 생겼지만 목소리는 전혀 달랐다. 오싹하게 '느끼한' 목소리로 이렇게 말하곤 했다. "너 내가 누군지 알지? 응? 동생? 나 네 언니 매지야. 내가 다른 사람이라고 생각하는 건 아니겠지? 응?"

'총잡이'나 '큰언니' 등의 환상은 엄마와 언니가 낯설고 무서운 존재로 바뀌는 애거사의 상상이었다. 이런 어린 시절의 환상은 애거사의 탐정 소설의 특히 현대적인 어떤 면을 보여준다는 점에서 중요하다. 예를 들어 셜록 홈스 소설에서는 범인이 희생자가 직접 아는 사람들의 범위 밖에 있을 때가 많다. 그렇지만 애거사 크리스티 소설에서는 살인범이 믿었던 가족 가운데 한 명으로 밝혀질 때가 많다.[14]

애거사는 매지 언니가 진짜 언니라는 걸 알았지만, 그런데도 마음 한구석에 의심이 솟았다. "그 목소리, 옆쪽을 흘기는 교활한 눈빛…… 나는 형언할 수 없는 공포를 느끼곤 했다." 애거사는 또 자신이 느낀 공포를 이용해 〈아름다움의 집〉에 나오는 어떤 사건을 만들어냈다. 이 이야기에서 어떤 여성 인물은

> 이상한 자세로 소파에 웅크리고 있었다. …… 여자는 천천히 고개를 들고 그를 바라보았다. …… 남자는 흠칫 얼어붙었다. 여자의 눈에 자기가 아는 표정이 있었기 때문이다. 그것은 집 안의 '그것'의 표정이었다.[15]

그렇지만 애시필드의 진짜 더러운 비밀, 밀러 가족의 부유한 삶 뒤에 숨어 있는 집 안의 '그것'은, 이 집의 돈이 떨어져간다는 사실이었다.

4
음울해진 애시필드

밀러 가족의 재정 문제가 시작되었을 무렵 애거사는 무슨 일이 일어 나는지 이해하기에는 아직 어린 나이였다.

1890년대 말 애거사는 부모님이 투자 수익이 줄고 있다는 이야 기를 나누는 것을 들었다. 애거사에게는 익숙한 이야기였다. 애거사 가 읽은 많은 책에서 집안에 그런 일이 일어났다. 애거사는 자기 가 정교사에게 밀러 가족이 파산했다고 자신 있게 말했다. 바로 반응이 왔다. 어머니는 애거사의 경솔함과 오류 둘 다에 화를 냈다.

"이런 애거사, 우리는 파산하지 **않았어**. 당분간 상황이 안 좋아서 돈을 아껴 써야 할 뿐이야."

"파산한 게 **아니에요?**" 애거사는 크게 실망했다.

"파산 안 했어." 어머니가 못을 박듯 말했다.[1]

그렇지만 밀러 가족의 재정 상태를 묘사하는 데 '파산'이라는 말 을 쓰는 게 적절해지기까지 그렇게 오랜 시간이 걸리지는 않았다.

애거사의 할아버지 너새니얼은 클래플린, 멜론 앤드 컴퍼니(나중에 H. B. 클래플린으로 이름을 바꿈)를 운영하며 부를 축적했다. 이렇게 모은 재산을 일부는 회사에, 일부는 부동산에 투자했다. 그러나 시간이 흐르면서 프레더릭은 이유 없이 수입이 줄어드는 것을 알아차렸다. 1901년 가족 자산 관리인 중 한 명이 호텔 방에서 권총 자살을 시도했다. 밀러 부부는 관리인이 재정 관리를 잘못한 것에 대한 양심의 가책 때문에 자살을 시도했다고 생각했다.[2] 나중에 애거사는 부정한 자산 관리인이라는 아이디어를 이용해서 《나일강의 죽음 *Death on the Nile*》(1937)에서 젊은 여성의 재산을 횡령한 자산 관리인 앤드루 페닝턴을 창조해낸다.

그렇지만 프레더릭은 본성적으로 돈을 아끼거나 모을 수 있는 사람이 아니었다. 5년 전, 프레더릭은 큰딸 매지를 도금 시대Gilded Age 말기의 뉴욕으로 데려가 최대한 화려하게 사교계에 데뷔시켰다. 프레더릭은 열일곱 살 생일을 맞은 매지를 5번 애비뉴에 있는 월도프 호텔 연회장으로 데리고 갔다. 그곳에서 매지는 600여 명의 손님과 함께, 사교계의 여왕 캐럴라인 애스터Caroline Astor의 환영을 받았다.[3]

뉴욕에서 넉 달을 보내고 프레더릭과 매지는 13개나 되는 트렁크를 끌고 영국으로 돌아왔다. 그러나 프레더릭은 이런 여행과 재산 감소 사이에 어떤 관련이 있는지를 파악하지 못했다. 프레더릭은 "당혹스러워했고 우울해했지만, 사업적인 머리가 없는 분이라 뭘 어떻게 해야 할지 몰랐다"라고 애거사는 적었다. 급기야 프레더릭은 극단적 조치를 취할 수밖에 없게 되었다. 애시필드를 세를 내주고 가족과 함께 프랑스에 있는 여러 호텔을 돌며 지냈다. 남부에 있는 포Pau에서 파리로, 북부 디나르로, 최종적으로 건지섬으로 가며 1년을 떠돌았다. 애거사는 그때를 여섯 살 무렵으로 기억했지만 실제로는 아홉 살이었다.[4]

그러나 이런 상황에서도 프레더릭과 클라라는 절약 정신이라는 걸 도무지 받아들일 수가 없었다. 애거사는 짐을 챙기느라 법석했던 일을 이렇게 묘사했다. 어머니의 "튼튼한 가죽 트렁크, 글래드스톤 가방 한두 개, 수트케이스 한 개, 거대한 사각형 모자 가방 두 개, 보석함, 여행용 가방, 화장품 가방. 물건을 너무 꽉꽉 채우거나 쑤셔 넣으면 안 되었기 때문에 완충재로 티슈페이퍼를 넉넉하게 넣었다". 이 많은 짐 때문에 초과 수화물비를 엄청나게 지불해야 했다. "프랑스 철도 요금이 정말 터무니없구먼." 프레더릭이 말하곤 했다. "짐을 이렇게 가볍게 챙겼는데도 말이에요." 클라라는 한숨을 내쉬며 말했다.[5]

토키에 돌아와 보니, 프레더릭이 실제로 일을 해서 돈을 버는 것도 고려해야 할 만큼 자산이 줄어 있었다. 프레더릭에게 업무 능력이 있는 것은 아니었지만 말이다. 게다가 스트레스 때문에 몸도 안 좋았다. 부모님은 딸에게 진실을 숨기려 했지만 애거사는 걱정 때문에 아버지의 건강이 나빠지고 있다는 것을 알았다.

메지는 뉴욕에서 화려하게 데뷔한 뒤에 활발한 사교 활동을 즐기고 있었다. 그러나 프레더릭의 마음에는 한 가지 짐이 더 있었는데, 바로 아들 몬티였다. 아버지가 가장 사랑하는 자식인 몬티는 아버지처럼 느긋하고 게을렀다. 몬티가 가장 좋아하는 일은 '작업 걸기'였고, 주특기는 '비속어를 쓰고 성질을 부리는 것'이었다.[6] "어떤 종류든 일은 싫다"며 몬티는 고집을 부렸다.[7] 몬티는 런던의 사립학교 해로 스쿨에 입학하면서 애거사의 삶에서 멀어졌으나, 딱히 높은 지적 수준을 요구하지 않는 해로 스쿨에서도 쫓겨나고 말았다. 몬티가 유일하게 좋아하는 것은 배였기 때문에 부모님이 조선소 일자리를 구해주었다. 보어전쟁이 발발하자 몬티는 마침내 삶의 방향을 찾은 듯했다. 1900년 몬티는 육군에 입대했다.

이듬해 프레더릭의 건강이 더욱 걱정스러워졌다. 심장 발작이 연달아 일어났는데, 9월까지 28번이나 있었다. 프레더릭은 "짧고 날카로운 발작", "심한 발작", "매우 심한 발작" 등을 기록해 목록을 만들었다. 또 체중을 줄이려고 진지하게 노력해서 89킬로그램에서 83킬로그램까지 감량한 기록을 남기기도 했다. 그런데도 심장 발작은 잦아지기만 하는 것 같았다.

런던의 전문의를 찾아간 뒤에 프레더릭은 조금 안심할 수 있었다. "사랑하는 클라라," 프레더릭은 이렇게 시작하는 편지를 집으로 보내, 의사가 "신선한 공기, 증류수, 식후 우유 한 잔"을 추천했다고 말했다. "의사가 심장이 확장되지 않았다고 분명히 말했어요." 프레더릭은 안심했고 기뻤고 하루 빨리 아내를 보고 싶었다. "아주 기분이 좋아졌어요." 프레더릭은 이어서 이렇게 썼다.

숨이 찬 느낌도 거의 없었고 아주 푹 잤어요. 디기탈린이 든 테일러의 처방약 덕분인지 아니면 오늘 적게 걸었기 때문인지는 몰라도 …… 별문제 없으면 30일 수요일에 돌아가려고요.

그 전까지는 일링에 있는 이모-할머니 집에 가 있을 계획이었다. 프레더릭은 클라라에게 "우리끼리 하는 이야기지만, 솔직히 당장 내려가고 싶은데 어머니가 너무나 다정히 말씀하셔서 실망시킬 수가 없네요"라고 말했다.[8]

그러나 신선한 공기와 식후 우유 한 잔으로는 프레더릭의 건강 악화를 막을 수가 없었다. 프레더릭은 11월에 일자리를 찾으러 다시 런던으로 갔다가 앓아누웠다. 이발, 칵테일, 신문, 택시 등 소소한 지출을 기록하는 일기 기록은 11월 2일로 끝이었다. 프레더릭은 아프고 외로웠고 너무나 가족에게 돌아가고 싶었다. "아직도 편찮으시다니 너무 안타까워요." 어린 딸이 편지를 보냈다. "제인이 부엌에서 케이크를 만들게 해주었어요. …… 데번셔 크림을 차 대신 먹었어요! …… 사랑하는 애거사가."[9]

폐렴을 심하게 앓고 있었던 프레더릭은 딸의 행복한 삶이 이제 곧 무너질지 모른다는 생각을 차마 견디기 힘들었을 것이다. 앞으로 일어날 일을 예감한 듯이, 그는 클라라에게 마지막 편지를 썼다. 읽으면 울컥해지는 편지다. "당신으로 인해 내 삶은 완전히 달라졌습니다"라고 프레더릭은 클라라에게 말한다.

> 세상 어떤 남자도 당신 같은 아내를 갖지는 못했을 거요. 당신하고 함께하면서 해를 거듭할수록 점점 더 당신을 사랑하게 돼요. 당신의 애정과 사랑과 공감에 감사합니다. 신께서 당신을 축복하시길, 내 사랑, 우리는 곧 다시 만나게 될 거요.

1901년 11월 26일, 프레더릭은 세상을 떴다. 애거사는 고작 열한 살이었다. 집안이 파산했을 뿐 아니라 명랑하고 든든한 아버지도 영영 곁에서 떠나고 말았다.

충격을 받은 클라라는 거의 무너져 내릴 뻔했다. 클라라는 장례식 초대장, 프레더릭이 매장된 일링 공동묘지에서 딴 장미 압화, 그리고 프레더릭의 '마지막 편지'를 평생 소중히 간직했다. 이 물건들을 자기가 오래전 프레더릭을 위해 만든 자수 케이스에 넣었다. 섬뜩할 정도로 앞날을 내다본 문구가 적혀 있는 케이스였다. "프레더릭에게 클라리사가 …… 사랑은 죽음보다 강하다."[10]

애시필드의 삶은 프레더릭 없이 음울하게 계속되었다. 매지는 마침내 결혼해서 집을 떠났다. 무심한 몬티는 아버지의 장례식에 오지도 않았고 죽음을 알리는 전보에 답장조차 하지 않았다.[11] 보어전쟁이 끝난 뒤에도 아프리카에 남아 사냥꾼으로 일하며 코끼리 15마리를 밀렵한 죄로 재판을 받았다(그리고 무죄 판결을 받았다). 몬티는 자기가 "여러 나라의 법을 어겼고 불법으로 취득한 상아를 어딘가에 숨겨두었다"고 떠벌렸다고 한다.[12]

몬티가 부재중인 동안 어머니와 여동생은 재정적 파탄을 앞두고 있었다. 클라라는 프레더릭의 남은 재산에서 연간 300파운드를 받을 수 있었다. 애거사가 가진 돈은 할아버지에게 유산으로 받은 '연간 100파운드'가 전부였다.

1901년 영국인 1인당 평균 연소득이 42파운드이고 하녀의 평균 연급여가 16파운드임을 감안하면 클라라와 애거사는 확실히 부자였다.[13] 그렇지만 두 사람은 상류층의 삶을 지향했기 때문에 부유하다고 느낄 수가 없었다. 게다가 사교계 안에서의 자리도 잃었다. 이제 밀러 가족이 아니라 애시필드에 몇 안 되는 하인들과 함께 남은 과부와 딸일 뿐이었다.

어린 애거사는 열과 성을 다해 어머니를 위로했다. "아버지는 이제 편히 쉬고 계세요. 아버지는 이제 행복해요. 아버지가 돌아오길 바라시는 건 아니죠?"

애거사는 자기가 이런 말을 해야 한다는 걸 알았다. 애거사의 말을 빌리면 많은 아이가 "옳다고 들었고, 옳은 것으로 알지만, 실제로는 이유는 몰라도 어쩐지 틀렸다고 느끼는" 말들이었다.

그리고 실제로 틀린 말이었다. 클라라는 애거사에게 크게 화를 냈다. 어머니가

격하게 침대에서 몸을 일으켜서 나는 깜짝 놀라 뒤로 물러섰다. "맞아, 그 랬으면 좋겠어." 어머니가 낮게 우는 소리를 냈다. "돌아왔으면 좋겠어. 그 사람이 돌아올 수만 있다면 무슨 짓이라도 할 거야. 무슨 짓이라도, 세상 무슨 일이라도."[14]

어머니는 낯선 사람이 되어 있었다. 총잡이가 클라라의 침실이라는 내밀한 공간까지 침투해 들어온 것 같았다. 애거사는 겁에 질려 뒤로 물러섰다. 어머니의 격한 감정에 놀라고 말았다.

애거사는 어머니마저 잃을까 봐 겁이 났다. "나는 한밤중에 깨곤 했다." 애거사의 글이다. "어머니가 돌아가셨다는 생각이 들어 가슴

이 마구 두근거렸다." 애거사는 복도를 따라 살금살금 클라라의 방으로 가서 문에 귀를 대고 숨소리가 들리는지 들어보았다. 슬픔이 애거사와 이 낯설고 격정적인 클라라를 더욱 긴밀히 묶어주었다.

순탄하게 시작한 애거사의 삶이 급격하게 기울고 있었다. 외롭고 불안에 시달리는 어린 여자아이가 재산과 아버지를 모두 잃고 어떻게 살아남을 수 있을까? 애시필드의 정원에 있는 멍키 퍼즐 옆 요정의 고리에서 행복하게 놀던 시절의 안정감을 어떻게 되찾을 수 있을까?

2부
에드워드 시대 데뷔턴트

5

남편감을 기다리며

20세기 최고 인기 작가 가운데 한 명은 1900년대 초 중상류층 여자 아이가 성년이 되는 순간을 이렇게 묘사한다.

> 우리는 편협하고 제한적인 사회적 관습에 둘러싸여 특권 의식으로 길러졌고 우리 계급 밖의 사람들을 알고 교류하지 못하게 격리되어 있었다.[1]

바버라 카틀랜드Barbara Cartland의 말이다. 카틀랜드도 애거사처럼 어릴 때 재산과 아버지를 잃었다. 애거사의 경우에는 이 "제한적인 사회적 관습"을 헤치고 나가기가 한층 더 어려웠는데, 왜냐하면 밀러 가문이 지위를 잃고 있는데도 클라라는 둘째 딸의 신분 상승을 바랐기 때문이다. 애거사는 자기 계급보다 더 높은 계급에 속한 상대와 결혼해야만 했다.

애거사의 어머니는 딸을 교육시키지 않아야 그 일이 성사될 가능성이 높아진다고 믿었다. "딸을 키우는 최상의 방법은 좋은 음식과 신선한 공기를 제공하고 정신을 특정 방향으로 발달시키도록 강요하지 않는 것"이라고 클라라는 생각했다.

그러니 애거사가 생계를 위한 기술을 익히는 일은 있을 수 없었다. 그것은 미래의 남편이 할 일이었다. 에드워드 시대(영국의 에드워드 7세의 치세인 1901~1910년 또는 제1차 세계대전 발발 직전인 1914년까지 - 옮긴이) 첫해인 1901년의 인구조사를 보면 영국 여성 가운데 31.6퍼센트만이 직업이 있었고 그중 대다수는 가사 노동이나 직물 제조업 종사자였다.[2] 애거사는 자기가 주입받고 자란 철학을 이렇게 간단히 요약했다. "배필을 기다린다. 그 남자가 나타나면, 인생이 송두리째 바뀔 것이다."

당연하지만 남자에게는 해당하지 않는 일이어서, 몬티는 퍼블릭스쿨(주로 상류층이 다니는 역사와 전통이 있는 사립학교 - 옮긴이)에 다녔다. 재미있는 사실은, 애거사의 언니 매지도 그랬다는 것이다.

몽상가 애거사보다 훨씬 활동적이었던 매지는 브라이튼으로 가서 훗날 로딘 스쿨이 되는 기숙학교에 다녔다. 매지가 다닌 학교는 첼트넘 레이디스 칼리지와 함께 여성 교육의 선봉에 있는 학교로, 케임브리지에 새로 설립된 여학생 전용 칼리지인 거튼과 뉴넘에 학생들이 입학할 수 있도록 준비시켰다. 학교에서 매지는 20세기 초 중산층 페미니스트 서클에서 부상하던 새로운 유형의 여성, 이른바 '신여성New Woman'으로 만들어졌다.

애거사는 예쁘고 재치 있는 언니를 숭배했다. 매지의 가장 큰 특징은 '조급함'이었고 모토는 '앞으로 나아가라'였다.[3] 그렇지만 언제라도 애거사에게 내어줄 시간은 있었다. "네가 점잖게 행동하길 바라." 매지가 기숙학교에서 보낸 편지 가운데 하나다. "그리고 나를 잊으면 안 돼."[4] 매지는 마음만 먹으면 무엇이라도 해낼 수 있는 사람이라고 애거사는 생각했다. 매지가 글을 한번 써보겠다고 마음을 먹고 써낸 글은 잡지《배니티 페어*Vanity Fair*》에 실렸다.

그렇지만 학교에서 집으로 돌아온 매지를 보고 부모님은 못마땅해했다. 매지는 사악한 사람이 착한 사람보다 훨씬 재미있다는 견해를 내놓았다. 또 매지가 "엄청난 성적 매력"을 발산하기 시작했다는 것을 애거사도 알아차렸다. 걱정스러운 일이었다. 진학을 결정할 시기가 되자, 부모님은 매지를 거튼 칼리지에 보내는 대신 결혼 시장에 내보내기로 했다. 결혼 시장에서도 매지는 기대대로 잘 해냈다. 그렇지만 매지, 마거릿 프레리 밀러는 적절한 부추김을 받았다면 삶에서 훨씬 대단한 것을 이루어냈을 것이다.

매지로 실험한 결과가 불만족스러웠던 클라라는 애거사의 교육은 전통적인 방식으로 방향을 돌려 음악, 프랑스어, 대화술, '인성'에 중점을 두었다. 클라라가 특이한 건 아니었다. 1890년대에는 여자아이를 과하게 교육하면 건강을 해친다고 믿는 사람이 많았다. 1895년에 출간된 아동 발달서에는 여자아이가 뇌를 지나치게 많이 쓰면 생식기능이 손상된다고 적혀 있다. 이 책을 쓴 의사는 "신여성이란 것은 소설에서만 가능하지 자연에는 존재할 수 없다"라고 결론 내렸다.[5]

클라라의 생각이 달라짐에 따라, 애거사도 평생 '신여성'의 가치에 혐오감을 표하고 여성이 직업을 갖고 경제적으로 독립하고 남성과 평등을 이루는 것 등에 대해 늘 부정적으로 말하게 되었다. 그렇지만 애거사는 한편으로 이 '신여성'이라는 개념에 한없이 흥미를 갖기도 했다. 애거사의 책에는 활동적이고 매력적인 (매지처럼 세련된) 여자 주인공이 숱하게 등장한다.

애거사는 교육을 띄엄띄엄 받았기 때문에 시간이 엄청 많았다. 그 시간을 재미있게 보내려고 책을 읽었다. "당연하지만 미칠 듯 지루했던 때가 너무 많았다." 애거사의 회상이다.[6] 그래서 애거사는 책벌레가 되어 손 닿는 모든 것을 집어삼키며 어른들이 시키지 않은 교육을 스스로 받았다.

앞날의 삶을 내다보면, 애거사가 돈에 관한 교육을 받았더라면 정말 유용했을 것이다. 그렇지만 밀러 집안에서는 돈 이야기를 하지 않았다. 죽기 전에 프레더릭은 식탁에 앉아 애거사에게 산수를 가르쳐줬고 애거사는 매우 재미있어했다. 애거사는 정식 학교에 갔다면 제대로 된 수학 공부를 즐겁게 했을 것이라고 나중에 생각했다. 애거사는 수학을 늘 좋아했기 때문이다.

애거사는 일주일에 이틀 토키에 있는 미스 메리 가이어의 '레이디스 스쿨'에 다니기도 했다. 유명한 거튼 홀의 이름을 따서 거튼학교라고 불렀다. 그렇지만 나머지 시간에는 책에 푹 빠져 지냈다. "나는 찰스 디킨스를 먹고 자랐다." "제인 오스틴도 사랑했다. 누구나 그러지 않나?"라고 애거사는 말했다.[7]

애거사는 정식 교육을 받지 않았기 때문에 틀에 박히지 않은 신선한 생각을 할 수 있었다. 그렇지만 나중에 배운 사람들을 만나면 열등감을 느끼기도 했다. 부모에게 주입받은 신여성에 대한 편견을 졸업한 이후 애거사는 교육받지 못한 사람의 원한을 살인의 동기로 사용하기도 한다. "나는 늘 머리가 좋았어, 어릴 때부터도!" 한 여자 살인자가 하는 말이다. "하지만 나한테는 아무것도 못 하게 했어. …… 집에만 있어야 했어, 아무것도 안 하면서."[8] 결국 좌절감에 사로잡혀 살인을 저지르고 만다.

애거사의 교육에서 수학과 과학이 생략되긴 했으나, 피아노 연주와 성악에 들인 공을 보면 겉보기보다 훨씬 엄격한 교육이었다. 관심 있는 분야에는 으레 그러하듯 애기시는 음악 교육을 열심히 받았고, 거의 전문가 수준에 도달했다.

애거사가 열다섯 살이 되자 클라라는 애거사를 음악을 특히 중시하는 프랑스 교양학교finishing school(주로 사교계 데뷔를 앞둔 상류층 소녀들에게 교양, 사교술, 예술 등을 가르치는 학교 – 옮긴이) 여기저기로 보냈다. 가족 앨범을 보면 거의 성인이 된 애거사가 빳빳한 옷깃, 크라바트, 살짝 내려 쓴 팬케이크 모자로 우아하게 차려입고 겨울에 파리의 대로가 내려다보이는 호텔 발코니에서 미소 짓는 사진이 있다. 이때에도 클라라와 애거사가 프랑스에 온 까닭에는 돈을 절약하려는 목적도 있었다. 집을 떠나 있는 동안에는 애시필드를 닫아놓을 수 있었기 때문이다.

애거사가 음악 수업에 열성을 다했으나, 파리의 선생님들은 애거사에게 끼가 부족해서 공연은 어렵겠다는 결론을 내렸다. 재능은 있었어도 음악은 더 나아갈 수 없는 박다른 골목이있다. 애거사는 간호사가 되겠다는 다른 계획을 제안했지만, 클라라는 애거사에게 걸맞지 않다고 생각했다.

애거사는 실제적이고 정확하고 문제 해결에 관심이 있었으니, 다른 시대에 태어났더라면 과학자가 되었을 수도 있을 것이다. 그렇지만 어머니는 둘째 딸도 첫째 딸의 뒤를 따라 오직 결혼을 잘하기를 바랐다.

6

최고의 빅토리아 시대 화장실

밀러 가족의 사진 속에서 10대의 애거사는 도전적이고 냉담하고 수수께끼 같은 눈빛으로 촬영자를 응시한다. 애거사는 키가 커졌고 운동도 즐겼다. 요트를 타고 롤러스케이트를 타고 테니스를 치는데, 이 모든 일을 에드워드 시대 젊은이답게 거대한 모자를 쓰고 허리를 꽉 조인 차림으로 한다. 애거사는 당시 유행 때문에 겪었던 신체적 고통을 이렇게 묘사한다. "블라우스 칼라를 지탱하는 작은 나선형 철사가 주는 고통 …… 에나멜가죽에 굽이 높은 애프터눈 또는 파티용 구두 …… 너무나 불편했다."[1]

집안 형편상 마차나 택시를 탈 수 없었기 때문에 애거사는 힐을 신고 파티장까지 걸어가야 했다. 그래도 매지의 집에 가면 사치를 누릴 수 있었다. 애거사는 매지 남편의 본가인 치들Cheadle에 있는 장려한 애브니홀Abney Hall에서 환영받는 손님이었다. 여기에서 애거사는 시골 저택에서 사는 법, 부유한 사람들과 어울리는 법을 배웠다.

매지는 스물세 살 때 아버지 프레더릭이 죽고 몇 달 안 되었을 무렵 결혼했는데, 아마 매지답지 않게 자신감이 하락한 순간에 이루어진 일이었을 듯싶다. 아버지는 제임스 와츠James Watts를 매지의 구혼자로서 썩 달가워하지 않았다. 그렇지만 프레더릭이 죽자 클라라는 매지의 앞날이 염려되었고 "당장 결혼식을 올려야 한다고 서둘렀다". 애거사의 프랑스인 가정교사도 제 나름의 의견이 있었다. 가정교사는 제임스가 매지에게는 좋은 짝이라고 생각했다. "매지에게는 조용하고 안정적인 남편이 잘 맞아. 매지는 너무 다르니까 남편이 매지를 존중해줄 거야."

그리하여 서둘러 식을 올리게 되었다. 매지는 스물세 살, 제임스는 스물네 살이었고, 열한 살이었던 애거사는 "신부의 제1 들러리라는 중책"을 맡아서 기뻤다. 제임스(지미)는 옥스퍼드대학교를 갓 졸업했고 가업인 방적 회사를 맡아 운영하게 되어 있었다. 상식적인 사람인 제임스를 애거사는 좋아했다. 제임스의 '최고의 미덕'은 '믿음직함'이었다.[2]

매지는 이제 믿음직한 제임스와 함께 치들에 있는 메이너 로지 저택에 살면서 애브니홀을 물려받을 날을 기다리게 되었다.

와츠 가족은 두 세대 전에 애브니홀을 매입했다. 1902년부터 애거사는 애브니홀을 방문했는데, 이때 이곳에는 매지의 시부모, 요리사, 웨이트리스 두 명, 주방 하녀와 재봉 하녀들, 가정부 네 명, 유모 한 명이 있었다. 정원에는 정원사, 토지 관리인, 농부, 목동이 있었고 별채에는 재봉사가 살았다.[3] 애거사는 처음에는 크리스마스 때나 휴가 때 이곳에 놀러 왔다. 1926년 매지가 성의 여주인이 된 후에는 아무 때든 올 수 있게 되었다.

애거사가 쓴 글에 따르면 애브니홀에는 "복도, 느닷없이 나타나는 계단, 뒷계단, 앞계단, 골방, 벽감 등등 어린아이가 좋아할 만한 모든 게 있었다. …… 한 가지 부족한 것은 햇빛이었다. 엄청나게 어두웠다". 한 건축사학자는 애브니홀을 "퓨진Pugin의 고딕양식 건물 가운데 가장 호화롭고 또 가장 답답한 건물"이라고 했다.[4] 유화 300점과 박제된 사자가 있었다.[5]

1902년의 애거사는 고풍스러운 애브니홀의 음울하고 빛이 아른거리는 실내의 아름다움을 느끼기에는 너무 어렸다. 애브니홀은 런던 웨스트민스터 궁의 실내를 디자인한 건축가 A. W. N. 퓨진의 작품으로 군청색, 주홍색, 진홍색으로 빛나는 중기 빅토리아 시대의 보석이었다. 그렇지만 애거사는 "최고의 빅토리아 시대 화장실" 스타일이라고 표현했다.

이 건물을 지은 사람은 지미 와츠의 할아버지 제임스 와츠 경이었다. 와츠 경은 방직공으로 시작해서 직물 사업을 일구어냈는데 어찌나 사업이 커졌던지 베네치아 궁전을 닮은 창고를 소유할 정도였고, 맨체스터 시장을 역임하기도 했다.

그가 지은 빅토리아 시대 궁전이 애거사 크리스티가 이후에 쓸 소설에서 여러 차례 애거사의 상상력을 자극한다. 이 장려한 건물은《장례식을 마치고*After the Funeral*》(1953)에서 애버네시 일가가 모인 엔더비홀로 다시 탄생한다(이 가족은 티눈 고약을 만들어서 부를 일구었다).《마술 살인*They Do It with Mirrors*》(1952)에서는 애브니홀이 문제아동 시설인 스토니게이츠가 된다.《패딩턴발 4시 50분*4.50 from*

Paddington》(1957)에서는 철로가 러더퍼드홀이라는 저택의 정원 가장자리를 따라 지나가는데, 애브니홀 부지도 맨체스터-스톡포트 선이 경계를 이룬다.

또한 언니의 결혼으로 가까워진 활기 넘치는 사돈네 가족도 애거사에게는 무척 중요했다. 제임스에게는 동생이 다섯 있었다. 그중 막내인 낸Nan이 특히 당돌하고 엉뚱했다. "'젠장', '빌어먹을'을 입에 달고 살았고 집에서 기르는 새끼돼지를 온통 녹색으로 칠하기도 했다."[6] 낸은 애거사의 평생지기 친구가 된다.

와츠 가족이 연극을 보러 가는 것도 직접 연극을 하는 것도 좋아한다는 점이 애거사는 특히 좋았다. 실제로 매지의 시동생 중 한 명은 극장을 운영하기도 했다. 와츠 가족은 반대로 조용한 애거사가 신기하다고 생각했고, 애거사를 '꿈꾸는 아이' 또는 '반짝이는 눈'이라고 불렀다. 수줍음이 많은 애거사지만 무대 위에서는 180도 변신할 수 있었다. 애거사는 즉석 팬터마임으로 사람들을 즐겁게 해주곤 했다. "나는 프린시펄 보이principal boy(팬터마임에서 어린 남자 주인공을 가리키는 말로 보통 여자가 남장을 하고 연기했다-옮긴이) 역을 가장 좋아했다"라고 애거사는 말한다. 애거사는 언니의 스타킹을 빌려서 신고 이 역할을 했다.

어린 시절 애거사에게 애브니홀은 흥겨움과 즐거움의 상징과도 같았다. 애브니홀의 여주인 역할만으로 대단한 재능을 지닌 매지의 시간과 능력을 전부 활용할 수는 없으리란 것은, 아주 날카로운 관찰자가 아니고서야 알아차리지 못했으리라.

또 애거사가 언니가 간 길을 따라 결혼하리란 것은 누가 보기에도 명백한 사실이었다.

7
게지라 팰리스 호텔

애거사 크리스티라고 하면 많은 사람이 캣츠아이 안경테를 쓴 위압적이고 노숙한 '죽음의 공작부인' 이미지를 떠올린다. 그래서 애거사가 젊을 때 남자들 사이에서 얼마나 인기가 있었는지 실감이 잘 나지 않는다.

"내 외모는 괜찮았다." 애거사는 특유의 솔직한 말투로 말한다. "물론 식구들은 내가 귀여운 소녀였다고 말하면 박장대소하지만." 그러나 사실이었다. 또 애거사는 늘 남자들과 편하게 어울렸다. 애거사는 '신여성'의 가치관을 부정하면서도 일부는 말없이 받아들였다. 애거사는 성관계에 대해 늘 솔직하고 꽉 막히지 않은 태도를 취했다.

애거사는 성년이 되었으나 논이 없었기 때문에 매지처럼 화려한 데뷔를 할 수 없었다. 클라라는 체면치레를 할 대안을 생각해냈다. 클라라의 건강 때문에 기후가 따뜻한 이집트로 여행을 가야 하는 척하는 것이었다. 이집트로 간 진짜 이유는 카이로에 외국에서 온 사람들의 사교 시즌이 있었기 때문이다. 카이로에서 저렴한 비용으로 애거사를 사교계에 데뷔시킬 수 있었다.

저렴하다고는 해도 상당한 투자였다. 이집트에서 석 달간 머물려면 아무리 못해도 500파운드는 필요했다. 그런데 애거사와 클라라의 수입을 합해봐야 1년에 400파운드밖에 되지 않았다. 클라라는 카이로 여행을 위해 분명 저축을 건드렸을 것이다. 애거사가 적당한 짝을 만나는 게 클라라에게 얼마나 중요한 일이었는지 알 수 있다.

두 사람이 함께 1908년 첫 석 달을 카이로에서 보내기로 하고 여행을 떠났다.[1] 열일곱 살인 애거사는 모험을 앞두고 가슴이 뛰었다. 런던에서 증기선 헬리오폴리스호를 타고 마르세유와 나폴리를 경유해 나흘간 항해한 후 기차를 타고 육로로 카이로에 갔다.

유럽에서 온 이주자들에게 이곳은 세금이 낮고 싼 가격에 내국인 노동력을 부릴 수 있는 곳이었다. 1901년 프랑스가 이집트에서 철수했으나 정세가 불안했던 이집트는 이제 영국의 지배 아래에 있었다. 카이로의 국제적인 사업 지구 밖으로 나가면 애거사 같은 사람들은 발도 들여놓지 않는 무슬림 도시가 있었다.[2]

클라라와 애거사는 나일강 위 섬에 있는 게지라 팰리스 호텔에 머물렀다. 1860년대에 샤토chateau(프랑스의 성 – 옮긴이) 스타일로 지어진 이 호텔에는 전신국이 있었고 매일 콘서트가 열렸으며 피라미드를 직행으로 오가는 트램 서비스가 있었다.[3]

그러나 애거사는 관광하러 온 게 아니었다. 같은 해에 출간된 E. M. 포스터의 《전망 좋은 방*A Room with a View*》에서 여주인공은 피렌체에 가지만 영국 서리주에서 만날 수 없을 법한 사람은 한 명도 만나지 못했다. 이집트에 간 애거사도 마찬가지였다. 애거사와 클라라가 찍은 사진들에는 대위, 소령, 장군, 준남작, 심지어 공작까지 등장한다. 이집트 사람들은 사진에 마술사 또는 이름 없는 통역 등으로 등장할 뿐이다. 애거사가 카메라에 담을 만하다고 느낀 고대 유물은 스핑크스뿐이었다. 애거사의 카메라에는 이집트보다는 피크닉, 폴로 경기, 테라스의 티타임 등이 주로 찍혔다.[4]

석 달 동안 애거사는 카이로의 호화로운 호텔에서 열린 무도회에 일주일에 다섯 번 참석하며 카이로에 주둔한 영국군 소속 젊은이들과 어울렸고 "지나치게 진지한 젊은 오스트리아 백작에게 조금 시달렸다". 애거사는 하급 장교들을 더 좋아했다.

저녁마다 무도회장에 들어서는 애거사는 부러움을 살 만큼 날씬하고 키가 컸고(170센티미터[5]) 금발이었다. 그런데도 10대답게 자기 외모에 만족하지 못했다. "큰 가슴이 유행이었다." 애거사는 이렇게 썼다. "나도 저렇게 멋지게 발육하려면 얼마나 더 기다려야 할까?"

훗날 애거사는 자신의 데뷔턴트debutante(무도회 등 사교 행사를 통해서 사교계에 데뷔하는 젊은 여성 ─옮긴이) 드레스의 기억에 흠뻑 빠졌다. "너무나 아름다운 노란색 새틴 드레스"가 기억에 또렷이 새겨져 있었다. "'혼자 설'(당시에는 드레스에 대한 최대의 칭찬이었다) 정도는 아니었지만 거의 그럴 수 있을 정도였다. 매우 풍성한 스커트가 실게 늘어졌다. …… 5년 동안 나는 그 드레스를 간직했다. 그걸 볼 때마다 자신감이 생겼다(나는 수줍음이 많아서 그런 게 절실히 필요했다)."[6] 《죽은 자의 어리석음》에서 전에 귀부인의 시녀였던 사람이 비슷한 회상에 빠진다. "레이디들이 입던 제대로 된 재질은요, 요란한 색도 아니고 이런 나일론이나 레이온 같은 게 아니에요. 진짜 고급 실크죠. 어떤 태피터 드레스는 세워놓으면 그대로 서 있었다니까요." 터커 부인은 한숨을 내쉬며 말한다.[7]

애거사는 무도회에 쉰 번에서 예순 번 가까이 참석해 열심히 춤을 췄다. 그런 자리에는 엄격한 규칙이 있었다. "이런 무도회에 젊은 남자와 같이 가는 법은 없었다." 애거사가 설명했다. "어머니 아니면 다른 신분 높은 여성이 같이 참석해 따분해하며 앉아 있었다." 그렇지만 범절에 맞게 춤을 추고 난 다음에는 "달빛 아래에서 산책하거나 온실로 들어가서 은밀히 테트 아 테트tête-à-tête(두 사람이 머리를 맞대고 하는 사담을 뜻하는 프랑스어 – 옮긴이)를 할 수도 있었다".

밤마다 무도회에 가는 고된 훈련을 거쳐 애거사는 서서히 대화법을 터득해갔다. "나는 늘 대화에 서툴렀다"라고 애거사는 회상했다.[8] 파트너 한 명이 애거사를 어머니에게 데려다주며 이렇게 말했다. "따님 모셔왔습니다. 춤추는 법을 배웠네요. 훌륭한 솜씨입니다. 하지만 말하는 법은 좀 가르치셔야 할 것 같네요."

석 달 뒤 애거사는 첫 번째 프러포즈를 받고 이집트를 떠났지만, 본인은 그 사실을 몰랐다. 클라라가 대신 청혼을 받았는데 딸에게 묻지도 않고 단칼에 거절했던 것이다. 애거사는 나중에 알고 화가 났다. 그렇지만 이집트에서 지내면서 얻은 그보다 훨씬 소중한 성과는 처음으로 쓴 장편 《사막에 내리는 눈Snow upon the Desert》이었다.

애거사는 지금껏 써본 단편보다는 뭔가 더 야심 있는 것을 염두에 두고 있었다. 그리하여 카이로를 잉글랜드의 첼트넘처럼 여기는 영국인들을 다룬 장편 풍자 소설을 썼다. 애거사는 사교 활동 틈틈이 글쓰기를 하며 기분전환을 할 수 있었다. 애거사는 이렇게 설명한다. "소설을 쓰는 습관이 생겼다. 말하자면 쿠션 커버에 수를 놓거나 드레스덴 도자기의 꽃 그림을 베껴 그리는 대신 글을 썼다. 창작을 너무 사소한 것과 등치시킨다고 생각할 사람도 있겠지만, 나는 그렇게 생각하지 않는다."

당시에는 글쓰기를 여러 취미 활동 가운데 하나로 보는 생각이 의외로 보편적이었다. 배지는 단편을 써서 《배니티 페어》에 보내 쌈짓돈을 벌었다. 애거사의 할머니 폴리는 자수 솜씨가 뛰어나서 바느질로 가족을 부양했다. 둘 다 무해한 취미로 여겨진 것이 돈벌이로 이어진 사례다. 다락방에서 굶주리며 고독하고 고통스러운 작업에 천재적인 재능을 쏟아붓는 낭만주의적 예술가상과는 너무나 거리가 먼 모습이다. 그러나 여성 작가들은 늘 작품 활동을 일상생활의 귀퉁이에 끼워 넣곤 했다. "내가 죽 작가가 되고 싶었다고 말할 수 있다면 얼마나 흥미로울까." 애거사는 훗날 이렇게 털어놓았다. "그렇지만 한 번도 그런 생각은 한 적이 없었다."

애거사는 스무 살이 되기 전에 소설 한 권을 쓸 수 있는 여유가 있었다는 게 행운이라고 인정했다. 애거사와 동시대 작가인 시인 에설 카니Ethel Carnie의 형편은 전혀 달랐다. '공장 여공 시인'이라 불리는 카니는 면 방직공 집안에서 태어나 열세 살 때부터 종일 공장에서 일했다. 열여덟 살 때 처음으로 《블랙번 타임스*Blackburn Times*》에 시를 발표했다. 한 비평가는 이렇게 말했다. "새로운 가수를 발견한 듯하다. 이런 사람이 힘든 공장 일을 하는 대신 더 많은 여가를 누렸다면 어떤 성취를 이룰 수 있었을까?"[9] 1913년 에설 카니는 소설《미스 노바디 *Miss Nobody*》를 썼다. 영국에서 노동계급 여성이 출간한 최초의 소설로 여겨진다. 애거사도 카니처럼 스스로 밥벌이를 해야 했다면 영영 미스 노바디로 남았을지도 모른다.

애거사의《사막에 내리는 눈》에는 게지라 팰리스 호텔이 살짝 위장된 채로 등장하고, 유럽인 투숙객은《전망 좋은 방》에 나오는 깐깐한 영국 귀부인들과 비슷한 모습으로 묘사된다. 두 인물이 카이로 합승 마차에 타면서 곤란한 일을 겪는다.

"욕한 게 아니었으면 좋겠네요." 미스 킹이 마차 안에 안전하게 자리 잡으며 말했다.

"그냥 아랍어였던 것 같아요." 멜란시가 진지하게 대답했다.

《사막에 내리는 눈》에는 이후 애거사 작품에 등장할 여러 요소의 씨앗이 있었다. 유럽인들이 '이국적'이라고 부르는 장소에 부유한 사람들이 모이는 설정, 깃털처럼 가벼운 터치가 특징인 묘사와 대화, 남자 주인공의 강력한 성적 매력. "못된 얼굴, 못된 눈이었지만, 강력했다." 이 소설의 제목도 적절한 인용문을 골라 제목으로 삼는 애거사의 평생 이어질 특기를 보여준다. 이 제목은 19세기에 번역된 오마르 하이얌Omar Khayyám의 시에서 따왔다.

그렇지만 오늘날 이 소설에서 얻을 수 있는 진짜 재미는, 젊은 애거사가 여주인공과 자신을 동일시하며 침대 위를 뒹굴면서 현재 관심이 가는 젊은이와 보낼 하루에 들떠 있는 모습을 상상해보는 데에서 온다.

이토록 행복했던 적이 없는 것 같았다. 기대감의 밀물을 타고 구름 한 점 없는 하늘 아래 잔잔한 푸른 바다로 떠가고 있었다. 신이 준 최고의 선물인 열렬한 기대감의 순간을 즐기고 있었다.

멜란시는 모기장 아래 만족스레 누워서 벽에 어른대며 춤추는 그림자를 보았다. 잠시 후에는 일어나 블라인드를 걷고 드넓은 나일강을 바라볼 것이다.[10]

이 목소리는 나중에 메리 웨스트매콧Mary Westmacott이라는 작가에게서 다시 만나게 된다. 웨스트매콧은 애거사가 범죄소설이 아닌 소설을 쓸 때 사용했던 필명이다. 애거사가 이 목소리로 이야기를 할 때 우리는 생각보다 훨씬 더 자전적인 작품을 썼던 소설가의 내면을 깊이 들여다볼 수 있다.

소설을 완성하고 토키로 돌아온 애거사는 작가가 되기 위한 여정의 다음 단계를 밟았다. 전문가의 도움을 구한 것이다.

클라라가 애거사에게 이웃에 사는 작가인 이든 필포츠Eden Phillpotts의 의견을 들어보라고 했다. 필포츠는 유쾌한 사람이었던 것 같다. 소설가 아널드 베넷Arnold Bennett의 친구이며, 오늘날에는 거의 잊혔지만 당대에는 상업적으로 큰 성공을 거둔 작가였다. 오늘날 그의 이름이 기억되는 까닭은 소언을 구하는 젊은 작가에게 관대함을 보여주었던 덕이 크다.

필포츠는 자기 앞에 놓인 작품에서 가능성을 보았다. "글의 일부는 아주 탁월합니다." 필포츠가 애거사에게 말했다. "대화문에 감각이 있네요."

용기를 얻은 애거사는 《사막에 내리는 눈》을 몇몇 출판사에 보냈다. 그렇지만 거절당했다. 문제는 캐릭터나 대화가 아니었다. 여자 주인공이 청력을 잃는다는 황당한 줄거리 때문이었다.

필포츠는 자기 에이전트에게 애거사를 소개하는 등 최선을 다했다. "출간이 가능한지 살펴볼게요. 적은 부수라도 활자화되면 큰 힘이 되지요." 그렇지만 이번에도 역시 거절당했다. 그러나 애거사는 낙담하지 않고 필포츠에게 또 다른 단편을 보냈다. 필포츠는 그 단편을 마음에 들어 했지만, 애거사가 글쓰기에 헌신할 마음이 없다는 것을 예리하게 간파했다.

"아주 잘 해나가고 있습니다." 필포츠는 이렇게 편지에 썼다.

그리고 만약 삶이 예술을 위한 기회와 여유를 충분히 제공하고 당신이 높은 자리를 성취하기 위한 투쟁을 해낸다면 그 자리를 얻을 수 있겠지요. 재능은 충분하니까요. …… 그렇지만 삶이 많은 사람에게서 예술을 앗아갑니다.[11]

필포츠의 생각이 정곡을 찌른 듯하다. 애거사가 이집트에서 돌아오자마자 결혼 신청이 쇄도하다시피 했던 것이다.

8

그리고 아치볼드가 나타났다

여성 참정권 운동가들이 폭탄을 설치하고 발칸반도가 불타고 있을 때, 클라라는 애거사가 배필을 만나길 바라며 애거사를 잉글랜드 전역의 하우스 파티에 보냈다. 애거사는 자신감이 생겼고 훨씬 더 부유한 사람 행세를 하는 데 능숙해졌다. 한번은 세련된 벨벳 토크를 쓰고 기차에서 내렸더니 역장이 애거사가 당연히 시녀를 동반했으리라고 생각했을 정도였다. 당연하지만 그럴 돈은 없었다.

이 시기 애거사를 아는 누군가는 애거사의 살짝 수줍어하는 매력을 이렇게 묘사했다. "키가 크고, 무척 예쁘고, 스칸디나비아 사람처럼 피부색이 밝았다. 늘 조용하고 숫기가 없었다."[1] 그래도 엄청나게 매력적이었다. 애거사의 자서전에 언급 혹은 암시된 바를 보면 청혼을 한 남자가 최소 아홉 명은 되는 듯하고, 실제로 약혼을 한 적도 두 번이었다. 애거사는 구혼자들에 대해 유쾌하고 담담하게 이야기하는데, 한번은 이런 말로 거절했다고 한다. "우리 안 지 열흘밖에 안 됐잖아요. 그런데 이렇게 청혼을 한다는 건 너무 어리석은 일이에요."

클라라는 상황을 면밀하게 주시하고 있었다. 클라라는 자신의 결혼이 그랬던 것처럼 남자와 여자는 다르다는 전통적 결혼관을 여전히 고수하고 있었다. 클라라는 애거사의 구혼자 중 한 명을 매우 좋게 보았는데, 애거사보다 열다섯 살 연상일 뿐 아니라 엄청나게 여자관계가 복잡했던 사람이었다. "그 점을 어머니는 전혀 께름칙해하지 않았다." 애거사가 말했다. "결혼 전에 남자가 씨를 뿌려대는 것은 너무나 당연한 일로 받아들여졌기 때문이다." 결혼 후에도 마찬가지고.

애거사는 《0시를 향하여*Towards Zero*》(1944)에서 대단한 인물인 레이디 트레실리언의 입을 빌려 어머니 세대의 견해를 피력한다. "남자가 바람을 피우는 것은 당연하지만, 결혼을 깨뜨리는 것은 용납되지 않아." 그러나 애거사와 동시대 사람들은 결혼이 다른 것이기를 기대했다. 좀 더 친구 같고, 동반자 같고, 상하 관계에서 좀 벗어난 관계였으면 했다. 그리고 더 **재미있기**를 바랐다.

애거사의 미발표 초기작 중에서 결혼관을 엿볼 수 있는 것이 있다. 애거사는 단편을 쓰는 한편 결혼에 대해 고찰하는 희곡도 썼다. 〈유지니아와 우생학*Eugenia and Eugenics*〉이라는 희곡에서는 결혼제도를 확고하게 비판한다. 여자 주인공이 남자와 여자는 동등하게 이혼할 권리를 가져야 한다는 생각을 밝힌다. 그러나 주인공의 하녀는 좀 더 현실적인 시각을 보인다. "제가 보기에는 남자가 귀하고 남자를 붙잡기가 이렇게 힘든 상황이니 너무 많은 걸 요구하기는 무리일 것 같은데요."[2]

애거사의 남편 후보자들은 중상류층 출신이었다. 애거사는 귀족 계급에 대해서는 전도된 우월의식 같은 것을 느꼈다. 이를테면 작위가 있는 사람들은 도무지 **상식적**이지 않다고 생각했다. 소설 속 인물의 입을 빌려서 귀족은 겁이 없고 솔직하지만 '몹시 어리석다'고 하기도 했다.[3] 동료 소설가 도러시 L. 세이어스Dorothy L. Sayers나 마서리 앨링엄Margery Allingham은 상류층을 좋아했지만 애거사는 종종 귀족을 악당으로 만들곤 했다. 예를 들어 수상쩍은 인물 로드 에지웨어는 표정이 "기묘하고 은밀하고", 어떤 공작은 "나약하지만 고집스럽고" "허약한 젊은 남성복 판매상"처럼 생겼다.[4]

애거사는 중상류층은 괜찮다고 생각했다. 《오리엔트 특급 살인 *Murder on the Orient Express*》(1934)에서 아버스넛 대령은 애거사가 속한 사회 계층을 이렇게 정의한다.

"미스 데버넘에 대한 말씀인데요." 대령이 다소 어색하게 말했다. "괜찮은 분이라고 보장할 수 있습니다. 그분은 **푸카 사히브**예요."

대령은 살짝 얼굴을 붉히며 자리를 떴다.

콘스탄틴 박사가 흥미롭다는 듯 물었다. "푸카 사히브가 무슨 뜻인가요?"

푸아로가 말했다. "그 말은, 미스 데버넘의 아버지와 남자 형제들이 아버스넛 대령이 다닌 학교와 같은 급의 학교에 다녔다는 뜻이지요."[5]

1912년, 애거사의 상당히 종잡을 수 없는 구혼이 아홉 번째로 진행 중이었는데, 이번에는 실제로 약혼으로 이어졌다. 상대는 레지 루시Reggie

Lucy라는 육군 장교였다. 그러나 애거사는 무도회장에 갔다가 열 번째 남자를 만나고 만다. 동등한 지위, 공통의 가치관, 모험을 약속하는 결혼을 이루어줄 듯한 남자였다.

아치볼드 크리스티Archibald Christie(아치)는 스물세 살이었고, 문제의 무도회는 1912년 10월 12일 데번주에 있는 어그브룩 하우스에서 열렸다. 애거사는 매혹적인 스물두 살의 아가씨였다. 친구가 애거사에게 아치가 춤을 잘 춘다고 일러주었고, 두 사람은 서로 소개를 받았다.

신체적으로 아치는 애거사의 거울상 같았다. "키가 크고 머리카락 색이 밝은 젊은이"였다. 나는 크리스티 기록보관소에서 아치의 사진을 보고야 글을 통해서는 결코 알 수 없었던 중대한 사실을 알게 되었다. 아치가 무지막지하게 잘생겼다는 사실 말이다.

게다가 짜릿하게도 파일럿이었다. 불과 넉 달 전에 허술해 보이는 브리스틀 복엽기 조종사 자격증을 취득했다. 전해에 애거사가 비행기를 타보고 무척 좋아했던 일이 있었다. 어머니가 과감하게 허락해줘서 애거사는 에어쇼에서 5파운드를 내고 5분간의 짜릿한 비행을 즐겼다.

아치는 그 기분을 이해했다. 애거사는 또 아치의 "구불구불한 곱슬머리, 아래쪽이 아니라 위쪽을 향한 상당히 흥미로운 코, 무심한 자신감이 넘치는 태도"에 홀딱 반했다. 게다가 아치는 오토바이도 탔다.

수줍음 많고 분별 있는 애거사가 이성을 완전히 잃고 말았다. 아치의 매력은 잘생기고 능력 있다는 것만이 아니었다. 아치는 신비스럽고 속을 알 수가 없어서 불가해하고 더욱 매혹적이었다.

아치의 상관은 아치를 "성실하고 인기가 많으며 소수 정예부대 중에서도 우수한 부류에 속한다"라고 평했다.[6] 아치는 1889년 9월 30일 페샤와르에서 태어났는데, 당시는 인도의 벵골 지방이었고 지금은 파키스탄의 한 지역이다. 아치의 아버지 아치볼드 크리스티 시니어는 인도 공무원으로 일했다. 법정 변호사였다는 말도 있고 판사였다는 말도 있다. 아지의 어머니 엘런 무스 코즈Ellen Ruth Coates는 '페그'라는 이름으로 불렸고 아일랜드 골웨이에서 12형제 중 한 명으로 태어났다. 페그는 처지를 개선하고 남편감을 만나 결혼할 생각으로 인도에 간 것으로 보인다.

그러나 아치가 일곱 살 때 비극이 시작되었다. 가족이 영국으로 돌아갔는데, 아버지 아치볼드 크리스티 시니어가 정신병원에 입원했다. 브룩우드 정신병원 기록에는 '정신이상'의 원인이 '알코올'이라고 기록되어 있다. 4년 뒤, 아치의 아버지는 홀로웨이 정신병원이라는 다른 시설에서 '정신병적 전신마비'로 사망했다.[7]

가족끼리는 말을 타다 낙마한 일이 '뇌에 영향을 주었다'고 고쳐서 말하곤 했다. 당시에는 크리스티 시니어 같은 병증의 원인이 알코올이 아니라 치료하지 않은 매독임을 잘 몰랐다. 그렇지만 여자보다 남자가 이 병에 더 잘 걸리며 여자가 걸리는 경우는 성매매 여성일 때가 많다는 사실이 점차 알려지게 되었다. 그리하여 '정신병적 전신마비'가 술뿐 아니라 도덕적 타락과도 연관되기 시작했다. 이 일이 페그에게 엄청난 수치심을 일으켰을 것이다. 그뿐 아니라 아치의 남동생도 나중에 정신 질환을 앓게 된다.

집안에 이런 비밀이 숨겨져 있으니 아치가 과묵해 보인 것도 당연하다. 그러나 토키에서 곱게 자란 젊은 아가씨에게는 이런 모습이 정신 못 차리게 매력적이기만 했다. 지금까지 무도회장에서 만난 다른 남자들하고는 전혀 달랐다. 아치는 더 강인하고 더 현실적이었다. 출신 배경은 애거사보다 더 아래쪽이었다. 아치의 가족은 일을 했고, 애거사의 가족은 일을 하지 않았으니까. 두 사람은 "극과 극으로 달랐다. …… 사람은 '낯선 상대'에 매혹되기 마련이다".

아치의 아버지가 사망하면서 페그는 낯선 영국에 온 지 4년 만에 아이가 둘 딸린 과부가 되었다. 얼른 재혼할 수밖에 없었다. 두 번째 남편 윌리엄 헬름슬리는 브리스틀에 있는 클리프턴 칼리지의 교사였다. 애거사는 아치의 어머니를 만나고 떨떠름한 느낌을 받았고 "다소 과도한 아일랜드 스타일로 매력적"이라고 묘사했다. 페그의 삶이 위태했던 것을 생각하면 매력에 의존할 수밖에 없었던 것도 이해가 간다.

아치는 새아버지의 직장에서 교육을 받았다. 클리프턴 칼리지는 퍼블릭 스쿨이지만 이튼 스쿨 같은 곳은 아니었고, 중간 계급 남학생을 과학자나 제국 건설자로 만드는 것을 목표로 삼았다. 아치는 울리치에 있는 왕립 육군사관학교에 진학했고 영국 야전 포병대에서 3년간 복무했다. 1912년 7월 교육비 75파운드를 내고 비행을 배웠고 한 달 뒤에 자격을 취득했다.[8] 아치는 막 창설된 영국 왕립 비행단Royal Flying Corps에 입대하기를 바랐다.

그리하여, 엑서터 인근에 주둔하고 있던 아치는 무도회에 갔다가 애거사를 만났다. 아치는 수기로 자신의 삶을 기록해놓았는데, 아치가 기록한 첫 번째 사교 행사가 이 무도회였다. 이걸 제외하고는 군대나 훈련에 관련된 언급밖에 없다.

애거사가 아치에게 받은 첫인상은 기록으로 남아 있지만, 아치는 기록을 간략하게 남겼고 애거사에 관해서는 아무 말도 하지 않았다. 또 아치는 오토바이를 타고 애시필드를 방문하기 시작했다는 이야기도 적지 않았다. 클라라는 이 일을 매우 재미있어했다. 무슨 일이 진행 중인지 빤했다. 이 젊은이기 어찌나 심각하게 사랑에 빠졌는지 마치 '병든 양'처럼 보였다. 애거사는 1912년 12월 31일 아치를 사우스 데번 헌트 무도회에 초대했는데,[9] 아치의 기록에는 이 일에 대한 언급도 없다. 그러나 1913년 1월 4일, 가장 중대한 순간에만 되살아나는 아치의 일기가 다시 활기를 띤다. 일기에는 "애시필드 토키에 가서 파빌리온 콘서트를 관람했다"라고 적혀 있다.[10]

토키 파빌리온 극장에서 열린 '그랜드 바그너 콘서트'에 간 것이다. 바닷가에 있는 파빌리온 극장은 돔형 지붕이 여럿 있는 화려한 건물이었다. 이날 프로그램에는 마담 블랑쉬 마르케지("코벤트 가든의 유명한 프리마돈나")와 시립 관현악단이 출연했다.[11] 어둠 속에서 아치 옆에 앉아 있던 애거사의 마음속에서 바그너와 깊은 감정이 영영 하나로 얽혔다. 마음 깊은 곳에서 애거사는 무슨 일이 일어날지 '이미 알고' 있었기 때문이다.

콘서트가 끝나고 애시필드로 돌아왔을 때 아치는 도저히 더 참을 수가 없었다. 아치는

절박하게 나에게 말했다. 이틀 뒤에는 떠나야 한다고 말했다. 솔즈베리

평원으로 가서 비행단 훈련을 시작할 거라고 했다. 그러더니 격렬하게 말했다. "당신은 나하고 결혼해야 해. 나하고 **결혼해야만** 해."

그런데 심각한 문제가 하나 있었다. 애거사는 다른 사람과 약혼한 상태였던 것이다.

애거사는 레지 루시에게 편지를 썼다. 레지의 여동생들이 애거사와 친한 친구이기도 했고, 레지는 친절하고 점잖고 모든 면에서 적합한 짝이었으니, 레지가 합리적인 선택이었을 것이다. 레지는 잘 아는 사람인 데다가 나중에 레지가 워릭셔에 있는 거대한 저택 찰코트 하우스를 상속받으면 애거사가 매지보다 더 큰 성의 안주인이 될 수도 있었다.

그런데 애거사는 두 번 생각도 하지 않고 그냥 약혼을 깨버렸다.

밀러 집안에서도 크리스티 집안에서도 아치와 애거사의 약혼을 반기지 않았는데 벌인 일이었다. 아치의 어머니 페그는 아들이 아직 너무 어리다고 생각했고, 애거사의 어머니 클라라도 불안해했다. 클라라는 "당연히, 내 입장에서는 **어떤** 남자라도 애거사에게는 모자라게 느껴지겠지"라고 말하곤 했다. 그러나 아치는 개의치 않았다. 애거사를 차지하고 말겠다는 아치의 결심이 애거사에게는 짜릿하고 매혹적으로 느껴졌다. 애거사의 말에 따르면 아치의 마음은 "언제나 **자신**이 원하는 것에 완전히 집중되어 있었다". 아치가 지금 원하는 것은 바로 자신이라는 사실이 애거사에게는 천둥이 울리듯 짜릿한 일이었다. 그리고 1913년 4월, 아치는 비행단에 입대한다는 소망을 이루었다.[12]

그러나 아치와 애거사는 서로 너무나 달랐고, 상대에 대해 아는 것도 없었다. 이들이 결혼에 이르기까지는 무수한 우여곡절이 있을 터였다. 그중 하나는, 재정적 곤경이 더욱 심각해진 일이었다. 1914년 6월 뉴욕 클래플린, 멜론 앤드 컴퍼니가 마침내 파산했고 밀러 가족의 재정 상태는 그 어느 때보다 어려워졌다. 아치는 약간의 수입이 있었고, 애거사는 그보다는 꽤 많았으나 이제 클라라의 수입이 불확실해졌다. 돈 문제를 어떻게 해결할 것인가?

그리고 8월에는, 가족 회사의 파산만큼이나 상상하기 어려웠던 일이 벌어졌다. 바로 전쟁이었다.

3부
전시 간호사

9
토키 시청 병원에서

1914년 여름, 애거사는 자기 앞날이 어떻게 펼쳐질지 안다고 생각했다. 마침내 제대로 사랑에 빠진 것이다. 애거사는 언니처럼 결혼하고 아기를 낳을 터였다.

다가오는 전쟁이 삶의 경로를 뒤틀어놓고 자신을 작가로 만들어놓으리라고는 꿈에도 생각하지 못했다.

토키 사람들은 유럽에서 무슨 일이 벌어지고 있는지 전혀 몰랐다. "소문만 무성했다." 애거사는 말했다. "그러다가, 어느 날 아침, 갑자기 **전쟁이 터졌다.**"

애거사는 충격적일 정도로 즉각 영향을 받았다. 아치가 여름 동안 윌트셔주 네더레이번에 있는 영국 비행단 막사에서 지내게 되었다. 비행단 훈련소는 솔즈베리 평원 스톤헨지에서 멀지 않은 황량한 벌판에 있었고 "바람이 몰아치는 언덕에 물막이판자로 지은 오두막이 모여 있는" 우울한 곳이었다.[1] 이곳에서 아치는 애거사에게 애절한 편지를 썼다. "제대로 된 게 하나도 없어. 내 야망은 오직 하나, 당신과 영원히 함께 있는 거야. …… 다른 건 아무것도 중요하지 않아."[2]

어쩌면 아치가 훈련에 좀 더 집중해야 했을지도 모르겠다. 전쟁이 임박했으니 이제 비행단은 더 이상 장난감을 가지고 노는 남자아이들의 집합소가 아니었다. 그렇지만 아치의 편지에는 여전히 파일럿이 되는 일이 끝내주는 모험인 것처럼 비친다. 아치는 리볼버를 손에 넣었다며 애거사를 안심시킨다. "당신을 기쁘게 하려고 그런 거야. …… 덩치 큰 독일인을 만나면 쏠지도 모르지만 그럴 일은 없을 듯해."[3] 아치는 1000피트(약 305미터)의 저공에서 위험한 곡예비행을 한다. 동료 한 명이 죽었는데도 대범하게 넘긴다. "코디 복엽기는 무척 불안정해. 이런 사고 기록을 읽으면 침울해지지. 직접 목격하면 더 그렇고. 하지만 곧 다시 자신감이 돌아와."[4]

아치는 비행 일지에 기록된 사고들에 대해서는 애거사에게 이야기하지 않는다. "엔진 작동 불규칙", "착륙 문제", "고글 들러붙음" 등등.[5] 그러나 이른바 장교 계급이라고 불리는 이들 전체가 이렇게 입을 꾹 다물고 비밀을 숨겼다. 아치도 대체로 어려움을 내색하지 않는다는 신조를 고수했다. "당신은 용기를 잃지 않을 거지, 나의 천사. 집에서 아무것도 하지 않고 있기가 무척 힘들 테고, 또 돈 문제도 있는 듯하지만, 우리가 꿋꿋이 버티면 모든 게 좋아질 거야."[6]

그렇지만 가끔 파혼해야 하나 생각하는 우울한 밤도 있었다. 아치는 이렇게 털어놓았다. "지난주에 안 좋았던 이유는, 내가 당신을 다시 만나지 않는 게 당신한테 최선일지 모른다는 생각이 들었기 때문이야. …… 나는 당신에게 미흡하나마 최선이라고 생각하는 대로 하려고 애쓰고 있어. 그러면서 내내 내가 어떻게 될지 걱정하지."[7]

잘생긴 비행사라니 너무나 멋지게 들리고, 그것이 아치 크리스티에게 흔히 붙는 수식어이기도 하다. 그렇지만 아치를 에이스 조종사라고 하기는 어렵다는 사실은 잘 알려지지 않았다. 아치는 "여느 때처럼 비행을 즐기고 있다"고 말했다.[8] 그렇지만 독일이 폴란드를 침공했을 무렵 아치는 이미 조종사가 아니었다. 상공에 있을 때 부비동이 문제를 일으켰고, 비행기 수가 모자란 데다가, 아치의 복무 기록을 보면 아치가 조종사로서 재능이 뛰어나지 않았다고 한다. "안전한 기계"는 조종할 수 있으나 위험하거나 까다로운 비행은 하지 못했다.[9]

그래서 아치에게는 다른 임무가 맡겨졌다. 제3 비행대의 수송과 장비 담당관 업무를 이어서 하게 된다.[10] 아치는 이런 역할로 프랑스에서 복무할 준비를 했다. 그렇게 되어 실망했을 수도 있지만 아치는 그렇단 말 역시 하지 않았다.

아치의 짧은 조종사 경력이 실제 전시 군복무가 어떠했는지를 가려버린 것은 놀라운 일이 아니다. 제1차 세계대전 조종사들, 이른바 '하늘의 기사들'이 우리의 상상력을 사로잡아 무대 뒤에 있던 사람들은 모두 지워지는 경향이 있다. 용감한 조종사들의 이미지가 개인의 역할을 대표하는 것처럼 여겨지곤 하지만, 실제로 이 전쟁의 가장 중요한 특성은 산업적 규모의 죽음이 일어났다는 사실이다.[11]

그리하여 아치는 타자기와 전화 옆에서 대기하며 전쟁을 기다렸다. "기다리는 일이 상당히 힘들어." 아치는 이렇게 인정했다. "하지만 만반의 준비가 되어 있어."[12] 영국이 독일에 선전포고하기 이틀

전인 8월 2일 자로 아치는 동원되었다. 그러기 직전에 짧은 휴가를 얻어 솔즈베리로 왔다. 토키에 있던 애거사는 작별인사를 하려면 바로 와야 한다는 다급한 전보를 받았다.

애거사는 기차를 타러 달려갔다. 클라라도 함께였다. 두 사람이 가진 돈은 5파운드 지폐 한 장뿐이었는데, 너무 큰돈이라 거스름돈을 줄 수 있는 사람이 아무도 없었다. 애거사는 나중에 이 일을 희비극적 어조로 들려준다. "잉글랜드 남부 전역에서 한없이 많은 검표원들이 우리의 이름과 주소를 받아 적었다. 기차는 연착되었다."

마침내 겨우 애거사와 아치가 만났다. 솔즈베리에 있는 호텔에서 단 30분 동안의 만남이었다. 긴장감이 감돌았다. "아치는 자기가 죽을 것이고 다시는 나를 볼 수 없을 것이라고 확신했다. 비행단원들 전부 그랬다." 나중에 자전적 소설에서 애거사는 아치의 태도를 이렇게 묘사했다. "무척 변덕스럽고 경박했고 눈빛은 겁에 질린 듯했다. 이 새로운 종류의 전쟁이 어떨지는 아무도 몰랐다. 이 전쟁은 **아무도 돌아오지 못할 수도 있는 전쟁이었다.**"[13] 애거사는 그날 밤 울면서 잠자리에 들었고 영원히 눈물이 멈추지 않을 것 같았다.

1914년 8월 5일, 아치는 프랑스로 출항하기 위해 사우샘프턴으로 갔다. 아치는 애거사에게 사진 한 장을 보냈다. 제복을 입고 멀리 지평선을 응시하는 말도 안 되게 잘생긴 모습이었다.

애거사는 사진 뒷면에 연필로 이렇게 적었다. "화가 네게 미치지 못하리, 그가 너를 위하여 그의 천사들을 명령하사 …… 그들이 환난 당할 때에 내가 그와 함께하여 그를 건지고 영화롭게 하리라."[14]

토키로 돌아온 애거사는 두려움에 질려 있었고, 손을 놓고 있느니 무언가를 해야겠다는 생각이 절실했다. 애거사는 전쟁 자원봉사에 지원했다. 분홍색의 공식 문서에 따르면 애거사는 적십자 자원봉사자(구급 간호 봉사대Voluntary Aid Detachment, VAD)로 1914년 10월부터 1916년 12월까지, 총 3400시간 동안 병원에서 무급 근무를 했다.

토키 시청이 50병상 규모의 보조병원으로 바뀌었고, 이곳에서 애서사는 새롭게 본격적인 삶을 시작했다. 애시필드에서 병원까지 가는 길은 가파른 내리막길이었으니, 저녁 근무를 마치고 다시 올라가는 길이 즐겁지는 않았을 것이다. 그러나 그보다 큰 어려움은 일 자체였다. 애거사는 바닥에서부터 시작해야 했다. 청소부 일부터.

애거사는 시청 야전병원에서, 이후에는 토베이 병원에서 정식 근무했던 경험을 여러 차례 기록으로 남겼다. 자서전에는 유머러스하게 기록해놓았다. 같은 사건이 자전적 소설 《인생의 양식*Giant's Bread*》(1930)(원제목의 뜻은 '거인의 빵')에도 나오고 '스릴러' 소설인 《비밀 결사*The Secret Adversary*》(1922)에서도 코믹한 터치로 그려졌다. 이 책에서 여주인공은 날마다 648장의 접시를 닦는 것으로 병원 생활을 시작하고, 승진하여 수간호사의 식사 시중을 들다가, 마침내는 실제 병동에서 청소를 하는 단계에 오른다.

애거사는 차분한 관점을 유지하며 병원에서 목격한 참상을 꽤 유쾌해 보이게 다룬다. 그러나 겉모습은 속임수다.

애거사는 적십자에서의 수련으로 얻은 제한적 지식을 실제로 활용하게 되기 전, 처음에는 병동 청소부로서 바닥 닦는 일을 했다. 충격적인 경험이었다. 영국 전역에서 자원봉사자로 일한 많은 상류층 여성이 그랬듯 애거사도 비로소 노동의 현실에 눈을 뜨게 되었다. 《인생의 양식》에 이런 구절이 나온다.

> 이제 하인들에게 공감할 수 있다. 늘 하인들은 먹을 것에 너무 신경을 쓴다고 생각했었다. 그런데 지금 우리도 마찬가지다. 다른 기대할 것이 아무것도 없기 때문이다.[15]

승급해서 환자들을 돌보는 일을 하게 되자 얼마나 괴로운 일인지 알게 되었다. 다른 간호 봉사대 동료들도 마찬가지였지만 애거사도 약간의 교육을 받은 것으로 제대로 준비가 되었다고는 할 수 없었다.

처음 수술을 참관했을 때는 거의 기절할 뻔했다. 활짝 열려 있는 환자의 복부를 보고 애거사는 "온몸이 덜덜 떨렸다". 한번은 절단된 다리를 병원 소각로로 가지고 내려가야 했다. 애거사가 맡은 환자가 사흘 만에 파상풍으로 사망한 일도 있었다.[16] 플랑드르 야전병원만큼 상황이 심각하지는 않았겠지만, 전투 후 전장에서 감당할 수 있는 한계를 넘어서는 부상병이 발생하면 남부 해안에 있는 병원으로 잔뜩 몰려 왔다.

그러나 간호 일에서 애거사가 좋아하는 부분도 있었다. 간호 봉사대를 하면서 애거사는 동지애와 유능감을 느꼈다. 자기가 제대로 훈련을 받았다면 "아주 잘했을 것"이라고 생각했다.[17]

애거사의 경험은 얼마나 전형적이었을까? 간호와 관련해 애거사가 한 말은 다른 여러 간호 봉사대원들의 말과 비슷하게 겹친다. 무엇보다도, 강력한 헌신이 있었다. "나는 거기에 완전히 섞여 들어갔고 참여하고 싶었다."[18] 다른 병원에 있었던 베라 브리튼이라는 간호사는 "위험한 상처를 드레싱하는 일부터 침대 방수시트를 씻는 일까지 모두 당시 우리에게는 신성한 매혹으로 가득한 듯 느껴졌다"라고 말했다.[19] 애거사처럼 브리튼도 찢어진 팔다리를 치료하는 데 익숙해져야 했다. "괴저를 일으킨 다리의 상처가 끈적거렸고, 녹색과 붉은색을 띠었으며, 뼈가 보였다."[20]

다만 애거사의 회상은 병원 사람들에 관한 것이 많다. 특히 간호 봉사대를 지휘하는 간호사들이 많이 나온다. 역사가 크리스틴 핼릿Christine Hallett은 이렇게 말한다. "정식 교육을 받은 직업 간호사와 간호 봉사대 사이의 갈등이 전시 여성들이 쓴 글에서 두드러지게 나타나는 주제 가운데 하나다." 간호 봉사대는 상관들을 면밀히 관찰했다. "간호사들이 병원 예절과 규율을 과도하게 중시하는 것을 종종 비웃었다."[21] 예컨대 병원 예법에 따르면 애거사가 의사에게 직접 도구를 건네줄 수는 없었다. 한번 그랬다가 혼이 났던 일을 기록했다.

> "아니, 간호사, 그렇게 함부로 나대면 어떡해. 의사한테 **직접** 집게를 건네주다니!"

원칙은 도구를 상급 간호사에게 건네주고, 그러면 그걸 간호사가 고대 궁정 의식처럼 의사에게 전달하는 것이었다. 이 일의 이면에 있던 **실제** 문제는, 직업 간호사들이 힘겹게 노력해서 지금의 지위에 도달했는데 자원봉사자들과 똑같은 대우를 받으면서 자신의 지위를 잃을까 봐 두려워했다는 것이다. 사실 애거사를 비롯한 간호 봉사대

대부분은 학교에 다닌 적도 없었다.[22]

게다가 애거사 같은 계급의 사람은 지시받는 것에 익숙하지 않았다. 간호사들은 물론이고 의사도 병원 밖에서 만나면 애거사와 사회적으로 같은 계급이었다. 애거사는 "인간 수건걸이처럼 서서 의사가 손을 씻고 수건에 물기를 닦을 때까지 얌전히 기다리는 법"을 익혔다. 의사는 "굳이 수건을 나에게 돌려주지 않고 업신여기듯 그냥 바닥에 던져버렸다".

전에 겪지 못한 무례한 대우를 받아야 했던 것이다. 애거사처럼 노동 시장에 뛰어든 부유한 여성들의 경험이 양차 세계대전을 거치며 전통적 계급 사회가 무너지는 원인 가운데 하나가 된다. 애거사는 소설 속에서 한 간호사의 입을 빌려 이렇게 말하기도 했다. "이제는 의사에 대해 전처럼 생각할 수 없다. 앞으로도 영영 이런 생각에서 벗어날 수 없을 것 같다."[23] 애거사도 그랬다. 애거사의 소설 속에서 의사는 "통계적으로 살인을 가장 많이 저지르는 직업"이 된다.[24]

그렇지만 애거사는 환자를 대하면서 남자들에게 새로운 힘을 발휘하게 되었다. 무력하고 트라우마에 시달리는 환자들은 애거사를 필요로 했다. 환자들이 의사가 와인을 마시라고 명했다고 말하거나 편리하게도 술집 옆에 있는 가게에 다녀와야 할 일이 있다고 할 때 애거사는 속임수를 빤히 꿰뚫어 보았다. 글을 모르는 사람이 집에 편지를 보내고 싶어 할 때 애거사는 필경사가 되었다. 그들의 한 마디 한 마디가 애거사의 펜 끝에 달려 있었다.

전쟁이 일어나지 않았다면 애거사는 스물네 살부터 스물여덟 살까지의 이 기간에 분명 결혼하여 가정을 꾸리고 아기를 낳았을 것이다. 그 대신 애거사는 전혀 다른 직업의 세계를 엿보았고 그곳에서 성취와 성공을 경험했다.

1917년부터는 심지어 돈도 벌었다. 연간 16파운드의 수입이었다.[25] 오직 전쟁이 일어났기 때문에 가능해진 일이었다. "일반적으로, 특히 중산층에서는, 기혼 여성이 돈을 벌기 위해 일을 하는 것은 개탄할 일이라는 의견이 일반적이다." 1915년에 출간된 책에는 이렇게 적혀 있다.[26] 애거사도 그렇게 생각하게끔 길러졌다. 그렇지만 애거사는 병원에서 자원봉사를 하면서 뒷문을 통해 노동 시장에 발을 들여놓게 된 셈이다.

애거사의 가족은 왜 애거사가 일요일에도 일해야 하는지 이해할 수가 없었다. "무슨 조치를 해야 해." 그러나 애거사와 동료 간호사들이 해야만 하는 훨씬 더 중요한 일이 있었다. 병동 안에서 트라우마를 목격하고, 속으로 삭여, 병원 밖 세상에는 전달하지 않는 일이었다.

전쟁에서 참혹한 현실을 직접 목격한 군인들한테서도 이와 비슷한 이야기를 많이 듣게 된다. 토머스 베이커라는 한 군인은 민간인들에게 전쟁이 어떤 것인지 설명하려고 했다. "불가능하다." 그가 말했다.

전쟁이 실제로 어떤 것이었는지 말한다는 것은 …… 사람들은 전쟁이 얼마나 끔찍한 것인지 모르는 것 같았다. 전혀. 짐승처럼 살아야만 했던 지독한 상황을 말로 전달하기는 불가능하다.[27]

여자인 간호사들에게도 이해할 수 없는 것을 설명하기란 어려운 일이었는데, 이에 더해 이들에게는 또 다른 난관이 있었다. 군인들이 겪는 트라우마에는 적어도 포탄 쇼크shell shock(전쟁 신경증)라는 이름이라도 있었다. 간호사들의 불안에는 이름이 없었다. 그리하여 훗날 그들의 정신건강에 문제를 일으킬 원인이 쌓이게 되었다.

나는 또 간호 일이 애거사가 소설가가 되는 데 중대한 역할을 했다고 생각한다. 애거사는 연기를 해야 했다. 애시필드의 집으로 돌아가 자신이 팔다리를 소각했고 피를 닦아냈고 (또 젊은 여성으로서는 있을 수 없는 일인데) 남자의 벗은 몸을 봤고 용변을 처리했음을 어머니에게 **말하지 않아야** 했다. 이렇듯 실제와 다른 겉모습을 유지해야 할 필요를, 애거사의 소설 속 인물들도 강력하게 보여준다.

애거사는 마침내 결단을 내렸다. 애거사의 앞날에 결정적인 영향을 미칠 결단이었다. 병동을 떠나 병원 약국에서 직업 훈련을 받기로 한 것이다. 흥미로운 도전이었으며 근무 시간도 더 안정적이었다. "나는 기본적인 사실들을 익혔다." 새 일에 대해 애거사는 이렇게 기록했다. "비소를 검출하는 마시Marsh 테스트를 하다가 코나 커피머신을 날려먹은 후에 순조로운 진전이 이루어졌다." 애거사는 또 소름 끼치는 동료들도 상대해야 했다. 애거사는 토키에서 약사로 일하는 사람한테 추가로 교육을 받았다. 그런데 애거사가 'P 씨'라고 지칭한 이 사람이 좌약을 만들다가 극도로 위험한 약을 실수로 과량으로 넣었다. 실수를 지적하는 것은 있을 수 없는 일이었으나, 그렇다고 그 좌약이 사용되도록 내버려둘 수도 없는 일이었다. 그래서 애거사는 좌약을 쳐서 바닥에 떨어뜨리고 밟아버렸다.

"괜찮아, 아가씨." P 씨가 말했다. "너무 걱정 마." 그러고는 내 어깨를 다정히 쓰다듬었다. 그 사람은 그런 행동을 지나치게 많이 했다.

으윽.

지원봉시지 동료들이 애기사와 한편에 시시 뻣뻣한 간호사들과 거만한 의사들에 맞섰다. 이들이 자기 일당에 붙인 이름을 보면, 나고 자란 배경에서 얼마나 크게 멀어졌는지를 인식했음이 드러난다. 이들은 자신을 "퀴어 우먼"이라고 불렀다.

병원 사람들 전부 어떤 재미가 절실했다. "전쟁 이야기는 하고 싶지 않았기 때문"이라고 애거사는 설명한다.[28] 그래서 애거사와 다른 '퀴어 우먼'들은 병원 잡지를 패러디한 웃기는 책을 만들어냈다. 잡지에는 자원봉사자들 전부의 수채화 초상화(애거사는 머리를 올리고 흰색 상의를 입었다), "미래주의적 디자인"으로 장식된 오버올 작업복 등 병원 패션 광고가 실렸다. 자기들끼리 보는 잡지라는 안전한 공간에서 애거사는 남자 상사들의 무례함에 맞서라고 권한다. "(성향에 전혀 맞지 않는 일일 수도 있겠지만) 자신을 좀 더 내세우라고 조언합니다."[29]

애서사가 30세가 뇌기 선까지는 주로 여자늘 사이에서 지냈다는 점이 주목할 만하다. 애시필드에서 애거사와 클라라는 여자 하인 두 명과 함께 살았다. 이모-할머니도 그곳으로 와서 같이 살게 되었고, 또 애거사는 병원에서도 여자들과 강력한 유대를 맺었다.

"놀라운 여성들!" 잡지에 실린 〈퀴어 우먼의 꿈〉이라는 시는 이렇게 시작한다. "한 명 한 명씩 일어서서, 놀란 내 눈앞을 천천히 지나간다."[30] 그 가운데 두드러지는 사람은 동료 조제사 아일린 모리스였다. "외모는 평범"하지만 "정신적으로 뛰어났다". 애거사는 아일린을 "내가 만나본 사람 중에서 처음으로 **생각**을 나눌 수 있었던 사람"이라고 불렀다. 아일린은 학교 교사인 오빠, 결혼하지 않은 고모 다섯 명과 함께 금욕적으로 보이는 삶을 살았고, 전쟁 동안에 조제실과 실험실 보조로 봉사한 시간이 거의 9000시간에 달했다.[31]

그러나 애거사가 조제실에서 얻은 추가 보상은 똑똑한 여성 동료만이 아니었다. 이곳의 일이 독극물의 다른 활용법에 관한 애거사의 상상력을 자극했다. 퀴어 우먼들의 잡지에는 환자의 죽음과 수사에 관한 '경찰 법원 뉴스' 한 도막이 실려 있었다. 증인 가운데 간호사와 여성 조제사도 있었다. 가짜 기사에는 "약 1회분을 삼킨 뒤에 갑작스레, 즉시" 의문스러운 죽음이 일어났다고 되어 있었다.[32]

독극물이 의심되었다.

애거사는 조제실에서 약을 다루는 일을 하면서 처음으로 탐정 소설을 쓰겠다는 생각을 하게 된다.

10

사랑과 죽음

애거사는 특별한 여자였다. 그렇지만 아치와 헤어져 있던 4년 동안은 너무 흔한 이야기의 주인공으로 살았다. 전쟁으로 갈라진 젊은 연인들의 이야기.

아치는 감정이 강한 반면 표현을 잘 못하는 사람이어서, 아치가 보낸 편지에서도 프랑스에서 자신이 어떤 일을 겪었는지는 잘 드러나지 않는다. 아치가 보낸 편지를 애거사는 소중히 간직했다. 편지는 단순하고 명료하지만 죽음이 도처에 널려 있던 시기의 사랑이란 어떤 것이었는지 절절하고 감동적으로 보여준다.

수송선을 타고 프랑스로 건너간 아치와 동료들은 1914년 8월 13일 불로뉴에 떨궈졌고 그날 밤은 "부두 위에서" 보냈다.[1] 그런 한편 같은 비행 중대 소속 조종사 두 명이 비행기로 바다를 건너다가 착륙도 하기 전에 추락하여 사망하고 말았다.

8월과 9월 동안 아치는 프랑스 북동부에서 쉴 새 없이 이동했다.

거의 20퍼센트에 달하는 사상자를 낸 르카토 패전 후 퇴각한 무리에도 끼어 있었다. 영국군은 마침내 서서히 후퇴를 멈추고 참호를 판 뒤 참호전을 시작했다.

비행단은 칼레항에서 내륙 쪽에 있는 셍토메르 비행장에 본부를 설치했다. 아치는 10월 12일 이곳에 도착했고, 19일에 벌써 "엄청난 압박을 …… 거의 밤낮으로" 견뎌낸 용맹함으로 군 통신에 언급되었다.[2] 아치의 중대는 이후 앵주로 이동했다. 앵주는 피해가 너무 커서 전쟁 후에 완전히 새로 재건해야 했던 마을이다.

아치의 사령관은 강압적이고 성미가 까다로운 휴 트렌처드Hugh Trenchard였다. 영국 공군을 창설한 공적으로 종종 언급되는 사람이다. 절체절명의 시기였다. 비행단은 비행기를 65대 보유하고 있었는데, 주로 적의 지상군 위치를 정찰하는 역할을 했다. 항공 역사가 패트릭 비숍Patrick Bishop이 말하듯이 비행단의 역할은 "전장의 지붕을 들어 올려 사령관이 적의 의도를 파악할 수 있게 하는 것"이었다.[3] 그러나 전쟁이 진행되며 양편 비행사들이 공중에서 기관총을 사용하는 데 점차 익숙해지자 적기와 교전을 해야 할 때도 많았다. 영국군은 독일군보다 장비도 훈련도 열세라 네 배나 많은 비행기를 잃었다. 점점 더 경험이 적은 조종사들이 프랑스로 건너올 수밖에 없었다. 아치의 기지에 도착한 신참 한 명에게 비행시간이 몇 시간이냐고 물었다.

"열네 시간입니다."

"열네 시간이라니! 훈련이 이렇게 부족한 조종사를 국외로 보내다니 참으로 수치스러운 일이다. 승산이 없다. …… 여기에 50시간을 더하면 그럭저럭 쓸 만하겠지만, 열네 시간이라니! 맙소사, 이건 살인행위다!"[4]

아치의 임무 중에 조종사들에게 필요한 신호용 램프를 테스트해서 적합한 것을 주문하는 일도 있었다.[5] 아치는 조종사들이 불안정한 비행기로 최대한 공중에 머무를 수 있게 하려고 애썼고, 이런 노력이 동료들 사이에서 높은 평가를 받았다. 11월에 아치는 임시 대위로 진급했다.

1914년 12월, 휴가를 받아 약혼자를 만나러 영국에 돌아온 젊은 이는 전혀 다른 사람이 되어 있었다. 1920년대에 쓰인 애거사의 미스터리 소설 가운데 비행기 날개에 쓰이는 철사로 만든 페이퍼나이프가 살인 무기로 등장하는 작품이 있다.[6] 참전한 조종사가 집으로 가져온 기념품이었는데, 현실에서 가져온 디테일로 보인다. 아치가 그런 선물을 애거사에게 주었을 듯하다. 선물은 가져왔지만 아치는 무뚝뚝했고 애거사는 아치가 "경박하고, 거의 명랑한" 것에 상처를 받았다. 아치는 애거사에게 아무 생각 없이 화장품 가방을 선물로 주었다. 애거사는 그게 너무 싫었다. 애거사에게 어울리지도 않고, 너무 경박하고, 너무 비싼 물건이었다. 약혼은 끝난 것 같았다. 비행단에는 장교는 결혼하지 말아야 한다는 신조가 있었다. "한 방 맞으면, 그냥 끝이야." 아치가 말하곤 했다. "그러면 젊은 아내를 과부로 만드는 거고, 어쩌면 배 속 아기까지 남길지 모르지. 그건 이기적이고 옳지 않은 일이야."

아치의 일기에 첫 번째 휴가 기록이 지극히 무미건조하게 적혀 있다. 12월 21일에 휴가가 시작되었고 "24일 브리스틀로 갔다가 다음에 토키로 갔다. 26일에는 런던으로 돌아왔다. 30일에는 1항공단 본부로 갔다".[7]

그러나 이 덤덤한 기록에는 엄청난 폭탄이 숨겨져 있다. 12월 23일 저녁, 애거사를 데리고 브리스틀의 어머니에게로 간 아치는 갑자기 마음을 바꾸었다. 결혼해야 한다고 주장했다. 지금 당장.

피곤하고 혼란스러웠던 애거사는 아치의 청을 들어주었다. 자전적 소설에는 이렇게 표현되어 있다. "많은 여자가 그렇게 했다. 모든 걸 다 던져버리고, 좋아하는 남자와 결혼했다. …… 그러나 이면에는 제대로 꺼내어 들여다보지 않은 끔찍한 두려움이 숨겨져 있었다. 그 두려움에 그나마 가까이 가서 하는 말이 이런 도전적인 말이었다. '**무슨** 일이 일어나든 간에, 우린 **뭔가**를 한 거니까.'"[8]

유능한 관리자인 아치에게는 어떤 행정적 장해물도 문제가 되지 않았다. 크리스마스이브에 기필코 결혼식을 올려야 했다. 그래서 두 사람은 결혼 허가를 받으러 서둘렀다. 지역 등기소에서는 돈이 많이 드는 특별 허가를 받거나, 아니면 14일 동안 공시해야 결혼할 수 있다고 했다. 아치에게는 14일이라는 시간이 없었다. 천금 같은 시간이 흐르고 있었다.

다른 등기소 직원이 11시에 점심을 먹고 돌아왔을 때서야 해결책을 찾을 수 있었다. 아치가 브리스틀의 새아버지 집에 살고 있다고도 할 수 있으니("그 집에 본인 물건이 있지요, 아녜요?") 그날 오후에 결혼할 수 있다는 말이었다. 1915년에는 군인이 부모의 주소지에서 결혼할 수 있고 여성은 약혼자가 해외에 있을 경우 결혼 공시를 혼자서도 할 수 있게 하는 공식 규정이 생겼다. 그래서 휴가 동안 빠르게 결혼하고 싶은 군인들이 간단하고 저렴한 비용으로 결혼할 수 있게 되었다.[9]

브리스틀 에마누엘 교회에 목사가 있었으므로 애거사 메리 클라리사 밀러(24)는 아치볼드 크리스티(25)와 전쟁 중 급하게 결혼식을 올린다. "세상에 나만큼 꾸미지 않은 신부는 없었을 것이다." 애거사는 이렇게 썼다. "나는 평소에 입는 코트와 스커트 차림이었다." 손 씻을 시간조차 없었다.

아치의 어머니는 이 소식을 듣고 히스테리를 일으켰고 어두운 방으로 들어가 버렸다. 브리스틀에서 환영받지 못한 신혼부부는 그날 밤 토키로 가서 자정에 그랜드 호텔에 도착했고, 크리스마스는 클라라와 함께 보냈다. 그러나 애거사의 가족도 이들이 알리지도 않고 급하게 결혼식을 올렸다는 사실에 실망한 건 마찬가지였다.

"우리가 좋아하는 사람들 모두가 우리에게 화를 냈다." 애거사의 글이다. "나는 그걸 느꼈지만 아치는 신경 쓰지 않았다." 아치의 머릿속에는 한 가지 생각밖에 없었다. 아치는 그 화장품 가방을 다시 애거사에게 선사했다. 애거사는 이번에는 우아하게 감사하며 받았다. 받고 싶지 않았던 화장품 가방 사건은 두 사람의 결혼 생활에서 힘의 역학 관계를 상징하는 일이 된다. 아치가 주도권을 쥐고, 애거사는 받아들였다.

그러나 이것은 나중의 이야기다. 처음에 기혼 여성으로서 애거사의 새로운 삶은 즐겁고 행복했고, 현대적 스타일의 동반자 관계를 이룬 것 같았다. 단지 남편이 곧 전장으로 돌아가야 한다는 것이 문제였다. 새해에 애거사는 두 사람의 이니셜을 이용해 〈1915년의 A.A. 알파벳〉이라는 장난스러운 시를 썼다.

A는 천사Angel, 본성도(?) 이름도
또 A는 아치볼드Archibald, 그의 배우자.[10]

애거사는 아치를 '퀴어 우먼'들의 장난스럽고 창의적인 세계로 끌어오고 있었다. 이 시는 이어 즐거운 시골 산책길 이야기를 들려준다. 그렇지만 여기저기에 참호용 군화, '훈족'(제1차 세계대전 때 연합군이 독일군을 경멸적으로 부르는 말 – 옮긴이), 아치가 프랑스에 모아놓은 여분의 날개, 무인지대처럼 보이는 경로 등등 전쟁에 관한 언급이 나온다. 힘겨운 현실이지만 최대한 재미있게 만드는 게 애거사의 특기였다.

아치는 이 장난기 넘치는 애정 표현에 화답했을까? 분명 노력은 했다. 1916년 7월에 아치가 프랑스 주둔지에서 보낸 쪽지가 남아 있다. 붉은색으로 '기밀'이라는 도장이 찍힌 종이에 연필로 끼적인 글이다. 아치가 잠시 주문 대장에서 눈을 돌리고 이 특별하고 열정적인 여자, 그 먼 곳에서 그를 그토록 사랑하는 여자를 생각하면서 자기를 그 여자의 수준에 맞추려고 노력했을 것을 생각하면 가슴이 시리다.

아치는 애거사의 성격을 농담스레 요약하는 글을 써 내려간다.

자상하고 다정한 성품, 동물을 좋아하지만 지렁이와 왕풍뎅이는 싫어하고, 사람을 좋아하지만 유부남은 싫어합니다(원칙에 따라). 평소에는 게으르지만 엄청난 에너지를 낼 수 있습니다. 몸이 튼튼하고 눈이 좋지만 언덕을 오를 때는 숨이 찹니다. 지성과 예술적 감각이 풍부합니다. 고리타분하지 않고 호기심이 많습니다. 얼굴이 좋고 특히 머리카락이 좋고, 몸매도 좋고 피부는 끝내줍니다. 언변이 좋습니다. 야성적이지만 일단 사로잡히면 헌신적이고 다정한 아내가 될 겁니다.[11]

아치는 애거사의 진짜 모습을 너무 잘 파악하고 있다. 그렇지만 아치가 성격 분석을 한 대상을 애거사가 아직 미혼이기라도 한 양 "미스 A. M. C. 밀러"라고 표기한 것이 특기할 만하다. 애거사는 "야성적"이고, 아직 "사로잡히"지 않았다. 두 사람 다 이 결혼이 진짜로 굳건하지는 않음을 인식하고 있는 듯하다. 어떻게 굳건하다고 믿겠는가? 두 사람의 관계는 열정적인 만남의 연속이었고, 잠정적 상태에 붙들린 채 성숙한 관계로 발전하지 못하고 있었다.

그러나 두 사람의 성적 만족에는 의문의 여지가 없다. 애거사 같은 아가씨들은 성에 대해 무지한 상태로 길러졌다.[12] 애거사가 아는 어떤 친구가 다른 친구 아버지의 아이를 가진 사건이 있긴 했으나, 대체로 애거사 같은 여자들은 온실 속에서 자랐다.

그래서 애거사가 평생 성적 쾌락이라는 관념을 매우 편안하게 받아들였다는 사실이 더욱 이례적으로 느껴진다. 애거사는 성을 수치스러워하거나 죄책감을 느낄 일로 생각하지 않았다. 애거사는 좋은 결혼에 대해, "열정은 당연하지만" 다정함과 존중은 더 희귀한 꽃이므로 더욱 잘 돌보고 가꿔야 한다고 말했다. 이후 소설에서 제인 마플이 하는 생각에서도 애거사의 관점을 엿볼 수 있다. "미스 마플이 젊을 때는 '섹스'라는 단어를 잘 입에 올리지 않았다. 그러나 그것은 어디에나 있었다. 터놓고 이야기하지 않았을 뿐, 훨씬 많이 즐겼다."[13]

애거사 세대의 더 관습적인 사람들이 느꼈던 성과 결부된 수치심은 메리 스토프스Marie Stopes의 《부부의 사랑Married Love》이 출간된 1918년부터 조금씩 줄어들었다. 스토프스는 (결혼 관계에 한정하긴 했으나) 섹스는 자연스럽고 즐거운 것이라고 주장했다. 스토프스의 결혼은 남편과 성생활이 불가능해지면서 파탄에 이르렀고, 그 후 스토프스는 사람들에게 섹스 교육을 하는 평생의 여정을 시작했다. 스토프스는 책을 내줄 출판사를 찾기가 몹시 힘들었다. 스토프스의 원고를 거절한 한 출판업자는 이렇게 말했다. "안 그래도 결혼할 남자 수가 부족한데, 이걸 보면 그나마도 겁이 나서 결혼을 안 할 것 같다."[14]

스토프스는 여자들이 성을 즐기길 바랐고, 특히 남자들이 부드러워야 한다고 가르쳤다. 남자가 "다정한 구애자 역을 하면 여자는 일반적으로 깊이 자극을 받아서 열정적인 반응을 보이게 된다"라고 스토프스는 설명한다.[15] 두 사람 사이에서는 아치가 주도하고 애거사가 기꺼이 따랐던 것 같다. "지난 한 해 당신은 정말 사랑스러웠어." 아치가 결혼 1주년 편지에 이렇게 적었다. "나에게 당신 자신을 대담하게 맡겨주었지."[16]

그러나 스토프스는 어두운 유산도 남겼다. 스토프스가 선호한 피임법은 올리브오일에 적신 스펀지였고, 또 산아 제한이 인종의 '순수성'을 지키기 위해 중요하다고 생각했다. 스토프스가 매독이나 광기로 오염된 가족은 재생산을 하지 않는 편이 좋다고 했기 때문에 피임에 이런 소름 끼치는 의미가 담기게 된다. 당시 영국 사회에서는 우생학이 맹위를 떨치고 있었다. 질병의 유전에 대한 우려가 아치와 애거사의 어깨에도 무겁게 얹혀 있었을 것이다. 양쪽 집안 다 이른바 광기라는 것이 있었으니.

그 뒤 3년 반 동안 크리스티 부부가 함께 지낼 수 있었던 때는 아주 짧은 휴가 기간뿐이었다. 1918년 말 마침내 둘이 같이 살 수 있게 되자 애거사는 두 달 만에 임신했다. 금세 아기가 생긴 것으로 보아 (올리브오일을 이용했든 금욕을 했든) 전쟁 때문에 같이 살 수 없던 기간에는 신중하게 피임을 한 듯하다. 프랑스에서 아치는 "날 여기 묶어두는 빌어먹을 전쟁"이라며 불평했다.[17]

휴가를 마치고 아치는 지치고 외로운 상태로 임무에 복귀했다. 아치가 아무 종이에나 끼적인 또 다른 편지는 이렇게 시작한다. "사랑하는 천사, 기차 여행은 괜찮았고 나는 구석 자리에 멍하니 있었어." 아치는 구축함 두 대의 호위를 받으며 배로 영국 해협을 가로질렀고 불로뉴에서 마중 나온 차를 타고 기지로 돌아갔다. "새끼고양이처럼 나약한 기분이야. …… 당신이 보낸 편지가 오늘 밤 여기에서 날 기다리고 있었으면 좋았을 텐데."[18]

1916년 아치는 임시 소령이 되었고 연봉이 700파운드로 올랐다. 이듬해에는 임시 중령으로 진급해 기지 전체를 지휘하게 되었다.[19] 아치는 규칙 위반자를 처벌하는 책임을 맡게 되었다. "한 사람한테 28일 동안 나무에 묶인 채 벌을 받고 잡역을 하게 했어. …… 노역을 회피해서." 아치는 전선 후방에 있었으나 그래도 삶이 녹록하지는 않았다. "지난밤에 11시까지 전화에 매달려 있었어. …… 나는 당신을 당신 자체로 사랑하고 당신 성품을 사랑해. 나한테 당신 같은 사람은 또 없어."[20]

이런 표현에서 애거사의 부모와는 상당히 다른 부부 관계를 이루었음을 엿볼 수 있다. 아치의 사랑은 이상화된 여성에 대한 남성의 사랑은 아니었다. 아치는 애거사를 **그 자체로, 그 성품을** 사랑한다고 말한다. 아치가 말했듯이 **애거사 같은 사람**은 어디에도 있을 수 없었다. 지극히 행복한 순간이었다. 애거사의 소설에서 가장 자전적인 주인공은 이렇게 말한다. "서로 사랑할 때, 그들은 행복했다. 불행한 결혼은, 그녀는 그런 결혼이 많다는 것을 당연히 알았는데, 부부가 서로 사랑하지 않기 때문이었다."[21]

그렇지만 이렇게 사랑과 결혼에 대한 기준이 높으니 애거사는 어떤 일이 발생했을 때 빅토리아 시대 사람들이 그랬듯 불륜을 못 본 척 눈감을 수 없었을 것이다.

물론 그런 일은 절대 일어나지 않겠지만 말이다. 당연히.

11

회색 뇌세포의 탐정

프랑스에서 아치가 전화 통화 사이사이 편지를 휘갈겨 쓰는 한편 애거사도 병원에서 일하는 틈틈이 글을 쓸 만큼 조용한 순간이 찾아왔다.

조제실에는 일이 무더기로 몰려왔다. 일단 처방전을 전부 처리하고 나면 다음 처방전 무더기가 올 때까지 기다려야 했다. 어느 날은 그 시간을 이용해 시를 썼다.

〈조제실에서〉라는 시인데, 애거사가 지극히 평범한 주변 환경에서 영감을 얻는 방식을 보여준다. 이런 특징은 애거사를 비롯해 가장 널리 읽히는 20세기 작가들이 공유하는 재능이다. 필립 라킨 Philip Larkin은 "나는 흔한 것을 초월하고 싶지 않다"고 했다. "나는 흔한 것을 사랑한다. 일상적인 것이 내게는 사랑스럽다."[1] 애거사는 약병에서도 로맨스를 발견했다.

그리고 벽장 높은 곳에, 자물쇠와 열쇠로 잠겨

삶과 죽음의 힘이!

청색과 녹색의 작은 병들

저마다 붉은 표식을 달고

가느다란 병목 아래 깊숙이,

로맨스가 있다, 그것도 넉넉하게!

아! 누가 로맨스를 말할 수 있겠는가?

로맨스가 여기에 없다면?[2]

애거사가 약제사조합 보조원 시험 공부를 할 때 썼던 노트를 가족이 아직 보관하고 있는데, 이 노트에서 애거사가 쉬는 시간 짬짬이 온갖 종류의 말장난을 즐겼다는 증거를 볼 수 있다. 어떤 노트 뒷면에는 연필로 '아치볼드 크리스티'의 이름과 자기 이름을 나란히 적고 겹치는 글자를 지워가며 두 사람의 이름 궁합이 얼마나 잘 맞는지 점친 낙서가 있다. 그런데 이 노트를 앞쪽으로 넘겨보면 온갖 독극물의 목록이 나온다. "벨라도나에서 추출한 알칼로이드 …… 스코폴라민브롬화수소산 …… (사리풀)에서 추출한 알칼로이드."[3]

애거사가 두 번째 소설을 구상하기 시작했을 때 무엇을 소재로 삼을지는 명백했다. 중독이었다. 이렇게 해서 독극물을 전문으로 하는 경력이 시작된다. 애거사가 쓴 탐정 소설 66권 가운데 41권에 독극물을 이용한 살인, 살인미수, 자살이 등장한다.[4] 역사가 캐스린 하쿠프Kathryn Harkup가 17페이지에 걸쳐 애거사 소설의 사인을 정리한 멋진 표를 보면 스트리크닌, 비소, 모르핀, 아트로핀 중독 등 사이에서 "절벽에서 떨어짐", "감전사"와 "목이 잘림"이 무척 예외적인 사례로 두드러진다. 청산가리는 특히 애거사가 가장 좋아하는 독약이어서, 장편 10편과 단편 4편에서 18명 이상의 등장인물이 청산가리로 죽었다.[5]

애거사는 또 자기와 비슷한 여자 약제사 캐릭터도 만들어냈다. 《스타일스 저택의 괴사건The Mysterious Affair at Styles》(1921)에 등장하는 젊고 매력적인 신시아라는 인물이다.

애거사가 살인 미스터리를 쓰겠다고 결심했다는 사실에서 유일하게 놀라운 점은 진작에 시도하지 않았다는 점일 듯하다. 애거사는 셜록 홈스 시리즈, 애나 캐서린 그린Anna Katharine Green의 고전 탐정 소설《레번워스 살인 사건The Leavenworth Case》, 가스통 르루Gaston Leroux의《노란 방의 비밀The Mystery of the Yellow Room》을 탐독했다. 언니와 같이 이 책들에 관해 이야기했고, 애거사도도 비슷한 걸 쓸 수 있을지를 두고 옥신각신하기도 했다.

> "넌 못 할 것 같아." 매지 언니가 말했다. "쓰기 쉽지 않아. 나도 생각해 봤어."
>
> "한번 해보고 싶은데."
>
> "글쎄, 안 될 거라고 본다." 언니가 말했다.
>
> 그렇게 대화는 끝났다. …… 그렇지만 일단 그 말이 입 밖에 나온 셈이다. …… 내 머릿속에 생각의 싹이 심겼다. **언젠가 나는 탐정 소설을 쓸 거야.**[6]

1916년, 모든 것이 들어맞아 뜻밖의 것이 만들어졌다. 정말 탁월한 탐정 소설 데뷔작이었다. 깃털처럼 가벼우면서도 정교하게 짜여서 1세기가 지난 지금도 독자를 사로잡는다.

이 책《스타일스 저택의 괴사건》은 어떤 점에서 그렇게 좋은 책일까?[7] 일단 애거사가 자신이 잘 아는 세계에 대해 썼다. 소설에 등장하는 인물들은 스타일스 코트라는 시골 저택에 사는 가족, 친구, 하인이다. 이곳에서는 잔디밭으로 차를 내온다. 애거사가 잘 아는 종류의 사람들이었다. 여러 건의 구애가 진행 중이며, '위층'의 사람들은 불로소득으로 살아간다.

그러나 스타일스 코트에 사는 사람들도 전시의 삶에 적응해야만 했다. 직접 정원 일을 하고, 종이를 재활용한다(이것이 중요한 단서가 된다). 책의 서술자인 헤이스팅스 대위는 전선에서 부상을 입고 의병 제대했다. 등장인물 중 한 명은 병원에서 일하고, 이 사건을 해결하는 사람은 벨기에 난민이다.

그러나 소설 속의 저택은 이전에 비해 안락함만 부족한 것이 아니다. 그보다 훨씬 나쁘다. 도덕적으로 부패한 곳이기도 하다. 모든 사람이 겉으로 보이는 모습과 다르다. 집안을 이끄는 노부인은 폭군이고, 젊은 부부는 불륜에 몰두하는 듯 보이고, 심지어 서술자 헤이스팅스도 싸워야 할 때 작업을 걸 생각만 하고 있다.

애거사가 그려낸 가상의 세계는 어두운 색조로 그려졌으나 사실 자기가 사는 세상과 공통점이 무척 많았다. 소설 속의 살인도 애거사 가족의 상황을 직접적으로 이야기하고 있다. 살인 희생자인 잉글소프 부인은 가모장이다. 이모-할머니나 애거사가 이 책을 헌정한 어머니 클라라처럼 힘이 있는 나이 든 여성이다. 이게 애거사와 애거사의 가장 명백한 롤모델인 아서 코넌 도일 경과의 가장 큰 차이점이다. 처음부터 애거사는 여성의 삶을 무대 중심에 두었다.

《스타일스 저택의 괴사건》은 잉글소프 부인과 컴패니언(노인 등과 함께 살면서 잔심부름을 하고 말동무를 하게끔 고용된 사람 - 옮긴이)인 이블린이 벌이는 목숨을 건 사투의 이야기다. 집안의 남자들은 대체로 무력한 모습인데, 애거사의 가족도 그랬다. 애거사는 게으른 아버지와 무능한 오빠가 가산을 탕진하는 것을 보았나. 그런 한편 어미니와 언니는 애거사에게 안정감과 힘을 주었다. 애거사의 책은 전간기戰間期의 주요 독자층에게 가닿을 만한 책이었다. 이 책에서 여자들은 자신의 모습을 볼 수 있었다.

그러나《스타일스 저택의 괴사건》은 애시필드에 남은 밀러 가족의 어두운 면을 반영하고 있기도 하다. 대다수의 사람, 특히 여성들은 평생 상냥하고 순종적이고 양심적인 척 가장하며 살아간다. 그렇지만 정신의학자 카를 융이 말하는 여성성의 어두운 면이 애시필드에는 강하게 존재했다. 애거사의 소설은 애거사가 매우 여성적인 자기 가족 안에서 어둠을 보았음을 암시한다. 애거사는 어머니 클라라를 무척 사랑했으나 한편으로 어머니의 힘과 집착을 두려워했다.

어떤 면에서 클라라는 애거사를 붙들고 어른이 되지 못하게 막고 있었다. 애거사는 성인이고 결혼도 했고 간호사로 일하면서 클라라로서는 상상도 할 수 없을 경험을 했다. 그럼에도 애거사는 여전히 지난 25년과 크게 다를 바 없이 살고 있었다.

애시필드는 스타일스 코트처럼 정체된 장소였다. 자신의 삶을 허구적으로 그리면서 애거사는 어머니의 사랑을 어두운색 필터를 끼

고 바라본다. 그것은 "위험할 정도로 강력한 애정"이었다.[8]

또 독살이 애거사가 미스터리 작가로서 경력을 시작하기에 완벽한 지점인 까닭을 영국 역사에서도 찾아볼 수 있다.

이모-할머니의 세대인 19세기 빅토리아 시대에는 독살이 만연하다고 믿었다. 빅토리아 시대에는 이전 어느 때보다도 가정생활을 중요시했다. 그런데 독은 집 **안**에서만 효과적으로 사용할 수 있는 무기였다. 의사, 하녀, 가족 구성원 등 누군가 믿는 사람에 의해 투여될 수밖에 없었다.

탐정 소설이라는 장르는 산업혁명을 거치며 많은 영국인의 생활 터전이 농촌에서 도시로 바뀌어갈 때 시작되었다. 생활 수준의 향상은 물론 일반적으로 '좋은 일'이었다. 생활 수준이 높아지며 자연과의 싸움에서 벗어나 한숨을 돌리게 되었지만, 그 대신 새롭고 현대적인 공포와 신경증이 나타났다. 19세기 빅토리아 시대 사람들은 이전 조지 시대 사람들보다 기근이나 질병으로 인한 죽음은 덜 걱정해도 되었다. 그런 한편 또 다른, 덜 구체적인 공포가 스며들었다.

전에는 마을에 사는 사람들 전부를 알고 지냈다. 빅토리아 시대에는 도시에 사는 사람이 많았는데, 도시에서는 이웃에 누가 사는지 몰랐다. 과거에는 부모님이 소개해준 사람과 결혼했다. 그러나 이제는 내가 어떤 남자와 결혼했는지 정말 안다고 말할 수 있나? 아니면 하녀는? 의사는? 범죄 소설이라는 새로운 장르는 사람들 마음 깊은 곳에 있는 벽장에서 이런 공포를 꺼내어 갈고 닦은 다음 19세기의 발명품인 소설 속 탐정에 의해 마침내 정복되는 모습을 그렸다. 살인자는 잡히고, 질서는 회복되고, 불안해하던 사람들은 다시 밤에 잠들 수 있게 된다.

애거사는 아서 코넌 도일처럼 자기만의 탐정을 만들어야겠다고 생각했다. 그렇지만 셜록 홈스처럼 인맥 좋고 걸출한 영웅은 머릿속에서 지웠다.

달걀 모양의 머리에 우스꽝스러운 콧수염을 기른 에르퀼 푸아로는 《스타일스 저택의 괴사건》에 처음으로 등장하는데, '위험스러울 정도로 과소평가하기 쉬운 탐정'이라는 전적으로 새로운 유형이었다. 애거사가 푸아로의 국적을 벨기에로 선택한 것은 전쟁 중 토키에 벨기에 난민이 늘어난 데에 영향을 받았다.

100만 명이 넘는 벨기에인이 전쟁으로 폐허가 된 나라에서 탈출했다. 루퍼트 브룩Rupert Brooke(1887~1915, 영국 시인으로 제1차 세계대전 중에 쓴 〈군인The Soldier〉이란 시로 유명하다 – 옮긴이)의 말에 따르면 "사상자 가운데 민간인 수가 군인의 세 배였다". 브룩은 앤트워프에서 도망치는 사람들을 목격하고 묘사했다. 유아차에 짐을 실었고, "두 줄로 이어진 행렬이 끝이 보이지 않았고, 노인들은 거의 울고 있었으며, 여자들은 얼굴이 하얗고 핼쑥하게 굳어 있었다".[9] 약 25만 명이 영국으로 건너왔다.

애거사는 에르퀼 푸아로를 외국인 그것도 난민으로 설정함으로써, 사람들이 군인과 액션 영웅에 질려 할 즈음 완벽한 탐정을 만들어냈다. 푸아로는 신체적으로 보잘것없어서 그가 쇼의 중심이 되리라고는 아무도 기대하지 못한다.

전형적인 여성들처럼 푸아로는 완력으로 문제를 해결할 수 없다.

신체적 능력이 없기 때문이다. 그 대신 두뇌를 써야 한다. "**신체적 능력은 필요 없어.**" 푸아로가 설명한다. "그냥, 생각만 하면 돼."[10] 푸아로의 이름도 일종의 농담이다. 헤라클레스Hercules는 근육이 우락부락한 고전 시대 영웅이다. 그러나 '에르퀼Hercule' 푸아로라는 이름은 딱 본인 같다. 조그마하고 쫀쫀하고 과장스럽다.

또한 애거사는 푸아로가 일하는 방식도 홈스와 다르다는 것을 분명히 보여준다. 셜록 홈스가 처음 등장하는 작품인《주홍색 연구 *A Study in Scarlet*》에서 위대한 탐정 홈스는 바닥에 엎드려 "작은 회색 먼지 더미"를 모은다.[11] 시가 재였는데, 홈스는 시가의 종류에 따라 재가 어떻게 다른지에 관한 백과사전적 지식을 바탕으로 살인자가 어떤 종류의 시가를 피웠는지 추론할 수 있었다.

그러나 애거사는 푸아로의 초기 등장 장면에서 이 장면을 의도적으로 패러디한다. 홈스와 달리 푸아로는 사건 현장을 조사하기 위해 엎드리기를 거부하고(잔디가 축축해!) "이건지 저건지 전혀 구분 안 가는 담뱃재를 떠내는 일"을 소홀히 한다.[12] 푸아로는 "단서를 모으려고" 허리를 굽히지 않을 것이다. 작은 회색 뇌세포만 있으면 되니까.

똑똑하고, 신체적으로는 어설프고, 의외로 기발한 푸아로를 좋아하는 독자가 많다. 하지만 특히 자신을 조금 괴짜로 여기는 사람들에게 전폭적인 사랑을 받는다. 셜록 홈스처럼 푸아로도 괴짜고 외톨이다. 그러나 홈스는 권태에 빠지고 약물에 중독되지만, 푸아로는 자기 자신에게 완벽히 만족한다. 푸아로는 삶의 기쁨*joie de vivre*을 만끽한다. 푸아로를 '퀴어 우먼'의 명예 회원으로 상상해볼 수도 있을 것이다.

애거사는 푸아로가 첫 번째 괴사건에서 재능을 발휘하도록 만들면서도 자기가 향후 60년 동안 푸아로와 같이 살게 될 줄은 아마 꿈에도 몰랐을 것이다.

12

무어랜드 호텔

병원에 출근하지 않는 날, 애거사는 책을 쓰는 데 몰두했다. 각 장(章)을 손으로 쓴 다음 서툰 솜씨로 타이핑했다. 양손에서 세 손가락씩만 쓰면서 자랑스러운 듯 이렇게 농담을 했다. "아마추어는 타자 칠 때 대부분 손가락 두 개밖에 안 쓴다고요."[1]

그래도 반쯤 썼을 때 진이 다 빠져버렸다. "무척 피곤했다." 애거사가 회상했다. "기분도 안 좋았다."

클라라가 다트무어로 휴가를 떠나 소설 완성에 집중하는 게 좋겠다고 제안했다. 애거사는 기차를 탔고, 이어서 마차로 갈아타고 휴양지로 갔다. 한적한 무어랜드 호텔에 2주 동안 머물렀다. 혼자였지만 글을 쓰느라 바빠서 외로울 틈도 없었다. '완벽한 휴양 리조트'라고 광고하는 호텔이었다.[2] 스물다섯 살 젊은이가 휴가 때 혼자 휴양 리조트를 찾는 것은 드문 일이었다. 그러나 애거사는 아주 편안했다. 애초에 "내가 글쓰기를 시작한 이유는 …… 다른 사람들과 말하는

일을 피하기 위해서였다".[3]

회색 석조 건물인 이 호텔이 오늘날에도 황야 가장자리에 남아 있다. 반시간 거리에 있는 헤이터 록스Haytor Rocks까지 황록색 황야 지역을 가로질러 산책하기에 아주 좋은 위치다. 같은 해인 1916년 애거사의 멘토 이든 필포츠는 이 풍경을 장려한 어조로 묘사한 바 있다. "황야는 화강암 봉우리 고개를 치켜들거나 하늘 끝까지 불룩하게 부풀어 오른 거대한 언덕을 따라 달린다."[4] 그러나 애거사는 이런 것을 전부 무시하고 매일 오전 열심히 원고를 썼다. 오후에는 산책하면서 다음 장면을 구상했다.

그리하여, 서서히 이야기가 펼쳐졌다.

애거사는 나중에 자신의 성공은 거의 우연이나 다름없다고 했다. "나는 아무 야심이 없었다." 애거사는 이렇게 썼다. 그러나 이 말은 사실 에드워드 시대 여성에게 기대되는 강력한 규범을 따라서 하는 말이었다. 애거사의 실제 행동은 이런 말과 일치하지 않는다. 이곳 무어랜드 호텔에서 애거사는 정말 진지하게 작업에 몰두했다. 평생 애거사는 이런 식으로 몰아서 글을 쓸 때가 있었다. 이런 시간이 애거사에게는 중요하고 강렬한 순간이었고, 신을 가까이 느낄 수 있는 시간이기도 했다.

애거사는 나중에 6만 단어 정도 길이의 중편에 정착하게 된다. 그러나 《스타일스 저택의 괴사건》은 아직 정교하게 다듬어지지 않은 상태다. 7만 4000단어로 애거사 소설의 표준 길이보다 좀 길고 단서가 매우 촘촘하게 들어 있다.

휴양지에 틀어박혀 있는 동안에 작품을 완성하지는 못했다. 원래 이야기는 푸아로가 법정 증인석에서 모든 것을 설명하면서 대단원에 다다른다. 문제는, 법정에서 증인이 그렇게 하도록 허락하지 않는다는 것이었다. 애거사는 나중에 전문가들에게 자문을 구해야 한다는 사실을 알게 된다. "어느 법정 변호사에게 물어보든 거의 눈물을 흘리다시피 하며 뭘 할 수 있고 무엇은 할 수 없는지 알려줄 것이다."[5] 결국 결말 부분은 출판사의 조언에 따라 다시 썼다. 이렇게 해서 애거사의 유명한 '응접실 장면', 즉 응접실에 모두를 모아놓고 전모를 밝히는 장면이 최초로 탄생한다.

애거사가 황야에서 산책하며 갈고닦은 이야기의 트릭은 무엇이었을까? 이 책에서 나는 가끔 무대 뒤로 돌아가 특유의 '크리스티 트릭' 몇 가지를 보여주려 한다.

전형적인 '크리스티 트릭' 가운데 한 가지는 《스타일스 저택의 괴사건》에 훌륭한 예가 있다. 즉 물건을 빤히 보이는 곳에 숨기는 것이다. 정리정돈 강박이 있는 푸아로는 벽난로 위에 놓인 물건이 흐트러진 것을 알아차린다. 범인이 중대한 서류를 불을 피울 때 쓰는 불쏘시개처럼 돌돌 말아서 벽난로 위의 병에 다른 불쏘시개와 함께 허둥지둥 꽂아놓았기 때문이다. 이런 식으로 심어놓은 단서는 애거사가 뛰어든 전통의 역사를 인지하는 것이기도 해서 더욱 훈훈하다. 이 장면은 사실 애거사가 가장 좋아하는 탐정 소설인 《레번워스 살인 사건》에서 차용한 것이다. 애나 캐서린 그린의 소설에서 탐정은 "세로로 길게 찢고 꼬아서 불쏘시개로 만들어놓은" 중요한 편지를 발견한다. 그린 자신도, 마치 오랜 세월에 걸쳐 작가들이 서로 횃불을 전달하는 것처럼, 에드거 앨런 포에게 경의를 표한 것이었다. 포

는 "문서를 숨기는 가장 좋은 방법은 외양을 바꿔서 훤히 보이는 곳에 놓는 것이지"라고 했다.[6]

《스타일스 저택의 괴사건》에는 또 다른 멋진 '크리스티 트릭'이 들어 있다. '숨겨진 커플'이라는 것이다. 서로를 열렬히 혐오하는 것처럼 보이는 두 사람이 있다. 부유한 잉글소프 부인의 남편과 잉글소프 부인의 컴패니언 이블린이 그러한데, 사실 이들은 남몰래 불륜과 살인을 저지르는 커플이다.

독자가 두 사람의 관계를 감지하지 못하는 까닭은, 서술자인 헤이스팅스의 눈을 통해 바라본 두 사람이 성적 매력이 너무나 부족해서 성적 존재로 생각조차 할 수 없게 그려지기 때문이다. 헤이스팅스는 트위드를 입은 활달한 이블린의 "크고 듬직하고 각진 몸과 그에 걸맞은 발"을 보고 여성성이 없다시피 하다고 느낀다. 한편 이블린의 공범인 앨프리드 잉글소프는 외모가 매력적이지 않을 뿐 아니라 하는 행동도 수상쩍게 그려져 우리를 이중으로 속인다. 애거사는 심지어 그에게 1910년대에는 확실한 수상함의 지표였던 턱수염까지 부여했다. 그러면 우리는 '아니지, 그건 너무 쉽지, 이 사람이 살인범일 리는 없지' 하고 생각한다.[7]

《스타일스 저택의 괴사건》에서 자기 모습을 숨기는 것은 앨프리드와 이블린만이 아니다. 사실상 등장인물이 전부가 무언가를 가장하고 있다. 애거사에게도 익숙한 일이었다. 애거사도 결혼한 **척**하고 있고 병원에서의 일이 끔찍하지 않은 **척** 했으니까. 마찬가지로 애거사 책 속의 무수한 살인자도 정상인 척하고 있다.

그래서 마침내 《스타일스 저택의 괴사건》은 완성되었다. 최소한 애거사가 할 수 있는 한도까지는 완성했다. "개선의 여지가 많다는 걸 알았다." 애거사는 이렇게 썼다. "그렇지만 어떻게 고쳐야 할지 나는 알 수가 없었으니, 그냥 내버려두는 수밖에 없었다."

애거사는 타이핑한 원고를 호더 앤드 스토턴Hodder & Stoughton 출판사에 보냈다. 그러나 거절의 답장이 돌아왔다. "어떤 미사여구도 덧붙이지 않은 명백한 거절"이었다.

이걸로 끝인 것 같았다. 애거사는 다른 출판사에도 연락해보았으나 역시나 거절당했다. 그런데 다른 일이 생겼다. 순전히 재미로 시도한 극히 불확실한 프로젝트보다 훨씬 중요한 일이었다.

아치가 전쟁에서 돌아오면서 진짜 삶이 본격적으로 시작된 것이다.

4부
똑똑한 젊은 작가

13

런던에 입성하다

1918년, 전쟁이 막바지로 접어들 무렵 아치는 런던으로 재배치되었다. 아치는 이제 코벤트 가든에 새로 설립된 항공성에서 영국 공군에 기술 자문을 제공하는 역할을 맡았다. 아치는 군 통신에 다섯 차례나 언급이 되었고, 《런던 가제트*London Gazette*》에 크리스티 중령에게 무공 훈장이 수여될 것이라는 기사가 실렸다. 아치는 영웅으로 귀환하게 된 것이다.

1918년 9월, 애거사도 아치와 살림을 합치려고 런던으로 왔다. 결혼한 지 거의 4년이 다 되었지만 함께 사는 것은 이때가 처음이었다. 실질적으로 아내로서 애거사의 삶은 이제 시작이었다.

두 사람의 첫 번째 집은 세인트 존스 우드에 있는 방 두 개짜리 저렴한 아파트였다. 원래 13인 가족이 살던 저택인 파이브 노스윅 테라스를 1918년에 여러 가구용으로 쪼개어 세를 주었다. 애거사와 아치의 작은 아파트는 소박했으나 지하실에 살면서 젊은 부부를 위해 일을 봐주는 미시즈 우즈의 도움을 받을 수 있다는 장점이 있었다.

애거사는 타자와 부기 수업을 받기 시작했다. 재정 상태가 불안했으므로 애거사가 돈을 조금이라도 벌어야 하게 될 가능성이 있었다. 그러나 애거사는 직업 훈련보다는 가정주부 역할에 훨씬 더 열정적으로 몰두했다.

제1차 세계대전이 막바지에 이르자 영국인들은 시계를 거꾸로 되돌려 여자들을 직장에서 집으로 되돌려놓고 싶어 했다. 그러나 꿈꿔왔던 집이 어떤 모습일지는, 백지에서부터 새로 상상해내야만 했다.[1] 《타임스*The Times*》에 애거사처럼 남편과 같이 생활해본 경험이 없는 기혼 여성의 '가사 기량' 양성 과정 광고가 실리기도 했다.[2] 데이비드 로이드 조지David Lloyd George(1863~1945, 제1차 세계대전 때 영국 총리-옮긴이)가 귀환병에게 약속한 "영웅에게 걸맞은" 가정을 아치에게 꾸며주는 것이 애거사의 최우선 과제였다. 사실, 애거사와 아치는 운이 좋은 쪽에 속했다. 아치 세대의 남자들 가운데 30퍼센트가 목숨을 잃었다.

그리고 의외로 애거사는 주부 일을 좋아했다. 일단 런던에 친구가 거의 없어서, 집안일을 하며 주로 시간을 보냈다. 당시에는 주택이 부족했기 때문에 크리스티 부부가 파이브 노스윅 테라스와 그 뒤에 이어서 살았던 런던 아파트 두 채를 구하고 실내를 꾸미는 데 무척 많은 에너지가 들어갔고, 자서전에서도 한참 그 이야기를 한다. 울퉁불퉁한 침대 때문에 골치를 썩은 일이나 생선장수한테 사기당한 이야기를 읽다 보면 방 두 개짜리 아파트 살림을 꾸리는 일도 애시필드를 경영하는 것에 못지않은 듯 보인다. 미시즈 우즈의 도움

을 받았을 뿐 아니라 아치의 전직 당번병 바틀릿이 일을 거들었는데
도 그랬다.

애거사뿐 아니라 많은 중산층 여성이 에드워드 시대 청년기에
누린 견고한 안락함을 재현하려고 고군분투했다. 사실 애거사의 가
장 큰 매력 중 하나는 실질적인 면이었다. 애거사는 어떤 일이든 숙
달될 때까지 그저 열심히 했다. 심지어 자기가 하녀가 되는 상상까
지 했다. "나한테 자질이 충분하다고 확신한다." 진짜로 도전했다면
생각보다 훨씬 힘든 일이라는 것을 알았을 것이다. 집을 관리하는
데 실제로 필요한 노동은 중산층 여성의 눈에는 사실상 보이지 않
는다. 그러나 애거사는 최소한 가능성을 상상해보기라도 했다는 점
에서 다른 사람들과 달랐다. 애거사가 상상해본 하인의 삶은 나중에
루시 아일스배로라는 멋진 인물로 나타난다. 아일스배로는《패딩턴
발 4시 50분》에 나온 인물로, 가사 노동자와 탐정 일을 병행한다.

애거사의 새로운 삶에, 애시필드에서는 핵심적 지위를 차지했던
입주 요리사가 없다는 점은 주목해볼 만하다. 전쟁 동안에는 부유한
사람들도 요리사 없이 지내는 데 적응해야 했고, 그 결과로 요리의
위상이 변화하기 시작했다.

애거사는 자기 집 작은 주방에서 치즈 수플레 같은 가볍고 고급
스러운 요리부터 시작해 직접 요리를 해보는 실험을 했다. 나머지는
미시즈 우즈가 만들었다. 역사가 니콜라 험블Nicola Humble은 "요리
가 세련된 여가 활동인 것처럼 선전되기 시작했다"며 시대적 변화를
설명한다. "하인들에게 맡기기에는 너무 재미있는 일인 것처럼. 설령
하인을 구할 수 있다고 하더라도."[3] 심지어 일재간 없기로 유명한 버

지니아 울프조차도 요리 수업을 들었다. 요리 수업을 받다가 결혼반지를 수에트 푸딩에 넣고 구워버리기도 했다.[4]

11월 휴전 협정이 이루어지면서 크리스티 부부는 또 한바탕 혼란을 겪었다. 애거사는 런던 사람들이 "광란적 쾌락의 향연, 거의 야만적 향락"에 빠졌다고 생각했다. 미친 듯이 술을 마시고 춤을 춰댔다. 엘리자베스 플렁켓Elizabeth Plunkett이라는 한 여성도 휴전 상태를 야릇하게 느꼈다. "모든 감정이 고갈된 것 같았다. 아무것도 느껴지지 않았다. 우리는 다시 삶을 살려고, 그러려고 노력했다. …… 식탁에 앉았는데 빈 얼굴들이 있었다."[5]

아치가 갑자기 안정된 공군 일자리를 그만두겠다고 하면서 혼란은 더욱 커졌다. 아치는 도시에서 보수가 더 좋은 직장을 찾고 싶어 했다. 그런데 결심을 하기 전까지 애거사에게 아무 말도 안 하다가 느닷없이 그만두겠다고 선언해서 애거사를 당황하게 했다. 처음 만나서 춤을 춘 날 이후 애거사를 집요하게 쫓아다녔던 때와 마찬가지로, 이때도 아치는 무자비할 정도로 단호했다.

도시에 전역한 젊은 장교들을 지원하고자 하는 회사가 많아서 아치는 곧 일자리를 구했다. 제국·외국 투자회사라는 금융 서비스 회사였다. 사장은 유대인이었는데 애거사와 아치는 1920년대 영국의 못된 관습대로 사장을 '뚱뚱하다', '노랗다'고 불렀다. 애거사는 사장의 본명이 뭔지 굳이 알려고 하지도 않고 '미스터 골드스타인'(골드스타인은 아시케나지 유대인의 성 가운데 흔한 성이다 – 옮긴이)이라고 칭했다. 어쨌거나 미스터 골드스타인은 급료를 후하게 주었다.

크리스티 부부의 연수입은 아치의 군인 연금 50파운드, 개인 투자 수익 50파운드, 애거사의 유산 100파운드, 여기에 아치의 봉급 500파운드였다. 연간 700파운드면 상급 철도 직원이나 중년 공무원이 받는 봉급의 두 배였다. 그런데도 젊은 부부는 빠듯하다고 **느꼈다**. 누구나 그럴 수밖에 없었다. 예를 들어서 1920년에 옷값은 1914년에 비해 세 배로 올랐다.[6]

조지 오웰은 1920년대 영국에 대해 글을 쓰면서 '신사'처럼 살려면 연산 1000파운드가 필요하다고 했다. 그런 한편 연 400파운드의 수입으로 신사다운 삶을 지향하며 산다는 것은

기묘한 일이었다. 신사다움이라는 게 순전히 이론적으로 존재한다는 뜻이기 때문이었다. 그러니까 말하자면 두 가지 층위에서 동시에 살게 됐다. 이론적으로는 하인에 대한 지식, 팁 주는 법 등을 알지만 실질적으로는 상주 하인이 한 명 있거나 많아야 두 명 있을 뿐이었다. 이론적으로는 어떻게 옷을 입어야 하는지 저녁 식사를 어떻게 주문하는지 알지만 실제로 괜찮은 양복점이나 고급 레스토랑에 갈 여유는 없었다.[7]

애거사와 아치는 사회적으로 이런 '기묘한' 수준을 조금 웃도는 정도였기 때문에 체면 유지에 능숙해져야 했다. 애거사의 소설 속 인물이 이렇게 해야 할 때 애거사는 직접 경험을 활용해 묘사할 수 있었다.

1918년 12월에 선거가 있었는데, 처음으로 일부 선별된 여성에게 선거권을 준 선거였다. 흔히 전쟁 중 여성의 노고에 대한 감사 표시였다고 말한다. 그렇지만 애거사처럼 전시에 봉사했으나 선거권

을 얻지 못한 여자도 많았다. 자격 요건을 충족하지 못했기 때문이다. 애거사는 30세를 넘지도 않았고, 세대주도 아니고, 대학 졸업자도 아니었다. 그리고 사실 선거권 확대는 감사와는 아무런 상관이 없었다. 역사가 재닛 하워스Janet Howarth가 설명하듯이 선거권 확대는 시민권 정의의 확장과 연관이 있다. 여자가 전시 총력에 이바지했다면 시민일 수밖에 없었다. 남성성이 아니라 시민권을 선거권의 기초로 여기기 시작한 것이다.[8] 그렇지만 한 번에 너무 많은 여자에게 시민권을 부여할 수는 없었다. 그랬다가는 (끔찍하게도!) 여성 유권자가 남성 유권자보다 더 많아질 것이기 때문이었다.

그 결과 애거사는 온전한 시민이 아닌 것으로 간주되었고, 애거사도 정치나 정치가에 큰 의미를 두지 않았다. 애거사 같은 여성은 일하는 남성에게만 관심이 있는 노동당으로부터 외면당하기 일쑤였다. 그래서 오히려 보수당에 여성 의원 수가 더 많아지는 결과를 낳았다.[9] 이런 일들이 애거사가 태생적으로는 보수당에 친연성을 느꼈을 테지만, 왜 평생 정치에 무관심했는지 설명해준다.

그러나 런던에서의 삶은 흥미진진했던 것 같다. 아치와 애거사는 부부이며 동시에 동반자였다. 여행과 여가를 즐기길 원했다. 아기도 원했지만 꼭 필요하다고 생각하지는 않았다. "두 사람에게 결혼 생활은 게임이었다." 자전적 소설에서 젊은 부부를 두고 애거사는 이렇게 말한다. "그들은 열정적으로 게임을 즐겼다."[10]

1920년대가 코앞으로 다가왔다. 그렇지만 우리가 흔히 유쾌한 10년으로 떠올리는 이 시기에도 전쟁의 그림자가 드리워 있다는 사실은 종종 잊힌다. 한 예로 1920년대에는 자살자의 수가 급증한다. 그러는 한편, 애거사도 이런 세태를 여러 차례 글로 썼듯이, 1914년에서 1918년 사이 교회에 등을 돌리고 세상을 떠난 사랑하는 사람과 소통하기 위해 강신술에 빠져드는 사람이 많았다.[11]

전쟁이 끝났으니, 크리스티 부부도 즐거운 시간을 보내야 하지 않나? 가끔은 그게 놀랍도록 어렵게 느껴졌다. 애거사가 최선을 다해 요리를 해도 아치는 고기에 '흥미가 동하지 않고' 수플레는 소화가 안 된다며 거부했다. 스트레스가 소화 기능에 영향을 주었나. 아치는 '신경성 소화불량', 즉 뚜렷한 이유가 없는 소화불량에 시달렸고 "아무것도 못 먹는" 저녁이 많았다고 애거사는 말한다. "약간 외롭다"라고 애거사는 자신의 새 삶을 묘사했다.

그러나 자서전의 씩씩한 어조를 보면 애거사가 행복해지려고 얼마나 노력했는지를 느낄 수 있다. 그리고 곧 크리스티 부부가 결혼이 엄청난 성공이라고 생각할 수밖에 없을 또 다른 이유가 생긴다.

14
사랑스럽지만 알 수 없는 존재

크리스티 부부가 토키의 클라라 집에 놀러 왔을 때 애거사는 '배앓이' 증상으로 드러누웠다. 이 증상이 무얼 뜻하는지 깨닫는 데 시간이 좀 걸렸다. 애거사는 자신이 임신했음을 알고 무척 기뻐했다.

애거사는 늘 아이를 원했다. "아기들에 둘러싸여 사는 것"이 간절한 소망이었다.[1] 그게 자기 운명이라고 생각했고 그 점에서는 푸아로도 같은 생각이었다. "결혼해서 아기를 낳는 것, 그게 여자들의 공통 운명이에요. 여자 100명 중 한 명 정도, 아니 1000명 중 한 명만이 스스로 명성과 지위를 얻을 수 있지요."[2]

그러나 임신 기간 내내 계속된 입덧은 예상하지 못한 것이었다. 애거사는 다가올 시련이 두려웠고 자기가 죽을 수도 있음을 알았다. 이 시절은 누구나 아는 사람 중에 아기를 낳다가 죽은 산모가 한둘은 있을 때였다.

아치의 반응도 왔다 갔다 했다. 애거사는 아치가 "의외로 친절했다"고 말하긴 했다. 아치가 아픈 사람을 대하기 어려워한다는 것을 알기 때문이었다. 출산이 임박했을 때 애거사는 전문 간호사와 클라라의 도움을 받아 출산하려고 애시필드로 갔다.

애거사의 가장 자전적인 소설에서, 여주인공이 가장 강한 감정을 느끼는 대상은 결혼한 뒤에도 여전히 어머니였다. 여주인공은 어린 시절에 살던 집으로 갈 때 가장 행복했다.

> 과거의 삶으로 돌아가는 그 느낌이 좋았다. 안도감(사랑받는 느낌)과 나 자신으로 **충분하다**는 느낌이 밀물처럼 행복하게 덮쳐왔다.[3]

아치도 애시필드로 왔지만 클라라와 간호사가 준비를 도맡아 처리했다. 1919년 8월 5일, 딸 로절린드가 마침내 태어났을 때, 애거사의 첫 번째 반응은 으레 예상하는 기쁨이 아니라 안도감이었다. "이제 입덧이 사라졌어. 얼마나 좋은지!"

처음부터 애거사는 로절린드를 자신의 연장으로 여기지 않고 개별적 인간으로 생각했다. 애거사에게 아기는 이미 하나의 인격체였다. 아기는 "명랑하면서 단호했다". 애거사는 클라라가 그랬던 것처럼 자기 자식을 세상에서 가장 중요한 것으로 여기지는 않았다. 애거사는 딸을 존중하며 거리를 두고 관찰했다. 모성 자체도 관습적인 시각으로 바라보지 않았다.

이모-할머니는 안타깝게도 로절린드의 탄생을 보지 못하고 석 달 전에 돌아가셨다. 그리고 이 변화무쌍한 해는 12월에 애거사의 외할머니 폴리마저 세상을 뜨면서 마무리된다. 구세대는 떠나가고 새로운 세대가 태어났고, 클라라는 가족을 한데로 모으는 핀 역할, 애거사가 의지할 수 있는 존재로 남았다. 애거사는 출산 후 놀라울 정도로 이르게 아기를 어머니 클라라에게 맡기고 애시필드를 떠났다. 애거사가 런던에 다녀올 수 있도록 간호사를 2주 더 있게 했다.

오늘날 애착 양육의 관점에서 보면 생후 며칠밖에 안 된 아기를 놓고 간다는 게 이상하게 보인다. 그렇지만 당대 관점에서는 그렇게 이상한 일이 아니었다. 어쨌거나 애거사도 아치도 부모라는 새로운 역할에 겁을 먹은 것은 사실이었다. "조금 자신이 없었고 상당히 긴장했다. 여기가 자기가 있을 자리인지 아닌지 확신 못 하는 어린아이들 같았다."

애거사는 자서전에서 로절린드가 태어난 일에 대해서는 별말이 없고 간호사를 고용하는 과정에 관한 이야기를 훨씬 많이 한다. 그렇지만 자전적 소설을 보면 주인공이 새로운 역할에 적응하는 데 어려움을 겪는 모습이 드러난다. "이제 확실히 젊은 어머니 역을 연기하고 있었다. 그렇지만 자기가 아내나 어머니라는 느낌은 전혀 들지 않았다. 신나는 파티에서 기진맥진해져 집으로 돌아온 어린아이 같은 기분이었다."[4]

소설에서 애거사는 자식을 원망하거나 싫어하거나 상처를 주는 어머니들을 탐구하기도 한다. "자기 자식을 좋아하지 않는 어머니가 많아."《움직이는 손가락*The Moving Finger*》(1942)에 나오는 말이다.[5] 애거사가 아이를 싫어했던 것은 아니다. 다만 아이들을 사회에서 바람직하게 여기는 방식대로 시럽처럼 달콤한 말로 포장해야 한다고는 생각하지 않았다. 애거사가 아는 음악가가 "나는 괜찮아요. 아기가 더 재미있다고 생각해요"라고 말하면서 육아에 전념하기 위해 연주를 포기했을 때 애거사는 그 일이 '특이하다'고 생각했다.[6]

애거사가 런던으로 그렇게 빨리 돌아간 이유는 넓은 아파트, 입주 보모와 하녀를 구하기 위해서였다. 아치의 월급으로는 주기적으로 새 옷을 살 정도의 여유도 없었지만 그래도 집에 일을 도와주는 사람이 두 명은 있어야 한다고 생각했다. "당시에는 생활에 꼭 필요했다."

마침내 로절린드와 같이 들어간 새집은 1880년대 올림피아 전시장 근처에 지어진 큼직한 6층짜리 붉은 벽돌 건물인 애디슨 맨션이었다. 애거사는 힐스Heal's(1810년 설립된 영국 가구점 – 옮긴이)에서 가구를 골랐다. 아치는 출근했고, 하녀 루시와 보모 제시가 들어오면서 집이 완전해졌다. "이보다 행복한 적은 없었다." 애거사는 이렇게 썼다.

그러나 이 시기는 사회의 권력 구조가 바뀌는 때이기도 했다. 애거사는 아치가 집에 관해 전권을 맡겨주어 좋았지만, 그런 한편 가사 일꾼을 채용하고 관리하는 일을 배우느라 고생했다. 보모를 고용하는 과정에서 수차례 퇴짜를 맞았는데, 보모들이 훨씬 부유한 가정에서 생활하는 데 익숙해서 그런 환경을 원한 탓이었다. 구시대 사람인 미스 마플은 자유주의자들을 불편하게 만들 법한 말투를 쓰곤 한다. "지시를 내리는 것이 일인 사람의 익숙한 명령조였다."[7] 그렇지만 애거사의 세대는 그런 권위 있는 목소리를 낼 수 없게 되었다.

그리하여 우리는 애거사의 삶과 소설에서 가사 고용인이 어떤 의미를 갖느냐는 난감한 문제를 마주하게 된다. 이에 대한 답은,

1920년대에 애거사나 비슷한 지위의 사람들도 그 답을 알아가려고 애쓰고 있었다는 것이다. 이제는 하인이란 어떤 것인지 아무도 몰랐다. 하인의 지위가 모호해졌다. "소중한 도카스!" 눈치 없는 헤이스팅스가 《스타일스 저택의 괴사건》에서 이렇게 말한다. "눈 깜짝할 속도로 사라지고 있는 구식 하인의 훌륭한 본보기였다." 이 말은 애거사가 계급 문제에 무신경하다는 사례로 종종 인용되곤 한다. 그렇지만 당연히 애거사 소설의 등장인물이 언제나 애거사 본인의 생각을 대변한다고 볼 수는 없다. 헤이스팅스는 도카스를 제대로 '보지' 못하고, 애거사는 도카스를 헤이스팅스의 편협한 시선을 통해서만 보여줌으로써 의도적으로 모호하게 만든다.

어쨌든 애거사의 자서전에 관해서는 이런 변명이 통하지 않는다. 자서전에서 애거사는 고용인들을 마치 음악홀 출연진처럼 취급하며 이들의 거슬리는 습관 따위를 독자의 재미를 위해 늘어놓는다. 당시에는 고용주들이 자신을 마치 순교자처럼 여기기가 너무 쉬웠다. 1920년에 쓰인 한 기사에는 고용주들의 불만이 이렇게 적혀 있다. "마지못해 하는 서비스, 낮은 질, 지불할 수 있는 수준을 상회하는 급료, 청결과 질서의 원칙 위반, 체면 유지의 필요, '하녀가 사직 통보를 하지' 않게 하려면 준수해야 하는 엄격한 규칙. 이것은 폭정이다."[8] 애거사는 중산층이 가사 노동자에 대해 느끼는 불안을 전형적으로 보여준다. 오늘날에는 이런 태도가 거슬리게 느껴지지만 당시 애거사 같은 여자들에게 고용인 문제는 중대한 사안이었다.

처음에는 아치가 퇴근하고 돌아와서 딸과 아내와 같이 시간 보내기를 좋아했다. 그러나 아치는 군 생활을 하면서 자극과 동지애에 익숙해져 있었다. 점차 집 밖의 삶을 갈망했고, 주말에는 골프를 치기 시작했다. 시인 시그프리드 서순Siegfried Sassoon의 말을 빌리면 아치 같은 남자들은 "동료 병사들을 제외한 사람들과 영원히 다른 사람이 되고 말았다".[9] 1920년에 한 언론인이 이 세대를 이런 말로 요약했다. "무언가가 잘못되었다. …… 그들 안에서 무언가가 달라졌다. 이상한 기분, 이상한 기질, 깊은 우울감이 쾌락에 대한 성마른 욕망과 번갈아 나타났다."[10]

아치는 "전쟁 이야기를 한 번도 하지 않았다"고 애거사는 말한다. "그때 아치의 생각은 그런 것들은 잊자는 것이었다." 애거사는 아치를 '무감하다'고 묘사한다. 아치는 어떤 일이든 '놀라지 않고' 받아들였다. 애거사의 가장 자전적인 소설에서 아치를 모델로 한 인물인 더멋도 마찬가지다. "그가 침묵을 깨고 무슨 말이라도 하면" 아내는 "그것을 기억하고 소중히 간직했다. 그에게는 무척 힘든 일임이 분명했다."[11]

애거사는 또 이렇게 썼다. 애디슨 맨션에서 "우리가 영원히 행복하게 살지 못할 이유가 없었다". 그렇지만 이유가 있었다. 중대한 이유가, 애거사의 거실에 떡하니 버티고 있었다.

아치가 말했다. "나는, 뭔가를 바꾸고 싶어."

15

저명한 출판업자의 초대장

실제로 변화가 다가오고 있었다. 놀라운 방식으로.

1919년 로절린드가 태어나고 얼마 안 되었을 때인 애거사의 스물아홉 살 생일 무렵에 편지가 왔다. 놀랍게도, 저명한 출판업자 존 레인John Lane이 사무실로 애거사를 초대했다.

애거사는 소설가가 되겠다는 희망은 버린 터였다. 《스타일스 저택의 괴사건》이 여섯 군데가 넘는 출판사에서 거절당한 뒤에는 아예 잊고 있었다. 그사이에 삶이 달라졌고 아내와 어머니의 삶으로 좁아져 있었다. 그리고 애거사는 그것을 받아들였다. 애거사는 주인공이 되지 못할 것이다. 어린 시절에 꿈꾸었던 레이디 애거사가 될 수는 없었다. 게다가 애거사는 나이를 먹어가고 있었다. "여주인공을 좀 더 젊게 만들어요." 이든 필포츠가 이렇게 조언했었다. "서른한 살은 좀 너무 늙었다고 생각하지 않아요?"[1]

그런데 뜻밖의 모험으로 초대하는 초대장이 이렇게 우편으로 도착한 것이다. 레인 씨가 설마 원고를 거절한다고 말하려고 굳이 사무실로 부르진 않았겠지? 애거사는 기대감에 부풀어 당장 확인하러 나섰다.

존 레인은 애거사처럼 데번주 출신이고 그때 예순다섯 살이었다. 어수선한 사무실에 앉아 애거사를 기다리고 있는 레인의 첫인상은 "회색 턱수염과 반짝이는 파란 눈이 꼭 왕년의 선장 같았다".[2] 레인한테는 신선하고 원고료가 낮고 시선을 끄는 삭가를 찾아내는 눈이 있었다. 레인은 이런 작가들을 발굴해 출판사 보들리 헤드Bodley Head를 확장해왔다.[3]

레인은 자신의 신인 작가가 될 수도 있을 작가에 대해 이렇게 생각했다. "애거사라는 이름은 기억에 남는 특이한 이름이다." 그리고 미시즈 크리스티의 작품에서 자기가 유리한 위치임을 알았다. 레인은 먼저 전문 독자들에게 원고를 검토해달라고 했다. 독자 한 명은 《스타일스 저택의 괴사건》은 "팔릴 가능성이 높다", "이야기가 독자를 끌어당긴다"고 평했다. 또 다른 독자는, 작가의 성별을 알려주지 않았는데도 어쩐지 "여성의 손길이 아닌가 의심하게 된다"고 했다. 어쨌든 두 사람 다 마지막 법정 장면이 있을 법하지 않으니 수정할 필요가 있다는 데 의견이 일치했다.[4]

레인은 이런 의견들과 애거사가 경험이 없다는 사실을 영리하게 이용해 상황을 자기에게 유리하게 끌고 가기로 마음을 먹었다. 레인은 애거사를 앉혀놓고 결말을 다시 써야 한다고 말했고, 신인 작가를 시장에 내놓았을 때 자기가 벌 수 있는 돈이 얼마나 적은지 늘어놓았다.

그렇지만 협상술까지 동원할 필요도 없었다. 애거사는 잔뜩 들떠 있었다. 레인이 서랍에서 계약서를 꺼냈으나 애거사는 꼼꼼히 읽어 보지도 않았다. "이 사람이 내 책을 출판해준다고 하니 …… 나는 그 어떤 것에라도 서명했을 것이다."

애거사는 평생의 일이 될 일을 매우 아마추어적으로 시작했다. 애거사는 버지니아 울프가 이른바 '교양인의 딸들'이라고 부른 이들, 곧 사회적으로 돈에 연연하지 않으리라 기대되는 무리의 일원이었다. 이 계약서에 서명함으로써 애거사는 훨씬 험난한 세상에 들어가게 된 셈이다. 탐정 소설의 황금기를 이끈 네 명의 주요 작가, 애거사 크리스티, 도러시 L. 세이어스, 마저리 앨링엄, 나이오 마시 중에서 결혼하고 아이를 낳은 사람은 애거사가 유일하다. 애거사는 이 첫걸음을 열정적으로, 그러나 이게 어디로 이어질지 모르는 상태에서 맹목적으로 내디뎠다.

애거사에게 에이전트가 있었다면 서명하지 말라고 했을 것이다. 레인의 계약서는 경험 없는 작가에게 몹시 박한 수준의 인세만을 약속했다. 레인은 일찌감치 다음 책 이야기를 꺼내며 애거사를 기분 좋게 구슬리고는 은근슬쩍 애거사를 여섯 권짜리 계약으로 묶어놓았다.

어쨌거나 아치는 책 계약을 축하하며 애거사를 무용수 6000명을 수용할 수 있는 엄청난 규모의 공연장인 해머스미스 팔레Hammersmith Palais로 데려갔다. 이곳에서는 차만 제공하고 술은 없었지만 애거사는 삶에 취했다. 자신이 쓴 책을 출간하게 된 것이다. 마침내 《스타일스 저택의 괴사건》이 세상에 나왔고 상당한 성공을 거두었다.

애거사는 후속작을 쓰기 시작했다.[5] 이렇게 첫 번째 성취감을 맛본 뒤, 이제 애디슨 맨션에는 이전의 삶에 만족하지 못하는 사람이 둘이 되었다. 1920년대에 쓴 다른 책에서 애거사는 몇 시간이고 "자기 자신과 애들, 신선한 우유를 구하는 어려움" 등등의 이야기밖에는 하지 않는 따분한 여자들을 묘사했다. "멍청한 사람들이었다."[6] 그들과 다르게 애거사는 일을 즐기고 있었다. 신문 인터뷰에서 애거사는 자신의 우선순위를 명확히 밝혔다. 자기가 범죄를 좇는 것을 "두 살짜리 딸조차도 막을 수 없다"고 말했다. "한번 범죄에 빠져들면 그만두기가 힘들죠. 저도 영영 그러지 못할 거예요."[7]

이 인터뷰에서 애거사가 어머니로서의 역할은 축소하고 작가로서의 정체성을 강조했다는 점이 무척 중요하다. 또 애거사가 **인터뷰**를 하고 있다는 사실도 마찬가지로 중요하다. 애거사가 유명인이 되어가고 있다는 의미였다. 1920년대에 현대의 유명인 문화 같은 게 생겨나기 시작했고 사람들은 대중 소설이나 유명인에 관한 신문 기사에서 오락거리를 찾았다.[8] 애거사도 언론과 관계를 맺게 되었는데, 이 관계는 멋지면서도 끔찍한 일이 될 터였다.

아치는 똑똑한 아내가 자랑스러웠고 아내가 벌기 시작한 돈에 관심을 가졌다. 그래도 애거사가 거둔 뜻밖의 성취가 아치를 더욱 불안하게 만든 것은 아닐까 의심하지 않을 수 없다. 그런데 마침 그때 아치에게 쳇바퀴에서 벗어날 특별한 기회가 주어졌다.

1924년 웸블리에서 무역 진흥과 대영제국의 생산품 소개를 목표로 대규모 박람회를 개최할 예정이었다. 영국이 인도 등지의 통치에서 손을 떼는 방안을 고려하는 한편 제국의 명맥을 유지하기 위해 박람회 같은 새로운 방식을 모색하던 중이었다. 이 프로젝트의 책임자는 아치의 학교 선생님이기도 했던 어니스트 벨처Ernest Belcher 소령이라는 사람이었다. 벨처는 사절단을 끌고 전 세계를 돌며 박람회 지원을 호소할 계획이었는데 아치더러 재무 담당자로서 같이 가자고 했다.

벨처 소령은 미혼이고 자기중심적이고 나이는 아치와 애거사보다 스무 살 정도 많았고 약간 우스꽝스러운 사람이었다. 전쟁 동안에는 영국의 감자 공급을 관장하는 위치에 있었다. 애거사는 벨처의 공적에 코웃음을 쳤다. "감자라고는 구경도 못 했다." 애거사가 말했다. "감자 부족이 전적으로 벨처의 탓인지 어쩐지는 모르지만 만약 그렇다고 하더라도 놀랍지 않다."

하지만 벨처도 처음에는 무해해 보였다. 그래서 아치가 자리를 수락하기로 했을 뿐 아니라 애거사도 같이 가기로 했다. 로절린드는 매지에게 맡기기로 하고. 아치가 직장을 그만둬야 했기 때문에 위험 부담이 있었다. 그렇지만 거부하기 힘든 기회였다. 사절단에 들어가 세계 일주를 한다면 과거에 귀족들이 하던 그랜드 투어Grand Tour와 비슷한 것을 저렴한 비용으로 할 기회가 될 터였다. 전쟁이 끝나고 해군 함선이 여객선으로 개조되면서 여행 붐이 일고 있었다. 애거사가 가게 될 자치령 국가들은 영국 중산층에게 일하러 가는 곳이라기보다 휴가를 보내러 가는 여행지였다.[9] 애거사는 늘 여행을 좋아했다. "여행하는 삶의 정수에는 꿈이 있다. …… 나는 나 자신이면서 또 다른 자신이 된다"라고 썼다. 아치는 애디슨 맨션에서 사는 자신의 모습이 마음에 들지 않았다. 해외로 나갔을 때의 자기 모습이 좀 더 만족스럽지 않을까 기대했을 것이다.

사절단이 런던에서 출발한 날은 애거사의 두 번째 책《비밀 결사》가 출간된 날이기도 했다. 사절단 출항은《타임스》에 사진이 실릴 만큼 중요한 일이었다. 애거사가 유명인처럼 꽃다발을 잔뜩 안고 있는 사진이《타임스》에 실렸다. 그렇지만 이때 애거사는 아직 신인 소설가라, 사진 설명에 사절단 농업 자문이자 감자 왕인 F. 하이엄 씨의 딸이라고 잘못 표기되었다.[10]

이들은 마데이라섬을 거쳐 남아프리카로 갔다가 오스트레일리아와 뉴질랜드로 향했다. 다음에 애거사와 아치는 하와이에서 휴가를 보내고 캐나다에서 사절단과 재합류할 계획이었다. 이들은 몇 해 전에 자치령과 관계를 다지기 위해 유사한 세계 일주 여행을 했던 영국 왕세자의 여정을 따라가고 있었다. 하지만 벨처의 사절단은 직접 관련이 있는 사람들의 눈에도 다소 허황해 보였다. 여행 중에 애거사는 집으로 이런 편지를 보냈다. "우리는 같이 밥을 먹는 수석 엔지니어에게 매일 저녁 '임무 성공'을 기원하는 건배를 하도록 시켰는데, 엔지니어는 시키는 대로 하면서도 이렇게 웅얼거렸어. '하지만 전 아직도 이게 대체 뭐 하는 사절단인지 모르겠어요. 종교적인 것은 아니라면서요.'"[11]

이들은 남아프리카로 갈 때 '킬도넌 캐슬'이라는 배를 탔는데, 이 배가 애거사의 소설《갈색 양복의 사나이*The Man in the Brown Suit*》(1924)에서 여주인공이 같은 나라로 여행할 때 타는 '킬모든 캐슬'이 된다.[12] 이렇듯 애거사가 경험한 모든 것이 줄곧 소설로 복제되었다. 애거사는 외국에서도 주로 영국인들과 같이 지내면서 이들을 곁눈

질로 관찰했다. 그러면서 곳곳에서 아이러니나 비웃고 깎아내릴 거리를 찾아냈다. 심지어 파인애플 재배 방식도 우스웠다. 파인애플이 멋지게 나무에 달려 자라는 줄 알았는데 밭에 양배추처럼 심긴 모습이 실망스러웠다.

애거사는 평생 대영제국에 대해 이야기할 때 거의 언제나 이런 조롱하는 듯한 어조를 택한다. 애거사는 대영제국을 선전하러 간 것이 아니었다. 대영제국을 구경하고 비웃는 재미를 위해 간 것이었다.

이때 찍은 사진을 보면 이들이 아주 즐거운 시간을 보냈음을 알 수 있다. 여객선 난간에 기대어 쉬는 애거사, 풀에서 수영하는 애거사, 서프보드를 들고 포즈를 취한 애거사. 수영을 좋아하는 애거사는 남아프리카 해변에서 또 새로운 스포츠를 배웠다. 애거사는 진주 목걸이를 걸고 꽃잎 장식이 달린 수영 모자를 쓰고 서핑을 한다. 하와이에서는 꽃목걸이를 걸고 바나나밭 사이에 있는 방갈로에서 밖으로 나온다.

그러나 시간이 지날수록 사절단의 임무는 점점 피곤해졌다. 벨처와 수행원들은 마치 소규모 왕실 사절단이나 되는 듯 날마다 새로운 사람을 만나고 과수원을 구경했다. "길고 피곤한 하루였다. …… 환영 행사, 공장 시찰, 오찬과 만찬 연설 등." 벨처는 쪼잔한 폭군의 면모를 드러내기 시작했고 달이 갈수록 점점 불쾌한 사람이 되었다. 애거사는 이렇게 전했다. "야만인이 오늘 아침 그 어느 때보다 심하게 굴었다. 원시 동굴처럼 캄캄한 방에서 빵과 우유를 먹으며 모든 사람에게 으르렁거린다."[13]

이 여행에는 중요한 단점이 또 하나 있었다. 로절린드가 곁에 없다는 것. 로절린드는 이모인 매지에게 맡겨져 있었다. 클라라는 남자는 혼자 두면 엇나갈 위험이 있다면서 남편을 따라가겠다는 애거사의 결정을 전적으로 지지했다. "남편하고 같이 안 있고 너무 오래 혼자 두면 **남편을 잃게 돼.**" 매지는 로절린드와 보모를 자기 집으로 데려가긴 했으나 마뜩잖아했다. 매지는 몬티가 아프리카에서 몸이 안 좋아져서 돌아왔으니 자매들이 돌봐야 한다고 했다. 그래도 애거사는 가기로 했다.

현대 심리학자라면 아마 두 살 아이와 아홉 달 동안 떨어져 있으면 아이에게 유기에 대한 공포를 심어주는 걸 피할 수 없다고 말할 것이다. 그렇지만 애거사는 클라라와는 다른 엄마가 되고 싶었고 로절린드에게 성장할 공간을 주고 싶었다. 애거사가 한 말 중에서 본인의 육아 철학에 가장 가깝다고 할 수 있는 말은 이런 것이다. 아이는 "신비스럽게도 낯선 사람이다. …… 한동안은 아이를 맡아 돌볼 수 있다. 그 이후에 아이는 당신을 떠나 자기만의 자유로운 삶을 꽃피울 것이다". 그리고 로절린드는 애거사에게 늘 조금 신비로운 존재였다. 아치는 딸을 좀 더 단순하고 솔직한 방식으로 사랑했는데 그게 아치나 로절린드에게는 잘 맞았다. "둘은 서로를 이해했다. 로절린드와 내가 서로를 이해하는 것보다 더 잘 이해했다."

그렇긴 했어도 애거사는 분명 괴로웠을 것이다. "네 생각을 많이 해, 내 아가." 로절린드에게 읽어주라고 보낸 편지에 이렇게 썼다. 클라라에게는 죄책감을 느낀다고 시인했다. "멀리 떠나 와서 나만 즐기고 있자니 괴로워요."[14]

집에서 한창 글을 쓰는 도중에 로절린드가 방해해서 보모가 "엄마를 방해하면 안 되지, 그렇지 아가?"라며 로절린드를 부를 때도 애거사는 죄책감을 느꼈다. 애거사는 아기를 돌봐야 한다는 사실에 화가 날 때가 있다고 무척 솔직하게 밝혔다. "로절린드와 이야기를 나누고 같이 놀아주거나 아니면 로절린드가 다른 누군가와 노는 데 정신이 팔리도록 유도해야 했다."

애거사는 여행 중 휴가 기간이 시작되자 죄책감을 밀어놓으려고 애썼다. 마침내 호놀룰루에서 벨처 없이 소중한 한 달을 보내게 된 것이다. 서핑은 환상적이었다. "내가 경험한 최고의 육체적 쾌락 중 하나였다." 하지만 파도는 거칠고 위험했고 아치와 애거사 둘 다 햇볕에 심한 화상을 입었다.

여행의 마지막 구간인 캐나다에 갔을 때는 재미가 확실히 바닥나 버렸다. 돈도 바닥이 나서, 애거사는 고기 농축액을 뜨거운 물에 타서 저녁 대신으로 먹어야 했다. 아치는 부비동염에 걸렸고 애거사는 서핑 때문인지 어깨에 신경염이 생겼다. 애거사는 "간절히 집에 가고 싶었다".[15] 마침내, 출발한 지 아홉 달 만에 두 사람은 집으로 가는 배에 올라탔다. 2년 뒤에 열린 박람회는 2700만 명의 관람객을 끌어 모았고, 그 유산이 오늘날 웸블리 스타디움으로 남아 있다.

애거사는 영국을 떠나 있는 동안 신문 기사 오린 것을 우편으로 받아 보고 두 번째 책《비밀 결사》도 성공작이 되리라는 걸 알았다. 스웨덴 판권 판매 등으로도 돈이 들어오고 있었다. 그리고 1922년 가을, 애거사가 집에 돌아오기도 전에 애거사의 세 번째 책《골프장 살인 사건*The Murder on the Links*》(1923)의 연재 계획이 세워졌다.

세 권의 책을 완성한 지금, 당시에는 너무나 신나는 일이었던 존

레인과의 첫 번째 만남을 돌이켜 보며 애거사는 심경이 복잡해졌다.

존 레인은 '영리한 파란 눈'으로 애거사를 날카롭게 응시했었다. 그 눈빛에서 경고를 받았어야 했다. "그는 거래에 깐깐한 사람이었다." 보들리 헤드에서 가장 핫한 신인 작가가 런던으로 돌아오면서 탈출 계획을 세우고 있다는 사실을, 레인은 까맣게 몰랐다.

16

'스릴러'라고 부르는 것

애거사 크리스티는 가장 영국적인 작가로 여겨지지만, 사실 처음부터 세계적으로 주목을 받았다. 이를테면 《스타일스 저택의 괴사건》은 1920년 10월에 영국보다 미국에서 먼저 출간되었다.

그 이유는, 영국에서는 이 소설이 《타임스》에 연재 중이었기 때문이다. 외국에 거주하는 영국인들이 주로 읽는 주말 특별판에 실렸다. 연재가 끝나기까지 다섯 달이 걸렸고, 그래서 1921년 1월 21일에야 단행본으로 출간될 수 있었다. 애거사는 소설가가 되기 전에 먼저 잡지 연재 작가였던 셈이다.

애거사는 사람들이 생각하는 것보다 훨씬 다재다능한 작가였고, 범죄 소설이 아닌 장르의 글도 썼다. 어쨌든 탐정 소설가의 이력이 환상적으로 훌륭하게 시작되었다. 책으로 나오기까지 답답하게 기다려야 하긴 했으나, 마침내 《스타일스 저택의 괴사건》이 비평가들로부터 호평을 받으면서 세상에 나왔다. 《선데이 타임스*The Sunday*

Times》는 "매우 잘 짜였다"고 했고《타임스》는 "탁월하다"고 평했다.[1] 《타임스 리터러리 서플러먼트*The Times Literary Supplement*》는 딱 한 가지가 불만이었다. "좀 지나치게 기발하다." 애거사는 뿌듯해하며 이런 서평을 신문에서 오려 모았다.[2]

《약학 저널*Pharmaceutical Journal*》에 흥미로운 서평이 실렸는데, 애거사가 약물을 "잘 알고" 다루었다고 칭찬하는 내용이었다.[3] 이즈음에 탐정 소설의 '규칙'이 자리 잡기 시작했는데, 작가가 독자를 대상으로 '페어플레이'를 해야 한다는 것도 그중 하나였다. 독자에게도 범인을 추론해볼 기회를 주어야 한다는 의미다. '과학적으로 알려지지 않은 미지의 독'은 공정하지 않은 트릭 가운데 하나로 간주되었는데, 애거사는 평생 그런 것을 쓰지 않고 잘 피했다. 후기작 한 권, 《깨어진 거울*The Mirror Crack'd from Side to Side*》(1962)에만 '칼모'라는 가상의 바르비투르산을 등장시켰다.[4]

《스타일스 저택의 괴사건》은 큰 인기를 끌었으나 작가보다는 출판사에 큰 이익을 가져다주었다. 시간이 지나면서 애거사는 존 레인이 페어플레이를 하지 않는다는 의심이 들었다. 애거사는 레인의 조카 앨런Allen과 친해졌다. 애거사는 이렇게 회상했다. "나는 느닷없이 묻곤 했다. '앨런, 나 너네한테서 인세 받은 지 거의 1년이 지나지 않았어?' 그러면 앨런은 이렇게 대답했다. '네가 과연 알아차릴지 궁금했는데.'"[5]

자서전에서 애거사는 《스타일스 저택의 괴사건》으로 얻은 수익이 너무 적어서 더는 글을 쓰지 않기로 결심했다고 말한다. 무엇 때문에 마음이 바뀐 걸까? 어떤 계기로 다시 책을 써서 운 좋은 아마추어로 남는 대신 작가로서 경력을 쌓아가겠다고 결심하게 된 걸까?

자서전에서 밝힌 공식적 설명에 따르면 애시필드의 상황이 나빠졌기 때문이다. 1919년 이모-할머니가 사망하면서 이모-할머니가 받던 적은 수입도 끊겼다. 오래되고 낡은 집의 유지비가 너무 많이 들었다. 집을 파는 수밖에 없었다.

그러나 애시필드와 애시필드의 정원에 너무나 많은 추억이 있는 애거사는 집을 판다는 생각에 가슴이 아팠다. "그 집은, 그곳은, 모든 것이었다." 그래서 현실적인 아치가 현실적인 대책을 내놓았다고 애거사는 말한다. 책을 한 권 더 써서 돈을 벌어 어머니 집을 구하지 그러냐고 말이다.

그렇지만 이 이야기는 실제 있었던 일을 동화적으로 바꾸어 서술한 것에 가깝다. 여자는 상황이 절박할 때나 가족을 돕기 위해서만 글을 써야 한다는 오래된 관념을 그대로 따르고 있는 이야기다. 1920년의 증거들을 보면 사실이 아님을 알 수 있다. 《스타일스 저택의 괴사건》이 출간되기도 전에 애거사는 보들리 헤드 출판사에 "두 번째 책을 거의 완성"했다는 편지를 보냈다.[6] 애거사는 작가로서 경력을 쌓아가고 싶었다.

애거사는 1922년 인터뷰에서 이미 자신을 직업 작가로 내세웠다. "범죄는 마약과 같아요." 애거사가 기자에게 말했다. "일단 탐정 소설 작가가 되면 …… 필연적으로 돌아올 수밖에 없어요. 대중이 그러길 기대하니까요!" 애거사에게는 '대중'이 있었고, 작품이 있었고, 글을 써야 한다는 압박이 있었다.[7]

1920년대 애거사의 출간 목록을 보면 애거사가 점점 큰 성공을 쌓아가는 배경에 어떤 전략이 있음을 알 수 있다. 1921~1931년 사이에 애거사는 11권의 책을 썼는데, 그중 다섯 권만 고전적 의미의 탐정 소설이다. 한 권은 시집, 한 권은 정통 소설, 다섯 권은 애거사가 '스릴러'라고 부르는 것이었다. 애거사는 장르를 가지고 실험하며 어떤 게 가장 잘 팔리는지 알아보고 있었다. "정직한 사업을 하는 장사꾼과 같다. …… 형식의 규율을 반드시 따라야 한다"라고 애거사는 설명했다.

애거사가 자신을 시장에 맞게 글을 쓰는 '장인'으로 생각했기 때문에, 전간기의 '위대한 작가들', 이를테면 버지니아 울프 등 블룸즈버리 그룹, T. S. 엘리엇, E. M. 포스터, 제임스 조이스, W. H. 오든, D. H. 로런스, 조지 오웰, 이블린 워Evelyn Waugh 등이 있는 명단에서 제외되곤 한다. 1920년대 모더니즘의 '아방가르드' 작가들은 신문 연재 등 대중을 겨냥한 형태의 문화가 확산되는 것을 못마땅해했다.[8] 이들 작가들이 '고급문화'를 옹호하며 이른바 '눈썹의 싸움The Battle of the Brows'(골상학에서 시작된 개념으로 하이브로highbrow는 고급문화를 가리키고 로브로lowbrow는 대중문화, 미들브로middlebrow는 그 중간쯤을 가리킨다. 1920년대 초중반에 벌어진 문화의 가치와 위계에 대한 논쟁을 '눈썹의 싸움'이라고 부른다 – 옮긴이)이라는 것을 시작했다.

1922년은 T. S. 엘리엇이《황무지》를, 제임스 조이스가《율리시스》를, 애거사 크리스티가《비밀 결사》라는 '스릴러'를 출간한 해인데, 모더니즘Modern Movement이 시작된 시점으로 보기에도 손색없는 해다. '모던'이라는 단어는 1927년에 나온 책에서 처음 사용되었다.[9]

그런데 모더니즘이라는 게 정확히 뭘까? 애거사의 소설《목사관의 살인*The Murder at the Vicarage*》(1930)의 등장인물 레너드는 자기는 안다고 생각한다. 레너드는 시에 "대문자가 하나도 없는 것"이 "모더니티의 정수"라고 비꼬듯 말한다.[10]

모더니즘은 본질적으로 무언가 실험적인 것, 이전과 다른 것이었다. 그리고 모두에게 환영받지는 않았다. 한편 애거사 같은 작가는 전통적인 서술 방식을 사용하며 자신을 하이브로와 거의 정반대에 있는 작가로 정의했다. 도전적으로 '미들브로', 심지어는 '로브로'를 자처했다. 애거사는 자신의 성공에 이런 기분을 느끼기도 했다. "로브로에게 1점!!"[11]

눈썹의 싸움은 상당히 강력한 감정을 불러일으켰다. 하이브로가 얼마나 강하게 미들브로 문화는 이류이며 짜증 나게 상업적이라고 느꼈는지 알아보기 위해 버지니아 울프를 등판시키자. "어떤 남자나 여자나 개나 고양이나 반쯤 짜부라진 벌레가 감히 나를 '미들브로'라고 부른다면, 내 펜을 들고 찔러 죽여버리겠어요"라고 울프는 썼다.[12] 이 과격한 말은 울프가《뉴 스테이츠먼*New Statesman*》편집자에게 쓴 편지에 나온다.

그렇지만 이런 구분이 생각만큼 명확할 수는 없다. 이 유명한 편지도 실제로 보내지지는 않았다. 울프 본인도 가끔《보그*Vogue*》나《굿 하우스키핑*Good Housekeeping*》등의 잡지에 글을 실었기 때문에 조금 찔리는 데가 있었을 수도 있고, 아니면 다른 전문 여성 작가를 지지하는 마음이 있었기 때문일 수도 있다. 당시 여성 작가들은 대부분 애거사처럼 미들브로였다. 문학사가 마룰라 조아누*Maroula*

Joannou의 말처럼, 울프가 이 편지를 부치지 않은 까닭은 울프 자신이 '자기 위치의 모순'을 너무나 잘 인식하고 있었기 때문일 것이다.[13]

그리고 이 이야기에는 또 하나의 반전이 있다. 만약 미들브로와 모더니스트가 사실은 같은 것이라면? 모더니즘을 좀 더 넓게 정의한다면,《율리시스》처럼 새로운 것의 충격으로 안면을 강타하는 작품에서만 찾을 수 있지는 않을 것이다. 문학평론가 앨리슨 라이트Alison Light는 '모더니스트'는 **반드시** '하이브로'를 뜻한다는 생각을 부정했다. 라이트는 애거사 크리스티가 사실은 인정받지 못한 모더니스트라고 주장한다.

모더니스트로서의 특성은 애거사가 '스릴러'라고 불렀던 1920년대 소설에서 가장 두드러지게 나타난다. 애거사의 탐정 소설만큼 잘 알려지지는 않았으나 장난스럽고 화려하고 허황하고 속도감 있는 소설들이다. 이 소설들은 모더니즘의 특징대로 상징을 중요시하고 사람이나 장소는 아주 가벼운 터치로 스케치하듯 그린다.

《비밀 결사》에는 전직 군인과 간호사 커플인 토미와 터펜스가 처음으로 등장하기도 한다. 애거사는 토미와 터펜스를 '본질적으로 모던해 보이는 부부'라고 묘사한다. 이들은 운이 없지만 앞날에 대한 희망을 버리지 않은 용감한 부부로, 최근 전시 임무에서 풀려났다. 지금 사정이 절박해져서 탐정 사무소를 차리기로 한다. 토미는 차와 빵을 살 돈조차 부족한, 가난한 사람의 셜록 홈스다. 토미와 터펜스는 라이언스 코너 하우스에서 식사를 하고 남자가 계산을 해야 한다는 규칙을 기꺼이 무시하며 각자 밥값을 낸다.[14] 돈이 없는 브라이트 영 싱즈Bright Young Things(1920년대 황색언론에서 런던 상류층 젊은이들에게 붙인 별명. 화려한 파티, 쾌락주의적 태도 등이 특징이다-옮긴이)로 1920년식 쾌락주의를 열망한다. "랍스터 알라메리켄lobster a l'americane(미국식 바닷가재 요리), 치킨 뉴버그와 페시 멜바"를 먹고, 리츠 호텔 수석 웨이터와 서로 이름을 부르는 사이고, 신형 롤스로이스를 타고 다닌다. 그런데 전직 군인과 전직 간호사 부부라니, 아치와 애거사를 떠올릴 수밖에 없지 않나?

그러나 애거사는 첫 번째 스릴러 소설에 잠깐 눈을 돌렸다가 다시 탐정 소설로 돌아왔다. 《스타일스 저택의 괴사건》과 이어서 쓴 단편 몇 편의 성공에 힘입어 푸아로를 《골프장 살인 사건》에 다시 등장시켰다. 그렇지만 헤이스팅스는 이미 좀 따분한 존재가 되었음을 느끼고 제거해버리리라 결심했다. "푸아로와는 계속할 수 있겠지만, 헤이스팅스까지 유지할 필요는 없었다."

헤이스팅스 대위가 오늘날 사람들의 기억에 각인되어 있는 까닭은 오직 1980년대와 1990년대 텔레비전 드라마로 만들어진 푸아로 시리즈에 등장한 덕이다. 그러나 애거사는 헤이스팅스가 책 한 권 분량의 액션을 목격하고 서술할 수 있게끔 내내 푸아로 곁에 있는 플롯을 생각해내기가 곤란했다.[15] 게다가 헤이스팅스가 워낙 좀 따분하기도 했고. 그래서 애거사는 《골프장 살인 사건》의 결말에서 헤이스팅스를 결혼시키고 아르헨티나로 보내버린다.

보들리 헤드는 애거사에게 매우 만족했지만, 애거사는 보들리 헤드에 만족하지 못했다. 1920년대를 보내면서 애거사는 자기 책에 어떤 가치가 있는지 제대로 알게 되었다. 이미 애거사는 스타였던 것이다. 1923년 초점을 흐릿하게 맞추어 매우 아름답게 보이는 애거사와 로절린드의 사진이 《데일리 메일*Daily Mail*》 사진 페이지 중앙에 실렸다. 그 주위를 덜 중요한 인물들이 둘러싸고 있었다. 여배우, 베릭주 보수당 여성 후보, 그리고 왕세자.[16]

애거사는 출판사에 가끔은 아치를 비서로 삼아 항의 편지를 보내곤 했다. 오탈자, 약속해놓고 보내주지 않은 판매 보고서, 책 표지의 "조악하고 아마추어적인" 디자인에 대한 불평불만이 담겨 있있다.[17]

점점 전문 작가가 되어가고 있음에도 애거사는 글쓰기는 '일'이 아니라고 생각했다. 세무서에서 나온 조사관이 소득이 얼마냐고 물었을 때 애거사는 "깜짝 놀랐다. 글을 써서 번 돈이 소득이라고는 한 번도 생각해보지 않았다". 그러나 국세청의 생각은 달랐다. 이것이 애거사와 세무서 사이의 오랜 악연의 시작이었다. 애거사는 그동안 수입 지출을 제대로 기록해놓지 않았다는 사실을 깨닫고 여러 해 전 이든 필포츠가 소개해준 휴스 매시Hughes Massie 문학 에이전시에 다시 연락했다. 이번에는 에드먼드 코크Edmund Cork라는 에이전트가 애거사를 대리하겠다고 했다.

애거사의 새로운 에이전트는 신중한 성격과 상류층 억양에 말을 살짝 더듬는 사람으로, 비전문적인 전문가라는 애거사의 상황을 타개하는 데 도움을 주게 된다. 코크는 바로 애거사에게 보들리 헤드와의 착취적 계약보다 더 나은 계약을 얻어주겠다고 결심했다. 코크는 그때 있었던 일을 이후에 즐겨 이야기했다. 먼저 코크는 존 레인에게 가서 책이 나올 때마다 애거사에게 선인세 250파운드를 지급하라고 제안했다. 그러나 레인은 "이런 식으로 에이전트와 이야기하는 것에 익숙하지 않다며 코크를 돌려보냈다".[18] 그리하여 1924년 1월 27일 애거사는 다른 출판사, 윌리엄 콜린스, 선스William Collins, Sons와 새로 계약을 맺었다. 당시 사장은 고드프리 콜린스였다. 이 계약이 코크가 애거사를 대신해 협상하게 될 수많은 계약 가운데 첫 번째였다.

그러나 보들리 헤드에서 탈출하는 일은 생각보다 어려웠다. 특히 이미 감정이 상한 상태라 더욱 그랬다. 보들리 헤드에서 계약 조항을 가지고 걸고넘어졌다. 애거사의 계약에는 첫 여섯 권을 보들리 헤드에서 출판해야 한다고 되어 있었다. 보들리 헤드에서는 단편집인 《푸아로 사건집Poirot Investigates》(1924)을 여섯 권 중 한 권으로 볼 수 있는지에 의문을 제기했다. 한편 애거사는 《비전Vision》이라는 범죄 소설이 아닌 소설을 세 번째 책으로 제안했으나 출판사에서 거절하지 않았냐고 했다. 그쪽에서 거절한 것이니 그것도 포함해야 한다고 애거사는 주장했다.[19]

논란이 된 단편집으로 알 수 있듯이 애거사는 장편 소설만 쓴 것이 아니다. 1920년대 애거사는 짧은 기한에 맞춰 잡지에 실을 글도 많이 썼다.[20] 1921년 《스케치The Sketch》에서 푸아로 단편들을 의뢰했다. 이것이 나중에 책이 아닌지 논란이 되는 단편들이다. 그뿐 아니라 《그랜드 매거진Grand Magazine》《플린스 위클리Flynn's Weekly》《로열 매거진Royal Magazine》《노블 매거진Novel Magazine》《스토리텔러Story-Teller》 등도 애거사의 작품을 원했다.

또 《이브닝 뉴스Evening News》는 애거사의 다음 스릴러 《갈색 양복의 사나이》의 연재료로 500파운드라는 엄청난 금액을 제시했다.

애거사는 도저히 믿을 수가 없었다. 잡지사, 특히 미국 잡지사에서 주는 돈이 자신을 소설가로 지칭하기를 늘 불편해하던 사람의 수입에서 놀랄 만큼 큰 비율을 차지했다. 이런 일들 때문에 애거사가 다른 소설가들만큼 진지하게 받아들여지지 않은 면도 있었다.

애거사는 연재료로 받은 500파운드로 1920년대의 사치품인 모리스 카울리 소형차를 구입했다. 여자들의 활동 반경이 힐을 신고 걸을 수 있는 거리로 제한되던 시대에 차를 산다는 것은 엄청나게 현대적인 일이었다. 애거사는 번 돈을 애시필드의 유지비에도 보탰고, 자비로 시집도 한 권 출간했다. 이제 자기 돈으로 빵과 차를 살 수 있는 양 행동하기 시작했다. 일부 역사가는 아치가 이걸 못마땅해했을 것이라고 추측하기도 하지만,[21] 그랬다는 증거는 없다. 실제로 애거사는 아치가 작품 활동을 적극적으로 지지했다고 일부러 언급하기도 했다.

그러나 입 밖에 내지는 않았더라도 약간의 유감이 있었다 해도 놀라운 일은 아니다. 다른 소설가 대프니 듀모리에Daphne Du Maurier는 이렇게 말했다. "나처럼 직업이 있는 여자가 남자와 여자 사이의 전통적 관계를 망쳤다. 여자는 나긋나긋하고 유순하고 의존적이어야 하는데."[22] 애거사는 자기와 아치가 터펜스와 토미처럼 한 팀이리고 생각했다. 그렇지만 세계 일주를 마치고 돌아온 뒤에 아치는 일자리를 구하지 못했고 우울해했다. 사이가 나빠지자 별거하자는 이야기까지 나왔다. 그러나 애거사는 애시필드나 애브니홀로 가지는 않겠다고 했다. 애거사는 런던에 살면서 계속 일을 할 참이었다.

1924년 1월 윌리엄 콜린스, 선스와 새로운 계약을 맺었을 때 애거사한테는 아직 보들리 헤드와 약속한 책이 한 권 남아 있었다. 또한 권의 스릴러인《침니스의 비밀*The Secret of Chimneys*》(1925)이 P. G. 우드하우스의《무적의 지브스*The Inimitable Jeeves*》의 열풍이 휩쓸고 간 뒤에 출간되었다. 우드하우스의 책과 비슷하게 시골 저택을 배경으로 펼쳐지는 이야기다.

이 소설에도 몇 가지 탁월한 '크리스티 트릭'이 있고, 또 애거사의 가장 사랑받는 여주인공 유형인 활달하고 진취적인 젊은 여성이 처음으로 등장하기도 한다. 애거사가 젊을 때 등장한 '신여성'은 1920년대가 되면서 '브라이트 영 싱즈'에 자리를 내주었다. 이름이 무엇이 되었든 간에 애거사는 이 새로운 유형의 여성을 좋아했다.《침니스의 비밀》에 등장하는 매력적인 캐릭터 버지니아 레벨은 아버지가 귀족이고, 세련되고 절제되고 남성적인 1920년대 스타일 스포츠웨어를 즐겨 입는다.《침니스의 비밀》에서는 또 애거사가 시골 저택을 어떻게 다루는지도 엿볼 수 있다. 도러시 L. 세이어스나 마저리 앨링엄은 귀족 탐정을 중심으로 시리즈를 이어갔지만 애거사는 상류층에 큰 관심이 없었다. 침니스라는 저택을 묘사하는 구절을 한번 보자. 으레 오래된 벽돌, 작은 탑, 스테인드글라스 등 고풍스러운 분위기를 묘사하리라고 기대할 것이다. 하지만 애거사는 그런 것에는 신경 쓰지 않는다. 저택에 홀바인 그림이 하나 있고, 비밀의 방과 비밀 통로가 있다는 걸 가볍게 열거한다. 그런 게 있긴 한데, 중요하지는 않다. "한번 구경한 적 있는 것 같아요." 버지니아가 말한다. "하지만 잘 기억은 안 나네요."[23] 애거사 크리스티 소설의 고질적 문제에 대한 깔끔한 해결책이다. "나는 사람이나 장소를 묘사하는 걸 좋아하지 않아요"라고 애거사는 시인했다. "그냥 대화로 이어가고 싶어요."[24]

《침니스의 비밀》에 쓰인 또 하나의 '크리스티 트릭'은 옷을 가지고 어떤 사람을 짐작하게 만드는 트릭이다. 버지니아는 남자 주인공을 만났을 때 오만하게 무시하는 좋지 못한 모습을 보여준다. 남자 주인공 앤서니가 형편이 곤궁한 퇴역 군인 행세를 하자 버지니아는 처음에는 그를 "런던 실업자치고는 호감 가는 표본"이라고 가볍게 평가한다.[25] 버지니아는 이후에 앤서니의 진면목을 알게 되면서 자신도 성장한다.

안타까운 일이지만 외양을 보고 사람을 판단하는 게 인간의 본성이다. 애거사의 유쾌한 여주인공 가운데 한 명인 프랭키 더웬트는 "아무도 운전사를 **사람**을 볼 때처럼 보지 않는다"고 말하는데, 이 말은 지금도 여전히 진실이다. 우리는 제복을 보지 그 안의 사람을 보지 않는다.[26] 옷차림에서 계급을 훨씬 쉽게 추론할 수 있었던 1920년대에는 더욱 그랬다. 크리스티의 독자들은 시중을 받는 데 익숙했고, 시중을 드는 사람을 당연하게 여겼다.

그러나 《침니스의 비밀》에는 현대 독자들이 훨씬 불편하게 여길 요소가 하나 있다. 우리는 애거사를 시대를 초월한 작가로 생각하기 때문에, 애거사 소설의 정치성이 요즘 시대에는 맞지 않는 것에 놀랄 때가 많다. 1920년대 스릴러의 악당들은 당대의 전형적 인물이다. 공산주의자나 범죄 집단과 연루된 모호하고 국제적인 음모가 등장한다. 이 시기의 또 다른 특징은 저자나 인물의 관점이 심하게 반유대주의적이라는 것이다. 예를 들어 《침니스의 비밀》의 등장인물인 허먼 아이작스타인은 "퉁퉁한 누런 얼굴, 코브라처럼 속을 알 수 없는 검은 눈"을 가졌다. "커다란 코가 둥글게 휘어졌고 넓은 사각 턱에서 힘이 느껴졌다." 상상력이 없는 클리셰이며, 도로시 L. 세이어스가 1923년에 쓴 책에서 유대인 캐릭터를 묘사한 표현도 이와 거의 똑같다. 세이어스의 버전은 이렇다. "이목구비가 진하고 살이 많고 뚜렷하고, 검은 눈이 두드러지고, 긴 코가 묵직한 턱을 향해 구부러졌다."[27]

애거사는 영영 반유대주의에서 완전히 벗어나지 못한다. 그렇지만 애거사가 1930년대 나치당원을 처음으로 만난 뒤에 태도가 조금 달라지기는 한다. 누군가가 '유대인'이라는 단어를 입에 올리자, 그의 얼굴이 "괴상하게 일그러졌다. …… 그가 말했다. '당신들은 이해 못 합니다. …… 유대인은 위험해요. 반드시 절멸되어야 합니다.' …… 살다 보면 정말 슬퍼지는 때가 있는데 바로 이런 때다". 그럼에도, 비평가 로버트 바너드Robert Barnard가 말하듯이 이 시점부터 애거사의 "유대인에 대한 공격적 언급이 사라진다"라고 말할 수는 없다.[28] 유대인 등장인물에 여전히 편견이 남아 있었다.

1920년대 후반으로 가면서 애거사는 스릴러의 비중을 줄였다. 애거사는 탐정 소설 작가로 유명해지고 있었다. 《침니스의 비밀》이 출간된 직후에 애거사의 공인된 걸작이자 푸아로가 등장하는 미스터리인 《애크로이드 살인 사건*The Murder of Roger Ackroyd*》(1926)이 출간되었기 때문이기도 했다.

그러나 이 책이 출간된 1926년은, 애거사의 삶에서 가장 힘겨운 한 해로 기록될 해였다.

5부
행방불명 소동

17
서닝데일의 미스터리

잡지 《스케치》 최신호에 유명한 작가 애거사 크리스티가 집에서 찍은 사진이 실렸다. 화려한 색채로 복잡하게 꾸며진 거실 벽에 도자기 접시가 붙어 있다.[1] 아프리카에서 산 목조 기린이 다른 장식품들과 함께 사이드테이블 위에 있다.

1926년 초 크리스티 부부는 다시 새집으로 이사했다. 이번에는 버크셔주 서닝데일에 있는 집이었다. 애디슨 맨션보다 훨씬 호화로운 아파트로, 드넓은 자갈길 진입로가 있는 1890년대 맨션 상층부를 차지했다. 딱 《스케치》 독자들이 보고 싶어 하는 모습이었다. 화려한 미들브로 집을 배경으로 한 미들브로 여성 소설가의 모습이다.

이 인기 작가는 이제 서른을 훌쩍 넘긴 나이였고, 외모도 그렇게 보였다. 10대 때 애거사는 가슴을 갖고 싶어 했는데 "서른다섯 살 때 둥글고 여성스러운 가슴이 발달"하리란 것은 전혀 예상하지 못했다. 아아, 그러나 그사이 유행이 바뀌고 말았고, 이제는 다들 "판자처럼 납작한 가슴을 자랑하며" 다녔다. 사진 속 애거사는 어머니 같고, 위엄 있어 보이며, 어째서인지 아직 에드워드 시대 사람처럼 보인다.

《스케치》의 독자들은 미시즈 크리스티가 아주 잘살고 있다고 생각했을 것이다. 그해에 새 소설과 단편집 두 권을 출간했다. 로절린드는 무럭무럭 자라고 있었다. 아치는 마침내 런던 금융가에 일자리를 구했다. 오스트럴 트러스트에서 일하며 고무 회사의 이사로서 추가 임무를 맡았다.

여유가 생기자 크리스티 부부는 런던 교외로 이사했다. 서닝데일은 런던 금융가로 출퇴근하기에 편리한 곳이었다. 지금처럼 그때도 조용하면서 고급스러운 곳이었다. 오늘날 서닝데일 기차역에서 나오면 웨이트로즈(고급 슈퍼마켓 체인 – 옮긴이), '애스콧 자산 관리' 광고, 롤스로이스 쇼룸이 보인다. 최근 골프에 푹 빠진 아치가 서닝데일 골프 코스 근처에 살고 싶어 한 것도 결정에 영향을 미쳤다. 1924년 출간된 안내서에 따르면 이 골프 코스의 5번 홀은 "공이 솟구쳤다가 떨어질 때 다채롭고 관능적인 만족감"을 준다고 한다.[2] 서닝데일은 행정구역상 버크셔주에 속했으나 서리주 경계에서 아주 가까웠다. 이 위치가 뜻밖에 중요한 영향을 미치게 된다.

그러나 서닝데일은 애거사보다는 아치에게 잘 맞는 곳이었다. 애거사도 골프를 좋아하긴 했지만 아주 좋아하는 건 아니었고, 동네에서 친구를 사귀기는 힘들었다. 또 다른 '골프 과부'도 골프 클럽이나 서닝데일에 대해 매우 부정적으로 말한 바가 있다. "아주 돈 많은 사람들 …… 끔찍한 가구와 그림, 못생긴 얼굴에 멍청한 머리."[3] 애거사의 단편 〈서닝데일 미스터리The Sunningdale Mystery〉에서는 서닝데일 골프 코스 7번 티 자리에서 칼에 찔려 숨진 시체가 발견된다.

애거사는 저녁 식사에 초대를 받아도 갈 수가 없었다. 아치가 너무 피곤해하며 저녁에 외출하기를 꺼렸기 때문이다. 애거사의 소설 속 등장인물 중 한 사람은 런던 금융가 사람들은 쳇바퀴 속의 생쥐와 같다고 말한다. "아무리 돈이 많아도 날마다 9시 17분 기차를 타야 한다."[4] 그렇다고 크리스티 부부가 동네 '스마트 세트Smart Set(세련된 상류층)'에 낄 수 있을 만큼 부자도 아니었다. 그래도 애거사는 이제 이들을 가까이에서 관찰할 수는 있었다. 이 점이 상당히 중요한데, 왜냐하면 서닝데일의 유한계급 여성 같은 부류가 애거사 크리스티의 주요 독자였기 때문이다. 1928년에 출간된 책에 따르면 이 '스마트 세트'는

> 테니스를 조금 치고, 춤을 많이 추고, 최신 유행 품종의 개를 기른다. …… 소설을 아주 많이 읽는다. 신문은 훑어만 본다. 국내 정치에 대한 관심은 자기들이 그토록 중요시하는 돈과 물질적 안락을 노동자들이 원한다니 얼마나 사악한가 하는 생각에 대체로 국한되어 있다.[5]

1926년 5월 아치는 총파업 타개에 도움을 주려고 직접 대형트럭을 몰기도 했다. 각자도생하는 보수적인 사회였다.

그러나 아치는 아내가 잘 지내는지 어쩐지 알아차리지 못하는 듯했다. 천천히, 보일 듯 말 듯, 동반자들의 사이는, 토미와 터펜스는 멀어져갔다. 주중에 아치는 집에 없었고 여가시간에는 피곤해했다. 애거사는 신혼 때와 같은 친밀함을 되찾기를 간절히 원했다.

D는 함께 같이 걷고 싶은 욕구Desire

좋을 때나, 궂을 때나, 어떤 날씨에라도.[6]

그러나 주말에 아치는 같이 걷거나 이야기하고 싶어 하지 않고 오직 골프만 치려 했다. 물론 로절린드가 있었으나, 로절린드는 사랑스럽지만 알 수 없는 존재였다. 로절린드는 아빠를 닮아 현실적이고 냉정하고 독립적인 아이로 자라났다.

잠시 뒤로 물러서 서닝데일의 아치와 애거사 말고 더 넓은 세계를 보자면, 영국에서 많은 부부가 예상하지 못한 불만을 느끼고 있었다. 제1차 세계대전이 끝난 지 10년이 지났지만 전쟁의 그림자가 여전히 드리워 있었다. 그리고 이제는 전쟁에 대해 전엔 할 수 없었던 이야기를 하기 시작했다. 전쟁 회고록이 하나씩 출간되었다. 애거사의 동료 간호사들에게 지급된 연금 기록을 보면 이 시기에 정신 질환을 이유로 지원을 요청한 사례가 많음을 알 수 있다. 1920년대에는 이런 상태를 '신경쇠약'이라고 불렀다. 의사들은 '포탄 쇼크'라는 말보다 더 전문적인 이 용어를 선호했다.[7] 전후에는 전반적으로 전쟁에 대해서는 침묵하고 새 삶을 시작하려는 열망이 있었다. 그렇지만 전쟁에 대해 생각하기를 영원히 기피할 수는 없었다.

그나마 다행으로, 애거사는 차로 한 시간 거리인 도킹에 사는 아치의 어머니와 꽤 잘 지냈다. 매지도 가끔 놀러 왔다. 로절린드는 '펑키 이모'가 특별한 존재라는 걸 느낄 수 있었다. "우리 엄마보다 더 잘 놀아줬다. 정말 재미있었다. 이모는 맨체스터에 반쯤 묻혀 살았다."[8] 애거사도 매지가 일상에 만족하지 못하는 게 아닐까 의심했다.

"자매는 정말 기이해. 어떻게 남의 속을 다 안다 싶은 생각이 드는 걸까!!! 그렇지만 내 생각에는 애브니홀에서 사는 게 행복하지 않은 것 같아."[9]

그렇지만 능력 있는 매지가 마침내 스스로 작은 성취를 해냈다. 특별히 애쓰지 않고 쓴 희곡이 웨스트엔드 무대에 오르게 된 것이다.

물론 매지는 10대 때부터 잡지에 글을 발표한 작가였다. 애거사는 매지가 결혼하지 않았다면 계속 글을 쓰지 않았을까 생각해보곤 했다. 그런데 여기 그 의문의 답이 있었다. 매지가 마흔다섯 살 때, 희곡 〈청구인*The Claimant*〉이 제작자의 눈에 띄었다.

신인 작가의 작품을 웨스트엔드에 올린다는 게 뜻밖으로 여겨질 수도 있을 것이다. 그런데 매지의 제작자가 여성 극작가 클레멘스 데인의 작품으로 흥행에 성공한 적이 있었기 때문에 비슷한 작가를 찾고 있었을 가능성이 있다. 그렇지만 매지는 남자 이름처럼 들리게 'M. F. 와츠'라는 필명을 썼다. 매지는 제작자가 "내가 (혹은 익명의 어떤 남자가) 정말 그 극을 쓴 게 맞는지 의심"한다고 느끼기도 했다. 어쨌거나 리허설에서 자기 의견을 제시하면 기분이 좋았다. "권력을 가진 것 같은 기분이야. …… 이상하게도 다들 나를 중요한 사람으로 여겨." 애거사는 이 일을 살짝 질투를 느끼며 바라보았다. 바쁘고 중요한 인물이 된 매지는 일요일에 서닝데일에 놀러 와서는 너무 피곤한 나머지 "계속 졸았다".[10]

그러나 매지의 연극은 그럭저럭 성공한 정도에 그쳤다. 자기는 더 잘할 수 있다고 생각했는지 애거사도 희곡을 시도해보았다. 최근 애거사 크리스티가 재평가되면서 소설가뿐 아니라 극작가로서의 능력도 인정받게 되었다. 애거사가 1920년대에 쓴 극은 거의 상연되지 않았지만, 연극사학자 줄리어스 그린Julius Green은 간과되어온 이 작품들이 애거사의 감정, 특히 결혼에 대한 감정을 들여다보는 데 도움이 된다고 말한다.

애거사가 부모 세대와 달리 동반자적 혼인 관계를 동경했다는 이야기는 앞에서 했다. "결혼, 내가 생각하는 결혼은 무엇보다도 가장 큰 모험이 될 거예요."《침니스의 비밀》의 매력적인 남자 주인공이 이렇게 말한다. 그는 협동 작전으로서의 결혼, 지속적으로 성장하는 결혼을 이야기한다.《비밀 결사》에서 토미 베리스퍼드가 결혼을 "끝내주게 좋은 스포츠"라고 말한 것과 유사하다.[11]

그러나 애거사가 이 시기에 쓴 두 편의 희곡 〈10년Ten Years〉과 〈거짓말The Lie〉에는 동반자적 관계로 시작한 결혼이 균형을 잃어 불만을 느끼는 여자들이 나온다. 〈10년〉은 10년을 함께 산 뒤에 관계를 되돌아보는 부부의 이야기다. 애거사와 아치도 1924년에 결혼 10주년을 맞았다. 무대 위에서 아내는 더 많은 것을 원한다고 말한다. "우리 여자들은 한때는 노예였고 희생이 당연한 듯이 기대되었어. 그렇지만 이제 우리에게는 자신의 삶을 살 자유가 있어. …… 나는 아직 젊어. …… 나는 로맨스, 열정, 불, 한때 우리 사이에 있었던 것을 원해. …… 나는 살고 싶어. 내 삶을 살고 싶어. 당신 삶이 아니라."[12] 이 인물에게서 지금 애거사처럼 더는 남편과 대화를 하지 않는 여자의 목소리를 들을 수 있다.

〈거짓말〉도 같은 문제를 다룬다. 불꽃이 사그라져버린 결혼. 애거사는 소설이나 자서전에 결혼 생활과 부부의 문제에 관한 이야기를 많이 썼다. 그러나 이 작품들은 세월이 흐른 뒤에 쓴 것이다. 애거사가 1920년대에 쓴 미발표 희곡들은, 차갑게 식어가고 있는 결혼의 최전선에서 전하는 실시간 통신으로 볼 수 있을 것이다.[13]

그런 한편, 애거사의 또 다른 가족 때문에 삶이 더욱 복잡해졌다. 아치는 밀러 가족은 끝없이 무언가 일을 일으킨다고 생각했을 듯싶다. 제1차 세계대전 직전에 몬티는 빅토리아호에서 수송업을 하겠다며 배를 건조하다가 실패해서 큰돈을 날렸다. 그 뒤 동아프리카 수송대에서 복무했다. 그러나 부상을 입고 통증을 달래기 위해 모르핀에 의존하게 되었다. 1922년 영국으로 돌아왔을 때는 건강 상태가 심각했다.

몬티는 애시필드로 와서 클라라와 함께 살기로 했다. 흑인 하인 셰바니를 데리고 왔는데, 셰바니는 토키에서 지내기가 무척 힘들었을 듯싶다. "저 사람이 청소에 대해 아는 게 있나요? 알고 싶네요." 《시태퍼드 미스터리*The Sittaford Mystery*》(1931)에서 청소부가 "끔찍한 검은 친구"라고 지칭되는 하인을 두고 하는 말이다.[14] 몬티는 어리석게도 따분해지자 침실 창문으로 권총을 쏘면서 놀았다. "어떤 멍청한 노처녀 할망구가 엉덩이를 흔들면서 진입로로 내려가잖아. 도저히 못 참겠더라고. 오른쪽 왼쪽으로 한두 발씩 쏴줬지. 세상에, 어찌나 잘 뛰던지!" 결국 경찰이 출동했다. 매력이 넘치는 몬티는 경찰에게 걱정할 것 없다고, 자기는 아프리카에서 오래 살다 왔는데 토끼를 쏘면서 실력이 녹슬지 않게 연습하는 것일 뿐이라며 안심시켰다.

약을 먹고 총을 쏘는 몬티가 애거사의 자서전에는 우스꽝스럽게 그려졌으나 실제로는 막중한 짐이었을 것이다. 애거사와 매지는

800파운드를 모아서 예측할 수 없는 오라비를 어머니에게서 떼어놓았다. 몬티의 문제 가운데 분명 똑똑하고 능력 있는 누이들과 비교되곤 했던 것도 있었을 것이다. "어째서 더 큰 통찰력은 여자에게 주어지는 걸까. …… 나에게도 믿음을 조금 달라."[15]

매지와 애거사는 다트무어에 '화강암으로 된 작은 단층집'을 마련해주었다.[16] 조용하고 외진 곳이었다. 몬티는 돌아다니기 위해 오토바이를 샀지만, 마음에 들지 않았는지 아니면 타는 걸 금지당했는지 곧 팔려고 내놓았다.[17]

몬티가 오토바이를 포기한 것은 아마도 몬티의 가장 큰 문제와 관련이 있을 것이다. 아프리카에서 투여한 아편제에 이제는 중독이 되고 말았다. 애거사는 이렇게 말한다. "그 습관을 끊기 어려울 것이다." 몬티는 누나나 동생처럼 자기도 글을 쓸 수 있을 거라고 생각했다. 완성하지 못한 단편 하나는 자전적인 이야기다. 아프리카 하인이 아픈 유럽인에게 "김이 모락모락 나는 뜨거운 커피와 갈색 알약 두 개"를 권한다. "이게 뭐냐고 나는 물었다. '아편이요'라는 답이 돌아왔다. '몸에 좋아요.'"[18]

애거사는 오빠의 중독에 대해 놀라울 정도로 솔직하고 부끄럼 없이 말한다. 그렇지만 1920년대에는 마약이 흔했고, 오늘날처럼 중독자라고 비난받지도 않았다. 한 예로 제1차 세계대전 동안에 한 약사는 《타임스》에 모르핀과 코카인이 함유된 젤라틴 시트가 '전선에 있는 친구들'에게 훌륭한 선물이 될 거라는 완전히 합법적인 광고를 실었다.[19] 1920년에 모르핀, 코카인, 헤로인 공급에 관한 법률이 강화되었으나 그 전에는 해러즈 백화점에서도 주사기와 함께 마약을 살 수 있었다.

애거사의 소설에도 중독자가 심심치 않게 등장한다. 《구름 속의 죽음*Death in the Clouds*》(1935)에 나오는 호버리 부인은 화장품 가방에 코카인을 넣고 다니고, 《메소포타미아의 살인*Murder in Mesopotamia*》(1936)에서는 마약 사용이 발각되고, 《헤라클레스의 모험*The Labours of Hercules*》(1947)에서는 푸아로가 마약 조직과 대결을 벌인다. 애거사의 자전적 소설 《인생의 양식》에도 모르핀에 중독된 군인이 등장한다. "모르핀이, 그를 사로잡았어요." 군인의 아내가 말한다. "우리는 함께 싸울 거예요."[20] 애거사와 매지는 몬티가 모르핀과 '싸우는' 것을 도울 적당한 가정부를 물색해 중독자였던 의사 남편을 먼저 보낸 부인을 찾아냈다. 이 사람은 몬티 같은 사람을 어떻게 다뤄야 할지 알 터였다.

외로운 집에서 몬티는 짧고 슬픈 글 도막, 끔찍한 시, 완결되지 않은 이야기를 써냈다. 마치 취한 것처럼 글을 쓸 때도 많았다. "놀라운 가벼운 불안 부드러이 계속되는 고통 다시 내 심장 또다시 오 다시 거칠고 둔한 갈망." 중독을 끊고 싶은 것처럼 들리기도 한다. "무언가가 잘못되었다. 너무나 잘못되어서 반드시 바꿔야만 하니 내일부터 시작할 것이다."

그러나 몬티를 다트무어에서 안전하게 지내게 한다는 계획은 실패로 돌아갔다. 몬티는 새로 멋진 배를 만드는 꿈을 꾸었지만 내심 자기가 해내지 못할 것을 알았다. "완전한 우울, 완전한 절망." 몬티는 이렇게 썼다. "나는 어호이ahoy(배나 배에 타고 있는 사람을 부를 때 쓰는 감탄사 – 옮긴이)라고 말하고 이제 마침내 안녕이라고 말한다."[21]

1929년, 몬티는 남프랑스로 이주하고, 9월 20일 그곳에서 숨을 거두고 만다.

장례식을 마치고 애거사는 몬티의 집과 유품을 정리하는 일을 맡았다. 몬티의 물건을 팔려고 낸 광고의 마지막 줄에는 '가죽 크리켓 가방'이 있었다. 크리켓에 열광하던 아버지와 그 시절을 생각하면 정말 가슴 아픈 일이었다.[22]

과거 몬티가 열여섯 살이던 1897년 5월 토요일 《토키 타임스 *Torquay Times*》에는 바다가 보이는 타운 크리켓장에서 열린 크리켓 시합 소식이 실렸다. 아마 여섯 살이던 애거사도 종종 그랬듯이 오크나무 그늘에서 아버지가 점수를 기록하는 것을 거들고 있었을 것이다. 그 게임에서 활기와 앞날에 대한 기대가 넘치는 몬티는 "자기 팀이 패하는 것을 막고자 크게 활약했다".[23]

그러나 몬티는 결국 마약에 패하고 말았다. 한편 서닝데일에서, 몬티의 동생도 거의 삶에 패배할 뻔하게 된다.

18

스타일스 저택의 괴사건

몬티가 앓는 동안, 애거사는 일했다. 1926년 여름 지금까지 쓴 책을 뛰어넘는 대단한 작품이 나왔다. 여섯 번째로 출간된 소설 《애크로이드 살인 사건》은 애거사의 최고 걸작일 뿐 아니라 탐정 소설 역사상 가장 위대한 책 가운데 한 권으로 꼽힌다.

애거사는 이 책에 심혈을 기울였다. 《애크로이드 살인 사건》에서 푸아로는 은퇴하고 길쭉한 호박을 기르며 조용히 살려고 영국 시골 마을로 이사한다. 그러나 계획대로는 되지 않고 극악하게 복잡한 사건을 맞닥뜨리게 된다. 이 책에 주목할 만한 인물이 등장하는데, 동네 의사의 누나인 캐럴라인 셰퍼드라는 날카로운 독신 여성이다. 캐럴라인은 동네 사람들의 삶을 속속들이 잘 아는 인물로 미스 마플의 등장을 예시하고 있다.

《애크로이드 살인 사건》이 극히 놀라운 트릭을 사용했다는 사실은 잘 알려져 있다. 이 소설의 화자는 어찌나 믿을 수 없는 인물이던

지 결국에는 이 사람이 실은 살인자였다는 놀라운 반전에 도달한다. 그리하여 이런 질문을 던질 수밖에 없게 된다. 이게 공정한가?

이런 질문을 하게 되는 까닭은 이른바 탐정 소설의 '규칙'이라는 것을 지켜야 한다는 생각 때문인데, 이 규칙은 사실 1929년 이전에는 성문화되지 않았다. 작가이자 성직자인 로널드 녹스가 "왓슨 등 탐정의 어리석은 친구는 자기 머릿속을 스쳐간 생각을 하나도 감추면 안 된다"라는 규칙을 정했다. 그런데 《애크로이드 살인 사건》에서 이 이야기의 '왓슨' 격인 셰퍼드 박사는 독자에게 자기가 아는 것을 전부 말하지 않는다. 셰퍼드 박사가 교묘히 침묵하는 부분이 착각을 일으킨다. 이러한 '크리스티 트릭'(독자가 신뢰하는 누군가가 사소하지만 중요한 사실을 생략하는 것)을 애거사는 이후에도 종종 썼다. '규칙' 위반까지는 아닐지라도 편법을 쓴 셈이다.

《애크로이드 살인 사건》이 일으킨 '스캔들'에 대해 많은 말이 오갔다. "우리가 존경하게 된 작가가 불쾌하고 유감스러운 실망을 안겨주었다"라는 비평도 있었다.[1] 그러나 애거사는 자기가 완벽히 공정한 게임을 했다고 생각했다. "설명을 안 한 부분은 있지만 허위 진술은 하나도 없다"고 말했다.[2] 도러시 L. 세이어스도 동의하며 "독자는 **모든 사람**을 의심해야 한다"라고 했다.[3] 독자들도 대부분 같은 생각이었다. 《데일리 메일》은 "지금까지 읽은 어떤 탐정 소설보다 짜릿하며 잘 쓰였다"라고 평했다.[4] 사실, 이렇게 완벽히 짜인 속임수를 써냈다는 사실에 딱 하나 부정적인 면이 있었는데, 애거사가 속임수에 능하다는 평판이 더욱 높아졌다는 것이다. 1926년의 사건이 전개되면서 이 점이 애거사에게 불리하게 작용한다.

애거사가 이 책에 전력을 다한 것은 새 출판사 윌리엄 콜린스, 선스에서 내는 첫 책이었기 때문일 것이다. 윌리엄 콜린스, 선스는 《애크로이드 살인 사건》을 성공작으로 만들었고, 애거사는 영원한 충성으로 이들에게 보답했다. 들뜬 분위기에서 크리스티 부부는 서닝데일에서 새집으로 이사하기로 결정을 내렸다. 이번 집은 아파트가 아니라 주택이었다. 목재 골조에 굴뚝이 높이 솟은 다소 음울한 분위기의 집이었는데, 아치와 애거사는 1926년 6월 임대계약을 맺으면서 집에 새로 이름을 붙였다. 스타일스라는 이름이었다.

비록 허구 속 장소이기는 하나 사건 현장의 이름을 자기 집에 붙이다니 대단한 강심장임은 틀림없다. 여하튼 이 이름은 곧 이 집에 드리울 불길한 기운에 일조하게 된다. 이 저택은 침실 12개에 화장실 3개, "운전사 방이 딸린 훌륭한 차고"까지 갖춘 "특별히 매력적인" 집이라고 광고했음에도 꽤 오래 매물로 나와 있었다. 주인은 결국 집을 경매에 내놓을 수밖에 없었다.[5]

자서전에서 애거사는 스타일스를 불길한 어조로 묘사하며 나쁜 일이 일어날 것을 예감하게 한다. 오늘날 이 집은 높이 자란 호랑가시나무 울타리로 둘러싸여 있다. 애거사는 이 집을 액운이 낀 집이라고 하면서, 이 집에 살았던 사람들은 전부 "어떤 형태로든 슬픔을 겪었다"고 했다. "첫 번째 남자는 재산을 잃었다. 두 번째 남자는 아내를 잃었다." 어떤 여자가 정원 가장자리에서 살해당했다는 소문도 있었다. 집 내부는 쓸데없이 호사스러웠다. "백만장자 스타일 사보이 스위트룸을 시골로 옮겨다 놓은 것 같다"고 애거사는 생각했다. 인근 지인들은 애거사가 적응을 잘 못 한다는 걸 알아차렸다. 애거사가 이렇게 말했다고 한다. "이 집을 견디질 못하겠어요. 내 신경을 건드려요. 집 앞길이 끔찍하게 쓸쓸해요."[6]

그렇지만 처음 이사했을 때는 스타일스를 대담한 새로운 시작, 결혼의 재출발이라고 생각했을 것이다. 가사 일꾼을 네 명으로 늘렸고, 여기에 중요한 고용인을 한 명 더 추가했다. 애거사는 원고를 깔끔하게 정리하려고 때로 타자 회사를 이용하기도 했다. 그러나 이제는 비서 역할도 하고 딸도 돌봐줄 입주 직원을 채용하기로 했다.

샬럿 피셔Charlotte Fisher는 키가 크고 각진 체구에 당당한 외모였으나 "눈빛이 서글서글하고 반짝였다". 피셔는 비서이자 친구가 되었다. 미스 피셔는 '카를로타'라고 불리다가 나중에는 '카를로'로 굳어졌다. 카를로는 애거사를 '미서스Missus'라고 불렀다. 애거사는 책이 출간될 때마다 카를로에게 미서스라고 서명해서 선물했고 카를로는 이 책들을 평생 간직했다. 카를로는 또한 로절린드에게 제2의 어머니가 되어주었다는 점에서도 중요했다. 로절린드는 카를로가 "비서를 훨씬 넘어서는 존재였고, 카를로가 없었으면 어머니가 버틸 수 있었을지 모르겠다"라고 말했다.[7] 아치가 너무 피곤해서 저녁에 외출을 못 하면 카를로와 애거사는 아치를 빼고 둘이 애스콧으로 찰스턴 춤을 배우러 갔다.[8]

이렇게 유능하고 호감 가는 인물인 샬럿 피셔는 이른바 '잉여 여성'(1921년 인구조사에서 동년배 남성의 수를 초과하는 것으로 나타난 젊은 여성 200만 명을 가리키는 말이다) 중 한 명이었다. 1895년 피셔는 에든버러에서 성직자의 두 딸 가운데 한 명으로 태어났다. 전쟁이 일어나 남편감이 될 만한 남자들이 그렇게 많이 죽지 않았다면 아마 결혼해서 가정을 꾸렸을 것이다. 전에 다른 집에서는 보모로 일했는데, 애거사와 같이 일하면서 지금까지 어떤 고용주보다 친밀한 관계를 맺었다. 그러나 크리스티 부부와 가까워질수록 카를로의 위치는 애매해졌다. 카를로는 가족 '안'에 있지만 정확히 '가족'은 아니라는 사실에 마음이 상했을까? 이름 대신 '카를로'라는 별명으로 불렸으나, 카를로도 애거사를 '주인님Mistress'이라고 부르는 대신 '미서스'라고 불렀다. 이런 호칭은 일종의 농담이었지만 카를로가 이를 얼마나 재미있게 여겼을지는 알 수 없다. 카를로는 절대 속마음을 내비치지 않았다. 어쨌거나 카를로는 애거사가 불러주는 내용을 타자로 친 자신의 공이 없었더라면 《애크로이드 살인 사건》이라는 성공작이 나올 수 없었음을 알았을 것이다. "쉼표, 콜론, 마침표를 기억하며!" 애거사는 카를로에게 준 증정본에 이렇게 적었다. 애거사는 문법과 문장부호에 좀 약했는데 카를로 덕에 쉽게 해결할 수 있었다.[9]

그러나 카를로는 애거사 밑에서 일하면서 기대했던 것보다 훨씬 큰 용기를 발휘해야 하게 된다. 1926년 여름, 스타일스로 이사하고 얼마 되지 않아 애거사의 건강이 심각하게 나빠졌기 때문이다.

1926년 4월 5일, 매지의 집에 머물고 있던 어머니 클라라 밀러가 기관지염에 걸려 일흔두 살을 일기로 사망하면서 문제가 시작되었다. 애거사는 어머니가 위독하다는 소식을 듣고 달려갔으나 너무 늦게 도착하고 말았다. 그러나 애거사는 어머니와 강력한 유대가 있었기 때문에 클라라가 죽는 순간을 느꼈다고 생각했다. "한기를 느꼈다. …… 나는 생각했다. '어머니가 돌아가셨구나.'"

아버지가 돌아가신 뒤 어머니와 각별히 가깝게 지냈던 애거사에게는 엄청난 타격이었다. 이어 애거사의 결혼에서 취약점이 드러나면서 애거사의 슬픔은 더욱 깊어지고 만다. 아치가 전혀 힘이 되어주지 못했던 것이다.

클라라가 사망했을 때 아치는 외국에 출장 가 있었는데, 장례식에 맞춰 돌아오지도 않았다. 아치는 힘든 상황을 피하는 편을 좋아했다. 애거사는 아치가 "병, 죽음, 문제를 격하게 싫어"한다는 사실을 내내 알고 있었음을 깨달았다. 마침내 아치가 돌아왔는데, 처음에는 몹시 불편해하더니 "유쾌한 척 행동하기 시작했다". 열한 살에 아버지를 잃은 이래 처음으로 극심한 감정적 시련을 겪고 있는 사람에게 이 이상 무심할 수는 없을 것이다.

카를로는 한 식구나 다름없는 존재여서 애거사의 개 피터가 카를로의 침대에서 잘 정도였다. 카를로가 보기에 아치가 애거사에게 실망을 안겨준 게 명백했다. 아치의 기질 탓이기도 했다. 그렇지만 전쟁의 참상을 목격한 생존자들이 많이 그러듯 아치는 "눈물과 우울을 견딜 수가 없었다".

이제 스타일스는 미스 피셔 없이는 제대로 돌아갈 수가 없었다. "너를 생각해서 집이 잘 돌아가게 하려고 애썼어." 카를로는 나중에 로절린드에게 이 힘든 시기에 대해 이렇게 말했다.[10] 그러나 집안을 지탱해주는 카를로마저 사라지게 되었다. 아버지가 병으로 몸져눕는 바람에 그를 돌보러 고향으로 돌아가야 했다.

애거사는 남편과 외로운 집으로부터 잠시 떨어져 있어야겠다고 마음을 먹었다. 로절린드와 같이 애시필드로 가서 애시필드의 물건을 정리할 생각이었다. 반드시 해야 할 일이었다. 이 일은 실질적이면서 동시에 정신적인 노역이 될 터였다. 애시필드에는 버려야 할 쓰레기가 잔뜩 쌓여 있었다. 그뿐 아니라 애거사는 어머니의 집에 가야 어머니를 제대로 애도할 수 있을 것 같았다.

자전적 소설에 아마 애거사가 이 계획에 관해 아치와 나누었을 법한 대화가 극화되어 나와 있다. 애거사는 '실리아'이고 아치는 '더멋'인데, 더멋은 아내가 죽은 어머니의 집을 정리하는 일을 신나서 하리라고 생각할 정도로 무신경한 남자다.

더멋은 너무나 도움이 안 됐다! 정서적 스트레스가 막중하다는 사실을 고집스레 무시했다. 겁에 질린 말처럼 기피했다.

한번은 실리아가 화를 못 참고 외쳤다.

"마치 내가 휴가라도 가는 것처럼 말하고 있잖아!"

더멋이 시선을 돌렸다.

"글쎄, 어떤 면에서는 그럴 수도 있지……." 더멋이 말했다.

세상은 얼마나 추운가, 어머니가 없는 세상은…….

더멋은, 아치는 낯선 사람이 되어 있었다.

그해 여름 애거사는 로절린드와 단둘이 애시필드에서 6주를 보내면서 점점 상태가 안 좋아졌다. "태어나서 처음으로 정말로 아팠다." 소꿉놀이를 좋아했던 애거사가 지붕에서 물이 떨어지는 방에서 하루에 10시간씩 버려진 물건들을 정리하면서 점점 강박적이고 비합리적으로 바뀌었다. 툭하면 눈물을 흘렸고, 건망증이 심해지며 "신경쇠약이 시작될" 조짐이 보였다. 1926년 그 끔찍한 한 해를 마저 보내며 증상은 비극적으로 악화된다.

이전까지 신체적으로 튼튼했던 애거사가 불면증에 시달리기 시작했다. 약사에게 수면제 물약을 달라고 했는데, 약사는 그때 대화가 자살 이야기로 이어졌다고 나중에 회상했다. 애거사는 독약을 구할 수 있다면 "폭력적인 방식으로 자살하지는 않을 거예요"라고 말했다고 한다.[11] 지나가듯 한 말, 대화의 파편, 애거사의 정신 상태를 엿볼 수 있는 단서, 이 모든 것이 이후에 일어난 일을 생각하면 의미심장하다.

역사가들은 애거사의 자서전에서 1926년을 다룬 장을 샅샅이 살피며 그해 여름에 무슨 일이 일어났는지 알아내려 했다.

그리고 애거사를 이해하는 데에 핵심이 되는 문제를 마주하게 됐다. 애거사의 말을 믿을 수 있나? 애거사의 말이 실제로 무엇을 뜻하나? 말을 문자 그대로 받아들일 수 있나? 애거사의 첫 번째 공식 전기를 쓴 재닛 모건Janet Morgan은 카를로가 보낸 편지 일부를 볼 수 있었다. 이 편지들은 모건이 읽은 뒤에 파기된 것으로 보인다.

모건이 편지를 그대로 인용하지는 않았지만, 모건이 전하는 내용에서 사라진 중요 자료의 내용을 엿볼 수 있다. 모건은 그해의 일에 관한 애거사와 카를로의 진술에서 시간상 불일치가 있음을 지적한다.[12] 애거사가 그때 아픈 척한 것이 아니냐는 주장이 지속되며 이 문제는 계속 세간의 주목을 받아왔다. 그러나 그 부분 말고도 자서전에는 시간 순서가 명백히 잘못된 부분이 많다. 애거사는 그런 세부사항을 중요하게 생각하지 않았다. 애거사에게 중요한 것은 감정적 진실이었다. 그리고 애거사는 이 시기를 기억하고 **싶지** 않았다.

그 일을 잊으려고 애를 썼다.

그때 애거사는 아프다는 사실이 신문에 실릴 정도로 유명한 작가였다. 한 가십 칼럼니스트가 8월에 소설가가 몸이 좋지 않다는 기사를 썼다. 그는 글쓰기가 "신경에 큰 부담이 될 수밖에 없다"며 특히 여자에게는 힘든 일이라고 했다. "대부분 남자보다 탐정 소설을 더 잘 쓰는 애거사 크리스티가 신경쇠약을 일으켰다는 소식을 들었으나 나는 놀라지 않았다."[13]

칼럼니스트는 또 애거사가 휴식을 취하러 피레네산맥으로 갔다고 (잘못) 알았다. 아치와 애거사가 외국 여행을 계획한 것은 사실이다. 그러나 아치가 애시필드로 애거사를 만나러 왔을 때 표를 예약하지 않았다는 것을 알게 되었다. 왜 안 했을까? 알 수 없었다. 아치가 달라진 것 같았다. 끔찍하게도 아치가 어릴 적 악몽에서 본 총잡이처럼 느껴졌다. 애거사는 이렇게 설명한다. 이와 비슷한 감정을 느꼈을 때가 "어릴 적에 꾸던 꿈속에서였다. 티테이블에 앉아 맞은편에 있는 가장 사랑하는 친구를 보는데, 갑자기 거기 앉아 있는 사람이 **낯선 사람**임을 깨달았을 때의 공포".

애거사는 아치에게 무슨 문제가 있냐고 물었다. 마침내, 주저하다, 아치가 입을 열었다.

아치는 다른 사람을, 낸시 닐Nancy Neele이라는 여자를 사랑한다는 말로 아내에게 벼락같은 충격을 안겼다. 그리고 아치는 이혼을 요구했다.

더욱 모욕적인 것은, 애거사가 이 여자를 잘 안다는 사실이었다. 낸시는 벨처 소령의 친구였다. 1925년 대영제국 박람회가 열렸을 때 낸시와 애거사는 함께 어린이 구역 조성을 위한 위원회에 참석했었다.[14] 낸시는 임페리얼 콘티넨털 가스 협회에서 타자수로 일했다. 골프를 잘 쳤고, 서닝데일 코스에 골프를 치러 왔을 때 스타일스에서 묵기도 했다.

낸시는 활달하고, 말이 많고, 어쩌면 중년 남성에게 가장 중요한 특징일 텐데, 젊었다. 1899년생으로 애거사보다 거의 열 살이 어렸다. 낸시의 가족은 릭맨스워스 인근에 살았고 아버지는 그레이트 센트럴 철도의 수석 전기기술자였다. 낸시는 날씬한 몸매, 탄력 있는 검은색 곱슬머리, 짙은 눈썹에 결정적으로 애거사보다 미인이었다. 나중에 신문이 낸시에게 관심을 갖게 되었을 때 낸시는 신문에 '밝고', '당당한 인상에', '인기 있고', '솔직하고 꾸밈없고 운동을 잘하는' 젊은 여성으로 묘사되었다.[15]

낸시의 매력, 그리고 애거사의 슬픔이라는 조합이 아치에게는 저항할 수 없이 강력했다.

애거사는 그제야 무슨 일이 일어난 건지 알았다. 아치는 애거사에게 자주 이렇게 경고하곤 했다. "나는 일이 잘못되었을 때 아무 쓸모가 없다는 걸 잊지 마. …… 나는 불행하거나 괴로워하는 사람을 견딜 수가 없어." 오늘날 남아 있는 아치의 편지 중 하나에도 이런 내용이 있다. "당신이 아프거나 불행해하는 건 생각도 하고 싶지 않아." 편지를 쓸 당시에는 다정한 말이었겠지만 돌이켜 보면 다른 뜻으로도 읽힌다.[16]

현명한 친구라면 애거사에게 남자가 자기는 의지할 수 없는 사람이라고 말한다면 그 말을 믿지 않을 이유가 없고 그 사람을 떠나야 한다고 경고했을 것이다. "악한 인간은 성장하지 않으려고 하거나 성장하지 못하는 사람이야." 애거사는 이렇게 편지에 썼다.[17] "어린아이인 남자가, 세상에서 가장 무서운 존재예요." 애거사의 소설 속 등장인물이 하는 말이다.[18] 공감력 부족이라는 치명적 결함을 지닌 아치가 어린아이인 남자였다.

그러나 애거사는 남편이 그보다 더 나은 사람이라고 믿었었다. 남편의 이상화된 이미지가 마침내 무너졌기 때문에 아마 애거사가 진정으로 고딕적인 작가가 되었을 것이다. 강령술이나 초자연적인 것 등을 가리키는 고딕이 아니라, 악이 가장 안락한 가정에도 들어올 수 있고 **반드시** 들어올 것이라는 의미에서, 안전한 곳은 어디에도 없다는 의미에서의 고딕이다.[19] 이때부터 애거사 크리스티의 소설은 어둡고 불편한 감정을 확고하게 다루게 된다. 정상적이고 존경받는 사람의 내면에도 깃들 수 있는 어둠을 탐구한다.

자신의 배우자 같은 사람.

애거사는 자서전에서 이 기간을 이야기할 때 아치의 좋은 면을 그리려고 신경을 썼다. 그렇지만 아치가 한 결정적인 말 한두 마디를 인용하는 것만으로 전반적으로 아치가 나쁜 인간이라는 인상을 준다. 그도 그럴 것이, 애거사는 아주 섬세한 붓질만으로 한 인물의 완전히 대조적인 두 면을 그려낼 수 있는 솜씨 좋은 작가다. 살인범을 그릴 때도 항상 그렇게 했다. 자서전에서 애거사는 아치를 자신의 행복을 살해한 사람으로 그린다.

그러니 아치는 대체로 악당으로 역사에 남을 것이다. 아치 본인은 감당하기 벅찰 정도로 대단한 아내에 대해 어떻게 느꼈을지, 아치 쪽의 이야기를 들어본다면 재미있을 것이다. 하지만 이제는 불가능한 일이다.

애거사는, 처음에는 결혼이 끝났다는 사실을 받아들이지 않았다. 애거사는 현실을 부정했다. 아치가 결국에는 돌아올 것이라고 믿었다. 자신은 로절린드라는 으뜸패를 쥐고 있으니까. 애거사는 아치가 로절린드를 사랑한다는 것을 알았다. 낸시도 아치가 딸을 버리리라고 기대하지는 못할 것이다.

그리하여 가을이 되어 애거사와 로절린드는 스타일스로 돌아왔고, 아버지를 간병하러 갔던 카를로도 돌아왔다. 교착 상태가 계속되었다. 아치는 시내에 있는 클럽에서 자는 날이 많았다. 카를로는 아치가 몸은 스타일스에 와 있을 때도 마음은 다른 데에 있다고 느꼈다. 애거사는 친구들에게 삶이 견딜 수 없는 것이 되었다고 말했다. "서닝데일을 떠나지 않으면, 서닝데일이 나의 마지막이 되고 말 거야"라고 했다.[20]

1926년 12월 3일 금요일, 오전 7시 47분에 동이 텄다. 아이슬란드에서 한랭전선이 다가오고 있어 서리 예보가 있었고 일기는 '다소 불안정'했다.[21] 아치는 기차를 타고 출근했고 주말에는 집을 비울 예정이었다. 애거사는 로절린드를 데리고 차를 마시러 갔다가 저녁때에 맞춰 집으로 돌아왔다.

카를로는 그날 저녁 휴가였다. 춤을 추러 런던에 갔다. 긴장감이 감도는 집에서 벗어나 한숨 돌릴 수 있었을 것이다.

그러나 그 겨울날 밤늦게 카를로가 집에 돌아왔을 때, 애거사가 사라지고 없었다.

19

미시즈 크리스티의 실종

12월 3일 금요일 의문의 실종 전까지 애거사는 바쁜 한 주를 보냈
다. 월요일에는 매지의 시누이 낸과 함께 런던으로 쇼핑을 갔다. 애
거사가 구매한 품목 가운데 '화려한 흰색 새틴' 나이트가운이 있었
는데, 애거사는 주말에 필요해서 사는 것이라고 말했다.[1] 애거사는
요크셔로 며칠 여행을 다녀올 계획이었다. 애거사의 마음속에서 이
여행이 일종의 전환점처럼 중요하게 자리 잡고 있었다. 애거사는 아
치가 자기와 같이 갈 거라고 기대했는지도 모른다.

애거사는 이것 말고도 자기를 새로운 시작을 준비하는 신부라고
생각한 게 아니라면 터무니없다고 할 만한 행동을 했다. 수요일에는
서닝데일 친구 조이스 다 실바Joyce da Silva와 함께 다시 런던에 갔
다. 애거사는 조이스에게 스타일스는 세를 내주고 런던에 집을 구하
고 싶다고 말했다. 남편과 시간을 더 많이 보내기 위해서라고 했다.[2]
애거사에게 이 결혼은 여전히 멀쩡히 계속되고 있는 것이었다.

수요일에 애거사는 런던에 있는 자기 클럽에서 자고 가겠다고 했다. 조이스는 친구를 걱정하며 서닝데일로 돌아왔다. 애거사는 몇 달째 몸이 안 좋았다. 며칠 전에도 애거사가 너무 아파 보여서 조이스가 침대에 가서 누우라고 보낸 일이 있었다. 조이스는 애거사의 "탁월한 두뇌가 그 두뇌로 엮어내는 상상에 대한 대중의 끝없는 요구를 충족시키느라 한계까지 혹사당하고 있다"고 생각했다.[3] 머리가 좋은 여성은 신체 능력에 과중한 부담을 준다고 생각하는 사람이 조이스만은 아니었다. 예를 들어 한 의사는 "육체노동으로 생계를 유지하는 덜 똑똑한 사람보다 힘든 정신노동을 하는" 여성이 훨씬 더 심한 통증을 느낀다고 했다.[4]

목요일에 애거사는 에이전트를 만나러 갔다. 에드먼드 코크는 애거사의 "태도에서 이상한 점을 알아차리지 못했다". 그렇지만 애거사가 《애크로이드 살인 사건》의 후속작을 얼른 끝마치기를 바랐다.[5] "회사에서 애거사를 상당히 압박했다." 애거사와 가까운 한 사람의 말이다. "또 애거사가 쓰기로 한 단편 두 편이 어떻게 되어가는지도 알고 싶어 했다."[6]

건강한 사람도 감당하기 힘든 업무량이었을 텐데, 애거사는 몸도 좋지 않았다. 애거사의 성공이 이제 걷잡을 수 없이 애거사를 몰아가고 있었다. 어머니와 결혼, 이 둘을 모두 애도해야 할 때에 애거사에게 부담이 점점 더해졌다.

애거사는 신작 《블루 트레인의 수수께끼 *The Mystery of the Blue Train*》 (1928)를 절반 정도 쓴 상태에서 더 나아가지 못하고 있었다. "한 단어도 쓰지 못했다." 애거사의 시어머니 페그의 말이다. 애거사는 페그에게 "의뢰받은 일을 마치지 못할까 봐 걱정"이라고 털어놓았다.[7] 애거사는 어쨌거나 약속한 대로 작품을 완성해야 한다고 생각했다. 친구 조이스가 보기에는 "다른 사람이 신경 쓰지 않게 하려고 애거사가 감정을 억누르는 게 확연히 보였다".[8]

목요일 오후에 애거사는 서닝데일로 돌아갔고 그날 저녁에는 평소처럼 카를로와 같이 댄스 교실에 갔다. 그리고 1926년 12월 3일 금요일, 이 모든 일이 일어난 날이 밝았다.

그날 아침 스타일스는 평소와 다를 바 없어 보였다. 요리사와 하녀는 나중에 애거사가 '흥분한 상태'였다고 말하긴 했지만.[9] 아치는 평상시처럼 9시 15분 기차를 타고 출근했다. 오후에 애거사는 로절린드를 데리고 도킹 근처에 있는 페그의 집에 놀러 갔다. 애거사가 아끼는 모리스 카울리 자동차로 한 시간 걸리는 거리였다.

그런데 페그는 애거사와 차를 마시면서 뭔가 이상하다는 느낌을 받았다. 애거사가 처음에는 활기차 보였고 요크셔주에 갈 거란 이야기를 다시 했다. 그때 페그는 애거사가 결혼반지를 끼지 않은 것을 알아차리고 반지는 어디 있냐고 물었다. 그러자 며느리가 "한참 꿈쩍 않고 허공을 보고 있더니, 히스테리컬한 웃음을 터뜨리며 고개를 돌렸다". 애거사와 로절린드가 떠날 때 페그는 "작별의 손을 흔들며" 진입로를 따라 멀어지는 두 사람의 모습을 보았다.[10] 그 손짓이 무슨 의미인지 페그는 전혀 몰랐다.

이제 애거사 본인의 이야기를 들어보자. 그날 오후 애거사는 페그의 집으로 가는 길에 서리 힐스 지역을 통과하며 고지대에서 뉴랜즈 코너Newlands Corner라는 아름다운 곳을 지나쳤다. "그때 나는 무척 절망한 상태였다." 애거사가 말한다. 자살 충동에 가까운 감정이 들었다. "그냥 내 삶이 끝나버렸으면 했다." 뉴랜즈 코너를 지날 때 채석장이 보였다. 채석장을 보면서 "그 안으로 차를 몰아 뛰어드는 생각을 했다. 하지만 딸이 차에 타고 있었기 때문에 얼른 그 생각을 밀어냈다".[11]

애거사는 오후 6시쯤 로절린드를 데리고 집으로 왔다. 카를로는 춤을 추러 런던에 갔지만 애거사의 상태가 걱정이 돼서 집으로 전화를 걸어 '미서스'가 괜찮은지 확인했다. 애거사는 차마 문제가 있다고는 말하지 못했다. 그 대신 애거사답게 카를로에게 편지를 썼다. 아치가 집에 돌아오지 않았으므로 애거사는 혼자 저녁을 먹었다. 스타일스에서 일하는 사람들의 말에 따르면, 애거사가 우울하게 혼자 저녁 시간을 보내다가 전화를 통해서인지 쪽지를 통해서인지 아치가 어디에서 무엇을 하고 있는지 '알게 되었다'고 한다. "애거사의 남편은 주말을 친구들과 같이 보내고 있었다."[12] 애거사는 이 '친구들'이 누구인지 들었거나 알게 되었다.

그리고 어떤 결단을 내렸다. 이때 애거사가 아치가 정말로 돌아오지 않으리라는 것을 알게 되었을 수도 있다. 그러자 1분도 더는 이 집 안에 있을 수가 없었다. 스타일스에는 세 명이 있었다. 요리사, 하녀 릴리, 요리사의 남편. 조금 있으면 카를로도 돌아올 것이다. 그래서 로절린드에게는 (애거사보다 더 잘 돌봐줄) 사람들이 있었다. 애거사는 떠나야 한다고 생각했다.

어디로 가야 할까? 그건 차를 몰고 가면서 결정하면 된다. 어쩌면 계획대로 요크셔주로 갈 수도 있었다. 아니면, 아까 생각했던 것

처럼 모든 걸 끝낼 수도 있었다. 어쨌든, "이대로 더 계속할 수는 없다"는 것은 분명했다.[13]

애거사는 회색 니트 스커트, 녹색 저지, 카디건과 '조그만 벨루어 모자'를 쓰고 있었다. 가방에는 되는 대로 아무거나 챙겨 넣었다. 드레스 한 벌, 스웨터 한 벌, 검은 구두 두 켤레. 또 모피 코트와 운전면허증 등의 서류가 든 작은 가방도 챙겼다.[14] 60파운드(오늘날 가치로 2000파운드, 약 380만 원 정도) 가까이 되는 상낭히 많은 현금을 지니고 있었다. 이전에 탈출을 생각하면서 은행에서 인출해놓은 돈이었다. 그때 애거사는 로절린드와 함께 남아프리카로 떠나버릴까 하는 생각을 했다. 자기가 좋아했던 곳이고 행복했던 곳이었다. 마지막으로 로절린드의 사진을 챙겼다. 사진에 로절린드의 별명 '테디'가 적혀 있었다.

그날 저녁 늦은 시간에 하인들은 애거사가 "딸의 방으로 가서 아이에게 입을 맞추고 아래층 홀로 내려오는 것"을 보았다. 홀에서 애거사는 강아지 피터에게 입을 맞추고, 밖으로 나가 차에 탔다.[15]

애거사가 이렇게 로절린드를 두고 떠났다니 정말 가슴 아픈 일이다. 하지만 애거사는 분명 로절린드의 안전을 위해 그렇게 했을 것이다. 애거사는 로절린드를 차에 태우고 달리는 동안에 자살 사고를 했었다. '내 딸이 내 곁에 있으면 과연 안전할까' 하고 애거사는 생각했을 것이다.

9시 45분, 애거사는 어둠 속으로 차를 타고 달렸다.

그때도, 그리고 지금도 애거사가 어디로 갔는지는 아무도 모른다.

그날 밤늦게 카를로가 돌아왔을 때 애거사도 애거사의 차도 보이지 않았고, 요리사와 하녀는 혼란스러워하며 걱정하고 있었다. 이어 카를로는 애거사가 남기고 간 무척이나 심란한 편지를 발견했다. 편지의 정확한 내용은 알려지지 않았지만, 그 후 며칠 동안 이 중요한 편지에 무어라고 적혀 있었는지에 관해 여러 보도가 나왔다. 한 언론에서는 이렇게 적혀 있었다고 했다. "오늘은 집에 안 돌아올 거야. 내가 가려는 곳에 도착하면 바로 전화할게."[16] 편지에는 또 카를로에게 부탁하는 실용적인 용건도 적혀 있었다. 애거사가 요크셔주 베벌리에 있는 호텔에서 주말을 보내려고 해둔 예약을 취소해달라는 것이었다. 보도에 따르면 더 심란한 내용도 있었고 애거사가 "여기에서 벗어나야 한다", "이 집을 떠나야 한다는 생각"이 든다, "이건 너무 부당하다"고 느낀다는 말이 적혀 있다고 했다.[17] 다른 기사에는 더욱 섬뜩한 문구가 실렸다. "머리가 터질 것 같다."[18]

이 편지가 소설가 실종 사건에서 핵심적인 역할을 하게 된다. 그런데 카를로는 다른 쪽으로, 애거사가 지금은 힘들지만 나아지면 돌아올 것이라는 뜻으로 읽었다. 한편 아치는 자기를 충실하지 못한 남편이라고 구체적으로 비난하는 내용이 있는지에 주로 신경을 썼다. 또, 얼마 뒤 사건을 맡은 경찰 윌리엄 켄워드William Kenward 경정은 편지의 어조로 보아 애거사가 죽었다고 확신했다. 자살했거나 어쩌면 남편에 의해 살해당했을 수도 있다고 생각했다. 이후에 벌어진 일은 한 여자의 말에 대한 해석이 저마다 달랐기 때문에 펼쳐진 일이기도 하다.

그날 밤 카를로는 더 할 수 있는 일이 없었다. 다음 날 아침에도 애거사는 돌아오지 않았다. 애거사가 시킨 대로 카를로는 베벌리 호텔에 전보를 보내 예약을 취소했다.[19] 로절린드에게는 어머니가 종종 그러듯 책을 쓰러 갔다고 말했을 듯하다.

그때 일이 카를로 혼자 감당할 수 없을 정도로 커졌다. 스타일스의 전화가 울렸다. 경찰이었다. 애거사의 차가 사고를 당해 망가진 채로 올버리 다운Albury Down이라는 곳에 버려져 있다는 것이었다. 올버리 다운은 서리 힐스를 가로지르는 노도에서 뉴랜스 코너 바로 아래에 있는 가파른 언덕이다.

버려진 차 안에 여러 단서가 있었다. 일단 애거사의 운전면허증이 있어 경찰이 주소를 알고 연락할 수 있었고, 여기에 더해 모피 코트, 여행 가방, 서류 가방이 있었다. 마치 탐정 소설의 도입부처럼 들리는 설정이다. 그러니 일부 경찰과 기자가 뭔가 수상한 일이 벌어졌다고 짐작할 만도 했다. 무엇보다도 애거사 본인이 탐정 소설가였으니까. 삶과 예술이 뒤섞이고 있었다.

카를로는 애거사가 힘들 때마다 피난처로 삼는 애시필드에 갔을 거라고 경찰에 말했다. 토키 경찰이 가서 확인해보았으나 아무 단서도 찾을 수 없었다. "문간에 낙엽이 쌓여 있고, 창문은 전부 잠겨 있고, 진입로나 정원 길에도 드나든 흔적이 없다."[20]

애시필드가 애거사가 갔을 법한 유일한 곳이었다. 거기가 아니라면, 어디로 간 걸까?

이제 그날 밤 뉴랜즈 코너에서 내려오는 풀로 덮인 가파른 내리막에서 정말 무슨 일이 일어났는지 밝힐 때가 되었다. 애거사는 나중에 그 일을 자기가 직접 말해야 한다는 압박을 느꼈다.

애거사가 들려준 이야기는 안타깝게도 '기억상실'이라는 소재가 종종 나오는 자신의 소설 중 하나처럼 들렸다. 사실 애거사는 자기 삶을 글로 쓸 때 이렇듯 소설화하는 경향이 늘 있었다. 그렇다고 해서 거짓말을 한다는 뜻은 아니다.

"그날 밤 내내 정처 없이 차를 몰고 돌아다녔다." 애거사는 이렇게 설명한다.

내 마음속에는 모든 것을 끝내고 싶다는 막연한 생각이 있었다. 내가 아는 길로 기계적으로 차를 몰고 갔다. …… 메이든헤드까지 가서 강을 바라보았던 것 같다. 강에 뛰어들까 하는 생각을 했지만 내가 수영을 너무 잘해서 물에 빠져 죽을 수도 없다는 걸 깨달았다. 런던으로 차를 몰고 갔다가, 다시 서닝데일로 돌아왔다. 다음에 뉴랜즈 코너로 갔다.[21]

힘들었던 1926년 한 해 동안 애거사는 마음을 가라앉히기 위해 차를 몰고 정처 없이 돌아다니는 습관이 생겼다. 클라라가 세상을 뜨고 며칠 안 되었을 때 애거사의 강아지 피터가 자동차 사고로 다치는 일이 있었다. 애거사는 "슬픔으로 미칠 지경"이 되었고 "어떻게 집으로 돌아왔는지 몰랐다. …… 넋이 나간 상태로 수 마일 차를 몰았고, 어떤 길로 가는지 아무 생각이 없었다".[22]

그 금요일 밤 애거사가 어디로 갔든 간에 최종적으로 들어선 곳은 그날 낮 시어머니 집에 갈 때 탔던 도킹으로 이어지는 도로였다.

애거사는 작은 모리스 카울리 자동차를 운전했는데, 도로 위에 있는 차의 절반 정도를 차지할 정도로 흔한 차종이었다. 그렇지만

1920년대에는 자동차가 그렇게 믿을 만한 물건이 아니었다. 그날 차는 유난히 시끄럽고 덜컹거렸고 여러 손잡이와 레버를 조작하는 데 힘이 의외로 많이 들었다. 동이 트기 전 어둠 속, 뉴랜즈 코너에서 멀지 않은 어딘가에서 차가 멈춰버렸는데, 애거사는 다시 차를 출발시킬 수가 없었다. 사실 애거사는 "차가 멈췄을 때 크랭크를 돌려 다시 시동 걸 줄을 몰랐다".[23]

한 가지는 분명하다. 애거사는 밤새 차에 있었다. 한 목격자가 다음 날인 토요일 아침 6시 20분쯤 뉴랜즈 코너 근처에서 어떤 여자를 도와서 멈춰버린 차가 다시 갈 수 있게 도와주었다고 나중에 밝혔다. 어니스트 크로스라는 농장 노동자인데,《데일리 메일》에서 전하길, 이 운전자가 "미친 듯한 상태였다. …… 신음하며 두 손으로 머리를 감싸고 있었고 추위로 이를 딱딱 부딪쳤다"라고 말했다. 크로스가 도와줄까 묻자, 여자는 이렇게 말했다. "네! 차 시동 좀 걸어주세요!" 크로스는 여자가 이렇게 이른 시간에 옷도 제대로 갖춰 입지 않고 밖에 나와 있다니 이상하다고 생각했다. 크로스는 가까스로 시동을 걸었고, 여자가 차를 몰고 가는 것을 보았다.

그렇지만 신문사마다 기사 내용이 달랐다. 지역 신문인《서리 어드버타이저*Surrey Advertiser*》는 크로스라는 인물이 전국지에서 안일하게 만들어낸 가상의 인물이라고 암시했다. 지역 신문사 담당자가 백방으로 수소문했으나 그런 사람은 찾아낼 수 없었다는 것이다. 그 대신 지역 신문에서는 그 도로에서 차와 여자를 발견한 사람은 근방 자갈 채취장에서 일하는 에드워드 매칼리스터라는 사람이라고 했다. "제 차에 시동 좀 걸어주실 수 있어요?" 매칼리스터에 따르면 여자가 이렇게 물었고, 어렵사리 시동을 거는 데 성공했다고 했다. 매칼리스터도 여자의 태도가 "약간 이상했지만, 차가 문제를 일으켜서 걱정이 돼 그런 것이겠거니 생각했다".《서리 어드버타이저》에 따르면 "경찰은 미시즈 크리스티에게 도움을 주었다는 매칼리스터의 진술을 받았다".[24]

어쩌면 차가 두 번 멈췄을 수도 있다. 시동을 걸어준 사람이 누구이건 간에, 애거사는 거기에서 멀리 가지 않았다. 1926년 12월 4일 토요일 오전 6시를 막 지났을 때 애거사는 스스로 목숨을 끊으려는 어설픈 시도를 했다.

아직 어두울 때였다. 1920년대 지도를 보면 그 당시 뉴랜즈 코너에서 내려가는 길(오늘날 A25 도로다)은 매우 좁고 경사가 급해 위험했다. 오른쪽으로는 올버리 마을로 내려가는 돌투성이에 미끄러운 길인 워터 레인이 있다. 또 언덕에서 조금만 내려가면 길이 꺾이는 지점에 오래된 백악 채취장이 있다. 애거사가 전날 보며 지나갔던 '채석장'이다.

애거사는 지쳐 있었고 극심한 고통에 시달리고 있었다. 추웠지만 모피 코트를 입어야겠다는 생각은 못 했다. 그때 애거사는 24시간 전부터 자신을 사로잡은 모호한 계획을 마침내 실행에 옮겼다.

길을 따라가다 어제 오후에 봤던 채석장이 가까워졌다 싶었을 때 차를 길 밖으로 꺾어 언덕 아래로 몰고 갔다. 운전대를 놓고 차가 달리도록 내버려두었다. 차가 어딘가에 쿵 부딪히더니 갑자기 서버렸다. 내 몸이 운전대 쪽으로 쏠렸고, 어딘가에 머리를 부딪쳤다.[25]

애거사가 차를 하얀 채석장 구덩이 쪽을 향하게 꺾자 차는 풀밭을 넘어 비탈로 내려갔다. 차는 수풀에 걸린 채 발견되었다. 앞바퀴는 "백악 구덩이 가장자리를 넘어가 있었다". 그 자리에 수풀이 없었다면 "차가 그 너머로 떨어져 산산조각이 났을 것이다".[26]

페그는 이 이야기를 듣고 자기 며느리가 "최후를 계획했다"는 생각을 했다.[27] 그렇지만 확고한 결심이나 치밀한 계획 같은 것은 없었다. 애거사의 자전적 소설 속 주인공도 마찬가지로 밤중에 비를 맞으며 정처 없이 방황한다.

그녀는 자신의 이름을 **반드시** 기억해야 한다. ……

그녀는 도랑으로 굴러떨어졌다. ……

도랑에는 물이 가득했다. ……

물에 빠져 죽을 수도 있겠지. ……

목을 매는 것보다는 물에 빠져 죽는 편이 낫다. 물속에 누워 있으면. ……

아, 어쩌나 추운지! 그럴 수는 없었다 아니, 그럴 수 없었다…….[28]

소설 속 인물 실리아도 실제 애거사도 무슨 일이 일어나더라도 살아갈 가치가 있음을 충격과 함께 깨달은 듯하다.

그런데 이제 또 다른 문제가 있었다. 비록 한순간이긴 했으나 스스로 목숨을 저버리려 했다는 수치스러운 사실을 안고 어떻게 살아갈 것인가? 자살은 명백히 죄악이었다. 애거사의 소설 《할로 저택의 비극*The Hollow*》(1946) 속 인물 미지는 이렇게 강력하게 말한다. "사제들이 말하는 절망의 죄는 냉정한 죄, 따스하고 살아 있는 모든 인간관계로부터 자신을 끊어내는 죄악이었다."[29]

애거사와 가까운 한 사람은 그날 밤 애거사가 '텅 빈 절망'에 굴복했으며, 그게 애거사에게는 강력한 죄책감의 원천이었다고 말했다.[30] 자살은 법의 관점에서 보아도 잘못이었고(1926년에도 자살은 범죄로 간주되었다) 영적인 관점에서도 절망의 죄를 저지른 것이었다. 게다가 애거사는 그냥 이전처럼 살 수는 없었다. 이제 새로운 사람이 되어야 할 때가 된 것이다.

자서전에서 애거사는 벼랑 끝에서 자신을 돌려세운 것은 어떤 여성의 목소리였다고 암시한다. 한 선생님이 애거사에게 기독교의 본질은 절망을 물리치는 것이라고 말한 적이 있었다.

"그 몇 마디 말이 내 마음에 남아 있었다. …… 절망이 나를 사로잡았을 때 그 말이 다시 돌아와 나에게 희망을 주었다." 애거사는 이렇게 썼다.

그리하여 애거사는 혼란스럽고 괴로웠지만 살아 있었고 앞날에서 어떤 구원을 보았다. 애거사는 차에서 내렸다. 머리와 가슴을 부딪쳐 다친 채로 멍하게 추운 시골길을 걸었다. 애거사는 다시 태어났다. "지금 이 순간까지 나는 미시즈 크리스티였다." 애거사는 이렇게 말한다.[31] 이제는 더 이상 미시즈 크리스티가 아니었다. 과거를 허물처럼 벗어냈다. 그래야만 애거사는 살 수 있었다.

차를 버렸다. 헤드라이트는 켜져 있고, 기어는 중립에 놓여 있고, 운전면허증도 코트도 소지품도 전부 차 안에 있었다. 애거사는 그냥 걸어 나왔다. 예전의 삶을 벗어두고.

이 행동이 애거사의 가족, 친구들, 경찰을 완전한 혼란에 빠뜨리고 만다.

2월 4일 토요일 오전 7시에 서리 힐스는 아직 어둑했다. 일하러 나가던 목축업자가 무언가 이상한 것을 보았다. "수풀에서 자동차 헤드라이트가 빛나고 있었다." 그는 자세히 살펴보지 않고 그냥 지나갔다. 아침 8시, 모자와 각반을 착용한 열다섯 살 소년 잭 베스트도 버려진 차를 발견했다. 잭은 길피드 경찰에 신고했다.[32]

경찰이 도착하여 "무언가 이상한 일이 벌어진" 듯 보이는 위치에 있는 차를 발견했다.[33] 뉴랜즈 코너에서 관광객 대상으로 차茶 판매대를 운영하는 남자의 도움을 받아 차를 도로로 다시 끌어 올렸다.[34]

길퍼드 경찰서에서 서리주 경찰대 소속 윌리엄 켄워드 경정이 행동에 나섰다. "바로 수사에 착수했습니다." 켄워드 경정이 공식 발표에서 이렇게 말했다. "그리하여 미시즈 크리스티가 서닝데일의 자택에서 전날 밤 늦은 시각에 차를 몰고 나갔으며 그게 상당히 이례적인 일임을 알게 되었습니다."[35]

켄워드는 약간 뚱뚱하고 둥그런 얼굴에 조그만 콧수염을 기른 사람으로 분명 사람 좋고 성실한 경관이었던 듯하다. 마음이 따뜻하고 자상해 옥수수를 사서 길퍼드 경찰서 근처 비둘기들에게 주고 남편을 잃은 여자들과 아이를 위한 후원금을 모금하기도 했다.[36] 그러나 안타깝게도 극적인 것을 좋아하는 성향이 있었고 다분히 마초적인 면모도 있었다. 이를테면 의사인 척하면서 '무장한 미치광이'에게 다가가 제압하고 권총을 빼앗은 일로 동료들 사이에서 칭송을 받았다.[37] 켄워드는 무언가 수상한 일이 벌어졌다는 증거를 찾겠다고 단단히 결심한 것 같았다. 분명 '재앙'이 일어났으며 "미시즈 크리스티가 만약 신경쇠약을 일으켜 제정신이 아닌 상태로 헤매고 있다면 인류애의 관점에서라도 미시즈 크리스티를 찾으려고 노력을 기울이는 것"이 자신의 의무라고 생각했다.[38] 어떤 면에서는 켄워드에게 박수를 보내고 싶다. 그렇지만, 켄워드는 가능한 가장 극단적인 결과만을 외곬으로 추구하다가 중대한 증거를 간과하고 만다.

켄워드는 곧 애거사의 친구들도 무언가 끔찍한 일이 일어났다는 이론을 어느 정도 지지한다는 사실을 알게 되었다. "제 생각에는 애거사가 우울 상태에 빠져서 …… 어디론가 가버린 것 같아요." 페그는 이렇게 말했다.[39]

애거사를 가장 걱정한 사람이 애거사의 혈육이 아니라는 사실이 놀랍다. 페그와 애거사의 친구 조이스, 그리고 비서 카를로가 가장 걱정했다. 애거사는 혈연이 아니라 우정으로 맺어진 제2의 가족을 꾸렸던 셈이다. 토키 병원의 '퀴어 우먼' 시절부터 애거사가 보여주었던 소중한 재능이었다.

경찰은 미시즈 크리스티의 남편에게서 가장 중요한 단서를 얻을 수 있으리라고 생각했을 것이다. 그러나 남편은 집에 없었다. 어디에 있었나?

그날 토요일 아침, 아치는 주말을 보내러 간 곳에서 불려 왔다. 아치가 가 있던 곳은 고달밍에 있는 허트모어 코티지라는 곳이었다. 뉴랜즈 코너에서 멀지 않은 곳이라, 애거사가 한밤에 차를 몰고 가려던 곳이 그곳일지 모른다는 추측도 나왔다.

아치는 친구인 샘과 매지 제임스 부부와 같이 주말을 보내러 허트모어 코티지로 갔다. 이들은 그냥 단순히 오랜 친구가 아니었다. 매지 제임스는 낸시 닐의 절친한 친구였고(두 사람은 함께 타자수 교육을 받았다), 허트모어 코티지에 있던 네 명 중 나머지 한 명이 바로 낸시였다. 엄청나게 충격적인 정보였다. 이 사실이 알려지면 애거사의 실종 사건에 완전히 새로운 국면이 추가될 수 있었다. 아치는 자신의 불륜을 경찰에 알리고 싶지 않았다.

여기에 디해 시닝데일의 지리적 위지가 분제를 더욱 복잡하게 만들었다. 스타일스는 버크셔주에 있으므로 스타일스에 사는 사람들을 심문하는 일은 찰스 고다드Charles Goddard 경정이 이끄는 버크셔주 경찰대가 맡게 되었다. 범죄 현장일 수 있는 뉴랜즈 코너를 담당하는 켄워드 경정은 서리주 경찰대 소속이었다. 그런데 두 경찰대 사이에 의사소통이 제대로 이루어지지 않았다. 게다가 모든 사람이 아치를 매우 조심스럽게 대했다. 만약 이게 살인으로 드러난다면 아치는 분명 용의자가 될 것이다. 그렇지만 아치는 신사이고 전쟁 영웅이기도 했다. 경찰은 매우 신중하게 접근해야 한다고 생각했다.

아치의 사회적 지위를 존중하여 아치와 낸시의 관계는 한동안 비밀에 부쳐졌다. 그러나 얼마 후, 범죄 기자 리치 콜더Ritchie Calder가 제임스 부부의 하인들을 취재해 허트모어 코티지에서 그 금요일 밤에 있었던 파티는 사실 축하 파티였다고 보도했다. "크리스티 대령과 비스 닐의 '약혼' 죽하 파티"였다는 것이다.[40]

카를로가 허트모어 코티지에 전화를 걸어 아치에게 애거사가 없어졌다고 알린 때가 금요일 밤이라는 말도 있고 토요일 아침이라는 말도 있다. 어느 쪽이든 간에 아치는 집으로 와야만 했다. 집에 온 아치는 스타일스의 홀 테이블에서 봉인된 봉투에 든 애거사의 편지를 발견했다.[41] 아치는 편지를 읽고 그것을 파기해버려서 나중에 무성한 추측을 불러일으키게 된다.

아치가 아내의 심리 상태가 어땠는지 보여줄 증거로 이 편지가 어떤 중요성을 지니는지 알았다면 편지를 없애지 않았을 것이다. 아치는 그걸 몰랐을 뿐 아니라 불륜이 곧 만천하에 공개되리란 사실도 모르고 있었다.

20
해러게이트 하이드로패식 호텔

2008년 뉴욕. 해나 업Hannah Upp이라는 젊은 교사가 가족과 친구들과 함께하던 삶에서 감쪽같이 사라졌다.

해나가 죽지 않았다는 건 알았다. 어느 날 애플 스토어에서 물건을 둘러보는 모습이 목격되었기 때문이다. 누가 정체를 묻기 전에 해나는 떠나버렸다. 마침내 신원이 확인된 것은 자유의 여신상 근처 바다에서 구조된 다음이었다. 해나는 살아 있었고 건강도 양호했으나 지난 3주간의 기억이 전혀 없었다.

해나의 첫마디는 이랬다. "왜 내가 젖어 있어요?"

그렇지만 해나가 자기 상태를 거짓으로 꾸며냈다고 생각하는 사람도 많았다. 해나는 기억을 되찾기 시작했고, 자신의 시련이 언론에 보도된 것을 읽고 극도의 수치심을 느꼈다. 기자들이 해나가 기억을 잃은 척하는 것일 수도 있다고 기사를 썼던 것이다. 기사에서는 해나가 경찰력을 낭비하게 만들었으며 대중의 선의를 농락했고 그러다 가족의 사랑마저 잃었다고 했다.

그러나 정신의학자들은 해나가 '해리성 둔주dissociative fugue'라고 불리는 실제 의학적 증상을 겪었다고 보았다. 둔주遁走는 '도피'라는 뜻의 라틴어에서 온 말이다.《뉴요커*New Yorker*》기사에서 한 정신과 의사는 해리성 둔주가 제대로 연구되지 않은 까닭을 이렇게 설명했다. "이 현상이 너무 무섭기 때문이다. 누구나 자아를 일시적으로 상실할 수 있다고 생각하면 정말 끔찍하다."[1] 트라우마나 스트레스로 촉발되는 둔주 상태에서는 말 그대로 자기가 누구인지 잊게 된다. 나중에 기억이 돌아올 수도 있고, 돌아오지 않을 수도 있다.

오랫동안 애거사의 '실종'을 탐구해온 사람들은 대체로 두 가지 관점 중 하나로 기울었다. 하나는 교통사고 이후에 애거사가 해나 업처럼 해리성 둔주 현상을 겪었다는 것이다. 또 다른 관점은 애거사가 기억을 상실한 척했다는 것이다.

오늘날 정신의학계에는 '해리성 둔주'에 대해 대체로 일치하는 개념이 자리 잡았지만 1920년대 사람들은 정신건강에 관해 정확한 용어를 사용하지 않았다. '신경쇠약'과 '기억상실'(아마 오늘날의 '해리성 둔주'와 가장 가까운 용어일 것이다)이 제1차 세계대전에서 트라우마를 입은 군인들을 치료하는 과정에서 부각되었으나, 모호하게 쓰였다. 그리고 사실상 '기억상실'도 '해리성 둔주'도 애거사가 겪었다고 밝힌 증상(피로감, 근육통, 불면증, 무력감, 사회적 위축, 집중력 부족, 식욕 부진, 자살 사고 등)을 전부 포괄하지는 못한다. 애거사의 경우는 우울증일 가능성이 높고 여기에 일시적 둔주가 더해졌을 수 있다.

그런데 애거사의 사례를 '기억상실증'이라고 명명함으로써 애거사의 행동과 정확하게 맞아떨어지지 않는 어떤 기준이 설정된 셈이다. 확실히 말할 수 있는 것은 한 가지다. 1926년 12월 4일 토요일과 그 이후 며칠 동안 애거사는 어머니의 죽음과 결혼 파탄이라는 충격에서 촉발된 심각한 정신이상을 겪었다. 애거사가 겪은 것은 단순한 '기억상실' **이상**이었다. 그것보다도 더 무시무시하고 혼란스러운 무엇이었다. 삶의 방향과 자아 감각을 잃고 만 것이다.

기억상실은 사례도 드물고 치료도 어려워서 그에 관해 많은 연구가 이루어지지는 않았다. 그러나 1970년대에 어린 시절 학대받은 기억이 억압되어 있었다고 하는 사람들이 나타나면서 이 증상이 주목받게 되었다. 이 사례 중 일부가 조사되고 설득력이 있는 것으로 입증되면서 기억상실이 더욱 진지하게 다루어지게 되었다.[2]

그러니까, 환자의 말을 믿었을 때 비로소 연구가 이루어졌다는 뜻이다. 기억상실 증상에는 늘 의심이 뒤따랐다. 무슨 일이 일어난 건지 환자도 확신하지 못하는 데다, 관찰자가 환자가 진실을 말하지 않는다고 의심할 수도 있다.

해나 업의 경우와 마찬가지로 애거사도 실종에 관해 한 말을 처음부터 의심받았고, 실종 정황에 의문이 제기되었다. 일부는 젠더와 관련 있음은 의심할 바 없다. 오늘날에도 우리는 여자가 하는 말의 진위를 의심하게끔 조건화되어 있는데 1920년대에는 더욱 심했다. 애거사는 사회 계급 면에서는 매우 유리한 위치였다. 단지 계급 때문에 애거사의 말을 믿은 사람도 있었을 것이다. 하지만 애거사에게는 두 겹의 불리함도 있었다. 애거사가 일하는 여성이라는 점, 또 애거사가 하는 일의 특성이 신뢰성을 무너뜨렸다.

게다가 나중에 살펴보겠지만 애거사가 유명인이라는 점이 문제를 더욱 어렵게 만들었다. 당시 언론이 애거사가 집을 나간 이유로 생각한 것은 내가 앞에 제시한 것과는 전혀 다른 것이어서 애거사는 언론에 무자비하게 시련을 당하게 되고 만다. 애거사가 질투심이 강하고 사람을 조종하는 데 능하며 관심을 끌고 싶어 하는 데다가 남편에게 살인 혐의를 씌워 복수하려 했다고 본 것이다.

애거사가 살면서 겪은 가장 부당한 일은, 어머니를 잃고 상심한 상태에서 남편에게 배신을 당했다는 게 아니었다. 정신적 문제로 고통받은 것도 아니었다.

자기 병 때문에 전국 신문에서 공개적으로 수치를 당했고 그 이후로도 영영 이중적이며 거짓을 일삼는 사람으로 의심받았다는 사실이다.

안타깝게도 애거사의 전기작가들, 특히 남성 전기작가들이 당시에 이 일을 엄청난 스캔들로 만들었던 남성 경찰관이나 기자들과 같은 관점으로 크게 기울면서 애거사의 평판은 지속적으로 타격을 받았다. 심지어 한 전기작가는 애거사가 남편에게 "의도적으로 살인 혐의를 씌우려고 했다. 증거가 명백한 사실이다"라고 썼다.[3]

그리하여 이 부당한 오해가 지속되어 왔다.

이제 뭔가 근본적인 변화가 필요하다. 애거사가 무어라고 말하는지 귀를 기울이고, 애거사의 경험이 '기억상실'이라는 유용하지 않은 꼬리표로 지나치게 단순화되었음을 이해하고, 무엇보다도 애거사가 고통스러웠다고 말할 때 그 말을 믿어야 한다.

그러니 우리가 믿어야 하는 것은 무엇일까? 12월 4일 토요일 아침 경찰이 애거사의 버려진 차를 조사하고 있을 때, 애거사는 자신이 (당대의 다소 부정확한 용어로) '기억을 잃었다'고 말했다.

애거사는 나중에 심리치료사의 도움을 받아 기억이 비어 있는 동안의 동선을 조금씩 재구성했는데, 이런 기억이 떠올랐다. "큰 기차역에 갔던 기억이 난다. 그리고 그곳이 워털루라는 것을 알고 놀랐다."[4]

다른 사람들도 애거사가 어디에 있었는지 알아내려고 했다. 《네일리 메일》에서 파견해 애거사의 자취를 따라간 조사원들은 애거사가 뉴랜즈 코너에서 3마일 정도 떨어진 클랜던역으로 갔을 가능성이 높다고 보았다. 애거사는 수중에 핸드백과 현금 60파운드, 로절린드의 사진 한 장밖에 없었다. 클랜던에서는 워털루행 기차가 6시 42분, 7시 22분, 7시 52분, 8시 22분, 8시 56분에 출발한다. 애거사는 이 기차를 타고 런던으로 갔을 것이다.[5]

마침내 자기 경험에 대해 입을 열었을 때, 애거사는 자신이 가장 잘 아는 언어, '기억상실'이 플롯의 주요 요소로 반복적으로 등장하는 자기 소설의 언어에 의존했다. 그러니 애거사의 말이 임무를 수행 중인 터펜스 베리스퍼드의 말투처럼 들릴 수밖에 없고, 워털루에 도착했다는 애거사의 말이 비현실적인 느낌을 준다. "그곳의 철도 직원들이 나를 기억하지 못하다니 이상하다. 내가 흙투성이에다가 손에 생긴 상처에서 난 피가 얼굴에 묻어 있었는데도"라고 애거사는 말한다.[6]

바로 몇 시간 전까지만 해도 자살하려 했으면서도, 이 시점에서는 모든 것에서 자신을 '해리'한다. 그런 생각은 다른 누군가의 생각인 것처럼. 애거사는 외양을 깔끔하게 하는 데 주의를 집중한다. 택시를 타고 백화점에 갔을 가능성이 높다. 해러즈로 갔다는 기사도 있고 화이틀리스로 갔다고도 한다. 핸드백에 현금 60파운드가 있는 (오늘날 가치로 2000파운드 이상이다) 애거사 같은 여성에게 대형 쇼핑 센터는 온화하고 편안한 곳이다. 애거사가 보온 물주머니를 샀다는 말도 있다. 어떤 기록에는 애거사가 반지를 잃어버렸다고 되어 있고, 다른 데에는 반지를 수리 맡겼다고 되어 있다.[7] 애거사는 그 반지를 되찾고 싶었을 것이다. 신부가 되는 백일몽의 일부였으니까.

런던에서 애거사는 또 한 가지 중요한 행동을 한다. 편지를 부친 것이다. 아치의 동생인 캠벨 크리스티Campbell Christie 앞으로 보내는 편지였다. 애거사는 캠벨과 사이가 좋았고, 캠벨이 종종 애거사의 일을 도와주기도 했다. 이 편지는 해러즈 백화점이 있는 런던 SW1 구역에서 우체통에 들어갔고, 우편 분류소에 도착해 오전 9시 45분 소인이 찍혔다.[8]

'기억을 잃은' 여자가 어떻게 편지를 부치나? 여기에서부터 벌써 이 용어는 들어맞지 않는다. 그러나 애거사는 둔주 상태에서 이치에 맞지 않는 행동을 하고 있었다. 전날 밤 애거사가 카를로와 아치에게 편지를 썼을 때 캠벨 앞으로도 편지를 썼고 봉투에 주소를 적고 우표를 붙였을 수 있다. 편지에는 잠시 집을 떠나 요크셔에 있는 스파에서 지낼 거라고 적혀 있었다. 이것이 애거사의 예비 계획이었다. 만약 목숨을 끊지 **않는다면**, 애거사는 당연히 가족이 자기가 어디에 있는지 알기를 바랄 터였다. 또 주소에 우표까지 있는 이 편지를 핸드백에서 발견하고 자연스럽게 부쳤을 것이다.

백화점 화장실에서 흙과 피를 씻으면서, 애거사의 마음은 더 큰 고통으로부터 자신을 보호하기 위해 전혀 다른 여자로서 새로운 정체성을 만들어낸다. "머릿속에서 나는 남아프리카에서 온 미시즈 터리사 닐Teresa Neele이 되었다." 애거사가 말한다.[9] 이 페르소나는 어디에서 온 걸까? 아치의 애인과 성이 같은 사람, 애거사와 아치가 함께 행복했던 곳에서 온 사람. 이런 세부사항이 합쳐져서 애거사가 유지할 수 있겠다고 느끼는 인물이 만들어졌다. "자신의 운명을 자기가 쓸 수는 없다." 몇 해 뒤에 애거사는 이렇게 말한다. 하지만 "자신이 만들어낸 캐릭터로 원하는 일을 할 수 있다".[10] 그래서 애거사는 자신을 위해 새로운 캐릭터를 만들어냈다. 애거사가 하고 싶은 일을 할 수 있는 새로운 인물. 애거사가 무엇보다도 바란 것은 미시즈 크리스티의 참을 수 없는 삶으로부터 탈출하는 것이었다.

백화점에서 조금 회복한 다음에 '터리사 닐'은 킹스크로스역으로 가서 요크셔주 해러게이트 스파 리조트로 가는 표를 샀다. 해러게이트에 있는 로열 배스라는 온천은 건강 관리의 명소로 이름이 드높았다. 애거사는 나중에 말하길 자신이 목적지를 그곳으로 삼은 것은 전혀 뜻밖의 일이 아니었다고 했다. "자동차 사고로 신경염이 도졌는데, 전에도 해러게이트로 가서 이 문제를 치료해볼까 생각해본 적이 있었다."[11] 애거사가 세계 일주 여행 도중 서핑을 하다가 어깨 통증을 일으키는 신경염에 걸렸을 때도 따뜻한 물에 담그면 통증이 완화되었었다.

애거사가 자기 증세를 '신경염neuritis'이라고 진단한 것이 주목할 만하다. 1920년대에는 이 증상을 물리적이거나 생물학적 원인에 의

한 신경의 염증과 그로 인한 통증으로 이해했었다. 이와 비슷한 병으로 '신경쇠약neurasthenia'이 있는데, 이 병은 같은 통증을 감정적 스트레스에 대한 반응으로 본다. 신경염과 신경쇠약을 구분하기는 힘들었고, 두 경우 다 스파에서 휴식을 취하는 것이 치료법이었다.[12] 그런데 사실 이 두 용어 사이에는 중요한 계급적 구분이 존재한다. 중간 계층 사람이라면 신경쇠약(감정적 원인)보다는 신경염(생물학적 원인)을 앓는다고 말할 가능성이 높다. 애거사는 자기 문제의 심각성을 인지하면서도 '미친 사람'들과 거리를 두는 사회적 코드에 따라 단어를 선택했다.[13]

어느 쪽이든 스파로 가는 것은 현명한 행동이었으며, 애거사의 행동은 어떻게 보면 뒤집어진 논리에서 말이 된다. 애거사는 자신이 로절린드에게 위험한 존재라고 생각했다. 휴식이 절실히 필요했다. 친구 조이스는 이렇게 말했다. "애거사의 의사가 휴식을 취해야 한다고, 그러면 모든 것이 저절로 좋아질 것이라고 했다."[14]

기차가 해러게이트에 도착했을 즈음에는 겨울 해가 졌을 것이다. 애거사는 택시를 타고 아무 호텔을 찍어 그곳으로 갔다. 하이드로패식Hydropathic(물水치료라는 뜻―옮긴이)이라는 이름의 호텔이었다.[15]

그 지역에서는 '하이드로'라고 불리는 하이드로패식은 3층 건물에 거무스름한 돌로 지은 주랑 현관이 있는 건물이다. 1878년에 해러게이트 하이드로패식 컴퍼니가 인수한 상당히 큰 건물이다. 오늘날에는 스완 호텔로 불린다. 그때는 차 26대를 세울 수 있는 주차장, 5에이커(1에이커는 약 4047제곱미터)의 정원, 연회장이 있었다. 걸어서 로열 배스에 갈 수 있고 머제스틱 등 다른 호화로운 호텔도 가까

이에 있었다.[16]

하이드로의 창으로 스며 나온 전등 불빛이 12월 밤을 따스하게 밝히고 손님들이 드나들고 있었을 것이다. 백화점처럼 이곳도 애거사가 안전하다고 느낄 수 있는 곳이었다. 애거사는 호텔의 익명성을 좋아했고 종종 호텔에 혼자 투숙하면서 글을 썼다.

애거사는 아무 짐 없이 호텔에 들어가서 막 남아프리카에서 돌아왔고 짐은 친구들에게 맡겼다고 설명했다. 이름은 미시즈 터리사 닐, 주소는 남아프리카 케이프타운이라고 숙박부에 평소 필체로 기재했다.[17]

애거사가 쓴 성은 분명 애거사와 낸시 닐의 정체가 혼동되고 있음을 암시한다. 그런데 이름은 어디에서 왔을까? 애거사가 숭앙하는 문학의 성녀 아빌라의 테레사에게서 따왔을까? 아니면 아주 끈질긴 탐정만 알아낼 수 있는 장난으로, 'teaser(까다로운 문제)'의 애너그램이었을까?[18] 이런 것은 전부 여전히 미스터리로 남아 있다. 하지만 애거사는 크로스워드 퍼즐을 좋아했고, 이런 기발한 생각을 할 수 있는 두뇌를 가진 사람이었다.

호텔 매니저인 W. 테일러는 새로 온 손님이 "2층에 냉온수가 나오는 좋은 방을 잡았다"고 나중에 말했다. 손님은 주당 7기니(1기니는 1파운드 1실링)라는 가격에도 망설이지 않았다. "돈이 얼마든지 있는 사람 같았다."[19] 현금 60파운드가 있어서 무척 유용했다.

애거사의 방은 짧은 머리의 젊고 예쁜 메이드 로지 애셔가 담당했는데, 애셔는 애거사를 상당히 자세히 관찰했다. 애셔는 '미시즈 터리사 닐'이 짐을 거의 가져오지 않은 것을 눈여겨보았다. "빗, 새로

산 온수 주머니, '테디'라는 이름이 적혀 있는 어린 남자아이의 사진뿐이었다."[20]

애거사는 나중에 왜 자기 몸에 멍이 있을까 의아해했던 일을 기억했다. 그렇지만 '미시즈 터리사 닐'은 삶이 정상적으로 펼쳐지기를 바랐다. 그래서 저녁을 먹으러 갔고, 심지어 저녁 댄스에도 참여했다. 다른 투숙객들과 대화를 나누며 비극적인 일이 있었다는 암시를 했다. 어떤 사람에게는 "딸을 잃어서 몸을 추스르려고 해러게이트에 왔다"고 말했다. '환자'라고도 불리는 투숙객들이 혼자 온 여인을 따뜻하게 받아들였다. "미시즈 크리스티가 도착한 날 밤 그분하고 춤을 췄습니다." 한 명은 나중에 이렇게 말했다. "찰스턴을 췄는데 아주 잘 추지는 못했어요."[21]

애거사는 어젯밤부터 입고 있던 스커트 차림으로 춤을 (엉망으로) 췄다. 새 캐릭터에 맞는 의상을 구해야 했다. 일단 휴식을 취하고, 상점이 문을 열면 옷을 사야 할 것 같았다.[22] 이것만은 바뀌지 않았다. 백화점에서 새 삶을 시작한 미시즈 터리사 닐도 프레더릭 밀러의 딸 애거사 크리스티처럼 쇼핑을 좋아했다.

한편 서리에서는, 켄워드가 주말 내 일고여덟 명의 경관과 민간인 자원봉사자들과 함께 애거사의 차 주변을 수색했다.[23] 아무 성과가 없자 켄워드는 수사를 확대해야겠다고 생각했다.

경찰에서 실종자 공고를 냈고, 언론에서는 재빠르게 보도했다. 월요일 아침 신문에 자세한 내용이 실렸다. 서닝데일에 있는 집에서 사라진 사람의 신상은 이랬다. "미시즈 애거사 메이 클라리사 크리스티, 크리스티 대령의 아내, 나이 35세(실제로는 36세였다), 키 5피트 7인치(약 170센티미터), 붉은 기가 도는 짧은 머리, 회색 눈, 밝은 피부, 체격 좋음."[24]

또 실종자가 결혼반지를 끼고 있지 않으며, 스타일스에 반지를 두고 갔다는 말도 적혀 있었다. 크리스티 부부의 결혼이 파탄에 이르렀음을 아는 사람들은 이 사실이 애거사의 심란한 마음 상태를 가리키는 듯해서 마음이 불편했다. 다른 사람들은 그것이 애거사의 개방적 태도를 상징한다고 보고 마찬가지로 불편하게 받아들였다.[25]

언론에서는 아치를 비극의 주인공으로 묘사했다.《데일리 메일》은 이렇게 보도했다. "이곳 서닝데일에서는 미시즈 크리스티의 실종 미스터리가 화제의 중심이다. …… 똑똑한 여성의 운명이 일으킨 불안에 필적하는 것은 크리스티 대령의 딱한 모습이 불러일으키는 동정심뿐이다."[26]

그러나 켄워드는 크리스티 대령을 점점 의심하게 되었다. 애거사가 카를로에게 보낸 편지를 읽고 켄워드는 애거사가 자살했거나, 차마 입 밖에 내어 말하지는 않았지만 살해당했을 수 있다고 생각했다. 켄워드는 자신의 임무가 애거사를 찾는 것만이 아니라고 생각했다. "부정한 일이 벌어지지 않았는지" 확인해야 한다고 힘주어 말했다.《서리 어드버타이저》와의 단독 인터뷰에서 켄워드는 "가족을 포함해 실종자를 아는 사람들이 부정한 일이 일어났을 가능성을 거리낌 없이 제시했다"며 암울한 암시를 했다.[27] 그렇지만 같은 편지를 읽은 카를로는 애거사가 죽었다고는 "생각할 수 없었다"고 했다는 점을 짚고 넘어갈 필요가 있다.[28]

한편, 스타일스 하인들의 탐문 조사를 맡은 버크셔주 경찰서의 고다드 경정도 애거사가 아직 살아 있다고 믿었다. 버크셔의 고다드는 서리의 켄워드와 달리 기자들과 이야기하는 것을 좋아하지 않았다. 이 사건을 밀착 취재한 기자 가운데 범죄 기자 리치 콜더가 있었다. 콜더는 사회주의자였고 상류층인 크리스티 부부를 좋아하지 않았으니 편견 없는 목격자는 아니었다. 그러나 콜더의 회상에서 두 경찰력이 도무지 합의를 하지 못한다는 인상이 강하게 드러난다. "버크셔와 서리 경찰은 서로 대화조차 하지 않았다." 콜더가 말했다.[29]

아치가 애거사의 편지를 없애버린 데다가 무슨 내용인지에 대해서도 이상하게 함구하는 것이 참으로 답답한 일이었다. 아치는 "전적으로 개인적인 일이 적혀 있다. …… 무슨 내용인지는 말할 수 없다"라며 선을 그었다.[30] 아치는 자신을 보호하는 동시에 낸시도 보호하려고 그랬던 것이었다. 이 일에 끌려 들어오면 낸시의 평판이 망가질 게 분명했다.

서리의 켄워드는 시체를 찾는 임무를 계속했다. 켄워드는 뉴랜즈 코너 가까이에 있는, '침묵의 웅덩이Silent Pool'라는 하필 또 멜로드라마스러운 이름으로 불리는 연못 바닥을 훑을 계획을 세웠다. 이 계획에 기자들은 군침을 흘렸다.《데일리 스케치Daily Sketch》도 광분했다. "인근에 전해 내려오는 말에 따르면 이 웅덩이는 가까이 오는 사람에게 저항할 수 없는 마력을 행사한다고 한다. 미시즈 크리스티도 이 연못 가까이에 있었다."[31]

언론은 계속해서 기사를 쏟아냈다.《데일리 메일》은 은퇴한 경관에게 전문가 의견을 구했다. 이 경관은 경찰 수사 절차에 대해서는 실망스러울 정도로 무지했지만, 어떤 면에서 정곡을 찌르는 말을 남겼다. "미시즈 크리스티는 의도했든 안 했든 실제 삶에서 자신의 교묘한 소설을 능가하는 미스터리의 중심인물이 되었다."[32]

한편 해러게이트에서, 애거사는 공중에 뜬 불확실한 삶에 적응하고 있었다. 객실 담당 메이드 로지 애셔의 말에 따르면 일요일 켄워드가 구릉지대를 수색하고 있을 때 애거사는 "오전 10시까지 잤고 침대에서 아침을 먹고 밖으로 나왔다".[33]

월요일 아침 애셔는 애거사가 "침대에서 아침을 먹으며 런던 신문을 읽는 것"을 보았다. 이제 국제적인 뉴스가 된 미시즈 크리스티의 실종 기사를 보지 못했을 수는 없을 것이다.[34] 그렇지만 애거사는 어째서인지 그 정보를 한쪽으로 밀어놓고 새 의상을 갖추는 일에 착수했다. 그날 애거사가 쇼핑을 다녀온 뒤에 객실로 계속 배달이 왔다. "새 모자, 코트, 이브닝 슈즈, 책과 잡지, 연필과 과일과 다양한 화장품 등등."

애거사는 보통 책을 손에 들고 있었다. 애거사는 팔러먼트 스트리트에 있는 WH스미스 도서관에도 다녀왔는데, 그곳 사서인 미스 코위는 애거사가 "고른 책을 보고 선정 소설과 미스터리 소설을 좋아한다고 짐작했다".[35]

그날 저녁 애거사는 이브닝드레스를 갖춰 입고 새로 산 '화려한 스카프'를 두르고 저녁 식사를 하러 내려왔다. 나중에 호텔 직원들은 애거사가 라운지와 댄스 플로어에서 "친구를 여럿 사귀었다"고 말했다. 애거사는 당구를 쳤고 다른 손님들에게 노래를 불러주기도 했다.[36] 호텔의 여흥 담당자인 미스 코벳은 '미시즈 터리사 닐'이 두르고 있는 숄에 떼지 않은 가격표(75실링)가 붙어 있는 것을 보았다. "이게 당신 가격이에요?" 손님 중 한 명이 물었다. "그것보다는 비쌀 것 같네요." 애거사는 이렇게 응수했다.[37]

다음 날 또 다른 소포가 도착했다. 애거사는 런던 백화점에 맡긴 반지를 이곳으로 보내달라고 요청했었다. 일부 보도에 따르면 다이아몬드 반지였다고 한다. 12월 7일 화요일, 반지가 하이드로에 배달되었다.[38] 애거사는 손가락에 그 반지를 끼면서 다른, 더 나은 아내라는 새로운 정체성의 마지막 빈칸을 메우는 기분이 들었으리라.

12월 7일 화요일 애거사 크리스티 추적 작전의 판돈이 커졌다. 《데일리 뉴스*Daily News*》는 애거사를 찾을 정보를 제공하는 사람에게 100파운드의 포상금을 주겠다고 했다.[39]

그러나 시신이 어디에서도 발견되지 않자 새로운 이론이 언론을 타고 오르내리기 시작했다. 애거사가 기억을 잃었을 가능성이었다. 아치는 한 기자에게 이렇게 말했다. "내가 내놓을 수 있는 유일한 설명은 아내가 기억상실에 걸렸다는 것입니다."[40] 애거사의 친구 조이스도 "극단적인 탈진으로 인해 기억상실 등을 일으켰을 것"이라고 확신했다.[41]

이튿날인 12월 8일 수요일 《데일리 메일》도 기억상실 이론을 받아들여 다루었다. "잠재의식이 주도권을 쥐었는데 그 정신이 소설에서 불가해한 실종을 고안하는 예술가의 창의적 능력으로 훈련되어 온 것이라면 매우 기발하게 실종을 계획할 수 있다"는 기사였다.[42]

제1차 세계대전을 경험한 아치 세대에는 트라우마에 대한 반응으로 기억상실이 일어날 수 있다고 생각하는 사람이 많았다. 전쟁 의학 관련 책에 월프리드 해리스Wilfred Harris 박사가 '신경 쇼크'를 다룬 장이 있는데, 여기에 나중에 애거사가 들려준 정신 상태와 정확히 일치하는 기억상실 증상이 나온다. 해리스에 따르면 환자는 "기억을 완전히 잃어 사건 이전 삶과 관련된 모든 사실을 낯설게 느낄 수 있다. 자기 이름이나 직업, 어디에 살았는지도 모를 수 있다".[43] 이후 애거사의 차 사고 성황이 자세히 밝혀졌을 때 머리에 받은 충격이 강조되었다. 1920년대에는 '기억을 잃는' 일이 주로 뇌진탕을 일으켰거나 포격으로 뇌에 충격을 받았을 때 일어난다고 생각했기 때문이다.[44]

그러나 하이드로에는 미시즈 터리사 닐의 정체를 의심하는 사람들이 있었다. 12월 7일《데일리 익스프레스*Daily Express*》1면에 애거사의 사진이 실렸으니 당연한 일이었다. 두 사람이 닮았다는 것을 누군가는 알아차릴 수밖에 없었다.

호텔 매니저는 이렇게 회상했다. "그분이 온 지 나흘 정도 되었을 때 아내가 나에게 말했다. '그 여자분이 미시즈 크리스티인 것 같아!'"[45] 매니저 테일러 씨는 아내의 말이 '말도 안 된다'고 생각했지만, 아내 말고 다른 사람들도 눈치를 채기 시작했다. "종업원 몇 명이 그분이 사진과 매우 닮았더라고 말했다. 나는 종업원들에게 아무 말도 하지 말라고 일렀다." 테일러 부인은 이렇게 말했다.[46] 해러게이트 스파를 이용하는 사람들은 몸이 안 좋은 사람, 일상에 지친 사람, 부유한 사람 들이었다. 이런 사람들은 원할 때는 주목받는 걸 당연시해도 원하지 않을 때는 조용히 지내기를 바랐다.

그러나 비밀은 언젠가는 밝혀질 수밖에 없었다. 여흥 담당자 미스 코벳은 이렇게 시인했다. "우리끼리는 다들 그분이 미시즈 크리스티라고 했다."[47]

12월 8일 수요일 신문을 본 뒤에는 호텔 직원들도 입을 다물고 있으라는 지시를 따르기가 힘들었다. 서리주에서 켄워드가 더 큰 수색 작업을 지휘하고 있다는 소식이었다.

《웨스트민스터 가제트*Westminster Gazette*》는 경관과 특수경찰을 포함해 300여 명이 참여하여 "10야드(약 9미터) 간격으로 막대기를 들고 걸어가며 엉킨 수풀을 두들겼다. …… 안개가 덮인 축축한 언덕에서 서로를 외쳐 불렀다. 머리 위에서는 비행기가 왔다 갔다 하는 소리가 들렸다"라고 보도했다.[48]

켄워드는 애거사가 시신으로 발견될 것이라고 거의 확신하고 있었다. "미시즈 크리스티가 자동차가 발견된 지점에서 멀지 않은 곳에서 발견될 것이라는 공식적 견해를 거리낌 없이 밝혔다"라고 《데일리 텔레그래프*Daily Telegraph*》는 보도했다.[49]

켄워드가 애거사의 단편 〈대븐하임 씨의 실종The Disappearance of Mr. Davenheim〉을 읽었는지도 모르겠다. 이 이야기에서 푸아로는 사람이 사라지는 것이 어떤 의미일 수 있는지 이야기한다. "사람이 기억을 잃을 수는 있다. 하지만 그렇다 해도 반드시 누군가는 알아볼 것"이라고 말한다. 여기에 또 이런 말을 덧붙인다. 시신이 "허공으로 사라져버릴 수는 없다. 언젠가는 나타날 것이다. 한적한 곳이나 트렁크 같은 데 감추어져 있다가. 살인이 드러날 것이다".[50]

신문에는 켄워드가 위엄 있는 자세로 서서 수색대원들을 지휘하는 사진이 실렸다.[51] 스산한 안개가 낀 서리주에서 영웅적 수색을 계속해가는 켄워드는 '살인이 드러날 것'이라고 확신하는 듯했다.

하지만 켄워드가 그쪽보다는 새로운 단서를 조사하는 데 시간을 들였더라면 더 좋았을 것이다. 뉴랜즈 코너를 수색하느라 바빴던 화요일에 등장한 단서였다.

아치의 동생 캠벨이 애거사가 지난 토요일에 런던에서 부친 세 번째 편지를 받았다는 사실이 마침내 알려졌다. 캠벨은 편지를 받아 읽고도 애거사가 '실종'되었다는 소식을 듣기 전에는 특별하게 생각하지 않았다.

캠벨은 이 편지가 중요한 증거가 되리란 걸 깨달았으나, 봉투만 남아 있고 어디로 갔는지 찾을 수가 없었다. 편지 내용이 무엇이었는지 기억을 더듬어볼 수밖에 없었다.《데일리 메일》의 보도에 따르면 애거사는 캠벨에게 "요크셔 스파로 가서 친구들과 지내면서 건강을 회복하려고 한다"고 알렸다.[52]

이런 일이 있었으니 당연히 경찰 수사가 요크셔 쪽으로 방향을 돌리리라고 기대할 것이다. 그러나 켄워드는 머릿속 지그소jigsaw 퍼즐에 들어맞지 않는 조각을 맞닥뜨렸을 때 수사관들이 빠지기 쉬운 길로 가고 말았다. 그 편지를 무시할 논리를 만들어낸 것이다. 이 편지가 애거사가 토요일에 반드시 살아 있었다는 증거는 아니었으니까. 애거사가 편지를 직접 부치지 않았을 수도 있고 누군가 다른 사람에게 편지를 대신 '부쳐달라고' 했을 수도 있었다.[53]

경찰에서는 형식적으로 요크셔를 수색 범위에 넣긴 했다. 그러나 《타임스》는 켄워드가 이끄는 길퍼드 팀은 "미시즈 크리스티가 요크셔에 없다"고 확신한다고 보도했다.[54] 그래서 켄워드는 서리주에서 수색을 계속 이어갔고 캠벨이 받은 편지는 기만에 능한 여성이 남긴 또 하나의 속임수라고 확신했다.

무엇보다 수색이 상당히 즐겁기도 했다. 조종사 두 명이 도움을 주겠다고 나서서 "자동차가 발견된 지역 인근을 수차례 선회했다".[55] 경찰은 또 기술적 도움을 받을 수 있었다. "광범위한 전화망, 수백 대의 자동차 …… 여기에 잠수 장비까지 투입될 예정이었다."[56]

《데일리 크로니클*Daily Chronicle*》의 한 기자는 그 주의, 어쩌면 그해 최고의 화제가 되어가고 있는 사건에서 특종을 잡으려고 해러게이트에 있는 호텔을 샅샅이 뒤졌다. 종일 그 일에 매달렸으나 운 나쁘게도 아무 단서도 찾지 못했다.

그러는 동안, 버크셔주 경찰서 고다드 경정은 다른 쪽을 파고 있었다. 고다드의 부하직원들이 애거사의 하녀 릴리를 면담했는데 릴리는 애거사가 "주말 동안 집에 없을 거야. 아마 일단은 런던으로 갈 거야"라고 말했다고 했다.[57] 이어 캠벨이 요크셔로 간다는 편지를 받았다는 소식을 듣고 고다드는 애거사가 살아 있다는 심증을 굳혔다. 고다드는 '실종자' 포스터를 붙이고 전국적으로 수배해 살아 있는 사람을 찾는 편이 서리 힐스를 뒤져 시신을 찾는 것보다 나은 방법이라고 생각했다.

그런데 두 가지 다른 접근 방식이 서로 돕기는커녕 경쟁만 하고 있었다. "지역 경찰 어느 쪽에서든 스코틀랜드야드(런던 경찰청)의 선임 수사관을 불렀다면, 가장 복잡한 난제를 다루게끔 훈련받은 한 사람의 지휘 아래에서 수사가 진행되었을 것이다"라고 《데일리 익스프레스》는 비판했다.[58] 실제로 아치는 스코틀랜드야드의 자문을 받을 것을 요청했다. 그러나 공을 세우고 싶었던 지역 경찰은 그럴 필요 없다고 했다.

고다드는 언론과 협력하여 '실종자' 찾기 캠페인을 벌였다. 목요일 자 《데일리 메일》에는 서리주 경찰의 조언과 카를로의 진술을 참고해 만든 애거사의 '합성 사진'이 게재되었다. 애거사가 실종 당시 입고 있었다는 카디건을 입은 모습의 사진이었다. 신문에만 실린 것이 아니라 포스터도 나붙었다.[59]

요크셔에서 해러게이트 경찰이 호텔 수색을 시작했으나 성과가 없었다. 그러나 애거사 나이 또래에 태도가 '매우 기묘한' 정체 모를 여성이 로열 배스를 방문했었다는 사실은 알아냈다.[60]

1897년 지어진 로열 배스 덕분에 해러게이트가 "유럽 온천지의 대표 주자"로 자리 잡고 있었다. 로열 배스에는 튀르키예식 탕과 러시아식 탕이 있고 "철저히 훈련받은 마사지사"의 마사지 서비스도 제공했다.[61] 애거사는 해러게이트에 있을 때 신경염을 치료하려 이 목욕탕을 '꾸준히' 다녔다고 한다.[62] 경찰이 로열 배스에서 애거사를 놓쳤으나 그물망이 좁혀 들어오고 있었다. 경찰관들에게 "그 여인이 돌아올 때에 대비해 매표소를 엄중히 감시하라"는 지시가 내려졌다.[63]

그러나 애거사는 경찰이 자기를 쫓아오고 있다는 사실은 몰랐다. 이제 삶이 훨씬 살 만했다. "미시즈 터리사 닐로 지내면서 나는 무척

행복하고 만족스러웠다." 애거사는 훗날 이렇게 말했다.[64]

애거사는 자기 건강에 집중했다. 새로운 사람으로 바뀌어가고 있었다. 천천히, 확실하게, 애거사는 옷을 잘 입고 정신이 말짱하며 세련된 젊은 여성으로, 예전의 미시즈 크리스티보다는 낸시 닐에 가까운 사람이 되어가고 있었다.

언젠가는 (틀림없이?) 아치도 정신을 차리고 애거사에게 돌아올 것이다.

그러나 현실이 다시 애거사에게 침투해 들어오려 하고 있었다. 목요일에 애거사는 (로지 애셔에 따르면) "매우 쾌활하고 밝았다".[65] 그러나 이날은 나쁜 날, 애거사와 아치 둘 다에게 어쩌면 최악의 날이 되고 말았다.

애거사는 신문에서 미시즈 크리스티를 찾는 기사를 분명히 보았을 것이다. 잠재의식 속에서 애거사는 이 일이 얼마나 커져버렸는지 느끼고, 자신의 실제 정체를 밝혔을 때 얼마나 큰 수치를 당하게 될지를 예상하기 시작했을 것이다.

애거사는 그 대신 미시즈 터리사 닐이라는 역을 더 발전시키기로 결심한 듯하다. 그날 오후 애거사는《타임스》에 광고를 냈다. "남아프리카에서 온 터리사 닐의 친구와 친척은 연락해주세요. 사서함 R.702로."[66]

남편에게 도움을 청하는 위장된 호소처럼 읽힌다. 아치는 애거사를 잘 아니까 언론의 관심이 애거사에게 얼마나 큰 공포를 일으켰을지 알 것이다. "조용해지기 전에는 돌아오지 않을 것이다." 아치는 말했다. "수줍고 내성적인 성격이라는 걸 아는 사람들은 소동이 가라앉아야 애거사가 돌아오리란 걸 안다."[67]

게다가 같은 날, 진짜 낸시 닐이 언론에 등장하는 일마저 벌어지고 말았다.

낸시는 릭맨스워스에 사는 부모님 집으로 가서 몸을 숨기고 있었다. 그러나 《웨스트민스터 가제트》에서 크리스티 대령이 제임스 부부와 같이 머무는 동안 "부부의 친구인 젊은 여성 미스 닐드(원문 오기)"도 함께 있었다고 보도했다. '젊은 여성'이 등장하며 사건은 더욱 흥미진진해졌다. 이 신문 특파원은 경찰이 스타일스의 고용인들에게 크리스티 부부의 사이에 대해 물었다고 밝혔다. 기사는 다음과 같은 내용이었다. 애거사가 실종된 날 "아침 식사 자리에서 두 사람 사이에 '고성'이 오갔다는 소문에는 '전혀 근거가 없다'고 한다".[68] 그렇지만 이 기사를 읽은 독자들에게는 정반대의 인상을 남겼다.

애거사에게는 최악의 상황 전개였다. 낸시의 이름이 알려지면 애거사가 버림받은 아내라는 사실이 공개되는 것도 시간문제였다. '친구인 젊은 여성' 때문에 남편에게 버림받은 여자가 되고 마는 것이다.

그래서 애거사는 더욱 깊이 침잠했다. 애거사는 이후에 이렇게 회상했다. "해러게이트에서 나는 날마다 미시즈 크리스티의 실종 기사를 읽었다. …… 그 사람이 어리석은 행동을 했다고 생각했다."[69] 한 호텔 투숙객은 애거사가 이렇게 말한 것을 기억했다. "미시즈 크리스티는 참 알 수 없는 사람이네요. 저는 그 사람한테는 관심이 없어요."[70] 이 목격자에 따르면 또 애거사가 설명할 수 없는 스트레스의 징후를 보이기 시작했다고 한다. "손으로 이마를 짚으며 말했다. '머리 때문에요. 기억이 안 나요.'"[71]

낸시의 이름이 신문에 실린 것은 아치한테도 큰 충격이었다. 아치가 두려워하던 바로 그 일이 일어난 것이다. 사회적 수치를 당하는 것은 물론이고 자신에게 살인 동기가 부여되기 때문이었다. 리치콜더 기자는 만약 침묵의 웅덩이에서 시신이 발견된다면 "경찰의 태도로 미루어 보건대 크리스티 대령이 체포되리라는 것에 의문의 여지가 없다"라고 보도하기도 했다.[72]

아치는 분명히 그렇게 되리라고 생각했고, 런던 금융가 직장 동료에게도 그런 생각을 밝혔다. 두 사람이 엘리베이터에서 마주쳤을 때였다. "몹시 긴장한 상태였다." 동료는 이렇게 말했다. "경찰이 브로드 스트리트까지 자기를 따라왔다고 했다. …… '내가 아내를 죽였다고 생각해.' 아치가 말했다."[73]

같은 날인 목요일 저녁 아치는 경찰서에 불려 가서 조사를 받았고 경관이 스타일스를 상시 감시하고 있었다. 아치는 기자에게 "시달리고 싶지 않아 자신이 요청해서 경관이 배치되었다"고 주장했다.[74]

하지만 사실은 주용의자인 아치가 사라져버리지 못하게 감시하려고 배치된 경관이었다.

12월 9일 금요일 아침이 되었고, 그해의 끝이 다가오고 있었다. 《데일리 메일》 1면에는 '크리스마스 분위기'라는 기사가 실렸다. 애거사가 스타일스에서 나간 지 1주일이 되었다. 금요일 아침 호텔에서 애거사는 "1분 남짓 동안 아주 이상해 보였다. …… 일찍 아래층

으로 내려갔고 곧이어 리즈Leeds로 쇼핑하러 갔다".[75]

한편, 스트레스와 공포에 휩싸인 아치는("불확실성의 긴장감이 너무나 끔찍하다") 처참한 실수를 하고 만다. 전날 《데일리 메일》과의 인터뷰에서 신중하지 못한 발언을 한 것이다. 미스 닐드에게서 관심을 딴 데로 돌리고 싶어서 그랬는지, 아치는 자기 아내가 **고의로** 사라졌을지 모른다는 의견을 냈다.

아치는 기자에게 이렇게 밀했다. "제 아내가 의도적으로 사라시는 방법에 관해 이야기한 적이 있습니다. …… 아마 작품에 쓰기 위해서인지 실종을 가장하는 방법을 생각하고 있었습니다. 개인적으로 저는 그런 일이 일어난 것이라고 생각합니다."

아치는 '기억상실'이라는 이론을 버렸다. 카를로와 마찬가지로 자살 가능성은 생각해본 적도 없었다. 그리고 이제는 나쁜 남편이라는 비난으로부터 자신을 보호하려 했다.

> 금요일 아침에 아내와 나 사이에서 다툼이나 불화가 있었다는 것은 전혀 사실이 아니다. …… 이 문제에 가십을 끌고 들어오는 것에 강력히 항의한다. …… 아내는 내 친구들에 대해 못마땅해한 적이 전혀 없었다.

독자들은 아치의 항의가 지나친 것은 아닌가 생각했을 것이다.

아지는 이어서 아내가 어떻게 속임수를 썼을지도 설명했다. "몰래 상당한 돈을 모았을 것이다." 아치는 애거사를 탐욕스럽고 기만적인 사람으로 그리고 있었다. "매우 영리한 사람이다. …… 자기가 원하는 것을 얻어내는 능력이 있다."[76]

이 긴 인터뷰는 고약하게 요약되어 《데일리 메일》의 대서양 특별판에 실렸다. 요약 기사의 내용이다. "크리스티 대령은 오늘 미스터리 소설을 쓰는 아내가 의도적으로 실종을 꾸미는 아이디어를 입에 올린 적이 있다고 말했다."[77] 외신은 이 기사를 한 번 더 압축했다. 12월 12일 자 《볼티모어 선*Baltimore Sun*》은 짧은 기사에 이런 제목을 달았다. "경찰은 실종된 여성 소설가가 은신했다고 본다. 실종을 연출했다는 가설을 검토 중."[78]

그리하여 아치는 어리석게도 독자들이 애거사가 고의적으로 사라졌다고 생각할 근거를 다 제공한 셈이다.

그러나 만약 그게 사실이라면, 그 동기는 배신당한 아내의 복수일 텐데, 아치는 그것은 인정할 수 없었다. "나는 금요일에 주말을 친구들과 보내려고 집에서 나왔다." 아치는 《이브닝 뉴스》에 이렇게 말했는데 기자는 아치의 친구들이 대체 누구인지 무척 알고 싶었을 것이다. 그러나 아치는 밝히기를 거부했다. "이 일에 친구들을 끌어들이고 싶지 않다."[79] 경찰은 애거사를 빨리 찾아내지 못했다는 이유로 종종 비난을 받아왔다. 그렇지만 어딘가 수상쩍은 진술을 권위 있고 설득력 있는 말투로 하는 아치가 실은 경찰 수사의 가장 큰 장해물이었다.

그렇지만 아치는 일관성 있게 자신을 보호할 수 있을 만큼 영리하지도 못했다. 12월 11일 토요일에 나온 또 다른 인터뷰에서 이렇게 말했다. "이걸 아셔야 합니다. 우리는 결혼한 지 꽤 오래되었고 다른 부부들처럼 어느 정도 각자의 삶을 살아왔습니다." 자기는 사무일이 있고, "아내는 문학 활동이 있다"고 설명했다.[80]

이렇게 아치는 두 사람의 결혼을 관에 넣고 마지막 못까지 박아 버린 것이다. 독자들은 애거사에 대해 극히 부정적인 이미지를 갖게 되었다. 아내로서 부적합하고, 자기 일에 지나치게 몰두하고, 무관심하고 냉랭한 사람.

아치의 문제적 발언이 신문에 실린 토요일 아침, 애거사의 호텔 객실 메이드는 "미시즈 터리사 닐이" 신분을 읽고 "동요한 것 같다"고 했다.[81]

같은 날,《데일리 텔레그래프》에는《골프장 살인 사건》연재가 시작된다는 광고가 크게 실렸다. "실종된 소설가 애거사 크리스티"의 작품이라는 광고 문구가 곁들여졌다.[82] 당연하지만 이 문구는 애거사가 아니라 출판업자의 작품이다. 그렇지만 독자들이 작가가 새로이 얻은 악명을 이용해 돈을 벌어들인다고 생각하더라도 이상한 일은 아니었다.

작가 본인은 이제 신문을 더 보고 싶지 않았다. 하이드로에서 애거사는 일요일에는 신문을 침실로 배달시키지 않았다.

이날, 12월 12일 일요일에 서리주 경찰은 아름다운 서리 힐스에서 훗날 '애거사 시신 대수색'으로 불리게 되는 수색 작전을 펼친다. "경찰 역사상 최대의 조직적 수색 중 하나"였다.[83] 《타임스》에 따르면 자원봉사자 2000명이 왔고 "도로가 차로 막혔다. …… 작가의 차가 발견된 고원 일대가 주차된 차로 덮였다".[84]

켄워드는 조금 지나치게 즐기는 듯 보였다. "지금까지 중요한 사건을 많이 다뤄왔습니다만, 이 사건은 이제껏 제가 맡았던 사건

가운데 가장 불가해한 미스터리입니다"라고《데일리 메일》과 인터
뷰했다.[85]

그날 서리의 날씨는 축축했다. "안개로 덮인 시골 지역을 수천 명
의 남녀가 걸어서, 수십 명은 말을 타고 샅샅이 뒤졌다."《데일리 메
일》기자가 흥분해서 보도했다. "블러드하운드 여섯 마리가 동원되
었고 (……) 여자들도 남자들 못지않게 철저했다. 눈에 안 보이는 도
랑으로 굴러떨어지기도 하고 가시가 장갑과 스타킹을 뚫고 들어와
상처가 나는데도 아랑곳하지 않고 꿋꿋하게 앞으로 나아갔다."[86]

애거사의 동료 범죄 소설 작가들도 이 미스터리에 빠져들었다.
일요일 수색에 참여한 사람들 가운데 도러시 L. 세이어스도 있었다.
오래전부터 심령술에 심취해 있던 아서 코넌 도일 경은 영매에게 애
거사의 장갑 한 짝을 건넸다. 영매는 누구의 장갑인지 몰랐으나 바
로 이 장갑의 주인은 "사람들이 생각하는 것처럼 죽지 않았다. 살아
있다. 다음 주 수요일이면 소식이 들릴 것이다"라고 말했다. 코넌 도
일은 이 기쁜 소식을 아치에게 전했다.[87]

그러나 대규모 수색을 벌였음에도 별다른 성과가 없었다. 켄워드
는 수색이 철저하지 못했던 것 같다고 생각하고 재수색을 계획하기
시작했다.

하지만 좀 더 냉철한 사람들은 서리 힐스 수색에 성과가 있으리
라는 데 회의적이었다. 켄워드는 기자들의 신뢰를 잃기 시작했고, 기
사의 논조도 달라졌다. 기자들의 관심은 '고의 실종설' 쪽으로 기울
고 있었다. 세 통의 편지, 특히 캠벨에게 보낸 편지에다가 가방을 꾸
렸다는 사실, 가정부의 진술 등이 모두 사라지려는 계획 쪽을 가리

키고 있었다.

그런데도 사람들은 엉뚱한 방향만 보고 있었다. "관계자들 사이에서는 애거사가 남자로 변장한 채로 런던에 있을 것이라는 의견이 지배적이었다."[88]

수백, 어쩌면 수천 명의 경찰과 자원봉사자가 대수색에 참여했다. 호기심도 있었지만 걱정하는 마음으로 다 함께 참여했던 집단적 노력이 그날 일요일 서리 힐스에서 사람들의 마음에 남았다. 그런데 많은 사람의 기대가 성과를 내지 못하고 꺾였다. 그 수고, 그 실망감이 영국 대중에게 기억의 일부가 되었다. 그리고 실망은 쉽게 분노로 바뀌는 법이다.

또 한 명의 범죄 소설 작가 에드거 월리스Edgar Wallace도 《데일리 메일》에서 의견을 피력해달라는 요청을 받았다. 12월 11일에 실린 월리스의 글은 매우 적대적인 어조였다. 월리스는 애거사의 실종은 자발적일 거라며 이렇게 말했다.

자신에게 상처를 준 사람에 대한 '정신적 보복'의 전형적 사례다. 거칠게 말하자면 일차적 의도는 실종으로 인해 고통을 받을 누군가를 '괴롭히는' 것으로 보인다. …… 기억을 잃고도 정해진 목적지를 찾아간다는 건 있을 수 없는 일이다.[89]

전쟁 트라우마 전문가인 윌프리드 해리스는 '기억상실'에 대한 이런 반응에 너무나 익숙했다. 해리스는 "기억상실증이 꾀병으로 오해되

는 일이 잦다"라고 썼다.[90]

그러나 켄워드는 의도적으로 사라졌다는 생각에 동의하지 않았고 너무 '잔인한' 주장이라고 했다.[91] 켄워드는 공감력이 있는 사람이었고, 애거사의 가족과 친구들이 애거사는 너무나 수줍음이 많은 성격이라 절대로 '이목을 끌 만한 행동'을 했을 리 없다고 한 말에 동조했다.[92] 그렇지만 다른 설득력 있는 설명이 없었기 때문에 고의 실종설이 널리 퍼지기 시작했다.

12월 14일 화요일 《데일리 메일》에는 이런 사설이 실렸다. 만약 애거사가 살아 있다면, "생각 없고 잔인한 장난을 쳐서 가까운 사람들에게 극도의 불안을 안기고 막대한 지출을 야기한 셈이다".[93]

이런 기조의 생각이 지금까지도 계속 이어지고 있다. 애거사가 일부러 실종 사건을 꾸몄다고 주장하는 작가가 수없이 많았다. 대표적으로 그웬 로빈스Gwen Robyns가 있는데, 로빈스가 1978년에 쓴 애거사 크리스티 전기는 크리스티 가족이 승인을 거부했다. 1998년 전기를 출간한 재러드 케이드Jared Cade도 애거사가 "의도적으로 실종을 연출했다"고 생각했다.[94] 리처드 핵Richard Hack도 2009년 비공인 전기에서 '보복의 욕구'가 애거사를 움직였다고 주장했다. 아치에게 고통을 주고자 하는 애거사의 욕구라는 관점에서는 "계획이 순조롭게 진행되었다"고 했다.[95]

여기에서부터, 각주를 갖춘 그럴듯해 보이는 전기에서부터 이런 생각이 영화와 소설 등의 대중문화로 퍼져 나갔다. 그나마 온건한 쪽은 애거사를 배신당해서 복수하고자 하는 정당한 욕구가 있는 여자로 그려낸다. 지독한 쪽, 대표적으로 1979년에 제작된 영화 〈애거사*Agatha*〉는 애거사가 낸시 닐을 죽이려 한 것으로 그린다.

물론 허구와 현실은 같지 않다. 그렇더라도, 우리가 무수히 보아 왔듯 그 차이를 구분하지 못하는 사람이 많다.

서리주의 켄워드가 모르는 사이에 요크셔주에서는 사건이 빠르게 종결을 향해가고 있었다. 수색 작전이 있던 일요일 저녁, 두 남자가 해리게이드 경찰서에 가서 사기들이 일하는 호텔에 미시즈 크리스티가 투숙한 것 같다고 신고했다.

밥 태핀과 밥 레밍은 해피 하이드로 보이스 밴드 소속 연주자로, 이들의 음악에 맞춰 애거사가 춤을 추었다. 또 다른 밴드 멤버인 앨버트 화이틀리는 신고가 늦은 이유를 이렇게 설명했다. "밴드 리더가 원하지 않았습니다. 만약 우리 추측이 틀렸다면 일자리를 잃을 수도 있었으니까요."[96]

객실 메이드 로지 애셔는 경찰에 신고가 들어갔다는 소식을 듣고도 놀라지 않았다. 애셔는 '미시즈 터리사 닐'이 누구인지 한참 전에 이미 알아보았지만, "소동을 일으켰다가, 특히 투숙객에게 폐를 끼쳤다가는 일자리를 잃을 터"라 잠자코 있었던 것이다.[97] 12월 13일 월요일, 현지 경찰이 호텔에 찾아왔다.

호텔 직원들이 일자리를 지키려고 입을 다문 데다가 투숙객의 사생활을 손중하는 것이 호텔의 방침이었기 때문에, 이때까지도 미스터리 해결은 계속 미루어지고 있었다. 12월 14일 화요일이 되어서야 카를로와 아치에게 애거사가 발견된 것으로 보인다는 소식이 전달되었다.

켄워드는 요크셔주의 동료들이 뭐라고 하든 별 관심이 없었다. 너무 바빴기 때문이다. 월요일에는 올더샷 오토바이 클럽 회원 80명의 지원을 받아 수색을 펼쳤다. 켄워드는 "또 전체 지역을 구역으로 나누고 모든 웅덩이와 골짜기를 기록하는 지도를 만드는 일"에 한창이었다.[98] 또 다이버와 경관을 운송할 '버스 2000대'의 지원도 제안받았다.[99]

이 모든 일이 일어나는 와중에, 《이브닝 스탠더드*Evening Standard*》 석간이 나왔다. 12월 14일 화요일 오후 2시 30분에 발행된 이 신문에 또 다른 더 중요한 경과가 실렸다.

내내 여러 증거가 가리키고 있던 해러게이트에서 일어난 일이었다.

21

애거사가 등장하다

12월 14일 화요일, 해러게이트 경찰의 정보를 들은 서리주 경찰이 마침내 스타일스로 전화를 걸었다. 경찰은 카를로에게 애거사가 살아 있고, 건강하며, 하이드로패식 호텔에 머물고 있는 것으로 강하게 의심된다고 말했다.

애거사가 집을 떠난 지 11일 만의 일이었다.

카를로는 사무실에 있는 아치에게 전화를 걸었다. 자세한 이야기를 듣고 아치는 묘사된 사람이 자기 아내가 맞다는 결론을 내렸다. 요크셔주로 가서 직접 확인하기로 했다. 카를로는 로절린드를 돌봐야 했기 때문에 갈 수 없었다.

마침내 미스터리가 풀릴 것인가?

아치는 킹스크로스역에서 1시 40분 기차를 탔고, 해가 진 후 해러게이트에 도착했다. 아치는 '극도로 불안한' 표정으로 플랫폼에 내려섰다고 기자들은 보도했다.[1] 아치는 애거사의 발자취를 따라 하이드로로 갔고, 매니저가 아치에게 숙박부를 보여주었다. 아치의 확신은 더욱 강해졌을 것이다. 애거사가 자기 이름으로 서명을 하지는 않았지만 필체를 알아볼 수 있었다.[2]

25명가량의 기자들이 로비와 계단에서 배회하고 있어 호텔 경영진은 무척 곤란했을 것이다. 경찰은 문제의 여성이 놀라지 않게 아치와 대면시킬 계획을 세웠다. 정신 상태가 위태로울 수 있는 여자에게 '겁을 주는' 일은 피하고 싶었다. 평범한 여성도 아니고 유명인인 데다가 창작자이기도 했으니까. 경찰이 혹여라도 실수를 저지를까 조심하며 크리스티 부부를 대하는 것을 보면 신기할 정도다.

아치의 신경은 극도로 곤두서 있었으나 이 만남은 매우 조심스럽게 진행되었다고 《타임스》는 보도했다. 아치는 "맥도웰 경감과 함께 라운지에 자리를 잡았다". 사람들이 오고 갔고 새로 설치한 엘리베이터가 오르내리며 저녁 식사를 하러 가는 손님들을 실어 날랐다. 반시간 정도 기다렸다. 그러다가, 마침내, "실종되었다고 추정되는 여성이 아래로 내려왔다".[3]

그 여성은 "해러게이트에서 구매한 멋진 담자색 드레스, 진주 목걸이 차림이었고" 기자들은 "아름다운 금발"에 경탄했다.[4]

아치가 이 아름다운 여인, 그동안 보던 모습보다 훨씬 멋지게 보이는 사람을 자기 아내라고 할 것인가? 아치는 무어라고 말할 것이며, 애거사는 어떻게 반응할까?

호텔 매니저는 이런 이야기를 들려준다. 아치가 함께 기다리던 경관에게 미리 약속해두었던 신호를 보냈다. "부인이 엘리베이터에서 내릴 때 그가 고개를 끄덕였다."[5]

고개를 끄덕이는 순간 아치는 더 이상 살인 용의자가 아니었다. 희생자로 추정되었던 사람이 살아 있는 것이다.

경찰관들이 애거사를 붙들고 남편을 가리켰다. 기자들 입장에서는 실망스럽게도 너무나 극적이지 않은 재회였다. 한 보도에서는 두 사람이 '다정하게 인사'했다고 했고, 다른 보도에서는 "미시즈 크리스티는 남편을 보고도 완벽히 침착한 모습이었고 조용히 라운지로 걸어갔다"고 했다. 한 보도에서는 "미시즈 크리스티가 남편에게 긴장한 것처럼 보인다고 말했다"고 했다.[6]

믿을 수 없을 정도로 담담하게 크리스티 부부는 식당으로 들어가 아무 일도 없었던 것처럼 저녁을 먹었다. 호텔 사교 규칙에 따라 다들 평소와 다를 바 없이 행동했다.

그러나 애거사가 아직도 어떤 상상의 삶을 살고 있다는 게 명백했다. 애거사는 아는 투숙객들에게 아치를 남편이 아니라 오빠라고 소개했다.[7] 한 투숙객은 이렇게 말했다. "나한테 와서 '저희 오빠예요. 갑작스럽게 찾아왔네요'라고 말했다. 남자 쪽이 여자보다 훨씬 더 당황한 것처럼 보였다."[8] 애거사의 대응 기제가 계속해서 작동하고 있었던 것이다. 평소처럼 행동하면 실제 세계가 자기 머릿속에서 일어난 일과 맞추어질지도 모른다고 생각했다.

그리고 효과가 있었다. 아치는 당황하면서도 맞추어주었다.

손님들은 무슨 일이 일어나고 있는지 잘 몰랐지만, 직원들 사이에서는 안도감이 확연히 번졌다. 매니저의 아내 테일러 부인은 "모든 일이 잘되어 기뻤다. 경찰에 알리지 않은 것에 대해서 일말의 책임감을 느끼고 있었기 때문이다".[9]

그렇지만 바깥세상을 계속 피할 수는 없었다. 하이드로의 환하고 안전한 식당 바깥에서 숨을 죽이고 기다리고 있는 무리들을. 저 기자들을 어떻게 해야 하나?

경찰의 조언에 따라 아치는 기자들 중 한 명과 대표로 이야기를 했고, 그 기자가 나머지에게 정보를 전달했다. 아치는 이렇게 말했다.

제 아내가 맞습니다. 완전히 기억을 잃었고 자기가 누구인지 모르는 것 같습니다. …… 내일 런던으로 데려가 의사에게 진찰을 받으려고 합니다.[10]

아치가 전에는 애거사의 상태에 대해 의문을 가졌더라도 이제 이렇게 말하면서 입장을 확실히 못 박은 셈이다. 애거사가 실제로 '기억을 잃었'든 아니든 크리스티 가족의 공식 입장은 이것이었고, 이제는 말을 바꿀 수 없었다.

그리하여 다음 날 모든 신문에서 수수께끼가 풀렸다는 소식을 읽을 수 있었다.

"하느님 감사합니다!" 애거사가 무사하다는 소식에 카를로의 반응은 이랬다고 한다. "너무나 잘됐다. 다른 가능성은 믿을 수 없었기 때문에 틀림없이 그럴 거라고 생각했다."

고다드 경정은 이제 켄워드가 쓴 비용을 당당히 비웃을 수 있었다. 고다드는 실종자 수배 포스터 덕분에 "미시즈 크리스티를 찾았다고 할 수 있을 것 같다"라고 말했다. 카를로와 마찬가지로 고다드도 크리스티가 "살아 있으며, 범위를 넓히면 발견될 것이라고 믿었다".

켄워드는 상처를 핥고 있을 수밖에 없었다. 켄워드는《데일리 메일》기자에게 자기는 "상식적인 관점"을 택했을 뿐이라고 항변했다.[11] 아서 코넌 도일은 영매의 말이 옳은 것으로 입증되어 기뻤다. 코넌 도일은 애거사의 사례가 "사이코메트리를 탐정의 보조 수단으로 사용할 수 있다는 훌륭한 예시"라고 결론을 내렸다.[12]

아치는 애거사를 런던으로 데려가겠다고 말했지만, 엄청난 수의 기자가 따라오는 상황에서 현실적으로 가능한 일이 아니었다. 더 가깝고 안전한 곳으로 가야 했다.

애거사의 언니가 손을 뻗어주었다. 일단 애브니홀로 피신하기로 하고, 매지와 남편 제임스가 크리스티 부부를 데리러 해러게이트로 왔다.

12월 15일 수요일 아침 9시가 되기 직전에 손님들을 역으로 태워 갈 하이드로의 버스가 정문 앞에 섰고 손님 두 명이 호텔 밖으로 나와 버스에 올라탔다. 사진을 찍으려고 벼르고 있던 사진 기자들이 "기대감에 부풀어 카메라를 위로 들어 올렸다".[13]

그렇지만 아치는 정문으로 나올 만큼 어리석지는 않았다. 바로 그 순간 아치와 애거사는 "건물 옆에 있는 프랑스식 긴 창문으로 나와서 기다리고 있는 다른 차로" 눈에 뜨이지 않고 가려 했다. 운 나쁘게도《데일리 메일》사진 기자가 그럴 가능성을 예측하고 그쪽에 숨어 있다가 모두가 탐내는 첫 등장 장면 사진을 찍었다. 사진 속 애거사는 최근 쇼핑을 잔뜩 한 덕에 최신 유행인 "베이지 의상과 같은 색의 모자"를 차려입은 모습이었다. 이 의상은 좋게 비치지 않았다. 대중의 정서는 애거사가 살해당한 게 아니라면 최소한 이 일로 일으킨 실망감에 참회하는 모습이라도 보여야 한다는 것이었다. 그렇게 세련된 모습이어서는 안 되었다.

차를 타고 애거사, 매지와 두 사람의 남편들은 역으로 갔다. 예약해놓은 일등칸으로 들어가 블라인드를 내렸으나 그러기 전 찰나에 기자들은 무언가 부적절한 것을 보았다. 애거사가 "활짝 웃고" 있었던 것이다.[14] 멋져 보이는 데다가, 즐거워하고 있었다. 둘 다 비난받을 만한 일이었다. 사람들에게 불안감을 안겼으니 애거사는 그것에 대한 대가를 치러야 했다.

아치가 목적지라고 밝힌 런던까지 가는 경로의 역마다 구경꾼이 모여들었고, 런던 킹스크로스역 플랫폼에서는 500명이나 되는 사람이 기다리고 있었다. 그러나 리즈에서 출발한 기차가 킹스크로스역에 들어섰을 때 열차 기관사가 실망스러운 소식을 외쳤다. "이 차에 없어요!"[15]

애거사 일행이 리즈에서 기차를 바꿔 타고 추적자들을 따돌린 것이었다. 그들은 애브니홀로 가기 위해 맨체스터행 기차를 탔다. 맨체스터역에 기차보다 소식이 먼저 도착했고, 기자들이 애거사의 "선이 아름다운 롱코트"를 보러 플랫폼에 모여들었다.[16] 그런데 기자들이 마구 몰리자 드잡이가 벌어졌다. 아치가 한 기자의 "어깨를 잡고 플랫폼 저쪽으로 내던져 버렸다". 아치는 이렇게 소리쳤다. "이 사람은 말할 상태가 아닙니다! 아프다고요."[17]

애거사와 매지는 이들을 애브니홀로 데려가려고 기다리고 있던 차로 달려갔다. 마침내 애브니홀 입구를 통과하자, 제임스가 차에서 뛰어내려 게이트를 자물쇠로 잠갔다. 기자들이 애브니홀을 포위했다.

다음 날 오후, 게이트가 열리고 의사 두 명이 들어갔다. 잠시 후 의사들이 나와서 기자들에게 성명을 발표했다. 미시즈 크리스티를 "면밀히 검사한 결과", "의문의 여지가 없는 기억상실증에 시달리고 있다는 소견에 도달했다"는 것이었다.[18]

그렇지만 만약 애거사가 기억을 잃지 **않았다면**, 일부러 사라졌다면 훨씬 더 흥미로운 일일 것이었디. 그래서 언론에서는 대중의 의심에 동조하는 다른 전문가들에게 견해를 물었다. 《뉴욕 타임스*New York Times*》는 기억상실을 겪는 사람은 "정상적으로 행동할 수 없을뿐더러 제정신이 아니라는 의심을 일으키지 않고 다른 사람들과 어울릴 수 없다"는 의견을 피력하는 전문가를 찾아냈다.[19]

이제 여론은 정말로 애거사에게 등을 돌렸다. 《데일리 메일》에는 "평범한 한 여성"의 편지가 실렸는데, 다른 사람이 사라졌더라도 그런 세심한 수색이 이루어졌겠느냐고 묻는 내용이었다. 편지를 쓴 사람은 예를 들어 "만약 내가 사라진다고 해도" 그만큼 특별한 노력을 쏟을 것이냐고 물었다. "만약 아니라면, 그 이유는 무엇인가요?"[20] 일리가 있는 말이었다. 그런 수색은 없었을 테니까.

다음 날 아침 《데일리 메일》의 또 다른 기자가 "미시즈 크리스티의 실종 사건에 두 지역의 경찰력이 집중된 것은 온당치 않다"며 같은 기조의 보도를 이어갔다.[21] 이어 세 번째 기자가 수색 비용 논란의 불씨를 지폈다. 미시즈 크리스티는 "관련 비용을 지불할 용의가 있는가?"라고 기자는 물었다. "미시즈 크리스티가 기억을 잃었다는 진술이 호텔에서 지내며 돈을 쓰고 춤추고 노래하고 당구를 쳤다는 사실과 어떻게 들어맞을 수 있는지 알고 싶어 하는 사람이 많다."[22]

이와 같은 의견이 대서양 건너에서도 나타났다. 《워싱턴 포스트 *Washington Post*》는 애거사의 홍보 담당자가 수색 비용을 내야 한다고 했다.[23] 경찰 경비를 충당하기 위해 서리주 지방세 납세자들에게 추가 세금을 징수할 것이라는 소문이 돌아서 켄워드가 기자들에게 "말도 안 되는 소리"라고 확인해주어야 했다.[24] 특히 매서운 독설은 쿨슨 커나핸Coulson Kernahan이라는 애거사보다 덜 알려진 작가한테서 나왔다. "그 여자 소설가는 앞으로는 자기 이름으로 소설을 발표하지 않겠다고 공표하는 게 좋겠다. 그래야 또 다른 사람이 광고 목적으로 '실종'되는 것을 방지할 수 있다."[25]

이러한 부정적 태도에는 시기적인 문제도 일부 있었다. 이때는 전후 호황이 끝났을 때고 몇 달 전에는 총파업이 있었다. 특권층 여성이 특별한 대접을 받았다는 것에 계급적 분노가 일어날 만도 했다.

심지어 하원에서도 이 일이 도마 위에 올랐다. 노동당 의원 한 사람이 수색 비용이 얼마나 들었는지 질문하며 "이 잔인한 속임수에 속아 넘어간 수천 명의 사람에게는 누가 보상할 것인가?"라고 물었다.[26] 내무부에서는 당혹스러워하며 12파운드 10실링이 들었다는 공식 답변을 내놓았으나 믿기 어려운 금액이었다.[27] 그러나 애거사는 이 일로 인해 세간의 엄청난 악평을 비용으로 치러야 했다.

실제로 이 일에 연관된 사람 모두 대가를 치르게 되었다. 낸시의 어머니는 딸의 이름이 "진흙탕 속으로 끌려가는 것"에 대해 불쾌해하면서도 낸시와 아치는 단순한 친구 사이라는 (사실이 아닌) 입장을 고수했다.[28] 낸시의 아버지는 분개하며 말했다. "미시즈 크리스티가 대체 왜 우리 가족의 이름을 사용했는지 전혀 짐작도 가지 않는다." "낸시와 미시즈 크리스티의 실종 사이에는 어떠한 연관도 없다."[29]

닐 가족은 낸시도 사라지는 것이 최선이라고 생각했다. 그렇게 낸시는 등 떠밀려 세계 일주 크루즈 여행을 하게 됐고, 모든 일이 정리된 다음에야 연인에게 돌아가기로 했다.

애브니홀에서는 여전히 기자들이 게이트 밖에서 진을 치고 피를 달라고 울부짖고 있었다. 무언가 먹을 것을 주지 않을 방도가 없었다. 16일에 아치는 밖으로 나와 성명을 발표했다. 기자들은 아치의 '긴장한' 표정과 그가 실내용 슬리퍼를 신고 있다는 사실에 주목했다.[30] 아치는 기자들에게 제발 돌아가 달라고, "이 일에서 관심을 끊어달라"고 호소했다. 의사의 진단이 보여주듯이 "절대 책을 팔기 위한 쇼가 아니었다"고 했다.[31]

집 안에서 애거사는 힘든 나날을 보내고 있었다. 애거사는 필사적으로 피하려 했던 현실을 직면하지 않을 수 없었다. "아내는 내가 누구인지 압니다." 아치가 밝혔다. "또 미시즈 와츠가 언니라는 사실도 알게 되었습니다. …… 딸이 있다는 사실은 모릅니다."

애거사는 어머니 역할로 돌아오는 데 시간이 걸렸다. 로절린드의 사진을 보여주자 "이 아이가 누구냐고, '어떤 아이예요?', '몇 살이에요?'라고 물었다".[32]

곧 카를로가 로절린드를 애브니홀로 데려왔다. 로절린드는 그때 일곱 살밖에 되지 않았지만 엄마와 다시 만난 일을 그 후로 죽 기억했다. 속상하게도 로절린드의 어머니는 "우리가 같이했던 일도 어머니가 나에게 들려주던 이야기도 기억하지 못했다".[33] 아이에게 얼마나 끔찍한 경험이었을까. 로절린드는 평생 1926년의 일에 관해 질문을 받게 될 운명이었고, 곧 질문을 회피하는 데 능숙해졌다.

그러나 흔히 간과되는 사실은, '기억상실'도 나쁘긴 하지만 이 미스터리의 답으로 제시될 수 있는 의학적 원인 가운데 최악은 아니라는 것이다. 1920년대에 '광기'라고 불리던 것보다는 안전한 선택지였다. 유전, 심지어 우생학이 진지하게 받아들여지던 시대에 광기의 존재는 로절린드에게 치명적일 수 있었다. "나는 우리 아버지의 아들이에요. 그걸 알고도 나와 결혼할 사람이 있을까요."《골프장 살인사건》에서 살인범의 아들이 이렇게 묻는다. "당신은 당신 아버지의 아들이지요." 푸아로도 동의한다. "나는 유전을 믿습니다." 미치광이 어머니는 로절린드의 삶과 결혼 가능성을 망쳐버릴 것이다. 친할아버지도 '정신병적 전신마비'로 사망한 마당에.

애거사를 진료한 의사 중 한 명은 맨체스터대학교의 전문의 도널드 엘름스 코어 박사Dr. Donald Elms Core였다. 코어는 신경 이상에 관한 책을 저술했고, 전쟁 중《랜싯Lancet》을 중심으로 전개된 포탄 쇼크 관련 중요 논쟁에도 참여했다. 코어는 저서에서 고통의 신체적 원인을 찾을 수 없을 때 많은 환자가 공포를 느낀다고 했다. "자기가 미쳐가고 있다는 공포가 자라난다."[34]

코어가 애거사 같은 환자의 치료법으로 제안한 방법에는 잠이 오는 약물의 단기 처방이 있다. 다음으로는 환자를 가정환경에서 멀리 떨어진 곳으로 보내는 처방이 있다. (애거사는 자기 자신에게 정확히 이 처방을 했던 것이다. 11일 동안은.) 그다음에는 심리치료와 최면

요법 등을 통해 사람을 이토록 괴롭히는 '두려움'의 원인을 밝혀내는 과정이 뒤따른다.

그러려면 애거사가 그러길 원해야 했다. 애거사의 심리 상태는 그 어느 때보다 좋지 않았다. '미시즈 터리사 닐'로서의 꿈 같은 삶을 잃자 우울이 덮쳐왔다. "여러 걱정과 불안이 돌아왔다." 애거사는 이렇게 설명한다. "오래된 병적 성향도 돌아왔다."[35] 공개적으로 굴욕을 당하면서 상태는 더욱 심해졌다. "나는 늘 어떤 종류든 악명을 극히 싫어했다." 그런데 이렇게 잔뜩 욕을 먹고 나자 다시 자살 충동이 솟았다. "도저히 더는 살아갈 수가 없을 것 같은 느낌이었다."

의사들은 애거사에게 정신과 치료를 받으라고 권했지만 애거사는 거부했다. 그러나 매지가 강하게 밀어붙였다.

전기작가 재닛 모건은 카를로와 로절린드 사이에 오간 편지(현재는 폐기된 것으로 보인다)를 읽을 수 있었을 뿐 아니라, 이 일을 직접 목격한 로절린드의 말도 들을 수 있었다. 로절린드는 매지의 압박에 못 이겨 어머니가 결국 "잃어버린 기억을 되찾는" 치료를 받기로 했다고 말한다. 정신적 고통을 의학적으로 치료하는 데 동의했다는 것이다. 애거사는 애브니홀을 떠나 카를로, 로절린드와 함께 런던으로 갔다. 그곳에서 "켄싱턴 하이 스트리트에 있는 아파트를 빌렸고 할리 스트리트로 치료를 받으러 다녔다".[36] 윌리엄 브라운William Brown의 병원으로 갔을 가능성이 크다. 브라운은 그때 할리 스트리트에서 개업한 정신과 의사 일곱 명 가운데 한 명이었는데, 전쟁 의학과 포탄 쇼크에 경험이 많았고, 특히 기억상실증 치료로 유명했다. 또 둔주 상태를 경험한 환자도 여럿 치료했다.

애거사의 경험이 어떠했는지 알기 위해서는 애거사의 소설을 살펴보아야 할 것이다. 1930년, 탐정 소설이 아닌 소설《인생의 양식》이 나왔다. 애거사는 필명으로 이 소설을 발표했는데, 기억상실을 다루는 소설을 출간했다가 이런저런 추측을 불러일으키는 일을 피하고 싶었기 때문이다.

이 소설에서는 버넌이라는 인물이 교통사고를 당하고 기억을 잃는데, 최면술을 사용하는 의사에게 치료를 받고 다시 기억을 찾는다. 의사는 "나의 내면을 꿰뚫어 보고 나도 몰랐던 사실을 읽어내는 듯한 눈을 가진 사람"이었다. 버넌은 애거사가 그랬듯이 잃어버린 과거를 고통스럽게 더듬는다.

버넌이 외쳤다. "이걸 다시 또 되풀이해요? 너무 끔찍해요. 생각하고 싶지 않아요."

그때 의사가 진지하고 친절하게, 그러면서도 단호하게 설명했다. '생각하고 싶지 않은' 욕구 때문에 이 모든 일이 일어난 것이라고. 그걸 직면해야 한다고.[37]

윌리엄 브라운의 책에서 기억상실을 치료하는 방법으로 설명한 것과 일치한다. 브라운은 환자에게 최면을 건 다음 무슨 일이 있었냐고 물었다. 브라운은 '잃어버린' 기억이 있는 사람은 그 기억을 억누르려 하다 보니 지치고 몸이 안 좋아진다고 생각했다. 환자가 "불쾌한 기억을 똑바로 직면하면, 그것이 무해해진다"라고 주장했다. 브라운은 대화 치료도 신봉했다. 대화를 통해 환자는 "자신의 정신적 삶이 지나온 과정을 객관적으로 보게 된다. 자신을 더 잘 이해할 수 있게 되고 …… 이 지식이 자유를 준다". 이런 치료법은 당시에 주류가 아니었으므로 애거사가 이런 치료를 받았다는 것은 다소 급진적인 일이었다. 프로이트의 작업이 영국 의학계에 알려져 있었고 전쟁 때문에 트라우마가 급증하여 설득력이 높아지긴 했다. 또 이 주제에 관한 책이 점점 널리 읽히고 있었던 것도 사실이다. 한 예로《우리의 신경을 극복하기*Outwitting Our Nerves*》(1922)라는 책은 제2차 세계대전 전에 7판까지 나오며 큰 영향을 미쳤다.[38]

그러나 프로이트의 연구는 영국에서 여전히 논란의 대상이었다. 일단 잠재의식이나 무의식이 무엇인지 의사마다 생각이 달랐다. 심리치료를 받는 것을 여전히 수치스럽게 여기기도 했다. 포탄 쇼크에 시달리는 사람들도 나약하다는 비난, 꾀병이라는 낙인 등을 전부 거치고 난 다음에야 치료를 받을 수 있었다. 사회에서는 여전히 정신질환에 끔찍한 오명을 덧입히고 있었다.

한편 애거사가 할리 스트리트로 갔다는 것은 계급의 지표이기도 하다. 할리 스트리트에 있는 병원을 예약하려면 돈이 있어야 하고 인맥도 필요했다.[39] 애거사는 전시 장교 계급을 위해 개발된 신경 쇼크 치료법을 교과서적으로 따르는 치료를 받았다. 앞에서 언급한 전쟁 의학자 윌프리드 해리스는 환자가 "최면 상태에서는 깨어 있을 때 기억하지 못하는 사실들을 전부 기억해낼 수 있다"고 주장했다.[40] 애거사의 이런 진술과 일맥상통하는 데가 있다.

기억이 잠재의식으로부터 서서히 떠올랐다. 처음에는 어린 시절이 생각났고, 친척과 친구들이 어릴 때 모습으로 떠올랐다. 차츰 나는 내 삶에서 그다음, 또 그다음의 일들을 단계적으로 떠올렸다.[41]

그러나 여전히 위험성이 있다고 여겨지는 방법이었다. 해리스 박사가 말하듯 최면술은 의도했던 것과 정반대의 효과를 가져올 수 있었다. '광기'를 촉발할 수도 있다는 것이다. "최악의 사례는 가까운 친척 가운데 신경쇠약, 간질, 광기가 있는 등 유전적 기질이 나쁜 경우다."[42] 가족력이 있는 애거사와 로절린드에게는 좋지 않은 소식이었다. 또한 애거사가 증상을 다시 겪을 수도 있다고 의사들은 경고했다. 내향적인 환자들은 "기존 문제가 재발할 가능성이 상존한다".[43]

하지만 애거사는 치료를 오래 받지는 않았다. 1927년 1월 22일, 애거사는 코어 박사의 조언에 따라 카나리아제도로 요양 여행을 떠났다. 이 여행 동안에 애거사는 의사의 조언을 따르지 않고 다시 글을 쓰기 시작했다. 애거사에게는 일이 저주이자 동시에 구원이었기 때문이다. 애거사는 글을 쓰고 싶은 욕구를 금전적 우려 때문이라고 정당화했다. 로절린드를 자기 힘으로 부양해야 할 수도 있으니까. 그런 한편 애거사가 상상의 세계에서 위안을 찾았기 때문이기도 할 것이다.

따뜻한 곳에서 돌아온 애거사는 로절린드와 카를로와 함께 첼시로 이사했고, 아치는 스타일스에 남아 집을 팔려 하고 있었다. 놀랍게도 애거사는 아직도 아치를 완전히 포기하지 않았다. 1927년에 애거사는 아치를 다시 만나 로절린드를 위해 남지 않겠냐고 물었다. 아이가 "아빠를 얼마나 좋아하는지, 아빠가 없어서 얼마나 혼란스러워하는지” 이야기했다. 또 애거사는 로절린드가 부모 사이의 일을 충격적일 정도로 명확히 파악하고 있었다는 사실도 들려준다. “아빠가 **나**를 좋아한다는 거 **알아**. 나하고 같이 있고 싶어 한다는 것도. 아빠가 좋아하지 않는 건 **엄마**잖아.”

하지만 아치의 마음은 정해져 있었다. 낸시를 억지로 떠나보낼 수밖에 없었지만, 여전히 두 사람은 결혼할 생각이었다. 1928년 마침내 애거사는 이혼을 받아들여야만 한다고 느꼈다.

‘실종’의 영향이 이혼을 앞두고 더욱 잔인하게 애거사의 발목을 잡았다. 애거사는 로절린드의 양육권을 확보해야 했다. 그런데 애거사의 평판이 너무나 심하게 손상된 상태였다. 대중매체에서 제기된 비난 중에서도 특히 애거사가 나쁜 엄마라는 의혹이 가장 치명적이었다. 애거사가 이혼하면서 딸을 데려올 수 있으려면 뭔가 해명을 해야만 했다. “나는 로지 때문에 패닉에 빠진다”고 애거사는 말한 적이 있다. “내가 원래 그렇게 당황하는 타입이 아니라 더 화가 나요. 그런데 나도 어쩔 수가 없어요.”[44]

그리하여 이혼 재판을 앞둔 2월에 애거사는 대중 앞에 나설 수밖에 없다고 느꼈다. 애거사는 자신을 “경찰을 대상으로 어리석은 사기극을 벌인” 여성으로 묘사한 《런던 익스프레스*London Express*》에 소송을 걸었다.[45]

또 《데일리 메일》과의 2월 16일 인터뷰에서 자신의 실종에 관해 입을 열었는데, 평생 이 일에 관해서 공개적으로 한 발언 가운데 가장 긴 것이었다. 한 마디 한 마디가 고통스러웠을 것이다. “여전히 많은 사람이 내가 고의로 숨었다고 생각한다.” 애거사는 말했다.

실제로 일어난 일은 이렇다. 그날 밤 나는 신경이 극도로 긴장된 상태로 극단적인 행동을 할 의도로 집에서 나왔다.[46]

애거사는 병과 자살 사고 같은 극히 사적인 일을 대중 앞에 털어놓아야 했을 뿐 아니라, 이혼 과정에서도 타협해야 했다. 아치는 애거사가 이혼을 청구하기를 바랐다. 당시 법률이 개정되면서 여자도 이혼을 청구할 수 있게 되었다.

1920년대, 전시에 서둘러 이루어진 결혼이 흔들리면서 불만을 느끼는 아내가 매우 많았다. 이혼율이 1913년에 비해 네 배로 치솟으면서 이혼 절차도 간소화되었다. 1923년 통과된 이혼법으로 아내가 남편의 부정을 근거로 이혼을 제기할 수 있게 되었다. 이전까지는 당연히 그냥 참아야 한다고 간주되었던 일이었다. 1923년에는 이혼 가운데 39퍼센트가 여성이 제기한 것이었다. 1925년에는 63퍼센트로 급증했다.[47]

아치는 애거사가 새로 얻은 권리를 활용해 이혼 소송을 제기하기를 바랐다. 그렇지만 낸시를 끌어들이고 싶지는 않았다. 그래서 애거사는 1920년대에 등장해 "브라이턴 퀴키Brighton Quickie"라는 별명으로 불리던 방법을 쓰기로 마지못해 동의했다. 공범을 동원해 아치가 '미상의 여성'과 불륜을 저질렀다는 증거를 연출하는 방법이었다. 브라이턴에 있는 허름한 리조트가 공모 결혼에 필요한 증거를 제공하는 데 특화되어 있었기 때문에 이런 별명이 붙었다. 아치는 브라이턴이 아니라 빅토리아에 있는 그로스브너 호텔로 갔고, 변호사 사무실 직원과 웨이터에게 돈을 주고 아치가 여자와 같이 침대에

있는 모습을 목격했다고 진술하도록 시켰다.[48]

이 사건은 1928년 4월 20일 재판에 회부되었는데, 애거사는 법정에 출석하기 위해 마음을 단단히 다잡아야 했다. 판사는 속임수를 꿰뚫어 보고 "크리스티 대령 같은 품위 있는 신사가 그런 추잡한 짓을 저질렀다고 믿기 어렵다"고 말했다.[49] 어쨌든 성공했다. 애거사는 소송 비용과 로절린드의 양육권을 받게 되었다. 이제 이혼이 확정될 때까지 6개월만 기다리면 되었다. 그사이, 1928년 7월에 다시 선거법이 개정되어 재산이 있는 30세 이상의 여성뿐 아니라 모든 여성에게 선거권이 주어졌다. 애거사뿐 아니라 모든 여성에게 서서히 해방이 찾아오고 있었다.

《두 번째 봄》에 등장하는 애거사의 또 다른 자아 실리아의 말을 그대로 받아들인다면, 애거사가 가식적인 공모 이혼에 혐오감을 느꼈음을 짐작할 수 있다. 실리아는 어쩌면 자기도 다른 여자의 남편을 취할 수도 있을 것이라고 인정하지만 그러더라도 "나는 **정직하게** 그렇게 할 것"이라고 말한다. "나는 어둑한 곳에 숨어서 더러운 일은 다른 사람이 처리하게 하지는 않을 것이다."[50] 애거사는 돈을 위해 '더러운 일'로 끌려 들어갔다. 그뿐 아니라 위증까지 저질렀다. 이혼 과정에서 "남편과 나 사이에 어떤 공모나 묵인도 없었다"고 거짓 맹세를 해야 했다.[51]

1920년대는 차갑게 식어버렸고 똑똑한 젊은 작가는 나이를 먹었고 우울해졌다. 아치가 보낸 러브레터를 소중히 보관해놓은 작은 상자 안에 애거사는 시편 55장의 한 구절을 적은 종이도 함께 넣어놓았다.

나를 책망하는 자는 원수가 아니라 …… 그는 곧 너로다 나의 동료, 나의 친구요 나의 가까운 친우로다.[52]

이혼 직후 애거사에게는 어둠밖에 보이지 않았을 듯하다. 이 모든 일을 겪으며 애거사는 잘 알려졌다시피 가까운 사람에게 속마음을 털어놓거나 언론에 모습을 드러내기를 꺼리게 되었다. 애거사를 잘 아는 한 사람은 이 무렵 이후로 애거사는 "속을 잘 알 수 없는 사람이 되었다"고 썼다. "꼬치꼬치 캐묻는 것에 저항하고 내면에 갑옷을 둘렀다."[53]

그러나 애거사 자신은 달갑게 생각하지 않았을지라도, 애거사의 출판사에는 애거사의 오명이 금전적 이득을 가져다주었다.

애거사의 '실종'이 그토록 큰 반향을 불러일으킨 까닭은 1920년대가 미디어 셀러브리티를 새로 탄생시킨 시대였기 때문이다. '셀러브리티 작가'가 물론 애거사만은 아니었다. J. B. 프리스틀리나 아널드 베넷 같은 작가도 있었다.[54] 이런 악명이 우연이었고 본인에게는 무척 불쾌한 일이었으나, 애거사가 거둔 엄청난 성공에 중대한 역할을 한 것도 사실이다.

애거사의 지지자들은 애거사의 책이 이미 잘 팔리고 있었고 '홍보가 필요 없었기 때문에' 애거사의 실종은 쇼가 아니라고 주장하기도 한다.[55] 그것도 사실이다. 그렇긴 해도 실종으로 인한 영향은 엄청났다.

1926년에 출간된 《애크로이드 살인 사건》은 초판 5500부를 찍었고 1년 만에 4000부가 팔렸다. 괜찮은 성적이었지만 선풍적이라고 할 정도는 아니었다. 그러나 실종 직후, 1927년에 출간된 빈약한 소설 《빅 포*The Big Four*》는 8500부 팔렸다. 1928년에는 애거사가 "내가 쓴 책 중에서 최악"이라고 평한 《블루 트레인의 수수께끼》가 7000부 팔렸다. 다소 지루한 스릴러인 《세븐 다이얼스 미스터리*The Seven Dials Mystery*》는 1929년 8000부 판매고를 올렸다. 1930년에 애거사는 윌리엄 콜린스, 선스와 새로 여섯 권짜리 계약을 맺는다. 이 일이 뜻하는 바는 명확했다. 책을 파는 것은 작품의 질이 아니라 명성이었다.[56]

그리하여 애거사의 삶과 일 사이에 엄청난 갈등이 생겨나게 된다. 애거사는 실종 사건과 작품의 성공을 연결 지어 생각할 수는 없었다. 그것은 너무나 치욕적인 일이었다. 그러니 노력과 단순한 우연이라는 말 말고는 자신의 성공을 설명할 길이 없었다. 아니면 달리 어떻게 야망, 성취, 악명, 고통의 복잡한 얽힘을 풀어낼 수 있을 것인가?

그러나 고통은 시간이 흐르며 점차 무뎌졌다. 1926년의 정신적 병은 애거사 크리스티를 거의 무너뜨릴 지경까지 몰고 갔다. 그렇지만 결국 그 일이 애거사라는 사람을 만들어냈다.

친구의 말에 따르면 1926년의 경험은 "모든 작품에 흔적을 남길 정도로" 강력한 것이었다. "또한 그 일이 애거사를 결과적으로 위대한 여성으로 만들었다."[57]

6부
돈벌이 시기

22

오리엔트 특급 열차를 타고

1928년 10월 29일 이혼이 확정되었다. 그러고 불과 일주일 만에 아치는 낸시 닐과 런던 등기소에서 결혼했다. 애거사에게는 이 일 또한 공개적인 타격이었다. 좀 걱정스러운 듯한 표정이지만 짜증 나게 예쁜 낸시의 사진이 《데일리 익스프레스》 1면을 장식했다. 1930년에는 아치와 낸시의 아들 보Beou가 태어난다.

그러나 애거사는 영국을 떠남으로써 남편의 결혼 소식 기사를 읽는 일을 피할 수 있었다. 애거사의 결혼은 끝이 났고, 인생 1막도 막을 내렸다. 그러나 애거사도 이제는 끝에 새로운 시작이 있을 수 있음을 느꼈다. "과거는 지긋지긋하다." 애거사는 이런 시를 썼다.

내 발목을 잡고 늘어지는 과거.

달콤한 삶을 살지 못하게 하는 과거는 지긋지긋하다.

칼로 베어내고 이렇게 말할 것이다.

오늘 내가 나 자신이 되게, 다시 태어나게 해주오.[1]

1928년 가을, 애거사는 로절린드를 벡스힐에 있는 기숙학교에 보냈다. 애거사가 첼시에 새로 구입한 뮤스mews(마구간을 개조한 집이 늘어선 좁은 길 – 옮긴이)에 있는 새집은 카를로가 충실히 관리해주었다. 애거사는 크리스마스 휴가 전까지 얼마든지 여행을 할 자유시간이 있었다. 외국으로 나감으로써 프라이버시 확보, 회복, 영감 등 여러 목적을 이룰 수 있었다.

처음에는 서인도제도로 갈까 했었다. 그러나 애거사가 이후에 종종 들려주었듯이, 파티에서 우연히 바그다드에서 갓 귀국한 해군 장교 부부를 만나 바그다드의 매혹에 대해 들었고, 마음을 바꾸었다. 해군 부부는 유럽 횡단 기차 여행, 바그다드라는 도시, 우르 등 고대 도시에서 이루어지는 놀라운 고고학적 발견을 이야기했다. 다음 날 아침, 애거사는 표를 바꾸었다. 닷새 뒤에 동쪽으로 떠났다. 우르를 직접 눈으로 보고 유명한 오리엔트 특급 열차를 탈 계획이었다.

이 여행 이야기가 애거사의 자서전에서 가장 흥미진진하고 장려한 부분 가운데 하나다. 애거사는 이 여행을 자발적으로 자신을 재창조하는 행위라 말한다. "나는 **혼자서** 여행을 떠났다. 이제 내가 어떤 사람인지 알아내야 했다." 자유와 함께 완전한 자립심이 생겼다. "다시는 나 자신을 **다른 사람의** 처분에 맡기지 않겠다고 결심했다."

1926년부터 1928년 사이에 애거사는 몸매에 대한 걱정으로부터도 자유로워졌다. "나는 몸무게가 상당히 나갔다. 70킬로그램을 훌쩍 넘었다." 1920년대에 찍은 사진에서는 애거사가 당시 사회에서 요구하는 미인상에 맞추려고 애쓰는 것이 보인다. 미소를 지으며, 개나 어린아이를 데리고, 부드러운 빛을 받으며, 이브닝드레스를 입고, 갓 사교계에 데뷔한 사람처럼 보이려고 했다. 그러나 40대의 애거사는 새로운 대중적 이미지를 만들어야 했다.

1930년 이후에는 더 단순한 초상 사진을 더 극적인 조명으로 찍었다. 예를 들어 사진사 리네어Lenare는 애거사에게 전문가답고 강해 보이는 포즈를 취하게 했다. 이제 애거사는 순진한 아가씨가 아니라 더 인상적이고 당당한 존재로 자라고 있었다. 애거사는 자신을 '죽음의 공작부인'으로, 언론의 표현대로 "살인으로 루크레치아 보르자Lucrezia Borgia보다 더 많은 돈을 번" 여성으로 시각적으로 재창조했다.

개인적 삶에서도 더 편안해졌다. "신체적 나이는 사람의 내면과 별 관계가 없다"고 썼다.[2] 애거사는 수영하고, 먹고, 즐기는 것에 여전히 열중했다. 이혼하고 나니 남자들이 자기를 다른 눈으로 보는 것도 의식했다. 접근하는 남자들이 많아서 놀랐으나 전반적으로 기분 좋은 일이라고 생각했다.

그리하여 1928년 가을, 정신없는 준비 끝에 빅토리아역에서 애거사의 새로운 삶이 시작되었다.

영국 바깥쪽 세계로 나가는 관문인 빅토리아에게, 대륙의 플랫폼인 너를 나는 얼마나 사랑하는지. 그리고 기차가 얼마나 좋은지. …… 코를 킁킁거리며 서두르는 커다란 친구, 쉭쉭거리는 거대한 엔진이 증기 구름을 내뿜으며 마음이 달아 이렇게 말하는 것 같다. "이제 출발해야 해!"[3]

휴가 여행지로 이라크는 무척 멀게 느껴지지만 여행지로 인기가 올라가고 있었다. 영국 관광객들은 배로 해협을 건넌 다음 기차로 파리로 가서 이스탄불을 거쳐 다마스쿠스로 갔다. 양차 세계대전 사이가 오리엔트 특급 열차를 운행하는 국제 화물 침대차 회사Compagnie Internationale des Wagons–Lits의 전성기였고, 일주일에 네 차례 열차가 운행되었다.

애거사는 2등석 객실에 자리를 잡았고, 곧 혼자 여행하는 여자는 벗이 부족할 일이 없음을 알게 되었다. 한 여자 선교사는 애거사에게 위장약을 주려고 했다. 이스탄불에서는 매력적인 네덜란드 기술자가 같이 밤을 보내자고 은밀히 접근했다. 애거사는 거절했다.

아시아로 접어들자 풍광에 경탄을 금할 수 없었다. 타우루스산맥을 지날 때는 아름다운 일몰에 감격했고, 여기로 오기로 결심한 것에 감사와 기쁨을 느꼈다. 피곤한 몸으로 다마스쿠스에 도착한 애거사는 자개 장식 서랍장을 샀고, 그 물건을 평생 자기 침실에 두었다. 여행과 재탄생이 순조롭게 이루어지고 있었다.

우르로 가는 여정에서 다음 구간인 다마스쿠스에서 바그다드까지는 바퀴가 여섯 개인 덜컹거리는 사막용 미니버스를 타고 갔다. 이 버스 서비스는 영국군 수송부대 출신 퇴역병이 운영하는 것으로, 1917년 영국군이 이라크에서 오스만제국을 몰아낸 후에 비행기를 바그다드로 유도하기 위해서 사막에 만든 길을 따라 달렸다.[4] 1920년대 영국은 이 지역의 통치권을 유지하고 싶었다. 처칠이 영국 해군 함정의 연료를 석탄에서 석유로 바꾸기로 하면서 이 지역이 꼭 필요해졌다. 그러나 정식 부대를 파견할 자원이 부족했으므로 그 대신 공습 가능성으로 위협했다. 이라크는 관광지가 되었어도 여전히 영국이 제국주의적 권력을 휘두르는 곳이었다.

사막을 가로지르는 데 하루 밤낮이 걸렸고, 캄캄한 밤에는 무장 경비병이 방어하는 사막 요새에서 쉬었다. 다음 날 아침 6시에 훌륭한 아침 식사가 나왔다. 서늘한 공기 속에서 차와 소시지를 먹으면서 애거사는 이렇게 자문했다. "삶에서 이 이상 뭘 더 바랄 수 있을까?"

그런데 영국인들이 '중동'이라 불렀던 곳의 첫 여행 경험을 들려주는 애거사의 낭만적인 서사를 잠시 짚고 넘어갈 필요가 있다. 이때 애거사는 고고학과 아무런 관련이 없었다. 그리고 앞으로도, 자기가 한 일에 대해 보수를 전혀 받지 못했으므로, 전문 고고학자가 되지는 않을 것이다. 그렇지만 노년에 사막을 가로지른 자신의 꿍장한 여행에 대한 글을 쓸 즈음 애거사는 고고학 분야의 지원자이자 자금 조달자로 매우 중요한 인물이 되어 있었다. 애거사가 오리엔트 특급 열차 여행을 회상하며 들려준 이야기는 1928년의 실제 경험을 반영한다기보다는 종종 '장대한 여정'으로 서두를 시작하곤 하는 고고학적 글쓰기 장르의 스타일을 따른 것일 수 있다. 이야기를 들려주는 고고학자는 오디세이아 같은 여정의 주인공이 된다. 실제로 대중적 고고학에서는 여행이 중요하지 현장 작업 자체는 그다지 중요하지 않다. 늘 여행하지만 영영 도착하지는 않는 유명한 고고학자로 인디애나 존스를 예로 들 수 있을 것이다.[5]

애거사는 자신의 행선지가 우연히 정해졌다고 말하지만, 완전히 무작위로 결정되었다고 말하기는 어렵다. 애거사 말고도 자신의 문제로부터 벗어나 고대 아시아에서 새로운 자아를 찾으려 한 영국 여성이 많았다. 거트루드 벨Gertrude Bell, 프레야 스타크Freya Stark, 캐서린 울리Katharine Woolley 등 유명하거나 좀 덜 유명한 인물들이었다. 벨은 애인을 갈리폴리에서 잃었고, 스타크는 결혼에서 벗어나고 싶었고, 울리의 남편은 자살했다. 애거사의 결정도 이 패턴에 들어맞는다.

애거사는 바그다드에 오래 머물 생각이 없었다. 특히 수다스러운 식민주의자들 사이에 있고 싶지는 않았다. 애거사는 이곳을 "멤 사히브Mem-Sahib(과거 식민지 인도에서 유럽 여성을 높여 부르던 말 – 옮긴이)의 땅"이라고 하며 얼른 우르로 떠났다. 당시에는 '갈대아 우르'라고 불리던 우르는 오늘날 나시리야 근처 유프라테스강 하구에 위치한 고대 도시 유적이다. 그 무렵 우르에서 이루어지던 고고학적 조사가 6년 전 투탕카멘 무덤 발굴만큼 유명해졌다. 1920년대 영국에서는 우르가 성경에 아브라함의 출생지로 언급된 곳이라 특히 열광했다. 애거사의 책《오리엔트 특급 살인》에서 아버스닛 대령은 육로를 통해 인도에서 영국으로 돌아가기로 한 결정에 굳이 설명이 필요 없다고 생각한다. 당연히 우르를 보고 싶었기 때문이었다.[6]

영국인들은 대체로 서아시아에 사는 사람들은 여전히 성경 시대 사람들과 똑같이 살고 있을 것이라고 생각했다.[7] 이라크에 대해 이렇게 몹시도 낭만적인 관념을 가지고 있다 보니 이 지역을 통치하려다가 혼란을 겪을 수밖에 없었다. 1920년 오스만제국을 몰아내고 이라크에 들어온 영국 관료들은 이 지역 사람들이 영국의 지배도 원하지 않는다는 사실에 당황했다. 바로 반란이 일어나 영국은 파이살 국왕을 옹립하면서 반란을 겨우 잠재웠다.

기차와 차로 이어진 긴 여정 끝에 애거사는 마침내 우르에 도착했다. 애거사는 열렬한 환영을 받았다. 원정대장의 아내 캐서린 울리가 최근에 《애크로이드 살인 사건》을 재미있게 읽은 덕이 컸다. 영광스럽게도 애거사는 유적지를 둘러볼 수 있었을 뿐 아니라 그곳에서 지내도 된다는 허락까지 받았다.

원정대 숙소에서 같이 지내게 된 것이다. 이라크와 시리아에는 각각 다른 국적 팀에 속한 고고학 연구 시설이 여럿 있었고 보통 간단하게 지어 저렴하게 운영했다. 출토품을 처리하는 방, 식사나 연구를 위한 방, 소박한 침실 등의 공간이 있었다. 자금이 떨어지거나 날씨가 나빠지기 전에 작업을 최대한 많이 하려 하는 고고학자들의 부지런한 생활이 애거사의 마음에 쏙 들었다. 화기애애한 저녁 식사 분위기도 좋았다.

우르에서 조사 중인 거대한 둔덕을 텔tell이라고 하는데, 텔은 고대 도시 위에 또 집을 지어 지층이 겹겹이 쌓인 구조물로 평원 위에 60피트(약 18미터) 높이로 솟아 있었다. 한 고고학자는 이 둔덕을 '거대한 괴물'이라고 묘사했다. "유물이 가득하고 지하에 구조물이 꽉 들어차 있다."[8] 고대 세계가 매우 가깝게 느껴지는 곳이었다. "나는 우르와 사랑에 빠졌다." 애거사는 이렇게 썼다.

> 석양의 아름다움, 우뚝 솟은 지구라트, 희미한 그림자, 옅은 살구색, 장미색, 파란색, 담자색의 사랑스러운 빛으로 시시각각 변하는 드넓은 모래 바다 …… 과거의 매혹이 다가와 나를 사로잡았다.

그러나 애거사가 고고학을 정말 좋아하게 된 까닭은, 고고학을 통해 다른 일상을 엿볼 수 있었기 때문이다.

> 이곳에서 내가 주운 항아리 조각은 손으로 빚고 먹으로 점과 격자무늬를 넣은 것으로, 오늘 아침에 내가 차를 마실 때 쓴 울워스 컵의 전신인 셈이다.[9]

이 두 인용문이 애거사가 이라크에 대해 느끼는 감정의 두 가닥을 보여준다. 그 한 가닥, 낭만주의적 감상은 이라크를 해방의 장소, 로맨스가 일어날 수 있는 장소로 본다. 서아시아에 대한 이런 관점은 E. M. 헐E. M. Hull의 초대형 베스트셀러《셰이크*The Sheik*》(1919)에서 전형적으로 볼 수 있다. 여성의 욕망에 대한 묘사는 혁신적이었으나 아랍인을 더럽고 방탕한 존재로 묘사했다는 점에서는 고루하기 그지없는 소설이다. 이 소설은 여성의 복종 환상을 묘사해서 악명을 떨치기도 했다. 애거사의《침니스의 비밀》에 나오는 인물 번들은 이 책의 내용을 이렇게 재미있게 요약한다. "사랑을 버려라. 여자를 내팽개쳐라. 기타 등등." 번들의 아버지가 어떤 책인지 모른다고 말하자 번들은 '안됐다는 듯 동정하는' 표정을 짓는다.[10]

또 한편으로 울워스 컵과 고대 유물을 등치시키면서 애거사는 고대 세계에도 자기와 같은 사람들이 가득했을 것이라고 상상하기도 한다.[11] 앞으로도 이라크에 관한 애거사의 글에서 이렇듯 동양과 서양의 간극을 메우려는 태도를 계속 볼 수 있을 것이다. 애거사의 글은 종종 대영제국의 장대한 수사에 눈을 흘기는 듯한 제스처를 보인다. 그러나 애거사처럼 이라크인과 유럽인의 공통점이나 유사점을 찾는 일은 극도로 다른 문화의 차이에 눈을 감는 것이기도 했다.

우르에서 숙소를 제공해준 이들과 애거사는 가까운 친구가 되었다. 애거사보다 두 살 연상인 캐서린 울리는 인습에 얽매이지 않은 결혼 생활을 1년 반째 이어오고 있었다. 남편 찰스 레너드 울리Charles Leonard Woolley가 원정대의 명목상 단장이었으나, 캐서린이 누구를 고용할지 최종 결정을 내렸고 노동자들을 지휘했고 일의 대가로 보수도 받았다. 20세기에 아시아로 몰려온 서양 고고학자들은 언뜻 보기에는 주로 남자로 이루어진 집단처럼 보인다. 그렇지만 표면 아래에 감춰진 여성들의 업적을 이제 역사가들이 밝혀내고 있다. 이 여성 고고학자 중에는 옥스브리지 최초의 여성 교수이자 전원 여성 팀을 이끌고 팔레스타인 카르멜산에서 발굴 작업을 한 도러시 개러드Dorothy Garrod 같은 잘 알려진 인물도 있다. 그렇지만 고고학자, 목록 작성자, 사진사, 일러스트레이터, 간호사, 비서 등의 역할을 한 아내나 조수 대부분은 "발굴 보고서에 이름이 언급되지 않았다".[12]

캐서린의 남편 레너드는 전에는 옥스퍼드 애시몰리언Ashmolean 박물관에서 일했고, "성공적인 원정대 단장이 다들 그러듯 폭군 같은 사람이었다".[13] 레너드는 자신의 발견을 대중에 널리 알리는 쇼맨 기질이 있었고, 그런 재능이 자금 조달에 큰 도움이 되었다. 레너드 팀의 핵심 멤버인 호자 하무디가 현지 노동자들을 관리하는 일을 했다. 현지 노동자를 다수 고용해서 오늘날 관점에서는 너무 부주의하게 여겨질 방식으로 빠른 속도로 땅을 팠다. 어쨌든 아름다운 유물을 많이 발견해서 후원자들에게 보여주고 《일러스트레이티드 런던 뉴스*Illustrated London News*》에도 실을 수 있었다.

레너드는 1922년부터 우르에서 발굴 작업을 했는데, 두 번째 시즌에 당시 캐서린 킬링이라는 이름으로 불리던 젊고 매력적인 과부가 캠프에 왔다. 캐서린은 독일인 부모 사이에서 캐서린 멘케라는 이름으로 태어나 적십자에서 간호사로 일하던 중 첫 남편 버트럼 킬링과 만나 1919년에 결혼했다. 킬링은 결혼 6개월 만에 이집트에서 청산으로 스스로 목숨을 끊었다.[14] 킬링의 형이 튀르키예 석유 회사에 소속되어 바그다드에서 일하던 아마추어 고고학자였는데, 아마 그 인연으로 캐서린이 울리의 발굴 팀에 참여하게 된 듯하다. 20세기 내내 석유와 고고학은 밀접한 관계를 맺는다. 1920년대의 고고학은 영국, 독일, 미국이 정세가 불안정하다고 본 지역에서 펼친 국정 운영 기술의 하나였다. 애거사 크리스티의 생애에 관한 기록에서 흔히 묘사되는 대로 별나지만 무해한 활동이라고만 볼 수는 없다.

하지만 캐서린은 오늘날 고고학적 활동 때문이 아니라 애거사 크리스티가 《메소포타미아의 살인》에서 캐서린을 모델로 매혹적이지만 문제적인 인물을 창조하면서 유명해졌다. 거트루드 벨은 캐서린을 '위험하다'라는 단어로 표현했다. "이상하고 어쩌면 잔인하기도 하다. …… 그렇지만 무척 매력적이다"라고 프레야 스타크는 묘사했다. 사람들은 캐서린이 남자들로 이루어진 레너드 울리의 팀에 끼어 사막 한가운데에 있는 것이 이상하다고 생각하기 시작했다. 발굴 자금을 대는 미국 박물관장은 다음 시즌에는 캐서린을 부르지 않는 게 좋겠다고 말했다.

그러나 레너드는 받아들이지 않았다. "미시즈 킬링은 자기 이름이 그런 식으로 언급되는 것에 처음에는 크게 상처를 받았습니다."

레너드의 답변이다. "어쩌면 오늘날에도 여성이 과학적 활동에 참여하려면 그런 대가를 치르지 않을 수 없는 모양입니다. 그렇지만 전적으로 잘못된 일입니다."[15] 레너드는 또 캐서린이 "거의 마흔 살"이며 "재혼할 의사가 전혀 없다!"고 말하기도 했다.[16]

그렇지만 발굴 자금 조달이 위기에 처하자 레너드는 이 문제를 해결해야 했다. 레너드가 캐서린과 결혼한다면 발굴지에 같이 갈 수 있었다. 그래서 그렇게 했다.

그때부터 까다롭다고 소문난 캐서린의 품성이 고고학계의 가십으로 오르내렸다. "계산적이고 장난스럽고 이기적이다." 레너드 울리의 전기작가는 캐서린을 이렇게 보았다. "오해의 소지가 매우 큰 섹슈얼리티"의 소유자라고도 했다.[17] 애거사도 캐서린이 고고학자보다는 여왕벌의 이미지로 비치게 하는 데 기여했다. 친구인 캐서린이 '변덕스러우며' 사람을 긴장하게 만든다고 묘사했다. 애거사는 캐서린을 알뤼뫼즈allumeuse(불을 붙이는 사람이라는 뜻의 프랑스어 – 옮긴이)라고도 지칭했다. 이런 말 가운데 상당 부분은 극적으로 과장된 여성 혐오적 시각에서 나온 것이지만, 결국 이런 오명 때문에 발굴 감독으로서 캐서린의 적지 않은 업적이 묻히고 말았다.

어쨌든 애거사는 고고학자들을 발굴만큼이나 흥미를 갖고 지켜보았다. 캐서린과 레너드는 서닝데일 기준으로는 지극히 파격적인 결혼을 잘 이어가고 있었다. 한 고고학자는 캐서린을 "결혼의 육체적인 면에는 맞지 않는" 여성이라고 묘사했다. 1928년에 레너드는 변호사를 찾아가 아내가 육체관계 맺기를 거부한다고 주장하며 이혼 위협으로 상황을 바꿀 수 있을지 물었다. 최근에는 캐서린이 간성_{聞性}이었을 수 있다고 주장하는 사람도 있지만, 증거는 별로 없다. 성격이 강하고 어딘지 모르게 여성스럽지 않아 보이는 인물을 설명하려고 끼워 맞춘 것에 가까워 보인다. 게다가 캐서린은 얼마 지나지 않아 다발성 경화증을 앓기 시작했고, 그걸 알고서 보면 위험한 사람이라기보다는 약한 사람으로 보인다. 나중에 애거사는 캐서린을 호의적이지 않은 눈으로 묘사하는 소설을 쓴 다음에 "어떤 반응이 있을지 본인답지 않게 불안해했다"고 한다.[18]

그러나 캐서린은 아무 반응도 보이지 않았다. 당연히, 자기라고 생각하지 않은 것이었다.

좀 더 긍정적인 관점에서, 울리 부부는 애거사에게 새로운 유형의 결혼을 보여주었다. 완전히 동반자적이며 일을 중심으로 하는 관계, 애거사가 토미와 터펜스 소설에서 드높였던 것과 같은 '공동 작전'으로서의 결혼이었다. 울리 부부에게도 발굴을 지원하는 유명인 후원자인 애거사가 필요했다. 게다가 캐서린도 소설가가 되고 싶어 해서 1929년에는 이라크에서 남자로 가장하고 활동하는 여자 스파이가 나오는 《모험이 부른다*Adventure Calls*》라는 소설을 출간하기도 했다.

애거사가 로절린드, 카를로와 크리스마스를 보내러 영국으로 돌아갔을 때, 애거사와 울리 부부 모두 서로 종종 만나게 되기를 기대했다. 실제로 애거사는 그 뒤 여러 차례 서아시아로 가게 된다.

23

고고학자 맥스 맬로원

1930년 봄, 애거사는 두 번째로 우르로 가서 울리 부부와 다시 만났다.

그리고 이번 방문에서 작년에는 아파서 오지 못했던 팀원 한 명을 만났다. 이름이 맥스 맬로원Max Mallowan이었다. 연봉 200파운드를 받는 '일반 현장 조수'이며 젊은 옥스퍼드대학교 졸업생으로 기록 작성, 급여 관리, 관광객 안내 등의 일을 맡아 했다.[1] 맥스는 자기 일을 좋아했다. 라디오 방송에서 차분하고 조용하고 명료한 목소리로 우르에서 왕의 무덤과 황금 보물을 발견한 일을 들려준 적이 있다.

거대한 수직 갱도로 이루어진 무덤에 들어가는 순간은 환상적이었습니다. 땅 전체가 황금 융단으로 덮인 것처럼 보였습니다. 왕의 재임 당시에 죽임을 당한 여자를 황금 너도밤나무 잎으로 장식해놓았기 때문이었습니다. 경이로운 발견이었습니다.[2]

사진 속의 맥스 맬로원은 작고 단정하며 매끈한 짙은색 머리카락에 콧수염이 있는 모습이다.[3] 통이 넓은 바지를 입어서 무게 중심이 낮은 쪽에 있는 듯 보인다. 애거사는 "마르고 머리카락이 짙은 젊은 남자"에게서 이런 첫인상을 받았다. "매우 조용하다. 거의 말이 없었지만 주변에서 요구하는 것을 예민하게 알아차렸다." 애거사는 맥스보다 키가 컸고, 나이는 열 살 이상 많았다. 두 사람의 차이는 한두 가지가 아니었다.

애거사가 우르에 오고 며칠 후 맥스는 상사인 울리 부부의 요청에 따라 귀빈인 애거사를 모시고 이라크의 다른 발굴지를 돌아보게 된다.

길고 힘들고 때로 위험한 자동차 관광 여행이었다. 유명한 소설가와 초보 고고학자라는 어울리지 않는 한 쌍은 사정이 닿는 대로 어디에서든 밤을 보내야 했다. 지인의 집, 모르는 사람의 집, 한번은 심지어 경찰서에서도 잤고 경찰들과 시인 셸리에 관한 이야기를 나누기도 했다. 이 여행에 대한 애거사의 기록은 현대 이라크보다는 고대 이라크에 주로 집중되어 있지만, 시아파의 정신적 중심지 나자프를 방문할 때는 유럽인을 반기는 분위기가 아니라서 경찰을 대동해야 했다는 이야기가 있다.

애거사와 가이드는 의외로 즐거운 시간을 보냈다. 하루는 사막에 있는 반짝이는 파란 호수에서 함께 수영을 했다. 애거사는 분홍색 실크 조끼와 속바지 두 벌을 임시 수영복으로 삼았다. 그런데 수영을 마치고 가는 길에 차가 모래 깊숙이 빠지고 말았다. 도와줄 사람은 없고 물은 부족한 사막에서 옴짝달싹 못 하게 되었으나 애거사는 침착을 유지했고 심지어 잠시 눈을 붙이기까지 했다. 맥스는 그

때 애거사가 "대단한 여자임이 분명하다"는 결론을 내렸다.[4]

애거사는 가이드가 원치 않는 임무를 억지로 떠맡은 것은 아닌지 걱정했다. 맥스가 애거사를 소탈하다고 느끼는 한편, 애거사도 맥스를 세심히 관찰하고 있었다. 맥스는 아치처럼 미모의 장신은 아니었지만 그래도 확실히 잘생긴 사람이었다. 애거사보다 외모가 낫고 열네 살이나 더 어렸다. 그런데도 어째서인지 맥스가 연상인 것처럼 느껴졌다. 맥스가 책임을 맡고 애거사를 돌봐주었으며 "바보스럽지만 미워할 수 없는 어린아이를 다정하게 바라보는 너그러운 학자 같은 느낌으로" 애거사를 대했다. 1930년대에 찍은 사진에서 맥스는 애거사보다 덜 웃는다. 그러나 애거사는 두 사람이 같이 찍힌 사진에서 늘 웃고 있다.

맥스는 1904년 5월 6일 영국 배터시에서 태어났으나 본디 배경은 훨씬 국제적이었다. 아버지 쪽은 슬라브계이고(할아버지는 시리아에 산 적이 있다), 무신론자이자 농산물 중개인인 아버지 프레더릭 Frederick은 오스트리아 빈 근처에서 태어났다. 어머니 마르그리트 Marguerite는 프랑스인으로 오페라 가수의 딸이었다.

마르그리트는 "평생 파리지엥으로 살았고", 냉담한 영국 상류층 어머니들하고는 달랐다.[5] 열정적이고 예술적이며 아들과 친밀한 관계를 유지했다. "내 사랑하는 아들 안녕히. 진실하고 열렬한 사랑을 보낸나." 어머니는 아늘에게 보내는 편지를 이렇게 끝맺곤 했다.[6] 마르그리트의 강한 사랑 안에서 맥스는 응석을 부리며 자랐고 다른 사람의 기분을 맞추어주는 것도 잘하게 되었다. 맥스의 부모님은 심하게 다투곤 해서, "폭풍우가 몰아치는 광경과 무척 격렬한 싸움"이 펼

처졌다.[7] 싸움의 쟁점은 프레더릭의 바람일 때가 많았다. 마르그리트는 '배신'당했다는 사실에 질투를 느꼈다고 썼다. 남편의 행동이 "나를 깊은 우울감에 빠뜨려서" "아들들 앞에서 평정심을 유지하는 게 내가 할 수 있는 전부"라고 했다.[8] 부모의 잦은 다툼 때문에 맥스는 소리를 지르고 대립하는 것에 대해 평생 가는 두려움이 생겼다.

맥스의 남동생이 태어난 후 가족은 켄싱턴으로 이사했다. 맥스는 새집 뒷마당에서 최초의 발굴을 시작했고 빅토리아 시대 화분 조각을 발견해 사진으로 남기기도 했다. 1918년 열네 살이 된 맥스는 서섹스에 있는 랜싱 칼리지에 입학했다. 아침 6시 반에 찬물로 공동 목욕을 하는 등 혹독한 일과로 운영되는 학교였다. 학교가 남해안과 가까워서 전쟁 중에는 프랑스에서 울리는 대포 소리가 들렸다. 일요일에는 예배를 마치고 그 주에 사망한 졸업생들의 이름을 낭독했다. 맥스는 훗날 학교에서 "외로움과 부적응"을 경험했다고 회상했다.[9] 맥스를 그대로 받아들여 주는 사람은 어머니뿐이었다. "나의 가장 사랑하는 엄마," 맥스는 학교에서 여덟 장짜리 편지를 써서 어머니에게 보냈다. "계속 그런 생각을 해요. 집에 있었으면 뭘 했을까 …… 또 사랑하는 엄마는 지금 무얼 하고 있을까!"[10] 애거사를 돌보는 일을 맡은 젊은이에게는 마마보이와 아웃사이더 성향이 다소 있었다.

맥스에게는 옥스퍼드대학교 뉴칼리지가 기숙학교보다 훨씬 좋았다. 친구, 도박, 식도락 등 때문에 실망스러운 3급 학위밖에 받지 못했지만 말이다. 옥스퍼드에서 특히 좋았던 것은 친구 에스미 하워드의 존재였다. 에스미는 《다시 찾은 브라이즈헤드*Brideshead Revisited*》의 서배스천 플라이트 같은 인물로, 친척 중에 귀족이 있고 어머니로부터 로마 가톨릭 신앙을 물려받았으며 악성 림프종인 호지킨병이 있어 결국 스물다섯 살의 나이로 죽고 만다. 에스미를 잃은 것이 자신의 삶에서 최초의 큰 타격이어서 맥스는 무척 힘들어했다. 친구를 기쁘게 하려고 가톨릭으로 개종하기도 했다. "그 애는 널 정말 사랑했지!" 맥스의 어머니가 이렇게 위로했다. 맥스가 영성체를 한 것이 에스미에게는 "지상에서의 마지막 몇 주 동안 가장 큰 기쁨"이었을 거라고 어머니는 말했다.[11] 두 청년이 서로 동성애적으로 끌렸다는 말도 있지만《다시 찾은 브라이즈헤드》의 줄거리와 유사성에서 나온 추측일 뿐 근거는 없는 듯하다.

맥스는 별 노력 없이 고고학계에 발을 들여놓게 되었다. 한 교수에게 "동양에 가서 무얼 찾아보고 싶다"고 말했다가[12] 애시몰리언박물관 책임자를 소개받았고, 이어《일러스트레이티드 런던 뉴스》에서 기사로 읽었던 레너드 울리의 작업장에서 조수를 구한다는 사실을 알게 되었다. 맥스는 바로 대영박물관에서 면접을 보게 되었다. 맥스는 레너드뿐 아니라 캐서린에게도 좋은 인상을 주었다. 결정권이 캐서린에게 있는 듯 보였는데, 캐서린이 맥스를 마음에 들어 했다. 그해 가을 기말고사를 마치고 나서 맥스는 동쪽으로 떠났다. "좋은 운을 타고나기만 하면, 준비된 사람에게 기회는 찾아온다"라고 맥스는 말했다.

요령 있는 맥스도 캐서린을 상대하기는 쉽지 않았다. 캐서린이 두통을 겪을 때 안마를 해주고 거머리를 붙여주는 게 맥스의 일이었다. 캐서린은 "의견이 강하고 …… 극도로 예민하고 …… 매력적이며" "캐서린과 같이 사는 것은 외줄타기를 하는 것과 같았다"라고 맥스는 말했다.[13] 그래도 꽤 잘 해내서 작업 시즌마다 다시 불려 올 수 있었다. 2년 차 시즌 이라크로 가는 길에 맥스는 베네치아에 들렀고, 신혼여행은 여기로 오면 좋겠다고 생각했다. 부모 사이가 좋지 않았기 때문에 자기는 결혼하게 되면 반드시 행복한 결혼 생활을 하겠다고 결심했다.

맥스는, 배에서 만난 승객에게 한 번도 '여자와 사귀어본 적이 없다'고 털어놓기도 했고, 누군가를 만나고 싶은 마음의 준비가 되어 있었다.[14] 하지만 맥스는 드라마틱한 연애는 원하지 않았다. 그 점에서는 애거사도 마찬가지였다. "참 멋진 사람이다." 애거사는 생각했다. "참으로 조용하고, 참으로 말을 아낀다. …… 그저 필요한 일을 묵묵히 해주는데, 그게 다른 무엇보다 큰 위안을 준다."

이런 모든 일이 연애의 가능성을 보여주는 듯하지만, 애거사는 그런 생각은 한 번도 해보지 않았다. 나이 차이가 컸다. 애거사는 맥스에게 말했듯 젊은 남자를 더 좋아하긴 했다. "젊은 사람이 시야가 더 뚜렷하고 이상이 더 크니까요."[15]

또 맥스를 알게 된 지 얼마 안 되었다는 점도 있었다. 게다가 맥스는 캐서린의 소유물이었다. 예를 들면 욕실이 한 개밖에 없으면 맥스는 늘 당연히 캐서린이 먼저 쓰도록 했다. "여왕의 비위를 맞춰주는 게 현명하단 거 알잖아요!" 맥스가 애거사에게 설명했다.[16]

그리고 애거사가 힘들게 쟁취한 독립도 소중했다. 애거사는 온갖 종류의 제안을 거절하고 있었다. 오래된 추종자의 청혼, 하룻밤을 같이 보내자는 이탈리아인의 유혹(애거사는 영국인 여성은 원래 냉담하다며 이탈리아인을 물리쳤다) 등. 애거사는 공군 친구와 애인을 한 명만

두어야 할까 여럿 두어야 할까 하는 이야기도 했다. 세상이 '남자는 이제 끝'이라는 애거사의 결심을 받아들이지 못하는 것 같았다.

하지만 맥스는 '아무 남자'가 아니었다. 맥스, 애거사와 울리 부부가 이라크를 떠나 집으로 돌아가는 길에 아테네에 도착했는데, 나쁜 소식이 기다리고 있었다. 로절린드가 폐렴에 걸려 위독한 상태라는 전보가 여러 통 쌓여 있었다. 매지가 로절린드를 학교에서 데리고 나와 돌보고 있었다. 병이나 힘든 일을 견디지 못하는 아치와 달리 맥스는 적극적으로 나섰다. 애거사가 최대한 빨리 집으로 돌아갈 수 있도록 비싼 차를 빌리고 애거사가 발목을 삐었을 때는 붕대를 감아주고 파리를 경유할 때는 어머니한테 부탁해 애거사에게 현금을 빌려주는 등 할 수 있는 온갖 도움을 주었다.

애거사가 죄책감을 안고 영국으로 돌아왔을 때 로절린드는 다행히 회복되어 있었다. 그러나 "아이를 보고 가슴이 찢어지는 것 같았다. 피골이 상접하고 너무나 연약했다".[17] 애거사는 로절린드를 애시필드로 데려갔고, 다시 일을 시작했다. 그러나 맥스와 애거사 사이에 이어진 끈은 끊어지지 않았다. 맥스는 런던에서 편지를 보내 자기가 우르 출토품을 가지고 작업하고 있는 대영박물관으로 여행 오지 않겠냐고 물었다. "맥스, 주말에 당신이 내려오면 안 돼요?" 애거사가 답장을 썼다. "당신을 보면 정말 좋을 거예요."[18]

그러나 이라크에서 두 사람이 맺은 관계는 일상적 삶 밖에서 이루어진 것이었다. 영국의 차가운 빛 아래에서 다시 만나면 과연 어떨까?

결국 애거사가 런던으로 갔고, 맥스는 첼시 뮤스에 있는 애거사의 집으로 아침을 먹으러 왔다. "나는 무척이나 수줍었다." 애거사가 시인한다. "맥스도 꽤 수줍어했던 것 같다. 하지만 내가 직접 요리한 아침 식사를 마칠 즈음에는 다시 예전 같은 사이로 돌아갔다."

1930년 4월, 맥스가 애시필드로 지내러 왔다. 그리고 그곳, 애거사가 태어났고, 아치를 받아들였고, 로절린드를 낳았고, 어머니의 죽음을 애도했던 그 집에서 또다시 중대한 일이 일어났다.

마지막 날 밤, 맥스가 애거사의 침실 방문을 두드리고 안으로 들어와, 결혼해달라고 했다.

24

당신과 결혼할 것 같아

"이 모든 일이 의식하지 못하는 사이에 일어났다." 애거사는 이렇게 설명한다. 맥스를 한 번이라도 남편감으로 생각해봤다면 "나는 마땅히 경계했을 것이다. 이렇게 편하고 행복한 관계로 쉽사리 빠져들지 않았을 것이다".

그날 밤 그리고 그 뒤 몇 주 동안 애거사는 다시 갈등에 휩싸였다. "나는 관람석에 앉아 삶을 관망하는 차분하고 편안한 관객이었어." 애거사가 맥스에게 쓴 편지다. 그러나 맥스는 애거사를 "삶과 감정으로 다시" 끌어당겼다.[1] 이게 정말 자기가 원하는 일인지 확신이 가지 않았다.

한편 맥스는 침실 방문을 두드린 순간부터 성공을 자신하고 있었다. "나는 알아." 맥스가 답장했다. "당신은 관람석에만 있기에는 너무 생기가 넘쳐."[2] "당신은 사람을 무장해제시키는 악마야!!" 애거사는 인정했다. "그리고 나는 결국 당신과 결혼할 것 같아. 당신은 언제든 나를 조종할 수 있을 테니까!!!"[3]

만약 정말로 결혼이 이루어진다면(애거사의 마음속에서는 아직 전혀 확실한 일이 아니었다) 아치가 원했던 결혼, 아치가 중심인 결혼과는 분명 다른 결혼이 될 가능성이 있었다. 이 결혼은 진정으로 동반자적이며 한마음인 관계, 애거사가 늘 꿈꾸었던 '공동 작전' 같은 것이 될 것이다. 애거사는 맥스에게 이런 편지를 썼다. "당신과 함께하는 것은 일종의 자유야 …… 제약이나 구속이나 '묶인' 느낌이 전혀 없어. 이런 일이 가능하리라고는 생각 못 했어."[4] 다른 편지에서는 아치와 맥스의 차이를 콕 집어 이렇게 말한다. "당신은 정말 나의 모든 점을 좋아하는 것 같아. 그래서 정말 좋아. 어떤 이상에 나를 맞춰야 한다는 생각이 안 드니까."[5]

1930년대에는 동반자적 결혼이 1910년대에 애거사와 친구들이 생각했을 때처럼 별난 욕심이 아니었다. 부부 사이가 어떠해야 하느냐에 대한 이상을 이제 세상이 따라잡기 시작한 것 같았다.

아치는 아내를 집에 남겨두고 골프를 치고 싶어 했지만, 맥스는 애거사가 자기와 같이 고대 그리스어를 공부하고 함께 모험을 떠나기를 바랐다. 애거사가 이미 독립적이고 직업이 있는 여성이었고 또 서로의 일을 존중했기 때문에 그러기가 쉬웠다. 애거사는 금융가에서 일하는 아치의 일보다 맥스의 일이 훨씬 더 흥미롭다고 생각했다. 애거사와 맥스는 '눈썹의 싸움'에서 서로 다른 쪽에 속해 있었으나 그래도 공통분모를 찾을 수 있었다. "나는 로브로이고 그는 하이브로지만, 그래도 우리는 서로를 채워준다."

그러나 이런 여러 장점에도 불구하고, 애거사, 맥스와 결혼식 사이에는 넘을 수 없는 장애물이 너무나 많은 듯했다.

무엇보다도 애거사는 다시 실패할 것이 두려웠다. 아니, 맥스와 결혼하지 않을 거야, 애거사는 결론을 내렸다. 이유는 단순했다. 위험하다. "나는 끔찍한 겁쟁이고 상처받는 게 너무나 두렵다."[6] 애거사는《메소포타미아의 살인》에 나오는 한 인물에게 자기 감정을 투사했다. "나와 결혼하고 싶다는 사람이 많았지만 매번 거절했어요. 충격이 너무 컸거든요. 누군가를 다시 **믿을** 수 있을 섯 같지가 않았어요."[7]

애거사의 편지를 읽다 보면 1930년은 특히 오르락내리락 짜릿한 해였다는 걸 알 수 있다. 애거사는 자기 감정을 명확히 하려고 맥스에게 끊임없이 편지를 보내 사랑을 표현했다가 회의를 표현했다가 한다. 애시필드에서, 애브니홀에서, 일 때문에 간 곳 어디에서든 편지를 보냈다. 그런 한편 맥스는 켄싱턴의 아버지 집에서 지내며 런던 대영박물관에서 일했는데, 아버지도 아들이 남들 모르게 반쯤 약혼한 상태라는 것을 몰랐다. 애거사는 편지를 거의 늘 알아볼 수 없을 정도로 갈겨썼고, 보통 날짜를 생략했다. 반면 맥스의 편지는 애거사를 사로잡은 맥스의 면모를 잘 보여준다. 깔끔하고, 정돈되어 있고, 언제나 날짜가 적혀 있고, 늘 안심시켜주는 편지였다. "내가 당신을 돌봐줄 수 있게 되기 전까지 당신이 스스로를 아주 잘 돌봐야 해."[8] 그러나 맥스는 차분함을 유지하면서도 과연 결혼이 이루어질 수 있을지 분명 심각한 의문을 품었을 것이다. "걱정이야. 당신이 두려움과 의심에 자신을 맡겨버릴까 봐." 맥스는 편지에 이렇게 썼다.[9]

두 사람의 공통점 중 하나는 사후세계를 믿는다는 것이었다. "영적 세계에 대해 나보다 당신이 실제 지식을 더 많이 갖고 있지." 애거사가 맥스에게 말했다.[10] 그런데 여기 문제가 하나 더 있었다. 맥스가 로마 가톨릭으로 개종했다는 사실이었다. 애거사가 해결책을 내놓았다. "내가 죽으면서 로마 가톨릭으로 개종하면 당신이 나를 애도할 수 있지. 아니면, 우리 아예 이단적으로 그리스 언덕에 묻힐까?"[11] 결국은 맥스가 이혼한 여자와 결혼하는 것을 인정하지 않는 가톨릭교회를 떠나기로 했다. "당신에 대한 내 사랑은, 내가 영원히 되찾을 수 없을 것으로 생각했던 에스미와의 우정의 완벽한 연장이야." 맥스가 애거사에게 말했다.[12]

섹스가 문제일 수도 있을 것 같았으나, 그렇지는 않았다. "애거사, 나는 눈에 무언가가 씐 사람의 눈으로 당신을 사랑하는 게 아니라 당신을 있는 그대로 보고, 그래서 당신은 나에게 더욱 소중해."[13] 애거사는 성적 자신감이 있었고, 나이와 운동 능력에 차이가 있다 하더라도 좋은 육체적 관계를 맺을 수 있다고 생각했다. 자기 몸무게에 대해서는 조금 걱정했다. "어쩌면 나는 (작은 새끼 돼지!) 당신이 가장 좋아하는 크기지!! 그렇다고 말해!"[14] 맥스는 완벽한 대답을 했다. "당신은 내가 가장 좋아하는 크기일 뿐 아니라, 더 늘어나든 줄어들든 앞으로도 언제나 그럴 거야."[15] 맥스에게는 애거사한테 자신감을 심어주는 놀라운 재능이 있었다. "당신이 정말 아름답다는 것을 알아."[16]

그럼에도 애거사는 의심했다. "하지만 재혼은 **안 돼**." 애거사는 자신에게 말했다. "그런 **바보**가 되어서는 **안 돼**." 그런데 마침 그때 맥스가 사흘째 편지를 보내지 않았다. 애거사가 편지를 썼다. "당

신은 돼지야. 당신이 떠난 지 사흘이 되었는데 한마디 소식이 없네
…… 아냐, 나 당신 싫어. 항상 사소한 일이 마음을 뒤집어놓고 낙심
시켜. …… 당신은 신경 쓰지 않지."[17]

모든 게 어긋나는 것 같았다. 앞길을 가로막는 제약이 너무 많았
다. 맥스는 젊고, 돈이 없고, 부모도 문제가 있었다. 맥스는 애거사의
조카 잭과 같은 세대였다. 무도회에 갔을 때 애거사는 자기가 맥스
의 친구들보다 훨씬 나이 들어 보인다는 사실에 충격을 받았다. 하
지만 두 사람 사이에서는 맥스가 정신적으로 더 연상이었다. "당신
은 내가 어린아이처럼 군다고 말하지. 어떤 면에서 그렇다는 걸 알
수 있어." 애거사의 편지다. "어린아이처럼, 나는 세상이 무섭다고 느
껴." 애거사는 이렇게 편지를 마무리했다.[18]

"그 여름은 내 인생에서 손꼽을 만큼 힘든 여름이었다." 애거사는
나중에 이렇게 회상했다. "이 사람도 저 사람도" 결혼에 반대한다는
것을 알게 되었던 것이다. 애거사는 맥스가 곁에 있을 때는 편안함
을 느낄 수 있었다. 그러나 맥스가 떠나면 회의가 스며들었다.

가장 심란했던 일은 매지한테서 "속상한 편지"를 받은 일이었다.
"답장하는 데 한참이 걸렸다." 언니가 불안해하는 게 뚜렷이 느껴졌
고 애거사도 영향을 받지 않을 수 없었다. "현실이 나에게 덮치듯 다
가왔다. 나는 스스로 말했다. '바보. 그렇게 생각이 없니? 누구 다른
사람이 똑같이 한다면 너는 뭐라고 하겠어?'"[19] 매지는 애거사가 아
마도 반발심에서 훨씬 어리고 훨씬 가난한 사람과 결혼하려 한다고
생각해서 걱정이 이만저만이 아니었을 것이다.

나중에 맥스는 언니의 말에 흔들린 것을 두고 애거사를 놀렸다.

"A. P.('펑키 이모Auntie Punkie', 매지)가 우리 결혼이 바보짓이라며 말리려고 했던 거 기억나?"[20] 말년에 애거사는 어떤 일이 있었는지 좀 더 솔직히 밝혔다. 매지가 "맥스와 결혼하지 말라고 애원했다".[21]

또 로절린드에게 이 사실을 알려야 했는데, 애거사는 그 일을 자꾸 미루고 회피했다. 애거사가 7월 말에 쓴 편지다. "사랑하는 맥스, 로지가 **눈치를 챘어**!! 만약 당신이 보답으로 셀프리지스 백화점에서 토피 막대사탕 두 다스를 사서 보내주면 허락하겠대."[22] 맥스는 맡은 바 임무를 초과해서 스물여섯 개의 사탕을 보냈고(가게에 "딱 스물여섯 개가 남아 있었어"), 미래의 의붓딸이 "이 일에 조금씩 익숙해질 것"이라고 어색하게 말했다.[23] 그리하여 로절린드는 신중하게 허락을 내렸다. 어머니의 자서전을 보면 로절린드가 엉뚱한 걱정을 했다는 우스운 이야기가 나온다.

> "엄마, 맥스 아저씨랑 결혼하면 한 침대에서 자야 한다는 거 알아?" 로절린드가 물었다.
>
> "알아." 내가 말했다.
>
> "음, 알 거라고 생각은 했어. 아빠랑 결혼했었으니까. 그런데 엄마가 혹시 생각 못 하고 있을까 봐."

독자들에게는 재미있는 이야기지만, 로절린드 본인은 나중에 이 대목을 읽으며 그다지 유쾌하지 않았으리라고 생각한다. 로절린드는 이 말에 덧붙여 뻣뻣한 말투로 "부모를 두 쌍 갖는 건 좋은 일"이며 "엄마한테는 맥스가 있는 게 좋다"고 생각한다고 말하기도 했다. 애거사는 이것도 재미있다고 생각했지만, 가엾은 어린아이가 혼자 힘으로 상황을 받아들이려 애쓰는 게 느껴진다. 로절린드는 건조한 태도를 유지하며 현실적이고 어른스럽게 굴려고 애를 쓰고 있었다.[24]

애거사가 결국 결혼 결심을 굳힌 다음에도 (그동안 맥스는 한 번도 흔들리지 않았다) 세상의 비판을 견디는 일이 남아 있었다. 5월에 맥스는 캐서린 울리에게 이 사실을 알릴 마음의 준비를 해야 한다며, 캐서린이 곱게 받아늘이지 않을 것이라고 예상했다. 레너드 울리는 소식을 듣고 '가벼운 놀람'만을 표현했지만, 캐서린은 겉으로는 좋은 말을 하는 것 같았으나 훨씬 부정적이었다. 맥스의 인격에 해로운 영향을 미칠 것이라는 뜻밖의 이유를 댔다.[25] 캐서린은 맥스는 '약간 고생'할 필요가 있다고 말했다.[26]

그리고 울리 부부에게는 일이 순조롭게 풀리는 것을 막을 실질적인 힘이 있었다. 상사인 레너드는 맥스에게 여름 내내 힘든 일을 시켜서 애거사와 시간을 같이 보내지 못하게 했다. "일요일이면 고통이 끝나길 기대해." 맥스는 우르에서 발굴한 유물을 기록하는 작업 막바지에 이런 편지를 보냈다. 거의 400건에 달하는 트레이싱 도면 작업이 포함되어 있었다.[27] "우리를 방해하려고 악마들이 최선을 다하나 봐." 맥스가 애거사에게 말했다. 두 사람은 9월에 결혼식을 올리고 신혼여행을 떠날 계획을 세우고 있었다. 그러나 레너드는 맥스가 10월 26일까지 이라크 기지로 돌아오길 바랐다.

그래도 맥스가 자기 일을 계속한다는 것은 의문의 여지가 없는 일이었고, 사실 고고학에 대한 맥스의 열정이 애거사가 가장 존경하는 면 가운데 하나였다. 맥스가 박물관에서 하는 일을 애거사에게 들려주면 애거사도 그 열정에 감화되곤 했다. 맥스가 수메르 여인의 은빗을 닦으며 한 말이다. "놀라운 감정 …… 고고학 분야에서 실제로 일하기 시작한 지 5년이 지났는데도 여전히 변함없이 짜릿함을 느껴."[28]

맥스가 애거사에게 털어놓은 유일한 걱정은 돈에 관한 것이었다. "당신이 누려 마땅한 물질적 성공을 가져다주지 못할지 몰라."[29] 맥스의 월급으로는 애거사의 생활비를 감당할 수 없었고, 부모님도 재정적 문제를 겪고 있었다. 마르그리트는 남편과 헤어진 뒤에도 씀씀이가 매우 헤펐다. "꼭 필요한 모직 의상과 드레스 그리고 모자 두 개"를 샀다고 아들에게 알렸다. 마르그리트는 모자란 돈을 충당하기 위해 바카라에 돈을 좀 걸어볼 계획이었다. 그러나 지금으로서는 "집세를 낼 돈이 없다"고 아들에게 털어놓았다.[30]

그 힘든 여름 동안 애거사는 결혼하겠다고 결심했다가 다시 물러서기를 되풀이했다. "순간 눈먼 공황이 찾아와서…… '아니야, 안 돼. 나는 누구와도 결혼 안 할 거야. 다시는' 하고 생각한다." 그렇지만, 다시 또 이런 생각을 했다. "하지만 맥스잖아. 맥스와 함께 있고 맥스를 내 것으로 삼을 수 있고, 불행하다고 느낄 때 기댈 수 있어."[31] 카를로도 해마다 가는 크루즈 여행을 마치면 다시 애거사의 곁으로 돌아와 지지를 보내줄 것이다.

한편 맥스는 열심히 계획을 짜고 있었다. 철두철미한 맥스답게 당시 유고슬라비아였던 국가와 그리스 등지를 돌아보는 신혼여행 계획도 짰다. "펠로폰네소스 지방의 상세 지도를 샀어."[32] 베네치아행 기차를 예약했고, 그다음에는 달마티아 해안을 따라 배를 타고 여행할 계획이었다. "따뜻한 지방에서 지낼 것을 예상해서 흰색 재킷을 주문했어." 편지에 이렇게도 썼다.[33] 모든 비용은 애거사가 부담하는 것으로 암묵적으로 합의했으나, 등기소 비용만큼은 맥스가 부담하겠다고 했다. "그 비용은 내가 대는 게 맞아."[34] 이런 면을 애거사는 좀 섹시하다고 느낀 것 같다. "내가 결혼한다면, 허가증 비용은 내가 냅니다. 알겠어요?" 애거사의 강한 남자 캐릭터 중 한 명이 이렇게 말한다.[35]

카를로의 도움으로 결혼식은 기자들을 피해 스코틀랜드에서 하기로 했다. 스코틀랜드 법에 따라 결혼식을 올리려면 애거사가 이전에 2주간 스코틀랜드에 살아야 했다. 애거사는 8월에 스카이섬Skye으로 가서 "헤더 밭에 누워 바다를 보면서" 시간을 보냈다.[36] 애거사가 "충성스러운 개 기사단"이라고 부르는 로절린드, 카를로와 카를로의 언니 메리 등 가장 가까운 사람들이 함께 갔고 맥스는 에스미의 부모를 만나러 갔다. 매지는 거리를 두며 반대 의사를 분명히 밝혔다.

두 사람 사이에서 5월 이후 열렬히 오가던 편지가 결혼식을 앞둔 마지막 몇 주 동안은 거의 하루도 빠지지 않고 이어졌다. "나한테 날마다 편지 써줘." 스카이섬에 있는 브로드퍼드라는 외딴 호텔에서 애거사가 고집을 부렸다. 애거사는 여전히 마음의 평화를 "더 큰 행복 그리고 재앙의 가능성"과 맞바꾸는 것에 대해 불안해했다.[37] "불안해하지 마." 맥스가 힘주어 말했다. "나중에 불안해했던 걸 기억하며 웃을 날이 올 거야."[38]

애거사는 여권 신청서를 잘못 작성하는가 하면 맥스에게 수없이 편지를 쓰면서도 자기가 에든버러의 어느 호텔에 묵을 것인가와 같은 중대한 정보는 계속 빠뜨리고 말하지 않는 등 확실히 혼란스러운 상태였던 것 같다.

맥스가 날마다 편지를 보내주지 않았다면 애거사가 어떻게 되었을지 누가 알겠는가? 애거사가 결혼식을 올리러 에든버러로 가기 전 마지막으로 맥스가 스카이섬으로 보낸 편지봉투는 쫙 찢어져 있어 애거사가 얼마나 초조하고 성마른 상태였는지 짐작이 간다.

결혼식이 열린 세인트 커스버트 교회는 웅장한 에든버러성 아래에 있었으며 카를로의 아버지가 이 교회 부목사였기 때문에 결혼식 장소로 결정되었다. 마침내 1930년 9월 11일 그곳에서 서른한 살의 '맥스 에드거 루시엔 맬로원'과 서른일곱 살의 '애거사 메리 클라리사 밀러-크리스티'가 결혼식을 올렸다. 증인은 샬럿 피셔(카를로)와 메리 피셔였다. 나이 차이를 줄이기 위해 신랑과 신부 모두 나이를 가짜로 기재했다. 맥스는 애거사에게 "당신이 원하는 날 아무 날짜에나" 태어난 것으로 하겠다며 "별로 중요한 일이라고 생각하지 않는다"고 말했다.[39] 애거사 크리스티는 여권에 1년을 늦춰 1891년을 생년으로 기재했다. 그러나 결혼식과 진짜 나이를 비밀로 감추고 싶은 두 사람의 바람이 이루어지지는 않았다. 그다음 주 《익스프레스 *Express*》가 기사로 다루어서 '낭만적인' 비밀 결혼이 있었다고 보도했다. "맬로원 씨는 스물여덟 살이고 신부는 서른아홉 살이다."[40] 신문에 나온 나이도 잘못된 것이었다. 맥스가 자기 나이를 다섯 살 올렸던 터라, 실제 나이는 스물여섯 살이었다.

그러고 나서 두 사람은 안도의 한숨을 내쉬며 베네치아로 떠났고, 달마티아 해안을 따라 5주 동안 여행했다. 여행 동안 한 쪽씩 번

갈아가며 일기를 썼는데, 맥스는 "먹음직한 바닷가재"와 "베네치아의 노을빛 하늘을 배경으로 석호에 드리운 찢어진 돛의 거대한 환영"이라고 적었다. 다음에 애거사가 끼어들었다. "낭만으로부터의 슬픈 하강. 벌레에 물림." 베네치아를 떠난 뒤에 두 사람은 항해하고, 자고, 수영했다. 야간에 알몸 수영도 했다. "횃불이 우리의 죄스러운 비밀을 폭로했을까?" 누군가에게 들켰을 때 애거사는 이렇게 말했다. 두 사람은 멋진 시간을 보냈다. "특히 더러운 식당에서 끝내주는 필라프"를 먹었고 "올리브 숲에서 환상적인 산책"을 했다. 하지만 벌레 물림의 고통이 끝이 없었고 여행과 역사를 한 번에 누리려 하다 보니 힘들었다. "그는 나한테 너무 젊어!" 비가 오는 날 맥스가 고대 유적지를 보러 노새를 타고 14시간 여행을 시킨 날 '끔찍하게 지친' 애거사는 일기에 이렇게 한탄했다.

마침내 아테네의 고급 호텔에 도착한 두 사람은 도시 생활이 '매우 기이하다'고 느꼈다. "우리가 다른 사람이 된 것 같다. 욕실이 딸린 트윈 스위트에 들어오니 어색하고 문명인이 된 것 같다. 지난 두 주 동안의 행복한 미치광이는 사라졌다." 어쨌거나 두 사람은 '크레베트와 랑구스틴(프랑스어에서 온 말로 crevette는 새우, langoustine은 노르웨이 가재라고도 하는 작은 가재 – 옮긴이)'을 즐기러 나갔다.[41] 갑각류는 잘못된 선택으로 밝혀졌다. 애거사가 병원 치료가 필요할 정도로 심한 식중독에 걸린 것이다.

며칠 앓고 난 다음에야 겨우 삶은 마카로니 정도를 먹을 수 있게 되었지만, 맥스는 시간이 없었다. 이라크로 가기로 되어 있었던 것이다. 고용주에 대한 의무와 아내 사이에서 갈등했으나, 맥스는 그래도 제날짜에 바그다드로 가야 한다고 생각했다. 애거사를 치료하던 그리스인 의사는 너무 터무니없는 처사라고 생각했다. "이런 무심한 태도를 보니 상사가 당신을 무감하고 비인간적인 사람으로 보는 게 틀림없네요."[42]

울리 부부는 애거사가 남편과 함께 우르에 오는 것은 부적절하다고 결정을 내렸다. 하지만 맥스는 이제 다른 일자리를 찾을 만큼 충분히 경력을 쌓았기 때문에 독재적인 상사한테 매달릴 필요가 없다고 생각했다. "내 능력에 전보다 훨씬 자신감이 생겼어." 맥스가 편지에 썼다. "고고학은 대단한 게임이야. 해마다 열정이 더욱 자라나니 다른 직업은 상상할 수도 없어."[43]

애거사는 점차 혼자 집으로 돌아갈 만큼 회복되었다. 영국에 돌아온 애거사는 맥스에게 "다들 내가 아주 좋아 보이고 열 살은 젊어 보인다며 당신과의 결혼 생활이 나한테 아주 잘 맞나 보다고 해"라고 전했다. 앓는 동안 몸무게가 빠진 것도 만족스러웠다. "몸무게가 거의 1스톤(약 6.35킬로그램) 빠졌어. 멋지지 않아? 결혼 생활이 나를 작아지게 했네."

데번행 기차를 타기 전에 마지막으로 런던에서 편지를 보냈다. "패딩턴 호텔에 있으니 기분이 이상해." 애거사는 이런 말로 편지를 시작했다.

영국에 돌아왔을 때 비참한 기분에 빠지지 않은 건 몇 년 만에 처음이야. 늘 그랬거든. 햇살이 따뜻한 외국으로 나가면서 도피했다가 그늘진 기억과 잊고 싶은 모든 것으로 다시 돌아온 기분이었어. 하지만 이번에는 아니었어, 그냥 '아! 런던이다. 늘 그렇듯 비가 내리지만, 그래도 멋지고 재미있고 정겨운 곳이지!!'라고 생각했거든. 사랑하는 당신, 당신이 내 어깨에서 너무나 많은 짐을 덜어주었어.[44]

결혼 전에 주고받은 편지에는 성적인 내용이 전혀 없었으나, 도장을 찍은 지금은 두 사람이 잘 해나가고 있다는 게 분명히 드러난다. "눈을 감고 당신이 내 품 안에 있고 내가 당신에게 입을 맞추고 있다고 생각해봐." 맥스가 이라크에서 이렇게 편지를 써 보냈다.[45] "사랑하는 사람 내가 뭐가 가장 아쉬운지 알아?" 애거사는 이렇게 답장했다. "당신 품에 안겨서 잠들지 못하는 것."[46] 애거사는 일, 가족, 크리스마스 준비 등으로 바쁘고 힘든 나날을 보냈다. 그래서 "너무 졸린 상태로 잠자리에 들다 보니 관능적인 생각을 할 에너지도 없어! 아, 맥스, 당신하고 같이 있다면 얼마나 즐거울까!"[47]

1930년 크리스마스이브, 애거사는 두 사람의 황금 같은 한 해를 마무리하는 마지막 편지를 썼다. "오늘이 이전 결혼식 날이야." 애거사가 털어놓았다.

나한테는 이날이 늘 슬픈 날이었어. 그런데 올해는 아니야. 너무나 행복하고 안전하고 사랑받는 느낌이야. 내 사랑, 당신이 나에게 해준 모든 것에 축복이 있길.[48]

25
여덟 채의 집과 그린웨이 하우스

1930년대에 접어들며 애거사의 삶은 속도가 느려지고 넓어지면서 서로 연결된 여러 부분을 아우르는 듯 보인다. 애시필드, 런던의 작가로서의 삶, 맥스와 함께한 서아시아 여행 등. 일은 순조롭고 돈이 쏟아져 들어왔고 애거사는 행복했다.

그런데 이때 애거사는 어디에 살았나? 쉽게 말하기 힘들다. 사람들은 미스 마플처럼 애거사도 어떤 마을에 뿌리를 내리고 살았을 것이라고 생각한다. 사실 애거사는 계속 움직였고, 어쩌면 여행 중일 때 가장 안정감을 느꼈던 것 같기도 하다. 애거사의 책을 보아도 알수 있다. 세입자, 잠시 머물다 지나가는 사람이 애거사의 전형적 캐릭터 가운데 하나다. 이런 인물은 주로 변화를 가지고 오는데,《시태퍼드 미스터리》에서 큰 저택을 임차하는 여성처럼 부자일 수도 있고 아닐 수도 있다. 푸아로가 등장하는 〈싸구려 아파트의 모험The Adventure of the Cheap Flat〉이라는 단편도 있다.[1]

애거사가 여행 다음으로 좋아한 것은 새집으로 이사하는 일이 었다. 애거사는 1930년대를 자신의 '돈벌이 시기'라고 불렀다. 이때 애거사는 집을 여러 채 샀고, 집을 쾌적하게 꾸미는 데 몰두했다. 집을 꾸미는 일이 애거사에게는 실제 삶에서나 예술에서나 중요한 일이었다. "집에 관심을 가져야 **한다**. 사람이 어디에 **사는지**." 애거사가 자기 소설에 관해 한 말이다.[2] 애거사는 《나일강의 죽음》에서 부유하고 독립적인 리넷에게 자기가 느끼는 만족감을 투사하기도 한다. 리넷의 집은 "**그녀의 것이었다!**" "리넷은 그것을 보았고, 손에 넣었고, 재건하고, 꾸미고, 돈을 쏟아부었다. 그것은 리넷만의 것, 그녀의 왕국이었다."[3]

물론 여기에는 이면이 있다. 애거사의 소설 속 집은 안전과 반대되는 것을 표상할 때가 많다. 집은 애거사의 악몽 속에서 말이 없고 사악한 '총잡이'가 등장하는 배경이었다. 총잡이는 익숙한 풍경으로 들어와 "티테이블에 앉아" 있거나 "게임에 끼어들어" "끔찍한 공포감"을 불러일으켰다. 애거사는 정신적 시련을 경험해보았으므로 얼마나 쉽게 안정적 상태에서 순식간에 위기로 빠져들 수 있는지 알았다.

이때로부터 150년 전에 나온 고딕 소설은 유령이 나오는 성이나 저택을 배경으로 한 무시무시한 이야기이며 탐정 소설의 전신이기도 하다. 애거사에게는 고딕 소설을 대중화하여 대중에게 호소하는 이야기로 만드는 재능이 있었다.[4] 예를 들어 《비밀 결사》에서는 완벽히 평범해 보이는 런던 아파트를 공포의 장소로 바꾸어놓는다. "조금씩 밤의 마법이 그들을 사로잡았다. 갑자기 가구가 삐걱거리는 소리를 냈고, 커튼이 눈에 보일 듯 말 듯 흔들렸다."[5] 애거사는 중산층 가정에도 "겉으로는 보이지 않지만 갑자기 폭력으로 터질 수 있는, 깊은 곳에서 타들어가는 분노"가 있을 수 있다고 했다.[6]

애거사의 책을 사는 사람은 주로 집과 집의 의미에 대해 생각하기를 좋아하는 사람이었다. 1920년에서 1945년 사이에《굿 하우스키핑*Good Housekeeping*》이나《우먼 앤드 홈*Woman and Home*》등 중산층 여성 독자를 겨냥한 잡지가 60여 종이나 창간되었다.[7] 클라라 밀러 같은 여성에게는 집이 세상의 전부였다. 그러나 애거사 세대에는 전쟁, 가사 서비스의 붕괴 등으로 중산층 가정이 새로이 창조되어야 했다. 애거사의 독자들은 중산층의 삶의 기반이 흔들리고 무너지고 쇠퇴하는 것을 느꼈다.

여기에서 왜 애거사가 특히 가정적인 죽음을 전문으로 했는지 힌트를 얻을 수 있다. 애거사는 이런 죽음을 "조용하고 가정적인 문제에 관심을 두는 살인"이라고 표현하기도 했다.[8] 문학평론가 앨리슨 라이트는 애거사 크리스티 소설 속 '무기의 가정화'에 대해 이야기한다. 애거사가 쓰는 독은 집에서 종종 볼 수 있는 것이다. 반려동물 약으로 쓰는 비소, 말벌을 죽일 때 쓰는 청산가리, 모자 염색용 페인트 등. 여기에 더해 주방용 막자, 고기 꼬챙이, 골프채, 문진, 테니스채, 철제 침대의 공 모양 장식 등을 살인의 수단으로 썼다.[9]

애거사의 집에 대한 관심이 여성적이라는 이유로 애거사의 작품을 열등하게 보는 시각도 있었다. 애거사 본인도 아마 그런 시각에 동의했을 것이다. 1930년대에 그렇게 왕성하게 책을 내면서도 애거사는 "서류 양식을 채우다가 직업을 묻는 칸이 나왔을 때 '기혼 여성'이라는 전통적으로 인정받는 지위 말고 다른 것을 적겠다는 생각은 단 한 번도 하지 않았다"고 말한다.

애거사는 자신은 '진짜*bona fide* 작가'가 아니라는 생각을 유지하고자 집필용 작업실을 따로 만들지 않았다. 눈에 뜨이지 않게, 삶에서 더 중요한 일이라고 공언한 것들, 이를테면 쇼핑, 식사, 휴식 등을 하는 틈틈이 글을 썼다. "대체 언제 글을 쓰는지 모르겠어." 애거사의 친구가 이렇게 말했다. "난 글 쓰는 걸 한 번도 못 봤으니." 애거사는 침실에서, 또는 집 안 아무 곳에서나 일했다. 고뇌하는 작가라는 전통적 이미지에서 이 이상 거리가 멀 수 없었다. "대리석 상판이 달린 침실 세면대가 글을 쓰기 좋은 곳이었다." 애거사가 말한다. "식사 시간 사이의 식탁"도 마찬가지였다.

애거사는 무엇보다도 집에 관심이 많았고, 그래서 1930년대에 마치 무엇에 홀린 사람처럼 부동산을 사들여 결국 여덟 채나 되는 집을 갖게 되었다. 런던 서쪽에서 패딩턴이나 토키에 가기 편리한 비교적 저렴한 집을 구입해서 대부분 세를 내주었다. 그래도 보통 한 채는 개인 용도로 쓰려고 비워놓았다.

두 번째 결혼 즈음에 애거사는 크레스웰 플레이스 22번지 주택을 소유하고 있었고, 그곳에서 맥스와 재회해 아침 식사를 대접했다. 대저택 뒤편, 마구간과 하인 숙소 등이 다닥다닥 붙어 있는 거리(뮤스)에 있는 집이었다. 오늘날에는 헤지펀드 투자자, 포르셰와 필라테스 강사 등을 마주치는 부유한 동네다. 1930년대에 애거사의 작은 뮤스 집은 당시 예술가들이 사는 지역이었던 첼시를 내려다보는 곳이었다. 기자들은 애거사 같은 독립적이고 창의적인 여성이 살 만한 낭만적인 장소라고 생각했다. 녹색 페인트로 칠한 집이 "회색 지붕

사이에 솟은 봄철의 빛나는 녹색 나무" 같다고 했다.[10]

　재혼하면서 애거사는 한 단계 상승한 켄싱턴 캠든 스트리트 47-8번지 주택을 구매했다. 맥스가 대영박물관으로 통근할 때 타는 센트럴라인역에서 가까운 곳이었다. 한쪽 끝에는 지하철역이 있고 다른 쪽에는 저수지가 있는 좁은 도로이긴 해도 제대로 된 도로에 있는 제대로 된 집이었다. 신혼여행 뒤에 애거사가 이라크에 있는 맥스에게 보낸 편지를 보면 열심히 집을 꾸미고 있다는 것을 알 수 있다. "너무나 신나는 날이면서 혼날 만한 날이었어. **세일**에 다녀왔거든! 호두나무 서랍장을 샀어. …… 아! 정말 신났어 …… 필요 없는 물건을 사는 게."[11]

　애거사의 런던 사교 활동 가운데 카페 로열에서 열리는 디텍션 클럽Detection Club 모임이 있었다. 탐정 소설을 출간한 작가들만 가입할 수 있는 클럽으로, 도러시 L. 세이어스가 말하듯 "저녁을 먹고 끝없이 일 이야기를 하는 것"이 목적이었다.[12] 그러나 애거사는 클럽 활동에 잘 맞는 사람이 아니었다. 단편 모음집 등 클럽 공동 프로젝트 일부에 참여하기도 했으나 곧 시간을 잘 쓰는 방법이 아니라고 결론을 내렸다. 애거사는 이제 로절린드뿐 아니라 맥스도 부양해야 하는 처지였으므로 시간과 에너지를 신중하게 써야 했다. 또 애거사는 1930년 다른 탐정 소설 작가들과 BBC 라디오 시리즈 공동 작업을 하며 쓰린 경험을 하기도 했다. 이 프로젝트가 지루하고 체계적이지 못하다고 느꼈다. 좋은 소식은 그해에 애거사의 희곡 〈블랙 커피Black Coffee〉가 무대에 오르게 되었다는 것이었다. "당신하고 기쁨을 같이 나눌 수 있으면 좋을 텐데." 애거사는 이라크에 있는 맥스에게 편지로 전했다. "요새 리허설하고 방송사 사람들 만나고 엄청나게 전화를 많이 하고 있어."[13]

애거사는 내키지는 않았으나 두 번째 라디오 시리즈에도 참여하기로 했다. 그러나 BBC에서는 애거사를 '까다로운' 사람으로 낙인찍었다. "미시즈 맬로원에게 설명 좀 해주시겠습니까." 프로듀서 R. J. 애컬리R. J. Ackerley가 카를로에게 보낸 편지다. "미시즈 맬로원이 참여하지 않으셔서 엄청난 어려움이 생기고 있습니다."[14] 다음에 애컬리가 시리즈 참여를 제안했을 때는 애거사가 바로 거절했다. "사실은, 저는 짧은 글을 쓰기를 싫어하는 데다 사실상 수익성이 **없습니다.** …… 시리즈를 구상하는 데 쓰는 에너지를 책을 쓰는 데 투자하는 편이 낫습니다. 그러니 이걸로 마무리하지요! 미안합니다."

프로듀서 애컬리 씨는 자기주장이 강한 여성을 상대하게 되어 상당히 당황한 듯했다. 애컬리는 애거사를 방송에 출연시키려고 칭찬을 늘어놓았다. "아주 잘 읽으십니다. 대단한 성공이 되리라고 확신합니다." 그렇지만 등 뒤에서는 애거사를 비웃으며 "놀랍게 잘생겼고 극도로 성가시다"고 했다. 방송인으로서는 "좀 약한 편"이라고 평했다.

그렇지만 "그 무시무시한 여자 도로시 L. 세이어스의 엄청난 활력, 윽박지름, 힘에 비하면 누구라도 약하게 보였을 것"이라고 했다.[15] 한편 세이어스는 애거사에게 라디오 시리즈 공동 작업 때문에 "BBC가 너무 힘들게 한다. 이틀에 한 번씩 전화를 걸어댄다"고 불평했다. 세이어스는 BBC에 "제발 귀찮게 하지 말고 꺼져라!"라고 말했다고 한다.[16] (세이어스가 애컬리 씨에게 호통치는 모습을 생각하니

미안하지만 좀 통쾌한 기분이다.)

애거사가 커리어를 쌓아가는 동안 기숙학교에 있는 로절린드는 어머니의 우선순위에서 자기가 뒤로 밀린다고 느꼈다. "어떻게 하실 거예요?" 로절린드가 어머니에게 애원하듯 편지를 보냈다. "미국을 거쳐서 집으로 가실 건가요 …… 제가 음악 시험을 본다는 건 아시겠지요."[17] 애거사는 독립심 있는 로절린드가 처음에는 벡스힐에 있는 칼레도니아 학교에서, 다음에는 켄트에 있는 베넨든 학교에서 돌봄을 받으며 잘 자라고 있다고 생각했다. 하지만 사실 로절린드는 학교생활을 잘 못하고 있었다. 로절린드의 영어 성적은 "들쑥날쑥"하고 역사는 "만족스럽지 못하고" 프랑스어는 "고르지 않"았다. "로절린드가 이곳에서 지내는 동안 평범한 정도밖에 이루지 못했다고 생각합니다." 로절린드의 사감이 쓴 편지다. "책임감을 기르기 전에 이곳을 떠나게 되어 유감입니다."[18]

애거사는 해마다 일정 기간을 맥스와 서아시아에서 지내는 패턴을 만들었다. 1931년부터 맥스는 레지널드 캠벨 톰슨Reginald Campbell Thompson 밑에서 일하게 된다. 캠벨 톰슨은 아시리아제국의 고대 수도 모술 근처 니네베Nineveh를 발굴 중이었다. 울리 부부와 달리 캠벨 톰슨은 체재비를 스스로 부담한다면 애거사도 와도 된다고 허락했다. 애거사는 발굴 현장에 대한 글을 사전 상의 없이 발표하지 않는다는 것에도 동의했다. 글은 작가에게도 중요하지만 발굴 홍보에도 중요한 가치가 있었기 때문이다. 맥스와 애거사는 이제 말하자면 원 플러스 원으로 일하게 된 것이다. 1930년에 애거사는 고고학 드로잉에 손을 보태기 위해서 미술 수업을 듣기도 했다.

"나는 무척 부끄러웠어. …… 열등감 같은 걸 느꼈어."[19] 그래도 애거사는 맥스를 기쁘게 하려고 무슨 일이든 했다. "당신 일에 싫증 나는 일은 없을 거야." 애거사는 맥스를 안심시켰다. "멋진 항아리 하나를 그렸어."[20] 애거사는 맥스의 일을 최우선으로 놓고 자기 일을 거기에 맞추었다. 반대가 아니라. 애거사는 니네베에 있는 원정대 숙소에 놓을 튼튼한 책상을 하나 사 거기에서《에지웨어 경의 죽음*Lord Edgware Dies*》(1933)을 마무리했다.

애거사는 1931년 10월, 니네베로 가는 길에 로도스섬에서 몇 주 혼자 머물면서 이 책을 쓰기 시작했다. 애거사의 편지에서 애거사가 맥스를 육체적으로 그리워한다는 것이 드러난다. "내가 햇볕 아래 엎드려 있으면 당신이 내 등을 따라 내려가며 키스해주었으면 좋겠어."[21] 성적 만족이 애거사의 소유욕을 부추겼다. "누군가를 사랑하면 겁이 나." 애거사는 이렇게 인정했다. "그래서 개들이 뼈다귀가 생기면 그렇게 으르렁거리는 거겠지. 다른 개가 뼈다귀를 빼앗아갈 거라고 생각해서. 모술에 다른 개들이 있어, 여보? 있더라도 나한테는 말하지 말았으면 좋겠어!"[22]

애거사가 로도스섬에서 보낸 편지에는 두 사람이 아기를 바라고 있다는 것도 뚜렷이 드러난다. 여러 증거를 고려해볼 때 애거사는 이 가을에 임신한 상태였던 것으로 보인다. 대성당에 가서 애거사는 세례 요한에게 기도를 올렸다. "아들을 갖게 해달라고 기도를 드리기에 걸맞은 성인은 아닐지도"라고 애거사는 인정하면서도 어쩌면 "그토록 오래 광야에서 메뚜기를 잡아먹으면서 지냈으니 가족의 삶에 더 공감해줄지도 모르지"라고 썼다.[23] 맥스는 기대감에 들뜨는 한편 불안해했다. "여보, 아들이 생긴다면 정말 기쁘겠지만, 아니더라도 우리는 그것도 기쁘게 받아들여야 해. …… 사랑하는 당신에게 무슨 일이 일어나는 것보다는 아들을 포기하는 편이 수천 배 나으니까. …… 당신은 내 연인이자 내 아이야."[24]

1931년에 실망감이 찾아왔다. 이제 40대 초반에 접어든 애거사가 유산을 하고 말았다. 그 후에 두 사람은 아이가 없으리란 걸 받아들인 듯하다. 맥스는 두 사람이 같이 심은 나무 이야기를 하면서 이렇게 말한다. "우리 손으로 심었고 쑥쑥 자라고 있는 어린나무 말이야. 이게 우리 자식이야. 당신과 나의 아이."[25]

유산 후 상실감에 빠진 상태에서 애거사는 다시 자전적 소설에 손을 댔다. 탐정 소설이 아닌 소설로 두 번째인《두 번째 봄》이 1934년 출간되었다. 이 책을 쓰면서 애거사는 이제 과거가 된 삶, 첫 번째 결혼과 실패, 1926년의 병을 되새기고 받아들일 수 있었다. 과거를 돌아볼 수 있는 새로운 지점에 서게 된 것이다.

한편 맥스도 성장하고 있었다. 대영박물관의 후원을 받아 처음으로 단독 원정대를 이끌 수 있게 되었다. 맥스와 애거사는 1933년에 다시 이라크로 갈 준비를 했고, 그해에 애거사는 다음 집을 구매했다. 정면을 치장 벽토로 장식한 웅장한 3층 집이었고, 확실하게 한 단계 더 상승한 주거지였다. 애거사는 새로 매입한 켄싱턴의 셰필드 테라스 58번지에 자기가 가장 좋아하는 색이름을 넣어 '그린 로지'라는 이름을 붙였다.[26] 그 길 끝에는 홀랜드 하우스(1605년 켄싱턴에 세워진 성으로, 19세기 정치가와 문인들의 모임 장소로 유명했다 - 옮긴이)의 울창한 부지가 있었다.

애거사는 이 집을 보는 순간 갖고 싶었다. 꼭대기 층에 있는 넓은 방도 이 집을 산 이유 중 하나였다. 이전과는 달리 이번에는 작업실을 갖추겠다고 애거사는 마음먹었다. "그렇게 말하자 다들 놀랐다. 지금까지는 작업실을 만든다는 생각을 한 번도 안 했기 때문이다. 그렇지만 불쌍한 미서스도 자기만의 방을 가질 때가 되었다는 데 다들 동의했다." 작업실에 피아노, 넓은 테이블, 타자를 칠 수 있는 등빋이가 곧은 의자, 휴식을 취할 안락의자를 놓았다. 이 방에서 애거사는 대표작인 《오리엔트 특급 살인》《ABC 살인 사건*The ABC Murders*》(1936) 《나일강의 죽음》을 썼다.

애거사가 작품 활동을 시작한 지 12년이 되어서야 마침내 버지니아 울프가 작가 생활에 반드시 필요하다고 말한 '자기만의 방'을 갖게 되었다니 놀라운 일이다. 그렇지만 이 점에 대해 역사가 질리언 길Gillian Gill은 통찰력 있게 이렇게 말한다. "애거사 크리스티에게는 자기만의 방이 필요 없었다. 애거사는 집 전체를 자기 것으로 썼다. 애거사는 원하면 집을 살 수 있는 데다가 그것도 자기가 번 돈으로 살 수 있었던 드문 여성이었다."[27]

맥스가 주도한 첫 번째 발굴은 이라크 아르파치야Arpachiyah에서 이루어졌는데, 발굴 비용이 2000파운드였다. 이 자금의 출처를 추적하면 재미있는 사실을 알게 된다. 대영박물관도 자금을 댔고, 이라크에 있는 영국 고고학회에서 600파운드를 냈으며, 감사 팀이 일부 무료로 용역을 제공했다.[28] 그래도 여전히 자금이 부족했다. "맬로원이 런던에 좀 더 머무르기를 기대한다." 박물관 큐레이터의 편지다. "1000파운드를 더 모금하려면 관심을 많이 끌어야 한다."[29] 맥스는 고고학 분야 기부자로 잘 알려진 찰스 마스턴 경에게서 100파운드를 받았고, 애거사 크리스티도 100파운드를 기부했다. 그런데 대영박물관 기록을 보면 또 다른 익명 기부자가 500파운드를 기부했다고 되어 있다. 이 기부자는 목표 모금액을 넘어서면 돈을 돌려받기를 바랐다(넘지 않았다).[30] 이 익명의 기부자가 맥스의 아내가 아니라면 누구겠는가? 애거사는 이후로 죽 남편의 고고학 연구 자금 후원자가 된다.

또 맥스의 일에 언론의 관심을 끌어 돈이 들어오게 하는 데서도 애거사는 소중한 존재였다. "스릴 넘치는 여행을 떠난 소설가"라는 기사가 신문 헤드라인을 장식했다. "애거사 크리스티와 사라진 사람들: 이라크 탐사."[31] 맥스는 '장대한 방식으로, 장대한 규모로' 일하기를 좋아했고 1930년대에는 현장에 200명의 노동자를 투입할 자금을 확보했다.[32] 맥스와 동료들은 오늘날이라면 지나치게 파괴적이라고 간주될 방식으로 작업했다. 예를 들어 아르파치야에 와서 처음 며칠 동안 맥스는 일꾼들에게 연습 삼아 아무 데나 파라고 시켰다. 1976년 발굴 조사에서 이런 방식 때문에 놓치거나 파괴한 '구조물이 이 둔덕에 밀집해 있다'는 사실이 밝혀졌다.[33]

사막에서도 애거사와 맥스는 유럽식으로 생활했다. 저녁 식사 때는 옷을 갈아입고, 현지 요리사에게 유럽 요리와 비슷한 것을 만들어 내오게 했다. 1933년 아르파치야로 가져간 품목에는 냅킨 19장, 식탁보, 핑거볼, 수프 접시 등이 포함되어 있었다.[34] 이후 원정 준비 쇼핑 목록에는 진 세 병, 샤토뇌프 뒤 파프 세 병, 덴마크 버터 두 통, 커리 가루 세 통, '파테 드 푸아그라' 두 통, 통조림 소고기 24캔이 있었다.[35] 이 물건 전부를, 특별히 개조해 청보라색으로 도색한 '퀸 메리'라는 이름의 트럭에 싣고 현장으로 날랐다.

그러나 이라크에서 맥스의 첫 번째 단독 발굴은 마지막 발굴이 되고 말았다. 시즌이 끝날 즈음, 유물을 나라 밖으로 반출하기가 예상보다 훨씬 어렵다는 것을 알게 되었다. 애거사의 자서전에는 '승리감에 들떠' 집으로 돌아왔다고 되어 있지만, 실제로 이 원정은 '아르파치야 스캔들'이라고 불리게 된 사건으로 막을 내렸다.

막 독립을 쟁취한 이라크에서 민족주의가 자라나면서 이라크 정부는 고고학적 발굴물의 배분에 관한 규정을 변경했다. 이전까지는 발굴된 유물을 외국 발굴 팀과 이라크 국립박물관이 반반으로 나누었다. 이 과정을 국립박물관 관장인 독일 고고학자 율리우스 요르단 Julius Jordan 박사가 관장했는데, 공교롭게도 그가 이라크 나치당 수장이기도 해서 문제가 더욱 복잡해졌다. 이제 출토된 유물 대부분을 남겨둘 수밖에 없었다. 맥스는 기대했던 반출 허가를 받지 못했다.

맥스와 국제 고고학계가 이라크인들이 중요한 과학적 연구를 막고 있다고 반발하며 논란이 일었고, 영국 외무부는 중간에서 이러지도 저러지도 못하는 입장이었다. 고고학자들은 새로운 규정이 '비지성적 민족주의'에서 비롯했다고 주장했고, 영국 외교관들은 고고학자들이 "순전히 이타적인 목적에서 해당 국가에 이익을 가져다준다고 주장하는 짜증스럽고 오만한 태도를 지녔다"고 했다.[36]

결국, 이 문제가 이라크 내각에서 투표에 부쳐졌다. 단 한 표 차로 맥스가 발굴물을 영국으로 가져갈 수 있다는 결정이 내려졌다. 맥스는 자신의 발견을 글로 남기는 작업에 착수하고 싶었다. 고고학자들이 웬만하면 미루고 싶어 하는 일이다. 일반인의 관점에서 보면 맥스는 발견한 내용을 공유하는 데서 모범적 본보기를 보여주었다. 1930년대에는《일러스트레이티드 런던 뉴스》에 여러 차례 글을 실었다. 맥스는 "선정주의적으로 다루어지긴 했으나 내가 기록한 사실은 모두 과학적으로 입증된 것"이라고 열심히 강조하며 편집자들을 설득했다.[37] 그러나 동료 고고학자들이 보기에는, 아마도 아내에게 영향을 받았을 맥스의 가볍고 수다스러운 문체가 소재를 제대로 다루지 못했다.

'아르파치야 스캔들'을 맥스는 성가신 관료주의적 지연으로 보았으나 사실 이 일은 서구 고고학자가 서아시아에서 발견한 것은 무엇이든 차지할 수 있다는 기존의 생각에 종지부를 찍는 사건이었다고 할 수 있다. 그리하여 맥스는 한동안 이라크에서 발굴을 하지 않기로 했다. 하지만 다른 보상이 있었다. 1934년에 애거사가 맥스에게 집을 사준 것이다. 새로 산 집은 런던에서 그리 멀지 않은 템스강변에 있는 앤 여왕 시대의 예쁜 집이었다. 윈터브룩이라는 이름의 이 집은 옥스퍼드셔주 월링퍼드 외곽에 있었고 애거사는 이 집을 늘 '맥스의 집'이라고 불렀다. 한 친구의 표현에 따르면 "아늑하고, 따뜻하고, 포근하고, 중상류층 인테리어에 온갖 편리한 설비, 예쁜 도자기, 좋은 가구 등 애거사의 넉넉한 수입으로 사들인 물건이 가득한" 집이었다.[38]

1930년대 후반, 맥스는 시리아로 관심을 돌렸다. 맥스의 재무 기록을 분석해보면 맥스는 발굴 작업자들에게 일당을 지급하고 유물을 발견하면 추가금을 준 것으로 보인다. 일꾼들이 좋은 물건을 빼

돌려 팔지 않게 하려면 유물 암시장 가격에 맞먹는 보상금을 주어야 했다. 일탈 가능성이 컸으므로 애거사는 조용히 현장에서 돌아다니면서 감시하는 역할을 했다. 전문가답지 않고 여성스러운 차림으로 돌아다니면서 게으름을 피우거나 낮잠을 자는 일꾼들을 적발했다.[39]

독일 고고학자 톰 스턴Tom Stern은 1999년 시리아를 방문해 그곳에 사는 사람들이 애거사를 어떻게 보았는지 알아보려 했다. 맥스에게 고용되어 일했던 발굴자 두 명을 만났는데, 한 명은 이렇게 회상했다. "아름답고 강한 여자였어요. 일꾼들을 감시했습니다. 지팡이가 생각나요. 지팡이를 펼치면 의자처럼 그 위에 앉을 수 있었어요." 슈팅 스틱shooting stick(위쪽을 펼치면 의자가 되는 지팡이 – 옮긴이)의 묘사가 사실적으로 들린다. 그런 한편 다른 현지인은 서양인들의 존재가 별 영향이 없었음을 보여준다. 한 노인은 맥스의 1937년 시리아 발굴과 관련한 질문에 대답하기를 거절했다. "그 일에는 이제 전혀 관심이 없소. 죽음이 코앞인데."[40]

중동 사람들에 대한 애거사의 태도는 시간이 흐르면서 발전했다. 1920년대 소설 속에서 긍정적인 인물이 "다고dago(남유럽인을 가리키는 모욕적인 말 – 옮긴이)는 무슨 이름으로 부르든 상관없다"고 말했던 것에 비하면 조금씩 생각이 트이는 것을 볼 수 있다.[41] 애거사는 까다롭고 오만하고 꽉 막힌 사람이 되고 싶지 않았다. 원정에 필요한 복장을 갖추면서 체격에 맞는 옷을 찾느라 애를 먹는 한편 자기가 '제국 건설자의 아내'처럼 보인다고 자조하기도 했다.[42]

그러나 애거사나 맥스가 발표한 글의 이면에도 어두운 이야기가 숨겨져 있고 현지의 불만이 암시되어 있다. 노동자들 사이에서도 갈

등이 있었다. "발굴 현장에 거칠고 과격한 불량배들이 있어서 질서를 유지하는 데 시간이 너무 많이 든다." 맥스는 이렇게 인정했다.[43] 어느 시즌에는 무허가 발굴 중 터널이 무너져서 두 사람이 사망하는 일이 있었다. 또 애거사와 맥스는 더 높은 임금을 요구하는 지역민들의 '협박과 압박' 때문에 시리아 발굴지 중 하나인 텔 브라크Tell Brak를 포기해야 했다.[44]

그러는 동안 애거사에게는 고고학자의 아내 역할이 전통적인 어머니 역할보다 우선이었다. 학교를 졸업한 로절린드는 파리로 보냈다. "뭘 해야 할지 모르겠어요." 로절린드가 편지를 보냈다. "끔찍한 돈 낭비라는 생각을 떨쳐버릴 수가 없어요."[45] 이어 뮌헨으로 보내진 로절린드는 소외감을 호소했다. "엄마한테 엄마는 진짜 돼지라고 말해줘요!!" 로절린드가 맥스에게 보낸 편지다. "너무 비참한 기분이에요."[46] 애거사는 가끔 편지에 답장을 안 하기도 했다. "언제 집으로 돌아오는지 말해주실 수 있나요." 한 편지에서 로절린드는 불평했다. "카를로한테는 말하고 나한테는 말 안 하고 …… 다시 또 우울에 빠졌어요."[47]

뮌헨에서 돌아온 뒤 1937년에 로절린드는 사교계에 데뷔하게 되었다. 애거사도 이 의식의 중요성은 인식했다. "네가 그걸 즐기든 아니든 재미있는 경험이 될 거야."[48] 로절린드는 애거사처럼 저렴한 시즌이 아니라 제대로 된 런던 시즌을 경험할 것이었다. 일에 빠져 바쁜 어머니를 둔 것에도 장점은 있어서, 밀러 가문의 잃어버린 재산이 다시 회복되고 있었다. 단점은, 애거사가 이혼했기 때문에 버킹엄궁전에 딸을 데려갈 자격이 없다는 것이었다. 그 대신 친구에게 로절린드를 데려가 달라고 해야 했다.

로절린드와 친구 수전 노스는 직업을 가질 생각을 했으나 떠오르는 것은 모델 일밖에 없었다. 애거사는 허락하지 않았다. 할 일이 없었던 로절린드는 엄마와 맥스를 따라 시리아로 왔고, 그림 그리는 일을 맡았다. 갈등이 불거졌다. 완벽주의자인 로절린드는 자기 그림에 만족하지 못해 다시 그리고 싶어 했다.

> "그거 찢으면 안 돼." 맥스가 말했다.
>
> "찢을 거예요." 로절린드가 말했다.
>
> 그러고는 엄청난 싸움이 벌어졌다. 로절린드는 분노로 바들바들 떨었고, 맥스도 크게 화를 냈다.

로절린드는 이제 책 속 등장인물이 되기를 거부할 만큼 컸다. 애거사가 발굴지의 삶에 관한 책《어떻게 사는지 말해줘*Come, Tell Me How You Live*》(1946)를 쓸 때는, "이런 책을 구상한다는 사실(!) 자체를 싫어하는" 로절린드에게 책에서 로절린드 이야기는 "절대 하지 않겠다"고 약속해야 했다.[49]

이제 애거사는 1926년의 만신창이 상태와는 전혀 다른 사람이 되어 있었다. 애거사가 진정으로 과거와 결별한 것은 아마 1930년대 말 가족의 집을 판다는 고통스러운 결정을 내렸을 때일 것이다.

지난 15년 동안 애거사는 애시필드를 시골 은신처로 삼았다. 요리사 플로런스 포터는 클라라가 죽은 뒤에도 계속 이곳에서 지내며 파티가 있으면 최고의 자랑인 '사과 고슴도치'(아몬드를 가시처럼 박았다)를 포함해 17코스로 구성된 어마어마한 식사를 차려냈다.[50] 그렇지만 방문객들은 이 집이 너무 음울하고 대형 괘종시계, 대리석 조각상, 박제 동물 등이 '으스스하다'고 느꼈다.[51]

애거사가 1938년에 이 집을 팔겠다고 결심한 것은 다트머스 근처에 있는 그린웨이 하우스라는 우아한 흰색의 조지 시대 저택이 매물로 나왔을 때였다. 그린웨이는 원래 토키 하원의원 소유였고 다트 강이 크게 구부러지며 흐르는 곳 위쪽에 자리 잡은 "요트맨의 이상적인 주거지"로 침실 17개, 드레스룸과 욕실, 당구장, 서재, 중앙난방을 갖추었다.[52]

《컨트리 라이프*Country Life*》에 "일급 호텔로 적합"하다고 광고가 실렸다. 1938년은 대부분 사람들이 시골 저택을 개인 주거지로 사용하기를 포기할 때다.[53] 그러나 맬로원 부부는 아니었다. 그린웨이를 보러 가기로 한 결심에 마치 클라라의 축복이 함께하는 느낌이 들었다. 옛날에 애거사가 어머니와 함께 이 저택을 방문한 적이 있었던 것이다. 이 집을 사라고 한 사람은 맥스였다.

"사지 그래?" 맥스가 말했다.

맥스한테 이 말을 듣고 나는 너무나 놀라서 숨을 쉴 수가 없을 정도였다.

"애시필드 때문에 걱정이 많았잖아."

맥스가 무슨 뜻으로 하는 말인지 알았다. 나의 집, 애시필드는 이제 전 같지 않았다.

애시필드의 정원에서 바다가 보이던 쪽에 이제 중학교와 요양원이

들어서서 시야를 가렸다. 게다가 맥스는 애시필드에 대한 어떤 특별한 감정도 없었다. 그래서 맥스를 기쁘게 하려고 애거사는 집을 팔 마음을 먹게 되었다. 애시필드를 팔았어도 그린웨이와 33에이커(약 0.133제곱킬로미터) 부지를 사려면 5690파운드가 필요했으니 상당한 부담이었다.[54] 애거사는 그린웨이 뒤편의 빅토리아 시대에 추가한 부속 건물을 철거했다. 1790년대에 지어진 본채만 남기면 '훨씬 가볍고 좋은 집'이 될 거라고 보았다. 나중에 애거사는 거기에서 멈추지 말았어야 했다고 생각했다. "집에서 큰 덩어리 하나를 더 들어냈어야 했다. 넓은 식품 저장실, 돼지고기를 염장하는 거대한 굴, 땔감 창고, 설거지방 등등." 그렇지만 1938년에는 언젠가 가사 일꾼 없이 집을 관리해야 할 날이 오리란 생각은 하지 못했다.

1939년, 전쟁의 기운이 코앞에 닥쳤을 때도 애거사는 메이페어와 세인트제임스 등 런던의 고급 주택가에서 추가로 부동산을 구매했다. 그러나 애거사와 맥스의 멋진 10년은 이제 저물고 있었다. 그해 베이루트에서 철수하면서 그것이 그들의 마지막 고고학 탐사가 되었다. 세계정세 때문에 한동안은 다시 돌아오기 어려우리라고 짐작했을 것이다.

애거사는 떠나는 배 난간에 기대어 서서 레바논의 푸른 산이 희미하게 멀어지는 것을 바라보았다. 맥스는 함께 글을 쓰고 여행하고 발굴한 나날이 거의 10년이 되어가는 지금 무슨 생각을 하느냐고 물었다.

"아주 행복한 삶이었다는 생각을 하고 있었어." 애거사는 맥스에게 말했다.[55]

26
골든 에이지

애거사는 행복한 가운데 최고의 작품을 써냈다.

1939년에 이르는 10년은 탐정 소설 전반에도 애거사 크리스티에게도 황금기였다. 맥스와 결혼하면서 직업적 자신감이 점점 차올랐다. 애거사는 노련하고 까다로운 전성기의 예술가로 무르익고 있었고 출판업자, 제작자, 사업 관계자 모두 그걸 느낄 수 있었다. "세상은 여자에게 무척 잔인하다." 애거사 소설 속의 캐릭터가 이렇게 말하기도 했다. "여자들은 할 수 있는 일을 스스로 해야 한다."[1]

1920년대, 실종 직후에 애거사는 처음으로 의사가 쉬라고 했음에도 일을 **해야 한다**는 생각을 했다. "이제는 내가 벌었거나 앞으로 벌 것 말고는 돈이 생길 곳이 없었다."

애거사는 나중에 이 순간을 프로가 된 순간이라고 말했다. 프로가 되었다는 것은 "쓰고 싶지 않을 때도" 써야 한다는 의미였다. 아픈 상태에서도 '억지로' 써야 했던 책이 1928년에 출간된 《블루 트레인의 수수께끼》다.[2] 그 책을 쓰는 동안 로절린드는 타자기 주위에서 얼쩡거리면서 엄마의 관심을 끌고 싶어 했다. "그냥 여기 서 있을게요. 방해 안 할게요." 그렇게 쓴 《블루 트레인의 수수께끼》는 고통스러운 기억이 되었다. "내가 쓴 책 중 최악이다."[3]

그럼에도 1926년의 떠들썩한 사건 덕에 《블루 트레인의 수수께끼》는 7000부나 팔렸다. 1930년대에 들어서며 판매 부수가 살짝 줄었으나, 윌리엄 콜린스, 선스가 애거사를 마케팅하는 최상의 방법을 찾아내면서 다시 올라가기 시작했다. 1934년, 애거사의 《3막의 비극 *Three Act Tragedy*》은 첫해에 1만 부가 팔렸고, 1942년 《다섯 마리 아기 돼지*Five Little Pigs*》의 판매량은 2만 부를 넘어섰으며, 그 뒤로는 계속 그 수준을 유지했다.[4]

돈이 쏟아져 들어오는 것 같은 기분이었다. 특히 소설이 미국 잡지에 연재되면서 생긴 수입이 짭짤했다. 미국 연재비는 "영국에서 연재비로 받는 것보다 훨씬 높았을 뿐 아니라, 그때는 소득세도 없었다. 당시에는 투자금으로 간주되었다". 그렇지만 미국 수입의 세금 문제가 나중에 불거져 애거사를 괴롭히게 된다.

여기에 또 다른 수입원이 추가되었다. 1928년 5월, 《애크로이드 살인 사건》이 각색되어 무대에 올랐다. 〈알리바이*Alibi*〉라는 제목이었고, 각색은 애거사가 아닌 다른 사람이 맡았다. 《옵저버*Observer*》에서는 새로운 '사기극'이라고 재치 있게 칭했다. 연극에는 당연히 푸아로가 등장하지만, 중년에 독신인 의사의 누나 캐럴라인은 섹시하고 젊은 캐릴이라는 인물로 바뀌었다.[5] 애거사는 자기가 쓰는 게 더 낫겠다고 생각하고 1930년에는 푸아로가 등장하는 연극 〈블랙 커피〉

를 직접 써서 무대에 올렸다. 두 편의 연극을 무대에 올리면서 애거사는 푸아로가 무대에는 어울리지 않는다고 생각하게 되었다. 푸아로가 너무 화려해 관객들의 관심을 사로잡다 보니 다른 인물들이 살지 않았다.[6]

애거사는 연극에 점점 관심이 갔지만 그쪽으로 관심을 집중시키지는 않았다. 그러기에는 너무 바빴다. 1930년대는 애거사가 가장 왕성하게 활동한 시기로, 이때 장편 스무 권과 단편집 다섯 권을 내놓았다. 1934년 한 해에만 탐정 소설 두 권, 단편집 두 권에 탐정 소설이 아닌 소설도 한 권 나왔다. 애거사는 그냥 소설을 써 내려가기만 한 게 아니라 브랜드를 구축했다. 새로운 탐정도 등장시켰다. 할리 퀸과 새터스웨이트는 어떤 캐릭터라기보다는 플롯을 추동시키는 모더니스트적 상징에 가까웠다. 그리고 파커 파인이 있었다. 파커 파인은 의뢰인에게 미스터리의 해결이 아니라 행복이라는 더 애매모호한 결말을 약속한다.

파커 파인은 애거사가 1920년대 후반에 상담을 받으며 만났던 전문가들의 비의학적 버전 같은 인물이다. 심리치료를 받았던 경험이 애거사의 작품을 더 풍성하게 만들었다. 애거사는 나중에 자신의 초기 탐정 소설이 "교훈이 있는 이야기로 사실상 《에브리맨 *Everyman*》 같은 중세 도덕극 비슷한 것이었다"라고 말했다. 그러나 이혼 뒤에는, 무의식에 묻어둔 욕망이 애거사의 작품에 범죄 동기로 더욱 자주 등장하게 된다.

1930년대 푸아로는 물리적 단서를 찾는 데는 힘을 덜 쓰고 오늘날 심리 프로파일링이라고 부를 만한 것에 더 의존하며, "성격의 충

돌과 마음의 비밀이라는 더 진실한 단서"를 찾는다.[7] 《테이블 위의
카드*Cards on the Table*》(1936)에는 특이하게 앞부분에 작가의 말이 있
다. 애거사는 이 소설에서는 추리가 "전적으로 **심리적**이지만 그렇다
고 해서 흥미롭지 않은 것은 아니다. 무엇보다도 호기심을 자극하는
것은 살인자의 **마음**이기 때문이다"라고 말한다.[8]

애거사의 머릿속에서는 아이디어가 끝없이 샘솟는 듯 보인다. 애
거사는 탐정 소설가 애리아드니 올리버라는 캐릭터로 자기 자신을
패러디하기도 했다. 미시즈 올리버는 산만하고 단정하지 못한 중년
여성이지만 터무니없을 정도로 아이디어가 넘치기도 한다. 한 소설
에서는 애거사의 머리가 돌아가는 방식을 보여주기라도 하듯 가능
한 살인 동기를 무수히 떠올린다. 희생자는

> 그냥 여자아이를 죽이는 것을 좋아하는 사람에게 살해당했을 수도 있죠.
> …… 아니면 누군가의 비밀 연애를 알았을 수도 있고, 아니면 누군가가 밤에
> 시체를 묻는 걸 봤을 수도 있고, 정체를 숨기고 있는 사람을 알아봤을 수도
> 있고. 아니면 전쟁 중에 보물이 숨겨진 비밀 장소를 알았을 수도 있고요.[9]

1930년, 제인 마플이 등장한 첫 번째 장편 소설 《목사관의 살인》이
나온다. 내가 가장 좋아하는 애거사의 작품 세 편 중 하나로 꼽는 책
이다. 애거사는 맥스와 결혼하기 직전 스트레스가 극심했던 시기에
이 책을 썼고, 두 사람의 신혼여행 동안에 책이 출간되었다. 이 책에
는 맥스에게 주는 결혼 선물이 책 속에 농담으로 들어가 있다. 저명
한 고고학자인 척하는 인물이 알고 보니 도둑이었던 것이다.

사실 미스 마플은 처음부터 완성된 형태로 소설에 등장하지는 않았다. 비평가 피터 키팅Peter Keating은 미스 마플이 애거사가 가장 좋아하는 인물이자 애거사 본인을 대신하는 인물이며, 애거사가 성공적이고 전문적이고 독립적인 작가로 자리 잡으면서 비로소 등장할 수 있었다고 설득력 있게 주장한다.

《애크로이드 살인 사건》에 등장하는 의사의 누나는 미스 마플의 원형이라고 할 수 있다. 남의 일에 관심이 많은 캐럴라인은 집 밖에 나가지 않고도 사람들의 비밀을 캐낸다. 《애크로이드 살인 사건》은 애거사와 아치의 사이가 멀어질 무렵에 쓰인 소설이었다. 미스 마플이 처음 등장한 작품은 1927년 12월에 발표된 단편이다. 애거사가 실종 사건의 소용돌이 속에서 미스 마플이라는 인물을 구상했다는 말이다.[10] 미스 마플이 본격적으로 장편 주인공으로 등장한 것은, 애거사가 맥스를 만나 인생 2막을 시작할 즈음이었다.

미스 마플이 등장하게 된 또 다른 계기로, 전간기 사회에서 독신 여성이 두드러지게 되었다는 점이 있다. 미스 마플은 이른바 '잉여 여성'에 속하기에는 나이가 너무 많다. 그러나 '잉여 여성'들 때문에 독신 여성의 존재가 이전 세대에 비해 더 두드러지게 되었다.

미스 마플은 또 영국에서 전간기에 활동했던 실제 여성 탐정들, 그중 특히 신문 인터뷰에 응한 일부 여성 탐정과 유사한 점이 있다. 한 예로 사설탐정 애넷 커너Annette Kerner는 1915년 탐정 일을 시작했고 베이커 스트리트에 탐정 사무소를 차려서 '미시즈 셜록 홈스'라고 불리게 되었다. 기자는 커너가 "은회색 머리카락을 동그랗게 말아 올린 그냥 통통하고 자그마한 여성"이라서 놀랐다. "별 볼 일

없어 보이죠." 커너가 말했다. "탐정은 그런 모습이어야 합니다."[11] 미스 마플처럼.

《목사관의 살인》은 매우 좋은 평을 받았지만, 미스 마플 캐릭터를 '이해'하지 못하는 사람도 있었다. 《뉴욕 타임스》는 이 책이 "동네 독신 여성들의 자매애"를 지나치게 많이 다루고 있다고 평했다. "일반 독자는 쉽게 질려버릴 것이다."[12] 말년에 애거사는 미스 마플을 조금 다듬어서 더 다정하고 덜 날카롭게 만들었다. 그렇지만 《목사관의 살인》에서는 "고약한 늙은 고양이"라고 묘사된다. 정원 일을 그다지 좋아하지도 않는다. 그냥 집 밖에서 오고 가는 사람을 관찰하기 위한 핑계일 뿐이다. 사실 나는 초기의 신랄한 미스 마플을 더 좋아한다. 어쩌면 내가 고약한 늙은 고양이라서 그런지도 모르지만.

1930년대에는 또 영미권 독자들이 이국적이라고 생각할 장소를 배경으로 하는 애거사의 대표작들이 출간되기도 했다. 맥스와 같이 다닌 여행의 영향이었다. 《오리엔트 특급 살인》과 《나일강의 죽음》은 전통적으로 애거사의 작품 중 가장 인기 있는 작품으로 꼽히는데, 배경 덕에 시각적으로 매혹적인 영화로 만들어질 수 있었던 것도 인기에 한몫했다.

《오리엔트 특급 살인》은 애거사가 1931년 12월 니네베에서 돌아오는 길에 홍수로 기차가 이틀 동안 멈춰 섰던 일에서 영감을 얻었다. 애거사가 맥스에게 보낸 편지를 보면 그 일을 애거사는 매우 즐겼고, 현실의 경험에서 소설 속 여러 세부사항을 가져왔음을 알 수 있다. 애거사와 같이 기차에 있던 승객 가운데 어떤 그리스인의 아내로 "일흔 살 정도이고 너무나 재미있고 얼굴은 추하지만 매우 매력적인 사람"(드라고미로프 공작부인처럼), "덴마크인 선교사 여성 두 명"(스웨덴인 간호사 그레타 올슨을 연상시킨다), 안토니오 포스카렐리처럼 "덩치가 크고 익살맞은 이탈리아인", 또 허바드 부인처럼 끝없이 불평을 늘어놓는 미국인 여성이 있었다.[13]

그러나 플롯의 핵심 부분은 또 다른 '크리스티 트릭'에서 나왔다. 신문에서 읽은 실제 범죄 사건의 세부사항을 활용해 이야기를 만들어내는 방법이다. 이 경우에는 영웅적 조종사(이자 나치 동조자이기도 한) 찰스 린드버그Charles Lindbergh와 아내 앤의 어린 아들이 납치 살해된 사건과 이 끔찍한 사건이 일으킨 집단적 동정의 분위기를 모티브로 삼았다.

이 소설을 보면 애거사가 기차를 자세히 관찰했으며 소설 속 기차 정차 시간도 1932년 기차 시각표와 정확히 맞추었음을 알 수 있다.[14] 1933년에 애거사는 소설을 완성한 다음 여러 세부사항을 확인하기 위해 다시 기차를 탔다. "스위치들이 어디에 있는지 눈으로 봐야 했다." 애거사가 설명한다. 그런 수고를 들인 보람이 있었다. 소설과 일치하는지 확인하려고 직접 기차를 타본 독자도 있었으니 말이다.[15] 이 외에도 소설에 나오는 상황을 진짜처럼 만들려고 애거사가 여러모로 조사를 했다는 증거가 있다. 그렇지만 언제나 철저했던 것은 아니다. 《구름 속의 죽음》에 나오는 독화살을 쏘는 바람총의 길이가 최소 45센티미터는 되어야 하고 그보다 긴 경우가 일반적이라는 사실을 간과한 것이 유명하다. 애거사가 묘사한 것처럼 비행기 좌석 옆에 밀어 넣어 숨기기에는 너무 길이가 길다.

1933년 12월 맥스와 애거사는 이집트로 여행을 떠났다. 나일강을 따라 남부 아스완에 있는 캐터랙트 호텔까지 갔고, 이때《나일강의 죽음》이 탄생했다. 이 소설은 이야기가 상당히 진행될 때까지 푸아로가 별다른 역할을 하지 않는, 전형적인 중기 푸아로를 보여주는 작품이다. 이제 푸아로는 이야기 속에서 무대 감독 역할을 할 필요가 없었으나 애거사는 그래도 가장 인기 있는 캐릭터를 완전히 버릴 수는 없었다.

《나일강의 죽음》에도 수상쩍은 고고학자가 나온다. 애거사는 이 책에서 수사와 발굴의 유사성에 대한 이론을 펼치기도 한다.[16] 푸아로는 자기 일이 (맥스처럼) "흙을 털어내는 것"이며 그렇게 하면 "진실, 벌거벗은 빛나는 진실"만이 남는다고 말한다.[17] 맥스를 놀리는 것이 1930년대 내내 애거사의 주제 가운데 하나였던 듯하다.《구름 속의 죽음》에서 깡패처럼 보였던 두 사람은 알고 보니 "학식 있고 저명한 고고학자"였다.[18]

1936년에 나온《메소포타미아의 살인》에서는 맥스와 그의 작업이 더욱 중요한 위치를 차지한다. 애거사의 자필 메모를 보면 울리 부부와 실제 고고학자들을 모델로 삼아 소설을 썼음을 알 수 있다. 서술자인 레더런 간호사의 상식적인 성격이나 아웃사이더적인 시각 등은 애거사를 연상시키는데, 레더런도 (맥스처럼) 젊고 조용한 고고학자에게 끌린다. 그에게 "약간 호감을 느꼈다"고 레더런은 말한다.[19]

이 소설에는 단서를 숨겨놓는 '크리스티 트릭'의 탁월한 예가 있다. 책에 이런 묘사가 나온다. "라이드너 박사가 허리를 굽히고 줄줄이 늘어선 무수한 돌과 깨진 그릇 조각을 보고 있었다. 그가 퀸이라고 부르는 커다란 무엇, 절굿공이, 까뀌, 돌도끼, 이상한 무늬가 새겨진 깨진 그릇 조각 무더기 등, 이렇게 많은 것을 한꺼번에 보기는 처음이었다."[20] '퀀(맷돌)'이라는 뜻밖의 낯선 단어가 그릇과 도끼와 깨진 조각들 무더기 사이에서 튀어나오지만, 서술자 레더런 간호사는 다른 쪽으로 주의를 돌리고, 곧 전부 잊힌다. 하지만 만약 주의 깊은 독자가 이 이상한 단어를 새겨놓는다면, 나중에 이게 살인 무기로 밝혀지더라도 놀라지 않을 것이다. 비평가 J. C. 번설J. C. Bernthal은 애거사의 단서가 천재적이라고 하는 이유를 이렇게 설명한다. "매번 단서를 심어놓을 때마다 '짜잔'이라고 외치는 것 같다. 독자는 그 부분을 처음 읽을 때 속으로 '퀀이라고?' 물으면서 '이게 뭐지? 아, 그래 뭔가 고고학적인 거구나' 하고 생각한다. 그러면 나중에 그런 것이 있었다는 것이 기억날 것이다."[21]

배경은 낯설지라도《메소포타미아의 살인》이 전작인 1935년작《ABC 살인 사건》보다는 훨씬 더 전통적인 작품이다.《ABC 살인 사건》의 '크리스티 트릭'은 범죄를 연결하는 고리가 알파벳이라고 암시하는 것이다. 속임수였다! 실제로 패턴을 이루고 있는 것은 또 하나의 붕괴된 가족이었다. "다수를 대상으로 한 것처럼 보이는 범죄가 사실은 위장된 집안의 살인이었다."[22]《ABC 살인 사건》과 함께 애거사는 '연쇄 살인범 소설'이라는 새로이 생겨나기 시작한 장르에 누구보다도 먼저 뛰어든 셈이다.[23]

그리고 1939년에《그리고 아무도 없었다*And Then There Were None*》라는 제목으로 알려진 걸작이 나왔다. 원래는 제목에 인종차별적인 단어가 들어 있었던 것으로 악명이 높다. 원제목은 동요에서 따온 것이긴 하나 이야기의 배경인 섬의 이름에도 인종차별적인 'N-워드'가 들어간다. 문학평론가 앨리슨 라이트는 의도적으로 아프리카를 연상시키게끔 선택한 이름이라고 지적한다. 애거사는 아프리카를 몬티가 병에 걸리고 중독이 되어 돌아온 곳, 인간 행동에 대한 일반적 규제가 이루어지지 않는 '암흑의 대륙'이라고 생각한 것이다. 이 책에서는 한 명의 백인을 죽이는 범죄가 스물한 명의 아프리카인을 죽인 범죄와 농능하게 여겨진다. "원주민들은 죽음을 꺼리지 않아요." 살인자 필립 롬바드가 자기 행동을 정당화하려고 하는 말이다.[24]

애거사 크리스티가 쓴 어떤 표현들이 오늘날 이토록 괴롭게 들리는 까닭은, 사람들이 애거사의 책을 시대를 초월한 것으로 생각하는 경향이 있기 때문이기도 하다. 애거사의 작품이 1980년대와 1990년대 텔레비전에서 문제가 되는 부분을 지우고 방영된 탓에 그런 인식이 생긴 것일 수 있다. 또 애거사의 글이 너무 쉽고 명료하게 쓰여서 읽을 때 어떤 시대에 쓰였는지 뚜렷이 느껴지지 않는 것도 있다. 그래서 애거사의 글이 시간과 공간을 넘어 널리 사랑받기도 하지만, 또 그래서 명백한 사실이 간과되기도 한다. 모든 이야기는 작가의 계급과 시대의 산물이라는 사실이다. 처음 이 책을 읽은 영국 중간층 독자들은 원제목을 딱히 불편하게 여기지 않았을지라도, 인종적으로 더 민감한 미국은 사정이 달라서 처음부터 《그리고 아무도 없었다》라는 제목으로 출간되었다.

《뉴욕 타임스》는 이 책을 호평했다. "완전히 불가능하고 완전히 매혹적이다."[25] 애거사가 새로운 차원의 경지에 도달했음을 보여주는 작품이다. 애거사는 죽어 마땅한 인물들에게 더없이 결연한 태도로 죽음을 안겨준다. 1926년부터 1930년까지 심리학이 전면에 나왔던 불안정한 시기를 거쳐 이제 전성기의 애거사는 흑과 백, 선과 악의 더 명료한 시각으로 돌아가고 있었다.

그런데 《그리고 아무도 없었다》가 출간될 때 있었던 어떤 사건이 애거사의 문학적 명성에 중대하고도 장기적으로 해로운 영향을 미쳤다. 출판사에서 《크라임 클럽 뉴스*Crime Club News*》에 실은 글이 플롯의 비밀을 사실상 공개해버린 것이다. 애거사는 엄청나게 화를 냈다. 비평가 머자 마키넨Merja Makinen은 애거사가 대노한 일 이후에 출판사에서는 스포일러를 굉장히 조심하게 되었다고 말한다. 그럴 만한 일이기는 하나, 그러다 보니 비평가들이 애거사 크리스티의 작품을 자유롭게 토론하고 평가하기가 어려워지는 부작용이 있었다. 애거사의 교묘한 플롯 구성이나 '수학적' 특징이라고 할 수 있는 것을 우선시하고 신성시할수록, 애거사의 최고의 책들에서 만날 수 있는 대화, 인물, 유머 등에 관심을 기울이고 즐길 여지는 줄어들 수밖에 없다.

이것이 애거사 크리스티가 자꾸 과소평가되는 이유 가운데 하나이기도 하다.

7부
전시 노동자

27

포화 아래에서

1941년 가을, 애거사는 다시 전시 병원 약국으로 돌아가서 일했다.

붉은 벽돌로 지은 높은 건물인 유니버시티 칼리지 병원은 가워 스트리트에 있었다. 맞은편에 있는 도서관은 폭격을 당했고 10만여 권의 책이 불타 없어졌다. "병원은 아직 서 있다. 사방에 무너진 건물이 있지만." 애거사는 이렇게 기록했다.[1] 병원의 500개 병상 중 140개는 공습에 대비해 비워놓았다. 4월 어느 날 하룻밤 사이에 병원으로 이송된 부상자만 해도 70명이었으니 그럴 수밖에 없었다.[2]

공습The Blitz이 절정이던 나날은 지나갔으나 런던 주민은 여전히 언제 울릴지 모르는 공습 경보에 대비해야 했다. 그때 미국은 아직 독일에 선전포고를 하지 않은 상태였다. 애거사의 미국 출판사에서 그해 가을에 나올 소설 홍보에 쓸 사진을 보내달라고 했다. 애거사는 병원의 열악한 상황을 보여주는 사진을 실으면 홍보에도 도움이 되고 영국을 지원해달라고 호소하는 효과도 있으리라 생각했다.

"뭔가 사진을 넣어야만 한다면, 이걸 쓰라고 해요."[3]

교대 시간이 되면 병원에서 나와 햄스테드 히스를 향해 오르막 길을 걸어 집으로 가서 작가로서 두 번째 일을 시작했다. 애거사는 책에서도 전시 노동을 이어갔다. 새 소설 《N 또는 M *N or M?*》(1941) 에는 스파이 활동과 전시의 망상증이 등장하고, 특히 나치를 조롱한 것으로 유명하다.

애거사가 당시 사는 집은 얼핏 뜻밖의 선택인 듯하다. 벨사이즈 파크에 있는 론 로드 플래츠라는 놀라울 정도로 현대적으로 보이 는 새하얀 아파트였다. "거대한 여객선처럼 생겨서 굴뚝이 몇 개 있 어야 할 것처럼 보였다."[4] 이 아파트에 사는 다른 입주자들은 50세 가 좀 넘은 중년 부인의 존재가 조금 생뚱맞다고 느꼈다. 헝가리인 건축가인 한 이웃은 애거사와 "복도에서 마주치곤 했는데, 푸근하고 느긋해 보이는 부인이라 탐정 소설가라기보다는 뒷마당에 장미를 기를 사람으로 보였다"고 했다.[5]

애거사는 이곳에서 카를로도, 로절린드도, 무엇보다도 중요하게 맥스도 없이 혼자 살고 있었다.

1930년대 명성을 누리고 큰돈을 벌며 젊은 남편과 함께 서아시 아에서 화려한 제2의 인생을 살던 작가에게 전쟁이 덮친 세상은 전 혀 다른 곳처럼 보였다. 애거사는 이전 어느 때보다 열심히 일했고, 우울증에 빠질 위험에 가까이 다가가고 있었다.

1938년에 이미 애거사의 황금기에서 금박이 벗겨질 조짐이 보 였다. 그해에 피터가 죽었다. 1926년 힘든 시기에 애거사를 위로해 주었고 《벙어리 목격자*Dumb Witness*》(1937)에도 등장하는 반려견이다. 이해에 또 애거사는 에이전트인 에드먼드 코크한테서 어떤 편지를 받았는데, 처음에는 이게 그렇게 심각한 문제가 될 줄은 몰랐다. 코크는 애거사에게 미국 세무당국에서 미국 내 수입에 관해 물어왔다고 알렸다. 지금까지 한 번도 세금을 요구받지 않았던 소득이었다. 미국 에이전트 해럴드 오버Harold Ober가 세무 조사에 대처하려고 변호사를 고용했다.

상황이 얼마나 나빠질지 몰랐던 것이 애거사의 마음의 평화를 위해서는 오히려 다행이었다. 얼마 뒤에 미국 연방 고등법원에서 다른 영국 작가에게 미국 세금을 내라는 최종 판결을 내렸다. 애거사의 팀은 지금까지 한 번도 세금이 청구되지 않았다는 점을 내세우는 수밖에 없었다. 세무당국에 만약 세금을 내야 한다면 언제까지 소급해 적용할지 물었다. 애거사가 미국에서 책을 출간한 지 20년이나 지났던 것이다. 돌아온 답은 걱정을 일으킬 만했다. "이곳 세무서는 …… 애거사 크리스티의 계좌를 맨 처음부터 확인하겠다고 요구하고 있습니다." 오버가 설명했다. "저는 이걸 가능한 한 오래 끌어보려고 합니다."[6]

더 넓은 세상에서 들려오는 소식도 불안하기는 마찬가지였다. 1939년 9월 3일 일요일, 영국 사람들은 모두 라디오에 귀를 기울이며 영국이 전쟁 상태에 들어갔다는 총리의 발표를 들었다. 맥스와 애거사는 그린웨이의 부엌에서 방송을 들었다. 애거사는 샐러드를 만들고 있었다. 이때 교구 명부를 보면 그린웨이에 사는 사람이 꽤 많았음을 알 수 있다. 애거사('작가'), 맥스('고고학자'), 로절린드와 가사 일꾼 세 명(캐서린 켈리, 이디스 퍼킨스, 도러시 미첼). 부지 내에 있는 페리 코티지에 사는 엘리자베스 배스틴도 있었다. 맥스는 미시즈 배스틴이 '어리석은' 여자라고 생각했고 그날 일요일 점심 때 미시즈 배스틴이 "채소에 대고 울었다"고 기억했다.[7] 그렇지만 시대의 변화를 감지했다는 점에서 미시즈 배스틴이 맥스와 애거사보다 더 선견지명이 있었던 셈이다. 평화롭던 10년만 끝난 게 아니었다. 애거사와 맥스의 생활 방식도 이제 끝이 났다. 미국발 재정 위기는 차치하더라도, 그린웨이라는 야심 찬 주거공간을 더는 유지할 수 없는 시기가 다가오고 있었다.

그럼에도 두 사람은 그린웨이에 머물렀다. 초기에는 '개전 휴전 상태'라 일상에 큰 변화가 없는 듯 보였다. 처음 전쟁이 발발했을 때 영국인 100만 명이 즉각적으로 노동력을 제공하겠다고 자원했고, 그 가운데 3분의 1은 여성이었다. 이후 정부의 부름에 응한 경우까지 합하면 영국은 참전국 중에서 자원한 민간인 비율이 가장 높은 나라가 된다. 여기에 애거사와 맥스도 한몫을 보탠다. 하지만 자신들이 기여할 방법을 찾는 데 시간이 좀 걸렸다.

일단 맥스는 전시의 추한 면 중 하나인 외국인에 대한 경계심 때문에 곤란을 겪었다. 맥스가 입대하는 데 부모가 걸림돌이 되었다. 마르그리트와 프레더릭 맬로원은 외국에서 태어났기 때문에 '적대적 외국인'으로 분류되었고, 그래서 억류 대상인지 아닌지 심사를 받아야 했다.[8] 이 문제가 애거사의 《N 또는 M》에서도 다뤄져서, 토미와 터펜스는 영국에서 난민들을 억류하려 하는 것에 의문을 제기한다. 터펜스는 독일인이라고 전부 무차별적으로 증오하는 것은 "전쟁의 가면을 쓰는 것이나 다름없다. 전쟁의 일부이고 어쩌면 필요한 것

일 수도 있으나 너무 피상적이다"라고 말한다.[9] 맥스는 당국에서 '전
쟁 가면'을 내려놓고 자신한테도 뭔가 내놓을 것이 있음을 알아주길
바라는 수밖에 없었다. 맥스는 35세였고 현역으로 입대하기에는 나
이가 좀 많았다. 그래도 브릭섬 시민군Brixham Home Guard에 들어갈
수는 있었다. 그곳에서 맥스는 고대 그리스어 교수를 만났다. "고대
그리스 전쟁에 관한 경험은 우리가 누구에게도 뒤지지 않지."[10]

그때 그레이엄 그린Graham Greene은 정부 정보부에서 일하면서
애거사에게 선전 작가로 함께 일할 의향이 있냐고 물었다. 애거사는
자기는 그런 일은 잘 못할 것 같다며 거절했다. 그렇지만 애거사도
나름의 방식으로 선전 문학을 써냈다.《N 또는 M》이라는. 이전 작
품과 달리 이 책에서는 드디어 유대인이 희생자라는 맥락으로 언급
된다. 애거사는 에드먼드 코크에게 이렇게 말했다. "독일군이 우리를
침공하면 이런 책을 쓴 나는 바로 강제수용소로 끌려가겠죠!"[11] 전
쟁이 진행되면서 애거사는 가끔 정보부의 의뢰로 글을 쓰기도 했다.
이를테면 영국과 소련이 연합국이 된 후에는 소련 간행물에 탐정 소
설에 관한 글을 실었다.[12]

1939년 가을부터 1940년 여름까지 휴전 기간에 애거사는 엄청
난 생산성을 보였다. 세계정세뿐 아니라 세금 문제 때문에도 매우
불안정한 상태였으므로 미친 듯이 글을 써댔다. 데번의 휴가지를 배
경으로 한 화려한 작품《백주의 악마》는 프랑스 함락을 잠시 잊게
해준 반가운 기분전환 거리가 되었다. 이에 더해《잠자는 살인*Sleeping
Murder*》(1976)과 《커튼*Curtain*》(1975)도 써냈다.《잠자는 살인》은 미
스 마플이 등장하는 소설이고《커튼》은 에르퀼 푸아로가 죽음을 맞

는 소설인데, 애거사는 이 두 권을 바로 출간하지 않고 앞날을 위해 비축했다. 은행 금고에 보관하고 폭격으로 인한 파괴에 대비해 보험을 들었으며, 로절린드와 맥스에게 증여하는 증서를 작성했다. 애거사는 자기가 "급작스러운 사망!"을 당했을 때 남은 가족들한테 돈이 있도록 해달라고 코크에게 당부했다.[13] 어릴 때 '파산'을 경험했기 때문에 그런 상황에 부닥치는 것에 대한 공포에서 영영 벗어나지 못했다. 그래서 과로하게 되었다. "정말 할 일이 너무 많아요." 애거사가 불평했다. "머리가 어질어질해요."[14]

1940년 1월 맥스는 드디어 튀르키예 지진 피해자들을 돕기 위한 기금에서 자원봉사 일자리를 찾았다. 애거사는 세인트 존 구급 여단 '공습 경계 보조 예비군'에 들어가기 위한 시험을 치렀고, 토키 병원 조제실의 옛 보직으로 돌아갔다. 애거사의 너덜너덜해진 전시 신분증을 보면 출근 때 모습을 엿볼 수 있다. 진지한 표정, 검은색 재킷, 이중 턱, 머리카락은 핀을 꽂아 멋지게 컬을 만들었고, 진주 장신구를 달고 있다.[15] 애거사는 창조적 활동과 균형을 맞출 육체노동이 필요했기 때문에 군인 급식소 일자리도 구했다. "육체 활동을 충분히 하면 정신이 해방되어 저 우주 공간으로 나가 스스로 생각과 발명을 해낸다"고 애거사는 설명했다.

에드먼트 코크는 애거사는 병원이나 식당에서 일하는 것보다 '중요한' 일을 해야 한다며 반대했다. 그러나 애거사는 약이나 음식은 중요하지 않다는 코크의 남성적인 편견에 귀 기울이지 않았다. "내가 더 중요한 일을 해야 한다고 말하는 것은 좋은데 …… 나한테 더 흥미롭고 더 중요한 일이 당신은 뭐라고 생각하는지 말해봐요."[16]

불쌍한 코크 씨가 가장 중요한 고객이자 이 무렵에는 막강한 존재가 된 애거사의 편지를 읽고 덜덜 떨었을 생각을 하면 좀 재미있다.

데번에서도 점차 전쟁이 느껴지기 시작했다. "사방에서 폭탄이 날아들어요!" 애거사의 글이다. "이곳에서 가까운 다트강 가에 정박한 병원선을 노리는 것 같아요."[17] 맥스의 고학력 시민군 동료들이 걸리적거리며 일상을 방해하기도 했다. "지난주에는 우리 집이 침공을 당했어요. 군장을 어찌나 잔뜩 했던지 잘 움직이지도 못하는 군인들이 집에 가득했어요!"[18] 런던에서 코크도 일에 방해를 받고 있었다. "간밤 공습으로 타격을 좀 받았습니다. 폭격 때문에 계약서가 전부 사무실 바닥으로 쏟아졌어요."[19]

딩케르크 철수(제2차 세계대전 초반인 1940년 5월 26~6월 4일 프랑스 최북단 항구도시에서 연합군이 벌인 대규모 해상 철수 작전 – 옮긴이) 직전에 애거사는 여전히 일에 쫓겼고 점점 짜증이 심해졌다. 애거사는 치과 병원을 배경으로 한 푸아로 소설인 《하나, 둘, 내 구두에 버클을 달아라 One, Two, Buckle My Shoe》(1940)의 결말을 바꿔달라는 요청에 응하며 코크에게 보낸 편지에 이렇게 서명했다. "마음이 급하고 이 책을 가지고 씨름하느라 조금 성질이 나빠진 애거사로부터."[20] 일에 너무 몰두하다 보니 1940년 봄에 로절린드가 전화를 붙들고 있을 때가 무척 많다는 사실을 알아차리기까지 시간이 꽤 걸렸다.

그 수수께끼는 차차 풀리게 되지만, 애거사 가족은 바로 그린웨이에서 이사를 나가야 하는 형편이었다. 애거사는 그린웨이를 아버스넛 부부와 간호사 두 명, 피난한 아이들 열 명에게 세를 주었다. 이때 살던 아이들의 이름이 그린웨이의 수납장에 붙은 종이 라벨에 오늘날까지 남아 있다. 여기에 아이들의 방공복을 보관했던 것이다. 모린, 티나, 파멜라, 베릴, 토미, 레이먼드, 빌. 시골로 대피했던 어린이 중 한 명인 도린 보투어는 이렇게 회상했다. 외로운 아이들은 "일요일마다" 사진첩을 높은 찬장 위 보관 장소에서 꺼내어 "각자 부모님과 식구들의 사진을 봤다".[21]

그러는 동안 애거사는 셋집에 살면서 수입을 걱정했다. "미국에서 곧 돈을 받을 수 있을까요? …… 은행 계좌가 온통 적자투성이에요."[22] 그러나 답변은 부정적이었다. 8월에 미국 세무당국은 애거사가 미국에서 돈을 가져가는 것을 금지했다. 코크는 1930년 이래로 쌓여온 세금에 "신고서 미제출에 대한 벌금"까지 7만 8500달러를 미국 세무당국에 내야 할 수도 있다고 경고했다.[23] 게다가 전쟁 비용을 대기 위해 영국에서도 세금을 올렸다. 애거사와 동시대의 베스트셀러 작가 대프니 듀모리에는 1942년 2만 5000파운드를 벌었는데 그 가운데 90퍼센트를 세금으로 냈다. "랭커스터 폭격기 한 대를 사기에 충분한 돈이다!"[24] 영국 세무당국은 애거사 수입의 80퍼센트를 세금으로 받기를 원했는데, 애거사가 받지도 못한 미국 수입까지 소득에 포함시켰다. 소득세를 내려면 대출을 받아야 했는데 그것도 문제였다. 코크가 설명했듯이 애거사는 "부유한 여성이니 대출을 받는 데 어려움이 없어야 하는데, 전쟁 때문에 모든 게 달라졌다". "미시즈 크리스티는 정당하게 내야 할 세금을 부적절하게 회피할 사람이 결코 아닙니다." 코크는 이렇게 말했다. 그렇지만 "불쌍한 작가가 먹고살 방편을 절박하게" 찾아야 할 지경이었다.[25]

이 상황에 대한 애거사의 반응은 그다지 사업가답지 못했다. 그냥 글을 더 많이 쓰기로 했다. "타자기 리본 좀 보내줄 수 있어요?" 애거사가 코크에게 물었다. "지금 것은 너무 흐릿해져서 잘 보이질 않네요."[26]

애거사가 미친 듯이 글을 쓰는 가운데 영국 본토 항공전이 벌어졌고, 공습이 시작되었다. 그러나 애거사와 맥스가 진짜 전쟁을 실감하게 된 것은 1941년 2월 11일이었다. 이날이 맥스가 열심히 인맥을 활용해 마침내 영국 공군에서 임무를 얻게 된 날이었다. 봉급이 나오는 안정적인 일자리였고 맥스가 지금까지 경험해본 적이 없는 직종이었다. 맥스는 애거사가 자기 일에 계속 돈을 대줄 수 없다는 사실을 깨달았다. "우리는 땅을 파는 데 쓸 돈을 마련할 수 없었고, 그 일은 불확실한 일이 되었다."[27]

맥스의 새 직장은 공군 관리 부서였다. 맥스는 대영박물관에서 만난 친구이자 이집트 학자인 스티븐 글랜빌Stephen Glanville의 소개로 일자리를 얻었다. 맥스가 신생군인 공군을 택한 것은 좀 격이 맞지 않는 일이었으나, 책벌레처럼 보이는 고고학자를 받아주는 데가 거기밖에 없었을 수도 있다. 이제 애거사의 두 번째 남편까지 가장 젊고 가장 짜릿한 군에 복무하게 된 것이다.

그래서 1941년 3월 공습이 시작된 지 일곱 달째 접어들었을 때, 맥스와 애거사는 런던 론 로드 플래츠로 이사했다. 스티븐 글랜빌도 한동안 같은 블록에 살았다. 스티븐은 이미 공군 연합국 및 대외 연락국 정보과에서 일하고 있었고, 두 친구는 사무실을 같이 쓰며 파이프 담배 연기로 그 안을 가득 채웠다.

왜 애거사는 맥스를 따라 런던으로 왔을까? 아마 아치를 혼자 두었을 때 골프에 빠지고 낸시에게 빠졌던 것을 떠올렸을 것이다. 그러나 이 결정에는 위험이 뒤따랐다. 공습이 시작되고 겨우 이틀째 밤에 론 로드 플래츠의 창문이 날아갔고, 1940년 10월부터 1941년 6월까지 이 동네에 38개의 폭탄이 떨어졌다.[28] 애거사와 맥스가 이사 온 뒤로도 공습이 두 달은 더 계속되었다. 그래도 두 사람이 론 로드 플래츠를 선택한 데는 이 건물이 공습에 매우 안전하다고 여겨지는 철골 콘크리트 구조라는 이유도 있었을 것이다.[29]

당시 사람들이 아늑한 주거 공간으로 여길 만한 곳은 아니었다. 1946년, 잡지 《호라이즌*Horizon*》 독자들은 론 로드 플래츠를 "영국에서 두 번째로 못생긴 건물"로 꼽았다.[30] 1934년에 준공된 이 건물에는 예술가, 사회주의자가 살았고 최소 네 명의 소련 스파이가 서로 다른 시기에 이곳을 거쳐 갔으며, 다양한 이민자와 온갖 종류의 창의적인 사람들이 살았다. 론 로드 플래츠는 오늘날 이소콘 빌딩이라는 이름으로 불린다. 이 건물을 지은 몰리와 잭 프리처드(개방적인 결혼관을 가진 좌파 성향의 인물들이다)의 또 다른 사업체인 합판 가구 회사의 이름을 딴 것이다.

이 건물의 투자 설명서는 "가사 노동 시간이 부족한 비즈니스맨과 비즈니스우먼"을 위한 아파트를 약속했다.[31] 애거사의 집은 새로운 유형의 인간, 독립적이고 열심히 일하는 전문직 종사자를 위해 설계된 집이었다. 크기가 5.4×4.67미터밖에 되지 않았고 벨링 오븐과 일렉트로룩스 냉장고가 있는 미니 주방이 미닫이문으로 분리되어 있었다.[32] 입주민은 집에서 요리를 하기보다는 건물 내 식당에서 밥을 먹을 것으로 기대되었다. 텔레비전에 출연해서 "최초의 셀러브리티 셰프"라고 불리는 필립 하벤이 운영하는 식당이었다. 애거사는 "저녁 무렵 아무 때나 내려가서 식사하고 누군가와 이야기를 나눌 수 있다는 점"을 마음에 들어 했다.[33]

한때 여덟 채의 집을 소유했던 애거사인데, 충격적이게도 이제는 살 집이 없어 손바닥만 한 론 로드 플래츠에서 지내게 된 것이다. 그린웨이, 윈터브룩, 크레스웰 플레이스는 전부 세를 내주었다. 폭탄 피해를 보상해주는 보험이 터무니없이 비쌌기 때문에 애거사는 결국 캠든 스트리트에 있는 집을 팔아야 했다. 셰필드 테라스의 집은 1940년 11월 10일 폭격으로 폐허가 되어서 쓸 수 없었다. "현관문과 계단이 날아갔어요." 애거사가 기록했다. 지붕과 굴뚝도 무너졌고, "옆집과 앞집은 거의 완전히 납작해졌어요".[34] 애거사와 맥스는 폭격 당시 그 집에 있지 않아 천만다행이라고 생각했다. 애거사는 공습에 대해 운명론적인 태도가 있어서 "한 번도 대피소로 간 적이 없다"고 주장한다. 경보가 울려도 그냥 침대에 누워 있었다. "잠에서 깨지도 않았다." 애거사가 말한다. "나는 비몽사몽 중에 생각했다. 사이렌 소리를 들은 것 같은데, 폭탄 소리가 멀지 않은 것 같은데…… '아 이런, 또 시작이네!' 이렇게 웅얼거리며 돌아누웠다."

포화 아래에서 런던은 전혀 다른 곳이 되었다. 그레이엄 그린은 공습 기간의 으스스하고 때로 아름답기까지 한 분위기를 이렇게 묘사했다. "텅 빈 캄캄한 도시, 대폭발로 찢기고 대공포 불길에 휩싸이고 현란한 불꽃이 형형하고 매캐한 연기, 무너진 건물의 먼지가 공기 중에 가득하다." 한 미국 기자는 "기괴한 아름다움"이라고 묘사했다. 도시가 "분홍색 천장으로 덮이고 포탄이 터지고 비행선이 떠가고 조명탄이 빛나고 사악한 엔진 소리가 울린다. 이런 일이 벌어질 수 있다는 것에 마음속에는 흥분과 기대가 영혼에는 경이가 솟는다".[35]

그러나 전쟁의 기묘한 아름다움에 관한 공상에 빠질 수 있었던 것은 글 쓰는 남성들이지 일하는 여성은 아니었다. 영국 사회조사 기관인 매스 옵저베이션Mass Observation 프로젝트의 한 보고서는 이렇게 지적했다. "이 전쟁은 여성들에게 즉각적으로, 1914~1918년 전쟁 때보다 훨씬 이른 시점부터 심각하고 광범위한 문제를 야기했다." 여성들은 특히 등화관제 때문에 불안해했다. 이 보고서에 따르면 "평범한 여성들이 후방에서 벌어지는 전쟁으로 인한 타격을 떠안고 있었다".[36]

1941년에 애거사는 유니버시티 칼리지 병원 조제실에서 일을 시작했을 뿐 아니라 너무나 많은 집을 비우고 청소하고 정리하는 육체노동도 병행해야 했다. 그린웨이와 윈터브룩이 군용으로 징발되면서 짐을 싸야 했다. 어린 시절 일을 도와주던 하인들은 까마득한 추억이 되었다. 카를로마저도 군수 공장에서 일하고 있었다. 대부분의 영국인들처럼 애거사도 너무 지쳤기 때문에 서정적 감정에 빠져 불꽃의 색을 운운할 수는 없었다.

론 로드 플래츠가 사회주의자와 스파이와 관련이 있는 곳이었기 때문에, 애거사도 너무 많은 것을 아는 여자가 아닌가 하는 의심을 받았다. 애거사의 스파이 소설 《N 또는 M》이 1941년 가을에 출간되자, 블레츨리 대령이라는 인물이 나왔다는 이유로 당국의 의심을 샀다. 1940년 1월부터 독일 암호를 해독하는 극비 작전이 베드퍼드셔주에 있는 MI6 기지 블레츨리 파크에서 진행 중이었기 때문이다.

너무나 위험스럽게 보이는 우연이었다. 블레츨리 파크에서 독일군의 에니그마 기계의 비밀을 파헤치고 있는 암호 해독자이자 고전학자 '딜리' 녹스'Dilly' Knox가 애거사와 잘 아는 사이였기 때문에 MI5 보안국에서는 더욱 경각심을 느낄 수밖에 없었다.

녹스는 보안 위반이 없었는지 조사를 받았고, 애거사를 초대해 차를 마시면서 의도를 숨긴 채 블레츨리 대령의 이름을 어떻게 정하게 되었는지 물어보라는 지시를 받았다. 애거사는 전혀 흥미롭지 않은 진실을 들려주었다. 기차가 연착되어 블레츨리역에서 꼼짝 못 하게 된 일이 있었는데, 기다리느라 너무 지루했기 때문에 지루한 인물의 이름으로 '블레츨리'가 딱이라는 생각을 했다고 말했다.[37] 그러니 블레츨리 파크의 비밀은 안전했다.

애거사는 유니버시티 칼리지 병원에서 3년 동안 매주 이틀은 종일, 사흘은 반일씩 근무했다. "외래 환자 약국에서 그렇게 유명한 사람이 일하고 있다는 사실을 아는 사람은 거의 없었다." 한 동료는 이렇게 회상했다. 애거사는 자기 모습을 감추어주는 칸막이 뒤에서 환자들과 잡담을 나누기를 좋아했다. 자기 근무일이 아니어도 "매일 아침 전화를 걸어 결근한 직원이 있는지 물었다. 만약 그렇다면 최대한 서둘러 햄스테드에서 출발해 손을 보태기 위해서였다".[38]

병원에서 일하지 않는 시간에는, 늘 글을 썼다. 다른 매스 옵저베이션 보고서에는 애거사가 공습 시기에 꾸준히 인기를 누린 작가라는 이야기가 나온다. "언급된 탐정 소설 작가 중에서 애거사 크리스티가 설문에서 단연코 1위를 차지했다." 남편을 잃은 50대 여성은 애거사 크리스티의 매력을 이렇게 설명했다. "집중해서 읽어야 한다는 사실이 좋아요. 용의자, 모든 것을 밝혀내는 과정, 이 모든 일이 긴장을 풀게 해주지요."[39] 미국 판매고도 고무적이었다. 《애크로이드 살인 사건》은 여전히 "한 달에 약 5000부씩" 팔리고 있었다.[40]

이 시기에 애거사는 《움직이는 손가락》《서재의 시체》《0시를 향하여》《다섯 마리 아기 돼지》등 탁월한 작품을 잇달아 내놓았다. 앞의 두 작품은 정통 탐정 소설이지만 뒤쪽 두 작품은 좀 더 인상주의적인 분위기를 도입하며 '황금기'의 '규범'에서 벗어났다. 《다섯 마리 아기 돼지》에서는 살인이 먼 과거에 일어났고 푸아로가 이 사건에 얽힌 사람들 간의 관계의 본질을 진단해야 한다. 애거사의 좀 더 느슨하고 '심리적'인 모드를 선호하는 사람들이 최고로 꼽는 푸아로 소설 가운데 하나다. 그러나 앞으로 살펴보겠지만 애거사가 심리에 대해 더 많이 생각하고 글로 쓴다는 것은 정신 상태가 아주 평온하지 않다는 의미이기도 했다.

전쟁 중에 쓴 소설 가운데 전쟁을 명시적으로 다룬 것은 《N 또는 M》이 유일하다. 현실에서 도피할 수 있는 작품을 출판사에서 원했기 때문이기도 하고, 애거사 본인도 주제에 우회적으로 접근하는 편을 선호했다. 예를 들어 비행기 추락 사고로 시작하는 《움직이는 손가락》에는 전쟁이 존재하긴 하나 무대 밖에 있다. 뚜렷이 언급하지는 않지만 영국 본토 항공전을 떠올리게 된다. 주인공은 사고로 남성적 세계에서 물러나 여동생과 함께 작은 마을에 살며 "절대 휴식과 안정"을 취해야 하는 상황이다. 포화 아래의 영국이 가장 절실하게 원하던 것이 바로 그것이었다.

J. C. 번설은 애거사가 전쟁 중에 쓴 소설에는 여성 희생자가 14명

이나 된다는 점을 지적하며, 1920년대를 통틀어도 여성 희생자 수가 세 명인 것과 비교한다. 그리고 이 시신들에서 드러나는 극도의 여성성도 주목할 만하다. 《백주의 악마》에서는 여성의 신체가 미스터리의 열쇠가 된다. 다른 여성이 배우 알리나 스튜어트의 햇볕에 그을린 멋진 육체로 가장한다. 《서재의 시체》의 도입부는 애거사가 "내가 쓴 최고의 도입부"라고 말한 것인데, 등이 파인 이브닝드레스를 입은 코러스 걸의 시체가 밴트리 대령 부부의 서재에서 발견되면서 시작한다.[41] 미스 마플이 시신의 지저분한 손톱을 보고서 이 화려한 여성이 사실은 멋져 보이게 가장된 걸 가이드Girl Guide 소녀임을 알아차린다.[42] 여자들이 실크 스타킹을 구할 수가 없어서 맨종아리에 연필로 솔기를 그려 넣던 시기이니, 외모의 변화를 꾀하는 것이 많은 여성의 관심사였다. 제1차 세계대전 때와 마찬가지로, 애거사는 의식했든 안 했든 독자들이 가장 원하던 것으로 돌아간 셈이다. 폭력적 남성성으로부터 고개를 돌리는 것 말이다.

한편 비평가 피터 키팅은 애거사가 소설 속 정신분석가의 소파로 돌아가면서 작품에 전쟁의 스트레스가 드러난다는 사실에도 주목한다. 전쟁 기간에 미스 마플이 다시 등장하는데, 미스 마플은 잘못을 바로잡는 사람일 뿐 아니라 마음을 탐구하는 사람이기도 하다. 《서재의 시체》(1942)에서 미스 마플은 친구의 꿈을 분석해 친구가 남편에 대해 불안해하고 있음을 드러낸다. 《움직이는 손가락》(1942)에서는 미스 마플이 마치 심리치료사처럼 부상당한 주인공과 상담을 하고, 《잠자는 살인》(1942년경 집필)에서는 여주인공의 억압된 기억을 일깨워 치유한다.

애거사 크리스티는 1926년의 정신적 상처에서 이미 오래전에 벗어난 것처럼 보였을지 모른다. 그러나 사실은 전혀 그렇지 않았다. 전쟁 시기에 애거사는 다시 불안과 우울에 빠질 위험에 처했다.[43]

게다가 애거사의 걱정거리는 자신과 맥스뿐이 아니었다. 특히, 딸이 걱정이었다.

28
딸은 딸이다

1940년 여름, 프랑스 침공이 코앞에 닥쳤을 때, 로절린드가 갑자기 여자 국방군Auxiliary Territorial Service에 참여하기로 했던 생각을 바꾸었다고 선언해서 애거사는 깜짝 놀랐다.

"더 나은 할 일이 생각났어요." 스무 살이 된 로절린드가 모호하게 말했다. 알고 보니 그 할 일은, 결혼이었다. 그린웨이 전화기를 한없이 붙들고 담배꽁초를 수북이 쌓은 연유가 그래서였던 것이다.

휴버트 드 버그 프리처드Hubert de Burgh Prichard는 왕립 웨일스 퓨질리어 연대Royal Welch Fusiliers 소속 직업 군인이었다. 1940년 5월 29일, 휴버트와 같은 대대는 아니었어도 같은 연대에 속한 동지들이 됭케르크 철수 작전에 참여했다. 1940년 6월 11일, 영국의 앞날이 풍전등화 같은 상황에서 로절린드는 휴버트와 결혼했다.

휴버트는 서른세 살에 키가 크고 위엄 있는 외모에 짙은 색 머리카락은 뒤로 넘겼고, 말수가 적고 외알 안경을 썼으며 그레이하운드

사냥개를 좋아했다. 1939년 《태틀러*Tatler*》 잡지에는 휴버트가 크리켓 팀 동료들과 같이 찍은 가슴 아픈 사진이 실렸다. 이 젊은이들 모두 징집을 앞두고 있었다.

그러나 휴버트는 그런 생활에 익숙했다. 샌드허스트 육군사관학교를 졸업한 후 직업 군인이 되었는데, 지브롤터와 홍콩, 인도 북부 러크나우에서 복무했고 최근에는 수단에 나가 있었다.[1] 남웨일스 글러모건주에 있는 풀리우라흐라는 장원 저택에서 태어났고, 성년식 때는 소작인과 사유지 고용인 90명을 초대해 만찬을 열었다. 이들은 젊은 주인에게 명문이 새겨진 금시계를 선물했다.[2]

로절린드는 애브니홀에서 매지 이모의 소개로 휴버트를 만났다. 결혼으로 로절린드는 신분이 올라가는 것이었다. 약혼자 휴버트는 밀러 집안이나 크리스티 집안 그 누구보다도 확고하게 토지를 소유한 젠트리(영국에서 귀족은 아니지만, 토지와 재산을 가진 지방 상류층 중산 계급 – 옮긴이) 계급이었다. 그런데도 로절린드는 전시에 서둘러 하는 간소한 결혼에 어머니조차 참석하지 않기를 바랐다. 애거사 본인의 불운했던 첫 번째 결혼을 떠올리지 않을 수가 없었다. 로절린드와 휴버트는 북웨일스 덴비에 있는 등기소에서 결혼식을 했다. 휴버트의 연대 본부가 있는 렉섬Wrexham에서 가까운 곳이었다.

애거사는 "휴버트를 더 잘 알 기회"가 있었으면 하고 바랐다. 휴버트가 "다정한 사람"이며, "정확히 '시詩'는 아니라도 뭔가 그런 비슷한 기질"이 느껴진다고 생각했다. 그렇지만 치명적인 결함이 있는 건 아닌가 걱정했다. "우울은 아닌데 어쩐지 오래 살 운명이 아닌 듯한 사람의 느낌 혹은 표정이 있었다."

관계된 사람 모두 약간 복잡한 감정을 느꼈던 이 결혼식은 1940년의 결혼식이 대체로 그랬듯 **"법석을 최소한으로 해서!"** 치러졌다. "아주 조용하게 치르고 싶어 했어요." 애거사가 에드먼드 코크에게 전했다. "난 오직 사위가 무사히 돌아오기만을 빌어요."[3] 로절린드가 급작스럽고 비밀스레 결정을 내린 것에 애거사가 상처를 받았던들, 본인도 두 번이나 그렇게 급하고 비밀스러운 결혼식을 올렸으니 뭐라 할 수도 없는 처지였다.

그러나 이 결혼이 애거사의 자서전에는 로절린드가 앞으로 어떻게 살 것인가 하는 '문제'에 대한 '해결책'인 것처럼 나와 있다. 로절린드는 열정도 계획도 없었다. 애거사는 재미있고 다정하게 딸을 묘사하지만, 딸에 대해 상당히 비판적이기도 하다. 로절린드는 극도로 비밀스럽고 유머를 모르는 작은 기계처럼 묘사된다. 애거사는 딸이 "삶에서 나를 끝없이 좌절시키려 하지만 실패하는 소중한 역할"을 하고 있다고 말한다.

결혼을 결심한 로절린드의 동기가 정확히 무엇인지는 알기 어렵다. 로절린드 본인도 자기 특기가 "다른 사람을 비판하는 것"이라고 했고, 자기가 아닌 다른 사람이 될 수 있다면 누가 되고 싶냐는 질문에는 "아무래도 상관없다"고 대답했다.[4]

가엾은 로절린드는 자기가 어머니만큼 대단할 수도 중요할 수도 없다는 사실을 내면화한 듯하다. 베넨든 학교 사감은 로절린드를 예리하게 파악해서 이렇게 말했다. "개성이 없고, 현재를 재미있게 지내고 싶다는 약간의 바람 말고는 특별한 관심이나 열정이 없는 듯합니다. 본인의 두뇌로 이보다 나은 능력을 계발할 수 있을 것이라고 확신합니다."[5] 애거사는 정규 교육을 받지 않았으나 딸에게는 훨씬 나은 교육 기회를 주었다. 그렇지만 로절린드가 독립된 인간으로 성장할 공간과 안정을 제공하지는 못했다. 로절린드는 어머니의 그림자에서 살아야 할 운명이었던 것이다.

로절린드는 일을 하기 위해 농업 지원 여성회Land Girl에 들어갈까 생각하기도 했으나 결정을 내리지 못하고 있었다. 친구 수전은 부모님이 잘못된 길이라고 생각할 길로 빠져, 유부남과 동거하고 있었다. "아내와 이혼하겠다고 한대." 애거사의 말이다. "수전이 집안일이며 요리며 다 한대."[6] 그러나 로절린드도 목표를 찾지 못하고 불만족스러운 상태인 것은 크게 다르지 않았다. 역사가 앤 드 쿠시Anne de Courcy는 로절린드처럼 1930년대 후반에 성년이 된 젊은 여성은 "평시의 삶과 전시의 삶의 차이를 영국 사회의 다른 누구보다 극명하게 느꼈다"고 지적했다.[7] 어떤 사람들은 해방감을 느꼈다. 어떤 사람들은 변화를 감당하기 힘들어 했다.

로절린드는 어른의 삶의 문턱에 불안하게 다다랐을 때 자기가 어머니에게 카를로를 대신하는 존재가 되어야 하는 건 아닌가 걱정했다. "미스 피셔가 없으면 **모든 게 엉망이야!!**" 애거사가 불평했다. 분명히 채워야 할 빈자리가 있었다. "로즈가 날 도와주면 좋을 텐데." 그린웨이에 처리해야 할 실무가 있을 때 애거사는 이렇게 말했다. "필요하다면 목덜미를 움켜잡아서라도 거기 데려다 놓고 싶어!"[8] 그러나 로절린드는 "떠난 자리에 담뱃재 흔적을 남기며 영국 전역을 돌아다니면서" 시간을 보낼 뿐이었다.[9]

로절린드와 같은 계급에 속한 소녀들은 대체로 물질적으로는 풍요롭지만 정서적으로는 냉랭한 환경에서 자랐다. 로절린드는 싱글맘의 하나뿐인 자식이니 비슷한 환경의 다른 아이들보다는 어머니와 친밀한 관계를 맺었을 것이다. 그렇지만 로절린드도 어릴 때 애거사와 아치가 아홉 달간 세계 일주를 하는 동안 뒤에 외따로 남겨졌었다. 애거사의 말에 따르면, 두 사람이 돌아왔을 때 아이는 부모를 "잘 모르는 낯선 사람처럼 대했다. 차가운 표정으로 이렇게 물었다. '펑키 이모는 어디 있어요?'".

애거사가 자서전에서 이야기하는 로절린드의 '비밀주의'는 어쩌면 비웃음을 당할까 겁이 나 방어적인 행동을 취하는 것으로 읽히기도 한다. 고고학 탐사 생활에 관한 책에서 애거사는 열네 살 딸과 헤어지는 순간을 이렇게 묘사했다. "우리는 풀먼 기차에 올라탔고, 기차가 씩씩거리며 출발했다. 우리는 떠났다. 45분 동안 처참한 기분이었다. 그러다가 빅토리아역에서 멀어지자 다시 기쁨이 솟았다."[10]

이 대목은 애거사가 삶의 얄궂음에 관해 말하는 부분이기는 하나, 그래도 어쩌면 로절린드는 어머니가 자기를 별로 그리워하지 않았다는 걸 책에서 읽고 슬퍼했을지도 모른다. 로절린드의 남아 있는 편지를 보면 솔직하지 못하고 방어적인 면이 드러나니 어쩌면 로절린드가 결혼을 도피의 수단으로 생각했을 법도 하다. 그래도 맥스는 의붓딸에게서 어떤 현실주의를 볼 수 있었다. "당신보다 더 어른스러워. 그렇지 않아?" 맥스가 애거사에게 보낸 편지다.[11]

이런 일들을 근거로 애거사를 '나쁜 엄마'로 규정하고 비난할 수 있을까? 당연히 안 된다. 세상에 '나쁜 엄마'라는 것은 존재하지 않는다. 단지 '엄마'들이 있을 뿐이고, 누구나 좋은 날도 있고 나쁜 날도 있는 것이다. 그러나 애거사는 평범하지 않은 엄마였고, 그렇기 때문에 흥미롭기도 하다. 애거사는 엄마 노릇에 자신을 다 바쳐야 한다고 생각한 적이 없었다. 엄마 노릇을 하는 자신을 관찰하고 좋든 나쁘든 솔직하게 기록했다. 애거사가 가장 신중하게 묘사하는 관계 가운데 하나가 어머니와 딸의 관계다.

그러나 애거사의 삶을 부정적으로 그릴 때 전통적인 모성적 자질 부족이 애거사의 '결점' 중 하나로 거론되곤 한다. 파티에서도 논란이 있었다. "애거사에게 내 아이들 이야기를 했는데, 전혀 관심이 없다는 걸 느낄 수 있었다." 애거사를 만난 어떤 사람이 말했다. "내 친구 한 명은 저 까칠한 여자가 대체 누구냐고 묻기도 했다."[12] 아, '까칠한 여자'. 평범하게 비치려고 그토록 애를 쓰는데, 그토록 혹독하게 비판을 받다니.

결혼한 뒤에 로절린드는 프리처드 가문의 17세기 장원 저택에서 휴버트의 어머니와 여동생과 같이 살았다. 런던으로 여행 와서 어머니를 만났고 같이 이 집 저 집 짐을 정리하며 시간을 보냈다.

1942년 2월부터 애거사는 로절린드 일로 걱정할 시간이 훨씬 많아졌다. 또 다른 변화가 있었기 때문이다. 맥스가 해외 임무에 지원했다. 카이로에 공군 연합국 및 대외 연락국 전초 기지를 세우는 일을 맡았다. 추운 봄, 애거사와 맥스는 그린웨이에서 출국 직전 휴가를 보내며 나무를 심었고, 맥스는 노트에 동백, 목련, 프림로즈의 늦은 개화를 기록했다.[13]

애거사는 자서전에서는 어두운 경험조차 밝은 색채로 묘사하면서 좀처럼 감정을 드러내지 않는다. 그렇지만 1942년 이래 에이전트에게 보낸 편지나 맥스에게 카이로와 이어 북아프리카 주둔지로 보낸 무수한 편지에서 극심한 외로움이 느껴진다.

나중에 애거사는 폐경을 기뻐하며 폐경 뒤 사람과 무관한 삶의 기쁨을 새로이 발견하게 되었음을 공개적으로 축하했다. 그걸 보면 1940년대에 애거사가 전쟁과 고독뿐 아니라 호르몬의 변화도 겪고 있었음을 짐작할 수 있다. 이 시기를 통과한 뒤에 애거사는 "감정적이고 개인적인 관계의 삶을 끝냈을 때 찾아오는 두 번째 개화, 그리고 쉰 살의 나이에 느닷없이 느끼는 새로운 삶의 시작"에 대해 썼다.

그러나 1942년의 애거사는 아직 그 단계에 이르지 못했다. 맥스에게 보낸 편지를 보면 맥스가 옆에 없어서 날로 악화하는 정신 상태가 느껴진다. 애거사는 맥스에게 버림받는 꿈을 꾸었다. "사람들이 당신이 이제 날 좋아하지도 원하지도 않아 가버렸다고 말해서 패닉 상태로 꿈에서 깼어."[14] 이렇게 쓰기도 했다. "오늘 밤 슬펐어. 그래서 울었어."[15]

끔찍한 일이지만 스트레스가 창작 활동에는 긍정적인 영향을 미쳤다. 1940년대 중반 힘든 시기에 애거사는 그 어느 때보다도 더 치열하게 글을 썼다.

그러는 동안, 햇볕 따뜻한 곳으로 간 맥스는 어떻게 되었을까? 맥스는 처음에는 유명한 루프톱 레스토랑이 있는 카이로 콘티넨털 호텔에서 지냈다. 카이로에는 이제 영국과 대영제국군이 3만 5000명까지 늘어나 있었다. 공습과 포화에서 벗어난 이곳은 다소 파티 분위기였다.[16]

애거사는 남편과 같이 있기만을 간절히 원했다. 이집트로 파견 보내줄 일감을 찾으려고 애썼다. 《새터데이 이브닝 포스트》에서 기사 의뢰를 받아오라고 에이전트 코크를 졸랐지만, 결국 관료주의와 애거사의 성별 때문에 성사되지 못했다. 정보부 장관 브렌던 브래컨Brendan Bracken은 "여성 특파원 승인을 꺼리는" 전쟁부의 입장에 변화가 없다는 실망스러운 소식을 전해왔다.[17]

애거사가 할 수 있는 일은 맥스가 보낸 얇은 항공 봉함엽서를 읽고 또 읽는 것뿐이었고, 이러다 둘 사이가 멀어지는 건 아닌지 걱정했다. "가끔 너무 겁이 나." 애거사가 편지에 썼다. "편지 자주 써. 해가 안 날 때 기운을 북돋워줄 것이 필요하니까. 아! 여기가 겨울일 때 이집트에 가 있으면 얼마나 좋을까!"[18]

애거사가 걱정하는 것도 이해가 갔다. 맥스가 가 있는 도시는 가족을 두고 떠나온 사람들이 가득한 햇살 넘치는 곳이었다. 위험을 목전에 둔 대부분 서른 살 이하의 젊은이들이니 사교적 분위기가 짙어서, 중산층 백인 여성은 몇 달이고 매일 저녁 식당에서 다른 남자에게 식사를 얻어먹을 수 있었다. 게다가 맥스는 성실하게 소식을 전하는 특파원도 아니었다. "나도 당신이 무척 보고 싶지만 울적해할 시간이 없어." 마침내 편지를 보냈을 때는 이렇게 말했다. "너무 바빴어."[19] 맥스는 서른세 살이니, 여전히 애거사가 '감정의 삶'이라고 부르는 것 한가운데에 있었다.

특히 교묘한 '크리스티 트릭' 가운데 하나는 사람의 나이가 아니라 외모를 묘사함으로써 독자들이 그 사람을 어떻게 생각할지를 조종하는 것이다. 애거사는 이 점에 대해 많이 생각해보았을 것이다.

부적절할 정도로 젊다고 여겨질 남자와 결혼했으니.

한 예로 《살인은 쉽다*Murder Is Easy*》(1939)에서 은퇴 경찰인 남자 주인공은 자기가 스물여덟 살인 여자친구와 같은 세대라고 생각한다. 시간이 좀 지난 후에야 자기가 '할머니'라고 생각했던 용의자가 사실은 여자친구보다 자기와 더 비슷한 세대이며 그 사람도 젊을 때는 매력적이라고 여겨졌을 것임을 깨닫는다.

30대 후반의 맥스가 열네 살 연상인 애거사보다 열다섯 살 연하인 로절린드와 결혼하는 편이 더 일반적인 사례로 생각되었을 것이다. 만약 애거사의 삶이 애거사의 소설이었다면 맥스와 로절린드가 '숨겨진 커플'로 드러나더라도 놀랄 일이 아니다. 맥스의 나이가 그러하다 보니 맥스와 로절린드 사이는 서로 놀리거나 때로 격하게 다투기도 하는 대등한 관계였다. 떠나 있는 맥스에게 애거사가 무심하게 상기시킨 것 중에 "당신과 로즈가 다투던 것"도 있었다.[20]

지리적으로 떨어져 있는 세 사람은 이제 편지를 통해 관계를 재정립해야 했다. 맥스가 그럴 마음이 내킨다면 말이다. "내가 편지를 드문드문 쓰긴 하지만, 나는 네 생각보다 더 가까운 친구야." 맥스가 로절린드에게 편지로 말했다. 이런 다소 군색한 핑계를 댄다. "내가 정말 좋아하는 사람에게는 편지 쓰기가 정말, 정말 힘들어."[21]

그런 한편 의붓딸에게 놀라울 정도로 친밀한 편지를 쓰기도 했다. "너에 대한 마음은 전혀 변하지 않았어. …… 내가 오래 살면서 너를 흔들어놓고 논쟁하고 비판하고 같이 밥을 먹고 다투고 같이 웃고 생각을 나누고 너로 인해 삶이 점점 더 짜릿해지는 걸 느낄 수 있길. …… 너는 이런 말이 당혹스러울지 모르겠다."[22] 나로서는 맥스가 딸에게 보낸 이 편지를 애거사가 읽었는지 궁금하고, 그러지 않았길 바랄 뿐이다.

정상적인 삶으로부터 멀어지고 있다고 느끼게 된 계기 가운데 하나가 그린웨이를 잃은 일이었다. 애거사는 1942년 8월 31일 맥스에게 '불쾌한 사실'을 직시해야 하게 되었다고 알렸다. "해군성이 그린웨이를 사용하겠대. …… 방 두 개만이라도 남겨줘서(거실이라든가) 거기에 가구를 보관할 수 있으면 좋겠는데."[23] 짐을 꾸리면서 옛날 애시필드를 정리할 때의 위험한 기억이 떠올랐다. 그해 가을에 애거사는 편지에 이렇게 썼다. "트렁크에 짐을 싸고 거미줄투성이가 되는 게 지긋지긋해. 모든 게 지겨워!"[24]

그린웨이를 내줄 즈음 맥스가 돈 이야기를 했다. "재정 상태는 어때." 맥스가 말했다. "당신이 그런 얘기를 안 하니 …… 돈이 필요하면 내 계좌에서 마음대로 꺼내 써."[25] 맥스는 처음으로 여유 있는 쪽이 되어 뿌듯해하고 있었다. 이집트에 홀로 나와 있다 보니 성장할 수밖에 없었다. "내가 남자의 일을 하고 있다는 걸 알아." 맥스는 이렇게 설명했다. "내 삶이 성장하는 계기가 됐어. 지금까지는 쉬운 길로만 갔었는데."[26] 그렇지만 돈이 절실히 필요했던 것은 맥스의 아내가 아니라 부모였다. 맥스의 아버지 프레더릭은 1942년 자두 통조림 1224개를 암거래로 팔려다가 기소되었다.[27] 애거사는 마르그리트에게 번역 일을 구해주려 했으나 잘되지 않자 결국 매년 200파운드씩 시어머니에게 용돈을 주었다.

우편이 느려서 재정 상태를 묻는 맥스의 편지를 받고 애거사가 답장을 하기까지 여섯 달이 걸렸다. 그때는 애거사의 세금 문제가 더욱 심각해져 있었다. 영국 세무당국에서는 미국에서 받아오지도 못한 소득에 대해 세금을 내라고 했다. "악몽 같아요." 애거사의 영국 에이전트가 미국 에이전트에게 편지를 썼다. "미시즈 크리스티가 받지도 않은 돈에 대해 소득세를 낼 돈을 구해야 한다니 아연하다고 할 수밖에 없음에 전적으로 동감합니다."[28]

그러나 애거사는 맥스를 현실로부터 보호했다. 애거사는 이렇게 답장했다. "걱정이라니? 당신이 건강하고 행복하다면 난 걱정 없어. 내 빚이 점점 커지고 있긴 하지만 상관없고 걱정도 안 해. 그린웨이에 관한 걱정은 이제 모두 내 손을 떠났어. 청구서도, 집 수리 문제도, 정원사도 걱정할 필요 없어!"[29]

그러나 사실 애거사는 그린웨이를 떠나야 한다는 사실로 인한 깊은 슬픔을 회피하고 있었다. 맥스에게 마지막으로 정원을 돌아본 일을 이렇게 이야기한다.

위로 올라가 집과 강을 내려다보는 의자에 앉아서 당신이 내 옆에 앉아 있다고 생각했어. 정말 진짜 같았어. 우리가 거기에서 같이 집을 보고 있는 것 같더라. 집이 너무나 하얗고 사랑스럽고, 고고하고 언제나처럼 냉담했지. 그 아름다움에 가슴이 시렸어.[30]

다른 가족들도 전쟁으로 인한 혼란을 겪고 있었다. 애브니홀도 군에 징발되었다. "징발됐대!" 애거사가 맥스에게 전했다. "10일 전에 통보했대! 어떻게 이럴 수가 있어!"[31] 맨체스터에 있는 와츠 가문 소유 창고가 폭격을 당했으나 직원들이 창고 안의 직물로 불을 덮어 꺼서 가까스로 전소를 막았다.

매지는 요리사 한 명만 데리고 이제 군인 숙사가 된 방 14개짜리 저택을 건사해야 했다. 새벽 5시 반에 일어나서 에드워드 시대였다면 하인 16명이 했을 일을 혼자 했다. 애거사는 매지를 "일종의 인간 동력기"라고 표현했다. 매지는 문학적 기질에 걸맞게 자기 집에 사는 장교들의 시중을 들 때 하녀 옷차림을 하고 하녀 연기를 하면서 연극적 재능을 활용했다. 어느 날 아침에는 당구실에서 간밤에 지붕을 뚫고 떨어진 불발탄을 발견하기도 했다.

세월이 지나면서 빽빽하게 쓴 맥스의 항공우편 편지가 점점 쌓여갔다. 두 사람 다 시간이 흐르며 신체적 변화가 일어나고 있음을 인식했다. "난 여전히 대식가야." 맥스가 "팬케이크 다섯 장과 맥주 한 캔"을 야식으로 먹었다면서 이렇게 시인했다.[32] 1943년 맥스는 리비아에 배치되었고 정원에 "협죽도와 부겐빌레아" 꽃이 피는 집에서 살게 되었다.[33] 흥미로운 고대 유적지 근처에 살게 되어 기뻤고 하키를 할 계획이라고 했다. "이제는 숨이 좀 찰 것 같긴 해." 또 머리카락이 "많이 희끗해졌다"는 소식을 들으면 애거사가 기뻐할 거라고도 했다.[34]

애거사가 맥스와의 나이 차를 걱정한 가장 큰 이유는 맥스가 많은 경험을 하지 못하고 놓치는 게 아닌가 해서였다. "당신 친구 아내들은 젊어서 다들 아기를 낳고 애를 키우고 할 때 **당신**을 생각하면 내가 나이가 많다는 게 너무 속상했어."[35] 1944년 5월 6일 맥스가 드디어 마흔 살이 되었을 때 애거사는 기뻤다. "여보! 오늘 마흔 살이 되었구나! 만세! 드디어! 사랑을 듬뿍 보내. 나한테는 큰 의미가 있네. 나이 차이가 조금 줄어든 느낌이야. 당신은 30대인데 나는 50대가 되었을 때는 정말 암울했어."[36]

1943년 5월, 맥스는 여전히 로절린드와 띄엄띄엄 편지로 다투고 있었다. 로절린드가 생일 축하 편지를 보내지 않았다고 불평하면서, 하지만 "어쩌면 받을 자격이 없는지도 모르지. …… 사실 난 여전히 너를 정말 좋아하고 놀라울 정도로 네 생각을 자주 해. 거의 날마다! …… 가서 너를 한번 흔들어주고 싶구나"[37]라며, 약속하듯 말한다. "너는 언제나 나에게 소중한 사람이었고 앞으로도 그럴 거야. 전쟁이 터져서 가장 아쉬운 것 중 하나가 아름다움이 곁에 없는 거구나."[38]

맥스의 편지는 아슬아슬하게 부적절해 보일 수 있을 정도인데, 아마 남자 고고학자가 아닌 사람들과 대화한 경험이 거의 없었기 때문일 듯하다. 하지만 스물세 살 로절린드가 새아버지를 어떻게 생각했든, 로절린드에게는 다른 걱정거리가 있었다. 같은 달, 애거사는 이렇게 편지에 썼다. 로절린드가 "의도치 않게 9월에 아기를 낳을 거라는 정보를 흘렸어!! 너무나 기뻐. …… 비밀스러운 악마 같으니. 그래도 지난번에는 몰랐던 게 낫지." 로절린드는 애거사처럼 한 차례 유산을 겪었다. "이번엔 괜찮기를 바라." 애거사는 속으로 빌었다. "임신 초기는 이미 지났으니까."[39]

늦여름, 독일군이 시칠리아에서 철수하고 연합군이 이탈리아를 폭격하는 가운데, 로절린드는 아기를 낳으러 애브니홀로 갔다. 실질적으로 가장 도움이 될 사람은 어머니가 아니라 '펑키 이모'였다. "아기가 무사히 태어나면 너무나 감사할 거야." 애거사가 편지에 썼다. 애거사는 연극으로 각색한 〈그리고 아무도 없었다〉의 개막을 앞두고 런던에서 바쁘게 일하고 있었다. 로절린드의 임신은 "로절린드의 행복을 위해 바라는 한 가지"라고 애거사는 말했다. "아기를 낳으면 로절린드는 행복할 거야. 하지만 사산이나 다른 문제라도 생길까 봐 너무 걱정이야."[40]

로절린드의 출산이 늦어졌다. 사립 산원에서 닷새를 기다리다가 결국 퇴원하고 애브니홀로 돌아왔고 "그리고 미쳐서 날뛰고 있었"다![41] 걱정이 많았으나, 애거사는 1943년 9월 21일 마침내 할머니가 되었다. 매슈 캐러독 토머스 프리처드Mathew Caradoc Thomas Prichard 는 "휴버트와 어찌나 닮았는지 외알 안경만 씌워주면 똑같을 것 같 은 …… 커다란 사내아이"였다. 애거사는 연극 시연 참석을 포기하 고 북쪽으로 달려갔다. 그러는 한편 자기 대대와 함께 북아일랜드에 가 있던 휴버트는 불안한 마음으로 전화를 걸었다. "로즈가 아기를 좋아해요?" 휴버트가 물었다. "휴버트한테 아기가 괴물이라고 말해 줘요." 로절린드가 말했다. "너무 크다고." "또 삐친 거예요? 그렇다 면 정상이네요!!" 휴버트가 말했다. "아, 사랑하는 맥스, 나는 너무 행 복해."[42]

"게다가 아들이라니, 정말 잘 해냈어!"[43] 맥스가 답장을 보냈다. 맥스는 로절린드에게 보낸 축하 편지에 농담을 끼워 넣으려고 애썼 는데 좀 과했다. "전쟁 이래 영국에서 온 최고의 소식이야. …… 다만 욕조에서 터뜨리진 말렴. 팔이 무척 연약할 테니까."[44]

로절린드는 늘 그러듯 무뚝뚝하게 답장을 썼다. 새아버지를 "대 부로 삼을 수도 있지만 아직 확실하진 않아요".[45] 그리하여 삼각형 가족에 꼭짓점 하나가 더 생겼다. 앞날에 이들을 더 가깝게 만들어줄 아기.

그러나 아프리카에서 애거사로부터 사랑이 담긴 편지를 줄줄이 받고 있는 맥스는 자기가 소외될 위험에 처했다는 사실은 깨닫지 못했을 것이다. 1920년대 막 이혼했을 때와 마찬가지로 애거사는 런던에서 사실상 혼자 살고 있었다. 그리고 여전히 엄청나게 매력적이었다. 애거사를 내버려두면 다른 남자들이 꼬일 수밖에 없었다.

29

삶은 꽤 복잡하다

할머니라는 새로운 역할을 애거사는 기쁘게 받아들였다. 로절린드가 육아 등 실질적 도움을 얻느라 어머니에게 의존하면서 둘 사이의 관계도 더 가까워졌다.

로절린드와 아기 매슈는 남웨일스에 있는 휴버트의 집으로 가서 살기로 했었으나, 정리가 되기 전까지는 런던 캠든 스트리트에 있는 애거사 소유의 집에서 지냈다.

애거사는 날마다 둘을 보러 갔다. 밤에는 근방에 있는 카를로의 집에서 잤다. 예전의 고용인이 이제는 든든한 친구가 되어 있었다. 매일 아침 애거사는 캠든 스트리트로 가서 도저히 구해지지 않는 가정부와 유모 역할을 대신했다. 아침 식사를 만들고 화장실 청소를 했고 오후에 다시 돌아와 저녁을 차렸다. "소다와 비누에 절어서 손이 향신료 갈 때 쓰는 강판처럼 거칠어. 무릎도 쑤시고."[1] 맥스에게 보낸 편지다.

여전히 툭하면 공습 경보가 울렸고, 그럴 때면 아기 매슈를 식탁 아래로 옮겼다. 마침내 유모를 구한 다음에도 애거사는 계속 가서 일을 거들었다. 새로 온 유모는 아기의 할머니를 유명한 작가가 아니라 가사 도우미로 여겼다. 유모네 식구들이 엄청난 인기작 〈그리고 아무도 없었다〉를 보러 극장에 다녀왔다고, 애거사 크리스티라는 사람의 작품이라고 말했을 때 유모는 이렇게 대답했다. "아, 그 사람 알아. 우리 요리사인데."[2]

애거사는 손자에게 속절없이 푹 빠졌지만, 전쟁과 과로로 인한 여파가 나타나기 시작했다. 1943년 겨울, 독감에 걸려 지독하게 고생했다. "뭐가 문제인지 모르겠어." 애거사는 편지를 썼다. "너무나 우울해. 마치 커다란 검은 구름이 드리운 것 같아……. 더 버티고 싶지가 않아. 내일이 오는 게 두려워. 이런 기분은 처음이야."[3] 하지만 애거사는 사실 전에도 이런 기분을 느낀 적이 **있었다.** 그 힘들었던 1926년에 그랬다. 그리고 그때도 지금처럼 지지해주는 배우자가 곁에 없었다. 이 우울한 시기가 소설에도 드러난다. 《빛나는 청산가리 *Sparkling Cyanide*》(1945)에서 로즈메리라는 인물이 급작스럽고 미스터리하게 스스로 목숨을 끊는데, "독감을 앓은 후의 우울증"이 충분히 그럴듯한 이유로 받아들여진다.[4] "어떻게 보면 실제로 사는 게 아니었다." 애거사는 전쟁 후반기에 대해 이렇게 썼다. "자동차 헤드라이트 불빛처럼 점점 '흐릿해졌다'."[5]

한편 맥스는 흥미로운 일을 하고 지중해식 생활을 즐기며 훨씬 잘 살고 있었다. 트리폴리에서 맥스는 정치 장교가 되어 민간인의 "식량 지원, 즉 추수, 과세, 보안, 사법, 인종" 등을 도왔고, 군대도 물

론 지원했다.[6]

애거사는 오래전부터 자기 친구 도러시 노스를 포함한 맥스의 '여자친구들'을 두고 놀리곤 했는데, 맥스에게 이들과 연락하고 지내라고 잔소리를 하기도 했다. "도러시와 내 여자친구 모두에게 편지 쓸게." 맥스는 고분고분 동의했다.[7] 애거사는 1943년 자기도 리비아에 갈 수 있을 거라며 "거기에도 당신 현지처들이 있을 테지만"이라고 농담을 했다.[8] 그렇지만 맥스가 한 달이나 편지를 보내지 않고 이어서 카이로로 한 달 동안 휴가를 떠났을 때는 정말 상처를 받았고 그런 농담도 그만두었다. 맥스가 떠났다는 소식에 애거사는 "찢어지는 아픔"을 느꼈다고 호소했다. "당연히 나하고 같이 갔어야지."[9] 다른 편지에는 이렇게 썼다. "당신은 더러운 개야." "당신하고 멀어지는 기분이 들어……. 홀로 또 외로운 겨울을 보낼 생각을 하니 마음이 한없이 가라앉아."[10] "즐거운 시간 보내, 여보." 애거사는 마치 맥스에게서 손을 떼겠다는 듯이 이렇게 말한다. "하고 싶은 일 필요한 일 뭐든지 해. 나를 심장 가까이에 깊은 우정과 애정으로 간직해주기만 하면 돼."[11]

애거사는 대화와 지지를 얻을 상대를 다른 곳에서 구해야 했다. 남편과 떨어져 지낸 지 2년이 지나고 이제 3년째로 접어들었을 때 애거사는 맥스의 친구에게 의지했다.

맥스의 오랜 친구 스티븐 그랜빌은 애거사보다 열 살 연하였다. 요정 같은 얼굴에 눈이 크고 안경을 썼다. 세심하고 소신이 뚜렷한 사람이고 편두통에 곧잘 시달렸고 인간관계 이야기를 좋아했다. 스티븐의 아내 에설과 두 아이는 캐나다로 안전하게 피신해 있었다.

런던에 혼자 남은 스티븐은 다분히 독신자처럼 살며 공군 소속으로 연합국 사이에서 연락을 주고받는 일을 계속했다. 재치와 언변 덕에 일을 매우 잘 해냈다.

애거사는 맥스에게 스티븐한테도 편지를 보내라고 종용했다. "당신이 연락하지 않으면 상처받을 거야." 애거사가 남편에게 말했다. "예민한 사람이라 그런 일에 신경 쓴다고."[12]

스티븐과 애거사가 함께 보내는 시간이 점점 많아졌다. 애거사는 스티븐의 공개 강연에 참석했고 "그 사람 목소리가 이렇게 매력적인 줄 몰랐다"며 무척 즐거워했다. 스티븐은 그답게 나중에 그런 게 아니라고, "몸이 너무 안 좋았다"고 말했다. "내가 예술적인 터치라고 생각했던 미묘한 울적함이 그것 때문이었던 거야!"[13]

스티븐과 애거사는 음식을 중심으로 관계를 쌓아갔다.

스티븐이 병원으로 전화를 걸어 하이게이트에 있는 자기 집에서 저녁을 차려주겠다고 했다. 우리는 둘 중 하나가 식품 소포를 받으면 으레 같이 축하했다.

"미국에서 보낸 버터를 받았어요. 수프 한 캔 가져올 수 있어요?" "바닷가재 통조림 두 개하고 달걀 한 다스를 받았어요. 게다가 **갈색** 달걀이에요."

애거사는 맥스에게 론 로드 플래츠의 미니 부엌에서 스티븐한테 요리를 해준 이야기를 한다. "아주 맛있는 저녁이었다고 생각해(스티븐도 그렇게 생각하는 듯!!). 파테에다가(대용품이지만 트러플을 좀 넣어서 진짜처럼 느껴지게 만들었어) 바닷가재, 체리 조림."[14] 1940년 1월 배급제가 실시된 이래로 런던 사람들은 누구나 음식에 집착할 수밖에 없었다. 그렇지만 음식은 맥스의 영역이었다. 음식을 먹고 음식 이야기를 나누는 것은 맥스와 애거사가 가장 즐기던 일 가운데 하나였다.

1943년 5월, 스티븐의 아내 에설이 캐나다에서 돌아왔고 애거사는 "그 사람 라이프스타일이 제약받겠네!!"라고 생각했다.[15] 애거사의 생각이 옳았다. 스티븐은 결혼 생활에서 벗어나고 싶었고 "가족이 집으로 돌아오는 것"이 기쁘지 않았다.[16] 고통스러운 나날이 이어지다가 결국 스티븐이 가족을 두고 나와 론 로드에 있는 아파트로 이사했다.

1943년 11월에는 스티븐이 거의 애거사의 호위무사가 되었고 애거사의 연극 〈그리고 아무도 없었다〉의 초연에 애거사와 함께 갔다. 돌아온 뒤 애거사에게 다정한 말로 편지를 적어 보냈다.

애거사 달링, 지난 밤은 정말 기억에 남을 만한 밤이었어요. …… 무엇보다도 좋았던 것은 애거사의 다양한 모습을 보았던 것. 그냥 수줍은 게 아니라 진짜로 긴장한 애거사(극이 끝날 때까지 그랬을 듯), 가까운 친구들하고 같이 있는데도 말이죠. 승리의 순간에 빛나는 애거사, 그러면서도 친구들을 챙기고 믿기지 않을 정도로 자기중심적이지 않은 모습. 그리고 마지막으로 아마도 가장 소중한 모습은 아직 살짝 흥분한 상태면서도 멋지게 차분하고 만족스러운 모습으로, 눈앞의 성공과 더 많은 것을 이루겠다는 목표 사이에서 균형을 잡은 모습. …… 당신에게 축복이 있길, 사랑하는 이여, 잊을 수 없는 밤을 선사해주신 것에 감사합니다.[17]

스티븐의 매력, 그리고 어쩌면 위험이 이 편지에 다 드러나 있다. 애거사에게 쏟는 관심과 달콤한 말. 스티븐은 애거사와의 특별한 관계를 다른 사람한테 말할 수가 없는데, "우리의 저녁 시간을 완벽하게 만든 대화의 미묘한 기쁨"을 설명할 방법이 없기 때문이라고 했다.[18]

애거사는 이런 것에 너무 약했다. 인간적인 접촉을 원했고 그게 필요했다. "너무나 당신하고 이야기하고 싶어서 어떤 때는 소리를 지를 것 같아!" 애거사가 맥스에게 말했다. "이 11월이 정말 싫어."[19] 맥스도 애거사를 걱정했고 이렇게 조언했다. "혼자 지내지 말고 이야기를 나눌 수 있는 사람을 곁에 두는 편이 좋을 것 같아."[20] 그러나 애거사가 스티븐에게 그렇게 크게 의지하기를 맥스가 바랐을지는 알 수 없다.

스티븐의 매력 가운데 고고학 지식을 아낌없이 나누어 준다는 것도 있었다. 1929년에 스티븐은 왕립 과학연구소에서 어린이를 대상으로 한 크리스마스 강연을 열어 고대 이집트인의 일상을 들려주었다. 또 틈틈이 대영박물관에 있는 파피루스의 목록을 만드는 작업도 했다. 그리고 이제 고대 이집트를 홍보하는 캠페인에 애거사를 끌어들였다.

스티븐은 애거사에게 이집트를 배경으로 한 미스터리 소설을 쓰라고 했다. 그 결과물이 《마지막으로 죽음이 오다*Death Comes as the End*》(1944)다. 애거사의 작품 중에 잘 알려진 편은 아니지만 매우 중요한 의미가 있다. 《ABC 살인 사건》으로 연쇄 살인범이라는 장르를 일찌감치 선보였던 애거사는 이 책을 쓰면서 과거를 배경으로 한 범죄 소설이라는 방대한 장르를 발명한 것이다.[21]

이 이야기는 1920년대에 고대 무덤에서 발견된 기원전 2000년 경의 문서 헤카나크트 파피루스에서 영감을 받았다. 이 파피루스는 테베 인근 지역 사제들이 쓴 편지인데, 애거사는 편지 내용을 가지고 사제가 젊은 아내를 새로 얻어서 가족의 분노를 일으키는 이야기를 만들어냈다. 또 대영박물관에 소장된 다양한 유물도 이야기에 집어넣었다. 입을 벌린 사자 장난감, 황금 동물 장식이 있는 팔찌 등.[22] 스티븐에게는 다른 누구에게도 허락되지 않은 것, 곧 줄거리에 대해 의견을 낼 수 있는 권리가 주어졌다. 그리하여 스티븐은 "책의 결말을 바꾸도록 애거사를 설득한 유일한 남자"가 되었다.[23] 나중에 애거사는 그 일을 후회했다. "그 사람 말을 들은 것이 유감이다." 애거사는 이렇게 썼다. "그렇게 한 나 자신에게 내내 짜증이 났다."

그리고 맥스는 스티븐과 애거사의 공동 프로젝트가 어쩐지 걱정스러웠다. 기록으로 남아 있지는 않으나 맥스가 우려를 표했고, 그것에 스티븐은 딱 부러지게 답했다. "자네가 이 책이 애거사의 탐정소설 작가로서의 명성을 해칠까 걱정하는 건지, 아니면 고고학이 가면을 쓰고 소설에 등장해 학문의 가치를 떨어뜨리면 안 된다고 생각한다는 건지 잘 모르겠네."[24] 애거사가 웃음거리가 되지 않을까 걱정하는 맥스의 불안을 스티븐은 최선을 다해 달랬다. 스티븐은 책에는 이집트 색채가 딱 적당히 들어 있으며, "그렇게 하기가 정말 쉽지 않은데 애거사는 해냈다"라고 말했다.[25]

그러나 맥스 말대로 걱정할 만한 일이었다. 이 책이 출간되자 고고학계에서 소설가에게 영역을 침범당하지 않으려고 견제했다. 이집트학 전문지에 부정적인 비평이 실렸다. 어머니의 작품 세계를 맹렬하게 지키는 충성스러운 수호자가 된 로절린드조차도 별로 칭찬할 거리를 찾지 못했다. 로절린드는 이렇게 말했다. "고대 이집트의 삶을 그리려는 대담한 시도를 했는데, 솔직히 아주 성공적이지는 않다."[26] 비평가 에드먼드 윌슨의 "나로서는 말 그대로 읽기 불가능할 정도로 감상적이고 진부하다"라는 평이 유명하다.

애거사가 결말 부분에 대해 스티븐의 의견을 따르기로 한 까닭은 책에 필요한 소사를 스티븐이 많이 도와주었기 때문이다. 스티븐과의 우정에는 대가가 있었다. 시간도 많이 소모되었고, 사생활을 침해하기도 했다. 스티븐은 놀라울 정도로 "거리낌 없이 부부간의 문제에 간섭했다".[27] 그러나 애거사에 대한 스티븐의 관심이 영원하지는 않았다. 애거사와 열렬히 나누는 대화의 주제가 에설이나 애거사 본인이 아니라 스티븐의 새 애인 마거릿일 때가 많았다.

스티븐의 "삶은 지금 현재 꽤 복잡하다"라고 1944년에 애거사는 썼다.[28] 애거사는 마거릿이 마음에 들지 않았다. 유부녀이니 오래 붙어 있을 것 같지 않았다. "내 생각에는 돈 많은 남자와 재혼할 수 있을 때라야 남편하고 이혼할 것 같아!"[29] 애거사가 가장 깊이 연민했던 것은 스티븐에게 버려져서 혼자 두 딸을 돌봐야 하는 아내였다. "불쌍한 에설이 계속 생각나. 19년이나 부부로 살았는데 버림받다니, 정말 너무 잔인해."[30]

그렇다면 몇몇 작가가 암시하듯 애거사와 스티븐이 단순히 대화를 나누는 관계 이상이었을 가능성은 얼마나 될까? 혼외관계는 애거사에게 경험 밖의 일이었다. 애거사가 소설에서 성적으로 활동적인 여성 인물을 처벌하는 일은 없지만, 또 애거사는 뜨거운 장면을 쓰는 데 영 재주가 없기도 했다. 애거사는 로맨스가 "탐정 소설에서는 지독하게 지루한 것"이라고 말했다. 애거사가 스티븐에게서 특히 관심 있게 본 것은, 스티븐의 파란만장한 연애사에서 엿보이는 현대 결혼관의 변화였다.

애거사도 1920년대의 완화된 이혼법에 영향을 받았지만 전쟁을 겪으며 더 큰 변화가 다가오고 있었다. 역사가 클레어 랭해머Claire Langhamer는 전쟁이 막바지로 치달으면서 결혼의 이상에 변화가 생겼다고 설명한다. 애거사 세대에서 상대적으로 진보적인 사람들은 동반자 관계, 동등한 결혼을 목표로 삼았다. 애거사는 맥스를 만나서 그런 관계를 이루어냈다. 그런데 이제는 낭만적 사랑, '한 사람'을 위한 절대적 헌신이 결혼 계약에서 가장 중요한 것으로 여겨지게 되었다. 이 새로운 '로맨스 숭배'는 아이러니하게도 1940년대에 접어들며 혼전 관계에 더 너그러워지는 결과를 낳았다. 사랑에 빠졌다면 어쩔 수가 없는 일이라고 생각하게 된 것이다.[31]

스티븐은 《마지막으로 죽음이 오다》에 뚜렷하게 영향을 미쳤지만 다른 소설에도 미묘한 영향을 주었다. 《다섯 마리 아기 돼지》도 스티븐에게 헌정되었는데, 푸아로가 등장하는 이 소설의 중심에는 결혼의 변화에 대한 언급이 있다.

"난 그를 사랑했어요." 유부남과 연애를 해서 가정을 파괴한 엘사 그리어가 이렇게 말한다. "나는 그를 행복하게 해줬을 거예요." 엘사는 그를 아내에게서 빼앗아 오려고 한 행동이 완벽히 정당하다고 생각한다. 결혼이 무너지고 있다면, "두 사람이 함께 있어 행복하지 않다면, 깨는 편이 낫다"는 관점이다.[32] 다른 인물들은 엘사의 말에 강하게 반대한다. 그러나 엘사는 미래를 대변한다. 1969년 애거사가 말년에 이르렀을 즈음에는 결혼에서 로맨스를 숭배하는 분위기로 인해 '돌이킬 수 없는 파경', 곧 로맨틱한 사랑의 실패도 이혼 사유로 받아들여지게 된다.[33]

그러나 스티븐의 가장 중요한 역할은 맥스가 외국으로 나가면서 사라진 우정과 대화를 맥스를 대신해 애거사와 나누어 준 것이었다. 가장 중요한 것은 맥스였다. 애거사가 맥스에게 말했다. "다른 것은 전부 왔다가 가지. 당신을 배경으로 해서."[34] "아! 맥스, 당신과 함께 **웃을** 수 있으면 얼마나 좋을까." 애거사의 편지다. "스티븐을 자주 이용하고 있어. 하지만 당신하고 같을 수는 없어."[35] 애거사는 여전히 맥스에게 강한 육체적 갈망을 느꼈다. "몸 한가운데에 코르크 따개로 찌르는 것 같은 느낌이 있어." "요새 당신이 나오는 온갖 꿈을 꿨어. 정말 에로틱하고 음란한 거!! 우리가 결혼한 지 이렇게 오래된 걸 생각하면 믿기지 않을 정도야! 좋았는데 잠에서 깨려니 속상했어. 당신과 나누던 거침없는 대화도 그리워!"[36]

애거사는 "심하게 마르고 불행해" 보이는 스티븐이 마침내 애설에게 돌아가 "아이들을 위해 함께 잘해보기로" 결심했을 때 기뻐했다.[37] 이 사건은 이렇게 마무리되었으나, 1944년에 전쟁은 최악의 상태로 치달았다.

런던은 이제 무시무시한 V1호 폭탄의 위협 아래 놓였고, 휴버트는 연합군의 프랑스 침공 작전에 참가하고 있었다. 휴버트는 D-데이 상륙작전 이후 노르망디전투에 새로 투입된 대대에 합류했다. "동료 장교들이 많이 죽었어." 애거사가 맥스에게 알렸다. "휴버트가 무사하길 얼마나 간절히 바라고 기도하는지 몰라."[38]

그래도 휴버트가 집으로 보내는 편지에는 장난스러운 일화가 가득해서 조금 마음을 놓을 수 있었다. 면도하는 도중에 독일군 병사 두 명을 발견하고 체포하기도 했고, 포화 중에 지프에서 위스키 한 병을 꺼내오는 용맹을 떨치기도 했단다. 게다가 귀여운 손자도 애거사의 불안을 달래주었다. "그 애를 너무 좋아하게 됐어." 애거사는 손자를 돌보며 유심히 관찰하고 이렇게 썼다. 손자 매슈도 글쓰기의 소재가 되었다. "아주 작은 커스터드 푸딩 조각을 M의 입에 넣는다. 아이는 미심쩍은 포트와인을 맛보는 노인 같은 표정으로 맛을 본다. 입에서 이리저리 굴려보더니 마침내 결론을 내린다. …… '나쁜 와인은 결코 아니네요.' 그러고는 삼킨다."[39] 매슈의 가장 오래된 기억은 코끼리 인형을 들고 애거사의 방으로 가서 "니마Nima의 침대에서 정글에서 펼쳐지는 코끼리 인형의 삶에 대한 상상의 이야기를 들었던 것"이다.[40] 애거사의 여러 이름에 또 다른 이름이 추가되었는데, 매슈가 할머니를 부를 때 쓰는 '니마'라는 호칭이었다.

휴버트가 떠나 있는 동안 로절린드는 불안과 부담에 시달렸다. 웨일스에서 새집으로 이사했는데 크고 낡은 집이었다. 애거사가 놀러 가보면 딸이 "앉아 있을 때가 없고" "다른 사람도 앉아 있으면 화를 냈다". 로절린드는 현실적이고 분주한 매지처럼 변해가고 있었고 애거사에게 이렇게 말하곤 했다. "엄마, 왜 쓸데없이 돌아다니면서 노래나 부르고 있어요!? 할 일이 많아요. 어서 시작해야 해요!"[41] "요새는 하인이 없으니 모든 게 얼마나 힘든지." 애거사는 이렇게 불평했다. "로절린드가 그걸 다 어떻게 해내는지 모르겠어요."[42]

그렇지만, 지나고 보니 그때가 호시절이었다. 8월에 로절린드는 휴버트가 전시 행방불명으로 보고되었다는 사실을 알게 되었다. "불쌍한 것. 당장 내려가야겠어." 애거사가 편지를 썼다. "괴로워 죽을 것 같아." 애거사는 감정을 드러내는 게 도움이 되지 않을 것임을 알았다. "로즈를 만나면 감정을 누르고 강단 있게 대하려고. 그래야만 걔한테 도움이 될 거야."[43]

"로즈는 정말 대단해." 8월이 흘러가고 있으나 휴버트 소식은 없었고 애거사는 맥스에게 이렇게 편지를 썼다. "눈썹도 까딱 안 해. 평소처럼 지내고 있어. 식사며, 개며, 매슈며, 아무 일도 없던 것처럼 지내. …… 하지만 나는 그 애의 불행을 견딜 수가 없어. 죽지만 않았다면 좋겠어. …… 아무 소식도 듣지 못하고 세월이 흐르니 너무나 가혹해."

마침내 10월에, 최악의 소식을 들었다. 휴버트는 포로로 잡혀 있는 게 아니었다. 8월 16일에 프랑스 칼바도스의 레 로주솔스Les Loges-Saulces에서 사망했다. 매복에 당한 부하 몇 명을 구하려고 어둑어둑해지는 시간에 성공 가능성이 희박한 구조 작전에 나섰다. 병사들을 구하기 전에 휴버트의 탱크가 폭파되고 말았다. 휴버트의 상관은 "용감하지만 무분별한 행동"이라고 했다.[44] 애거사는 그 광경을 상상할 수 있었다. "탱크를 타고 달려가는 모습이 보여. 열렬하고 무모하게, 사내아이처럼."[45] "아내에게 보내는 편지는 삼가주십시오." 가족이 신문에 낸 부고에는 이렇게 적혀 있다. 간결한 문구지만, 평소 로절린드의 과묵함을 생각하면 처절한 고통의 울부짖음처럼 들린다.

애거사는 휴버트와는 가까워질 기회가 없었으니 로절린드의 슬품이 무엇보다 견디기 힘든 일이었다. "삶에서 가장 슬픈 일은, 너무나 사랑하는 사람이 있는데 그 사람을 고통으로부터 구할 수 없다는 사실을 아는 것이다"라고 애거사는 썼다. "내가 틀렸을 수도 있지만, 내가 로절린드를 위해 할 수 있는 최선은 말을 될 수 있으면 적게 하고 평소와 다를 바 없이 지내는 것이라고 생각했다." 웨일스의 지나치게 큰 집에서 로절린드와 함께 지내며 속으로만 슬퍼하는 일은 생각했던 것보다 훨씬 힘든 일이었다. "로절린드 곁에 누군가가 있었으면 좋겠다." 입주 가정부를 한 명 구했으나 다음 날 떠나버리고 말았다. "집이 너무 크다고 했다."[46]

남편을 잃은 후에도 로절린드는 "달라진 것이 없게 하려고 했다. 약속했던 대로 매슈를 데리고 차를 마시러 갔고 밥도 잘 먹고 부고 등도 차분하게 준비했다." 애거사는 너무나 걱정이 되었다. "그렇게 꾹꾹 안에 담아두는 것은 좋지 않아."[47] 로절린드가 맥스에게 보낸 편지를 보면 로절린드의 공허한 정신 상태가 드러난다. "요새는 종일 아무 생각도 안 하고 책도 안 읽어요……. 같이 있어도 아무 재미가 없다고 생각하실 거예요."[48]

로절린드는 남편을 잃었을 뿐 아니라 이로써 독립도 끝이 났다. 로절린드의 삶에서 단 한 번의 뜻밖의 행동이었던 갑작스럽고 비밀스러운 결혼이 막다른 골목에 다다랐다. 이제 로절린드는, 애거사의 말에 따르면, 속을 알 수 없는 부정적인 존재가 되어 삶의 기쁨을 앗아가 버리곤 했다. "로절린드가 파괴적인 비판을 한바탕 쏟아놓겠죠." 애거사는 글을 마무리한 다음에 울적해하며 이렇게 썼다. "로절린드가 '꽤 괜찮네요'라고 말하면 나는 하늘로 날아오를 거예요."[49]

10월 말 애거사는 웨일스에서 런던의 병원으로 돌아왔고 다들 애거사를 보고 "아프고 피곤해 보인다"고 말했다.[50] 애거사의 문제는 전쟁과 죽음만이 아니었다. 에드먼드 코크가 미국 세무당국에 애거사가 은행 대출 때문에 '막대한 이자'를 물어야 한다고 호소했으나 애거사의 세금 문제는 전쟁이 끝날 때까지 계속 보류 상태였다.[51] "미국 작가가 되는 건 이제 지긋지긋해요." 애거사가 불평했다. "열심히 일해서 작품을 내놓은 작가에게 너무나 부당해요." 애거사는 "편하게 요리사 같은 일이나 하고 글쓰기는 그만둘까" 하는 생각도 했다.[52] 애거사는 대출금을 줄이기 위해 보석, 은식기, 가구 등도 팔았다. 12월에는 그 어느 때보다 상태가 좋지 않았다. 애거사가 맥스에게 말했다. "믿음과 용기를 주는 글을 써줘. 다시 우울이 닥칠 때 읽을 수 있게."[53]

전쟁으로 인한 걱정, 맥스의 부재, 휴버트의 죽음, 스티븐의 관심이 떠난 것까지, 이 모든 일이 애거사를 다시 정신적 균형을 잃지 않을까 하는 두려움으로 몰고 갔을 것이다. 카를로가 1940년대에 애거사가 다시 전문적인 도움을 구했다는 증거를 제공해주었다. 작가이자 정신분석가인 로버트 세실 모티머Robert Cecil Mortimer의 도움을 받았을 가능성이 높다.[54]

터리사 닐의 망령이 아직 잠들지 못하고 있었다.

30
메리 웨스트매콧 지음

애거사는 로절린드나 맥스에게 혹시라도 "무슨 일이 일어나면" 자기는 "마비가 되어버릴" 것 같다고 말한 적이 있다.[1] 로절린드가 남편을 잃었을 때 애거사의 예언이 현실이 되고 말았다. 손이 묶인 듯 일을 할 수가 없었다. "글 쓰는 일이 너무 부질없게 느껴진다."[2]

그러나 언어가 다시 돌아왔다. 애거사에게는 전시 런던으로부터 탈출하는 확실한 방법이 하나 있었다. 글쓰기에 몰입하는 것. 그리고 결국 다시 글이 애거사를 구원해준다.

애거사는 나중에 뒤돌아보고야 자기가 전쟁 동안에 얼마나 글을 많이 썼는지를 깨달았다. **"믿을 수 없는 분량"**이었다. 애거사의 삶의 패턴을 살펴보면 개인적으로 힘든 시기가 작가 애거사 크리스티의 창의성이 빛을 발하는 시기였다. 제1차 세계대전이 한창일 때 푸아로를 발명했고, 결혼 생활이 힘들 때 《애크로이드 살인 사건》을 썼으며, 정신병을 일으키고 난 후 여파 속에서 미스 마플을 탄생시켰다.

"전쟁 중에 글을 쓸 때 나는 머릿속을 여러 구획으로 분리했다." 애거사는 후일에 이렇게 회상했다. "나는 책 속에서 살 수 있었다." 론 로드 플래츠에서, 창밖 나무가 창문을 두드렸고, 창작의 조건이 완벽하게 갖추어져 있었다. 아파트는 춥긴 했으나 조용했다. 애거사는 보온 물주머니와 따뜻한 옷을 챙겼다. "당신이 내가 준 두툼한 예이거 모직 가운을 입은 모습을 생각하면 기분이 좋아. 북슬북슬한 내 곰돌이!" 맥스가 편지에 썼다.[3]

"요새 글을 많이 써." 애거사가 1943년 4월 맥스에게 전했다.[4] 애거사는 휴식이 필요할 때면 '이소콘 롱 체어'라는 이름의 독특하게 구부러진 모양의 합판 의자에 누웠다. "신체 모든 부분에 과학적인 휴식"을 제공하기 위해 디자인된 긴 의자인데, 이 의자가 론 로드에 있는 모든 아파트에 비치되어 있었다. 애거사는 맥스에게 가끔 "여기 있는 정말 이상하게 생겼는데 아주 편안하고 희한한 의자에 누워서" 맥스와 함께 그리스에 있는 상상을 한다고 말했다.[5]

애거사는 론 로드 플래츠에서 탐정 소설뿐 아니라 어쩌면 애거사에게는 가장 중요할 다른 글들도 썼다. 독자들이 들어보긴 했어도 아주 잘 알지는 못할 작품들로, 메리 웨스트매콧이라는 필명으로 출간한 소설이다. 메리는 애거사의 미들네임이고, 애거사가 처음 소설을 발표할 때 '마틴 웨스트'라는 필명을 쓰려 했으나 출판사에서 말린 일이 있었다. 이 이름에서 몇 글자를 바꿔서 메리 웨스트매콧이 탄생했다.

애거사가 탐정 소설이나 스릴러가 아닌 책에는 왜 다른 이름을 썼는지 직접 설명한 적이 있다. 물론 이제 애거사는 애거사 맬로원이 되었으니 '애거사 크리스티'라는 이름도 사실상 필명이다. 그렇기도 하지만 애거사는 "두 종류의 책을 분리하는 편이 낫다"고 생각했다. "또 작가의 정체를 밝히지 않는 편이 좋다. 그래야 내가 원하는 대로 쓸 수 있기 때문이다."

익명으로 책을 출간하는 즐거움 가운데 하나는 "내 삶을 조금 그 안에 넣을 수 있다는" 점이었다.[6] 애거사는 탐정 소설을 쓸 때도 소설에 실제 삶을 '가미'하기를 주저하지 않았다. 예를 들어 함께 세계 일주 여행을 했던 불쾌한 사람 벨처 소령을 《갈색 양복의 사나이》에 악당으로 등장시켰다. 익명으로 글을 쓰면 거기에서 한발 더 나아갈 수도 있었다.

오늘날 사람들이 메리 웨스트매콧을 읽는 이유는 주로 애거사의 삶과 생각을 들여다보기 위해서다. 특히 《두 번째 봄》에는 애거사 본인의 성장기와 파경에 이른 결혼과 유사한 경험이 담겨 있다. 이 소설의 주인공 실리아가 "다른 어느 곳에서 볼 수 있는 것보다 애거사의 초상에 가깝다"고 맥스는 말했다.[7]

이들 소설에서 현실과 허구의 경계가 모호한 것과 마찬가지로, 자서전도 사실 애거사라는 소설가가 사람과 장소에 대한 기억을 극화한 것임을 상기할 필요가 있다. 애거사의 자서전에 나오는 이야기와 웨스트매콧 소설의 장면이 정확히 겹칠 때가 있는데, 특히 초기작에서 그런 사례를 찾아볼 수 있다. 한 예로 《인생의 양식》에 나오는 넬이 전쟁 중에 간호사로 일하는 내용은 애거사의 자서전에 기록된 본인의 경험을 충실히 반영한 것이다.

1930년 이후 애거사가 플롯보다 심리에 더 관심을 갖게 되면서 애거사 크리스티 탐정 소설에서도 '메리 웨스트매콧'의 영향이 점점 커지는 것을 볼 수 있다. 1946년에 애거사는 시간이 흐르면서 "인물 사이의 상호작용, 겉으로는 드러나지 않는 깊은 곳에서 타들어가는 원한과 불만" 등 "범죄의 전 단계"에 더 많은 관심을 갖게 되었다고 썼다.[8] 《다섯 마리 아기 돼지》나 《할로 저택의 비극》 같은 인물 중심 탐정 소설에서 이런 면이 두드러진다. 예를 들어 《할로 저택의 비극》에서 살인자인 게르다는 지나치게 좁은 삶의 반경, 까다로운 데다 충실하지도 않은 남편 때문에 점점 광기로 몰린다. "접시 위에서 식어가는 양다리 하나가 세상의 전부였다."[9] 애거사는 사실 메리 웨스트매콧의 목소리로 글을 쓰고 탐정의 요소는 아예 버리고 싶었다. 《할로 저택의 비극》에 푸아로는 사실 필요하지 않았으므로 애거사는 푸아로를 등장시킨 것을 후회했다. "푸아로는 좀 참기 힘들어요." 애거사는 이렇게 불평했다. "너무 오래 산 공인은 대부분 그렇죠. 하지만 아무도 은퇴하고 싶어 하지 않아요!"[10]

론 로드 플래츠는 애거사에게 다시 자기 이야기를 글로 쓸 시간을 주었을 뿐 아니라 그러기에 필요한 고독도 주었다. 고독의 시간이 다음 웨스트매콧 소설을 펼쳐내는 데 디딤돌이 되었다. 애거사는 탐정 소설을 쓸 때는 플롯을 짜는 데 오랜 시간을 들였지만, 이 소설은 한달음에 써 내려갔다. 아예 소설에 함몰되는 기분이었다. "정말 놀랍다. 본업이 아닌 일을 자꾸 하고 싶어지는 것이." 탐정 소설이 아닌 소설을 쓰는 것에 대해 애거사는 이렇게 말했다. "벽지를 바르는 것하고 비슷하다. 비록 많이 서툴지만 본업이 아니니까 즐겁게 할 수 있다."[11]

이렇게 해서 5만 단어 길이의 《봄에 나는 없었다*Absent in the Spring*》(1944)를 애거사는 단 사흘 만에 썼다. 사흘째 날, 병원에 출근할 수도 없었다. "차마 원고를 놓을 수가 없었다. …… 끝마칠 때까지 계속 달려야 했다." 애거사는 '백열 상태'에서 계속 글을 썼고 다 마치고 난 다음에는

평생 이렇게 피곤했던 적이 없다. 다 쓰고, 전에 쓴 장에 단 한 단어도 고칠 게 없다는 것을 확인하고, 침대에 쓰러졌고 내 기억에는 스물네 시간 정도 내리 잤던 것 같다. 그렇게 자고 일어나서 푸짐하게 식사를 했고 다음 날에는 다시 병원에 출근할 수 있었다.

내가 너무 이상해 보였는지 다들 걱정했다. "정말 심하게 아팠나 봐요. 눈 밑에 다크서클이 심해요."[12]

그렇긴 했어도 후련한 경험이었다. 《봄에 나는 없었다》는 애거사에게 "나를 완전히 만족시킨 단 한 권의 책 …… 내가 늘 쓰고 싶었던 책"이었다.

나는 《봄에 나는 없었다》가 웨스트매콧의 소설 중에서 최고라고 생각한다. 주인공 조앤은 애거사와 비슷한 양면성을 지니고 있다. 소설 속 남편의 말을 빌리면 "쾌활하고 자신감 있고 다정하고 …… 밝고 효율적이고 바쁘고, 만족스러워하고 성공적"이다. 그렇지만 남편은 그 껍데기 아래 실체는 외롭고 때로 차갑고 냉혹하고 잘못된 확신이 있다는 걸 알고, 조앤도 자기가 그런지 모른다는 의심을 품기 시작한다. 조앤은 "히틀러는 절대 **감히** 전쟁을 못 일으킬 것"이라는

등 여러 차례 틀린 의견을 강하게 내세운다.[13] 어둠 속에서 스스로를 기만하며 살아가는 조앤은 신의 은총을 누리지 못한다. 조앤에 대한 두 가지 관점을 이쪽저쪽으로 오가는 서술이 일품이다. 애거사의 살인 미스터리에서도 핵심이 되는 한 인물에 대한 대조적인 시각을 확장한 것이다. 애거사는 이야기가 "가볍고 경쾌하게 전개되다가 점점 긴장감, 불안감이 자라나 누구나 한 번쯤은 느끼는 '나는 누구인가?'라는 생각으로 발전하길 바랐다". 이 소설에 애거사의 모티브 가운데 하나인 '총잡이'가 다시 나타난다. 그런데 이번에는 이 낯선 사람이 서술자의 마음속에 있다.

내가 좋아하는 또 다른 웨스트매콧 소설인 《딸은 딸이다*A Daughter's a Daughter*》(1952)에서도 심리학에 대한 관심이 드러난다. 이 소설에서 진실을 말하는 인물 로라는 본인이 심리학자다. 줄거리의 핵심은 딸을 위해 애정 생활을 희생한 어머니가 딸이 그 희생을 이해하지도 보답하지도 않으리란 것을 알게 되는 일이다. 플롯이 다른 웨스트매콧 소설과 비교해 더 탄탄히 짜여 있는데, 원래 1930년대에 희곡으로 쓴 작품이라 속도감과 대단원이 필요했던 탓이다. 연극사학자 줄리어스 그린은 이 작품을 결혼의 본질과 여성에게 지우는 짐을 다룬 애거사의 다른 잊힌 희곡들의 연장선으로 봐야 한다고 말한다. 이 소설은 어머니와 딸의 긴장을 다루었기 때문에 애거사와 로절린드의 힘든 관계에 대한 언급으로 읽힐 때가 많다. 그렇지만 애초에 로절린드가 아직 어린 나이일 때 쓰였다는 것을 생각하면 말이 안 되는 해석이다.[14] 이 책은 로절린드가 아니라 애거사 본인에 관한 책이다.

"당신은 인생에 대해 뭘 알죠?" 이 희곡의 어둡고 상처받은 남자

주인공이 묻는다. "아무것도 모르죠. 내가 당신을 더럽고 끔찍한 곳으로 데려갈 수 있어요. 삶이 사납고 살벌하게 펼쳐지는 곳으로 가면 당신은 산다는 것이 암울한 희열임을 **제대로** 느낄 거예요!"[15]

아치 크리스티가 이렇게 대놓고 말하지는 않았을지라도 토키의 응접실에서 분명 애거사에게 이런 생각을 심어주었을 듯싶다.

1947년에 쓴 《장미와 주목*The Rose and the Yew Tree*》에서는 또 한 번 어려운 도전에 나섰다. 에로틱한 사랑이 얼마나 강력할 수 있는지 보여주는 것. 성적 욕망이 나쁜 사람을 좋은 사람으로 바꾸어놓는 힘을 발휘하는 이야기다. 비평가 마틴 피도Martin Fido는 이 책을 "합리주의와 물질주의의 시대에 신의 기적적인 방식을 정당화하려는 대담한 시도"라고 평했다.[16] 대담한 시도였지만 설득력 있게 마무리하지는 못했다. 애거사의 출판사 윌리엄 콜린스, 선스에서도 이 소설을 좋아하지 않았다. 보수당 후보로 나오는 주인공이 나쁜 남자라는 점을 유감스러워했다. 애거사는 조카 잭이 정치에 뛰어들어 나중에 토리당 의원이 되기도 했으니 정치가의 삶에 대해서는 꽤 아는 편이었다.

웨스트매콧 소설의 품질에 편차가 있는 것은 사실이지만, 저자가 여성이고 주제도 여성적이라는 이유로 온당한 평가를 받지 못한 점도 있다. 한 남성 평론가는 "다소 유치한 로맨스 소설"이라고 단정했다.[17] 그러나 이 소설을 좋아하는 사람들은 늘 있다. 특히 모니카 디킨스Monica Dickens나 도러시 위플Dorothy Whipple 같은 20세기 중반 미들브로 작가들을 좋아하는 것을 부끄러워하지 않는 사람들이 지지한다. "메리 웨스트매콧의 작품은 정당한 대우를 받지 못했다"

고 미국 범죄 소설가 도러시 B. 휴스Dorothy B. Hughes는 말한다. "항상 '탁월하지 않다', '여자들 타입'이라는 등의 말로 폄하하면서 한켠으로 치워버린다. 여자들 타입이라고!"[18]

로절린드는 웨스트매콧 소설이 "로맨스 소설로 불려왔으나 정당한 평가가 아니라고 본다"고 예리하게 말했다. "일반적인 의미의 '러브 스토리'도 아니고, 해피엔딩으로 끝나지도 않는다. 이 소설들은 가장 강력하고 파괴적인 형태의 사랑에 관한 소설이라고 생각한다."[19]

그러나 사람들은 애거사 크리스티에게 사랑에 관한 책을 기대하지 않았다. 윌리엄 콜린스, 선스에서《장미와 주목》에 냉담한 반응을 보이자 '메리 웨스트매콧'은 이 출판사와 결별하게 된다. "콜린스는 그 부인(웨스트매콧)을 가치 있게 여기지 않아요." 애거사는 에드먼드 코크에게 불평했다. "M. W.가 다른 곳에서 출간될 수 있게 해줘요."[20] 그래서 웨스트매콧은 하인만Heinemann으로 적을 옮겼다.

그러나 1949년 2월《선데이 타임스》에서 웨스트매콧의 정체를 폭로하면서 필명으로 이어오던 애거사의 경력이 큰 곤경을 맞닥뜨린다. 웨스트매콧의 정체를 이미 오래전부터 알던 사람들도 있었다. 맥스한테는 진작 알려주었고, 애거사의 친구이자 매지의 시누이인 낸은 글쓰기 스타일로 눈치를 챘다.《선데이 타임스》는 미국 신문에 한 기자가《봄에 나는 없었다》를 비평하며 미국 저작권국 기록을 보고 그 비밀을 알아냈다고 쓴 기사를 읽고 알아차렸다.

애거사는 망연자실했다. 과거 언론에 샅샅이 노출되었던 때, "사냥당하는 여우가 된 것 같다"고 느꼈던 때와 비슷한 기분이었을 것이다. "그 일로 쏟아지는 편지를 뜯어보기도 지겨워요." 애거사는 화가 나서 두서없이 이 말 저 말 늘어놓았다. "내가 그걸 가장 알리고 싶지 않았던 사람들이 내 친구들인데 (글로 쓸 주제에 제약이 생기니) 이제 다 끝났어요."[21]

이 사건 이후 애거사는 사생활을 더 감추었고 작업 과정에 대해서도 비밀주의로 일관했다. "제인 마플은 실존 인물이 아니에요. 전적으로 만들어낸 인물이에요." 말년에 애거사는 마플을 실존 인물과 연결시키려는 시도를 완강하게 부인했다.[22] 그렇지만 사실이 아니다. 전에는 미스 마플에 이모-할머니의 경험과 기억의 단편이 들어 있다고 인정했던 것이다. 그런데 말년에 애거사는 어느 누구도 자기 머릿속을 들여다보지 못하도록 철저하게 막았다.

필명으로 자신을 보호할 수 없게 된 애거사는 마지막 웨스트매콧 소설에 《짐*The Burden*》(1956)(한국어판 제목은 《사랑을 배운다》)이라는 제목을 붙였다. 애거사는 이 책을 비밀스럽게 즐기며 "아무에게도 말하지 않고 완성"했다고 에드먼드 코크는 말한다. 하지만 코크조차도 뜨뜻미지근했다. "애거사가 한동안 구상해오던 중요한 웨스트매콧 작품이 아니에요. …… 확실히 결말을 바꿀 필요가 있어요."[23] 이 작품 이후로 애거사는 자신의 분신을 은퇴시켰다.

애거사는 종종 자신은 예술가가 아니라 장인이라고 강하게 주장하며 글쓰기는 노동이라고 하곤 했다. 그렇지만 때로는 그것이 사랑의 노동이라는 사실을 무심코 밝히기도 했다. 《봄에 나는 없었다》를 완성한 전쟁 중의 불타는 사흘이 이 말이 진실임을 너무나 확연하게 보여주고 있다.[24]

"글을 쓸 수 없게 되면 얼마나 슬플까." 애거사는 생각했다. 《봄에 나는 없었다》를 두고 하는 말이었을 수도 있을 것이다. "진실하게, 진심을 다해, 내가 쓰고자 하는 대로 썼고 그게 작가가 느낄 수 있는 가장 뿌듯한 기쁨이다. …… 가끔 나는 그 순간이 신을 가장 가까이 느끼는 순간이라고 생각한다. 순전한 창조의 기쁨을 조금이나마 느낄 수 있는 순간이니까."

어쩌면 애거사 크리스티를 정의하는 이미지는 론 로드 플래츠의 이웃들에게 비친 이미지, "푸근하고 느긋해 보이는 부인"과는 전혀 다른 것이어야 할 것이다. 현대적 아파트의 닫힌 문 뒤에서, 저 밖에서는 폭탄이 떨어질 때, 애거사는 메리 웨스트매콧 소설의 가장 인상적 인물 중 하나인《인생의 양식》의 버넌과 더 닮아 있다.

열정적인 예술가인 버넌은 창작에 헌신한다.

버넌은 안도의 한숨을 내쉬었다.
이제 그와 일 사이를 가로막을 것은 아무것도 없었다.
버넌은 테이블 위로 몸을 숙였다.[25]

8부
밀물을 타고

31

크고 값비싼 꿈

1945년 4월 30일, 히틀러가 베를린에서 자살했다. 몇 주 뒤 추운 저녁, 애거사가 론 로드 플래츠의 부엌에 있는데 바깥쪽 복도에서 이상한 소리가 들렸다. 애거사는 훈제청어를 굽다 말고 무슨 소리일까 궁금해하며 고개를 들었다. 문을 열자 짐을 잔뜩 지고 있는 사람이 있었다. "쩔렁거리는 짐을 온몸에 이고 지고 있었다." 맥스였다.

"대체 뭘 먹는 거야?" 맥스가 물었다.

"훈제청어." 내가 말했다. "당신도 하나 먹어." 그러고 우리는 서로를 보았다. "맥스!" 내가 말했다. "당신 2스톤(약 13킬로그램)은 더 쪘네."

"거의. 당신도 살이 하나도 안 빠졌네." 맥스가 말했다.

하지만 그것 말고는 아무것도 달라진 것이 없었다. 맥스가 멀리 떠나 있었던 적도 없는 것 같았다. "얼마나 멋진 저녁이었는지! 우리는 타버린 생선을 먹었고, 행복했다." 애거사가 맥스에게 보낸 편지에서 예언한 대로였다. "우리가 다시 만나면 멋진 시간을 보낼 거야. 뭘 먹을까!! …… 책이 잔뜩 쌓인 의자와 넘치는 웃음. 우리는 얘기를 하고 하고 또 하겠지."[1]

평화가 찾아오자 맬로원 부부는 전후 세계로 '살살' 들어섰고 "함께 있는 것에 감사했고 조심스럽게 삶을 시도해보며 무얼 할 수 있을지 시험해보았다". 쉰네 살에 애거사는 다시 새로이 태어날 준비가 되어 있었다. 런던 아파트에서 바쁜 직업인으로 사는 것에는 이제 지쳤다. 고향 데번이 애거사를 부르고 있었다.

애거사의 책 속 인물이 여자는 나이가 들면서 점점 나아진다고 말한 적이 있다. "60대의 남자는 대개 축음기 레코드판처럼 같은 말을 반복하지만 …… 60대의 여자는 조금이라도 개성이 있는 사람이라면 매우 흥미롭다."[2] 중년 이후가 되면 "다시 주위를 돌아볼 수 있게 된다. …… 마치 몸 안에서 새로운 아이디어와 생각의 수액이 솟는 것처럼 …… 삶이 주는 선물에 대한 감사가 이전 어느 때보다 강하고 뜨겁게 솟는다. 꿈에서처럼 생생하고 강렬하다". 애거사가 이 말을 한 지 40년이 넘었지만 지금도 폐경기 이후 여성의 삶을 이렇게 기쁘게 기리는 말은 좀처럼 듣기 힘들다. 게다가 애거사가 몸소 보여준 행동은 애거사가 한 말보다 더욱 의미 있다. 애거사가 말년에 이룬 업적이 노년의 여성을 대중문화의 핵심에 당당히 올려놓았다.

그러나 애거사의 다음 창작 프로젝트는 책이 아니었다. 집이었다. 1945년 12월 25일 그린웨이가 징발 해제되었다. 1946년 소설 《할로 저택의 비극》에 들어간 묘사를 보면 애거사가 이 장소에 얼마나 강한 끌림을 느끼는지 짐작할 수 있다. "우아한 하얀 집, 건물을 향해 자라는 커다란 목련, 이 전부를 숲으로 덮인 언덕이 원형극장처럼 둘러싸고 있다."[3] 대대로 이 집을 소유했던 가족은 이 집이 자신들의 삶에 강력한 영향을 미치고 있음을 알게 된다.

그린웨이와 정원을 떠나는 일은 가슴 아픈 경험이었다. 전쟁 후 다시 돌아오는 일도 쉽지 않기는 마찬가지였다. "거칠었다. 아름다운 정글처럼 제멋대로였다. 그런 모습을 보는 게 여러모로 슬펐지만 그래도 아름다움이 여전히 거기 있었다." 애거사는 이렇게 회상했다. 집을 수리하고 정원에는 다시 나무를 심었다. 전쟁의 격변 이후 그린웨이는 가족이 치유하러 돌아오는 곳이 되었다.

안도감을 느끼며 가정으로 돌아온 사람이 애거사만은 아니었다. 1943년 영국에는 기혼 여성의 80퍼센트가 전시 노동에 종사하고 있었다. 그러나 전쟁이 끝나고 평화가 돌아온 1951년에는 **전체** 여성의 34.7퍼센트만 경제 활동을 했다. 1931년의 일하는 여성의 비율인 34.2퍼센트와 놀랍게 비슷한 수치다.[4] 1956년에 발표된 여성의 삶에 대한 사회학적 연구는 이런 대담한 진술로 시작한다. "일과 가정이라는 두 세계 사이의 간극은 오늘날 이전 어느 때보다 더 완전해졌다."[5] 애거사는 다시 일을 하긴 했지만 우선순위는 아래로 밀려났다. 1940년대 후반 애거사의 창의성은 집을 아름답게 만드는 데 주로 부입되었다.

이 저택을 사용한 미국 해군은 집을 대체로 잘 관리했다. 미국 해안경비대 대원 51명이 이곳에서 한 방에 서너 명씩 생활했다. "우리는 거대한 마호가니 왕좌에 대단히 강한 인상을 받았습니다." 군인

중 한 명이 장려한 1층 화장실 변기를 두고 한 말이다.[6] 이 수병들은 대부분 루이지애나 출신이었고 부재중인 여주인을 '애거사 이모'라고 불렀다.[7] 이들이 노르망디 상륙일에 보병을 영국 해협 너머로 실어 나르는 역할을 일부 담당했다. 동네 아이였던 테사 태터셜은 미군과 같이 놀고 후한 선물을 받았던 일을 기억했다. "파인애플과 반으로 자른 복숭아 통조림을 처음으로 맛보았고, 커다란 사탕통을 받은 기억이 난다."[8]

미군들은 그린웨이의 서재를 술집처럼 쓰면서, 서재 벽에 전투기 앞부분에 그리는 것 같은 여자 누드를 포함한 장식화를 그렸다. 철수하면서 칠을 다시 해주겠다고 했다. 그러나 애거사는 군인들이 머물렀던 시기의 기념물로 삼겠다며 남겨두라고 했다.

자선단체 내셔널 트러스트가 보존에 아낌없는 노력을 쏟아 그린웨이가 오늘날에도 멀쩡하고 아름답게 남아 있어서 사람들은 애거사가 이곳에서 말년을 편안하고 호사스럽게 살았을 거라고 생각한다.

그렇지만 사실 그린웨이는 별장일 뿐이었고 겨울에는 사용하지 않았다. 이곳을 유지하려고 보이지 않는 곳에서 돌아가야만 했던 바퀴가 얼마나 많을지 가늠하기조차 어렵다. 애거사는 더 작고 싼 집으로 옮겨 여유롭게 살 수도 있었을 것이다. 하지만 그린웨이에서 사람들을 따뜻이 맞이하는 시골 부인 역할을 하기를 너무나 좋아했으므로, 그린웨이 유지비를 대기 위해 다시 책을 쓰기 시작했다.

처리해야 할 일을 알리는 편지가 주기적으로 끝도 없이 왔다. 상수도원에 관한 실망스러운 보고가 있었다. "수원에서 소들이 물을 마시는 것 같습니다."[9] 33에이커에 달하는 정원을 취미로 운영하기에는 돈이 너무나 많이 든다는 게 곧 분명해졌다. 그래서 애거사는 햇볕이 잘 들고 울타리가 있는 텃밭에서 판매용 원예 작물 사업을 해보려고 했다. 미시즈 맥퍼슨이라는 사람을 고용하여 생산품을 고객에게 배달하고 장부를 관리하고 '온실에서 실질적 작업'을 하도록 시켰다. 페리 코티지도 숙소로 제공했다.[10]

에드먼드 코크는 그린웨이와 거리를 두려고 애썼지만, 애거사가 멀리 떠나 있을 때 그린웨이를 긴급히 방문해야만 할 일이 생기곤 했다. 코크는 애거사가 뭘 원하는지 이해했지만 그 일의 규모에 절망을 느꼈다. "그린웨이처럼 아름다운 곳은 본 적이 없다"고 코크는 썼다.

> 모든 게 꿈처럼 싱그럽고 우아했어요. 하지만 크고 값비싼 꿈이었어요. ……
> 세무당국에서는 이게 과연 상업적 관점에서 합리적인 구상인지 납득을 못
> 하고 나도 마찬가지입니다.[11]

코크는 문학 에이전트에 '불과'했으나, 애거사의 삶에 점점 더 많이 관여하게 되었다. 애거사는 희귀한 서적, 메이플 설탕, 극장 티켓 등을 구해달라고 하곤 해서 직원들 사이에 악명이 높았다. "애거사를 위한 잡일이 악마 같다." 한 직원은 이렇게 불평했다.[12]

또 코크는 미시즈 맥퍼슨을 고용한 일이 재앙임을 알게 되었다. 미시즈 맥퍼슨이 주문한 갖가지 물건의 청구서가 코크의 사무실로 날아들었다. 맥퍼슨이 애거사 이름으로 800파운드를 빚진 다음에야 이 딱한 여자가 도박 문제가 있으며 자살 시도를 하기도 했음을 알

게 되었다.

수석 정원사 버트 브리슬리도 열의는 넘치지만 효율적 업무처리 능력이 부족하다는 문제가 있었다. 맥퍼슨 사건 이후에 브리슬리도 해고되었고, 기술이 뛰어난 프랭크 래빈이 후임으로 왔다. 이후 애거사는 브릭섬 원예협회 경진대회에서 1등상을 18개나 받았고, 성공의 비결이 뭐냐는 질문에 이렇게 답했다. "일류 정원사죠."[13]

그린웨이는 서서히 애거사의 주요 악습 중 하나인 쇼핑의 결과물로 채워졌다. 세금 문제가 있었지만 애거사는 고가구, 도자기, 은식기, 현대 미술을 사 모으는 까치 같은 습성을 도저히 자제할 수가 없었다. 이 집은 특이하고 예쁜 물건들이 뒤죽박죽으로 채워진 보물 창고가 되었다. 소장품 목록에서 아무 장이나 한 장 골라보면 이런 식이다. "오크나무 받침대 위에 놓인 12인치 청동 황소 / 개구리 뚜껑이 달린 도자기 해골 / 로킹엄의 작은 집 모양 장식 두 개 / 모조 루비로 장식된 중국산 황동 손도끼 한 쌍."[14] 그린웨이는 점점 애시필드처럼 되어가고 있었다.

그린웨이의 식사도 (일부는 애거사가 만들었다) 밀러 가족의 호사스러움을 떠올리게 하는 음식들로 차려졌다. "나는 소스가 좋다. 조개류와 아보카도가 들어간 무언가를 떠올리면 기분이 좋다."[15] "8시 30분에 와서 캐비어를 **잔뜩** 먹으면 어떻겠어요?" 한 친구에게 보내는 초대 편지에는 이렇게 적었다.[16] 하지만 이 무렵의 애거사는 부엌 일을 하고 싶은 생각이 별로 없었다. 새 요리사를 찾아내어 신이 났다. "요리사가 만드는 볼로방vol-au-vent(둥그란 퍼프 페이스트리 반죽 안에 크림 소스와 속을 채워 조그맣게 만든 파이 – 옮긴이)! 수플레!"[17] "너무 많이 먹었어." 애거사는 이렇게 말하면서도 반성이 없었다. "이따금 질펀하게 즐기지 않으면 삶이 무슨 의미가 있어?!"[18]

애거사는 이제 몸무게를 관리해야 한다는 사회적 압박을 완전히 무시했다. 오랜만에 만난 대녀가 "참담할 정도로 솔직하게 말했다…… '대모님 뚱뚱해요. 전에는 날씬하셨는데요!'"[19] 배급제가 시행되던 시대 최고의 사치는 풍성한 음식이었다. 1952년 애거사는 오찬에서 랍스터 네브미도르(바닷가재 살을 포도주로 익혀 그뤼에르치즈, 달걀노른자, 브랜디로 만든 소스와 섞어 바닷가재 껍데기에 넣어 구운 요리)와 카나페 디안(베이컨과 닭 간을 곁들인 버터 토스트)을 주문했다.[20]

손자 매슈는 1950년대 그린웨이에서 보낸 여름 오후의 의식을 이렇게 회상했다. "크림 티를 니마가 나보다도 더 좋아했다. 니마는 '욕심부리지 마'라는 문구가 적힌 커다란 컵으로 크림 티를 마셨다. 그 지시를 따를 기미는 전혀 보이지 않았다."[21] 애거사는 아버지가 없는 손자와 가까이 지냈다. 그린웨이에 방문한 손님에게는 이 집의 규칙을 말해주었다. "이 집에서는 오직 우리가 하고 싶은 것만 한다. 보통은 오전에 크리켓을 한다." 그 덕분에 매슈는 여름이 지날수록 크리켓 실력이 점점 늘었고, 어찌나 잘하게 되었는지 할머니와 할머니 친구들과 시합을 할 때는 왼손으로 쳐야 했다.[22] ("여자들은 크리켓을 안 하죠." 켐프 경감이 《빛나는 청산가리》에서 이렇게 말한다. 그러나 레이스 대령은 웃으며 이렇게 대꾸한다. "사실, 하는 여자도 많아요."[23])

1949년 10월, 로절린드는 또 한 번 어머니를 예고 없이 결혼식에 초대했다. 로절린드의 두 번째 결혼식도 첫 번째 결혼식처럼 켄싱턴 등기소에서 조용히 치러졌다.[24] 결혼식을 앞두고 로절린드는 예의 무덤덤한 말투로 어머니를 런던으로 불렀다. "절대 비밀이고 아무도 알면 안 돼요. 딱히 즐길 일은 없겠지만 엄마는 꼭 오셔야 해요. …… 너무 멋지게 차려입지 말고요."[25]

로절린드의 새 남편은 이름이 앤서니 힉스Anthony Hicks였다. 법정 변호사 수련을 받았지만 현직에서 활동하지는 않았다. 맥스는 그를 "재기를 타고났으나 개인적 야심이라고는 한 톨도 없다"고 보았다. 앤서니는 짙은 색 머리카락을 손가락으로 꼬는 습관이 있었는데, 앤서니의 장모는 그 습관을 희곡 〈쥐덫*The Mousetrap*〉에서 외양을 바꾸었으나 습관은 바뀌지 않아서 어떤 인물을 알아보게 되는 '단서'로 사용했다. 맥스는 앤서니를 "예상하지 못한 정보를 잔뜩 알고 있는 사람"이라고 했다. 고급 와인, 산스크리트어 등 온갖 희한한 주제에 해박했다.[26]

"매슈가 좋아할 거라고 생각해요." 로절린드는 어머니를 안심시켰다. "매슈는 항상 앤서니보고 더 있다 가라고 해요. 질투할 것 같지는 않아요."[27] 사실이었다. 매슈는 새아버지를 "조용하고 재치 있고 학구적이고 헌신적"이라고 묘사했다.[28] 앤서니는 가족 사이에 완벽하게 녹아들었다. "내가 아는 가장 친절한 사람"이라고 맥스는 생각했는데, 외로운 로절린드에게 필요한 것이 바로 친절이었다.[29] 앤서니는 직업을 갖는 대신 애거사의 그린웨이에 관심을 갖고 정원 관리를 도맡았으며 온갖 실무에 도움을 주었다.

아, 애거사가 그린웨이의 야망을 실현하기 위해서는 얼마나 일손이 간절했던가. 그린웨이에서는 뭐든 계획대로 순조롭게 이루어지는 일이 없었다. 탐정 소설가 에드먼드 크리스핀Edmund Crispin은 그린웨이에 다녀온 경험을 이렇게 들려준다.

정말 격식을 따지지 않았다. 거대한 식당이 있는데 뭐가 나올지 전혀 예
상이 안 된다. 조지 시대의 은식기로 식사를 할 수도 있고 울워스에서 산
식기로 먹을 수도 있다. 19세기 포트와인 디캔터로 와인을 따를 수도 있고
애거사가 쇼핑하다가 발견한 싸구려 잔으로 마실 수도 있다. 아이들이 있
고 개가 있고 늘 재미있는 대화가 있었다.[30]

이토록 거대하고 후하고 쾌적한 집을 꿈꾸는 게 문제를 쌓아올리는
일임을 애거사도 알았다. 하지만 도무지 포기할 수가 없었다. 로절린
드와 그것 때문에 다투고 사과한 적도 있었다. "사실은, 나는 그린웨
이 때문에 양심의 가책을 느껴……. 나는 빌어먹을 늙은이야." 애거
사는 이렇게 썼다. 애거사는 오직 "그러고 싶기 때문에" 경제적 상황
을 무시하고 집에 매달렸다.[31]

그린웨이에서 보내는 여름은 애거사에게 점점 중요한 것이 된다.
그린웨이 정원 바깥쪽에서 애거사의 명성과 사업상 문제가 새로이
압박을 더해가고 있었기 때문이다.

32

그들은 바그다드로 갔다

앤서니 힉스가 왕세자가 되어 애거사의 궁정에 자리 잡으면서 일과의 압박에서 벗어난 애거사는 다시 고고학자 아내의 삶 쪽으로 관심을 돌렸다.

1947년 영국 공군에서 전역한 맥스는 다시 자기 일로 돌아가고 싶었다. 전쟁 전의 고고학은 애거사와 맥스에게 아주 잘 맞았다. 애거사가 말하는 대로 "사적인 관심사였는데, …… 무척 사적인 사람들이니까".[1] 그러나 전후의 고고학은 달랐다. 사적 클럽보다는 공적 사업의 성격이 더 강해졌다.

당시 리젠트 파크 안 저택에 자리했던 런던대학교 고고학연구소는 전쟁 중에도 임시 소장 캐슬린 케니언Kathleen Kenyon이 맡아 계속 운영했다. 그러나 많은 여자가 그랬듯 케니언도 남자들이 돌아오면 당연히 자리에서 물러날 것으로 예상되었다. 1946년 저명한 오스트레일리아 고고학자 비어 고든 차일드Vere Gordon Childe가 소장을 넘겨받았는데, 맥스에게 무언가 일자리를 주라고 주변 사람들이 차일드에게 말을 넣었다. 그래서 맥스는 새로 생긴 서아시아 고고학 분야의 의장 자리를 제안받았다. 연구소에서는 "그래 봐야 특별히 좋을 일이 없을 것 같다"는 이유로 모집 공고조차 하지 않았다.[2] 그래서 맥스는 맬로원 교수가 되었다.

맥스의 새 일자리에는 월급이 있었고, 고고학계의 루머에 따르면 애거사가 그 식책을 '후원'했다고 한다.[3] 그렇지만 대학 장부에 돈이 오간 기록은 없다. 만약 그랬다면 맥스에게는 남자로서 자존심이 상하는 일이었을 테다. 애거사는 비공식적으로 맥스의 대학 수입에 직접 추가하는 방식으로 지원했다. 에드먼드 코크는 애거사에게 세금을 줄일 방법을 이렇게 조언했다. "맥스가 올해 4월 5일에 봉급을 받는 게 좋을 것 같습니다. 1949~1950년이 특별히 수익이 많은 해였으니까요."[4] 맥스는 또 애거사와 절친한 친구인 출판업자 앨런 레인한테서 일거리를 얻었다. 앨런은 맥스에게 고고학 서적 편집 일을 맡겼고, 현금 지원뿐 아니라 현장으로 거대한 스틸턴 치즈를 공수해서 발굴 작업을 지원하기도 했다.

"이 일을 맡게 되어 정말 행운이야." 맥스는 편지에 이렇게 썼다. 이제 자기가 좋아하는 삶을 살 준비가 다 되어 있었다.[5] 날마다 런던 첼시 킹스 로드에서 조금 떨어진 스완 코트의 새집에서 출근했다. 당시 첼시는 예술적이고 창의적인 분위기의 동네였다. 스완 코트도 론 로드 플래츠처럼 편리한 아파트 블록으로 1931년에 지어졌고 꼭대기 층에는 "예술가들을 위한 원룸 아파트" 16채가 있었다.[6] 맥스와 애거사의 아파트는 잡동사니가 가득하고 편안했고, 장려한 것하고

는 거리가 멀었다. 특히 소파가 오래되어 "커버가 닳았고 스프링이 심하게 망가진" 것으로 유명했다.[7]

맥스는 주말엔 월링퍼드에 있는 '자기' 집 윈터브룩에서, 여름 휴가는 그린웨이에서 보냈고, 해마다 다섯 달은 서아시아에서 발굴을 했다. 연구소에 가면 "수백 명의 사람, 대부분 여자들이 내가 건물에 들어서면 바닥에 엎드리다시피 해⋯⋯. 나는 그저 내 방에 들어가 문을 닫고 책을 읽고 싶을 뿐인데". 그렇지만 뜻밖에도 맥스는 가르치는 일 그리고 "다른 사람들이 생각하도록 돕는 것"을 좋아하게 되었다.[8]

맥스는 이제 자기 이름을 널리 알리게 해줄 프로젝트에 집중하고 있었다. 이라크 모술에서 20마일 떨어진 님루드라는 고대 도시를 조사하는 프로젝트였다. 고대에는 칼루라 불렸고 현재 고고학계에서도 그 이름으로 부르지만 당시 맥스 세대에서는 님루드로 통했다.

맥스는 원대한 꿈을 꾸고 있었다. 한 세기 전에 헨리 레이어드 경 Sir Henry Layard이 그곳에서 이룬 발견과 명성에 필적할 수 있기를 바랐다. 1845~1851년에 레이어드는 날개 달린 거대한 황소 석상을 발굴했고 그 석상이 오늘날까지도 대영박물관에서 방문객들에게 강한 인상을 주고 있다. 그러나 그 이후로 님루드는 방해받지 않고 잠들어 있었다.

결정적으로 당시 이라크 정세가 비교적 우호적이어서 맥스의 계획을 실현할 수 있었다. 제2차 세계대전 동안 영국은 석유 확보 등을 이유로 다시 이라크에 통제권을 행사했다. 역사가 엘리너 롭슨 Eleanor Robson은 이렇게 설명한다. "독점기업인 이라크 석유 회사Iraq

Petroleum Company는 이름만 '이라크'였다. 실제로는 런던에 등록되어 있었고 BP, 셸, 미국 석유 생산업체 컨소시엄 등 거대 서방 대기업의 공동 소유였다."[9] 맥스의 탐사는 사실상 영국이 그 지역에 미치는 소프트파워의 촉수였고, 맥스의 작업은 산업이나 군사 등 영국의 다른 관심사와 밀접하게 얽혀 있었다. 맥스의 탐사 보고서를 보면 이라크 석유 회사가 불도저를 빌려주었을 뿐 아니라 임페리얼 케미컬 인더스트리는 사재를, 영국 공군은 항공사진을 제공했다고 되어 있다.[10]

님루드로 가기 전에 맥스의 팀은 바그다드에 거점을 마련했다. 이라크 주재 영국 고고학 학교를 재건하는 셈이었는데, 맥스가 회장이 되었다. 1948년 10월에 로버트 해밀턴Robert Hamilton이라는 고고학자가 학교로 쓸 건물을 임대하기 위해 바그다드로 파견되었다. "적당한 집을 찾았습니다. 크기가 다양한 방이 여럿 있습니다." 그는 이렇게 편지를 보냈다. 또 "바그다드를 돌아다니며 알루미늄 냄비, 도어매트, 하픽 세정제, 정어리, 찻잔 등을 샀다".[11]

애거사는 맥스와 함께 1949년 1월 18일 바그다드에 도착했고, 강가에 있는 이 오래된 집을 좋아하게 된다. 안마당은 시원했고 야외 발코니 옆에서 야자수가 고개를 끄덕였다. 맥스가 일하는 동안 애거사는 평화롭고 창의적인 삶을 누렸다. "날마다 햇볕 아래 테라스에 나와서 티그리스강을 바라보는 것이 좋았어. 쉬면서, 햇빛 속에서, 생계를 유지하게 해줄 맛깔난 살인 몇 개를 생각했어."[12] 애거사가 이 발코니에서 아침을 먹는 사진이 있다. 정장에 진주 목걸이를 하고 책을 읽으며 동그란 갈색 티포트로 차를 마시는 모습이다. 영국에서 전쟁을 겪은 이후 마침내 누리는 지극한 행복이었다.

학교 살림을 운영한 사람은 우리 이야기에 작은 역으로 등장하지만 나중에는 더 중요한 역할을 하게 될 또 다른 고고학자다. 바버라 파커Barbara Parker는 공식적으로는 비서 겸 사서였으나 다른 일도 많이 했다. 키가 크고 우아해서 패션 하우스 '하우스 오브 워스House of Worth'의 모델을 했고, 그 후 중국 미술과 고고학을 공부했다. 학위를 막 취득하고 현재 이스라엘인 지역으로 가서 발굴 작업에 참여했는데, 동료가 총에 맞아 사망하는 일이 있었다. 바버라는 런던으로 돌아와 집중 공습 기간에는 소방대에서 복무했다.

동료들은 바버라를 "체계가 없고", "얼렁뚱땅이고", "사랑스럽고", "매우 친절하다"고 묘사했는데, 이런 자질 때문에 바버라는 금석학자로서 자기 학업은 등한히 하고 주로 다른 사람들을 돕게 되었다. 하지만 로버트 해밀턴은 바버라를 더 관대하게 묘사한다. 해밀턴은 "충실하고, 부지런하고, 수완이 좋은" 바버라가 맥스의 일을 얼마나 헌신적으로 도왔는지 언급하지만, 맥스는 그 보답으로 늘 바버라를 놀렸다.[13] 맥스의 학생 중 한 명은 바버라가 맥스의 '노예'라고 표현했다.[14] 주위 사람들은 바버라가 늘 이용당할 수밖에 없는 사람이라고 생각했고, 애거사는 바버라를 '순교자 성 바버라'라고 불렀다. 1950년대에는 사람들이 바버라를 비웃었을지 모르나, 오늘날에는 20세기 고고학계에서 남성 상사가 써서 주목받은 책 뒤에서 보이지 않게 일한 여성 가운데 한 명으로 여겨진다.

애거사가 이라크에서 쓴 책 가운데 한 권인《그들은 바그다드로 갔다*They Came to Baghdad*》(1951)에 영국 고고학 학교 건물이 묘사되어 있다. 이 소설은 애거사의 여행비를 경비로 분류할 수 있게 하려고 쓴 것으로, 탐정 소설이라기보다 '스릴러'에 가깝다. 출판사에서는 애거사가 이 책에 성심을 다하지 않았다고 느꼈다. 윌리엄 콜린스, 선스에 한 독자는 이런 평을 보냈다. "미시즈 크리스티가 이 책을 농담 이상으로 여긴다고는 믿기 어렵습니다."[15]

그러나 《그들은 바그다드로 갔다》는 이라크에서 영국의 지위가 얼마나 취약한지에 대한 새로운 인식이 담겨 있다는 점에서 흥미를 끈다. 전쟁 동안 맥스는 서아시아로 돌아가면 방식을 바꿔야겠다고 마음을 먹었다. "이제는 한발 뒤로 물러서서 원주민과 거리를 둘 수 없어."[16] 애거사도 이 작품에서 처음으로 이라크인을 주요 인물로 등장시켰다. 소설의 주인공 빅토리아는 관광객이었다가 스파이가 되는 인물인데, 정부 조직이 할 일을 제대로 못했기 때문에 이런 일을 떠맡게 된다. 빅토리아의 전임자인 카마이클은 에드워드 시대에 이튼 스쿨에서 교육을 받은 사람이었다. 반면 빅토리아는 평범한 타자수일 뿐이지만 카마이클을 비롯한 기득권 집단이 갖추지 못한 중요한 자질을 가졌다. 바로 '상식'이었다.[17]

어쨌든 바그다드는 잠시 들른 기착지일 뿐이었고, 맥스는 1949년에서 1958년까지 티그리스강에서 1마일 떨어진 님루드에서 발굴 작업을 수행한다. "어찌나 아름다운 곳인지." 애거사는 이렇게 기록했다. "거대한 아시리아의 두상이 흙에서 고개를 내밀었다. 어떤 곳에서는 기대한 정령의 날개가 나왔다. …… 평화롭고, 낭만적이고, 과거를 가득 품고 있는 곳이다." 이곳에서 맥스는 아슈르나시르팔 2세의 집을 탐사했다. 아슈르나시르팔 2세는 왕궁 집들이 파티에 손님을 7만 명이나 초대할 정도로 강력한 군주였다. 맥스의 팀은 이곳에서 놀라운 것들을 발견하게 된다. 하지만 아슈르나시르팔 2세의 황금 보물이 발견된 것은 맥스가 물러나고 난 뒤 이라크인 후임자 무자힘 마흐무드 후세인이 팀을 이끌 때였다.

늘 그렇듯, 어디를 파야 하느냐만이 문제가 아니었고, 맥스가 불만이 많고 제멋대로라고 생각한 현지 노동자들을 관리하는 일도 힘들었다. 전쟁 전에 발굴지에서 일했던 일꾼들이 돌아온 경우도 있었는데, 그래서 이들은 "애거사를 이모라고 불렀다".[18] 이제는 작업 기록을 영어뿐 아니라 아랍어로도 남겼고, 발굴 작업자들에게 임금도 전보다 조금 더 주었다.[19] 그래도 여전히 급료 때문에 분란이 일어 "곤봉과 칼"로 진압했으며 "머리에 멍이 들거나 깨진 사람이 많았다".[20]

님루드 발굴 도중에 놀랍도록 정교한 상아 조각이 줄줄이 나온 적이 있었다. 친구인 고고학자 조앤 오츠Joan Oates의 말에 따르면 애거사가 고고학 분야에서 한 가장 큰 공헌은 이것이었다고 한다.

> 1953년 우물에서 발견된 유물이었는데, 비슷비슷한 모양의 아주 작은 조각 수백 개로 쪼개져 있는 목재와 상아 석판을 애거사가 거의 혼자 힘으로 서른 개 넘게 재조합했다. 애거사가 좋아하는 지그소 퍼즐과 비슷했다.[21]

애거사도 자기 역할에 뿌듯해했다.

> 내가 가장 좋아하는 도구가 있었다. …… 손톱 손질에 쓰는 막대(어쩌면 가는 뜨개바늘인지도 모르겠다), 어떤 시즌에는 치과의사가 빌려준 도구(아

니 줬다고 해야 하겠다)를 썼고 또 얼굴에 바르는 클렌징크림 한 통이 있었는데 틈새에서 흙을 살살 빼내는 일에 그 어떤 물건보다 효과가 좋았다. …… 어쩌나 짜릿하던지. 인내심, 정성, 섬세한 손길이 필요했다.

애거사는 또 사진을 찍는 일도 맡아서 "오전에 환기가 되지 않는 좁은 암실에서 작업하고 땀을 흘리며" 밖으로 나왔다.[22] 병원 시절과 마찬가지로 님부드에서 바쁜 팀의 일원이 되어서 신뢰하는 사람들에 둘러싸여 일하는 나날은 무척 행복했다.

조앤 오츠의 글을 비롯해 발굴지의 애거사에 관한 기록은 이를테면 정교한 작업, 섬세한 손길, 화장용 크림 등을 들어 대체로 애거사가 한 일의 여성적인 면을 강조한다. 그렇지만 애거사의 가장 큰 기여는 이런 것이 아니었다. 이런 작업은 고고학자의 아내가 할 수 있는 사회적으로 용인되는 기여일 뿐이다.

애거사는 원정대 숙소에서 벽에 난 작은 창구를 통해 일꾼들에게 급료를 나눠 주는 일도 했다. 현장을 구경하러 온 관광객들이 이렇게 숙덕거리기도 했다. "이리 와서 일꾼들이 돈 받는 것 좀 구경해요. 애거사 크리스티가 돈을 주고 있어요."[23]

실제로 애거사는 그냥 돈을 '건네주기만' 한 게 아니었다. 애초에 발굴을 가능하게 한 자금을 댄 사람이 애거사였기 때문이다. 애거사는 개별 탐사 원정뿐 아니라 영국 고고학 학교에도 자금을 지원했다. 예를 들어 1953년에 애거사는 《주머니 속의 호밀*A Pocket Full of Rye*》(1953)의 인세를 이 학교에 기부했는데, 에이전트 에드먼드 코크가 설명했듯이 "뉴욕 메트로폴리탄박물관이 지원을 중단했기 때문

이었다. 남편의 필생의 업이 자금 부족으로 중단될 위기에 처했다는 뜻이었다".[24]

발굴 현장에서 애거사는 당연히 맥스가 대장인 것처럼 행동했다. 팀원들은 상사의 아내를 자기들과 같은 동료로 여겨야 한다는 것을 알게 되었다. 한 고고학자는 애거사는 "친구나 팀원과 같이 있을 때가 아니면 매우 수줍어한다. 팀원들은 애거사에게 책 이야기는 안 하는 편이 좋다는 것을 알게 되었다"라고 묘사했다.[25] 그렇지만 한편으로 애거사가 그저 그들 중 한 명이 아니라는 것은 누구나 알았다. "맥스는 성질이 아주 불같았다." 조앤 오츠는 이렇게 말한다. "불같이 화를 내곤 했다……. 애거사는 그럴 때면 아주 조용한 목소리로 '자, 맥스'라고만 말했고, 그러면 맥스는 잠시 멈칫하다가 곧 화를 가라앉혔다."[26] 이라크 영국 학교의 뒤를 이은 조직의 의장이었던 폴 콜린스Paul Collins 박사는 이렇게 말한다. "내가 느끼기에는 애거사가 결정을 내리는 중요한 존재인 것 같았다."[27]

흔히 말하기를 발굴지 생활의 장점 가운데 하나가 애거사가 점점 많아지고 점점 집요해지는 팬들을 피할 수 있다는 점이었다고 한다. 그렇지만 그건 사실이 아니었다. 애거사가 님루드에 있다는 사실이 관광객들을 끌어들이고 있었다. 이라크 석유 회사에서 지원을 받을 수 있었던 것도 애거사가 있었던 덕이었다. 엘리너 롭슨은 이렇게 말한다. "중장비와 운반 장비를 빌려주는 대가로 애거사가 이라크 석유 회사 직원 부인들과 티타임을 가졌다."[28] 한 시즌에는 발굴지와 애거사를 보러 온 방문객이 1500명이 넘었다. "군사 훈련 중인 군 장교, 버스에 가득한 아이들, 교회 고위직 인사, 심지어 당나귀를 타고 온 현지인들도 있었다. …… 애거사는 긴 테이블 꼭대기에 티포트나 커피포트를 앞에 두고 앉아 지위 고하를 막론하고 모두를 환대했다."[29]

애거사는 자기 본분을 다했으나 개인적 희생이 없었던 것은 아니었다. 조앤 오츠는 애거사가 말 그대로 포위되어 있다고 생각했다.

차가 가까이 오는 게 보이면 애거사는 늘 자기 방으로 들어가 문을 잠갔다. 핀란드에서 온 젊은 남자 두 명이 있었다. 애거사 크리스티를 보러 왔다며, 안 된다는 말은 받아들이지 않겠다고 했다. 여기 있다는 걸 안다면서 무슨 일이 있어도 만나고 가겠다고 했다. …… 심지어 문을 쾅쾅 두드리기까지 했다.[30]

님루드에서 애거사의 존재감은 음식에서도 느껴졌다. 영국 세법상 사업 목적으로 지출한 비용은 공제할 수 있었는데, 애거사는 이라크 원정을 자기 책에 '지역색'을 추가하기 위한 것으로 정의했다. 그래서 애거사가 원정대의 식량을 구입하는 쪽이 절세에 도움이 되었고, 또 그게 애거사에게는 즐거움의 원천이기도 했다. 애거사는 요리사를 장 보러 보내면서 이렇게 덧붙이곤 했다. "크림 잊어버리지 말아요."[31] 그리하여 고고학자들은 "진한 버펄로 젖 크림을, 우리 인도인 요리사가 등유로 가열한 상자형 간이 오븐에서 기적적으로 구워낸 뜨거운 초콜릿 수플레에 듬뿍 얹어" 즐길 수 있었다.[32]

애거사는 이런 모든 활동을 하는 와중에 다음 시즌 발굴 자금을 마련하기 위해 책도 써내야 했다. 그리하여 1951년, 다시 또 버지니아 울프를 연상시키는 글에서 발굴대 숙소에 부속 건물을 추가한 이야기를 들려준다.

> 나는 50파운드를 들여서 작은 정사각형 모양의 흙벽돌 방을 지었고, 금석학자 중 한 명인 도널드 와이즈먼이 설형문자로 '베이트 애거사Beit Agatha', 곧 애거사의 집이라고 쓴 표지판을 붙였다. 나는 애거사의 집에서 날마다 내 일을 조금씩 했다.

이 표지판은 방문객들이 애거사의 은신처를 쉽게 찾지 못하게 하느라 곧 치웠다. 애거사의 비밀의 방은 쿠르디스탄의 산맥을 내려다보는 위치에 있었는데, 손수 만든 테이블이 한 개 있고, 그 위에는 "애거사의 타자기, 질그릇 조각을 문진 삼아 올려놓은 종이 무더기, 문고판 책의 탑이 있었다".[33] 맥스의 말에 따르면 애거사는 매일 오전 이곳에서 다음 책 원고를 빠른 속도로 타이핑했다. "여러 시즌에 거쳐 이런 식으로 쓴 책이 대여섯 권이 넘었다."[34]

그러나 이런 연례 원정은 결국 끝나게 된다. 1958년, 혁명을 앞둔 이라크에서 긴장이 고조되었고 이라크 민족주의가 다시 득세했다. 1955년 여섯 번째 님루드 원정은 여러모로 순조롭지 않았다. 예순네 살이 된 애거사는 방광염에 걸려 병원에 입원해야 했다. 4월에는 허리케인이 닥쳐 숙소 지붕이 날아갈 뻔했다. 로버트 해밀턴은 맥스가 "평소처럼 작업을 잘 이끌지 못하고 있다"고 생각했다.[35]

게다가 맥스의 보물찾기 유형의 구식 고고학이 서서히 젊은 동료들의 '과학적' 접근 방식에 밀리고 있었다. 여학생이 맥스 밑에서 일하기는 특히 힘든 일인 듯했다. 맥스는 여학생이 "울음을 터뜨리도록 만들었을 때" 뭔가 진전이 이루어졌다고 생각했고, 그걸 "매우 건전한" 방법이라고 생각했다. 맥스는 《일러스트레이티드 런던 뉴스》에 계속 글을 실었으나 이 잡지는 그즈음에는 다소 고루한 구닥다리로 여겨졌다. 맥스는 시대를 따라가지 못하고 고고학에 "프로페셔널리즘의 무거운 손길이 닿은 것"을 안타깝게 생각한다고 공개적으로 말하기도 했다.[36] 한 고고학자가 표현하듯, "맥스와 애거사가 발굴지를 이국적 환경에서 여는 하우스 파티처럼 꾸리던 태평한 나날"은 이제 저물고 있었다.[37]

1957년이 맥스가 발굴대를 이끈 마지막 시즌이었고, 1958년 7월 14일 이라크 하심왕국이 무너지고 공화국이 새로이 세워졌다. 사실 맥스가 발굴을 중단한 진짜 이유는, 애거사가 예순일곱 살이 되었고 이제 같이 가기에는 체력이 따라주지 않았기 때문이다. 맥스의 현장 경력은 시작할 때와 마찬가지로 애거사를 필수 동반자로 하는 공동 작전으로 마무리되었다.

영국에 돌아와 맥스는 필생의 역작 《님루드와 유적*Nimrud and Its Remains*》(1966)에 매달렸다. 이 책이 세상에 나올 수 있게 한 것도 아내였다. 펭귄 출판사에서 거절하자 에드먼드 코크가 호의를 베풀어 이 프로젝트를 받아들였다. 미국의 에이전트 해럴드 오버는 뜨뜻미지근한 반응을 보였다. "'님루드'인가 뭔가 하는 책인데, 무슨 내용인지는 잘 모르겠지만 고고학에 관한 것 같다."[38]

표지에는 맥스의 이름이 적혔고 애거사의 이름은 헌사를 적는 면에만 나오지만 사실상 두 사람의 공동 업적이었다. 그리고 이 두 사람의 이름 뒤에 바버라 파커와 다른 조수들, 실제 발굴 작업을 했던 이라크 노동자 수백 명이 유령처럼 존재한다. 맥스는 책 제목을 《님루드와 유적》이라고 지음으로써 자신을 이라크 고고학의 창시자 헨리 레이어드 경의 후계자로 자리매김했다. 1849년에 출간된 레이어드의 《니네베와 유적*Nineveh and Its Remains*》의 발자취를 그대로 따르는 제목이다.[39] 애거사도 자서전에서 위대한 고대 도시 칼루를 묘사하면서 두 사람을 비교한다.

> 도시는 잠들어 있었다. …… 레이어드가 평화를 깨뜨리러 왔다. 그리고 다시 칼루-님루드는 잠이 들었다. …… 여기에 맥스 맬로원과 아내가 왔다. 이제 칼루는 다시 잠을 잔다. …… 다음에는 누가 잠을 깨울 것인가?

그 질문에 대한 답은 이라크, 이탈리아, 폴란드 고고학자들로 이루어진 팀이었다. 그러나 이들의 수년간의 고된 작업은 끝내 충격적이고 폭력적인 개입을 마주하게 되고 만다. 2015년, 무장단체 이슬람국가 IS가 고대 유적지를 불도저로 파괴했다는 보도가 있었다. 유네스코는 이들의 행동을 "이라크 민족의 역사를 말살하려는" 전쟁범죄로 규정하며 비판했다.[40] 님루드에 있는 애거사의 집필실은 방치되어 있다가 2000년대 초에 무너졌으나, 흙벽돌로 지은 숙소는 2015년에도 남아 있었다. 이 건물의 마지막 순간이 동영상으로 찍혀 인터넷에 공개되었다. IS가 폭발물을 터뜨려 건물을 날려버리는 순간을 촬영한 것이다.[41]

이렇게 유적지가 파괴되면서 님루드 이야기도 끝난 것으로 보인다. 그러나 님루드 전문가 엘리너 롭슨이 이후에 파괴 정도를 조사하러 그 지역을 방문했다. IS가 효과적인 선전 영상을 만들려고 폭발물을 설치하긴 했으나 유적지를 전부 파괴하지는 않았음을 알게되었다. 지구라트는 사라졌어도 나머지 유적은 멀쩡했다. "엉망이지만 복원이 불가능하지는 않다." 롭슨은 피해 상태를 이렇게 가늠한다.[42] 그리고 애거사와 맥스의 집의 벽 하나는 여전히 남아 있었다. "우리는 이 유서 깊은 집을 재건할 것이다." 현지 고고학자 케이리딘 나세르Kheiriddin Nasser가 2020년에 이렇게 말했다. "우리에게 정서적 가치가 큰 장소다."[43]

그리하여 님루드는 여전히 남아 있고, 다음 세대가 올 때까지 잠들어 있다.

33
전후의 크리스티 랜드

전쟁이 끝나고 그린웨이로 돌아와 안도감을 느끼기도 잠시, 곧 애거사를 비롯한 많은 영국인은 평화가 조금 실망스럽다고 느꼈다.

"전쟁이 남긴 후유증이다." 애거사의 소설 《밀물을 타고*Taken at the Flood*》(1948)에서 한 인물이 이렇게 말한다. "악의. 악감정. 어디에나 있다. 철로에도 버스에도 상점에도." 1940년대 후반부터 1950년대까지 크리스티 랜드의 중산층 주민들은 생활 수준의 하락을 직면한다. 사람들은 더 올라가려는 게 아니라 그저 지금 가진 것을 지키려고 매달린다. 새로운 복지국가는 그들에게 줄 것이 별로 없었다. 애거사는 국가가 주는 것을 이렇게 생각했다.

두려움으로부터의 해방, 안전, 일용할 양식, 그리고 여기에 추가로 조금 더. 그렇지만 지금 이 복지국가란 것에서는 해가 갈수록 누구도 미래를 내다보기가 어려워지는 것 같다.

그렇지만 크리스티 랜드 바깥쪽에서는 이런 것은 별것도 아닌 고민 정도로 여겨졌을 것이다. 1950년대에 애거사는 이전 어느 때보다 상업적으로 큰 성공을 거두었다. 제국주의 시대의 향수를 자극하고 독자들이 느끼는 불안감을 건드린 덕에 애거사 소설의 판매량이 점점 치솟았다. 그러나 동시에 애거사에 대한 문학적 평가는 하락하기 시작했다. 이때부터 애거사가 쓰는 글은 시류에 역행하는 것이었다. 이제 다양한 계층의 다양한 사람이 대화를 주도하게 되었다. 킹슬리 에이미스Kingsley Amis, 존 파울스John Fowles, 필립 라킨 등이 그들이다. 1920년대와 1930년대에 모더니스트들이 자기들보다 책을 많이 파는 미들브로 중산층 여성 작가들에게서 명망을 빼앗아 갔듯이, 이제는 앵그리 영 멘Angry Young Men(20세기 중반 영국에서 기존 가치관에 반기를 들고 사회를 날카롭게 비판한 젊은 작가들을 가리키는 말 – 옮긴이)이 그렇게 하고 있었다.

탐정 소설에도 이 '화가 난' 남자들이 등장했다. 이 경향을 대표하는 더실 해밋Dashiell Hammett 같은 작가는 이제 젊다고는 할 수 없었지만 말이다. 폭력적이고 여성 혐오적인 하드보일드 소설이 전쟁 전부터 미국에서 영국으로 건너오기 시작했다. 애거사는 하드보일드 소설을 별로 좋아하지 않았고 미스 마플도 마찬가지였다. 제인 마플은 해밋 씨의 이름을 들어본 적이 **있다**고 하면서도 따로 떼어 분류한다. "우리 조카 레이먼드한테 들었는데, 이른바 '터프'한 문학이라는 것의 최고봉으로 간주되는 사람이라더군요."[1]

미스 마플은 '터프'한 문학을 비웃을지라도 마플의 창조자도 사실 제 나름의 방식으로 터프해지고 있었다. 역사가 니콜라 험블은 전후 영국 미들브로 소설에 새로 도입된 주제에 주목한다. 이른바 '편집증적 경계심'이라는 것이다. 소설 속 인물은 삶의 방식에 존재론적 위협을 느끼고는 내면을 돌아보고 경계하며 "남을 배제하고 한 발 앞서려는" 잔인한 심리 상태가 된다.[2] 미스 마플이 말하듯 이전 사회의 규범은 이제 더는 유효하지 않다. "15년 전에는 다들 누가 누구인지 **알았죠**."

중산층의 소득 감소는 계급적 자신감 상실의 원인 가운데 하나이기도 하다. 품위 있는 삶을 유지하고자 하는 분투가《살인을 예고합니다*A Murder Is Announced*》(1950)를 관통하는 주제다. 이 소설에서 지역 신문에는 "가사 노동자를 구하는 절박한 호소"가 실리지만, 운 좋게 "집 안에 나이 많은 보모가 있는 경우가 아니라면" 집에서 일할 하인을 둘 수가 없다.

저택의 안주인도 이제 손에 물을 묻히지 않을 도리가 없었다. 애브니홀의 와츠 가족처럼 유서 깊은 부자 가문도 마찬가지였다. 애거사의 언니 매지는 집안일을 하러 새벽 5시 반에 일어났다. "먼지를 털고, 정리하고, 쓸고, 불을 살피고, 놋쇠를 닦고, 가구에 윤을 내고, 아침 차를 마시라고 사람들을 불렀다." 매지의 방식이《살인을 예고합니다》에도 나온다. 목사의 아내도 아침 일찍 일어나 "보일러에 불을 붙이고 증기기관처럼 분주히 돌아다니며 8시 전에 모든 일을 마친다". 그러면서도 큰 집을 깔끔하게 유지하는 게 작은 집보다 더 힘들지는 않다고 씩씩하게 주장한다.

애거사의 소설《장례식을 마치고》에서는 지위의 상실이 살인의 동기가 된다. 이 소설의 범인 미스 길크리스트는 컴패니언으로 일하는 굴욕적 처지에 염증을 느낀다. 한때는 찻집을 운영했었는데 전쟁 중에는 케이크를 굽는 데 필요한 달걀을 구할 수가 없어서 찻집 문을 닫을 수밖에 없었다. 소설 속 다른 인물들은 "점잖은 숙녀 같은 사람"이 살인자라는 사실에 충격을 받지만, 1950년대 애거사의 독자들은 경제적 자립과 사회적 지위를 잃고 몰락한 인물의 이야기에 공감할 수 있었다.

미스 길크리스트는 고용수를 도끼로 난자한 특히 잔인한 살인범이다. 애거사의 전후 소설에서는 아이들을 보는 관점도 과격해졌다. 사실 애거사가 어린아이에 대해 감상적인 면을 보인 적은 없었다. 한 예로 《살인은 쉽다》에서는 남자아이가 죽는데, 저자는 그 일에 대해 놀라울 정도로 무심하다. 《비뚤어진 집 *Crooked House*》(1949)에서는 한발 더 나아가 살인을 저지르는 아이를 등장시킨다. 애거사는 《비뚤어진 집》을 뿌듯하게 여겼고, 나중에 가장 좋아하는 책 가운데 하나로 꼽았다.

애거사의 책에 지난날에 대한 향수가 스며들긴 했으나 애거사는 이 새로운 정서가 책을 지배하게 하지는 않았다. 《누명 *Ordeal by Innocence*》(1958)에 나오는 한 남자아이는 "항상 우주선 얘기만 하고 우주선 생각만" 하고, 애거사도 미래를 좋아했다. 1956년의 인터뷰 기사는 레이온 광고와 제너럴 일렉트릭 텔레비전 광고("진보는 우리의 가장 중요한 상품입니다"라는 슬로건을 내세웠다) 사이에 실렸다. 애거사는 인터뷰에서 "과학 소설에 열광"한다고 말했다. "신비한 발명의 영역이 놀랍고 새로운 시각을 제공하니까요."[3] 학교 방학 때 큰아버지와 큰어머니의 집에 놀러 오곤 했던 맥스의 조카 존 맬로원은 이런 이야기를 들려준다. "제가 큰어머니에게 과학 소설을 대주곤 했어요. 큰어머니는 가리지 않고 모조리 읽었어요." 존은 또 애거사를 졸라서 새로 산 자동차 윌시1500을 타고 신설된 M4 고속도로를 최고속도인 시속 약 140킬로미터로 달리게 했다.[4] 애거사는 원래 속도광이었기 때문에 크게 부추길 필요도 없었다.

현대적 삶에 대한 열띤 관심이 애거사 크리스티의 놀라운 점 가운데 하나다. '크리스티 트릭' 가운데 하나로 당대의 뉴스를 플롯에 이용하는 수법이 있다. 애거사의 스릴러 소설 《목적지 불명*Destination Unknown*》(1954)은 하웰Harwell 원자력연구소에서 일했던 스파이 클라우스 푸크스Klaus Fuchs(1950년에 정체가 밝혀짐)와 브루노 폰테코르보Bruno Pontecorvo(1950년 망명) 사건을 연상시킨다.[5] 애거사의 희곡 〈쥐덫〉은 1945년 공개 조사로 밝혀진 입양아 데니스 오닐Dennis O'Neill의 비극적 죽음에서 힌트를 얻었다.

실제 사건뿐 아니라 실제 장소도 애거사의 상상력을 부추기는 데 꾸준히 활용되었다. 《다섯 마리 아기 돼지》는 그린웨이의 정원을 배경으로 삼았고 《죽은 자의 어리석음》에서는 그린웨이의 보트하우스가 범죄의 무대가 되었다. 실제 장소를 사용해 미스터리를 사실적으로 만드는 방법도 '크리스티 트릭' 가운데 하나다. 《살인을 예고합니다》를 쓸 때는, 이웃 사람들을 응접실에 모아놓고 갑자기 불을 껐다가 켠 다음에 어떤 것을 보았는지 묘사해보라고 했다. "무엇을 보았는지, 그리고 더욱 흥미롭게도 무엇을 보지 못했는지"가 완성된 소설에서 결정적으로 중요한 문제였다. 그 자리에 있었던 한 사람은 출간된 소설을 읽고 나서 자기가 소설가의 실험에 참여했었음을 깨

달았다.[6]

애거사 자신은 삶을 예술에 집어넣고 있다는 사실을 인식하지도 못했다. 미국에서는 도러시 올딩Dorothy Olding이라는 후임 에이전트가 해럴드 오버에게서 일을 서서히 넘겨받고 있었는데, 올딩은 《깨어진 거울》의 원고를 처음 읽었을 때 '뚜렷한 불안감'을 느꼈다. 애거사가 풍진이 임신에 미치는 영향을 소설에 넣으려는 게 아닌가 싶었는데 우려가 사실로 드러났다.[7] 최근 비슷한 일을 겪은 배우 진 티어니의 실제 사례가 있다는 게 문제였다. 애거사의 소설에 나오는 영화 스타와 마찬가지로 진 티어니도 팬으로부터 풍진에 감염되어 장애아를 출산했다. 《깨어진 거울》은 실제 사례를 이용했다는 비판을 불러일으켰다. "미스 티어니의 슬픔과 고통을 책에 넣은 것은 불필요하게 잔인한 일입니다."[8] 그러나 영국에서 에드먼드 코크는 작가를 강력하게 옹호했다. 코크는 "믿기 어려운 일일 수는 있으나"라고 인정하면서도, 애거사는 "그 사건에 대해 전혀 몰랐다"고 했다.[9]

애거사에게는 또 반유대주의가 왜 잘못인지 인식하지 못하는 문제가 있었다. 《살인을 예고합니다》에는 미치라는 딱한 인물이 나오는데, 유대계 난민이고 우스꽝스러운 존재로 다루어진다. 미치는 경찰이 "나를 강제수용소로 보낼 거예요"라며 겁을 먹는다. 끔찍하게 둔감한 농담이다.[10] 1947년과 1948년에는 미국에서 《할로 저택의 비극》에 대한 불만의 소리가 높았다. 독자들은 "독설을 쏟아내는 조그만 유대인 여자"의 "거슬리는 목소리"라는 표현을 반유대주의적 스테레오타입이라고 비판했다. 결국 이 문제가 미국 반편협위원회Council Against Intolerance에 회부되었고, 위원회에서는 출판사에 《블루 트레인의 수수께끼》부터 시작해서 증쇄할 때 애거사의 모든 책에서 반유대주의를 삭제하라고 요구했다.[11] 애거사의 팀은 애거사의 눈치를 보며 이 문제를 조심스럽게 대했다. "어쩌면 다음번에 그분하고 얘기할 기회가 있을 때 앞으로는 유대인에 대한 언급은 생략하는 게 좋을 것 같다고 얘기할 수도 있을 것 같네요." 미국 에이전트가 영국 에이전트에게 이렇게 조언했다.[12]

물론, 작가의 생각과 인물의 생각이 같은 것일 수는 없다. 《장미와 주목》의 한 인물이 다른 인물을 이른바 '평민의' 다리를 가졌다고 비하했다는 이유로 애거사는 종종 비난을 받는다. 만약 이 말이 애거사 본인의 시각을 표현한 것이라면 그야말로 '기괴한 계급적 편견'이다.[13] 그렇지만 이 경우에 우리는 약간 우스꽝스러운 화자의 눈을 통해 그 인물의 다리를 보고 있다. 사실 애거사는 토키의 친구 마르그리트 루시가 한 말을 화자의 입에 옮겨놓은 것이었다. 이 친구는 "그 남자 다리가 너무 평범해서 아쉬워"라고 말했다가 사람들에게 비웃음을 당한 일이 있었다.[14] 시대가 달라지면 애초에 의도된 아이러니를 알아차리기 어렵게 되기도 하는 법이다.

그러나 애거사가 인물의 특징을 드러내거나 플롯을 전개하는 등의 목적과 무관하게 인물에게 문제적인 시각을 부여한다면 문제가 될 수밖에 없다. 그런데 에드먼드 코크는 애거사에게 반유대주의에 관한 문제가 있음을 일깨우는 의무를 회피했다. 그 대신 코크는 1953년 미국 출판사에 편지를 보내 "앞으로 나오는 책에서 '유대인'이라는 단어가 불쾌한 인물을 가리킬 때는 그냥 그 단어를 빼버리라"고 지시했다.[15] 이렇게 해서 코크는 애거사가 스스로 그렇게 하리라고 기대하지 않는다는 것을 은연중에 드러낸 셈이다.

애거사의 소설에서는 스테레오타입이 필수 요소였기 때문에 쓰지 않아야 하는데도 쓰지 않을 수가 없었다. '외국인'은 애거사가 즐겨 쓰는 미스디렉션misdirection(탐정 소설이나 미스터리에서 다른 쪽으로 주의를 돌리게 하는 기법 – 옮긴이)이다. 푸아로는 자신의 국적을 보호막처럼 사용한다. "이 빌어먹을 조그만 외국인 자식!"《ABC 살인 사건》에서 범행을 들킨 범인은 이렇게 외친다.《누명》에서는 그 반대다. 가족의 변호사가 스웨덴인인 한 인물을 의심하지 않게끔 유도하는데(사실은 범인이었다), '외국인'이 범인이라고 생각하는 것은 너무 빤한 추측이라는 이유였다.《할로 저택의 비극》에서 "독설을 쏟아내는 조그만 유대인 여자"가 문제가 되는 까닭은 단순히 그 인물을 더 비호감으로 만드는 데 종교를 이용했기 때문이다. 애거사의 섬세함이 사라지는 것을 보면 슬프다.《히코리 디코리 독*Hickory Dickory Dock*》(1955)은 학생용 하숙집을 배경으로 하여 현대의 인종 관계를 다루어보려고 한 작품으로 '고팔 램'이나 '아키봄보 씨' 등의 평면적인 인물을 등장시킨다. 반응은 좋지 않았다. 프랜시스 아일스Francis Iles(탐정 소설가 앤서니 버클리 콕스Anthony Berkeley Cox의 필명 – 옮긴이)는《선데이 타임스》에 "이 소설에 나오는 외국인들은 다 우스꽝스러운데, 특히 유색인 외국인은 더 우스꽝스럽다"고 부정적인 평을 썼고 이블린 워는 '헛소리'라고 평했다.[16] 한때는 스테레오타입과 독자의 기대를 가지고 노는 데에 뛰어났던 애거사인데, 나이가 들면서 날카로움을 잃고 말았다.

전쟁 뒤에 애거사는 1930년대처럼 왕성하게 글을 쓰지 않았다.

글을 많이 써봐야 "내국세청Inland Revenue 좋은 일만" 하는 거고 정부에서는 벌어들인 "세금을 대부분 멍청한 데에 낭비한다"고 생각했다.[17] 그랬어도 여전히 다작이었다. 6주 동안 열심히 일해서 3월에 원고를 보내고 크리스마스 무렵에 출간하는 게 패턴이 되었다. 애거사는 긴 여름 휴가를 보낸 다음에("여유롭게 빈둥거리는 달콤한 나날") 다음 책 구상을 시작했다.[18]

1955년 라디오 대담에서 애거사는 자신의 전문성을 깎아내렸다. "실망스럽겠지만 사실 나는 방법이랄 게 없어요." 애거사는 이렇게 주장했다. "낡고 충실한 기계로 원고를 직접 타이핑합니다."[19] 그렇지만 '낡은 타자기'도 애거사가 허술해 보이는 대중적 이미지를 만들려고 사용한 소품이다. 실제로 애거사는 미국 에이전트가 1949년에 보내준 '신형 무소음 레밍턴'[20] 같은 최고 사양의 최신형 타자기를 갖고 있었다. 그리고 사실 애거사한테는 타자를 도와주는 사람이 늘 있었다. 카를로의 업무 가운데 하나가 애거사가 구술한 것을 받아쓰는 일이었고, 1950년대 카를로가 은퇴하고 이스트본으로 간 뒤에는 스텔라 커원Stella Kirwan을 비서로 고용했다.

작가 존 커런John Curran이 아마 애거사가 플롯을 발전시키는 방식을 가장 잘 아는 사람일 것이다. 애거사는 일단 노트에 메모를 했다. "느닷없이 플롯이 떠오른다. 길을 걷다가, 모자 가게를 유심히 들여다보다가 …… 멋진 아이디어를 노트에 끼적인다. 여기까지는 아주 좋다. 그런데 결국 그 노트를 잃어버리고 만다." 애거사는 또 "욕조에 누워서 사과를 먹고 차를 마시고 주위에 종이와 연필을 늘어놓고" 플롯을 구상하기도 한다고 말했다.

이 흥미로운 노트가 오늘날에도 70권 이상 남아 있다. 저렴한 것부터 고급스러운 것까지 다양한 종류에 '미네르바', '마블', '메이페어' 등 세련된 브랜드 이름이 붙어 있다. 그중 정말 오래된 것 한 권에는 "애거사 밀러 31 Mai 1907"이라고 써 있는가 하면, 어떤 것은 WH스미스 제품인데 표지가 PVC라서 "스펀지로 닦을 수 있다"는 자랑이 인쇄되어 있다.

하지만 노트를 펼쳐봐야 감질만 난다. 노트에 적힌 내용은 대부분 무슨 말인지 알아볼 수 없다. 이 노트들은 무엇보다도 작업에 임하는 애거사의 느슨한 태도를 보여준다. 소설 플롯이 노트 여러 권에 걸쳐 짜여 있다. 아무 노트나 손에 잡히는 대로 잡고 쓴 것으로 보인다. 예를 들어 31번 노트에는 1955년 날짜가 적힌 페이지, 1965년 날짜가 적힌 페이지가 있고 그다음에는 **1963년으로 거슬러 올라가더니** 이어 "1965년 계속"이라고 적었고 다음은 1972년이다. 노트를 앞에서부터 순서대로 쓰지도 않은 것이다.[21] 또 이 노트는 애거사가 일과 일상을 어떻게 병행했는지도 보여준다. 캐릭터와 플롯에 관한 아이디어와 나란히 가구 목록, 미용실 예약을 해야 한다는 메모, 토키행 기차 시각표 등이 적혀 있다.[22]

그나마 애거사의 '방식'이라고 부를 만한 게 있다면 각 장면에 순서대로 알파벳 글자를 매기는 것인데, 애거사는 이따금 이것들의 순서를 뒤바꾸어 책을 다시 쓰기도 했다. 특히《비뚤어진 집》의 경우는 작업 과정을 노트에서 뚜렷이 볼 수 있다. 처음 계획에는 아이를 살인범으로 삼을 생각이 없었고 다른 세 인물을 고려해보다가 결국 여자아이로 마음을 굳혔다. "애거사는 구상하고 발전시켰다. 선별하고 버렸다. 갈고 다듬었다.” 존 커런은 이렇게 설명한다.[23] 몇 해 동안 연구한 끝에 커런은 노트에서 드러나는 “극도의 무작위성”이 **바로** 애거사의 방식이라는 결론에 도달했다. “이게 애거사가 작업하고 창작하고 집필하는 방식이다. 애거사는 혼돈 속에서 정신적으로 번성했다. 정돈된 질서보다 혼돈이 지적인 자극제 역할을 했고, 경직성은 창작 과정을 억제할 뿐이었다.”[24]

친구의 말에 따르면 애거사가 가장 좋아하는 부분은 플롯 짜기였다. “글쓰기에서 느끼는 단 하나의 큰 기쁨이었다. 나머지는 모두 고된 노동이었다.”[25] 그럼에도 애거사는 좋은 플롯을 과감하게 재사용했고, 이게 최고의 ‘크리스티 트릭’ 가운데 하나다. 독자는 애거사가 똑같은 게임을 다시 벌이고 있다고는 생각하지 못할 것이다. 그렇지만, 예를 들어 믿을 수 없는 화자 또는 목격자가 《애크로이드 살인 사건》에 처음 사용된 이후 《시태퍼드 미스터리》에 다시 쓰였고 《끝없는 밤*Endless Night*》(1967)으로 다시 돌아왔다.

일단 플롯 구성이 끝나면 다음에는 종이에 글로 구현해야 했다. 애거사가 이 작업을 얼마나 착실하고 체계적으로 했는지는 로도스 섬에서 집필 ‘휴가’를 보내는 동안 맥스에게 보낸 편지를 보면 잘 알 수 있다. 호텔에 혼자 머물던 애거사는 이런 편지를 썼다.

8시에 아침 식사 …… 9시까지 명상. 11시 30분까지(또는 한 챕터가 끝날 때까지. 가끔 날씨가 좋은 날이면 나는 꼼수를 써서 챕터를 짧게 만들어!) 마구 타자기 두들기기. 다음에 바다로 가서 물속에 뛰어들어. …… 차를 마시고 일을 좀 더 하고(가끔 일을 안 하고 낮잠을 자기도 해) 8시 30분에는 저녁

을 먹어. 낮잠 잔 날은 저녁 후에도 일해.[26]

10월 10일 편지였다. 10월 13일에는, "로드 에지웨어가 죽었어…….
푸아로는 몹시 의뭉스럽게 굴고 있어." 엿새 뒤, "재산을 물려받게
된 조카가 푸아로에게 멋진 알리바이를 말하고 있어!" 그로부터 2주
뒤, "21장까지 왔어". 방해 요소가 없어서 진도가 잘 나갔다. "당신이
있었으면 절대 그렇게 못 했을걸!"[27]

연필, 볼펜, 펜 등으로 쓴 애거사의 글씨체는 살면서 계속 바뀌었
다. 가장 생산성이 높았던 시기인 전쟁 전후 시기의 글씨는 거의 알
아볼 수 없을 지경이다. 마치 생각이 너무 빨리 쏟아져 나와서 다른
사람이 알아볼 수 있는 글씨로 포착할 수가 없었던 것처럼 보인다.[28]
활기찬 글씨체에서 잘 모르는 사람에게는 본인의 유쾌한 활기를 감
추곤 했던 애거사의 쾌활하고 발랄한 모습을 엿볼 수 있다.

그러나 전쟁이 끝나고 애거사가 쓰는 책의 질이 떨어질 무렵의
글씨는 더 크고 더 알아보기 쉬워졌다. 이때는 글을 쓸 때 노트 대신
딕터폰(나중에 들으면서 받아쓸 수 있도록 말을 녹음하는 기계 – 옮긴이)
에 의존하게 되면서 노트에 끼적인 글이 줄어든다. 그렇지만 녹음
장비 사용이 부정적 영향을 미쳤다. 쓰기가 **너무** 쉬운 나머지 글이
장황해졌다.[29] "전반부를 다시 씀." 애거사는 노트에 일기 비슷하게
이렇게 석었다. 《엄지손가락의 아픔*By the Pricking of My Thumbs*》(1968)
을 "너무 장황하지 않게" 고쳐 썼다는 말이었다.[30]

그린웨이에서 지낼 때 애거사가 최근에 쓴 작품을 가족들에게
읽어주는 일과가 생겼다. "니마가 매일 저녁 식사 후 《주머니 속의

호밀》을 한두 챕터 읽어주었다." 애거사의 손자 매슈가 이렇게 회상한다.

> 1953년이었을 것이다. …… 식구들 모두 그린웨이 응접실에 둘러앉았고, 커피를 마셨고 …… 니마는 푹신한 의자에 앉았다. …… 처음 두어 회가 지난 다음에는 매번 살인범이 누구일지 맞춰보라고 하셨다.[31]

집필 과정에서 플롯을 테스트해보는 중요한 단계였던 것처럼 들린다. 그렇지만 사실 애거사가 읽은 것은 교정지였으므로 대대적인 수정을 하기에는 이미 늦은 때였다.[32] 가족들의 의견을 들으려던 것이었다기보다는 가족들을 즐겁게 해주려고 읽었던 것이다.

애거사가 교정을 마친 후에도 오류를 남겨둔 출판사에 화가 있을진저. "나는 정말로 화가 납니다." 미국 출판사에서 《다섯 마리 아기 돼지》를 출간하면서 살인에 관한 어떤 인물의 진술에서 "with a crowbar(쇠지렛대로)"라는 세 단어를 빼놓고 인쇄하는 사고가 발생했을 때 애거사는 이렇게 불만을 쏟아놓았다. 독자들은 다른 정보원을 통해 이 진술이 옳지 않다는 것을 안다. 이 단어를 넣은 까닭은 이 말을 하는 사람이 부정확하고 편향적임을 드러내기 위해서였다. 그런데 어떤 딱한 편집자가 무심코 중요한 단서를 삭제해버리고 만 것이었다.[33] 애거사는 책 표지에 들어가는 소개 문구에 특히 까다로워서, 어떤 경우에는 간략하게 대문자로 "NO!"라고만 적어 거부 의사를 밝혔다.[34]

이런 전문가다운 확신은 애거사가 대중 앞에 내세우는 페르소나와는 상반된다. "내가 죽고 10년이 지나면 아무도 나를 모를 거라고 확신해요." 애거사는 이렇게 말하곤 했다.[35] 그렇지만 1948년 8월, 펭귄 출판사에서 애거사의 책 10종을 각 10만 부씩, 즉 100만 권을 하루에 동시 출간하는 대기록을 세웠다.

1950년, 애거사의 50번째 책을 축하하는 파티가 열렸다. 애거사는 삶을 돌아보기 위해 자서전 집필을 시작했고, 이 작업은 15년에 걸쳐 드문드문 이어신다. 대중 앞에서 말한 바와는 달리 애거사는 1950년대에 이미 자기 삶이 기록할 가치가 있다는 사실을 알았던 것이다.

34
객석 두 번째 줄

1958년 4월 13일 밤은 애거사 크리스티의 삶을 결정적으로 보여주는 이미지 중 하나가 되었다.

그날 밤 사보이 호텔에서 런던 '역사상 최대의 연극계 축하 행사'가 열렸다.[1] 오늘날 애거사는 소설가로 기억되지만 이날은 애거사가 세계적인 극작가의 자리에 올라선 날이자 1950년대의 정점과 같은 순간이었다. 전날 밤 애거사의 연극 〈쥐덫〉이 무려 2239번째로 무대에 올라서 제작자 피터 손더스Peter Saunders를 기쁘게 했다.

손더스가 이 파티를 기획한 명분은 조금 애매했다. 〈쥐덫〉은 여섯 달 전에 이미 웨스트엔드 역사상 최장 상연 **연극**이라는 기록을 세웠다. 현재 1958년 4월에는 〈쥐덫〉의 공연 기록이 1922년 히트 뮤지컬의 기록을 따라잡아 모든 종류의 **공연**을 망라해 최장기 상연 작품이 되었다.

아무튼 손더스는 기회를 잡는 데 귀재였다. 애거사는 속으로는 이 기회란 것이 "파티에서 최악의 것은 전부, 이를테면 수많은 사람, 텔레비전, 조명, 사진가, 기자, 연설 같은 것들을 한데 모은 자리"라고 여겼지만, 그럼에도 그런 자리에 가야만 한다는 걸 알았다. 애거사는 손더스를 무척 존경했는데, "내가 할 수 없다고 말한 것을 하게끔 만들었기" 때문이라고 설명했다.[2]

손더스는 리처드 애튼버러Richard Attenborough부터 애나 니글Anna Neagle까지 수천 명의 하객을 초대했으나 물론 가장 중요한 귀빈은 신문에서 "어머니 같은 미소"의 소유자라고 부르는 조용한 부인이었다.[3] 애거사는 시폰 소매가 달린 짙은 색의 새틴 드레스, 흰 장갑, 진주 목걸이 세 줄을 걸치고 시련에 맞설 준비를 했다. 배우와 극단원들을 좋아하긴 했으나 이런 적극적인 사람들과 너무 오래 있으면 피곤했다. "그래, 가서 내 할 일을 해야겠지." 애거사는 배우들을 만나러 가기 전에 맥스에게 이렇게 말하곤 했다. "날 이름으로 부르고 '달링'을 남발하는 사람들!"[4]

사진 기자가 서른 명 남짓 오기로 되어 있어서 애거사에게 사보이 호텔에 조금 일찍 와서 사진을 찍으라고 했다. 어떤 일이 일어났는지 애거사가 들려주었다.

> 나는 시키는 대로 했으나 사보이 직원에게 단호하게 거부당했다. "입장은 30분 후부터입니다. 지금은 들어오실 수 없습니다." 나는 똑똑하게 굴지 못하고 한마디도 못 하고서 물러섰다.

마침내 호텔 라운지에 혼자 앉아 있는 애거사를 손더스 단원이 발견했다. "본인이 누구라고 왜 말을 안 했어요?" 사람들이 답답해하며 물었다. "그럴 수가 없었어요." 애거사가 대답했다. "몸이 마비돼 버렸어요."[5]

인사말을 해야 할 때가 되자 애거사는 문제없이 해냈다. 그렇지만 가십 칼럼을 통해 널리 알려진 것은 그 전에 있었던 작은 굴욕적 사건이었다. 《데일리 메일》 기자들이 특히 좋아했다. 이 신문은 이제 예순일곱 살이 된 애거사의 모습을 이렇게 포착했다. '기만적으로 평범해 보이는 메가 스타.'[6]

애거사가 웨스트엔드에서 왕좌를 차지했던 일이 오늘날에는 희한할 정도로 간과되곤 한다. 그러나 실로 대단한 성취였다. 1944년에는 《그리고 아무도 없었다》를 원작으로 한 연극이 런던과 뉴욕 브로드웨이에서 동시에 상연되었다. 1954년에는 웨스트엔드에서 애거사의 연극 세 편이 동시에 무대에 올랐다. 더욱 놀랍게도 그 세 편 중 두 편은 68년이 지난 현재까지도 런던에서 상연되고 있다.

이런 성공을 거두었음에도 극작가로서 애거사 크리스티의 작업은 비평계에서 높은 평가를 받지 못한다. 예를 들어 《제2차 세계대전 후 영국과 아일랜드 극작가*British and Irish Dramatists Since World War II*》라는 사전에는 애거사 크리스티의 이름이 아예 올라가 있지 않다. 애거사 크리스티의 〈쥐덫〉을 패러디한 톰 스토퍼파의 작품에 대한 설명이 〈쥐덫〉 자체에 대한 설명보다 더 길 정도다. 애거사 크리스티는 단 한 번 언급되는데, 16페이지가 할당된 한 남성 극작가가 애거사를 "아무도 보러 가지 않을 연극"의 작가라고 폄하한 것이 인용된 부분이다.[7]

애거사의 연극 경력을 연구한 연극사학자 줄리어스 그린은 애거사의 평판이 낮아진 이유를 몇 가지로 설명한다. 애거사의 연극은 등장인물이 많지 않고 세트가 간단해서 아마추어 극단이 선호하는 작품이라는 점도 한 가지 이유다. 아마추어 극단에게 극을 라이선스하면 전문 극단 없이도 상업적인 성공을 거둘 수 있기 때문에, 애거사의 연극 매니지먼트 팀은 전문 극단을 고집하지 않았다. 또, 다른 사람이 애서사의 작품을 저급하게 각색한 작품에 상업적인 이유로 애거사의 이름을 갖다 붙이는 경우가 많아서 평판에 타격을 입었다.

애거사가 처음으로 큰 성공을 거둔 연극의 연출가가 여성이었다는 사실도 인상적이다. 애거사의 평판은 남성 연출가들의 비방에 타격을 받기도 했다. 남성 연출자들은 리허설 때 경험 많은 작가가 객석 두 번째 줄에 앉아 이렇다 저렇다 의견 내는 것을 불편하게 생각했다. 그리하여 줄리어스 그린은 애거사의 연극 작품에 대한 권위 있는 재평가를 시도한 책을 이런 충격적인 문장으로 시작한다.

> 이 책은 역사상 가장 큰 성공을 거둔 여성 극작가에 관한 것이다. 이 극작가는 책도 몇 권 썼다.[8]

그러나 연극계에서 애거사의 성공은 더디게 이루어졌고, 그걸 이루기 위해서 오랜 시간 노력을 쏟아야 했다. 일곱 살 때 애거사가 가장 좋아하던 일이 '희곡 읽기'였지만 애거사가 작품을 무대에 올릴 수 있었던 것은 마흔 살이 되어서였고, 극작가로서의 경력이 본격적으로 궤도에 오른 것은 60대 때였다.[9]

애거사의 소설을 바탕으로 만들어진 첫 번째 연극은 〈알리바이〉였다. 다른 작가가 《애크로이드 살인 사건》을 각색해 이런 제목을 붙였다. 애거사의 이혼 재판이 있었던 1928년 4월 런던 프린스 오브 웨일스 극장에서 초연했다. 《데일리 익스프레스》는 "실종된 여성 소설가"의 작품이라고 부정확하게 보도했고 작가가 "지난 밤 또 다시 실종되었다. 사람들이 '작가!'를 연호할 때 박스석에 숨어버렸던 것이다"라고 전했다.[10]

〈알리바이〉의 푸아로 역은 지나치게 카리스마 넘치는 찰스 로턴 Charles Laughton이 맡았는데, 애거사는 이 배우를 존경하긴 해도 자기가 쓴 인물하고는 전혀 딴판이라고 생각했다. 이런 초기 경험을 통해 애거사는 자기 소설을 다른 사람이 극화하는 것을 싫어하게 되었다. 그래서 1941년 4월, 《그리고 아무도 없었다》를 무대용으로 직접 각색하라는 의뢰를 수락하기로 했다. "누군가가 그걸 연극으로 만들 거라면, 일단 내가 먼저 시도해보겠어요!" 애거사는 에드먼드 코크에게 이렇게 말했다.[11] 애거사는 희곡 쓰기를 늘 좋아했고 "책을 쓰는 것보다 훨씬 재미있다. …… 빠르게 써서 분위기를 유지하고 대화가 자연스럽게 흐르게 해야 한다"고 했다.[12] 사실 애거사는 장소나 사람을 묘사하는 솜씨가 뛰어나지는 않았다. 희곡은 "책을 쓸 때 앞을 가로막고 사건 진행을 방해하는 거추장스러운 묘사를 하지 않아도 되기" 때문에 애거사에게 오히려 잘 맞았다.

실제로 애거사의 소설에도 연극적인 면이 있다고 문학평론가 앨리슨 라이트는 주장한다. 애거사는, 노엘 카워드Noel Coward의 말을 빌리면, 삶이 "가면의 문제"임을 잘 알았다. "부서지기 쉬운 채색된

가면. 우리는 누구나 자신을 보호하려고 가면을 쓴다. 현대의 삶이 그러라고 강요한다." 여전히 계급 의식이 남아 있는 1950년대에 사람들은 "태도, 자세, 외모, '적절한' 억양"에 몹시도 민감했다.[13] 가장 성공적인 애거사의 극 〈쥐덫〉의 중심에도 이런 생각이 있다.

그러나 코크는 애거사의 대본을 무대에 올릴 사람을 찾는 데 어려움을 겪었다. 애거사는 이듬해에 〈그리고 아무도 없었다〉를 해피엔딩으로 다시 쓰기로 했다. 책과 달리 연극은 베라와 롬바드가 사랑에 빠지는 것으로 끝이 나고 두 사람 다 좋은 사람으로 밝혀진다. 롬바드는 사실은 "목숨을 걸고 원주민들을 구하려고 한 영웅"이었다.[14] 처음에는 롬바드가 총에 맞아 죽은 것처럼 보였는데 바닥에서 일어나면서 이렇게 말한다. "여자는 총을 똑바로 쏘지 못해서 다행이야." 전시 런던의 관객들은 소설의 섬뜩한 결말과 다른 유쾌한 피날레를 더 반길 터였다.[15]

마침내 셰익스피어 메모리얼 시어터 최초의 여성 감독인 아이린 헨첼Irene Hentschel이 이 극을 연출하기로 했다. 초연일에 애거사는 잔뜩 긴장했으나 스티븐 글랜빌과 함께 프루니에스에서 식사를 하며 마음을 달랬다.[16] 하지만 걱정할 필요가 없었다. 이 연극은 영국을 순회했고 뉴욕에서도 개막했다. 1945년에는 영화화되었고, 1947년에는 라디오극으로 개작되었으며, 1949년에는 텔레비전용으로 리메이크되었다. 이렇게 해서 《그리고 아무도 없었다》는 책, 연극, 영화, 라디오, 텔레비전 극의 형태로 나온 애거사의 첫 작품이 되었다.[17]

그렇지만 이런 성공을 재현하기는 어려웠다. "홍보가 매우 좋지 않았다." 애거사는 1945년에 무대에 오른 〈죽음과의 약속*Appointment* *with Death*〉에 대해 이렇게 말했다. 그래도 이 공연을 계기로 애거사가 한 젊은 여배우를 알게 되어 같이 점심을 먹고 편지를 주고받는 관계가 되었다는 점이 중요하다. "언젠가 당신이 나의 소중한 미스 마플 역을 하면 좋겠어요." 애거사의 편지 중 하나에는 이렇게 적혀 있었고, 이 편지를 받은 사람은 다름 아닌 조앤 힉슨Joan Hickson이 었다.[18] 힉슨은 나중에 가장 유명한 텔레비전 미스 마플 시리즈의 주 인공이 되어 1984년부터 1992년까지 출연한다.

애거사 크리스티의 이름을 말 그대로 무대 조명 불빛 속으로 밀어 넣은 사람은 피터 손더스라고 할 수 있을 것이다. 애거사의 극은 한 명의 스타를 중심으로 하기보다는 군상극인 경우가 많아서 문제였다. 손더스는 이 문제에 창의적으로 접근했다. "애거사가 책을 통해 엄청난 팬을 확보했으니, **애거사를** 스타로 만들면 되지 않나?" 손더스는 이런 아이디어를 냈다.[19] 창의적 전략 덕에 손더스는 애거사의 다음 연극 〈할로 저택의 비극〉의 제작자로 낙점되었다.

그러나 젊고 야심 있는 제작자 손더스는 〈할로 저택의 비극〉의 연출자로 마찬가지로 젊고 경험이 부족한 휴버트 그레그Hubert Gregg를 택하고 말았다. 이후에 그레그는 애거사를 공개적으로 보기 좋지 않게 비방하곤 했다. 회고록에는 〈할로 저택의 비극〉의 대본을 받았을 때 '참담했다'고 썼다. "대사를 입으로 말할 수가 없었다. …… 인물은 캐리커처 같았다. …… 늙은 새가 수정에 얼마나 협조해줄 것인가?"

그레그는 악의에 찬 책에서 자기가 〈할로 저택의 비극〉을 다시 썼다고 주장했을 뿐 아니라 애거사가 나이를 속였고 '엄청난 식욕'

의 소유자이며 언론의 관심을 받기를 좋아했다고 썼다. 이 책은 끔찍하게 찍힌 애거사 크리스티의 사진에 "내가 기억하는 모습"이라는 사진 설명을 달아 실었고, 또 불쾌하게도 작가를 "못된 늙은 년"이라고 부른다.[20] 바로 이런 것이 애거사가 사람들이 기대하는 공적인 역할을 하기를 꺼린 까닭이었다.

그레그가 있었음에도 1951년 〈할로 저택의 비극〉은 성적이 꽤 좋았다. 하지만 정점은 아직 오지 않았나. 애거사의 가장 유명한 연극 〈쥐덫〉의 탄생 설화는 1946년으로부터 시작된다. BBC 방송국에서 메리 왕비에게 80세 생일 선물을 고르라고 했는데, 메리 왕비는 새로운 애거사 크리스티 극을 요청했다. 그리하여 〈세 마리의 눈먼 쥐*Three Blind Mice*〉라는 제목의 반 시간짜리 라디오극이 1947년 5월 30일 방송되었다. 애거사는 원고료를 아동 자선단체에 기부했다. 이 극의 줄거리가 양부모에게 심한 학대를 받고 사망한 데니스 오닐의 실제 이야기에서 영감을 받은 것이었기 때문이다.

이 이야기를 연극 무대용으로 길게 각색하고 이름을 〈쥐덫〉으로 바꾸었다. 전쟁 후 방향감 상실과 형편없는 음식을 배경으로 펼쳐지는 극이다. 이야기의 무대인 게스트하우스에서는 난방용 코크스(골탄)가 거의 떨어져가고, 저녁 식사는 통조림 "다진 소고기와 시리얼"이고, 수도관은 얼어붙었다. 그리고 애거사는 극중에서 영국 사회가 젊은이들을 지버렸다고 강변한다. 극 중 한 인물은 아이들을 학대자의 손에 넘긴 판사이고, 또 한 사람은 도와달라는 아이들의 호소를 무시한 학교 교사다. 전쟁 중 아이들을 시골로 피신시켜 모르는 사람의 손에 맡겨야 했던 많은 부모의 불안감을 건드리는 이야기였다.

연극은 1952년 11월 25일 막을 올렸다. 그날 런던 43개 극장에서 상연된 경쟁작 가운데 가장 오래 살아남은 것은 〈쥐덫〉이었다.[21]

애거사의 두 번째로 유명한 이중 반전 희곡 〈검찰 측의 증인*Witness for the Prosecution*〉도 오랜 준비 기간을 거쳤다. 줄거리는 1925년에 발표한 단편을 재활용한 것이다. 애거사가 1953년 이라크에 머물며 글쓰기에 맹렬하게 몰두하던 기간에 써냈다. 느닷없이 희곡 작업이 즐거워졌다고 했다. "환상적으로 글쓰기에 빠져드는 순간이 왔다. 이런 순간은 대개 오래 지속되지 않지만 물가로 밀려드는 거대한 파도처럼 엄청난 에너지로 사람을 몰고 간다. …… 쓰는 데 2~3주밖에 안 걸렸던 것 같다."

규모가 크고 비용이 많이 드는 위험 부담이 큰 공연이었다. 대관할 수 있는 극장이 1640석 규모인 대형 극장뿐이었다. 극 중간에 무대가 법정으로 바뀌는 까다로운 장면 전환이 있었다.[22] 불안감이 컸고 긴장이 고조되었다. 사적인 편지에서 애거사는 이렇게 말했다. "손더스가 파멸을 향해 달려가고 있는 것 같아요!"[23]

그렇지만 1953년 12월 초연은 모든 예상을 뒤엎고 성공했다. "관객이 환호를 보내고 발을 구르고 '작가!'를 연호했다"고 《데일리 익스프레스》는 전했다. "출연자 서른 명 전원이 어떤 박스석을 향해 엄숙하게 허리를 굽혔다. 62세의 애거사 크리스티는 어둠 속에 혼자 앉아 빅토리아 여왕 같은 모습으로 미소를 짓고 있었다."[24]

손더스도 그날 밤의 일을 열렬하게 전한다.

평생 그 일을 잊지 못할 것이다. …… 배우들이 애거사가 앉아 있는 위쪽 박스석으로 몸을 돌렸고 단원 전체가 절을 했다. 극장이 떠나갈 듯했다. 관객들이 박수 치고 환호했을 뿐 아니라 숫제 일어서서 손을 흔들었다.[25]

〈검찰 측의 증인〉의 여주인공은 외국인이라 배심원이 편견 때문에 자기 말을 믿지 않을 것이라고 생각한다. 그래서 거짓말을 하고 싶을 때 그냥 진실을 말한다. 매우 재미있을 뿐 아니라 동시에 영국 사법제도에 내재한 편견을 지목하는 전형적인 애거사 크리스티 작품이다.[26]

그렇지만 애거사의 연극이 연극계에서 전폭적인 지지를 받은 일은 한 번도 없었다. 《가디언》의 연극평론가 마이클 빌링턴Michael Billington은 애거사를 "형편없는 극작가"라고 평했다. "내가 현역에 있을 때 들은, 〈엔드하우스의 비극〉을 재상연하게 되어 워킹데드 연기를 해야 했던 배우들의 고통에 찬 신음소리가 아직도 귓가에 생생하게 들린다." 사실일지도 모르나, 그런도 말하듯이 〈엔드하우스의 비극〉의 대본은 애거사가 쓴 것이 아니었다. 실력이 부족한 극작가가 애거사의 소설을 각색한 것이었다.

〈쥐덫〉을 연출했던 연출가 중 한 명인 피터 코츠Peter Cotes는 애거사에 관해 휴버트 그레그와 의견이 정반대였다. 코츠는 애거사가 극도의 전문성을 보였고 "큰 성공을 거둔 작가들에게서 쉽게 볼 수 없는 포용력"이 있었다고 했다. 어쩌면 그레그의 가장 큰 불만은 애거사가 호감을 사려고 하지 않는다는 점이었을 듯싶다. 코츠도 시인하듯이 애거사는 "가벼운 대화나 단원들끼리 하는 잡담을 늘 피하려고 했다".[27] 애거사는 사석에서 극단 동료들에게 상당히 냉랭한 태도를 유지했다. 리허설에 **참석해야만 한다**면서 "안 가면 끔찍한 일이 일어나고 배우들이 스스로 자기 대사를 써서 극을 완전히 혼란에 빠뜨릴 거야!"라고 했다.[28]

1962년에 〈쥐덫〉 파티가 또 한 차례 있었는데, 이번에는 10주년 기념 파티였다. 애거사는 내키지 않았지만 (다소 혼란스러운) 기념사를 했다. "가끔은 정말 이게 나라는 걸 믿을 수가 없어요." 애거사는 이렇게 말했다.

제 말은, 저한테 일어날 만한 일이 아니라는 거예요. 그러니까, 만약 제가 소설을 쓰는데, 소설 속에서 나 같은 인물이 10년 장기 상연하는 연극을 쓰지는 않을 거라는 말이에요.[29]

"엄마, 좀 더 신경 쓰지 그랬어요." 로절린드가 말했다. "미리 준비했더라면 좋았을 텐데."

웨스트엔드의 여왕으로서 애거사의 군림이 영원히 지속되지는 않았다. 하지만 정점을 넘어서기 전인 1953년 〈검찰 측의 증인〉의 장대한 초연일을 회상하는 애거사의 말을 들어보자. "나는 행복했다. 눈부시게 행복했다." 애거사는 이렇게 말했다.

나의 자의식과 초조함이 이때만큼은 나를 떠나갔다. 그랬다, 잊을 수 없는 밤이었다. 지금까지도 그때가 자랑스럽다.

35

사랑스러운 할머니

전쟁이 끝나고 나자 애거사는 내밀한 생각을 글로 옮길 필요를 덜 느끼게 되었다. 이제 늘 맥스와 같이 있으니 맥스에게 열렬히 편지를 쓸 일도 없었다. 그리고 애거사의 공적인 페르소나는 점점 견고해져서, 신화가 실제 인물을 압도하는 지경에 이르렀다.

애거사 크리스티가 발명한 가장 위대한 캐릭터는…… '애거사 크리스티'라고 해도 과언이 아닐 것이다. 1957년 미국 잡지 인터뷰어가 본 애거사 크리스티는 이랬다.

웃는 얼굴에 회색 눈의 사랑스러운 할머니로 예쁜 파피에-마세 쟁반(종이나 펄프를 접착제와 섞어 만든 장식적인 쟁반-옮긴이)을 수집하는 왕족 같은 사람이다. 가장 잘 알 것이라고 기대한 주제에 대해서는 매우 애매모호한 인상을 준다. 수백만의 신민을 거느린 여왕인(총 판매 부수가 약 5000만 부로 추정된다) 애거사 크리스티가 의아하다는 말투로 이렇게 말한다. "왜 사람들이 나에 관한 글을 쓰고 싶어 하는지 모르겠어요."[1]

그러나 1950년 애거사는 왕립문인협회의 일원이 되었고, 1956년에는 대영제국훈장 사령관이 되었으며, 1961년에는 학교도 제대로 다니지 않았는데 엑서터대학교에서 명예 문학박사 학위를 받는 영광을 누렸다.

애거사를 둘러싼 신화 가운데는 바로잡기가 불가능한 것도 있었다. 애거사가 아치에게 복수하기 위해 '사라졌다'는 큰 오해부터 작은 오해까지 다양했다. 애거사가 "고고학자는 여자가 바랄 수 있는 최고의 남편이다. 여자가 나이 들수록 남편이 더 관심을 갖기 때문이다"라고 했다는 말이 널리 퍼졌다. "사실 애거사는 그런 말을 하지 않았어요." 코크는 끝없이 해명하곤 했다. "그 말의 출처가 애거사라고 말하는 것만큼 애거사를 화나게 하는 일은 없습니다."[2] 희한하게도 애거사가 이런 말을 했다고 한 최초의 출처는 1952년에 나온《예테보리 무역 해운 저널*Gothenburg Trade and Shipping Journal*》이었다.

실종 사건도 툭하면 다시 상기되면서 애거사를 고통스럽게 했다. 1957년 코크는《데일리 메일》에 강력하게 항의했는데, 누군가 사라진 사람을 두고 "애거사 크리스티처럼 행동한다"는 표현을 썼기 때문이다.[3] 한편 애거사는 자신을 홍보할 기회를 전부 흘려보내는 데 전혀 불만이 없었다. "재능 있는 직원이 내 사인을 위조할 수 있지 않을까요?" 사인을 해야 하게 되었을 때 애거사는 코크에게 이런 기대를 비치기도 했다.[4] "날 여기서 잘 빠져나가게 해줘요." 애거사가 에이전트에게 보내는 편지에 툭하면 등장하는 문구다. "뭐라고 말해야 할지 당신이 잘 알잖아요."[5]

데번주의 시골에 뿌리박고 사는 상냥한 할머니의 이미지는 인터뷰를 허락받은 선별된 기자들과의 협업으로 만들어졌다. 이런 이미지는 애거사가 1950년대와 1960년대에 걸쳐 느긋하게 집필한 자서전을 통해서도 뚜렷이 각인되었다. 자서전은 애거사의 뜻에 따라 사망 후에 출간되었으나, 윌리엄 콜린스, 선스에서 이 프로젝트를 담당한 편집자 필립 지글러Philip Ziegler의 말에 따르면 주요 결정은 이미 애거사가 전부 내려놓았다고 한다.[6] 애거사는 자서전 작업을 재미로 시작했지만("과거에 있었던 사소한 일들을 써 내려가는 것이 꽤 재미있었다") 다른 사람이 자기 삶에 대해 글을 쓰지 못하도록 하기 위한 전략이기도 했다.[7] 애거사의 전기를 집필하고 싶다는 사람들에게 애거사의 에이전트는 애거사가 "직접 자기 삶 전체를 담은 자서전을 쓰고 있고 사실상 거의 완성된 상태"이므로 불필요한 일이라며 무뚝뚝한 거절 편지를 보냈다.[8]

마침내 자서전이 출간되었을 때 지글러는 이 책이 "평론가들의 관심과 존경을 받지 못한 것"에 조금 실망했다.[9] 충격적인 폭로를 기다렸던 독자들은 실망했을 것이다. "빅토리아 시대의 풍습에 관심 있는 사람들은 참을 만하다고 생각할" 테지만 아닌 사람에게는 "지루하고 실망스럽다"는 것이 한 평론가의 평이었다.[10] 진짜 문제는 애거사가 자신에 대해 갖고 있는 이미지와 세상이 갖고 있는 부당하고 끈질긴 관념(애거사가 비밀스럽고 기만적인 여자라는 것) 사이의 간극이었다.

그러나 실제로 애거사를 아는 사람들은 자서전이 너무나 애거사

자체라고 느꼈다. 고고학자 모티머 윌러 경Sir Mortimer Wheeler은 애거사 본인에게서 볼 수 있는 "절제의 자질"이 "애거사의 글에서도 빼놓을 수 없는 특징"이라고 했다.[11] 애거사는 자기가 믿는 소수에게만 속마음을 드러내곤 했다. 맥스에게 편지로 이렇게 말한 적이 있다. "내가 당신한테서 정말 좋아하는 점은 내면의 야성적 정신이야. 그런 점에서 우리는 닮았지. 겉으로 보기에 아주 얌전하고 점잖아 보이지만 내면에는 <u>자유로운</u> 감정이 있잖아."[12]

명성을 혐오하는 애거사의 행동 양식이 점점 더 시대에 맞지 않는 것이 되어가는 듯했다. 그렇지만 1890년대에 태어난 중산층이나 상류층 여성에게는 지극히 당연한 것이었다. 애거사와 동시대의 다른 소설가들도 "언론과 대중을 거의 강박적으로 피했다"고 질리언 길은 말한다. "마저리 앨링엄, 조지핀 테이, 나이오 마시, 조젯 헤이어, 도러시 L. 세이어스도 비슷하게 사생활을 지키려고 했다."[13] 애거사가 1950~1960년대에 특히 유명세를 두려워한 유명인으로 두드러진 까닭은, 애거사의 동료 작가들이 사라진 뒤에도 애거사는 계속 신작을 내고 있었기 때문일 것이다.

60대에 접어들면서 애거사는 사진 찍히기를 더욱 꺼리게 되었다. 애거사는 자신을 "80킬로그램의 살덩이에 '온화한 얼굴'이라는 말 말고는 덧붙일 게 없는 외모"라고 묘사했다. 에드먼드 코크는 건강보험 문제로 로절린드에게 조언하면서 이런 경고를 했다. "우리끼리만 하는 이야기인데, 의료 감독관이 애거사의 체중에 우려를 표했습니다."[14]

애거사는 60세 생일에 찍은 사진을 무척 싫어했다. 이 사진이 공개된 것이 "나를 무척 슬프게 한다"며, "외모에 대한 열등감이 더욱 깊어졌다"고 했다.[15] 또 한 차례 사진을 찍어야 했던 애거사는 못마땅해하며 에이전트에게 편지를 썼다. "봐요, 에드먼드. 내가 이걸 참아야 해요? 왜 계속 굴욕과 고통을 당해야 하는지 모르겠어요."[16]

사람들의 시선과 비판은 고통스럽지만, 날씬하지 않아서 누릴 수 있는 자유도 있었다. 말년의 애거사는 더욱 개성이 넘치는 외모였다. 대담한 프린트의 드레스, 캐츠아이 안경, 진주 목걸이, 롱코트, 벨벳 토크나 커다란 챙 모자. 애거사가 위압적이라고 느끼는 사람이 많았다. "메리 왕비가 압도적으로 떠올랐다." 1957년에 애거사를 만난 사람이 이렇게 썼다.

> 거대한 가슴 …… 그 위에 엄청나게 많은 구슬과 거대한 브로치. 내 눈에는 정말 거대하게 보였지만 …… 내가 느끼는 경외감이 너무 커서 내 머릿속에서 거대한 크기로 부풀려진 것일 수도 있다.[17]

애거사는 자기가 좋아하는 스타일을 잘 알았고 그것을 고수했다. 다트머스의 양재사 미스 올리브와 미스 그웬 로빈슨이 애거사의 의상을 여러 벌 제작했다.[18] 1966년, 애거사가 미국으로 여행을 갈 때 코크는 미국 에이전트에게 쇼핑 나들이를 해야 할 거라고 일렀다. "조심해요 도러시! 어제 애거사가 나한테 미국 방문의 진짜 목표는 특대 사이즈 속바지를 사는 것이라고 했어요. …… 애거사는 당신이 수영복 분야에서 기량을 발휘했던 걸 기억해요. 안됐지만 당신한테 그 일이 맡겨질 것 같아요."[19]

맥스는 자기 아내가 "외적인 소심함과 내적인 자신감"이 결합된 사람이라고 묘사한 적이 있다. 애거사의 대중 앞에서의 '수줍음'이 실제 성격이라기보다는 무기라고 하는 사람들도 있었다. 애거사가 기대처럼 고분고분하지 않다는 것을 알게 된 남자들은 분명 그렇게 생각했다. 또 애거사가 잡담을 하지 않는 것을 무섭게 여기는 사람도 있었다. "상대의 모든 것을 관찰하고 안까지 꿰뚫어 보는 듯한 침묵이었다."[20] 〈쥐덫〉에 출연했던 배우 제프리 콜빌Geoffrey Colville은 애거사가 "사람들이 말하는 것처럼 수줍음이 많다고는 생각하지 않는다. 그저 성가심을 피하고 싶은 듯하다".[21] 휴버트 그레그는 애거사가 냉정하다고 생각했다. "약삭빠르고 다소 가차 없다. 무감하고, 오만하고, 말이 없다. 정말로 말수가 적었다."[22]

당연히 애거사는 다음 희곡 〈거미줄*Spider's Web*〉을 무대에 올릴 때는 그레그와 갈라섰다. 이 작품은 애거사가 가까이 지내는 배우 마거릿 록우드Margaret Lockwood를 위해 쓴 것이었다. 록우드도 애거사를 존경해서 이렇게 말했다. "애거사한테는 모든 여자가 원하는 것을 하는 능력이 있다. 무언가를 이루어낸다. …… 여자들은 모두 마음속으로 …… 그런 것을 하고 싶을 것이다. 그러나 우리가 할 수 있는 일은 꿈꾸는 것뿐이다." 록우드는 이런 결론을 내린다. "여기는 남자들의 세상이고, 애거사가 그들 중 몇 명을 죽여준다는 것이 내가 얻는 유일한 위안이다."[23]

그러나 〈거미줄〉은 애거사가 연극계에서 거둔 마지막 성공이 된다. 1950년대 후반은 애거사에게 어둡고 슬픈 시기였다. 매지가 일흔 한 살의 나이에 심장 질환으로 사망했다. 1958년 매지의 아들 잭

이 애브니홀을 팔고 런던으로 이사하면서 1세기 동안 이어진 와츠 가문의 애브니홀 시대가 끝이 난다. 애거사는 매지의 시누이이자 친구인 낸을 그린웨이와 가까운 페인턴에 와서 살라고 꼬여냈다. 그런데 낸마저 이듬해에 세상을 뜬다. 애거사는 큰 충격을 받았다. "나의 마지막 친구, 옛이야기를 나누며 함께 웃을 수 있는 유일한 사람이었다."[24] 1958년에 낸시 닐도 세상을 떴다. 애거사는 마음을 다잡고 아치에게 조의를 표하는 편지를 보냈다. 아주 오랜만에 보내는 편지였다. 아치는 "크게 감동했다"고 답장을 보냈다.[25]

1958년에 특히 실망스러웠던 일은 애거사의 새 연극 〈평결 *Verdict*〉이 대실패했다는 것이었다. "관객이 크리스티 연극에 야유 ― 암울한 사건"이 《데일리 텔레그래프》의 헤드라인이었다. 〈평결〉을 그해의 최대 히트작인 실라 딜레이니Shelagh Delaney의 〈꿀맛*A Taste of Honey*〉과 나란히 놓고 보면 흥미롭다. 이 비범한 연극은 열아홉 살 노동계급 여성이 쓴 것으로 단칸 셋방을 주무대로 펼쳐지는 미혼모와 딸의 이야기이고, 흑인과 동성애자도 등장한다. 무대에서 노동계급 여성의 삶을 보는 데 익숙하지 않은 관객에게 충격을 안겨주며 〈성난 얼굴로 돌아보라*Look Back in Anger*〉(1956년 발표된 존 오스본의 희곡으로, 기존 연극계의 관습에 도전하며 '앵그리 영 맨'의 원형을 제시했다 ― 옮긴이)와 비슷한 지위를 획득했다. 그러나 딜레이니는 1959년 인터뷰 도중에 오만한 남자 기자로부터 자기 희곡이 다루는 주제가 '저속하다'는 말을 듣는다. 그뿐 아니라 작품을 쓰는 데 누구의 도움을 받았느냐는 질문을 받았고, 곧 결혼할 것이라는 루머를 부인해야 했다. 딜레이니는 이 인터뷰 이후로 14년 동안 인터뷰에 응하지 않았

다.[26]

딜레이니와 애거사가 다루는 주제는 극단적으로 다르지만, 여성 극작가라는 점에서 비슷한 경험을 한 셈이다. 애거사가 연극계에서 가장 큰 성공을 거둔 1950년대가 애거사에게 혹독한 비판 또한 안겨주고 말았다. 그린웨이의 판타지 세계에 은둔하는 편이 훨씬 나을 듯했다.

9부
들뜨지 않던 시대

36

크리스티 재산의 미스터리

1940년대에 애거사는 소설가로 널리 알려졌고, 1950년대에는 연극으로 각광을 받았다. 그러나 1960년대에 접어들며 애거사의 작품은 영화라는 매체를 통해 그 어느 때보다 더 많은 사람에게 다가갈 수 있었다.

애거사가 쓴 이야기가 영화로 만들어진 것은 사실 오래전이었다. 애거사의 할리 퀸 단편이 1928년 〈퀸 씨의 죽음 The Passing of Mr. Quin〉이라는 영화로 만들어졌고, 이듬해에는 〈비밀 결사〉가 영화로 나왔다. 그러나 이때는 애거사가 원작자라는 사실이 영화 제작자에게나 관객에게나 큰 의미가 없었다. 초창기 영화 업계에서는 소재가 절실해시 어떤 이야기라도 좋았다. 영화 역사가 마크 올드리지Mark Aldridge의 영화화된 애거사 크리스티 작품에 관한 결정적 연구를 보면 애거사의 초기 영화는 쿼터를 맞추려고 급히 제작한 '쿼터 퀴키 quota quickie'였다고 한다. 곧, '영국 영화관에서 영국 작가가 쓴 영화

433

를 한 해에 몇 편 이상 선보여야 한다'는 법령에 따라 쿼터를 맞추기 위해 만든 저예산 영화였다. 할리우드의 지배에 맞서려고 만들어진 법인데 양질의 영화 제작으로 이어지지는 않았다. 처음으로 영화화된 애거사의 작품은《버라이어티*Variety*》에서 "역사상 가장 설득력 없는 장면 가운데 하나"가 나온다는 평을 받았다.[1]

1940년대에 다른 장편 영화도 제작되었으나 오늘날 실제로 사람들이 볼 만한 작품은 1945년 할리우드에서 세련되게 제작된 〈그리고 아무도 없었다〉뿐이다. 전쟁이 끝난 뒤, 에드먼드 코크는 폭발적으로 성장하는 영화 시장에 대응해야 했다. 애거사의 단편은 로케이션이 간단하고 출연진도 많지 않아 텔레비전 단막극으로 제작하기에 완벽했다. 1950년 CBS에서 제작한 텔레비전 드라마에는 로널드 레이건이 출연했고 1956년 NBC에서 제작한 시리즈에는 그레이시 필즈Gracie Fields가 나오기도 했다.[2] 그러나 큰돈을 벌 수 있는 것은 영화여서, 코크는 텔레비전보다 영화 판권 판매를 우선시했다.

코크가 일을 시작한 곳은 1920년대 런던의 점잖은 출판계였으나 점차로 가장 중요한 고객과 함께 사업을 다각도로 펼쳐야 했다. 당연히 실수도 따랐다. "이런 지옥은 처음이에요!" 특별히 골치 아픈 거래를 마치고 난 후에 코크는 편지에 이렇게 썼다.[3] 코크는 미국 에이전트 해럴드 오버와 오랜 기간 협력 관계를 유지했다. "느리고, 구식이고, 10만 달러를 큰돈이라고 생각한다"는 평가를 받는 사람이었음에도 말이다. 오버가 32만 5000달러에 영화 계약을 맺었는데 이 권리를 산 사람이 바로 43만 5000달러에 다른 사람에게 넘김으로써 이 말이 사실임이 드러났다.[4]

1960년대에 코크는 전략을 바꾸어 애거사의 소설 40편의 권리를 MGM 영화사에 수익 배분 계약을 맺고 넘겼다. 애거사는 계약의 야심 찬 규모에 다소 불안을 느꼈다. "속상할 일이 없었으면 좋겠어요. 현금을 잃더라도 걱정거리가 없으면 이익이죠." 애거사는 이렇게 썼다.[5] 언론에서는 100만 파운드짜리 계약이라고 보도했지만 코크는 실제 액수는 '훨씬 적다'고 했다.[6] "MGM 계약 때문에 거의 쓰러지는 줄 알았어요. 변동이 어찌나 크고 잦은지 믿을 수가 없을 정도였어요." 코크는 이렇게 말했다.[7]

MGM 영화사는 이 업계에서 가장 오래된 회사 가운데 하나였다. 그러나 1950년대 들어 관객을 텔레비전에 빼앗기면서 어려움을 겪었다. 그러니 상당한 도박이었다. 제작자 로런스 바크먼Lawrence Bachmann이 아내와 함께 그린웨이로 와서 지내면서 작가와 관계를 다졌다. 처음에는 모든 게 잘 풀렸다. "다행히 그 사람들이 개를 좋아했어요"라고 애거사가 전했다.[8]

1961년, 첫 번째 MGM 영화가 완성되었다. 애거사의 책《패딩턴발 4시 50분》이 〈살인이라고 그녀가 말했다Murder She Said〉라는 제목으로 바뀌었고, 마거릿 러더퍼드Margaret Rutherford가 미스 마플 역을 맡았다. 러더퍼드와 애거사는 나이가 비슷했고 서로를 존경했으며, 이렇게 나이가 많은 배우가 주연으로 영화를 이끈다는 게 사실 대단한 일이었다. 러더퍼드는 촬영장에서 70세 생일을 맞았다. 코크는 러더퍼드가 "먼저 제안되었던 세련된 미국 깍쟁이들보다 훨씬 마플스럽다"고 했다.[9]

그러나 1961년 9월 17일, 애거사는 〈살인이라고 그녀가 말했다〉

가 실망스럽다고 했다. 애거사는 페인턴 픽처 하우스에서 가족과 함께 영화를 관람했다. "솔직히, 별로예요!!" 애거사는 편지에 이렇게 썼다. "돌아가는 길에 큰조카가 슬픈 목소리로 '아주 재미있지는 않았죠, 그쵸?'라고 내게 말했는데 나도 그 말에 동감할 수밖에 없더군요."[10]

마거릿 러더퍼드가 매우 뛰어난 코미디언이긴 하나 애거사는 미스 마플을 웃기게 만들 의도가 없었다는 게 문제였다. 그리고 그보다 더 근본적인 문제는 MGM이 애거사의 교묘한 플롯을 원하지 않았다는 것이었다. 1960년대에 접어들면서 독자들도 그렇게 되었다. 이즈음에는 애거사가 해마다 내놓는 소설의 질이 고르지 않았고 심지어 일부는 수준 이하였다. 그래도 어쨌거나 사람들은 계속 크리스티의 소설을 샀고, 크리스티라는 브랜드가 막강해지면서 판매량은 점점 늘었다. 애거사 크리스티의 이름은 이제 은근한 향수를 불러일으키는 영국의 고급 오락거리를 상징하게 되었다. 책의 내용보다는 책 표지에 새겨진 이름이 더욱 중요하게 된 것이다.[11]

어쨌거나 MGM과의 계약은 삐걱거리며 계속되었다. 네 번째로 제작된 영화는 〈머더 어호이*Murder Ahoy!*〉(1964)였다. 애거사는 충격을 받았다. 애거사의 책을 기반으로 한 영화가 아니었기 때문이다. 애거사는 MGM과의 계약에 애거사의 캐릭터를 영화사에서 만든 새로운 플롯에 쓸 수 있게 허락한다는 내용이 포함되어 있다는 사실을 몰랐다. MGM의 대본에서 미스 마플은 배를 타고 떠난다. 영화 예고편은 이렇게 시작한다. "흥분이 격랑의 바다를 덮친다. 오직 애거사 크리스티만이 이룰 수 있는, 시끌벅적한 소동과 살인과 폭소가 있는 거칠고 기상천외한 항해."[12] 애거사 크리스티의 오리지널 미스 마플이 이 말을 들었다면 못마땅해하며 입을 샐쭉했을 것이다.

애거사는 크게 실망했고 대본이 '말이 안 되는 뒤죽박죽'이라고 말했다. 자기는 꿈에도 몰랐다고 격하게 항의했다.

> MGM이 내 인물을 자기네 대본에 등장시킬 수 있다는 것, 나도 로절린드도 그깃은 몰랐습니다. …… MGM과 계약할 때 대체 내가 무슨 짓을 한 건지 너무나 역겹고 부끄럽습니다. 내 잘못입니다. 사람이 돈 때문에 하는 행동이 있는데 그것은 잘못된 것입니다. 자신의 문학적 진정성을 저버리는 것이기 때문에 …… 나는 70세까지는 버텼으나 결국 굴복했습니다.[13]

애거사가 연극인들과 즐겁게 협업하던 시대는 이제 저물고 말았다. 애거사는 바크먼의 "고압적인 행동"에 대해 "깊은 분노"를 느꼈다고 말했다.[14] 《오리엔트 특급 살인》이 다음 MGM 프로젝트로 제안되었을 때는 더욱 불안해했다. 영화사에서 "미스 마플을 거기 투입해 기관차 운전을 맡기고 시끌벅적한 소극笑劇으로 만들까" 걱정했다.[15] 한편 바크먼은 애거사가 "영화 제작에 대해 아무것도 모르는 할머니"라고 생각했다.[16] 실제로 애거사는, 손자의 말을 빌리면 "완성품을 본인이 통제할 수 없는" 매체에 대해 대놓고 의구심을 표했다.[17]

이제 가업이 된 사업에서 한 축을 담당하고 있던 로절린드는 어머니의 고통을 막기 위해 무언가를 해야 했다고 느꼈다. 로절린드는 코크에게 이렇게 터놓고 말했다. "당신은 큰돈을 벌었다고 말씀하시겠지만, 제 생각에는 …… 우리가 이 계약으로 어머니를 정말 크게 실망시켰다고 봐요."[18] 그리하여 로절린드는 영화와 텔레비전 업계에 깊은 의구심을 갖게 되었다. MGM과의 경험에서 상처를 입은 후 로절린드는 어머니의 작품을 폄훼하거나 손상시킬 수 있는 프로젝트에 동의하는 것을 극도로 꺼리게 된다.

애거사는 MGM과 관련된 일에는 거침없이 입을 열었다. 《선데이 타임스》와의 인터뷰에서 평소와 다르게 할 말 못 할 말을 가리지 않았고 지나치게 많이 하기도 했다. "여러 해 동안 영화화를 꺼렸었어요." 애거사는 기자에게 이렇게 말했다.

너무 가슴이 아플 거라고 생각했기 때문이었죠. 그래 놓고 내가 판권을 MGM에 팔았어요. …… 끔찍한 일이었어요! …… 미안하지만 영화가 성공 못 했다 싶으면 나는 기분이 좋아요. 최근작 〈머더 어호이!〉는 대본을 영화사에서 썼어요. 나하고는 아무 상관도 없어요. 지금까지 본 중 최고로 어처구니없는 영화일 거예요. 평이 아주 안 좋아서 오히려 기분이 좋네요.[19]

영화계 입장을 대표하는 각본가 잭 세던Jack Seddon도 그 말에는 동의했다. "미스 크리스티가 말하듯 영화 속 미스 마플은 원본과 전혀 닮지 않았다." 그렇지만 거기에는 그럴 만한 이유가 있었다고 덧붙인다.

그렇게 만들려고 하지 않았기 때문이다. 나는 책에 나오는 미스 마플은 오만하고 몰인정하고 냉랭하고 눈빛은 음험하고 마치 파충류 같다고 느꼈다. …… 미스 크리스티가 "누구한테도 영화를 보라고 권하지 않을 것"이라고 했으나 좀 늦은 감이 있다. 이미 수백만 명이 영화를 봤고 관련자들에게 큰 수익을 안겨주었을 테니까.[20]

양쪽 다 불만을 느낄 수밖에 없었을 것이다.

어쩌다 애거사가 이런 곤란한 지경에 이르게 되었을까? 분명 애거사는 70대가 되어서까지 글을 쓸 필요는 없었을 것이다. 그렇지만 글을 쓰고자 하는 충동이 사라지지 않았다는 건 분명했다. 일부는 창작의 기쁨 때문이었다. 그리고 또 일부는 애거사의 재정 상황이 실제로 엉망인 탓도 있었다.

이제 사람들은 죽음의 공작부인이 무지막지하게 부유하다고 생각했다. 애거사의 연극 〈살인으로 돌아가라*Go Back for Murder*〉가 1960년 냉담한 평가를 받았을 때 애거사 팀은 최근 MGM과의 계약에 관한 소문이 비평가들에게 영향을 미친 것은 아닐까 의심했다. "미스 크리스티가 얼마나 부유한지 나는 관심 없다. 이 극은 후지다!"《데일리 메일》의 비평가는 이렇게 혹평했다.

무엇보다도 여성 작가가 부유하다는 점이 부당한 일이었던 것 같다. 예를 들어 연출자 휴버트 그레그는 애거사의 히트작을 연출한 일 때문에 자신은 "경력에 타격을 입어 돌이킬 수 없을 지경이 되었다"고 주장했다. 그래 놓고는 애거사가 "앞치마에 수백만 파운드를 쓸어담게 된 것"은 자신의 연출력 덕이라고 했다.[21] 아, '앞치마'라는 단어를 쓴 탓에 속마음이 훤히 드러나고 말았다! 애거사는 짜증 나게 부유할 뿐 아니라, 짜증 나게 여자이기도 하다는 말이었다.

애거사의 돈에 대한 태도는 한마디로 말하기가 어렵다. 한 기자는 애거사가 "마치 여왕처럼 자기 수입에 대해 전혀 모른다"고 했다. "한 번에 큰돈이 들어오고 한동안은 수입이 없다는 것만 안다"고 했다는 것이다.[22] 그렇지만 이런 것은 애거사가 자신의 대중적 이미지, 애리아드니 올리버 같은 정신없는 인물상을 내세우며 하는 말이기도 하다. 애거사는 겉보기보다는 훨씬 사업가적인 면이 있었고, 돈을 벌고 쓰는 것을 좋아했다. 그렇지만 비즈니스 전략에 대한 감각은 전혀 없었다. 일례로 1949년에 다섯 달 동안 바그다드에 가 있으면서 코크에게 전권을 위임하고 "사업 문제로 성가시게 하지 말라"는 지시를 남겼다.[23] 그랬으니 제때 결정을 내릴 수가 없었다. "나한테 뭔가에 답하라고 했었어요?" 애거사가 코크에게 이라크에서 편지로 물었다. "그랬더라도 난 기억이 안 나네요."[24]

애거사가 돈 개념이 철저하지 못한 것은 아마도 물려받은 재산이 있는 집안에서 자랐기 때문일 것이다. 1920년대 애거사가 새 차에 500파운드를 썼을 때부터 그랬다. 돌이켜 생각해보면 세금을 낼 돈을 따로 적립해놓았어야 했다. 그렇지만 애거사는 자신을 전문 작가로 내세우는 것에 대해 늘 어정쩡한 태도를 보였고, 그래서 돈에 대해서도 프로페셔널하게 굴지 못했다.

세금 문제는 해결되지 않고 수십 년에 걸쳐 지지부진하게 이어졌고, 애거사는 때로 돈에 쪼들린다고 **느꼈다**. 물론 애거사의 생각일 뿐이었고, 객관적으로 보면 애거사는 매우 부유했다. 그렇지만 과세가 부당하다는 생각이 개인적 강박이 되었고, 애거사가 70대에도 글을 **써야만 했다**고 종종 말한 것은 그런 까닭이었다.

잘 썼든 못 썼든 계속 써야 한다는 압박은 애거사에게 생계가 달린 사람이 많았던 탓에 더욱 커졌다. 애거사가 산업체 하나를 만들어낸 셈이었다. 애거사의 에이전트에, 전 세계에 보조 에이전트가 있었고, 또 윌리엄 콜린스, 선스 등 출판사도 있었다.

1945년에는 애거사의 책 판매량이 큰 폭으로 늘었다. 코크가 윌리엄 콜린스, 선스에 애거사의 선인세를 두 배로 올려달라고 요구했고, 그래서 출판사에서는 판매량을 늘리기 위해 책을 더 열심히 홍보했다. 성과가 아주 좋았다. 코크는 "판매량이 이전의 세 배로 늘었다"며 뿌듯해했다.[25] 성장세는 계속되었다. 1959년 유네스코는 성경이 171개 언어로, 셰익스피어가 90개 언어로, 애거사 크리스티는 103개 언어로 번역되었다고 발표했다.[26]

그러나 이 수입 전부에는 세금이 붙었고, 지불하지 않은 전쟁 전 미국 세금 문제도 해결되지 않고 계속 곪고만 있었다. 수임료가 비싼 변호사를 고용했음에도 해결은 요원했다. 애거사는 감당하기 어려워했다. "일이 걱정스러워요. 계약서에는 서명해야 하고, 세금은 복잡하고……, 이해할 수 없는 일이 한가득이에요."

1948년 마침내 미국 세금에 대한 합의가 이루어졌으나, 다음에는 세금에 대한 이자를 얼마나 지불해야 하는가가 논란이었다.[27] 결국 미국에서 애거사의 돈을 내주었을 때, 영국 세무당국에서는 그 수입에 대해 엄청난 체납 세금을 요구했는데, 그게 얼마가 될지 아무도 몰랐다. 이 스트레스로 애거사는 1948년에 책을 한 권도 쓰지 못했고, 애거사의 회계사는 애거사가 "매우 혼란스러운 정신 상태"임을 알게 되었다. "나에게 도저히 집중할 수가 없다고 말했습니다"라고 회계사는 전했다.[28] 실제로 그해 9월 코크는 "미시즈 맬로원이

파산을 면할 가능성은 희박하다"는 충격적 예측을 내놓았다.[29]

미국과 영국 세무당국 사이에서 합의를 이끌어내려고 분투하면서 코크는 온갖 종류의 관료적 무능을 직면해야 했다. 새로운 세무 조사관은 "애거사 크리스티는 사실상 필명이므로" "남편의 납세지에서 처리가 필요한 것으로 보인다"고 편지로 알렸다.[30] 1954년에야 영국 세무당국에서 마침내 미국 세금 정산에 동의했고, 따라서 체납 세금을 지불해야 한다고 했다.

걱정거리가 쌓였지만 그래도 프레더릭 밀러의 딸은 체질적으로 알뜰한 생활은 할 수가 없었다. "나는 계속 즐기면서 살 거예요." 애거사가 코크에게 말했다. "그러다가 푸짐하게 파산하죠!"[31] 애거사한테는 걱정거리를 머리에서 몰아내는 행복한 재주가 있었다. "어떻게들 지내요?" 애거사가 바그다드에서 편지를 보냈다. "연극은 아직 하나요? 나 대신 그랜드 내셔널 경마에서 셰그린에 1파운드 걸어줄래요?"[32]

애거사의 책과 연극이 이제 너무 큰돈을 벌어들이고 있어서 코크는 쇼비즈니스의 세계를 알아봐야겠다고 생각했다. 이 분야에서는 개인이 일정하지 않은 큰 소득을 올리기 때문에 세금을 독창적인 방법으로 처리하곤 했다. 1960년대 록스타와 축구선수 들은 의심스러운 자문가, 사기성 투자, 자산 손실 등으로 이어지는, 애거사가 하지 않은 실수들을 했다.

전후 영국의 세금제도는 매우 진보적이었다. 1960년대까지 연간 1만 5000파운드 이상 소득의 소득세율은 88.75퍼센트에 달했다. 그래서 롤링스톤스 같은 가수부터 존 르카레John le Carre 같은 작가들까지 조세 망명을 하는 고소득자가 많았다. 사위 앤서니도 애거사에

게 그렇게 하라고 조언했으나 애거사가 그 제안을 진지하게 받아들이지는 않은 듯하다.[33]

1951년 코크는 애거사 크리스티를 관리하는 새로운 방식을 제안했다. 개인이 아니라 법인으로 만들자는 것이었다. 애거사의 세금을 줄이기 위해 《마술 살인》과 연극 〈쥐덫〉의 수익금을 매슈 앞으로 된 신탁으로 설정했다. 이언 플레밍도 마찬가지로 자신의 문학적 권리를 보유한 유한회사를 설립했고 영화 판권비는 처음부터 아들 앞으로 된 신탁에 넣었다. 제임스 본드가 확실한 성공을 거두기 한참 전의 일이었다.[34]

다음으로 애거사 크리스티 유한회사Agatha Christie Limited를 설립하자는 아이디어가 나왔다. 이 회사에서 애거사를 고용하고 월급을 주어 개인이 높은 소득세를 내지 않아도 되게 하는 것이다. 1955년 6월 애거사 크리스티 유한회사가 설립되어 애거사의 새 책을 소유하게 되었다. 이 회사의 이사진은 애거사 본인, 로절린드와 에드먼드 코크였다. 애거사와 같은 급의 다른 작가들, 이니드 블라이턴Enid Blyton과 르카레도 비슷한 조치를 했다.

애거사에게는 모든 게 조금 종잡을 수 없는 것으로 느껴졌다. "윤리적으로 문제가 없는 것이겠지요?" 애거사가 물었다. "요즘에는 뭐가 뭔지를 잘 모르겠어요."[35] 그냥 내버려두었다면 애거사는 아무 생각 없이 있었을 것이다. 더 약빠른 작가였다면 코크가 이런 복잡한 기획을 해낼 수 있을 만한 사람인지에도 의문을 품었을 것이고. 한 예로 르카레는 더 나은 조건을 찾으려고 에이전트와 출판업자를 수시로 바꾸고 물갈이하는 것으로 유명했다. 그러나 애거사는 의리 때문에, 될 대로 되라는 방임주의 때문에, 에드워드 시대 여성다운 돈에 대한 태도 때문에 평생 코크와 윌리엄 콜린스, 선스와 합을 맞추었고 별로 재고 따지지도 않았다. 애거사는 로절린드와 앤서니에게 이 회사는 "너희를 위해 설립한 것"이라고 말했다. "나를 위한 게 아니고. 내 생계 수단(그리고 호사스러운 생활!)은 예나 지금이나 변함이 없으니까. …… 너희 둘 다 걱정하고 법석할 가치가 있다고 생각한다면 그렇게 하렴. 나는 개인적으로 별 관심을 두지 않을 생각이야."[36]

이런 무심한 태도는 다소 솔직하지 못한 것이었다. 분명 사랑과 돈이 가족 간의 관계를 복잡하게 만들고 있었다. 농담이 아닐 수 있는 뼈 있는 농담이 오갔다. "고용된 노예가 되니 기분은 좋은데, 일을 하고 싶지가 않네요." 애거사는 이렇게 농담을 했다.[37] "애거사 크리스티 유한회사가 돈을 벌고 있다니 기뻐요." 로절린드가 코크에게 쓴 편지다. "전부 우리의 '임금 노예'에게 가버리는 건 아니길 바라요! …… 월급을 적게 지급하는 게 애초 계획이 아니었나요?!"[38] 그러나 애거사의 급료가 공제받을 수 있는 '비용'('회사의' 롤스로이스를 포함해서)을 충당할 만큼은 되어야 했다. 오묘한 균형을 맞춰야 했다. 1958년 코크가 애거사의 월급을 7500파운드로 올리자고 제안했을 때 로절린드는 이렇게 대답했다. "당연히 나는 정말 나쁜 생각이라고 봐요."[39]

그런 한편, 크리스티 저작권 신탁을 설립해서 애거사의 기출간 책들로부터 나오는 수익 대부분을 사망 시 상속세 없이 증여할 수 있게 했다. 여기에서 나오는 돈은 친척들, 맥스의 조카, 샬럿 피셔(카를로)에게 전달되었다. 큰 곳(애거사 크리스티 아동 신탁)부터 작은 곳

(그린웨이 근처 교회 스테인드글라스 기금)까지 다양한 단체에 기부도 이루어졌다. 이라크 소재 영국 고고학 학교도 정기적으로 기부금을 받았고, 여성 노인들을 돌보는 해리슨 홈스 자선 요양원도 마찬가지였다. 그러나 회사를 설립했음에도 애거사의 세금 문제는 **여전히** 해결되지 않았다. 애거사 크리스티 유한회사 설립을 승인했던 국세청이 1957년 마음을 바꾸었고, 결국 1964년까지 최종 합의가 미루어졌다.

애거사가 70대에 접어든 후에도 수입은 계속 증가했다. 1961년 유네스코는 애거사 크리스티를 세계 최고의 베스트셀러 작가로 공식 지명했고, 같은 해 윌리엄 콜린스, 선스는 "크리스마스에는 크리스티"라는 슬로건이 "추가 2만 6000부 판매량 증가를 가져왔다"고 밝혔다. 후에 애거사 크리스티 유한회사를 물려받게 될 손자는 이렇게 말했다. "여성들이 업계에서 두각을 나타내기 시작할 때였으나 애거사 크리스티는 출판과 연예 산업계에서 최고의 성공을 거둠으로써 여성이 남성과 동등할 수 있음을 입증했습니다. 오늘날 어떤 여성이 대단한 성취를 거뒀다는 글을 읽을 때마다 나는 그것이 어느 정도는 니마의 유산이라고 생각합니다."[40]

1968년, 애거사는 또 엄청난 세금 고지서를 받았고, 이 문제를 누군가 다른 사람에게 떠넘기는 게 좋을 듯 보였다. 그래서 그해에 애거사 크리스티 유한회사의 지분 51퍼센트를 부커 북스에 매각했다.[41] 부커 북스는 거대 기업 부커 매코널Booker MacConnell의 자회사로 부커상을 창설한 것으로 잘 알려져 있다. 4년 전 부커 북스는 이언 플레밍의 유산도 비슷한 방식으로 사들였다. 애거사 크리스티 유한 회사 지분에 대한 대가로 부커는 애거사의 세금을 대신 납부했다. 수십 년에 걸친 대장정이 마침내 이렇게 마무리되었고, 신중한 세금 계획 덕에 애거사의 다음 세대는 매우 후한 유산을 약속받게 되었다. 1976년 1월 19일 《파이낸셜 타임스*Financial Times*》에는 '크리스티 재산의 미스터리'라는 기사가 실렸다. 애거사가 사망한 뒤 유산이 10만 파운드를 조금 넘는 너무 적은 액수라는 사실이 알려져 많은 사람이 놀랐기 때문에 그 까닭을 설명하는 기사였다.

여하튼 이 모든 일의 결과로 애거사는 권리를 잃었고 현금이 부족하다는 느낌을 갖게 되었다. 애거사는 재산과 관련해서 이루어지는 계약에 무지하다는 사실이 불만스러웠다. 여러 해 동안 코크에게 사업 문제로 귀찮게 하지 말라고 당부해놓고 때로 뜻밖의 요구를 하기도 했다. 1966년에는 "내 거래 내역을 보내줄래요? 뭐가 들어왔는지, 나는 모르니까. 내가 무엇에 왜 지출하는지 모른다는 게 우려스럽네요."[42] 1960년대에서 1970년대로 넘어가면서 애거사의 집이 관리가 잘 되지 않아 망가지기 시작했고, 방문객들은 집의 상태를 보고 놀라곤 했다. 어쨌든 애거사는 여전히 놀라운 능력으로 인생과 부를 즐겼다. 은식기를 모으고, 휴가 여행을 즐기고, 맥스에게도 돈을 아끼지 않았다.

세계 최대의 베스트셀러 작가는 분명 돈을 좋아했다. 돈을 버는 것도 쓰는 것도 좋아했고, 자신의 가치에 대한 확고한 인식이 있었다. 그렇지만 애거사의 젠더와 성장 과정에서 비롯된 돈과의 편치 않은 관계는 끝까지 유지되었다. '크리스티 재산'의 미스터리는 크리스티 본인에게도 다분히 미스터리였다.

37

기묘한 사람들

1960년 9월 15일, 애거사는 그린웨이에서 생일을 맞았다. 왕조의 가
모장처럼 보이는 애거사는 식구들에 둘러싸여 꽃으로 장식된 의자
에 앉았다. 행복한 시간이었다. "저녁으로는 푸짐하고 뜨거운 바닷가
재!" 애거사는 즐거워했다. "내 나이가 느껴지지 않아요!!!"[1]

일흔 살이 된 애거사가 사치스러운 물건이 가득한 아름다운 집
그린웨이에서 여름을 보냈다는 생각을 하면 내 마음이 흐뭇해진다.
그렇지만 그린웨이라는 집과 그곳의 삶은 공연 예술의 일종이라는
생각도 든다. 그것이 애거사의 말년 업적 가운데 하나였다.

"내가 그 집을 아름답게 만들었다고 생각해. 아니면, 더 정확히
말하면, 내가 그 아름다움을 보여주었어." 애거사는 자신이 사랑하는
집에 대해 이렇게 말했다.[2] 애거사의 소설《시태퍼드 미스터리》에서
한 남자가 여자는 "어떤 방의 느낌을 완전히 바꿀 수 있다"고 말한
다. "딱 짚을 수 있는 뚜렷한 무언가를 하지 않고서도."[3]

애거사는 저택의 여주인으로서 삶을 연출하며 자기 소설 속 수 많은 인물이 했던 역할을 했다. 그리고 이러한 사실에 대한 애거사의 인식, 곧 사람은 누구나 연기를 하고 있다는 인식이 애거사의 작품 세계의 핵심이다. 이 점이 애거사의 관점이 퀴어 작가들과 조금 유사하게 느껴지는 이유이기도 하다.

애거사는 오랜 세월 동안 유명세를 기피해왔으나 1960년대에는 그러기가 점점 어려워졌다. 애거사가 1960년 바닷가에서 휴가를 보낼 때 사진사 두 명이 몰래 사진을 찍으려고 했다. 애거사는 그때 "특히 보기 흉한 자세"를 하고 있어서 "거대한 엉덩이 클로즈업 사진"을 찍힐 뻔했다고 말한다.[4] 1967년에 등장한 슬로베니아 기자는 특히 소름 끼친다. 애거사는 프라이버시를 위해 한적한 호텔을 골라 투숙했는데, 야네스 추체크Janez Čuček라는 작가가 "평범한 손님인 척하며 호텔 프런트에 애거사 옆방을 달라고 했다". 추체크는 자기 방 발코니를 통해 옆방으로 건너갔다. 애거사는 화를 내며 자기는 "유명해지고 싶었던 적이 없다"고 했고, 맥스는 경찰을 부르려고 했다.[5]

그러나 애거사는 결국 이런 일에 대해 좀 더 철학적인 태도를 갖게 되었다. 리치 콜더 기자가 1926년 애거사 실종 당시 자신의 경험에 관한 책을 쓰려고 한다는 소식을 듣고도 애거사는 뜻밖에 덤덤했다. "지금에 와서 그게 무슨 상관이에요?" 애거사는 코크를 안심시켰다.

일흔 살이 되어서 좋은 것 중 하나는 다른 사람들이 나에 대해 뭐라고 말하든 이제 신경 쓰지 않게 되었다는 것이죠. 어쩔 수가 없는 일이니까요. 단지 조금 짜증이 날 뿐.[6]

애거사가 죽은 후에 콜더는 심지어 해러게이트 호텔에서 애거사를 직접 맞닥뜨렸다고 주장했다. '미시즈 크리스티'라고 불렀더니 애거사가 대답했고 자기가 기억상실증에 시달리고 있다고 말했다는 것이다.[7] 나중에 콜더가 그 이야기는 지어낸 것이라고 인정했다.[8] 그러나 오랜 세월 동안 콜더의 오보는 애거사가 도저히 반박할 수 없는 강력한 신화를 만들어내는 데 일조했다. 애거사가 거짓말쟁이라는 신화였다.

애거사는 아이를 한 명밖에 낳지 않았으나 애거사의 칠순 생일 파티 모습은 애거사가 어떻게 자신을 중심으로 복잡한 대가족을 꾸려왔는지를 보여준다. 실제로 애거사는 늘 이렇게 신뢰하는 사람들을 우정의 울타리 안으로 끌어들였다. 간호사로 일할 때의 '퀴어 우먼'들, 와츠 가족, 1926년 힘든 이혼 과정을 함께해준 카를로 같은 친구들. 맥스와 결혼한 지 얼마 안 되었을 때, 신혼여행을 떠났다가 혼자 돌아온 애거사는 맥스에게 보낸 편지에서 다시 "나의 입양 가족의 품 안에 돌아와 안전함을 느낀다"고 말했다. 이 가족에는 로절린드뿐 아니라 카를로, 요리사 플로런스 포터, 그리고 애거사의 강아지 피터가 있었다. "P는 내 자식이야, 알지!"[9]

그린웨이 방문객은 혈연으로 연결되지 않은 대가족을 보고 혼란을 느끼기도 했다.

대단한 확대가족이었다. 나는 누가 누구인지 구분을 잘 할 수 없었지만 분명 그곳에 엄청난 수의 사람이 있었다. 개는 말할 것도 없고. 개와 젊은이들이 애거사를 둘러싸고 있었다. 점심을 먹으러 갔는데 식탁에 16명 정도가 있었고 그중 대다수는 애거사가 아끼는 젊은이들이었다. 젊은이들은 잘 자란 아이들처럼 애거사를 예의 바르게 대했으나 특별히 경외심을 갖거나 하지는 않았다.[10]

주위 사람들 모두 애거사는 평범한 할머니에 지나지 않는다는 환상을 유지했지만, 사실 한편으로 애거사의 가장 가까운 가족이 사업 파트너이기도 했다. 연극 제작자 피터 손더스는 이 무리에 들어올 자격이 있는지 가족들에게 심사를 받는 게 어떤 느낌이었는지 들려준다. 가족들을 소개받은 점심 식사 자리에서 앤서니는

태양 아래 온갖 주제를 꺼내면서 분위기를 풀어보려고 했다. …… 애거사의 딸 로절린드는 솔직히 좀 무서웠다. …… 그때 로절린드는 내가 혹시라도 애거사의 핸드백에 손을 넣어 지갑을 훔쳐 가는 건 아닌지 감시하는 느낌이었다.[11]

그린웨이의 삶이 초호화는 아니었으나 그렇다고 보헤미안스럽지도 않았다. 직원 한 사람은 '고상한 삶'이라고 표현했다. 허세는 없었지만 그래도 그린웨이는 토키 교외 별장이 아니라 시골 저택이었다. 맥스의 조카 존은 손님들이 "왕처럼 대접 받았다"고 회상한다. "8시에 자기 방 침대에서 차를 마셨고" "방문 앞에 구두를 내놓으면 구두가 닦여 있기도 했다".[12] 가족이 함께하는 정찬에서는 애거사가 직접 고기를 썰어주었는데, 코스를 마치기까지 최대 두 시간 반이 걸렸다. "요즘에는 거의 볼 수 없는, 작은 레몬 조각이 든 핑거볼까지

있었다."[13] 주말에 손님을 초대해 옛날 방식의 하우스 파티를 열기도 했다. 금요일 저녁 메뉴에는 비둘기 로스트와 체리 타르트, 토요일 저녁에는 연어와 마요네즈, 일요일 점심에는 로스트비프가 올라왔다.[14] "바닷가재 여남은 마리가 널려 있는데 돈은 한 푼도 안 내도 된다니 이 이상 좋을 수 없었다." 요리사였던 딕시 그리그스는 이렇게 회상한다.[15] 그린웨이의 의식은 풍요롭고 만족스러웠다. 밀러 가족이 잃은 모든 것을, 애거사는 재정적으로나 사회적으로나 되찾았다.

그러나 '고상한 삶'을 누리면서도 애거사는 결코 계급적 우월감을 드러내지 않았다. 애거사의 소설을 영화화한 작품에는 영국 시골에 있는 전통적이고 시대를 초월한 '큰 집', 저택에 사는 부유한 사람과 저택 대문 앞에 서 있는 가난한 사람이 종종 등장한다. 그렇지만 애거사의 책에서 시골 저택은 늘 현대의 삶이 오가는 장소로 나온다. 세인트 메리 미드에 있는 저택 고싱턴홀조차도 미스 마플이 사는 동안 두 번이나 주인이 바뀌었다. 처음에는 미스 마플의 친구 밴트리 부부가 샀고, 이들은 이후에 영화 배우에게 집을 넘긴다.[16]

시골 저택에서 생활하면서 맥스도 상류 사회의 일원 비슷하게 될 수 있었다. 이에 더해 1968년 기사 작위를 받으면서 부모가 외국인이라는 이유로 이방인으로 대우받던 처지를 훌훌 털어버릴 수 있게 되었다. 맥스의 어머니는 1951년 맥스와 애거사가 바그다드에 있을 때 급작스럽게 세상을 떴다. 맥스가 어머니에게 보낸 편지 중 마지막 편지에는 이렇게 적혀 있다. "사랑하는 어머니. 날마다 어머니를 생각한다는 말을 전하려고 몇 줄 적어요."[17]

맥스는 1961년 테헤란에 있는 동안에 뇌졸중을 일으켰다. 회복되긴 했으나 신체적으로 쇠약해졌고 "두 배는 늙어 보였고 무척 허약했다".[18] 이제 애거사와 같은 또래로 보였다. "왼손과 팔이 늘어졌고 약간 무기력했다."[19] 1967년, 이번에도 이란을 여행하던 도중에 두 번째 뇌졸중이 왔다. "기다리는 것도 걱정하는 것도 지옥이에요." 의사를 보내 맥스를 집으로 데려올 채비를 하는 동안 애거사가 이렇게 썼다.[20]

1961년은 바버라 파커가 이라크에서 돌아와 맥스와 함께 고고학연구소 강사로 일하게 된 해이기도 하다. 이때부터 두 사람이 친구 이상의 관계라는 가십성 루머가 고고학계에 돌았다. 두 사람 사이가 맥스가 우월한 위치에 있는 가까운 학문적 동반자 관계였던 것은 분명하다. 고고학자 엘런 매캐덤Ellen McAdam은 바버라를 "자신감이 부족하고" "끊임없이 변명하는 사람"이라고 묘사했다.[21] 두 사람 사이에 육체관계가 있었다고 주장하는 고고학자들이 있긴 하나 뜬소문 이상의 증거는 없다. 그런 관계가 있었다고 하더라도 전통적인 이성애적 로맨스는 아니었을 것이다. 맥스는 울리 부부에게서 지적 협력이 육체관계 못지않게 중요하다는 것을 배웠다.

그린웨이에는 또 애거사와 맥스가 낳지 않은 아이들이 가득했다. 두 사람은 입양도 고려했으나 그러지 않기로 했다. 입양을 하기에는 "나와 맥스의 나이가 너무 많은 것 같았다".[22] 그렇지만 정식 입양 절차 따위를 거치지 않아도 애거사의 가족이 될 수 있었다. 맥스의 조카가 자주 왔고 친구의 자녀들도 왔다. 바그다드에서 만난 친구의 딸인 에마 셰클은 "문제가 발생했을 때" 애거사가 "나를 미니에 태우고 그린웨이로 데려가주고 나를 이해해준 유일한 사람이었다"고 했

다.[23] 두 사람이 "나에게 어머니고 아버지였다"고 맥스의 연구 조교인 조지나 허먼은 말했다.[24]

당연히 로절린드, 앤서니, 매슈가 와 있을 때도 많았다. 그린웨이에서 보내는 여름이 "크리스마스용 크리스티를 또 하나 완성한 것에 대한 보상"이었다고 매슈는 말한다.[25] 1962년 매슈는 과거의 불화에도 불구하고 당시 가까운 고달밍에 살고 있던 할아버지 아치를 만나기로 했다. 아치는 일흔세 살에 머리는 희끗해도 여전히 "번듯한 미남"이었으나, 기관지염을 앓고 있었다.[26] "나는 아버지를 꽤 자주 만났다. 우리는 늘 서로를 좋아하고 이해했다." 로절린드는 이렇게 회상했다.[27] 아치는 죽음을 생각하고 있었고 딸에게 편지를 보내 그런 이야기를 하기도 했다. "죽음이 느닷없이 찾아오곤 한다"는 것을 깨닫고 아치는 로절린드의 편지를 다시 읽은 다음 다른 사람이 읽지 못하게 찢어버렸다. 아치는 로절린드의 편지에 대해 이렇게 말했다. "아주 좋고, 새로운 생각이 담겨 있고, 어떤 것은 아주 다정했어! …… 사랑하는 늙은 아비가."[28] 이렇듯 절제하고 말을 아끼고 사생활을 지키려는 태도가 두 사람의 공통점이었다.

그러나 매슈를 할아버지에게 소개하려는 계획이 실행에 옮겨지기 전인 1962년 12월 20일 아치는 서리주 고달밍에 있는 집 주니퍼 힐에서 세상을 떴다. 너무 오래 미룬 셈이 되고 말았다.

로절린느는 나중에 아버지가 애거사 크리스티의 이야기 속 악당이 된 것에 유감을 표했다. "아버지가 차갑고 감정이 없는 사람으로 그려진 것이 싫다."[29]

하지만 그건 어머니의 소행이었다. 애거사가 자서전을 쓸 때 아치를 그런 모습으로 그리기로 했기 때문이다. 애거사는 아치를 용서할 수도 잊을 수도 없었다. 그게 로절린드에게도 영향을 미쳤다. 로절린드는 아버지를 만나는 것이 좋았으나 어머니는 "우리 사이가 가까워지는 것을 받아들이는 척하기 힘든 듯했다".[30] 그래서 일정한 거리를 유지할 수밖에 없었다. 로절린드는 아치와 낸시의 아들인 배다른 동생 보도 아버지 장례식 이전에는 만나보지 못했다. 애거사의 손자 매슈는 이렇게 말한다. "내가 태어나기 전의 일이 가족 사이에 장벽을 쌓았다는 사실이 나에게는 비극이다."[31] 1926년, 트라우마를 남겼고 언론에 시달렸던 그해가 정말 오랜 세월 동안 이 가족을 놓아주지 않고 괴롭힌 셈이다.

아치가 죽은 이듬해인 1963년 아치의 동생 캠벨도 사망했다. "가스가 가득 찬 자기 집 부엌에서 숨진 채 발견되었다." 아버지의 정신적 문제를 떠올리지 않을 수 없는 사건이었다.[32] 애거사는 아치와는 거리를 두었지만 캠벨과는 계속 연락을 주고받았다. 캠벨은 극작가로 성공했다. 애거사는 캠벨을 가족의 일원으로 받아들였다. 조카 잭와츠도 늘 곁에 있었고, 매슈가 옥스퍼드대학교에서 만난 앤절라 메이플스와 결혼하면서 그린웨이의 가족은 더 늘었다.[33] "매슈가 결혼한다니 기뻐." 애거사는 이렇게 썼다. "정말 괜찮은 아가씨야." 옥스퍼드대학교를 졸업한 매슈는 그린웨이의 단골 손님인 출판업자 앨런 레인 밑에서 일하게 되었다. 매슈가 결혼하면서 세대교체가 일어났다. 매슈와 앤절라는 남웨일스에 있는 프리처드 저택 풀리우라흐로 갔고, 로절린드와 앤서니는 그린웨이와 애거사를 더 잘 돌보기 위해 그린웨이 부지 안에 있는 페리 코티지로 들어왔다.

이 많은 인물이 그린웨이의 여름 동안 각자의 역할로 일상을 수행했고 애거사는 자기가 작가가 아닌 척하며 행복해했다. "일하는 건 한 번도 본 적이 없어요." 그린웨이의 단골 한 명이 말했다. "완벽한 안주인답게 항상 자리를 지키며 어울렸죠." 그러니까 절대로 "자리에서 일어나며 '이제 가서 글을 써야 해요'라고 말하고 방에 틀어박히지 않았다"는 이야기다.[34] 그럼에도 애거사는 글을 쓰고 있었다. 애거사의 친구 A. L. 로스A.L. Rowse가 말했듯 애거사는 "강박적인 작가였다. 글쓰기가 곧 삶이었다. 아니면 두 가지 삶 가운데 하나라고 할까. 겉으로 보기에는 완전하고 정상적인 사교 생활, 가족, 두 차례의 결혼, 친구들, 손님 초대, 접대, 집 안 관리(매우 잘했다), 쇼핑(매우 즐겼다) 등을 다 했으니 말이다".[35] 편집자인 필립 지글러도 그린웨이에 여러 차례 손님으로 초대받았는데, 애거사가 타자기를 손에서 놓지 못하는 것을 보았다. "그 어떤 것도 애거사가 일정 시간 작업에 몰두하는 것을 막을 수 없었다."[36]

그러나 세월이 흐를수록 그린웨이에 필요한 직원을 찾기가 힘들었다. 1950년대에, 전직 병원 요리사였던 조지 가울러George Gowler가 그린웨이에서 집사를 구한다는 광고를 보고 지원했다. 런던에서 애거사와 면접을 보았는데 집사 경력이 없음을 고려하면 놀라울 정도로 잘 해냈다. 배우인 친구가 가울러에게 연미복을 주었고 가울러는 데번에서 새 삶을 시작하러 런던을 떠났다. 가는 길에 패딩턴역에서 《집사가 되는 법*How to Be a Butler*》이라는 소책자를 구입했다.[37]

가울러는 그린웨이에 아내와 할머니와 함께 정착했다. 애거사가 마요네즈를 만들러 부엌에 오거나 하면 애거사와 즐겁게 이야기를 나누기도 했다.[38] 가울러네 텔레비전이 집 안에 한 대뿐인 텔레비전이라 때로 애거사의 가족이 경마나 골프를 보러 모여들기도 했다. 에드워드 시대 애시필드와 달리 그린웨이는 고용주와 고용인 영역의 구분이 없었다.

가울러는 자기 역을 수행하기를 좋아해서 저녁 식사 때가 되면 징을 울리고 손님들에게 마술을 선보이기도 했다. 가울러는 존중받는 느낌을 받았다고 한다. "애거사를 고용주로 생각하지 않았다. 애거사는 친구였고 우리는 하나로 얽힌 가족 같았다. …… 나는 애거사를 마치 여왕의 모후처럼 존경했다." 가울러는 타고난 연기자라 나중에는 연기를 직업으로 삼았고 '애거사 크리스티의 집사'로 살았던 시기를 들려주며 생계를 꾸렸다. 그러다가 오리엔트 특급 열차를 타고 여행할 기회도 생겼는데, 기차 안에서 "믿을 수 없을 정도로 많은 촬영과 연회가 있었다".[39]

가울러의 연극적 성향은 애거사의 책에 등장하는 무수한 인물이 가사 노동을 연극적으로 수행하는 모습과 잘 맞아떨어진다. 《애크로이드 살인 사건》 같은 초기작에서부터 하녀가 사실은 신분을 감추고 있던 가족임이 밝혀진다. 애거사가 젊을 때 자기는 쉽게 하녀인 '척' 할 수 있다고 말하자 아치는 미심쩍어했지만 애거사가 옳았음이 나중에 입증되었다. 전쟁 때 매슈를 돌보던 유모가 애거사를 요리사로 오해했으니까. 매지는 거기에서 한 걸음 더 나아가 애브니홀에서 '진짜' 하인을 구할 수 없게 되자 자기가 하녀인 척했다. 이렇듯 외형을 바꾼다는 아이디어는 애거사가 연극에 매혹된 이유이기도 했다. "연극의 세계만큼 우리를 실제 세계와 사건으로부터 멀리 데려가주는 것은 없다고 생각해요." 애거사는 에드먼드 코크에게 이렇게 말했다. "정말 기묘한 사람들이에요!"[40]

가족 자체도 유동적이며 이성 부부가 결합해 아이 둘을 낳는 관습적 가족보다 훨씬 복잡한 것일 수 있다는 생각이 또 다른 '크리스티 트릭'으로 이어진다. 오래된 트릭이지만 1960년대 소설에 특히 자주 등장한다. 겉으로 드러나지 않았던 가족의 존재. 애거사의 소설에서는 오랫동안 만나지 않은 가족 구성원이 새로운 정체로 재등장할 때가 많다. 《깨어진 거울》에서는 걷잡을 수 없이 확장된다. 살인자의 양녀가 등장할 뿐 아니라 완전히 존재를 잊고 있었던 남편까지 등장한다.

가족의 경계가 모호해지는 것에 더하여, 전후에 애거사는 섹슈얼리티를 플롯에 사용하는 데 점점 능숙해진다. 비평가 페이 스튜어트Faye Stewart가 '라벤더 청어lavender herrings'라고 부른 것을 특히 잘 쓴다.[41] 동성애자라는 사실이 유죄를 암시하는 듯 보이는 인물을 가리키는 말이다. 《에지웨어 경의 죽음》에서 역겨운 인물인 로드 에지웨어는 집사와 어떤 관계가 있는 듯 암시되고, 《살인은 쉽다》에서 엘스워디 씨는 "여성스러운 입", "조붓한 걸음걸이"부터 골동품상을 운영하는 것까지 긍정적으로 봐줄 구석이 하나도 없는 인물로 묘사된다. 그렇지만 이런 부정적인 분위기는 전적으로 속임수다. 두 인물 다 결백하다.

시간이 흐르며 애거사의 소설 속에서 동성애자 인물이 더욱 두드러지고 동시에 공감도 깊어진다. 희곡 〈쥐덫〉에서는 동성애자인 크리스토퍼 렌과 미스 케이스웰의 섹슈얼리티를 명시적으로 언급하지는 않는다. 그랬기 때문에 검열관도 이 인물들을 "기묘한 사람들"이라고만 언급하고 통과시켰다.[42] 크리스토퍼 렌은 비록 과장된 희화화이긴 하나[원작 대본에는 그의 목소리가 '팬지pansy(남성 동성애자를 비하해서 부르는 말-옮긴이) 목소리'라고 적혀 있다] 그래도 매력적이고 유쾌한 인물이다.[43]

크리스토퍼 렌에서 한 걸음 더 나아가, 1950년 작품인 《살인을 예고합니다》에서는 레즈비언 커플을 한층 공감하며 그렸다. "남자처럼 짧은 머리카락"에 "남자 같은 자세"의 미스 힌치클리프는 파트너 미스 머거트로이드의 죽음에 깊은 슬픔을 느낀다.[44]

후기작에서 애거사는 차이에 더욱 관용적이다. 예를 들어 《시계들The Clocks》(1963)에서는 다양한 비장애인이 시각장애인인 밀리센트 페브마시를 과소평가하는 모습이 보인다. 당연하지만 푸아로는 페브마시를 허투루 보는 오류에 빠지지 않는다. 푸아로는 장애인이 할 수 없는 일에 집중하는 일반적 의학적 모델 대신, 만약 세상이 장애인이 쉽게 활동하게끔 설계되어 있다면 장애인도 무슨 일이든 할 수 있다고 보는 사회적 장애 모델을 채택한다.[45] 1963년 상업 소설에서는 극히 찾아보기 힘든 관점인데, 애거사가 보수적인 작가라고 생각하는 사람들은 이런 파격적인 사고를 미처 발견하지 못하고 놓치고 만다.

오늘날 내셔널 트러스트가 관리하는 아름다운 그린웨이는 쉽게 방문할 수 있고 1960년대 전성기의 모습을 만끽하게끔 세심하게 꾸며져 있기 때문에 그린웨이가 애거사의 가장 중요한 삶의 방식이었다고 생각하기 쉽다.

그렇지만 사실 이곳은 공연장이라는 생각을 입증할 만한 근거가 있다. 많은 사람이 간과하는 사실이지만 애거사는 실제로는 그곳에 살지 않았다. 그린웨이는 장려한 곳이기는 하나 애거사에게는 그냥 별장이었다. "실제 삶이 아니었다"고 매슈는 말한다.[46]

실제 삶, 실제 일은 전혀 다른 곳에서 이루어졌다. 그 이야기는 곧 하겠지만, 그 전에 먼저 애거사 말년의 최대 업적을 살펴보기로 하자. 바로 미스 마플이다.

38

여성 탐정의 탄생

맥스는 자기 아내가 페미니스트가 아니라고 항변한 적이 있다. "그럴 필요가 없었다." 맥스가 말했다. "애거사가 여성 해방에 관심을 가질 이유가 있나."[1] 그럴 만도 하다. 애거사는 '숙녀다움'이라는 빅토리아 시대의 핵심 품성을 유지하면서도 대체로 삶에서 자기가 원하는 것을 얻을 수 있었다.

숙녀답다는 것은 반페미니즘을 표방하는 것이기도 했다. "남자의 두뇌가 여자보다 뛰어나지 않나요?" 애거사는 이렇게 말하곤 했다.[2] 그렇지만 사실 애거사는 '숨은' 페미니스트라고 말할 수 있다. 말보다 행동으로, 그리고 소설 속 인물들을 통해 더 큰 목소리를 내는 사람이었다.

애거사의 소설에서 가장 두드러지는 메시지는 선이 악을 이긴다는 것과 함께, 약자도 승리할 수 있다는 것이다. 푸아로라는 인물은 우스꽝스럽고 조그맣고 자만심 넘치는 사람이 불리한 상황에서도 승리하는 모습을 보여준다. 게다가 이후에 등장한 여성 탐정들은, 노인 특히 여자 노인이 겉으로 보이는 것보다 훨씬 많은 것을 세상에 내놓을 수 있음을 드러낸다. "여자들은 한데 뭉쳐야 해요." 제인 마플은 이렇게 자신의 창조자가 하지 못한 말을 한다.[3]

미스 마플이 1930년 《목사관의 살인》으로 첫 장편 데뷔를 했을 때 도러시 L. 세이어스는 그 의미를 바로 간파했다. "정겨운 노친네들, 여성 탐정으로 유일하게 가능한 유형이죠. …… 당신의 최고 걸작이라고 생각해요." 세이어스가 애거사에게 쓴 편지다.[4]

미스 마플이 몇 단계를 거쳐서 발전했으며 그 단계가 애거사에게는 격변과 고통스러운 성장의 시기였음은 이미 앞에서 살펴보았다. 미스 마플의 초기 원형은 빅토리아 시대 사람인 애거사의 이모-할머니다. 애거사는 미스 마플이 "우리 할머니의 일링 측근들 가운데 일부를 닮은 노부인"이라고 말한 적이 있다. 미스 마플의 '전기'를 쓴 비평가 피터 키팅은 1920년대 애거사가 심리치료를 받은 후 그리고 힘들었던 전쟁 기간에 미스 마플이 소설 속에서 정신분석가 역할을 하기도 한다는 점에 주목한다. 그러나 전쟁이 끝난 후에는 애거사 본인처럼 미스 마플도 사람들과 거리를 두고 은둔한다. 그 대신 미스 마플은 사회의 변화를 논평한다.

그래서 미스 마플이 등장하는 후기작에서는 퍼즐 요소가 상대적으로 덜 중요하다. 바로 그런 이유 때문에 마플보다 푸아로를 선호하는 독자들도 있다. 그렇지만 그러다가는 미스 마플의 모든 것을 관찰하는 눈이 주는 재미를 놓치고 만다. 게다가 글보다 애거사 크리스티 본인에게 관심을 두고 생각해보면, 애거사에게는 벨기에인 탐정보다 미스 마플이 훨씬 더 중요했음을 알 수 있다.

무엇보다도, 애거사는 거의 늘 현재를 배경으로 이야기를 쓰는데 그러자니 푸아로가 도저히 맞지 않는 부분들이 있었다. 푸아로는 "시간이 흐를수록 비현실적이 된다"고 애거사가 1966년에 시인했다. "사건을 수임하는 사설탐정이라는 것이 요새는 존재하지 않는다. …… 미스 마플의 경우에는 그런 문제가 없다."[5]

애거사는 미스 마플의 사생활을 자기 사생활만큼이나 철저히 지켰고, 제인 마플의 과거사는 거의 드러내지 않았다. 한번 미스 마플이 (애거사 본인처럼) 간호사였고 아픈 사람을 "많이 돌보았다"고 지나가듯 흘린 일은 있다. 1930년부터 미스 마플은 예순다섯 살 언저리의 나이를 유지했고, 결국 애거사가 그 나이를 따라잡게 된다. 그이후로 두 사람은 함께 나이를 먹는다. 애거사처럼 미스 마플도 가정적인 면(마플의 경우에는 정원 가꾸기를 좋아한다는 것)을 이용해서, 원치 않는 관심이 가공할 만한 두뇌가 아니라 다른 쪽으로 향하도록 유도한다.[6]

미스 마플은 범죄 해결이든 뭐든 "남자가 하는 편이 더 쉽다"고 말한 바 있다.[7] 그렇지만 마플은 여자이기 때문에 수사의 새로운 영역을 열 수 있었다. 여성 탐정은 여성의 몸에 감추어진 단서나 여성의 위장을 더 예민하게 간파할 수 있다. 예를 들어 《살인은 쉽다》에서 탐정 보조 역할을 하는 브리짓은 살해당한 하녀 에이미가 자기 모자를 다홍색으로 색칠했을 리가 없다는 사실을 알아차린다. 에이미의 붉은 머리와 절대 어울리지 않는 색이기 때문이다. 이와 비슷하게 《서재의 시체》에서 미스 마플은 피해자의 금발이 원래 머리카락 색이 아님을 알아차린다. 미스 마플은 사건의 중심에 있는 젊은 여성을 연민 어린 시선으로 관찰하는데, 이렇듯 젊은 여성들에게 공감하는 모습을 평생 꾸준히 보인다. 고아 소녀를 훈련시켜 하녀로 취직시키고, 남자 미용사를 압박해 임신시킨 여자와 결혼하게 만들고, 자기 세대 독신 여성들이 참여한 광범위한 활동에 한 역할을 보탠다. "지난 50년을 돌이켜 보며, 무급이든 유급이든 독신 여성이 한 일을 빼고 생각해보라." 1953년 소머빌 칼리지의 학장이 쓴 글이다. 그들은 간호, 교육, 보육을 변화시키며 "회의에서 발언하는 한편 봉투에 주소를 적는 잡일도 했다".[8]

후기의 미스 마플은 사회 복지사 같은 면을 띤다. 피터 키팅은 성숙기의 미스 마플 소설은 미스터리라기보다 '영국의 현 상황'에 관한 소설이라고 말한다. 《마술 살인》에 나오는 비행 청소년 시설의 실패, 《주머니 속의 호밀》 속 부패한 사업가의 파탄 난 가정, 《패딩턴발 4시 50분》에 나오는 이기적인 시골 사유지 소유주 등 모두 영국이 잘못된 방향으로 가고 있다는 애거사의 시각을 보여준다. 그렇지만 이런 곳에서도 단 한 명의 할머니가 선한 힘을 미칠 수 있다.

혹은 미스 마플은 최소한 애거사가 생각하는 '선'을 표방하는 힘이었다. 애거사는 부유하고 성공한 여성이고 사회적으로 보수적이고 1890년에 태어났으며 사형제도를 지지하는 사람이었다. 자서전에서 애거사는 사형을 대체할 방안은 악인을 "원시적인 사람들만 사는 광활한 황무지"로 보내버리는 것이라며 혐오 표현을 서슴지 않는다. 1960년대가 지나가면서 미스 마플과 그의 창조자는 점점 더 엄혹하고 무시무시해진다.

예를 들면 《주머니 속의 호밀》에서 미스 마플은 복수심에 불타 분노하며 강력해진다. 살해당한 하녀에게 저질러진 사악함에 미스 마플은 격분한다. 비실비실한 할머니가 "복수심에 불타는 분노의 일반적 이미지와는 거리가 멀지만 …… 지금 미스 마플이 바로 그것일지 모른다"라는 말이 나온다.

미스 마플의 고향 세인트 메리 미드 마을이 배경으로 등장하는 마지막 작품은 《깨어진 거울》이다. 이곳에도 1960년대가 도래했다. 애거사는 이제 일흔두 살이 되었으나 여전히 변화에 민감했다. 마을에는 식료품점 대신 슈퍼마켓이 들어왔다. 주민들은 아침에 베이컨 대신 시리얼을 먹고, 마을 가장자리에는 새로운 '개발'이 시작되었다. 세인트 메리 미드는 변했지만 타락하지는 않았다. "새로운 세상도 옛 세상과 똑같았다." 미스 마플은 이렇게 생각한다. "옷이 다르고, 목소리가 다르지만, 인간은 언제나 그랬던 것과 똑같았다."

애거사의 말년 작품에는 이따금 회상 장면이 등장하는데, 초기 작품에서라면 플롯 진행을 방해한다고 빼버렸을 법한 부분이다. 예를 들어 《복수의 여신*Nemesis*》(1971)에서 미스 마플은 《타임스》의 레이아웃이 혼란스럽게 바뀌었다는 사실에 한참 골몰한다. 작가에게 익숙한 경험을 글에 담는 재미 때문에 넣은 부분이다. 그렇지만 미스 마플은 시대를 따라가려는 노력을 멈추지는 않는다. 《버트럼 호텔에서 *At Bertram's Hotel*》에서 미스 마플은 "누구도 과거로 돌아갈 수는 없다. 삶의 본질은 앞으로 나아가는 것이다"라고 생각한다. 이 책은 1965년에 나왔는데, 1960년 당시 영국의 총리 해럴드 맥밀런Harold Macmillan이 아프리카의 옛 영국 식민지의 독립은 불가피하다고 말

한 유명한 연설에 등장하는 '변화의 바람'이라는 말이 두 번이나 등장한다.[9]

미스 마플은 점점 쇠약해져서 《깨어진 거울》에서는 독자들에게 작별을 고하려는 듯 보인다. 분명 세인트 메리 미드와는 이것으로 작별이었다. 그렇지만 애거사는 미스 마플이 등장하는 책을 세 권 더 썼다. 《카리브해의 미스터리*A Caribbean Mystery*》(1964), 1960년대 범죄와 셀러브리티 문화를 다룬 《버트럼 호텔에서》, 그리고 미스 마플의 마지막 작품인 《복수의 여신》이다. 애거사가 1965년에 쓴 노트를 보면 "내셔널 트러스트 정원 투어"라는 아이디어가 적혀 있다. 이 아이디어는 미스 마플이 영국의 역사적 고택을 둘러보는 버스 투어를 하다가 살인 사건에 휘말리는 이야기로 발전한다.[10]

미스 마플은 삶의 마지막 단계에서 세인트 메리 미드를 떠나면서 점점 더 자신의 창조자와 겹치는 부분을 늘려간다. 애거사가 1956년에 갔던 바베이도스 여행을 떠나고, 호화로운 호텔에 묵고(애거사가 늘 즐겼던 일), 마지막으로 《복수의 여신》에서는 부자가 된다. 마지막 책의 제목(네메시스)은 그리스 신화에 나오는 여신의 이름으로, 미스 마플이 초인간적인 존재가 되었음을 암시한다. 가부장제 이전 고대의 가혹한 여신 네메시스의 현대판인 것이다.[11]

초인간적일 뿐 아니라 거의 비인간적이기도 하다는 것을 인정할 수밖에 없다. 미스 마플에게는 이런 면이 오래전부터 있었다. 1950년에 《살인을 예고합니다》에서 어떤 인물이 미스 마플을 보고 "엄격한 입술과 평소에는 온화해 보이는 파란 눈에 비치는 냉혹하고 서늘한 빛. 준엄함, 단호한 결의"를 언급한다. 《복수의 여신》에서 미스 마플

은 다른 신화적 인물, 곧 운명의 여신들을 상징하는 세 자매와 동성
에 대한 욕망에 얽힌 범죄를 다룬다. 말년의 미스 마플은 인간의 정
의나 법 따위는 신경 쓰지 않는다. 이 소설에 등장하는 내무부 장관
의 말을 빌리면, 미스 마플은 "내가 만나본 가장 무시무시한 여자"가
된다.

선과 악, 옳고 그름에 대한 애거사의 신념이 말년으로 갈수록 작
품에 강하게 영향을 미친다. 무의식적인 동기나 1930년대의 '심리
적' 접근은 더는 애거사의 흥미를 끌지 못했다. 1950년 작품에서 크
래독 경감이 한 말이 작가 본인의 생각을 반영하는 듯 보인다. 크래
독은 "요즘 아무 데나 갖다 붙이는 번드르르한 심리학 전문용어에
염증이 난다"고 말한다.[12] 애거사는 영국 전후 사회가 범죄에 대해
취한 '심리적' 접근이 지나치게 느슨하고 관대하며 잘못이라고 생각
하게 되었다. 미스 마플도 같은 생각이었다.

애거사는 시대를 따라가고 싶어 했으나, 이런 메시지는 오히려
관용적인 사회의 수사에 공감하지 못하는 구식 독자들에게 와닿았
다. 침묵하는 다수의 독자는 미니스커트를 입지 않고 사실은 미니스
커트를 입는 소수를 못마땅하게 여기는 사람들이었다. 이들은 "크리
스마스에는 크리스티"가 현대의 도덕극(맥스가 애거사의 작품을 묘사
하는 데 쓴 표현이다)이라거나 "어른들을 위한 동화"라는 생각에 공감
했다.[13]

어른들을 위한 동화라는 생각은 애거사가 전후에 동요의 일부
를 책 제목으로 쓰면서 더욱 강화되었다. 《맥긴티 부인의 죽음*Mrs.
McGinty's Dead*》(1952), 《주머니 속의 호밀》(1953), 《히코리 디코리 독》

(1955) 등 모두 동요를 제목으로 삼아 "동심의 세계 속에 깃들어 있는 악"을 암시한다.[14] "나는 동요가 좋아요. 당신은 아닌가요?"《쥐덫》의 한 인물이 말한다. "하나같이 비극적이고 섬뜩하죠."[15]

애거사 크리스티에게 단골로 가해지는 비판 중 하나는 작품 세계가 좁고 등장하는 인물의 범위가 편협하다는 것이다. 그렇지만 역사가 질리언 길은 정반대의 주장을 펼친다. 애거사의 시야가 좁기 때문에 작품의 상력한 어둠이 만들어졌다고 말한다.

어린 시절과 마찬가지로 세인트 메리 미드도 악이 존재해서는 안 되는 곳이다. 미스 마플은 여유로운 중산층 사람들이 익숙하게 여기는 환경에서 움직인다. "부유하고 점잖은 사람들의 특권적 세계 밖에, '우리'가 모르는 사람들 사이에 폭력을 위치시키는 게 아니라, 크리스티는 바로 우리 사이에 그것을 놓는다"라고 길은 설명한다.[16] 초콜릿 상자 같은 영국의 마을도 악을 품고 있다. 미스 마플은 "부자연스러운 섹스, 강간, 근친상간, 온갖 종류의 변태 성욕에 대해 **말하고 싶지는 않다**"고 말하지만, 그래도 "그것에 대해 안다".[17]

미스 마플이 등장하는 소설은 종종 '코지cozy' 범죄 소설로 분류되지만 사실은 대담하고 어둡고 불편한 세계관을 담고 있다.

미스 마플과 그의 창조자에게는 환상이 없다. 이들은 악은 **어디에나** 있다고 믿는다. 어떤 인간관계에나. 우리 중 누구에게나.

39
떠나야 할 때를 아는 것

"떠나야 할 때를 아는 것, 살면서 반드시 필요한 것 가운데 하나다. 힘이 빠지기 시작하기 전에, 능력이 쇠퇴하기 전에, 타성에 젖기 전에 떠나는 것."

애거사 크리스티의 《비둘기 속의 고양이*Cat Among the Pigeons*》 (1959)에 나오는 교장 미스 불스트로드가 자신의 명문 여학교의 앞날을 생각하며 하는 말이다. 애거사의 책을 출판하는 팀도 같은 질문을 던지고 있었다. "애거사에게 이 말을 전하진 말고요, 하지만 이번 건 애거사 최고의 작품은 아니지 않아요?" 1960년에 미국 에이전트가 쓴 편지다.[1]

애거사 크리스티의 진성 팬들은 애거사의 후기작에서도 독특한 풍요로움과 깊이를 발견하고 사랑한다. 그렇지만 1960년대에 애거사가 영화와 텔레비전을 통해 더욱 널리 알려지고 초기 작품들이 영화화되면서 애거사는 이전과 또 다른 존재가 되었다. 전통적인 브랜드의 지위를 얻은 것이다. 새로 나오는 책의 품질은 이제 별로 중요하지 않았다. 사람들은 표지에 애거사의 이름이 적혀 있다는 이유만으로 책을 살 것이다. 애거사도 그 사실을 잘 알았다. "어쩌면 똑같은 책을 쓰고 또 쓸 수도 있겠지. 그래도 아무도 눈치 못 챌 거야."[2] 애거사는 노력을 덜 하기 시작했다.

애거사는 《세 번째 여인*Third Girl*》(1966)에서 시대를 따라가며 1960년대를 묘사하려 했고 환각제, 아파트를 세 내어 사는 젊은이들의 흥청망청한 삶 등을 소설에 담았으나 설득력 있는 탐정 소설을 만들어내지는 못했다.[3] 그런데 다음에 애거사는 1967년 《끝없는 밤》으로 더 큰 도약을 했다.

이례적이게도 애거사는 이 책을 젊은 노동계급 남성 사이코패스의 관점에서 썼다. "사람들이 고개를 절레절레 흔들었다." 애거사는 이렇게 회상했다. "'시골 부인네가 이런 인물을 어떻게 다루겠다고?' 라고 말하는 것 같았다. 완전히 망쳐버리고 말걸!' 난 망쳤다고 생각하지 않는다. …… 우리 집 청소부가 하는 말, 친척들이 하는 말에 귀를 기울였다. 나는 상점, 버스, 카페를 좋아한다. 그런 곳에서도 귀를 열고 있다. 그게 비결이다."[4] 《끝없는 밤》은 단 6주 만에 완성했다. 애거사가 단기간에 몰입해서 쓴 마지막 책이다. "지금까지 썼던 책과는 조금 다른 책입니다." 애거사는 출간 전 인터뷰에서 이렇게 설명했다. "더 진지하고, 사실상 비극입니다." 윌리엄 콜린스, 선스는 이 책이 어떻게 받아들여질지 전전긍긍했다.

그렇지만 걱정할 필요가 없었다. 어조는 달랐지만, 《끝없는 밤》은 한 가지 중요한 면에서 익숙했다. 범인이 이야기를 들려주게 하는 장치는 40년 전《애크로이드 살인 사건》에서 썼던 핵심 장치였다. 독자들은 여전히 매혹되었다.《가디언》은 "성공적인 작가가 지금까지 내놓은 작품 가운데"에서도 "가장 파괴적인" 충격을 담은 책이라고 했으며《선Sun》의 비평가는 "이번에도 또 속았다"고 인정했다.

애거사는 '스릴러'도 계속 써서 1970년에는《프랑크푸르트행 승객Passenger to Frankfurt》을 내놓았다. 오늘날 기준으로 보면 완전히 정신 나간 작품으로밖에 읽히지 않는 엄청난 책이다. 그런데도 애거사의 80세 생일과 맞물린 대대적 홍보에 힘입어 베스트셀러 목록에 여섯 달 넘게 머물렀다.[5]

이 책을 구상할 때 쓴 노트를 보면 주인공이 맞서야 하는 사악한 조직에 편입될 수 있는 것들의 심란한 목록이 있다. "테러리스트 활동, 미국 대학, 블랙 파워 등. 이런 것들이 지난 50~60년 동안의 폭력의 부상과 매혹, 가학성을 설명해준다. 모두 젊은이의 이상주의를 먹고 자란다."[6]

애거사는 히틀러가 몰래 정신병원에 숨어서 제2차 세계대전 후까지 살아남았고 아들을 낳아 사악한 계획을 이어간다는 줄거리를 짜냈다. 플롯은 엉성하지만 그래도 독자들을 끌어당기는 강력한 분위기가 있긴 했다. 당시 독자들은 현대성에 공포를 느꼈고 도시에서 일어나는 학생 시위를 통제 불가능한 폭력으로 보았다. 한 열성 팬은《프랑크푸르트행 승객》을 "현대의《천로역정》이다. …… 스릴러라는 수단을 이용해 작가가 바라보는 세상을 진지하게 그려냈다. 베르디가 레퀴엠 미사를 작곡할 때 자기가 가장 잘 아는 오페라의 언어를 사용한 것처럼"이라고 평했다.[7] 만약 이것이 애거사가 바라본

1970년의 세계라면, 참으로 암울한 세계였다.

한편, 애거사의 책을 펴내는 쪽에서는 문제가 점점 커진다고 느꼈다. 미국 에이전트 해럴드 오버가 1959년에 사망하고 도러시 올딩이 그 자리를 이어받았다. 올딩은 옛 뉴욕 상류층의 전형적인 멋진 여성으로 드라마 〈매드 멘*Mad Men*〉에 나오는 인물처럼 차려입고 시가렛 홀더로 담배를 피웠으며 타협이란 것을 몰랐다. 올딩은《프랑크푸르트행 승객》의 원고를 읽고 당황했다. "이 책에 크게 실망했다. 스파이 소설을 어설프게 모방한 듯한데 그나마도 더럽게 못했다."[8]《뉴욕 타임스》도 같은 의견이었다. 이런 평이 실렸다. "누구라도 나쁜 소설을 쓸 수 있다. 그렇지만 누군가가 나서서 출간하지 못하도록 막아야 한다."[9]

하지만 전문가들의 의견과 무관하게 독자들은 여전히 이런 책을 읽고 싶어 했다.《프랑크푸르트행 승객》의 엄청난 상업적 성공 뒤에 에드먼드 코크는 앞선 의견을 철회해야 했다. 애거사에게 보낸 편지에서 이렇게 말했다. "《프랑크푸르트행 승객》에 대해 하신 말씀이 전적으로 옳았습니다. 저는 원고에 뭔가를 해야 한다고 생각했지만, 그렇지 않았고요, 압도적으로 가장 큰 성공을 거둔 책이 되었습니다."[10]

특히 뛰어난 몇몇 작품을 쓸 때를 제외하면 애거사는 철저하고 성실하게 일관성을 유지하려고 애쓰지 않았다. 예를 들어 푸아로는 화이트헤이븐 맨션에 사는데, 또 어떤 때는 화이트하우스 맨션에 산다.《잠자는 살인》에서는 사무실 직원, 호텔 접수원, 기차 승객이 우연하게도 내러코트라는 똑같은 이름을 갖고 있다. 이 이름은 또 다른 세 권의 책에서 하녀, 뱃사공, 경찰의 이름으로도 나온다.[11]

그런데 이제는 더 쉽게 눈에 뜨이는 작은 실수들도 있었다. 올딩은《버트럼 호텔에서》를 읽고 이런 의문을 품었다. 미스 마플이 어떻게 이 인물이 다른 인물의 딸이라는 것을 알았지? "그저 너무 똑똑해서 추리"한 걸까?[12] 그렇지만 이런 의견을 전달하기는 어려웠다. 애거사의 딸조차도 차마 그러지 못하고 있었으니. 1971년, 애거사의 고집으로 마지막 희곡 〈피들러스 파이브*Fiddler's Five*〉를 브리스틀에서 무대에 올렸다. 로절린드는 이 연극을 브리스틀에서 런던으로 옮겨서 훨씬 가혹한 평가를 마주하게 하지 말라고 간곡히 말했고, 코크도 걱정이 많았다. "언론의 비판을 받을 수 있다는 사실을 직시해야 합니다."[13]

그런데 애거사가 화를 내며 반발했다. "왜 그렇게 반대하는지 모르겠다." 애거사가 로절린드에게 신랄하게 말했다. "너나 매슈나 해리슨 홈스 자선 요양원이나 등등 회사에서 이익을 얻는 사람들이 수익에서 자기 몫을 거부할 것도 아니면서." 애거사는 로절린드의 비관주의에 해묵은 감정이 있었던 탓에 아예 독설을 내뱉었다. "내가 책에만 매달리도록 만드는 데 네가 성공했다면, 〈쥐덫〉도 없었을 것이고 〈검찰 측의 증인〉도 〈거미줄〉도 없었을 텐데. …… 살면서 위험을 감수하지 않으려면 차라리 죽는 게 낫겠지."[14]

그렇지만 로절린드가 걱정하는 데는 그럴 만한 이유가 있었다. 〈피들러스 파이브〉에는 세금을 내지 않고 피하는 사람들이 나오기 때문이었다. "팬들은 어머니 작품을 좋아하고 어머니도 엄청나게 좋아하지요." 로절린드는 어머니를 설득하려고 애썼다. "하지만 이 희곡은 어머니에게 걸맞지 않아요. 이 극에서는 사람들이 범죄를 저지르고 도망치잖아요. …… 우습게 그려지긴 했지만 저는 재미있다고 생각 안 해요."[15]

에드먼드 코크도 여러 다양한 편지 공격을 당했다. 여섯 쪽에 달하는 애거사의 폭언은 이렇게 시작한다. "첫째로, 내 출판사나 다른 사람들이 제멋대로 처리하는 어리석고 매우 짜증 나는 일들을 내가 더 엄격하게 통제해야겠어요. …… 나는 당신들을 위해 일하는 서커스 개가 아니에요. 내가 바로 작가인데 나 자신을 부끄러워해야 한다는 것은 비참한 일입니다."[16] 이 편지는 늙은 리어왕의 질타처럼 들린다.

그러나 최근 애거사 말년 작품의 쇠퇴에 관해 더 슬픈 설명이 나왔다. 애거사가 사용한 언어를 분석해보면 애거사가 알츠하이머를 앓기 시작했을 가능성이 있다는 것이다. 애거사는 원래도 복잡한 구문을 구사하지는 않았다. 그렇기 때문에 다른 언어로도 번역이 잘되고, 시간이 흘러도 여전히 널리 읽힌다. 그런데 쉬운 구문이 더욱 단순해지기 시작한다.

《코끼리는 기억한다*Elephants Can Remember*》(1972)는 애리아드니 올리버가 마지막으로 등장하는 작품이다. 이 제목 자체가 81세가 된 작가의 정신을 짓누르고 있던 기억이라는 주제를 담고 있다. 토론토 대학교 언어 연구자들은 이 소설의 어휘가 애거사가 63세 때 쓴 《목적지 불명》과 비교했을 때 31퍼센트 줄었다고 계산했다. 또 이 팀에서는 애거사가 젊은 시절에 쓴 《스타일스 저택의 괴사건》에서는 "thing", "something", "anything" 같은 부정어不定語가 0.27퍼센트인 반면 83세 때 쓴 《운명의 문*Postern of Fate*》(1973)에는 부정어 비율이 1.23퍼센트로 늘었음을 발견했다.[17] 이 연구 저자 중 한 명인 이언 랭커셔Ian Lancashire는《코끼리는 기억한다》는 애리아드니 올리버의 쇠퇴하는 정신을 그린 작품으로도 읽힐 수 있다고 본다. 이 작품에서 미시즈 올리버는 마땅히 알아야 할 것을 잊어버리고 에르퀼 푸아로를 불러 도움을 청한다. 랭커셔는 이렇게 말한다. "이 소설은 어떤 일이 일어나고 있다는 것을 느끼면서도 도무지 대응할 수 없는 상황에 반응하는 저자의 모습을 보여준다. 이 소설의 범죄는 살해 후 자살이 아니라, 치매인 것처럼 보인다."[18]

이런 관점에서 보면 작품의 질이 하락했다는 비판과 그런 비판에 대한 애거사의 방어적 태도가 전혀 다르게 읽힌다. 우아하게 물러나지 않으려는 예술가에게 느끼는 답답한 마음이 어쩌면 병과 싸우고 있었을지 모르는 사람에 대한 연민으로 바뀐다.

애거사가 치매 진단을 받은 적은 없었다. 그렇지만 오늘날에도 사람들이 치매에 관해 말하기를 꺼리는데 1970년대에는 더욱 치욕스럽게 느꼈으리란 것을 생각해보면, 가슴 아프지만 충분히 진지하게 생각해볼 만한 가설이다.

어쩌면 애거사 주위 사람들은 애거사가 가장 소중한 자산인 지력을 조금씩 잃어가고 있음을 느꼈을지도 모른다.

10부

커튼

40

윈터브룩 하우스에서

1960년, 애시필드의 철거 계획이 허가되었다. 그 자리에는 아파트와 차고가 들어섰다. 주유소까지 세워 개발을 마무리하자는 제안도 나왔다.[1]

무슨 일이 일어나고 있는지 애거사가 알았을 때는 이미 너무 늦었다. 물론 애거사는 오래전 애시필드를 팔면서 모든 권리를 포기했다. 그렇지만 애거사 변호사의 아들은 애거사가 "그곳을 되사고 싶어 해서" "매우 뒤늦게 입찰"했다고 기억한다. 구매 제안이 거부되었을 때 애거사는 "아주, 아주 속상해했다".[2]

애거사는 그다음 이야기를 들려주었다.

1년 반이 지난 다음에야 바턴 로드로 차를 타고 가볼 결심이 섰다. …… 기억을 떠올리게 하는 것은 아무것도 남아 있지 않았다. 세상에서 가장 형편없고 조악한 집들이 들어서 있었다. …… 그때 딱 하나 남은 단서가 눈에 들

어왔다. 한때 멍키 퍼즐이었던 것의 그루터기가, 고집스레 남아 있었다.[3]

애거사의 소설은 가족과 집을 주제로 할 때가 많았고 그 뿌리에는 애시필드가 있었다. 애시필드가 정말로 사라지자 애거사는 어머니의 죽음 그리고 사라진 어린 시절을 다시 떠올렸다. 애시필드를 팔기로 결정한 것은 애거사 자신이었다. 그러나 애거사는 나중에 이런 기분이 들었다고 했다. "집이 없어진 느낌이었다. …… 애시필드가 그립다."[4]

애거사는 자서전의 마지막 장면을 이렇듯 시작한 곳, 토키로 돌아가서 마무리한다. 과거를 기억하는 것이 말년의 애거사에게는 가장 큰 기쁨이었다.

긴 산책은 불가하고, 아, 안타깝게도 해수욕도. 안심 스테이크도 사과도 생 블랙베리도(치아가 부실해서) 글자가 작은 책을 읽는 것도. 그렇지만 아직 남아 있는 것이 많다. …… 햇볕을 쬐며 앉아 있는 것. 졸음이 내려앉으면 …… 다시 기억을 떠올린다. **"나는 기억한다, 기억한다, 내가 태어난 집을."**

최근의 일이나 장소는 별 의미가 없어졌다. 일흔아홉 살 때 애거사는 낸시 닐의 존재에 대해서 처음으로 공개적으로 언급했다. "제 남편이 젊은 여자를 만났어요." 인터뷰어에게 한 말이다. 심지어 자신이 '터리사 닐'이라는 인물을 발명한 것에 대해서도 에둘러 말하는 듯하다. "자신의 운명을 자기가 쓸 수는 없지요. 운명은 닥치는 것이니까요. 하지만 자신이 창조한 인물을 통해서 하고 싶은 대로 할 수 있습니다."[5] 1926년의 자신의 행동에 대해 말한 것일 수도 있고 자신의 인생 철학을 밝힌 것일 수도 있다. 애거사 크리스티는 정말로 자신의 이야기를 스스로 써 내려간 여성이었다.

1970년 9월, 윌리엄 콜린스, 선스는 런던에서 애거사의 80세 생일 파티를 열자고 주장했다. 애거사는 깃털 모자, 캐츠아이 안경, 두 줄의 진주 목걸이를 착용하고 참석했다. 이때만큼은 사진에 불만스러워하지 않았다. 특히 오랜 세월 애거사의 책을 출판해온 빌리 콜린스의 사진을 마음에 들어 했다. "내 출판업자는 정말 잘생겼네요." 애거사가 콜린스에게 말했다.[6] 이 책은 애거사의 여든 번째 책이라 불리는 책의 출간 기념 파티이기도 했다. 출판사가 상당히 교묘하게 헤아려서 맞춘 수였다. 80권에 단편집도 포함시키고 영국판과 제목이 다른 미국판도 넣어 혼란스러운 목록이 되었다. 데번으로 돌아와서 디너파티를 했다. 애거사는 "**나**한테는 특별히 커다란 컵에 크림만 절반 채워서 주고, 다른 사람들은 샴페인을 마셨다"라고 전했다.[7]

1971년 새해, 여왕이 애거사를 대영제국훈장 사령관 여기사Dame Commander of the Order of the British Empire로 서훈한다는 발표가 있었다. 이렇게 해서 애거사는 마지막으로 이름을 바꾸게 된다. '데임 애거사'(Dame은 여성 기사에게 붙는 칭호로 이름 앞에 쓴다 – 옮긴이)가 되었으니 애거사가 처음으로 쓴 단편에서 상상했던 '레이디 애거사'에 거의 가까워진 셈이었다. 1월에 애거사는《복수의 여신》의 아이디어를 구상하던 노트 페이지 맨 꼭대기에 자랑스럽게 'D. B. E'라고 적었다.[8]

애거사는 80세 생일을 맞이한 뒤에도 글쓰기를 멈추지 않았다.

이 작업 대부분이 이루어진 곳은 그린웨이가 아니라 애거사와 맥스가 오랫동안 살아온 실제 집인 윈터브룩이었다. 윈터브룩 하우스는 월링퍼드 남쪽 템스강 변에 있고 1934년 애거사가 돈을 벌어들이며 충동적으로 집을 사던 시기에 매입한 집이었다.

> 《타임스》에서 광고를 봤다. 우리가 시리아로 떠나기 일주일 전이었다. …… 아담하고 마음에 쏙 드는 앤 여왕 시대 집이었다. …… 풀밭이 강가까지 이어졌다.

바로 해외로 나갈 예정이었음에도 애거사는 그 집을 낚아챘다. 한 방문객은 감탄하면서 이렇게 말했다. "보는 즐거움과 장미 향기가 가득한 집. 정원 아래에 강이 있어 배치가 완벽하다고 항상 생각했다."[9] 또 다른 방문객은 편안하고 격식 없는 분위기를 묘사한다. "포도주색 가을빛이 흐트러지고 아늑한 방에 쏟아져 들어온다. 너무 크고 불룩한 안락의자(애거사 본인처럼), 벽난로 위에 놓인 슬래그웨어 유리 제품의 라벤더 빛. 애거사는 오래된 도자기를 하나씩 꺼내 보여주었다. 특별한 것은 없었다. …… 그냥 보기 좋은 빅토리아 시대 물건이었다(역시 애거사 본인처럼)."[10]

애거사가 데임 애거사의 역할을 제쳐두고 맥스의 아내라는 가장 좋아하는 역할로 돌아갈 수 있는 곳은 오직 이곳, 애거사의 비밀의 집이었다. 애거사는 윈터브룩을 늘 '맥스의 집'이라고 불렀다. "언제나 그랬다." 그린웨이는 점점 덜 중요해졌다. 1959년에는 그린웨이를 로절린드에게 물려주었고 1967년 로절린드와 앤서니가 이사 오

면서 두 사람의 집이 되었다.[11]

애거사는 윈터브룩에서는 눈에 뜨이지 않게 지내려 했다. 그랬으나 겉봉에 "미시즈 애거사 크리스티, 버크셔"라고만 쓰거나 심지어 "미시즈 애거사 크리스티, 그랜 브레타나Gran Bretaña(스페인어로 영국을 가리키는 말–옮긴이)"라고만 적힌 편지도 이곳으로 배달되었다.[12] 애거사가 사생활을 지키려고 하고 호기심 많은 사람이나 도움을 바라는 사람에게 우호적이지 않다 보니 월링퍼드의 지역 사회에는 완전히 녹아들지 못했다. 월링퍼드의 전 부시장은 애거사를 "독단적이고 접근하기 힘든 여성"이라고 묘사했다.[13] 세상에서 가장 유명한 작가가 월링퍼드에 살고 있으니 시에서는 당연히 애거사가 지역 사회에 크게 베풀리라고 기대했다. 하지만 애거사는 의무적인 일에는 단호하게 저항했다. 미시즈 맬로원이라는 평범한 이름으로 시내 미용실에서 머리를 손질했고 동네 극단의 연극을 구경했고 윈터브룩에 생선을 배달하는 아이에게 선물을 주었다.[14] 애거사와 맥스는 가까운 촐시 마을에 있는 작은 시골 교회에 다니기도 했다.

부부가 윈터브룩에서 주로 지내게 된 까닭은 맥스가 1962년 가까운 옥스퍼드에 있는 올 소울스 칼리지All Souls' College로 직장을 옮겼기 때문이다. 맥스는 옥스퍼드대학교에서 새로 헤로도토스 책을 출간하는 일을 돕기로 되어 있었다. 이 일을 맡은 것이 맥스에게는 큰 의미가 있었다. "평생의 노력으로 젊을 때 학문적 성취가 부족했던 것을 극복했다고 느꼈다."[15] 이런 지적인 인생 목표는 애거사가 자라난 에드워드 시대 밀러 집안에서 추구하던 느긋한 삶과는 확연히 달랐다. "나는 아주 엄격한 규율을 따를 때 가장 행복감을 느낀다. 그러면 생각을 하지 않게 된다." 맥스는 이렇게 말하기도 했다.[16] 국제적 감각이 있고 지적인 맥스이다 보니 1975년 EU 가입에 관한 국민투표에서 애거사가 (원래 성향과 다르게) 찬성표를 던지도록 설득했다.

맥스는 많은 후배 고고학자를 훈련시켰다. "그 가운데 여섯 명이 영국 고고학 학교 관리자가 되었다."[17] 하지만 모두가 맥스를 좋아하는 것은 아니었다. 친절한 동료들은 맥스가 성질을 잘 내는 까닭은 뇌졸중 이후에 복용한 약 탓이라고 말하기도 했으나, 어쨌든 맥스는 고고학계에서 실로 많은 불화를 일으켰다. 고고학연구소 소장이었던 캐슬린 케니언이 사망한 뒤 케니언과 같이 살았던 여성은 맥스가 보낸 편지를 태워버렸다. "너무 비열해서" 다른 고고학자들이 그 편지를 보기를 않기를 바라서였다.[18]

그런 한편, 80년 넘게 이어진 가족 앨범의 마지막 페이지에서 애거사는 새 손주를 만나고, 책, 히아신스, 축하 카드가 가득한 방에 미소를 띠고 앉아 있거나 일광욕 의자에 누워 있다. 다트무어로 피크닉을 가서 조금 추운 듯한 모습으로 있거나 모피 코트에 파묻혀 있다. 맥스의 팔을 붙잡거나 혹은 지팡이를 짚고 힘들게 걷는 모습도 보인다. 개들에게 둘러싸여 사랑을 받고 있다. 빨간 모자를 즐겨 쓴다. 어떤 사진에서는, 괴팍하고 자신감 넘치는 할머니가 나오는 시에서처럼 빨간 모자에 맞춰 보라색 옷을 입고 있다(제니 조지프Jenny Joseph의 시 〈경고Warning〉 – 옮긴이).[19]

그렇지만 1970년대 윈터브룩은 서서히 쇠락의 길에 접어들었다. 복잡한 세금 문제를 처리하기 위해 에드먼드 코크가 '크리스티 제국'이라고 부르는 것을 만들어낸 탓에, 나날이 쓸 수 있는 돈은 이상할 정도로 부족했다. 윈터브룩의 배선이 위험해졌으나 수리가 이루어지지 않았고, 결국 코크가 직접 유지보수 작업에 투입되어야 했다. 1971년 애거사는 집 상태를 "비바람이 몰아치고 어딘가에서 물이 새거나 떨어지고 …… 월요일에 배관공과 전기공에게 SOS를 보내야 한다"고 묘사했다.[20] "요즘 같은 때에 듬직한 고용인 셋에 작은 집이 있다면 얼마나 행복할까." 애거사는 한숨을 내쉬었다.[21]

1971년 6월 애거사는 고관절 골절로 너필드 정형외과 센터에 입원했다가 겨우 집으로 돌아왔다.[22] "하루이틀 동안은 상당히 위험한 상태였습니다. 하지만 기쁘게도 기적적으로 회복하셨어요." 코크가 동료들에게 소식을 전했다.[23] 곧 애거사는 "평행봉을 잡고 처음으로 조심스레 걸음을 내디뎠다".[24] 애거사의 편지에서 이제 불만과 요구가 사라졌다. 애거사의 편지다. "사랑하는 로절린드, 병원을 탈출해서 집에 오니 너무나 좋아! 방을 정말 멋지게 꾸며주었더구나. …… 우리 로절린드, 와서 이렇게 많은 일을 해주니 정말 고맙다."[25]

이 일 이후 애거사는 마지막을 준비하기 시작했다. 1972년 코크에게 시 여러 편을 보내고는 괜찮다고 생각하면 출간하라고 했다. 1973년의 책은《운명의 문》이고 나이 든 토미와 터펜스가 마지막으로 등장한다. 이 책에 등장하는 집은 애거사가 말년에 가장 크게 집착했던 장소인 애시필드를 여러모로 연상시킨다. 그렇지만 소설 자체는 반복적이고 결함이 있었다. "상당히 끔찍하네요, 그렇죠?" 도러시 올딩의 의견이다. "앞의 두 작품보다 더 심해요. …… 딱한 분, 이건 출간하지 말자고 말할 방법이 있으면 좋겠네요. 애거사 본인을 위해서요."[26] 그럼에도, 이 책도 역시 베스트셀러가 되었다.

가슴 아픈 일은, 애거사의 마지막 노트에 또 다른 소설의 아이디어가 적혀 있었다는 사실이다. 순전히 실험 삼아 한 소년을 살해하는 두 학생에 관한 완전히 새로운 아이디어였다. 비평가 존 커런이 말하듯 쇠퇴한 것은 "글을 전개하는 능력"이었을 뿐 "애거사의 상상력"은 여전히 건재했다.[27]

1974년 애거사는 심장마비를 일으킨 뒤 처방약을 먹기 시작했는데, 그러면서 몸무게가 눈에 띄게 줄었다. 토니 스노든Tony Snowdon이 애거사의 사진을 찍으러 윈터브룩에 와서 매우 늙고 매우 자그마한 노부인의 모습을 인상적이면서 감성적으로 담았다. 스노든은 애거사에게 어떻게 기억되고 싶냐고 물었고, 애거사는 그저 "탐정 소설을 꽤 잘 쓰는 작가"로 기억되고 싶다고 (당연하게도) 겸손하게 대답했다.[28]

그해 가을 애거사는 아직까지 외출을 할 수 있었고, 마지막으로 중요한 공식 일정이 하나 남아 있었다. 1972년에 애거사는 뜻밖에도 다시 작품을 영화화하자는 제안을 수락했다. 이번에 제안한 사람은 20세기의 여러 중요한 분야에 손가락을 걸치고 있는 인물인 로드 마운트배튼Lord Mountbatten이었다. 로드 마운트배튼은 《오리엔트 특급 살인》을 영화화하고 싶어 하는 사위 존 브래본John Brabourne과 공동제작자 리처드 굿윈Richard Goodwin을 도우려고 애거사에게 연락을 취했다. "지금까지 만들어진 영화는 '애거사 크리스티'의 정수를 제대로 전달하지 못했다고 누구나 생각합니다." 마운트배튼은 이렇게 편지를 썼다.[29]

다시 영화에 도전해볼 만큼 때가 무르익기도 했다. MGM이 애거사의 책을 마음대로 활용하던 1960년대와는 상황이 달랐다.[30] 새로 등장한 제작자들은 《오리엔트 특급 살인》을 찰스 디킨스나 제인 오스틴처럼 존중하고 보존해야 할 고전 명작으로 여겼다. 굿윈은 열 살짜리 딸이 푹 빠져서 이 소설을 읽는 것을 보고 영화화하겠다는 마음을 먹었다.

시드니 루멧Sidney Lumet이 감독을 맡기로 하고 앨버트 피니 Albert Finney와 숀 코너리가 배역을 수락하자 최고 배우들이 (브래본의 말을 빌리면) "이 영화에 출연하려고 줄을 섰다".[31] 출연진에는 잉그리드 버그먼, 로런 바콜, 버네사 레드그레이브, 존 길구드 등이 있었다. 굿윈은 이 영화가 성공할 수 있었던 요인을 이렇게 말했다. "스튜디오 시스템 출신의 노장 스타들을 캐스팅한 덕이다. 첫째로 이 배우들은 매우 훈련이 잘되어 있다. 둘째로 이들은 그저 훌륭했다." 제작자들은 작가를 몇 번밖에 만나지 않았고, 그때도 작가는 '별로 말이 없었다'고 굿윈은 말한다. "그렇지만 어떻게 해서인지 다들 그분이 뭘 원하는지 알았다. 그분에게는 어떤 아우라 같은 게 있었다."[32]

예산이 450만 파운드라는 아찔한 수준으로 올라갔다. 제작자들이 한 번도 경험해보지 못한 규모였다. 애거사는 지난 경험을 통해 영화기 마음에 들지 않을 수 있다는 것을 알았다. 하지만 이번 영화는 마음에 들었다.[33] 〈오리엔트 특급 살인〉은 영국 영화사상 가장 큰 성공을 거둔 영화가 되었다. 미국에서도 흥행 1위에 올랐고, 책 판매에도 짜릿한 영향을 미쳤다.[34] 미국에서 열광적인 반응을 일으킨 다음 1974년 11월 자선 시사회를 열었는데, 이 자리에는 여왕도 참석하고 범죄의 여왕도 참석했다. "그분에게는 힘든 일이었을 것이다." 휠체어를 타고 참석한 애거사를 두고 굿윈이 한 말이다. "하지만 참석해야 한다는 것을 알았다."[35]

시사회 뒤에 클래리지스 호텔에서 파티가 있었다. 그날이 마무리될 때, 맥스는 자정 무렵 로드 마운트배튼이 애거사를 식당 밖으로 에스코트해서 나갈 때 애거사가 "작별 인사로 손을 드는 모습"을 마음속에 새겼다.[36]

런던에, 평생의 일에 보내는 애거사의 마지막 작별인사였다. 1974년에는 장편 대신 단편 모음집인 《푸아로 초기 사건집*Poirot's Early Cases*》이 출간되었고, 1975년에는 수십 년 전에 써놓은 《커튼: 푸아로의 마지막 사건》이 나왔다. 《가디언》의 비평가는 이 책에 감동적인 찬사를 보냈다. "마흔 권에 달하는 책의 주인공이며 자기중심적인 푸아로에게 어울리는, 눈부시게 연극적인 마무리"라는 평이었다. "'잘 있게, 셰르 아미cher ami(소중한 친구)', 가엾은 헤이스팅스에게 보내는 푸아로의 마지막 메시지는 이렇다. '좋은 시절이었어.' 전 세계의 팬들에게도, 최고의 나날이었다."[37] 푸아로의 부고는 《뉴욕 타임스》에도 실렸다.

몹시 허약해진 애거사는 1975년 여름 윈터브룩에서 잠자리를 아래층으로 옮겼다. 밤에는 간호사가 애거사를 돌보았고, 맥스와 바버라도 늘 가까이에 있었다.[38] 다가올 일을 준비하며 애거사는 자신의 장례식에 쓰고 싶은 에드먼드 스펜서의 시구를 적어놓았다.

묘비에 넣어주길: 고생 후의 잠, 격랑 후의 항구. 전쟁 후의 평화, 삶 후의 죽음은 큰 기쁨을 가져다주니. 바흐 관현악 모음곡 3번 D장조 아리아를 장례식에서 연주해주세요. 엘가 변주곡 중 님로드도요.

윈터브룩의 가을이 마지막 겨울로 접어들었고 1976년 1월 12일 애거사는 마침내 숨을 거두었다. 맥스는 이렇게 전한다. "점심을 먹고 내가 애거사를 휠체어에 태워 응접실로 나가던 도중이었다. …… 죽음이 조용히 평화롭게 찾아왔다. 자비로운 해방이었고 애거사가 고통에 시달리지 않은 것에 하느님께 감사한다."[39]

맥스는 동네 의사에게 전화를 걸어 "떠났어요"라고 말했고, 이런 경고를 덧붙였다. "아무한테도 말하지 말아요."[40] 그럼에도 곧 소문이 났다. 엄청나게 많은 기자가 한 시대와 대단한 삶의 끝을 보도하기 위해 조용한 월링퍼드로 몰려들었다.

1976년 1월에 애거사는 윈터브룩 근처 출시에 있는 세인트 메리 교회 묘지에 묻혔다. 가족은 장례식을 비공개로 치르겠다고 했다.[41] 그러나 손자 매슈에 따르면 "언론의 이벤트가 되는 것을 피할 수 없었고(니마가 이걸 보면 얼마나 겁을 먹었을까) 카메라가 사방에서 들여다보고 있었다".[42] 맥스는 500여 통의 애도 편지에 답장해야 했다. 맥스는 이 편지들을 보고야 "애거사가 얼마나 널리 존경받고 사랑받았는지 비로소 깨달았다"고 한다.[43]

애거사는 결혼반지를 긴 채 매장되었고, 당연히 맥스가 무덤까지 가는 길에 곁에 있었다. 애거사는 맥스에게 죽음을 뛰어넘는 사랑에 관한 시를 남겼다.

나는 죽었으나 — 당신에 대한 사랑은 아니야.

영원히 살아 있지 — 말은 없어도

이걸 기억해

만약 내가 당신보다 먼저 떠난다면.[44]

삶의 마지막 시기에 애거사는 자신의 충동적인 결혼이 결국 얼마나 성공적이었는지 종종 생각했다. 언니는 맥스와 결혼하지 말라고 '빌었었다'. 그렇지만, 애거사는 이렇게 생각했다. "언니 말을 듣지 않길 잘했지! 40년 동안의 행복을 놓칠 뻔했으니."[45]

이 결혼의 비결은 무엇이었을까? "당신은 여자를 잘 다루지." 애거사가 맥스에게 말한 적이 있다. "우리는 일부일처제 국가라 안됐어. 당신이라면 아내 두셋은 행복하게 해줄 수 있을 텐데!!!"[46] 맥스가 말년에 바람을 피웠을 가능성이 오래전부터 제기되었고 바버라가 가장 흔히 거론된다. 애거사의 소설에서는 전문직 남성에게 고용된 여성이 상사를 사랑하게 되는 일이 단골로 등장한다. 한 탐정은 "비서들의 직업병"이라고 말한다.[47] 앤서니 힉스가 이렇게 말했다고 한다. "맥스와 바버라는 님루드 서류 작업을 하느라 방에 틀어박히곤 했는데 그럴 때 바버라는 신발을 문밖에 벗어놓았다. …… 그 신발이 일종의 표시였다."[48] 애거사가 죽고 얼마 안 되었을 때 맥스를 만나러 온 친구는 헌신적인 조수가 맥스의 발을 마사지하고 있는 것을 보고 놀라기도 했다.[49]

낭만적 사랑과 평생의 성적 충절이라는 20세기 후반의 결혼관에 비추어 보면 비판할 만한 면이 있을 수 있다. 그렇지만 결혼을 지나치게 제약적으로 바라본 것일 수도 있다. 애거사의 두 번째 결혼은 그것이 이루어진 1930년의 시점에서 무척 특이한 면이 많았다. 이혼하고 혼자 자식을 키우는 여성이, 뜻밖에도 나이가 훨씬 어린 배우자를 만났고, 그 배우자가 마지막 순간까지 돌봐주었다. 두 사람의 관계는 탐구심이 강한 두 정신의 평생에 걸친 지적 대화였고, 그 중심에는 동반자 의식이 있었다. "그 누구도 나한테 당신처럼 완벽한 동반자가 될 수는 없을 것"이라고 맥스는 말했다. "당신하고 나는 서로에게 딱 맞았어. 때로 딱 맞는 두 영혼이 만날 때가 있는데, 둘이 닮아서가 아니라 서로 반대이기 때문이지."[50] "애거사는 나에게 부족한 것을 많이 갖추고 있었다." 맥스는 이렇게 생각했다. "성자 같은 겸손함 …… 애거사의 내면은 거의 그리스도와 공명했다."[51] 놀라울 정도로 오래 잘 유지된 동반자적 결혼이었다.

또 관습적 관계만이 우리가 살아가는 유일한 방식이 아님도 일깨워준다. "즐거운 시간 보내, 여보." 애거사는 맥스에게 이렇게 말한 적이 있다. "그리고 하고 싶은 일 필요한 일 뭐든지 해. 나를 심장 가까이에 깊은 우정과 애정으로 간직해주기만 하면 돼."[52] 맥스가 뭘 하는지 낱낱이 알 필요는 없었다. 문제가 있다고 느긴다면 삶의 모든 열정이 결혼 안에서 일어나야 한다는 우리의 현대적이고 낭만적인 결혼관으로 이 관계를 보기 때문인 것이다.

그리고 맥스는 두 사람이 맺은 약속을 확실히 지켰다. 1945년 리비아에 간 맥스는 두 사람이 떨어져 있는 3년 동안 애거사의 사진을 늘 지니고 다녔다고 말했다. "밤에 사막에서 잘 때도 침상 한옆에 당신 사진을 놓아뒀어. 아침에 눈 떴을 때 당신을 볼 수 있도록." 맥스는 편지에 이렇게 썼다. 맥스는 아내의 얼굴이 "나에게는 언제까지나 사랑스러운 얼굴이고 사랑스러운 웃음일 거야. 내가 바라는 대로 아흔 살이 되었을 때까지도!"라고 했다.[53] 맥스는 자기 말을 충실히 지켰다. "맥스가 밤에 나를 훌륭히 돌봐준다." 아흔이 가까워질 때 애거사가 쓴 편지다. "간이 변기가 천국이야."[54]

과거로 거슬러 올라가서 1936년에, 맥스는 애거사에게 이런 연애편지를 썼다.

두 사람이 만나서 우리처럼 진정한 사랑을 찾을 때도 있지만 드문 일이지. …… 우리가 가진 것은 결코 사라지지 않는다는 것을 알아. …… 세월이 아무리 흘러도 당신은 나에게 여전히 아름답고 소중할 거야.[55]

애거사가 죽은 뒤, 애거사의 지갑에서 매슈의 사진과 함께 조그맣게 접힌 이 편지가 발견되었다.

애거사는 이 편지를 39년 동안 지니고 있었던 것이다.

하지만 맥스는, 도저히 혼자가 된 삶을 견딜 수 없었다. 애거사가 죽고 겨우 1년 정도 지난 1977년 3월에 로절린드에게 재혼하겠다는 편지를 보냈다. 당연히 상대는 바버라였다. "누구도 사랑하는 애거사의 자리를 대신할 수는 없어. 하지만 애거사도 허락했을 거라고 생각한다. 자기한테 무슨 일이 일어나면 재혼하라고 나한테 말했으니까. …… 지금은 외롭지만, 늘 충실한 친구였던 바버라와 함께라면 외롭지 않을 거야."[56] 1977년 9월, 아내를 잃은 지 1년 7개월이 된 맥스는 바버라 파커와 켄싱턴 등기소에서 조용히 결혼식을 올렸다.

이 이야기에서 바버라 파커의 역할은 차를 끓이고, 물류를 정리하고, 원고를 타이핑하고, 20세기의 고고학이 굴러갈 수 있도록 관리했던 모든 고고학자의 아내를 대표하는 듯하다. 마침내 맥스가 바버라를 아내로 삼았으나 그리 오래가지는 못했다. 1년도 채 되지 않아 맥스는 그린웨이에 있다가 '급성 심근부전'을 일으켰고 바버라 곁에서 세상을 떴다.[57] 바버라는 맥스를 세인트 메리 교회 묘지의 애거사 옆에 묻었다.

바버라는 런던 크레스웰 플레이스의 집을 물려받았고, 윈터브룩을 비우고 월링퍼드에 있는 더 작은 집으로 이사했다. 그곳에서 옥스퍼드에 있는 오리엔탈 인스티튜트로 출근했다.[58]

이렇게 맥스와 애거사는 다시 함께 있게 되었다. 애거사는 1930년 막 약혼했을 때부터 이렇게 같이 묻힐 계획이었다. 애거사는 맥스 옆에 묻히고 싶을 뿐 아니라 언젠가 먼 훗날에는 다시 파헤쳐지길 바랐다. "미래의 멋진 젊은 고고학자(!)가 발굴하길. …… 죽은 다음에도 뭔가 쓸모가 있다면 정말 즐거울 것 같아."[59]

옥스퍼드셔에 있는 풀이 무성하고 바람이 거센 묘지 안 애거사의 무덤 옆에 서서, 정말 그렇다, 애거사는 죽은 뒤에도 여전히 매우 '쓸모'가 있다는 생각을 하면 기분이 좋다.

여전히 수많은 사람에게 커다란 즐거움을 주고 있으니까.

41
장례식을 마치고

애거사 크리스티가 사망한 날, 망자를 기리는 뜻으로 웨스트엔드의 극장 두 곳에서는 조명을 어둡게 낮추었다. 〈목사관의 살인〉과 〈쥐 덫〉의 출연진이 무대에서 조의를 표했고 "관객들은 자리에서 일어서서 조용히 추모했다".[1]

고고학계에서도 애거사의 죽음을 추도했다. 애거사가 오래 지원해온 이라크 영국 학교는 말할 것도 없었다. 바그다드에 있는 학교 건물에 애거사의 존재감이 이동식 변기의 형태로 남아 있었다. 원래 현장에 가지고 갈 수 있게 만든 변기로, 차 상자에 놋쇠 경첩으로 마호가니 변좌를 부착해서 만들었다. 이 변기가 어떻게 되었는지에 관해서는 여러 설이 있다. 한 가지 설은 "1970년대 말 언젠가 가이 포크스의 밤에 술에 취한 발굴 팀원이 실수로 태워버렸다"는 것이다.[2] 그러나 엘런 매캐덤은 헴린 댐 건설을 앞두고 고고학 조사를 할 때 이 변기를 현장에 가져갔다고 기억한다. 그 후 다음 시즌에 빌린 집

을 다시 열었을 때, "'애거사에 흰개미가 생겼어!'라는 외침이 들려왔
다. 불태울 수밖에 없었다".[3]

이라크 영국 학교는 결국 정부 지원금을 받지 못하게 되자 영국
이라크학연구소British Institute for the Study of Iraq로 거듭나게 된다.
영국보다는 이라크 고고학자들을 지원하는 자선단체로 "유적지에
커다란 구멍을 파는 것보다는 사람들과 그들의 유산을 지원하는 데"
집중하게 되었나.[4] 2011년 대영박물관에서 맥스와 애거사가 님루
드에서 발굴한 상아 조각품 상당수를 매입했다. 2003년 바그다드박
물관 약탈 때 다른 상아 조각품들이 짓밟혀 박살 나면서 이 소장품
들이 더 귀중해졌다. 서아시아에서 맥스와 애거사의 삶의 흔적은 또
다른 모습으로도 남아 있다. 2021년 독일 영화감독 자비네 샤르나
글Sabine Scharnagl이 만든 아름다운 다큐멘터리는 시리아 차가르 바
자르Chagar Bazaar에서 맥스의 발굴지 근처에 사는 가족이 IS가 자
기네 마을을 점령하면 자기들 책이 파괴될까봐 걱정하는 모습을 담
았다. 그래서 이 가족은 갖고 있던 애거사 크리스티 책을 물탱크 안
에 안전하게 숨겨두었다.[5]

애거사의 유언장이 공개되었을 때 세상에서는 믿을 수 없다는
반응이 나왔다. "애거사의 재산 가치가 그것밖에 안 된다는 것에 다
들 놀랐다"고 사무 변호사가 말했다.[6] 한편 1975년 애거사 크리스티
유한회사의 수익은 100만 파운드에 달했다. 영화 〈오리엔트 특급 살
인〉의 성공 덕에 이 소설의 문고판이 300만 부나 팔린 것이다.[7] 애거
사는 유언장을 작성해 가족, 친구, 대자녀, 고용인들에게 유품을 남
겼는데, 이걸 보면 애거사가 장식용 소품을 얼마나 특별히 생각했는

지가 눈에 띈다. 1975년 죽기 몇 달 전에 첨부한 유언 보충서에서 애거사는 아끼는 물건 여럿을 재분배했다. 돌부처는 앤서니에게, 녹색 베네치아 유리 물고기는 매슈에게.[8]

로절린드, 에드먼드 코크를 포함한 '크리스티 제국'의 사람들은 애거사의 문학적 유산의 사용 허가를 관리하고 돌보는 일을 평생 이어갔다. 1983년 조사에 따르면, 그해 영국 레퍼토리 극장에서 상연된 여성 극작가의 작품 28편 가운데 22편이 애거사의 작품이었다.[9] 1988년 코크가 94세의 나이로 세상을 떴다. 1994년 피터 손더스가 은퇴한 뒤에 애거사의 〈쥐덫〉 인세는 연극을 지원하는 자선단체에 기부되었다. 손더스는 2003년에 91세로 사망했다. 1998년, 이니드 블라이턴 책의 판권을 소유한 코리온Chorion PLC이 부커 매코널의 애거사 크리스티 유한회사 지분을 인수했고, 이후에는 에이콘 미디어Acorn Media로 넘어갔다.[10]

매슈는 남웨일스의 풀리우라흐에서 행복하게 지냈다. 1978년 이곳을 방문한 기자는 "예술품이 가득한 회색 석조 저택"으로 묘사했다. 매슈와 앤절라의 세 아이가 조랑말, 검은색 리트리버, "피들스라는 이름의 테리어와 고양이 세 마리"와 함께 놀고 있었다.[11] 그런 한편 로절린드와 앤서니는 그린웨이에서 저택과 정원을 관리하느라 애를 썼다. 맥스의 문서를 조사하려고 그린웨이를 방문했던 헨리에타 매콜Henrietta McCall은 이들한테 "늘 현금이 없다"고 느꼈다. 한밤중에 방 천장에서 빗물이 새는 바람에 깨기도 했다.[12]

뭔가 조치를 취해야 했다. 2000년, 로절린드, 앤서니와 매슈는 그린웨이를 내셔널 트러스트에 넘기기로 함께 결정했다. "결정을 내리기가 쉽지 않았습니다." 매슈는 이렇게 설명한다. 하지만 이들은 내셔널 트러스트가 이 마법 같은 장소의 아름다움을 "보존하고 향상시켜줄 것"이라고 기대했다.[13] 내셔널 트러스트가 관심을 가진 것은 집보다는 정원이었고, 곧 부지를 방문객에게 공개했다. 그렇지만 다트강 변에 사는 사람들이 전부 환영한 것은 아니었다. 지역 주민들은 방문객이 잔뜩 몰려와 좁은 길로 차를 몰고 오갈 거라며 반발했다. "관대한 기부를 했는데 다들 뛰어나와 항의하는 것을 보자니 무척이나 속상하시리라고 생각합니다." 지역 의원이 로절린드에게 편지로 공감을 표했다.[14] 그리하여 강을 이용해 관광객을 페리로 실어 나르는 계획이 세워졌다.

정원은 방문객에게 공개했으나, 저택은 보존 공사를 위해 폐쇄했다. 맥스의 침실 외벽이 바깥쪽으로 기울었는데 무너지지 않은 이유는 오직 맥스의 긴 붙박이 책장이 벽을 지탱하고 있었기 때문이었다.[15] 수십 년 동안 살아온 집이다 보니 "그린웨이에는 물건이 엄청나게 쌓여 있었다". 로절린드의 책상에는 "편지, 청구서가 산더미처럼 있었다. 하도 장관이라 어떤 예술가가 그림으로 그려도 되냐고 물었을 정도였다".[16] 자원봉사자들이 간이건물에 들어앉아 그린웨이 물품 2만 점을 목록으로 작성했다.

이 많은 물건을 전시할 공간이 없었으므로, 2006년에 엑서터에서 보존 프로젝트 기금 마련을 위한 경매가 열렸다. 열성적인 팬들이 그린웨이 편지지 같은 품목을 낚아챘다. 적정가가 150파운드로 제시되었지만 740파운드에 낙찰되었다.[17] 가장 운 좋은 사람은 잠긴 '낡은 여행용 트렁크'를 100파운드에 산 사람이었다. 아마 밀러 집안의 가세가 기울 때 돈을 절약하기 위해서 애거사가 프랑스로 갔던 어린 시절에 사용한 여행 가방으로 보인다. 4년 뒤에 새 주인이 트렁크를 열었는데, 그 안에 클라라의 다이아몬드 반지가 있었다.[18]

2004년, 로절린드가 85세를 일기로 세상을 떴고 몇 달 뒤에 남편도 뒤를 따랐다. 로절린드는 어머니의 기억을 헌신적으로 지켰고, 감히 그것을 더럽히려는 사람들을 막아섰다. 로절린드는 마치 왕가의 일원처럼 태어나면서 이 임무를 떠맡게 되었고, 어머니의 문학적 유산에 대한 의무감을 평생 저버릴 수 없었다. (로절린드는) "우리 중 누구도 제대로 할 거라고 믿지 않았습니다." 현재 애거사의 문학적 유산을 관리하는 로절린드의 손자 제임스가 말한다.[19] 로절린드의 삶의 이야기를 하다 보면 깊은 연민을 느끼지 않을 수가 없다. 어머니의 전설을 이어가기 위해서 독립적 개인으로서 로절린드의 삶 일부는 죽어야만 했던 것으로 보인다.

애거사는 평생 사적인 문서를 대중에 감췄고, 편지나 일기를 "아무 후회 없이" 파기할 것이라고 말했다.[20] 그러나 애거사가 죽은 뒤에 보니 방대한 양의 편지와 문서가 남아 있었다. 현재는 크리스티 기록보관소 신탁Christie Archive Trust에서 보관하고 있고, 그 덕에 이 책을 쓸 수 있었다.

또 애거사는 자서전 원고도 남겨서, 애거사 사후인 1977년에 자서전이 출간되었다. 로절린드는 원고 최종 편집에 참여했고, 1926년의 고통스러운 사건에 관한 짧은 장이 포함되도록 허락했다. 무슨 말이라도 하긴 해야 하니까. 어머니의 불꽃의 수호자인 로절린드는 애거사가 '실종'을 연출한 교활한 여자라는 시각을 반박하려고 끝까지 애썼다.

애거사는 말년에 그 일을 거의 극복해서 가볍게 언급할 수 있게 까지 되었다. 1962년작인 《깨어진 거울》에는 자기 친척을 알아보지 못하는 여자에 관한 농담이 나온다. 미스 마플은 그걸 "기억상실이라기보다는 꾀바른 것"이라고 생각한다. 반면 로절린드는 절대 경계를 늦출 수 없다고 생각했고, 자서전이 출간된 뒤에도 '실종'에 관해 엄격한 침묵 원칙을 고수했다. 할머니가 살아 있는 동안 매슈는 할머니와 "그 일에 관해 한마디도 해본 적이 없다"며 "식구들 사이에서는 입에 올리지 않는 주제였다"고 한다.[21] "나는 어머니가 실종과 관련된 그 화제의 편지들을 나에게 보여주지 않은 것을 늘 좀 야속하게 생각했습니다." 매슈는 말한다.[22] 1926년의 사건은 거의 한 세기가 지난 지금까지도 여전히 사람들의 삶에 그늘을 드리운다.

이 침묵으로 생긴 공백 때문에 다양한 가설이 뿌리를 뻗었다. 기자 그웬 로빈스는 공인 전기를 쓰겠다는 요청이 거절당하자 복수의 펜을 간 것으로 보인다. 로빈스는 1978년 출간한 책에 실종 당시 애거사는 "자기가 무얼 하는지 명확히 알았다고 나는 생각한다. 남편을 따끔하게 혼내주려는 마음이었다"라고 썼다.[23] 이듬해에 장편 영화 〈애거사〉가 나왔는데, 이 영화는 한술 더 떴다. 영화에서 실제 애거사를 모델로 한 인물은 낸시 닐을 죽이고 자살하려고 시도한다. 로절린드는 이 영화가 "우리의 뜻에 절대적으로 반하는 것이며 우리에게 큰 고통을 안겨줄 것"이라고 했다.[24]

결국 로절린드는 이야기를 바로잡기 위해 어머니의 기록보관소를 통제하에 살펴볼 수 있게 하기로 했다. 1984년, 작가 재닛 모건에게 철저하고 공정하며 꼼꼼한 애거사 크리스티 전기를 출간하도록 허락했다. 모건은 애거사가 "기묘하고, 다른 사람을 잘 조종하며, 살인과 속임수를 생각해내는 데 능한 사람"이란 선입견을 갖고 있었으나, 자료를 자세히 들여다볼수록 생각이 달라졌다고 했다. 모건은 애거사가 원숙한 전문가이며 친절하고 행복한 사람이라고 결론을 내렸다. 이 점에는 의문의 여지가 없다. 그러나 당시에 모건과 가족이 완전히 받아들이지 못한 무언가가 있다고 나는 생각한다. 2022년에는 1980년대에는 괜찮지 않았던 것이 괜찮아졌다. 그때는 여자가 친절하고 열심히 일하면서 **동시에** "기묘하고, 다른 사람을 잘 조종하며, 살인과 속임수를 생각해내는 데 능할" 수도 있다는 것을 받아들이기 어려웠다. 이런 말은 비하하는 말이 아니다. 한 여성의 복잡성을 인정하는 것이다.

모건의 책이 나온 뒤에도 애거사가 나쁜 사람이라는 믿음은 사라지지 않았다. 애거사가 병을 앓았다는 말을 믿지 못하는 작가가 수없이 많았고, 많은 독자가 이들의 책을 읽었다. 1998년에 애거사의 전기를 출간한 작가 재러드 케이드는 애거사가 아치에게 "복수하고 싶어서" 사라졌다고 했다.[25] 기자 리치 콜더의 아들은 2004년에 우리가 이미 사실이 아닌 것으로 아는 이야기를 마치 사실인 것처럼 기술했다. "애거사 크리스티가 바람을 피운 남편에게 살인죄를 뒤집어씌우려고 사라졌을 때 아버지가 작가를 추적해 해러게이트에 있는 호텔에서 찾아냈다."[26]

애거사의 모든 업적에도 불구하고 애거사의 삶에는 매듭지어지지 않은 무언가가 있는 듯하다. 정신 질환이 허위와 뒤섞이고, 거짓

말이 진실을 밀어내고 그 자리를 차지하고 있다.

정신건강에 관한 언급을 꺼리지 않는 분위기가 점차 자라고 있으니 이제는 아마 흐름이 바뀔 듯하다. 예술가로서 애거사의 위상에 대한 평가는 이미 다른 흐름을 타고 있다. 2007년 로라 톰슨Laura Thompson이 두 번째 공식 전기를 썼는데, 이 책에는 애거사의 작업에 대한 따뜻하고 열렬한 찬사가 담겨 있다. 그렇지만 톰슨의 작업은 그때도 여전히 고군분투에 가까웠다. 애거사가 흔히 쓰레기 작품을 쓰는 작가로 치부되던 때에 애거사를 진지한 작가로 내세우는 시도였기 때문이다.

그러나 지난 15년간 무엇이 '문화'를 구성하며 무엇이 연구할 만한 가치가 있느냐에 대한 정의가 폭발적으로 확장되었다. 학계에서는 왜 이토록 널리 읽히는 작가가 왜 이렇게 적게 연구되었느냐는 질문을 던지고 있고, 이제 애거사 크리스티는 강의계획서나 학위 논문에 꾸준히 등장한다.

애거사 크리스티를 진지하게 받아들이기를 꺼리는 요인 가운데 하나는, 아이러니하게도 애거사의 작품이 텔레비전 드라마로 각색되어 큰 성공을 거둔 데에서 비롯했다. 1989년 데이비드 수셰이David Suchet가 ITV 시리즈의 에르퀼 푸아로로 처음 등장해 2013년까지 이 역을 연기했다. 조앤 힉슨은 BBC에서 1984년부터 1992년까지 한 세대 동안 미스 마플을 맡았고, 이어 제럴딘 매큐언Geraldine McEwan, 줄리아 매켄지Julia McKenzie가 ITV의 미스 마플로 2004년부터 2013년까지 활동했다. 이 시리즈들이 애거사를 사람들의 마음속에서 '전통에 대한 향수'라는 이름표가 붙은 상자에 넣었다. 부담스럽지 않고 편안한 무언가가 된 것이다.

1990년대와 2000년대 영국 텔레비전 방송국에서 각색한 애거사의 이야기들은 대체로 20세기 초반 불특정한 어느 시기를 배경으로 하는데, 이 시리즈가 세계적으로 널리 시청되며 강력한 영국의 관광 브랜드가 되었다. 그런 한편 애거사의 작품이 실제보다 더 밋밋하고 단조로워 보이게 만드는 효과도 있었다. 1991년 《시카고 트리뷴 *Chicago Tribune*》의 평이다. "크리스티가 만들어낸 가상의 세계(골동품이 가득한 거실, 깔끔하게 다듬어진 정원, 오뷔송 카펫에 얼룩 한 점 남기지 않는 깔끔한 무혈 살인)가 점점 예스럽게 느껴진다."[27] 그런데 실제 책을 읽어보면, 전혀 다르다.

BBC가 세라 펠프스Sarah Phelps에게 새롭고 어두운 크리스티 시리즈 집필을 맡기면서 큰 변화가 있었다. 새로운 시리즈는 2015년 냉혹하고 흡인력 있는 〈그리고 아무도 없었다〉로 순조롭게 출발했다. 펠프스의 대본에는 향수를 불러일으키는 요소는 전혀 없고 각 이야기를 그것이 쓰인 해의 역사적 맥락에 신중하게 위치시켰다. 좌파적 관점을 못마땅해하는 일부 팬도 있었으나, 펠프스에게 비판적인 사람들조차도 펠프스가 이전 각색과 달리 원작을 존중했음을 인정하지 않을 수 없었다.

애거사 작품의 영상화에서 나타난 변화는 비평가와 학자들이 애거사를 언급하는 방식이 달라진 것과 무관하지 않다. 애거사 크리스티를 좋아하지 않는 사람들의 목록은 대단하다. 에드먼드 윌슨, 레이먼드 챈들러, 버나드 레빈, 로버트 그레이브스 등이 저마다 한 번씩 애거사의 문체, 인물, 가독성을 비판했다.

재평가를 시작한 것은 두 명의 여성 학자였다. 질리언 길은 1990년에 애거사를 액면 그대로 받아들이기를 거부하는 글을 썼다. 질리언 길이 베일 너머에 있는 속을 잘 알 수 없는 천재를 들여다보려 애쓰는 방식이 특히 마음에 든다. 일단 길은 애거사는 단일한 한 사람이 아니라는 점을 지적한다. 우리가 이야기하는 여인은 살면서 계속 자신을 재창조했다. 애거사 밀러는 미시즈 아치볼드 크리스티, 애거사 크리스티, 터리사 닐, 미시즈 맬로원, 그리고 메리 웨스트매콧이 되었고 이어 니마라고 불리는 사랑받는 할머니가, 또 최종적으로 데임 애거사가 되었다. 또 길은 애거사의 악명 높은 프라이버시 보호 성향을 파헤쳤다. 사생활을 지키려 한 덕에 좋은 점도 있었지만 한편으로 처참한 악영향이 있었다. 그러한 성향 덕분에 애거사는 원하는 대로 살 수 있었지만, 그러면서 애거사의 평판은 망가졌다.[28] 작가가 자기 작품에 대해 이야기하기를 꺼리고 작품 활동을 진지하게 생각하지 않는데 다른 사람들이 왜 그렇게 하겠나?

그렇지만 우리는 자기 작품을 깎아내리는 애거사의 말을 곧이곧대로 받아들일 게 아니라 작품 자체를 보아야 한다. 앨리슨 라이트가 《영원한 잉글랜드: 전간기의 여성성, 문학, 보수주의*Forever England: Femininity, Literature and Conservatism Between the Wars*》(1991)라는 중요한 연구서에서 한 일이 그것이다. 라이트는 애거사를 순응주의자가 아닌 인습타파주의자로 재정립하는 데 큰 역할을 했다. "가족의 비밀을 다루고, 상속을 둘러싼 드라마, 신원 오인, 숨겨진 광기 등 빅토리아 시대의 관습적 형식을 재구성한 작가다."[29]

애거사는 자기 자신을 진지하게 생각할 수 없었을지도 모른다.

그렇지만, 마침내 다른 사람들이 대신 그렇게 하기 시작했다.

애거사의 유산은 물론 애거사의 작품이지만, 나는 훤히 보이는 곳에 감추어져 있는 다른 유산이 또 있다고 생각한다. 애거사 크리스티는 20세기에 가장 성공한 소설가이기만 한 것이 아니다. 애거사는 자신의 사회 계급과 성별의 규칙을 재정의한 사람이다.

애거사가 자신은 진짜 작가가 아니라고 부인하는 데 공을 들인 탓에 애거사의 이런 공은 간과하기 쉽다. "나는 내가 작가라고 생각하지 않아요." 애거사는 80대 때에도 이렇게 말했다. 아니라고 말하는 사람은, 아마도 '애거사 크리스티'를 가장 믿는 사람, 애거사의 딸뿐이었다. "하지만 어머니는 **작가**가 맞잖아요. 누가 뭐래도 분명히 작가예요."

애거사보다 나이가 서른 살 정도 아래인 로절린드는 작가란 무엇인가에 대해 애거사와 다른 개념을 갖고 있었다. 그 개념을 확장한 사람이 바로 본인의 어머니였다. 이제는 작가란 곧 수염을 기른 근엄하고 늙수그레한 남자가 아니었다.

애거사는 20세기의 좋거나 나쁜 여러 중대한 변화를 경험했다. 전쟁 중의 성급한 결혼, 병원 근무, '광기'에 대한 집안의 공포, 이혼, 정신 질환, 심리치료, 제2차 세계대전 동안 가족의 죽음, 엔터테인먼트 업계에서 거둔 전례 없는 세계적 규모의 성공 등.

그 세기가 애거사에게 영향을 주었지만, 그게 애거사를 **만들어낸** 것은 아니었다. 의지와 독립심과 근면함으로 스스로 일구어냈다. 배우 마거릿 록우드가 1954년에 한 말을 다시 인용하자면, "애거사는 모든 여자가 원하는 것을 아는 능력이 있다. 무언가를 이루어낸다.

······ 여자들은 모두 마음속으로 ······ 그런 것을 하고 싶을 것이다. ······ 그러나 우리가 할 수 있는 일은 꿈꾸는 것뿐이다."[30]

애거사는 자기 내면에서 불타는 야망을 표현할 수 없었고 자기 삶의 범위를 훨씬 더 겸손한 방식으로 정의하려 했다. 애거사가 쓴 고고학에 관한 책은 이런 경고로 시작한다. "이 책은 심오한 책은 아니다."

풍경을 아름답게 묘사하지도, 경제 문제를 다루지도, 인종 문제를 고찰하지도, 역사를 거론하지도 않을 것이다. 이 책은 사실상 보잘것없는 것, 일상과 평범한 일들로 가득한 아주 작은 책이다.[31]

1926년의 극적인 사건 이후 애거사의 삶도 일상과 평범한 일들이 가득한 보잘것없는 것으로 비칠 수도 있을 것이다.

그러나 비록 야망은 작았을지라도 애거사는 20세기 문화에 깊은 족적을 남겼다.

감사의 말

저작권이 있는 자료 인용을 허락해주신 다음 분들께 감사드립니다. 크리스티 기록보관소 신탁 이사진(매슈 프리처드, 제임스 프리처드, 나이절 월런, 존 맬로원), 애거사 크리스티의 공개되지 않은 편지 사용을 허락해준 매슈 프리처드, 대영박물관 이사회, 대영제국 전쟁박물관, 해럴드 오버 어소시에이츠, 도로시 L. 세이어스 유산, 앤서니 스틴, 애들레이드 필포츠 유산, 엑서터대학교 도서관, 특별 소장품, 조지나 허먼, 니컬러스와 캐럴라인 크리스티, UCL 고고학연구소 소장 수 해밀턴 교수. 애거사 크리스티의 작품은 하퍼콜린스 출판사의 호의로 수록했습니다. @ Agatha Christie (1921, 1922, 1923, 1924, 1925, 1930, 1931, 1932, 1933, 1934, 1935, 1936, 1939, 1941, 1942, 1944, 1945, 1946, 1947, 1950, 1952, 1955, 1956, 1962, 1964, 1967, 1968, 1975, 1976).

이전에 애거사 크리스티에 관한 책을 쓴 작가분들도 관대함을 베풀어주었습니다. 마크 올드리지, 켐퍼 도너번, 줄리어스 그린, 앨리슨 라이트, 헨리에타 매콜, 토니 메더워Tony Medawar, 재닛 모건 그리고 특히 J. C. 번설에게 감사합니다. 크리스티의 작품에 퀴어 이론을 적용한 번설의 작업이 이 책의 접근 방식에 영감을 주었습니다. 또 로라 톰슨의 탁월한 책《애거사 크리스티: 영국의 미스터리*Agatha Christie: An English Mystery*》(2007)와 재러드 케이드의《애거사 크리스티와 실종 11일*Agatha Christie And The Eleven Missing Days*》(1998)이 보여준 식견에 감사합니다. 주디 듀이, 마크 올드리지, 토니 메더워, 켐퍼 도너번, J. C. 번설이 친절하게도 원고를 읽고 상세한 수정과 보완을 해주었습니다. 또 실무적, 지적, 정서적 등 여러 지원에도 무한히 감사합니다. 콜린 A. 브레이디, 사이먼 브래들리, 줄리엇 캐리, 폴 콜린스, 로절린드 크론, 존 커런, 존 커티스, 오필리아 필드, 폴 핀, 질리언 길, 데이지와 리처드 굿윈, 애니 그레이, 에드거 존스, 크리스틴 핼릿, 조지나 허먼, 캐서린 이벳, 조시 러바인, 제인 리바이, 트레이시 로흐런, 존 맬로원, 엘런 매캐덤, 케이티 메휴, 마이클 모티머 목사, 엘리너 롭슨, 캐럴라인 센턴, 주디 서, 알릭산드라 윌슨, 필립 지글러 등. 렉섬 기록보관소의 케빈 플랜트, 왕립 웨일스 퓨질리어 연대 신탁 이사회, 내셔널 트러스트의 벨린다 스미스, 로라 머리, 로라 쿠퍼. 또 내셔널 트러스트 자원봉사자자인 고故 패트릭 디퍼의 연구 자료를 이용할 수 있었던 것에 감사합니다. 빌 더글러스 영화박물관의 필 위컴 박사, 엑서터대학교 특별 소장품실 애나 하딩, 해러게이트 도서관의 에이브릴 매킨, 해러게이트 지역 역사가 맬컴 니섬, 왕립 정신의학대학 클레어 힐튼에게도 도움을 받았습니다. 켐퍼 도

너번과 고故 캐서린 브로벡의 훌륭한 팟캐스트 〈애거사에 관한 모든 것All About Agatha〉 그리고 고고학 연구에 전문적인 도움을 준 엘런 말와뉴Hélène Maloigne에게 특히 감사드리고 싶습니다. BBC의 동료 레이철 자딘, 에드먼드 모리어티, 엘리너 스쿤스의 수고와 우정에 감사드립니다. 호더에서는 루퍼트 랭커스터, 시에라 몬지, 베로 노턴, 앨리스 몰리, 줄리엣 브라이트모어와 함께 즐겁게 일했고 카피에디터 재키 루이스에게도 감사합니다. 페가수스의 클레이본 행콕, 제시카 케이스와 팀원들에게도 진심으로 감사를 드립니다. 이 작업은 나의 소중한 에이전트 펠리시티 브라이언과의 마지막 협업이었으며, 캐서린 클라크를 비롯해 펠리시티 브라이언 어소시에이츠의 모든 분에게 깊이 감사합니다. KBJ 매니지먼트의 트레이시 매클리드와 동료들에게도요. 무엇보다도 이 책이 세상에 나올 수 있게 해준 관대하고 친절한 분들에게 가장 큰 신세를 졌습니다. 제임스, 매슈, 루시 프리처드, 조 키오, 그리고 내 친구와 가족, 특히 이니드 워즐리와 짐 에머슨, 당연하게도 마크 하인스에게 고마움을 전합니다.

옮긴이의 말

중학교 때 나는 시험이 끝나면 광화문 교보문고에 가서 책등이 빨간 색 책이 가득 꽂혀 있는 서가에서 보기만 해도 심장이 두근두근거리는 제목들을 훑어보다가 그 가운데 가장 재미있어 보이는 한 권을 골라 집으로 돌아가는 습성이 있었다. 그렇게 해문출판사 애거사 크리스티 전집을 한 권씩 모아서 책꽂이 두 칸을 채웠다.

왜 그렇게 좋았느냐고 묻는다면, 가문의 유산, 뒤바뀐 정체, 오리엔트 특급 열차, 바그다드 유물 발굴지, '불의 심장'이라는 이름의 보석, 독극물을 탄 음료 그리고 살인, 살인, 살인. 이 세계에 푹 빠지지 않을 도리가 있나? 은근히 흐르는 유머, 아이러니, 로맨스, 무엇이 진실인지 끝까지 알 수 없다는 긴장감, 놀라운 반전, 모든 것이 제자리에 맞추어질 때의 쾌감은 아무리 반복해도 질리지 않았다.

그런데 대학교에 들어간 다음에 책 정리를 하다가 이제 '이런 책'

은 더 안 읽을 것 같다고 생각하고는 그렇게 모은 책을 다 버렸다. 아뿔싸. (이 기억에는 이런 고풍스러운 감탄사가 어울린다.) 사실 애거사 크리스티는 바로 그런 작가다. 과거에, 어린 시절에 속한다는 착각을 불러일으킨다. 그렇지만 애거사 크리스티의 매혹은 시간이 흐른다고 퇴색하지 않는다. 우리는 여전히 그리움으로, 계속 그곳으로 돌아가게 된다. 애거사 크리스티는 영원하다.

말 안 해도 알겠지만 나는 결국 한 권씩 다시 사 모으고 있다. 몇 해 전에는 애거사 크리스티 전작 읽기에 도전하기로 하고 황금가지에서 출간된 전집 79권 목록을 베껴 적고 읽은 책을 체크했다. 고맙게도 아직 안 읽은 책이 몇 권 남아 있길래 결함을 메우기 시작했다. 금방 끝났다. 이제 모든 미스터리의 범인을 알지만, 그렇다고 해서 즐거움이 끝나는 것은 아니다. 이제는 순수하게, 이야기를 늘어놓는 작가의 솜씨, 아이러니와 유머, 교묘한 구성의 묘미를 즐기면서 읽을 수 있다. 더 이상 새로운 읽을거리가 없다는 아쉬움은 있지만.

그러다가 믿을 수 없을 만큼 신나는 일이 일어났다. 애거사 크리스티 전기 번역 의뢰가 들어온 것이다! 그것도 루시 워즐리가 쓴 전기!! 루시 워즐리는 탐정 소설의 기원을 파헤치는 흥미진진한 책 《매우 영국적인 살인A Very British Murder》이라는 책으로 처음 만나고 반해서 소셜미디어에서 팔로우하고 있었다. 대중 역사학자이고 BBC 다큐멘터리 진행자이며 특히 탐정 소설에 강한 관심을 보여온 워즐리가 애거사 크리스티 전기를 냈다는 소식을 듣고 무척 기뻤지만 솔직히 국내에서 출간하기는 어렵겠다고 생각하고 지레 포기한 차였다. 그런데, 그 책이 나에게 오다니. 위키백과에 누가 만들었는지 모르는 나에 대한 페이지가 있는데, 짧은 소개 글에 이런 내용이 있다. "취미는 미스터리 소설 읽기로, 애거사 크리스티의 작품을 가장 좋아한다." 그 덕이었을까? 역시 좋아하는 것은 널리 알리고 다녀야 한다는 생각이 다시금 들었다. 그러다 보면 가장 좋아하는 작가의 전기를 번역하는 행운이 찾아올 수도 있는 것이다.

루시 워즐리의 전기는 이전 어떤 전기보다 현대적인 관점에서 인간적인 공감을 담아 썼고 그동안 간과되던 부분을 포함해 작가의 삶을 포괄적으로 조명한다. 그런데 풍부한 자료와 폭넓은 시각에 배부름을 느끼면서도 한편으로 이 책의 원제, '알 수 없는 여성An Elusive Woman'이라는 말을 다시 떠올리게 된다. 전기를 통해 우리는 작가의 인간적인 모습을 들여다보고 그 시대의 산물이면서 마치 우리 주변에 있는 인물인 양 친근하고 생생한 존재를 알게 되었으나, 여전히 우리는 이 사람을 다 헤아릴 수 없고 이 사람의 작품은 여전히 어떤 말로도 쉽사리 규정하고 평가할 수 없는 거대한 미스터리라는 생각이 든다.

"추리소설의 여왕", "탐정소설의 기원", "충격적인 반전". 어떤 말로도 애거사 크리스티라는 인물과 작품 세계를 아우를 수는 없다. 들여다볼수록 새로운 것이 보이고, 어떻게 한 사람의 머릿속에 이렇게 많은 아이디어와 이야깃거리가 있는지 경탄하게 된다. '작품이 작가보다 크다'라는 클리셰가 여기에도 잘 맞는다. 그게 우리가 여전히 계속 크리스티를 사랑하는 이유이기도 하다.

하지만 또 우리는 사소한 단서가 세상의 비밀을 파헤치는 열쇠가 된다는 사실을 크리스티를 통해 배웠다. 이 책이 우리가 이 신비한 인물을 이해하는 핵심적인 열쇠임은 말할 것도 없다.

홍한별

참고 자료

기록보관소

보들리 헤느 유한회사 기록보관소, 레닝대학교 도서관(BHL)

대영박물관(BM)

크리스티 기록보관소 신탁(CAT)

엑서터대학교 도서관, 특별 소장품 부서, 휴스 매시 기록보관소(EUL)

국립문서보관소(TNA)

내셔널 트러스트 기록보관소, 데번 그린웨이(NT)

조지나 허먼의 개인 소장품(GH)

서리 역사 센터(SHC)

유니버시티 칼리지 런던 도서관 고고학연구소 기록보관소(UCLL)

해러게이트 도서관

인쇄 자료

Mark Aldridge, *Agatha Christie on Screen*(2016).

Jane Arnold, "Detecting Social History: Jews in the work of Agatha Christie", *Jewish Social Studies*, vol. 49, no. 3-4(Summer–Autumn, 1987), pp. 275-282.

Rachel Aviv, "How A Young Woman Lost Her Identity", *New Yorker*(26 March 2018).

Earl F. Bargainnier, *The Gentle Art of Murder*(1980).

Robert Barnard, *A Talent to Deceive*(1979; 1987 edition).

Marcelle Bernstein, "Hercule Poirot is 130", *Observer*(14 December 1969).

James Carl Bernthal, "A Queer Approach to Agatha Christie", PhD thesis, University of Exeter(2015).

_____ "If Not Yourself, Who Would You Be?": Writing the Female Body in Agatha Christie's Second World War Fiction", *Women: A Cultural Review*(vol.26, 2015), pp. 40-56.

_____ ed., *The Ageless Agatha, Essays on the Mystery and the Legacy*(2016).

_____ *Queering Agatha*(2017).

Vera Brittain, *Testament of Youth*(1933).

Erica Brown and Mary Grover, eds., *Middlebrow Literary Cultures: The Battle of the Brows, 1920-1960*(2012).

Jared Cade, *Agatha Christie and the Eleven Missing Days*(1998; 2011 edition).

Ritchie Calder, "Agatha and I", *New Statesman*(30 January 1976), pp. 128-9.

Stuart Campbell, "Arpachiyah" in Trümpler, ed., (1999; 2001 edition), pp. 89-103.

Lydia Carr, *Tessa Verney Wheeler: Women and Archaeology Before World War Two*(2012).

Agatha Christie, *An Autobiography*(1977; 2011 edition)(애거서 크리스티, 《애거서 크리스티 자서전》, 김시현 옮김, 황금가지, 2014).

Sarah Cole, *Modernism, Male Friendship, and the First World War*(2003).

Artemis Cooper, *Cairo in the War, 1939-45*(1989; 2013 edition).

Donald Elms Core, *Functional Nervous Disorders*(1922).

John Curran, *Agatha Christie's Secret Notebooks*(2009; 2010 edition).

_____ *Agatha Christie, Murder in the Making: More Stories and Secrets from Her Notebooks*(2011).

Elizabeth Darling, *Wells Coates*(2012).

Miriam C. Davis, *Dame Kathleen Kenyon*(2008).

Leyla Daybelge and Magnus Englund, *Isokon and the Bauhaus in Britain*(2019).

Nigel Dennis, "Genteel Queen of Crime", *Life*(May 1956).

Arthur Conan Doyle, *Letters to the Press*(1986).

Andrew Eames, *The 8.55 to Baghdad*(2004; 2005 edition).

Martin Edwards, ed., *Ask a Policemen, by Members of the Detection Club*(1933; 2013 edition).

Brian Fagan, *Return to Babylon*(1979).

Alison S. Fell and Christine E. Hallett, eds., *First World War Nursing: New Perspectives*(2013).

Martin Fido, *The World of Agatha Christie*(1999).

Gillian Franks, article in the *Aberdeen Press and Journal*(23 September 1970), p. 5.

Gillian Gill, *Agatha Christie: The Woman and Her Mysteries*(1990).

Julius Green, *Curtain Up - Agatha Christie: A Life in Theatre*(2015; 2018 edition).

Hubert Gregg, *Agatha Christie and All That Mousetrap*(1980).

Richard Hack, *Duchess of Death*(2009).

Christine E. Hallett, *Nurse Writers of the Great War*(2016).

Kathryn Harkup, *A Is For Arsenic: The Poisons of Agatha Christie*(2015)(캐스린 하쿠프,《죽이는 화학》, 이은영 옮김, 생각의힘, 2016).

Wilfred Harris, *Nerve Injuries and Shock*(1915).

Peter Hart, *Fire and Movement: The British Expeditionary Force and the Campaign of 1914*(2014).

Biet Hawthorne, *Agatha Christie's Devon*(2009).

Emily Hornby, *A Nile Journal*(1908).

Janet H. Howarth, *Women in Britain*(2019).

Dorothy B. Hughes, "The Christie Nobody Knew", in Harold Bloom et al, *Modern Critical Views: Agatha Christie*(1992; 2002 edition).

Nicola Humble, *The Feminine Middlebrow Novel, 1920s to 1950s: Class, Domesticity and Bohemianism*(2001).

Maroula Joannou, *The History of British Women's Writing, 1920-1945*(2012; 2015 edition).

H.R.F. Keating, ed., *Agatha Christie: First Lady of Crime*(1977).

Peter Keating, *Agatha Christie and Shrewd Miss Marple*(2017).

Viola Klein and Alva Myrdal, *Women's Two Roles*(1956).

Marty S. Knepper, "The Curtain Falls: Agatha Christie's Last Novels", *Clues*, vol. 23, issue 5(2005), pp. 69-84.

Ian Lancashire and Graeme Hirst, "Vocabulary Changes in Agatha Christie's Mysteries as an Indication of Dementia: A Case Study", *19th Annual Rotman Research Institute Conference, Cognitive Aging: Research and Practice*(2009).

Alison Light, *Forever England: Femininity, Literature and Conservatism between the Wars*(1991; 2013).

_____ *Mrs Woolf and the Servants*(2007).

Hilary Macaskill, *Agatha Christie at Home*(2009; 2014 edition).

Merja Makinen, *Agatha Christie: Investigating Femininity*(2006).

M.E.L. Mallowan *Twenty-Five Years of Mesopotamian Discovery*(1959).

_____ *Mallowan's Memoirs* (1977; 2021 edition).

M.E.L. Mallowan and J. Cruikshank Rose, "Excavations at Tall Arpachiyah, 1933", *Iraq,* vol.2, no. 1(1935), pp. 1-178.

Henrietta McCall, *The Life of Max Mallowan*(2001).

Katie Meheux, "'An Awfully Nice Job'. Kathleen Kenyon as Secretary and Acting Director of the University of London Institute of Archaeology, 1935-1948", *Archaeology International*, vol. 21, no. 1(2018), pp. 122-140.

Billie Melman, *Empires of Antiquities: Modernity and the Rediscovery of the Ancient Near East, 1914-1950*(2020).

Richard Metcalfe, *Hydropathy in England*(1906).

Janet Morgan, *Agatha Christie: A Biography*(1984; 2017 edition).

John Howard Morrow, *The Great War In The Air: Military Aviation from 1909 to 1921*(1993).

Juliet Nicolson, *The Great Silence, 1918-1920: Living in the Shadow of the Great War*(2009; 2010 edition).

Andrew Norman, *Agatha Christie: The Disappearing Novelist*(2014)(앤드류 노먼, 《애거서 크리스티: 완성된 초상》, 한수영 옮김, 끌림, 2008).

Joan Oates, "Agatha Christie, Nimrud and Baghdad", in Trümpler, ed.(1999; 2001 edition), pp. 205-228.

Richard Ollard, ed., *The Diaries of A.L. Rowse*(2003).

Charles Osborne, *The Life and Crimes of Agatha Christie*(1982; 2000 edition).

_____ "Appearance and Disappearance", in Harold Bloom et al, *Modern Critical Views: Agatha Christie*(1992; 2002 edition), pp. 108-9.

Mathew Prichard, ed., *Agatha Christie: The Grand Tour*(2012).

Gordon C. Ramsey, *Agatha Christie: Mistress of Mystery*(1967).

Eleanor Robson, "Old habits die hard: Writing the excavation and dispersal history of Nimrud", *Museum History Journal*(vol. 10, 2017), pp. 217-232.

Gwen Robyns, *The Mystery of Agatha Christie*(1978; 1979 edition).

A. L. Rowse, *Memories and Glimpses*(1980; 1986 edition).

Dennis Sanders and Len Lovallo, *The Agatha Christie Companion*(1984).

Peter Saunders, *The Mousetrap Man*(1972).

Mary Shepperston, "The Turbulent Life of the British School of Archaeology in Iraq", *Guardian*(17 July 2018).

Dorothy Sheridan, ed., *Wartime Women: A Mass-Observation Anthology*(2000).

Adrian Shire, ed., *Belsize 2000: A Living Suburb*(2000).

Michael Smith, *Bletchley Park and the Code-Breakers of Station X*(2013; 2016 edition).

Tom Stern, "Traces of Agatha Christie in Syria and Turkey" in Trümpler(1999; 2001 edition), pp. 287-302.

Faye Stewart, "Of Red Herrings and Lavender: Reading Crime and Identity in Queer Detective Fiction", *Clues: A Journal of Detection*, vol.27.2(2009), pp. 33-44.

Judy Suh, "Agatha Christie in the American Century", *Studies in Popular Culture*, vol.39(Fall 2016), pp. 61-80.

Julian Symons, *Bloody Murder*(1972; 1974 edition)(줄리언 시먼스, 《블러디 머더》, 김명남 옮김, 을유문화사, 2012).

_____ "Foreword: A Portrait of Agatha Christie", in Harold Bloom et al, *Modern Critical Views: Agatha Christie*(1992; 2002 edition).

Marguerite Tarrant, "Mathew Prichard", *People*(10 April 1978).

James Tatum, *The Mourner's Song: War and Remembrance from the Iliad to Vietnam*(2003).

Laura Thompson, *Agatha Christie: An English Mystery*(2007; 2008 edition).

Charlotte Trümpler, ed., *Agatha Christie and Archaeology*(1999; 2001 edition).

Lynn Underwood, ed., *Agatha Christie, Official Centenary Edition*(1990).

H. V. F. Winstone, *Woolley of Ur*(1990).

Lucy Worsley, *A Very British Murder*(2013).

Peter Wright, "In the Shadow of Hercule: The War Service of Archibald Christie", *Cross & Cockade International*, vol.41/3(2010), pp. 161-4.

Francis Wyndham, "The Algebra of Agatha Christie", *The Sunday Times*(26 February 1966).

웹 정보 출처

데이비드 버닛(David Burnett)의 블로그, williamhallburnett.uk.

Juliette Desplatt, "Decolonising Archaeology in Iraq?" The National Archive Blog(27 June 1917) https://blog.nationalarchives.gov.uk/decolonising-archaeology-iraq.

Carine Harmand, "Sparking the imagination: the rediscovery of Assyria's great lost city", https://blog.britishmuseum.org/sparking-the-imagination-the-rediscovery-of-assyrias-great-lost-city.

Peter Harrington, 딜러, 샬럿 '카를로' 피셔의 서재 내 서명된 책 판매 카탈로그, https://

www.peter-harrington.co.uk/blog/wp-content/uploads/2016/09/Christie.pdf.

Matt Houlbrook, "How the 'Roaring Twenties' myth obscures the making of modern Britain", https://www.historyextra.com.

Kyra Kaercher, "Adventure Calls: The Life of a Woman Adventurer", Penn Museum blog(29 February 2016) https://www.penn.museum/blog/museum/adventure-calls-the-life-of-a-woman-adventurer.

적십자 기록보관소, museumandarchives.redcross.org.uk.

Eleanor Robson, "Remnants of Empire: Views of Kalhu in 1950", oracc.museum.upenn.edu(2016).

미출간 2차 자료

Tim Barmby and Peter Dalton, "The Riddle of the Sands: Incentives and Labour Contracts on Archaeological Digs in Northern Syria in the 1930s", University of Aberdeen Business School, 토론 자료(2006).

Tina Hodgkinson, "Disability and Ableism", 사우샘프턴 솔렌트대학교 애거사 크리스티 학회 발표 논문(2019년 9월 5-6일).

Ann Laver, "Agatha Christie's Surrey", 연구 논문, SHC에서 사본 확인 가능(2013).

Janet Likeman, "Nursing at University College, London, 1862-1948", 박사 학위 논문, University of London(2002).

Helene Maloigne, "'Striking the Imagination through the Eye': Relating the Archaeology of Mesopotamia to the British Public, 1920-1939", 박사 학위 논문, University College London(2020).

Henrietta McCall, "Deadlier Than The Male: The Mysterious Life of Katharine Woolley(1888-1945)".

Margaret C. Terrill, "Popular (Non) Fiction: The Private Detective in Modern Britain", 석사 학위 논문, Dedman College, Southern Methodist University(2016).

Christopher Charles Yiannitsaros, "Deadly Domesticity: Agatha Christie's 'Middlebrow' Gothic, 1930-1970", 박사 학위 논문, University of Warwick(2016).

주

저자의 말

1 Godfrey Winn, "The Real Agatha Christie", *Daily Mail*(12 September 1970).

2 Agatha Christie, *An Autobiography*(1977; 2011 edition), p. 517. 미주에 언급하지 않은 추가 인용은 모두 같은 출처에서 인용한 것임.

3 특히 Gillian Gill, *Agatha Christie: The Woman and Her Mysteries*(1990) 참조.

1. 내가 태어난 집

1 *Torquay Times & South Devon Advertiser*(19 September 1890), p. 1; *Morning Post*(18 September 1890).

2 Richard Hack, *Duchess of Death*(2009), p. 6.

3 1926년 경찰 실종자 묘사; Ramsey(1967), p. 22; 애거사의 여권.

4 CAT 사진 앨범.

5 CAT 밀러 가족의 책 "Confessions, An Album to Record Thoughts Feelings"(27 October 1903).

6 매슈 프리처드와의 개인 대화(2020년 9월 29일).

7 CAT "Confessions"(15 October 1897).

8 *Daily Mail*(January 1938).

9 CAT 애들레이드 로스(Adelaide Ross)[결혼 전 성 필포츠(Phillpotts)]가 애거사에게(1966년 3월 15일).

10 Gillian Gill, *Agatha Christie: The Woman and Her Mysteries*(1990), pp. 5 6.

11 콜린 A. 브레이디의 철저하고 상세한 조사에 감사한다.

12 CAT 미공개 타자 원고, "The House of Beauty".

13 《끝없는 밤*Endless Night*》(1967); Laura Thompson, *Agatha Christie: An English Mystery*(2007; 2008 edition), p. 7 참조.

2. 집안의 광기

1 "The H.B. Claflin Company", *New York Times*(20 April 1890); Colleen A. Brady.

2 2021년 5월 그린웨이에서 보존하기 위해 드레스를 펼쳐놓았을 때 살펴보았다.

3 CAT no. 30, 런던 주재 미국 대사 화이틀로 리드(Whitelaw Reid)에게 보낸 편지 (1909년 4월 2일).

4 Ian Rowden, "When Agatha Christie kept the cricket score", *Torquay Times*(24 September 1974).

5 임차권 판매 광고, *The Times*(9 October 1880).

6 Gwen Robyns, *The Mystery of Agatha Christie*(1978; 1979 edition), p. 36에 인용된 그웬 페티(Gwen Petty)의 말.

7 CAT "Confessions"(1 May 1871).

8 CAT 더블린 개리슨, 세례 증명서(1854년 3월 14일).

9 모두 콜린 A. 브레이디의 엄청난 계보학 조사 덕이다.

10 CAT 타자 원고 "The House of Beauty".

11 CAT "Album" 클라라 밀러의 필체로 쓰인 가족 시.

12 Max Mallowan, *Mallowan's Memoirs*(1977; 2021 edition), p. 196.

3. 집 안의 그것

1 *Torquay Times and South Devon Advertiser*(6 January 1893), p. 7.

2 NT 121991, 클라라 밀러가 손으로 쓴 책 "Recipes for Agatha".

3 Robyns(1978; 1979 edition), pp. 49-50에서 재인용.

4 NT 122993, 122998, 123010, 122953, 122976, 123024 애시필드 청구서.

5 *Daily Mail*(7 December 1926).

6 CAT "Confessions"(1870).

7 《깨어진 거울*The Mirror Crack'd from Side to Side*》(1962).

8 《엄지손가락의 아픔*By the Pricking of My Thumbs*》(1968).

9 Francis Wyndham, "The Algebra of Agatha Christie", *The Sunday Times*(26 February 1966).

10 Marcelle Bernstein, "Hercule Poirot is 130", *Observer*(14 December 1969).

11 《잠자는 살인*Sleeping Murder*》(1976).

12 Mallowan(1977; 2021 edition), p. 195.

13 《두 번째 봄*Unfinished Portrait*》(1934).

14 Alison Light, *Forever England: Femininity, Literature and Conservatism between the*

Wars (1991; 2013), p. 94.

15 CAT 타자 원고 "The House of Beauty".

4. 음울해진 애시필드

1 《자서전*An Autobiography*》(1977), p. 103.

2 "A.B. Townsend Tries Suicide", *New York Times*(15 March 1901), p. 1.

3 *New-York Daily Tribune*(10 January 1896), p. 7.

4 https://www.findagrave.com/memorial/196044102/margaret-frary-watts.

5 CAT 미출간 타자 원고 "Then and Now"(1949).

6 CAT "Confessions"(날짜 미상).

7 CAT 몬티의 노트(1924).

8 CAT 프레더릭이 클라라에게(1901년 10월 24일).

9 CAT 애거사가 프레더릭에게(날짜 미상, 아마도 1901년).

10 《자서전》, p. 111; CAT 소장 물품.

11 Hack(2009), p. 28.

12 *Law Reports — East Africa Protectorate,* vol. 4, p. 135; *An Autobiography*, p. 382.

13 http://www.nationalarchives.gov.uk/pathways/census/living/making/women.htm.

14 《자서전》, p. 113.

5. 남편감을 기다리며

1 바버라 카틀랜드(Barbara Cartland); Juliet Nicolson, *The Great Silence: 1918-1920*(2009; 2010 edition), pp. 3-4에서 재인용.

2 http://www.nationalarchives.gov.uk/pathways/census/living/making/women.htm

3 CAT "Confessions"(14 October 897).

4 CAT 매지가 애거사에게(2월 26일, 뉴욕).

5 James Burnett, *Delicate, Backward, Puny and Stunted Children*(1895), pp. 90-1.

6 Gillian Franks, *Aberdeen Press and Journal*(23 September 1970), p. 5.

7 Wyndham(1966).

8 《살인은 쉽다*Murder Is Easy*》(1939).

6. 최고의 빅토리아 시대 화장실

1 CAT 미공개 타자 원고, "Then and Now"(1949).

2 CAT "Confessions"(19 April 1954).

3 1901년 영국 인구 조사.

4 Clare Hartwell, Matthew Hyde and Nikolaus Pevsner, *Cheshire: The Buildings of England*(2011), p. 207.

5 Jared Cade, *Agatha Christie and the Eleven Missing Days*(1998; 2011 edition), p. 32.

6 《자서전》, p. 139; Cade(1998; 2011 edition), p. 34.

7. 게지라 팰리스 호텔

1 이 여행이 전에는 1910년으로 알려져 있었으나 증기선 헬리오폴리스는 1909년부터 카이로 운항을 중단했다. 이런 등의 이유로 콜린 A. 브레이디는 1908년일 것이라고 말한다.

2 Artemis Cooper, *Cairo in the War, 1939-45*(1989; 2013 edition), pp. 489, 511.

3 Karl Baedeker(firm), *Egypt and the Sudan, Handbook for Travellers*(1908), p. 74.

4 CAT 애거사 어릴 때 사진을 담은 빨간 가죽 사진 앨범.

5 여권에 적힌 정보.

6 CAT 미공개 타자 원고 "Then and Now"(1949).

7 《죽은 자의 어리석음*Dead Man's Folly*》(1956).

8 Bernstein(1969).

9 데이비드 버닛(David Burnett)의 블로그 williamhallburnett.uk(2017년 9월 14일).

10 CAT 미공개 타자 원고 *Snow upon The Desert*, pp. 4-5, 31, 36.

11 CAT 이든 필포츠가 애거사에게(1909년 2월 6일).

8. 그리고 아치볼드가 나타났다

1 Robyns(1978; 1979 edition), p. 49에서 재인용.

2 Julius Green, *Curtain Up — Agatha Christie: A Life in Theatre*(2015; 2018 edition), pp. 45-6.

3 《침니스의 비밀*The Secret of Chimneys*》(1925).

4 Robert Barnard, *A Talent to Deceive*(1979; 1987 edition), pp. 31-2.

5 《오리엔트 특급 살인*Murder on the Orient Express*》(1934).

6 Robyns(1978; 1979 edition), p. 66에서 재인용.

7 SHC *Admissions to Brookwood and Holloway Mental Hospitals*(1867-1900) 아치볼드 크리스티 항목(환자 번호 1744).

8 CAT 아치 크리스티의 일생의 주요 사건을 기록한 수기 노트 사본.

9 *Exeter and Plymouth Gazette*(2 January 1913), p. 5.

10 CAT 아치 크리스티의 일생의 주요 사건을 기록한 수기 노트 사본.

11 *Western Daily Mercury*(28 December 1912), p. 4.

12 https://www.thegazette.co.uk/London/issue/28725/page/3914.

9. 토키 시청 병원에서

1 https://www.rafmuseum.org.uk/research/online-exhibitions/rfc_centenary/the-rfc/the-central-flying-school.aspx.

2 CAT 아치가 애거사에게(1913년, 날짜 미상), "Monday 10pm Royal Flying Corps Netheravon".

3 CAT 아치가 애거사에게(1913년, 날짜 미상), "Sunday Royal Flying Corps Netheravon".

4 CAT 아치가 애거사에게(1913년, 날짜 미상), "Wednesday RFC".

5 CAT 아치볼드 크리스티의 비행 일지 사본(1913년).

6 CAT 아치가 애거사에게(1913년?, 날짜 미상), "Sunday Royal Flying Corps".

7 CAT 아치가 애거사에게(1913년, 날짜 미상), "Wednesday RFC".

8 CAT 아치가 애거사에게(1913년, 날짜 미상), "Wednesday, Royal Flying Corps Netheravon".

9 TNA AIR 76/86/79.

10 Peter Wright, "In the Shadow of Hercule: The War Service of Archibald Christie", *Cross & Cockade International*, vol. 41/3(2010), pp. 161-4.

11 John Howard Morrow, *The Great War In The Air: Military Aviation from 1909 to 1921*(1993), p. xv.

12 CAT 아치가 애거사에게(1914년, 날짜 미상), "Sunday Royal Flying Corps".

13 《두 번째 봄》(1934).

14 CAT 아치볼드 크리스티의 사신(스튜디오 라파예트)(no. 53218a).

15 《인생의 양식*Giant's Bread*》(1930).

16 대영제국 전쟁 박물관 음성 인터뷰(1974년 10월 16일), 수납 번호 493.

17 Franks(1970), p. 5.

18 대영제국 전쟁 박물관 음성 인터뷰(1974년 10월 16일), 수납 번호 493.

19 Vera Brittain, *Testament of Youth*(1933), p. 210.

20 Brittain(1933), pp. 213; 211.

21 Christine E. Hallett, *Nurse Writers of the Great War*(2016), p. 190.

22 Alison S. Fell and Christine E. Hallett, eds., *First World War Nursing: New Perspectives*(2013).

23 《인생의 양식》(1930).

24 John Curran, *Agatha Christie's Secret Notebooks*(2009; 2010 edition), p. 309.

25 애거사 밀러의 적십자단 봉사 카드, museumandarchives.redcross.org.uk/objects/28068.

26 Clementina Black, *Married Women's Work*(1915), p. 1.

27 영국군 토머스 베이커 일병, "Voice of the First World War: Home on Leave", 대영 제국 박물관 팟캐스트 https://www.iwm.org.uk/history/voices-of-the-first-world-war-home-on-leave.

28 대영제국 전쟁 박물관 음성 인터뷰(1974년 10월 16일), 수납 번호 493.

29 CAT "What we did in the Great War"라는 제목의 앨범, 가짜 잡지, "Hints on Etiquette".

30 같은 잡지, "M.E's Dream of Queer Women".

31 미스 매리언 아일린 모리스 봉사 카드, vad.redcross.org.uk.

32 CAT "What we did in the Great War"라는 제목의 앨범, 가짜 잡지, "Police Court News, Coroners Inquest at Torquay".

10. 사랑과 죽음

1 CAT 아치볼드 크리스티의 전쟁 일기 사본.

2 *London Gazette*(20 October 1914).

3 Patrick Bishop, *Fighter Boys*(2003), p. 10.

4 Bishop(2003), p. 12에서 재인용.

5 TNA AIR1/742/204/2/50(25 May 1915), Peter Wright, "In the Shadow of Hercule: The War Service of Archibald Christie", *Cross & Cockade International,* vol. 41/3(2010), pp. 161-4, p. 163에서 재인용.

6 《골프장 살인 사건*The Murder on the Links*》(1923).

7 CAT 아치볼드 크리스티의 전쟁 일기 사본.

8 《인생의 양식》(1930).

9 https://www.nationalarchives.gov.uk/first-world-war/home-front-stories/love-and-war/.

10 CAT 타자 원고, "THE A.A. ALPHABET for 1915".

11 CAT 아치의 "Character of Miss A.M.C. Miller"(1916년 7월 9일).

12 Janet H. Howarth, *Women in Britain*(2019), p. xxxiv.

13 Gill(1990), p. 56; 《카리브해의 미스터리*A Caribbean Mystery*》(1964).

14 Nicolson(2009; 2010 edition), p. 123에서 재인용.

15 Marie Stopes, *Married Love*(1918), Chapter 5, p. 7.

16 CAT 아치가 애거사에게(21 December 1915).

17 같은 글.

18 CAT 아치가 애거사에게(날짜 미상, 1916년 26일?).

19 Wright(2010), p. 163.

20 CAT 아치가 애거사에게(1917년 4월 4일).

21 《두 번째 봄》(1934).

11. 회색 뇌세포의 탐정

1 Anthony Thwaite, ed., *Further Requirements, Philip Larkin*(2001; 2013 edition), p. 57 에서 재인용.

2 "In a Dispensary", *Star Over Bethlehem and other stories*(2014 edition), p. 207에 재수록.

3 CAT 노트 40; Janet Morgan, *Agatha Christie: A Biography*(1984; 2017 edition), p. 70.

4 Lynn Underwood, ed., *Agatha Christie*, Official Centenary Edition(1990), p. 18.

5 Kathryn Harkup, *A Is For Arsenic: The Poisons of Agatha Christie*(2015), p. 71, pp. 291-307.

6 《자서전》, p. 211.

7 《스타일스 저택의 괴사건*The Mysterious Affair at Styles*》의 설득력 있는 해석은 Gill(1990), pp. 55-61과 Light(1991; 2013), pp. 66-7 참조.

8 《두 번째 봄》(1934).

9 Rupert Brooke, Peter Hart, *Fire and Movement: The British Expeditionary Force and the Campaign of 1914*(2014), p. 256에서 재인용.

10 《커튼*Curtain*》(1975).

11 Arthur Conan Doyle, *A Study in Scarlet*(1887; 1974 edition), p. 43.

12 《골프장 살인 사건》(1923).

12. 무어랜드 호텔

1 Nigel Dennis, "Genteel Queen of Crime", *Life*(May 1956), p. 102.

2 무어랜드 호텔 광고(1916년), Bret Hawthorne, *Agatha Christie's Devon*(2009), p. 71.

3 Charles Osborne, *The Life and Crimes of Agatha Christie*(1982; 2000 edition), p. viii.

4 Eden Phillpotts, *My Devon Year*(1916), p. 192.

5 Bernstein(1969).

6 Gill(1990), p. 46.

7 Gill(1990), pp. 47-57.

13. 런던에 입성하다

1 Nicola Humble, *The Feminine Middlebrow Novel, 1920s to 1950s*(2001), p. 111.

2 Nicolson(2009; 2010 edition), p. 7.

3 Humble(2001), p. 125.

4 Alison Light, *Mrs Woolf and the Servants*(2007), p. 132.

5 Nicolson(2009; 2010 edition), p. 37에서 재인용.

6 노동 연구부, *Wages Prices and Profits*(1922), pp. 54, 63, 87.

7 George Orwell, *The Road to Wigan Pier*(1937; 2021 edition), p. 84.

8 Howarth(2019), p. xiv.

9 Howarth(2019), p. l.

10 《두 번째 봄》(1934).

11 Suzie Grogan, *Shell Shocked Britain: The First World War's Legacy for Britain's Mental Health*(2014), pp. 99-136.

14. 사랑스럽지만 알 수 없는 존재

1 CAT "Confessions"(27 October 1903).

2 《백주의 악마*Evil under the Sun*》(1941).

3 《두 번째 봄》(1934).

4 《두 번째 봄》(1934).

5 Thompson(2007; 2008 edition), p. 123-5 참고.

6 CAT 애거사가 맥스에게(20 February 1944).

7 《서재의 시체*The Body in the Library*》(1942).

8 Humble(2001), p. 116.

9 Nicolson(2009; 2010 edition), p. 183.

10 Philip Gibbs, Sarah Cole, *Modernism, Male Friendship, and the First World*

War(2003), p. 206에서 재인용.

11 《두 번째 봄》(1934).

15. 저명한 출판업자의 초대장

1 CAT 이든 필포츠가 애거사에게(1909년 2월 6일).

2 Underwood(1990), p. 34에서 재인용.

3 Peter D. McDonald, "Lane, John", *Oxford Dictionary of National Biography*(2004).

4 BHL 《스타일스 저택의 괴사건》의 독자 의견(1919년 10월 7일 자).

5 James Carl Bernthal, "A Queer Approach to Agatha Christie", 박사 학위 논문, 엑서터대학교(2015), p. 29.

6 《갈색 양복의 사나이*The Man in the Brown Suit*》(1924).

7 *Pall Mall Gazette*(20 January 1922).

8 Matt Houlbrook, "How the 'Roaring Twenties' myth obscures the making of modern Britain", https://www.historyextra.com/period/20th-century/roaring-twenties-myth-britain-british-history-i920s-interwar-why-important.

9 Light(1991; 2013 edition), p. 90.

10 *The Times*(21 January 1922).

11 Mathew Prichard, ed., *Agatha Christie: The Grand Tour*(2012), p. 31에서 재인용.

12 Hilary Macaskill, *Agatha Christie at Home*(2009; 2014 edition), p. 24.

13 Prichard, ed., (2012), pp. 223, 156에서 재인용.

14 같은 책, pp. 98, 90.

15 같은 책, p. 344.

16. '스릴러'라고 부르는 것

1 John Curran, "An introduction" to *The Mysterious Affair at Styles*(1921; 2016 edition), p. 1.

2 *Times Literary Supplement*(2 March 1921); Hack(2008), p. 75.

3 Dennis Sanders and Len Lovallo, *The Agatha Christie Companion*(1984), p. 10.

4 Harkup(2015), p. 15.

5 Underwood(1990), p. 34에서 재인용.

6 BHL 애거사가 베이질 윌레츠(Basil Willets)에게(1920년 10월 19일).

7 *Pall Mall Gazette*(20 January 1922).

8 Adrian Bingham, "Cultural Hierarchies and the Interwar British Press" in Erica

Brown and Mary Grover, eds., *Middlebrow Literary Cultures: The Battle of the Brows, 1920-1960*(2012), pp. 55-68.

9 Maroula Joannou, *The History of British Women's Writing, 1920-1945*(2012; 2015 edition), pp. 1-3.

10 《목사관의 살인*The Murder at the Vicarage*》(1930).

11 EUL MS 99/1/1956/1 애거사가 코크에게(1956년 1월 8일).

12 Virginia Woolf, "Middlebrow"(1932) in *The Death of the Moth and Other Essays*(1942), p. 119; Christopher Charles Yiannitsaros, "Deadly Domesticity: Agatha Christie's 'Middlebrow' Gothic, 1930-1970", 박사 학위 논문, 워릭대학교(2016), p. 30.

13 Joannou(2012; 2015 edition), p. 15.

14 Merja Makinen, *Agatha Christie: Investigating Femininity*(2006), p. 30; 《비밀 결사*The Secret Adversary*》(1922).

15 Bernthal(2015), pp. 26-7.

16 *Daily Mail*(19 May 1923).

17 BHL 애거사가 베이질 윌레츠에게(1923년 11월 4일); 아치가 보들리 헤드에(1921년 10월 3일); 애거사가 베이질 윌레츠에게(1921년 12월 6일).

18 Robyns(1978; 1979 edition), p. 77에서 재인용.

19 BHL 애거사가 베이질 윌레츠에게(1923년 11월 4일).

20 Cade(1998; 2011 edition), p. 66.

21 같은 책, p. 53; Hack(2009), p. 84.

22 Margaret Forster, *Daphne du Maurier*(1993), p. 235.

23 《침니스의 비밀》(1925); Gill(1990), pp. 81-2.

24 Bernstein(1969).

25 Osborne(1982; 2000 edition), p. 43.

26 《왜 에번스를 부르지 않았지?*Why Didn't They Ask Evans?*》(1934).

27 Gill(1990), p. 90.

28 Barnard(1979; 1987 edition), p. 17.

17. 서닝데일의 미스터리

1 Trümpler(1999; 2001 edition), p. 390에 재수록.

2 Bernard Darwin, *The Sunningdale Golf Club*(1924), pp. 8, 12.

3 Andrew Lycett, *Ian Fleming: The Man Who Created James Bond*(1995), p. 387에서 재

인용.

4 《침니스의 비밀》(1925).

5 Margaret Rhondda, *Leisured Woman*(1928), Howarth(2019), p. 41에서 재인용.

6 CAT 타자 원고, "THE A. A. ALPHABET for 1915"

7 이 부분을 일깨워준 크리스틴 핼릿(Christine Hallett)에게 감사한다.

8 Cade(1998; 2011 edition), p. 57.

9 CAT 애거사가 맥스에게(1930년 11월 5일).

10 CAT 매지가 지미 밀러에게(1924년, 날짜 미상).

11 《침니스의 비밀》(1925); 《비밀 결사》(1922).

12 CAT 타자 원고, 희곡 〈십 년*Ten Years*〉.

13 Green(2015; 2018 edition), p. 50.

14 《시태퍼드 미스터리*The Sittaford Mystery*》(1931).

15 CAT 몬티의 노트(1924).

16 *Western Times*(2 April 1931).

17 *Western Morning News*(22 July 1926), p. 2.

18 CAT 몬티의 노트(1924); Thompson(2007; 2008 edition), pp. 54-5.

19 Nicolson(2009; 2010 edition), pp. 133-4.

20 《인생의 양식》(1930).

21 CAT 몬티의 노트(1924).

22 *Western Times*(2 April 1931), p. 1.

23 *Torquay Times and South Devon Advertiser*(28 May 1897), p. 3.

18. 스타일스 저택의 괴사건

1 *Daily Sketch*, Sanders and Lovallo(1984), p. 35에서 재인용.

2 Wyndham(1966).

3 Ramsey(1967), p. 37에서 재인용.

4 *Daily Mail*(27 May 1926).

5 *Westminster Gazette*(6 June 1925), p. 10; *The Times*(17 May 1927).

6 *Daily Express*(10 December 1926).

7 로절린드의 말, *The Times*(8 September 1990), p. 65.

8 *Daily Mail*(7 December 1926).

9 https://www.peterharrington.co.uk/blog/wp-content/uploads/2016/09/Christie.pdf.

10 샬럿 피셔가 로절린드에게 보낸 편지, Morgan(1984; 2017 edition), pp. 130-134에 다른 말로 바꿔 써서 수록.

11 *Westminster Gazette*(8 December 1926), p. 1.

12 Morgan(1984; 2017 edition), p. 128.

13 "Mr London", *Daily Graphic, Portsmouth Evening News*(20 August 1926)에서 재인용.

14 *Montrose, Arbroath and Brechin Review*(6 March 1925), p. 3.

15 *Dundee Courier*(17 December 1926).

16 CAT 아치가 애거사에게(1913년, 날짜 미상), "Wednesday, Royal Flying Corps Netheravon".

17 CAT 애거사가 맥스에게(1944년 5월 6일).

18 《살인은 쉽다》(1939).

19 Yiannitsaros(2016), p. 11.

20 *Daily Mail*(10 December 1926).

21 *The Times*(3, 4 December 1926).

19. 미시즈 크리스티의 실종

1 *Daily Mail*(10 December 1926).

2 *Daily Mail*(7 December 1926).

3 *Daily Mail*(7 December 1926).

4 베른하르트 크뢰니히(Bernhard Krönig)의 말, *Goodwin's Weekly*(1915). vol. 16, p. 11.

5 *Daily Mail*(7 December 1926).

6 *Daily Mail*(10 December 1926).

7 *Daily Mail*(11 December 1926).

8 *Daily Mail*(7 December 1926).

9 *Daily Mail*(9 December 1926).

10 *Daily Mail*(11 December 1926).

11 *Daily Mail*(16 February 1928).

12 *Daily Mail*(9 December 1926).

13 *Daily Mail*(16 February 1928).

14 *Daily Mail*(6 December 1926).

15 *Daily Mail*(9 December 1926).

16 *Daily Mail*(7 December 1926).

17 "She must leave this house", *Daily Mail*(15 December 1926); Morgan(1984; 2017 edition), p. 155.

18 *Daily Express*(15 December 1926).

19 Morgan(1984; 2017 edition), p. 155.

20 *Daily Mail*(7 December 1926).

21 *Daily Mail*(16 February 1928).

22 *Daily Mail*(9 December 1926).

23 *Daily Mail*(11 December 1926).

24 *Surrey Advertiser*(11 December 1926), pp. 6-7.

25 *Daily Mail*(16 February 1928).

26 *Daily Mail*(6 December 1926).

27 *Daily Mail*(11 December 1926).

28 《두 번째 봄》(1934).

29 《할로 저택의 비극*The Hollow*》(1946).

30 Mallowan(1977; 2021 edition), p. 201.

31 *Daily Mail*(16 February 1928).

32 *Daily Mail*(6 December; 9 December 1926).

33 TNA HO 45/25904.

34 *Daily Express*(7 December 1926).

35 TNA HO 45/25904.

36 Andrew Norman, *Agatha Christie, The Disappearing Novelist*(2014), p. 107.

37 *Daily Express*(16 May 1932).

38 *Surrey Advertiser*(18 December 1926), p. 6.

39 *Daily Mail*(11 December 1926).

40 Ritchie Calder, "Agatha and I", *New Statesman*(30 January 1976), p. 128.

41 *Daily Express*(11 December 1926).

20. 해러게이트 하이드로패식 호텔

1 Rachel Aviv, "How A Young Woman Lost Her Identity", *New Yorker*(26 March 2018).

2 같은 글.

3 Hubert Gregg, *Agatha Christie and All That Mousetrap*(1980), p. 36.

4 *Daily Mail*(16 February 1928).

5 *Daily Mail*(15 December 1926).

6 *Daily Mail*(16 February 1928).

7 *Daily Mail*(17 December 1926).

8 *The Times*의 보도, Norman(2014), p. 43에서 재인용.

9 *Daily Mail*(16 February 1928).

10 Bernstein(1969).

11 *Daily Mail*(16 February 1928).

12 이 부분은 트레이시 로흐런(Tracey Loughran)과 크리스틴 핼릿의 도움을 받았다.

13 이 부분은 베들럼 왕립 병원의 데이비드 럭(David Luck)의 도움을 받았다.

14 조이스 다 실바의 말, *Daily Mail*(7 December 1926).

15 *Daily Mail*(15 December 1926).

16 Richard Metcalfe, *Hydropathy in England*(1906), p. 214.

17 *Daily Mail*(15 December 1926).

18 Cade(1998; 2011 edition), p. 137.

19 *Daily Mail*(15 December 1926).

20 로지 애셔의 증언은 Cade(1998, 2011 edition), p. 126에 자세히 인용되어 있다.

21 *Daily Mail*(16 December 1926).

22 *Daily Express*(15 December 1926).

23 TNA HO 45/25904.

24 *The Times*(7 December 1926).

25 *Daily Mail*(7 December 1926).

26 *Daily Mail*(7 December 1926).

27 *Surrey Advertiser*(18 December 1926), p. 6.

28 *Daily Mail*(15 December 1926).

29 Ritchie Calder, Robyns(1978; 1979 edition), p. 105에서 재인용.

30 *Daily Mail*(11 December 1926).

31 *Daily Sketch*, Cade(1998; 2011 edition), p. 93에서 재인용.

32 *Daily Mail*(15 December 1926).

33 Cade(1998; 2011 edition), p. 125.

34 *New York Times*(6 December 1926).

35 Cade(1998; 2011 edition), pp. 124-5.

36 *Daily Mail*(15 December 1926).

37 *Daily Express*(10 December 1926).

38 *Daily Mail*(17 December 1926).

39 *Daily News*(7 December 1926), p. 7.

40 *Westminster Gazette*(7 December 1926), p. 1.

41 조이스 다 실바의 말, *Daily Mail*(7 December 1926).

42 *Daily Mail*(8 December 1926).

43 Wilfred Harris, *Nerve Injuries and Shock*(1915), p. 108.

44 이 부분은 트레이시 로흐런에게 도움을 받았다.

45 *Daily Mail*(8 December 1926).

46 *Daily Mail*(15 December 1926).

47 *Daily Express*(15 December 1926).

48 *Westminster Gazette*(8 December 1926), p. 1; TNA HO 45/25904.

49 *Daily Telegraph*(15 December 1926), p. 11.

50 Agatha Christie, "The Disappearance of Mr Davenheim", "Why people disappear", *Daily Mail*(7 December 1926)에서 재인용.

51 *Daily Express*(16 May 1932).

52 *Daily Mail*(8 December 1926).

53 *Daily Mail*(8 December 1926).

54 *The Times*(8 December 1926).

55 *The Times*(8 December 1926).

56 *Daily Mail*(14 December 1926).

57 *Daily Express*(9 December 1926).

58 *Daily Express*(9 December 1926).

59 *Daily Mail*(9 December 1926).

60 *Daily Express*(9 December 1926).

61 *Armstrong's Illustrated Harrogate Hand-book*(1900), p. 38.

62 *Daily Mail*(16 February 1928).

63 *Daily Express*(9 December 1926).

64 *Daily Mail*(16 February 1928).

65 Cade(1998; 2011 edition), p. 126에서 재인용.

66 *The Times*(11 December 1926), p. 1.

67 *Daily Express*(13 December 1926).

68 *Westminster Gazette*(9 December 1926), p. 1.

69 *Daily Mail*(16 February 1928).

70 *Daily Mail*(16 December 1926).

71 *Daily Mail*(16 December 1926).

72 Ritchie Calder(1976).

73 Robyns(1978; 1979 edition), p. 101.

74 *Daily Mail*(9 December 1926).

75 Cade(1998; 2011 edition), p. 126.

76 *Daily Mail*(10 December 1926).

77 *Daily Mail*(10 December 1926).

78 *Baltimore Sun*(12 December 1926).

79 *Evening News*, Thompson(2007; 2008 edition), p. 228에서 재인용.

80 *Daily Mail*(11 December 1926).

81 Cade(1998; 2011 edition), p. 126.

82 *Daily Telegraph*(11 December 1926), p. 5.

83 *Daily Telegraph*(15 December 1926), p. 11.

84 *The Times*(13 December 1926).

85 *Daily Mail*(10 December 1926).

86 *Daily Mail*(13 December 1926).

87 John Michael Gibson and Richard Lancelyn Green eds., *Arthur Conan Doyle, Letters to the Press*(1986), p. 322.

88 *Daily Express*(13 December 1926).

89 Edgar Wallace, "My Theory of Mrs Christie", *Daily Mail*(11 December 1926).

90 Harris(1915), p. 108.

91 *Daily Telegraph*(13 December 1926), p. 9.

92 *Daily Mail*(11 December 1926).

93 *Daily Mail*(14 December 1926).

94 Cade(1998; 2011 edition), p. 131.

95 Hack(2009), p. 98.

96 1979년 영화 〈애거사(*Agatha*)〉의 제작 노트, p. 6, 엑서터 빌 더글러스 영화 박물관에 사본이 있다.

97 Cade(1998; 2011 edition), pp. 118-9.

98 *The Times*(14 December 1926).

99 *Daily Mail*(14 December 1926).

21. 애거사가 등장하다

1 *Daily Express*(15 December 1926).

2 *Daily Mail*(15 December 1926).

3 *The Times*(15 December 1926).

4 *Daily Express*(15 December 1926).

5 *Daily Mail*(15 December 1926).

6 *Daily Mail*(15 December 1926).

7 *Daily Mail*(15 December 1926).

8 *Daily Mail*(16 December 1926).

9 *Daily Mail*(15 December 1926).

10 *Yorkshire Post*(15 December 1926), p. 10.

11 *Daily Mail*(15 December 1926).

12 Gibson and Green, eds., (1986).

13 *Daily Express*(16 December 1926).

14 *Daily Mail*(16 December 1926).

15 *New York Times*(16 December 1926); *Manchester Guardian*(16 December 1926).

16 *Daily Express*(16 December 1926).

17 *Daily Mail*(16 December 1926).

18 *Daily Mail*(17 December 1926).

19 *New York Times*(16 December 1926).

20 *Daily Mail*(15 December 1926).

21 *Daily Mail*(16 December 1926).

22 *Daily Mail*(17 December 1926).

23 George Rothwell Brown, "Post-scripts", *Washington Post*(16 December 1926).

24 *Surrey Advertiser*(18 December 1926), p. 6.

25 *Daily Mail*(17 December 1926).

26 *Daily Telegraph*(11 February 1927), p. 6.

27 TNA HO 45/25904.

28 *Westminster Gazette*(17 December 1926), p. 2.

29 *New York Times*(17 December 1926).

30 *Daily Express*(17 December 1926).

31 *Daily Mail*(17 December 1926).

32 *The Times*(17 December 1926).

33 로절린드, *The Times*(8 September 1990), p. 65.

34 Donald Elms Core, *Functional Nervous Disorders*(1922), p. 349.

35 *Daily Mail*(16 February 1928).

36 Morgan(1984; 2017 edition), p. 148.

37 《인생의 양식》(1930).

38 William Brown, *Suggestion and Mental Analysis*(1922), pp. 22, 41; Grogan(2014), pp. 99-101.

39 1920년대 심리치료에 관해 트레이시 로흐런과 특히 레이철 자딘(Rachel Jardine)에게 도움을 받았다.

40 Harris(1915), pp. 109-108.

41 *Daily Mail*(16 February 1928).

42 Harris(1915), p. 109; p. 108.

43 Core(1922), p. 357.

44 CAT 애거사가 맥스에게(1930년 5월, 날짜 미상).

45 *The Times*, 법률 보고서(10 February 1928).

46 *Daily Mail*(16 February 1928).

47 Lawrence Stone, *The Road to Divorce, 1530-1987*(1990), p. 396.

48 Robyns(1978; 1979 edition), p. 129.

49 *The Times*, "Decree Nisi for a Novelist"(21 April 1928).

50 《두 번째 봄》(1934).

51 TNA J 77/2492/7646 이혼 법원 파일.

52 "아치의 편지와 함께 집필 상자 안에" 보관된 문서, Morgan(1984; 2017 edition), p. 165에서 재인용, CAT에서는 발견되지 않음.

53 Mallowan(1977; 2021 edition), p. 195.

54 Erica Brown and Mary Grover, eds., *Middlebrow Literary Cultures: The Battle of the Brows, 1920-1960*(2012)에 포함된 존 백선데일(John Baxendale)과 존 셰프콧(John Shapcott)의 글 참고.

55 Osborne(1982; 2000 edition), p. 57.

56 Elizabeth Walter, "The Case of the Escalating Sales" in H.R.F. Keating, ed., *Agatha Christie: First Lady of Crime*(1977), pp. 13-24, p. 15.

57 A.L. Rowse, *Memories and Glimpses* (1980, 1986 edition), p. 78.

22. 오리엔트 특급 열차를 타고

1 CAT 타자로 친 시, "A Choice".

2 CAT 애거사가 맥스에게(날짜 미상, 아마도 1930년 11월).

3 *Come, Tell Me How You Live*(1946), p. 12.

4 Andrew Eames, *The 8.55 to Baghdad*, London(2004; 2005 edition), p. 274.

5 Helene Maloigne, ""Striking the Imagination through the Eye": Relating the Archaeology of Mesopotamia to the British Public, 1920-1939", 박사 학위 논문, 유니버시티 칼리지 런던(2020), p. 43.

6 《오리엔트 특급 살인》(1934).

7 Trümpler(1999; 2001 edition), p. 330.

8 Mallowan(1977; 2021 edition), p. 34.

9 *Come, Tell Me How You Live*(1946, 2015 edition), p. 49.

10 《침니스의 비밀》(1925).

11 Judy Suh, "Agatha Christie in the American Century", *Studies in Popular Culture*, vol. 39(Fall 2016), p. 71.

12 Maloigne(2020), p. 12.

13 Mallowan(1977; 2021 edition), p. 35.

14 그가 총을 사용했다고 잘못 알려져 있다. 국립 문서 보관소에 소장된 헨리에타 매콜(Henrietta McCall)의 연구가 캐서린 울리의 삶을 자세히 살펴 기록을 바로잡았다. "More Deadly Than The Male: The Mysterious Life of Katharine Woolley(1888-1945)".

15 Kaercher(2016); H.V.F. Winstone, *Woolley of Ur*(1990), pp. 137-9에서 재인용.

16 Winstone(1990), p. 143에서 재인용.

17 Winstone(1990), p. 147.

18 Mallowan(1977; 2021 edition), pp. 36, 208.

23. 고고학자 맥스 맬로원

1 NT 123598 레너드 울리가 맥스 맬로원에게(1927년 8월 2일).

2 "The World This Weekend"(11 September 1977) BBC 문서 보관소.

3 전체 삶의 기록은 Henrietta McCall, *The Life of Max Mallowan*(2001) 참고.

4 Mallowan(1977; 2021 edition), p. 36.

5 Mallowan(1977; 2021 edition), p. 29.

6 NT 123593 마르그리트 맬로원이 맥스 맬로원에게(1926년 11월 23일).

7 Mallowan(1977; 2021 edition), p. 14.

8 NT 123612.1 마르그리트 맬로원이 프레더릭 맬로원에게(1929년 12월 27일).

9 Mallowan(1977; 2021 edition), p. 19.

10 NT 123591 맥스 맬로원이 마르그리트 맬로원에게(1919년 2월 16일).

11 NT 123665 마르그리트 맬로원이 맥스 맬로원에게(1926년 11월 23일).

12 Mallowan(1977; 2021 edition), p. 28.

13 Mallowan(1977; 2021 edition), p. 36.

14 McCall(2001), pp. 41-3.

15 CAT 애거사가 맥스에게(1930년, 날짜 미상).

16 CAT 맥스가 애거사에게(1930년 11월 23일).

17 CAT 애거사가 맥스에게(1930년, 날짜 미상).

18 CAT 애거사가 맥스에게(1930년, 날짜 미상).

24. 당신과 결혼할 것 같아

1 CAT 애거사가 맥스에게(1930년 5월, 날짜 미상).

2 CAT 맥스가 애거사에게(1930년 5월 14일).

3 CAT 애거사가 맥스에게(1930년, 날짜 미상).

4 CAT 애거사가 맥스에게(1930년 12월 11일).

5 CAT 애거사가 맥스에게(1931년 10월 23일).

6 CAT 애거사가 맥스에게, 애시필드에서(1930년 5월 21일).

7 《메소포타미아의 살인*Murder in Mesopotamia*》(1936).

8 CAT 맥스가 애거사에게(1930년 9월 1일).

9 CAT 맥스가 애거사에게(1930년 5월 13일).

10 CAT 애거사가 맥스에게(아마도 1930년 11월, 날짜 미상).

11 CAT 애거사가 맥스에게(1930년 5월 21일).

12 CAT 맥스가 애거사에게(1930년 5월 14일).

13 CAT 맥스가 애거사에게(1930년 5월 19일).

14 CAT 애거사가 맥스에게(1930년 5월, 날짜 미상).

15 CAT 맥스가 애거사에게(1930년 5월 15일).

16 CAT 맥스가 애거사에게(1930년 9월 6일).

17 CAT 애거사가 맥스에게(1930년 5월, 날짜 미상).

18 CAT 애거사가 맥스에게(아마도 1930년 11월, 날짜 미상).

19 CAT 애거사가 맥스에게(1930년, 날짜 미상).

20 CAT 맥스가 애거사에게(1945년 2월 25일).

21 CAT 애거사가 로절린드에게(1971년 7월, 날짜 미상).

22 CAT 애거사가 맥스에게(1930년 7월, 날짜 미상).

23 CAT 맥스가 애거사에게(1930년 7월 31일).

24 CAT 애거사가 맥스에게(아마도 1930년 가을, 날짜 미상).

25 CAT 애거사가 맥스에게(1930년 5월 21일).

26 CAT 맥스가 애거사에게(1930년 7월 18일).

27 CAT 맥스가 애거사에게(1930년 7월 31일).

28 CAT 맥스가 애거사에게(1930년 5월 14일).

29 CAT 맥스가 애거사에게(1930년 8월 26일).

30 NT 123612.1 마르그리트 맬로원이 프레더릭 맬로원에게(1929년 12월 27일).

31 CAT 애거사가 맥스에게(1930년, 날짜 미상).

32 CAT 맥스가 애거사에게(1930년 9월 1일).

33 CAT 맥스가 애거사에게(1930년 7월 29일).

34 CAT 맥스가 애거사에게(1930년 9월 4일).

35 《0시를 향하여 *Towards Zero*》(1944).

36 CAT 맥스가 애거사에게(1930년 8월 27일).

37 CAT 애거사가 맥스에게(1930년 8월, 날짜 미상).

38 CAT 맥스가 애거사에게(1930년 9월 1일).

39 CAT 맥스가 애거사에게(1930년 8월 17일).

40 *Daily Express*(17 September 1930).

41 CAT 노트 40.

42 CAT 애거사가 맥스에게(1930년 10월, 날짜 미상).

43 CAT 맥스가 애거사에게(1930년 11월 8일).

44 CAT 애거사가 맥스에게(아마도 1930년 가을, 날짜 미상).

45 CAT 맥스가 애거사에게(1930년 12월 15일).

46 CAT 애거사가 맥스에게(1931년 10월 10일).

47 CAT 애거사가 맥스에게(1931년 12월 31일).

48 CAT 애거사가 맥스에게(1930년 12월 24일).

25. 여덟 채의 집과 그린웨이 하우스

1 Light(1991; 2013 edition), p. 94.

2 Wyndham(1966); Yiannitsaros (2016), p. 41.

3 《나일강의 죽음*Death on the Nile*》(1937).

4 Yiannitsaros(2016), p. 13.

5 《비밀 결사》(1922).

6 Agatha Christie, "Detective Writers in England", Martin Edwards, ed., *Ask A Policeman*(1933; 2013 edition), pp. xiii-xx, p. xx에 재수록.

7 Humble(2001), p. 124.

8 Dennis(1956), p. 88.

9 Light(1991; 2013 edition), p. 94.

10 *Star*, Thompson(2007; 2008 edition), p. 284에서 재인용.

11 CAT 애거사가 맥스에게(1930년 11월 26일).

12 도러시 L. 세이어스의 말, Edwards, ed. (1933; 2013 edition), p. v에서 재인용.

13 CAT 애거사가 맥스에게(1930년 11월, 날짜 미상); (아마도 1930년 12월 5일, 날짜 미상).

14 Thompson(2007; 2008 edition), p. 506에서 재인용.

15 Mark Aldridge, *Agatha Christie on Screen*(2016), pp. 59-62에서 재인용.

16 CAT 도러시 L. 세이어스가 애거사에게(1930년 12월 17일).

17 CAT 로절린드가 애거사에게(1931년 2월 7일).

18 NT 로절린드 크리스티, 베넨든 학교 성적표(1935년 여름 학기).

19 CAT 애거사가 맥스에게(1930년 11월 5일).

20 CAT 애거사가 맥스에게(1930년 11월 26일).

21 CAT 애거사가 맥스에게(1931년 10월 13일).

22 CAT 애거사가 맥스에게(1931년 10월 23일).

23 CAT 애거사가 맥스에게(1931년 10월 10일).

24 CAT 맥스가 애거사에게(1931년 10월 25일).

25 CAT 맥스가 애거사에게(1942년 9월 27일).

26 《자서전》에는 48번지라고 잘못 나와 있다. Emily Cole, ed., *Lived in London, Blue Plaques and the Stories Behind Them*(2009), p. 211 참고.

27 Gill(1990), p. 10.

28 M.E.L. Mallowan, *Twenty-Five Years of Mesopotamian Discovery*(1959), p. 1.

29 BM 문서고 CE32/42/6, 시드니 스미스(Sidney Smith)에게 보낸 편지(1932년 5월 3일).

30 BM 문서고 CE32/42/25/1(1932년 11월 21일).

31 Michael Gilbert, "A Very English Lady" in Keating, ed. (1977), p. 64에 재수록.

32 Mallowan(1977; 2021 edition), p. 302.

33 Stuart Campbell, "Arpachiyah" in Trümpler(1999; 2001 edition), pp. 89-103.

34 Trümpler(1999; 2001 edition), p. 167.

35 NT 123770.2 애거사가 쓴 원정 준비 쇼핑 목록(날짜 미상).

36 Dr Juliette Desplatt, "Decolonising Archaeology in Iraq?" The National Archive Blog(27 June 2017), https://blog.nationalarchives.gov.uk/decolonising-archaeology-iraq.

37 NT 123609 맥스가 뉴욕 *Mentor* 잡지사에(1929년 9월 29일).

38 Richard Ollard, ed., *The Diaries of A.L. Rowse*(2003), p. 437.

39 Tim Barmby and Peter Dalton, "The Riddle of the Sands, Incentives and Labour Contracts on Archaeological Digs in Northern Syria in the 1930s", University of Aberdeen Business School(2006).

40 Tom Stern, "Traces of Agatha Christie in Syria and Turkey" in Trümpler(1999; 2001 edition), pp. 287-302; pp. 300-301.

41 《침니스의 비밀》(1925).

42 *Come, Tell Me How You Live*(1946; 2015 edition), p. 7.

43 McCall(2001), p. 124.

44 Mallowan(1977; 2021 edition), p. 48.

45 CAT 로절린드가 애거사에게(1936년 1월 27일).

46 CAT 로절린드가 맥스에게(아마도 1936년 5월, 날짜 미상, '목요일').

47 CAT 로절린드가 애거사에게(1936년 5월 25일).

48 CAT 애거사가 로절린드에게(1937년 1월 30일).

49 CAT 애거사가 맥스에게(1944년 4월 9일).

50 Macaskill(2009; 2014 edition), p. 50.

51 콜린 스미스(Colleen Smith) 인터뷰, *Torquay Herald Express*(1990) Macaskill(2009; 2014 edition), p. 50에서 재인용.

52 NT 122918.2, "Survey of the Greenway Estate"(1937).

53 *Country Life*(27 August 1938), p. xviii.

54 NT 122918.22, 구매 영수증(1938년 10월 28일).

55 *Come, Tell Me How You Live*(1946; 2015 edition), p. 242.

26. 골든 에이지

1 《푸아로의 크리스마스*Hercule Poirot's Christmas*》(1938).

2 EUL MS 99/1/1942 애거사가 코크에게(1942년 2월 21일).

3 Wyndham(1966).

4 Elizabeth Walter, "The Case of the Escalating Sales" in Keating, ed. (1977), pp. 13-24, p. 15.

5 *Observer*(29 April 1928).

6 Green(2015; 2018 edition), p. 8.

7 《메소포타미아의 살인》(1936).

8 《테이블 위의 카드》(1936).

9 《죽은 자의 어리석음》(1956); Curran(2009; 2010 edition), p. 87.

10 Cade(1998; 2011 edition), p. 165; Keating(2017), p. 677.

11 "Meet Britain's Famous 'Mrs Sherlock Holmes'", *Sydney Morning Herald*(1 April 1954).

12 *New York Times*(30 November 1930).

13 CAT 애거사가 맥스에게(1931년 12월 17일).

14 Trümpler, ed., (1999; 2001 edition), p. 281.

15 Bernstein(1969).

16 Trümpler(1999; 2001 edition), p. 15.

17 《나일강의 죽음》(1937).

18 Osborne(1982; 2000 edition), p. 129에서 재인용.

19 《메소포타미아의 살인》(1936).

20 Trümpler(1999; 2001 edition), p. 419에서 재인용.

21 *All About Agatha* 팟캐스트, "A Very Special Episode: Interview with Jamie Bernthal"(2020).

22 Light(1991; 2013 edition), p. 92.

23 Curran(2009; 2010 edition), p. 167.

24 《그리고 아무도 없었다*And Then There Were None*》(1939).

25 *New York Times*(25 February 1940).

27. 포화 아래에서

1   Morgan(1984; 2017 edition), p. 233.

2   Janet Likeman, "Nursing at University College, London, 1862-1948", 박사 학위 논문(2002), p. 246.

3   Morgan(1984; 2017 edition), p. 233.

4   Jack Pritchard, *View from a Long Chair, The Memoirs of Jack Pritchard*(1984), p. 19.

5   Robyns(1978; 1979 edition), p. 156.

6   EUL MS 99/1/1940 해럴드 오버가 에드먼드 코크에게(1940년 6월 14일).

7   Mallowan(1977; 2021 edition), p. 167.

8   TNA HO 396/58/188A, 189.

9   주디 서(Judy Suh)의 곧 발표될 글 "Rerouting Wartime Paranoia in Agatha Christie's *N or M?*"; 《N 또는 M*N or M?*》(1941), p. 95.

10 CAT 맥스가 로절린드에게(1940년 7월 3일).

11 EUL MS 99/1/1940 애거사가 코크에게(1940년 7월 31일).

12 Edwards, ed., (1933; 2013 edition), pp. xiii-xx.

13 EUL MS 99/1/1940 애거사가 코크에게(1940년 6월 5일).

14 EUL MS 99/1/1940 애거사가 코크에게(1940년 7월 31일).

15 NT 122921, 국가 등록 신분증.

16 EUL MS 99/1/1942 애거사가 코크에게(1942년 6월 2일).

17 EUL MS 99/1/1940 애거사가 코크에게(1940년 7월 22일).

18 EUL MS 99/1/1940 애거사가 코크에게(1940년 9월 14일).

19 EUL MS 99/1/1940 코크가 애거사에게(1940년 9월 10일).

20 EUL MS 99/1/1940 애거사가 코크에게(1940년 4월 18일).

21 도린 보투어(Doreen Vautour)의 기억, 내셔널 트러스트 수집.

22 EUL MS 99/1/1940 애거사가 코크에게(1940년 7월 22일).

23 EUL MS 99/1/1940 코크가 애거사에게(1940년 8월 29일).

24 Forster(1993), p. 174.

25 EUL MS 99/1/1940 코크가 오버에게(1940년 12월 19일).

26 EUL MS 99/1/1940 애거사가 코크에게(1940년 11월 6일).

27 Janet Morgan(1984; 2017 edition), p. 247에서 재인용.

28 http://bombsight.org/explore/greater-london/camden/gospel-oak.

29 Leyla Daybelge and Magnus Englund, *Isokon and the Bauhaus in Britain*(2019), pp.

164-6.

30 Adrian Shire, ed., *Belsize 2000: A Living Suburb*(2000), p. 96.

31 Shire, ed., (2000), p. 91.

32 Elizabeth Darling, *Wells Coates*(2012), p. 72; Light(2007), p. 181.

33 CAT 애거사가 맥스에게(1944년 3월 2일).

34 EUL MS 99/1/1940 애거사가 코크에게(1940년 10월 22일).

35 James Tatum, *The Mourner's Song*(2003), p. 152에서 재인용.

36 Dorothy Sheridan, ed., *Wartime Women: A Mass-Observation Anthology*(2000), p. 72.

37 Michael Smith, *Bletchley Park*(2013; 2016 edition), p. 32.

38 Harold Davis, "Dame Agatha Christie", *Pharmaceutical Journal*, vol. 216, no. 5853(25 January 1976), pp. 64-5.

39 Celia Fremlin, "The Christie Everyone Knew" in Keating, ed., (1977), p. 118.

40 EUL MS 99/1/1940 로버트 F. 드 그래프(Robert F. de Graff)가 애거사 크리스티에게(1940년 2월 19일).

41 Dennis(1956), pp. 97-8.

42 J. C. Bernthal, "If Not Yourself, Who Would You Be?: Writing the Female Body in Agatha Christie's Second World War Fiction", *Women: A Cultural Review*(vol. 26. 2015), pp. 40-56.

43 Keating(2017), 특히 7장.

28. 딸은 딸이다

1 *Western Mail*(13 June 1940), p. 6; 왕립 웨일스 퓨질리어 연대 박물관 신탁에서 얻은 정보.

2 "Mr Hubert Prichard, majority celebrations at Colwinstone", *Western Mail*(28 April 1928).

3 EUL MS 99/1/1940 애거사가 코크에게(1940년 6월 11일).

4 CAT "Confessions"(1954년 4월 19일).

5 NT 로절린드 크리스티, 베넨든 학교 성적표(1934년 크리스마스 학기).

6 CAT 애거사가 맥스에게(1942년 11월 29일).

7 Anne de Courcy, *Debs at War, How Wartime Changed Their Lives, 1939-45*(2005), p. ix.

8 CAT 애거사가 맥스에게(1942년 8월 31일).

9 CAT 맥스가 로절린드에게(1942년 9월 15일).

10 *Come, Tell Me How You Live*(1946; 2015 edition), p. 13.

11 CAT 맥스가 애거사에게(1930년 7월 29일).

12 Eames(2004; 2005 edition), pp. 247-8.

13 NT 119087.57.7, 그린웨이 정원에 대한 주석이 달린 기사 초안, 오드리 르 리에브르(Audrey Le Lievre) 씀, *Hortus*(Spring, 1993)에 게재.

14 CAT 애거사가 맥스에게(1943년 8월 26일).

15 CAT 애거사가 맥스에게(1942년 12월 15일).

16 Cooper(1989; 2013 edition), p. 103.

17 EUL MS 99/1/1942 코크가 애거사에게(1942년 9월 21일).

18 CAT 애거사가 맥스에게(1942년 11월 22일).

19 CAT 맥스가 애거사에게(1942년 6월 15일).

20 CAT 애거사가 맥스에게(1942년 10월 27일).

21 CAT 맥스가 로절린드에게(1941년 12월 7일).

22 CAT 맥스가 로절린드에게(1942년 9월 15일).

23 CAT 애거사가 맥스에게(1942년 8월 31일).

24 EUL MS 99/1/1942 애거사가 코크에게(1942년 10월 4일).

25 CAT 맥스가 애거사에게(1942년 9월 20일).

26 CAT 맥스가 애거사에게(1943년 10월 16일).

27 *Coventry Evening Telegraph*(22 April 1942).

28 EUL MS 99/1/1941 코크가 오버에게(1941년 1월 3일, 31일).

29 CAT 애거사가 맥스에게(1943년 5월 15일).

30 CAT 애거사가 맥스에게(1942년 10월 27일).

31 CAT 애거사가 맥스에게(1942년 10월 17일).

32 CAT 맥스가 애거사에게(1942년 9월 20일).

33 CAT 맥스가 애거사에게(1943년 1월 12일).

34 CAT 맥스가 애거사에게(1942년 9월 20일).

35 CAT 애거사가 맥스에게(1945년 3월 7일).

36 CAT 애거사가 맥스에게(1944년 5월 6일).

37 CAT 맥스가 로절린드에게(1943년 6월 17일).

38 CAT 맥스가 로절린드에게(1943년 10월 15일).

39 CAT 애거사가 맥스에게(1943년 5월 19일).

40 CAT 애거사가 맥스에게(1943년 8월 8일).

41 GH 애거사가 조지나 허면에게(1960년대 후반, 2월 8일).

42 CAT 애거사가 맥스에게(1943년 9월 22일).

43 CAT 맥스가 애거사에게(1943년 10월 16일).

44 CAT 맥스가 로절린드에게(1943년 10월 15일).

45 Thompson(2007; 2008 edition), p. 341에서 재인용.

29. 삶은 꽤 복잡하다

1 CAT 애거사가 맥스에게(1943년 10월 12일).

2 CAT 애거사가 맥스에게(1943년 10월 20일).

3 CAT 애거사가 맥스에게(1943년 12월 16일).

4 《빛나는 청산가리*Sparkling Cyanide*》(1945).

5 CAT 애거사가 맥스에게(1943년 8월 26일)); CAT 애거사가 맥스에게(1945년, 날짜 미상).

6 CAT 맥스가 애거사에게(1943년 3월 22일).

7 CAT 맥스가 애거사에게(1943년 3월 3일).

8 CAT 애거사가 맥스에게(1944년 2월 20일).

9 CAT 애거사가 맥스에게(1943년 10월 1일).

10 CAT 애거사가 맥스에게(1943년 10월 30일).

11 CAT 애거사가 맥스에게(1943년 10월 20일).

12 CAT 애거사가 맥스에게(1943년 3월 27일).

13 CAT 애거사가 맥스에게(1942년 11월 22일).

14 CAT 애거사가 맥스에게(1943년 3월 12일).

15 CAT 애거사가 맥스에게(1943년 5월 19일).

16 CAT 애거사가 맥스에게(1943년 3월 12일).

17 CAT 스티븐 글랜빌이 애거사에게(1943년 11월 18일).

18 CAT 스티븐 글랜빌이 애거사에게(1943년 3월 9일).

19 CAT 애거사가 맥스에게(1942년 11월 22일).

20 CAT 맥스가 애거사에게(1943년 10월 16일).

21 Curran(2009; 2010 edition), p. 167.

22 Trümpler(1999; 2001 edition), pp. 351; 362-5.

23 Mallowan(1977; 2021 edition), p. 172.

24 Thompson(2007; 2008 edition), p. 331.

25 Trümpler(1999; 2001 edition), p. 28.

26 로절린드의 말, *The Times*(8 September 1990), p. 65.

27 Mallowan(1977; 2021 edition), p. 173.

28 CAT 애거사가 맥스에게(1944년 1월 9일).

29 CAT 애거사가 맥스에게(1944년 8월 2일).

30 CAT 애거사가 맥스에게(1944년 4월 9일).

31 Claire Langhamer, *The English In Love: The Intimate Story of an Emotional Revolution*(2013).

32 《다섯 마리 아기 돼지*Five Little Pigs*》(1942).

33 Howarth(2019), p. xxxiv.

34 CAT 애거사가 맥스에게(1944년 7월 1일).

35 CAT 애거사가 맥스에게(1944년 1월 9일).

36 CAT 애거사가 맥스에게(1944년 3월 2일).

37 CAT 애거사가 맥스에게(1944년 6월 9일).

38 CAT 애거사가 맥스에게(1944년 7월 23일).

39 CAT 애거사가 맥스에게(1944년 4월 28일).

40 매슈 프리처드의 말, Underwood, ed., (1990), p. 65.

41 CAT 애거사가 맥스에게(1944년 5월 25일).

42 EUL MS 99/1/1947/1 애거사가 코크에게(1947년 1월 11일).

43 CAT 애거사가 맥스에게(1944년 8월 25일).

44 CAT 애거사가 맥스에게(1944년 8월 31일).

45 CAT 애거사가 맥스에게(1944년 10월 13일).

46 CAT 애거사가 맥스에게(1944년 8월 31일).

47 CAT 애거사가 맥스에게(1944년 10월 6일).

48 McCall(2001), p. 148.

49 EUL MS 99/1/1951 애거사가 코크에게(1951년 2월 14일).

50 CAT 애거사가 맥스에게(1944년 11월 2일).

51 EUL MS 99/1/1944 코크가 오버에게(1944년 2월 22일).

52 EUL MS 99/1/1944 애거사가 코크에게(1944년 12월 19일).

53 CAT 애거사가 맥스에게(1944년 12월 16일).

54 Norman(2014), p. 91.

30. 메리 웨스트매콧 지음

1 EUL MS 99/1/1942 애거사가 코크에게(1942년 2월 21일).

2 EUL MS 99/1/1944 애거사가 코크에게(1944년 10월 11일).

3 CAT 맥스가 애거사에게(1943년 1월 12일).

4 CAT 애거사가 맥스에게(1943년 4월 14일).

5 CAT 애거사가 맥스에게(1944년 2월 20일).

6 Cade(1998; 2011 edition), pp. 276-7에서 재인용.

7 Mallowan(1977; 2021 edition), p. 195.

8 Curran(2011), p. 191.

9 《할로 저택의 비극》(1946).

10 EUL MS 99/1/1940 애거사가 시드니 홀러(Sydney Horler)에게, 사본(1940년 11월 16일).

11 Wyndham(1966).

12 《자서전》, p. 499.

13 《봄에 나는 없었다*Absent in the Spring*》(1944).

14 Green(2015; 2018 edition), p. 430.

15 Green(2015; 2018 edition), p. 431에서 재인용.

16 Martin Fido, *The World of Agatha Christie*(1999), p. 94.

17 Jeffrey Feinmann, *The Mysterious World of Agatha Christie*(1975).

18 Dorothy B. Hughes, "The Christie Nobody Knew", in Bloom et al, (1992; 2002 edition), p. 20.

19 로절린드의 말, Underwood, ed., (1990), p. 51.

20 EUL MS 99/1/1947/1 애거사가 코크에게(1947년 4월 10일).

21 EUL MS 99/1/1949 애거사가 코크에게(1949년 3월 13일).

22 EUL MS 99/1/1970/2 애거사가 야스오 스토(Yasuo Suto)에게(날짜 미상, 1970년).

23 EUL MS 99/1/1952 코크가 오버에게(1952년 1월 18일).

24 Gill(1990), p. 151.

25 《인생의 양식》(1930).

31. 크고 값비싼 꿈

1 CAT 애거사가 맥스에게(1944년 7월 1일).

2 《딸은 딸이다*A Daughter's a Daughter*》(1952).

3 《할로 저택의 비극》(1946).

4 ons.gov.uk, 영국 내 연간 여성 취업 비율.

5 Viola Klein and Alva Myrdal, *Women's Two Roles*(1956), pp. 1-28.

6 NT 123881 전 해안 경비대원이 애거사에게(1970년 9월 16일).

7 NT 123882 전 해안 경비대원이 애거사에게(1970년 10월 10일).

8 내셔널 트러스트가 수집한 테사 태터셜(Tessa Tattershall)의 회상.

9 NT 122918.3 RJ. 냅턴 앤드 선(Knapton & Son), 건축 및 도급업자, 애거사에게(1945년 7월 28일).

10 EUL MS 99/1/1951 애거사가 미시즈 맥퍼슨에게(날짜 미상).

11 EUL MS 99/1/1952 코크가 애거사에게(1952년 4월 25일); Macaskill(2009; 2014 edition), p. 51.

12 EUL MS 99/1/1958/2 휴스 매시 에이전시 직원이 도러시 올딩에게 보낸 편지(1958년 12월 12일); 99/1/1962/1 휴스 매시 에이전시 직원이 해럴드 오버 어소시에이츠 직원에게 보낸 편지(1962년 2월 21일).

13 *Sunday Dispatch*(30 August 1959), p. 8.

14 NT 123690 그린웨이 물품 목록 및 평가(1942년 10월 12일), p. 21.

15 Bernstein(1969).

16 Morgan(1984; 2017 edition), p. 200.

17 EUL MS 99/1/1950 애거사가 코크에게(1950년 8월 17일).

18 GH 애거사가 조지나 허먼에게(1960년대 후반, 6월 12일).

19 Morgan(1984; 2017 edition), p. 245.

20 Saunders(1972), p. 109.

21 매슈 프리처드의 말, Underwood(1990), p. 66.

22 Saunders(1972), p. 116.

23 《빛나는 청산가리》(1945).

24 *The Times*(8 November 1949).

25 CAT 로절린드가 애거사에게(1949년 10월 23일).

26 Mallowan(1977; 2021 edition), p. 202.

27 CAT 로절린드가 애거사에게(1949년 10월 23일).

28 매슈 프리처드, 개인 대화(2021년 7월 27일).

29 Mallowan(1977; 2021 edition), p. 202.

30 Robyns(1978; 1979 edition), p. 294에서 재인용.

31 CAT 애거사가 로절린드에게(날짜 미상).

32. 그들은 바그다드로 갔다

1   CAT 애거사가 맥스에게(날짜 미상, 1944년 1월 또는 2월).

2   UCLL 고고학연구소 소장이 학술 등록관에게 보낸 서한(1947년 2월 3일).

3   McCall(2001), p. 155.

4   EUL MS 99/1/1950 코크가 애거사에게(1950년 3월 2일).

5   CAT 맥스가 로절린드에게(1947년 5월 5일).

6   Matthew Sturgis, "The century makers: 1931", *Telegraph*(5 July 2003).

7   Robyns(1978; 1979 edition), p. 148에서 재인용.

8   CAT 맥스가 로절린드에게(1947년 5월 5일).

9   Eleanor Robson, "Remnants of empire: views of Kalhu in 1950", oracc.museum. upenn.edu(2016).

10 M.E.L. Mallowan, "The Excavations at Nimrud (Kalhu), 1951", *Iraq* 14, no. 1(1952), pp. 1-23; 1.

11 McCall(2001), pp. 158-9에서 재인용.

12 CAT 애거사가 로절린드에게(1월 7일, 뉴욕).

13 McCall(2001), pp. 194; 162.

14 조지나 허먼, 개인 대화(2022년 1월 18일).

15 Curran(2011), p. 264에서 재인용.

16 CAT 맥스가 애거사에게(1943년 2월 17일).

17 Suh(2016), pp. 63-66.

18 Mallowan(1977; 2021 edition), p. 248.

19 Trümpler(1999; 2001 edition), p. 52.

20 Mallowan(1977; 2021 edition), p. 248.

21 Oates, in Trümpler, ed. (1999; 2001 edition), p. 215.

22 도널드 와이즈먼의 말(Donald Wiseman), in Underwood, ed. (1990), p. 62.

23 Mallowan(1977; 2010 edition), p. 290.

24 EUL MS 99/1/1953/1 코크가 해럴드 오버에게(1953년 2월 6일).

25 도널드 와이즈먼의 말, Underwood, ed. (1990), p. 62.

26 조앤 오츠의 말, Thompson(2007; 2008 edition), p. 420에서 재인용.

27 폴 콜린스 박사, 개인 대화(2021년 4월 27일).

28 Robson(2016).

29 도널드 와이즈먼의 말, Underwood, ed. (1990), p. 62.

30 조앤 오츠의 말, Thompson(2007; 2008 edition), p. 420에서 재인용.

31 도널드 와이즈먼의 말, Underwood, ed. (1990), p. 62.

32 Joan Oates, "Agatha Christie, Nimrud and Baghdad", Trümpler, ed. (1999; 2001 edition), pp. 205-228; p. 211.

33 도널드 와이즈먼의 말, Underwood, ed. (1990), p. 61.

34 Mallowan(1977; 2010 edition), p. 290.

35 McCall(2001), p. 174에서 재인용.

36 Mallowan(1977; 2021 edition), pp. 237, 233.

37 McCall(2001), p. 176.

38 Thompson(2007; 2008 edition), p. 417에서 재인용.

39 Trümpler(1999; 2001 edition), p. 161.

40 https://www.bbc.co.uk/news/world-middle-east-37992394.

41 Eames(2004; 2005 edition), p. 330; 발굴대 숙소는 이 동영상에서 58초에 파괴된다. https://www.bbc.co.uk/news/world-middle-east-37992394.

42 Eleanor Robson, "Old habits die hard: Writing the excavation and dispersal history of Nimrud", *Museum History Journal*(vol. 10, 2017), pp. 217-232, 각주 52번.

43 Sabine Scharnagl, *Agatha Christie in the Middle East*, 토키 박물관의 국제 애거사 크리스티 페스티벌에서 초연한 다큐멘터리(2021년 9월 12일).

33. 전후의 크리스티 랜드

1 《살인을 예고합니다*A Murder Is Announced*》(1950).

2 Humble(2001), pp. 103, 107.

3 Dennis(1956), p. 98.

4 존 맬로원, 개인 대화(2022년 1월 8일).

5 Osborne(1982; 2000 edition), p. 272.

6 Morgan(1984; 2017 edition), p. 270.

7 EUL MS 99/1/1962/1 올딩이 코크에게(1962년 4월 25일).

8 EUL MS 99/1/1964/2 세라 제인 빌(Sara Jane Beal)이 도드(Dodd), 미드(Mead)에게 (1964년 4월 23일).

9 EUL MS 99/1/1964/2 휴스 매시 에이전시 직원이 세라 제인 빌에게(1964년 6월 9일).

10 Arnold(1987), p. 279.

11 EUL MS 99/1/1949 제임스 와이즈(James Wise)가 레이먼드 본드(Raymond Bond)에

게(1949년 1월 21일).

12 EUL MS 99/1/1947/1 오버가 코크에게(1947년 2월 6일).

13 Gill(1990), p. 161.

14 《자서전》, p. 192.

15 EUL MS 99/1/1953/1 코크가 오버에게(1953년 2월 25일).

16 Frelin이 인용, Keating, ed., (1977), pp. 13-24, p. 19; Osborne(1982; 2000 edition), p. 277.

17 "Agatha's last mystery — her fortune", *Chicago Tribune*(26 January 1976).

18 Wyndham(1966).

19 BBC 라디오 라이트 프로그램(Light Programme)에서 애거사가 한 말(1955년 2월 13일).

20 EUL MS 99/1/1949 애거사가 코크에게(1949년 3월 13일).

21 Curran(2011), p. 24.

22 Curran(2009; 2010 edition), p. 44.

23 같은 책, pp. 99-101.

24 같은 책, p. 74.

25 Rowse(1980; 1986 edition), p. 74.

26 CAT 애거사가 맥스에게(1931년 10월 10일).

27 CAT 애거사가 맥스에게(1931년 10월 13일, 16일, 26일).

28 Curran(2011), p. 139.

29 같은 책, pp. 25, 335.

30 노트 36, Curran(2011), p. 355에서 재인용.

31 매슈 프리처드의 말, Underwood(1990), p. 66.

32 로절린드의 말, *The Times*(8 September 1990), p. 65.

33 EUL MS 99/1/1947/1 애거사가 코크에게(1947년 2월 7일).

34 EUL MS 99/1/1952(소개 문구 초안, 날짜 미상).

35 Robyns(1978; 1979 edition), p. 25.

34. 객석 두 번째 줄

1 *Daily Mail*(14 April 1958). 《자서전》에서 애거사는 1000회 상연 기념 파티를 1962년 10주년 파티와 혼동한다. 그럴 만도 하다. 피터 손더스는 파티를 참 좋아했다.

2 Peter Saunders, *The Mousetrap Man*(1972), pp. 7-8.

3 *Daily Mail*(14 April 1958).

4 CAT 애거사가 맥스에게(1945년 1월 31일).

5   Saunders(1972), p. 9.

6   *Daily Mail*(14 April 1958).

7   John Bull, ed., *The Dictionary of Literary Biography volume on British and Irish Dramatists Since World War II*(2001), pp. 98, 281.

8   Green (2015; 2018 edition), p. 1.

9   CAT "Confessions"(15 October 1897); Green(2015; 2018 edition), p. 7.

10 *Daily Express*(16 May 1928).

11 EUL MS 99/1/1940 애거사가 코크에게(1940년 1월 15일).

12 BBC 라디오 라이트 프로그램에서 애거사가 한 말(1955년 2월 13일).

13 Light(1991; 2013 edition), pp. 96-7.

14 EUL MS 99/1/1942 애거사가 코크에게(17 September 1942).

15 Green(2015; 2018 edition), p. 165.

16 CAT 애거사가 맥스에게(1942년 9월 17일).

17 피터 헤이닝(Peter Haining)의 말, Underwood, ed. (1990), p. 71.

18 Aldridge(2016), p. 308에서 흔히 알려진 이 이야기의 진위를 명확히 밝힌다.

19 Saunders(1972), p. 106.

20 Gregg(1980), pp. 50-1, 19, 32, 37, p. 80 반대면; Green(2015; 2018 edition), p. 266에서 재인용.

21 Green(2015; 2018 edition), pp. 305, 320.

22 Saunders(1972), p. 141.

23 EUL MS 99/1/1952 애거사가 코크에게(1952년 2월 3일).

24 *Daily Express*, Green(2015; 2018 edition), p. 367에서 재인용.

25 Saunders(1972), p. 143

26 Lucy Bailey, 〈검찰 측의 증인*Witness for the Prosecution*〉 연출, *Guardian*(28 November 2018)에서 재인용.

27 Green(2015; 2018 edition), p. 318에서 재인용.

28 CAT 애거사가 맥스에게(1945년 1월 3일).

29 Hack(2009), p. 215에서 재인용.

35. 사랑스러운 할머니

1   Dennis(1956), pp. 88-9.

2   EUL MS 99/1/1966/2 코크의 편지(1966년 1월 31일).

3 EUL MS 99/1/1957/1 코크가 로절린드에게(1957년 2월 22일).

4 EUL MS 99/1/1940 애거사가 코크에게(1940년 1월 15일).

5 EUL MS 99/1/1960/1 애거사가 코크에게(1960년 6월 6일).

6 필립 지글러, 개인적 대화(2021년 11월 16일).

7 Wyndham(1966).

8 EUL MS 99/1/1971/1 코크가 아서 F. 처틀(Arthur F. Chuttle)부인에게(1971년 6월 22일).

9 필립 지글러, 개인 대화(2021년 11월 16일).

10 Joseph G. Harrison, "Agatha Christie's life — less interesting than her novels", *Christian Science Monitor*(1 December 1977).

11 Robyns(1978; 1979 edition), p. 31에서 재인용.

12 CAT 애거사가 맥스에게(1931년 10월 23일).

13 Gill(1990), p. 212.

14 EUL MS 99/1/1957/1 코크가 로절린드에게(1957년 6월 27일).

15 EUL MS 99/1/1950 애거사가 코크에게(1950년 9월 8일).

16 EUL MS 99/1/1953/1 애거사가 코크에게(1953년 2월 12일).

17 Robyns(1978; 1979 edition), p. 190에서 재인용.

18 Robyns(1978; 1979 edition), p. 270.

19 CAT 코크가 올딩에게 보낸 편지 사본(1966년 10월 6일)(원본은 EUL에서 찾을 수 없음).

20 Rowse(1980; 1986 edition), pp. 84, 73.

21 Robyns(1978; 1979 edition), p. 192에서 재인용.

22 Gregg(1980), p. 161.

23 마거릿 록우드 인터뷰, *Reynolds News*(17 January 1954), Green(2015; 2018 edition), p. 403에서 재인용.

24 Thompson(2007; 2008 edition), p. 483에서 재인용.

25 Mallowan(1977; 2021 edition), p. 201.

26 Susan Pedersen and Joanna Biggs, "No, I'm not getting married!" *London Review of Books Conversations* podcast(9 June 2020).

36. 크리스티 재산의 미스터리

1 Aldridge(2016), pp. 27-8.

2 같은 책, pp. 82-91.

3 EUL MS 99/1/1955/1 코크가 오버에게(1955년 9월 8일).

4   Green(2015; 2018 edition), pp. 391-2.

5   EUL MS 99/1/1960/1 애거사가 코크에게(1960년 1월 20일).

6   *Daily Mail*(12 March 1960).

7   EUL MS 99/1/1960/3 코크가 로절린드에게(1960년 2월 26일).

8   EUL MS 99/1/1961/1 애거사가 코크에게(1961년 8월 18일).

9   EUL MS/99/1/1961/3 코크가 로절린드에게(1961년 1월 11일).

10 EUL MS 99/1/1961/1 애거사가 코크에게(1961년 9월 17일).

11 Aldridge(2016), p. 150.

12 Aldridge(2016), p. 150에서 재인용.

13 EUL MS 99/1/1964/1 애거사가 팻 코크(Pat Cork)에게(1964년 3월 18일).

14 EUL MS 99/1/1964/2 애거사가 래리 바크먼(Larry Bachmann)에게(1964년 4월 11일).

15 Underwood(1990), p. 40에서 재인용.

16 Hack(2009), p. 213에서 재인용.

17 매슈 프리처드의 말, Underwood, ed. (1990), p. 68.

18 EUL MS 99/1/1964/5 로절린드가 코크에게(1964년 3월 25일).

19 Wyndham(1966).

20 피터 세던(Peter Seddon)이 신문사에 보낸 편지, *The Sunday Times*(1974년 11월 17일), 마크 올드리지에게 감사한다.

21 Gregg(1980), p. 16.

22 Dennis(1956), pp. 88-9.

23 EUL MS 99/1/1949 코크가 오버에게(1949년 1월 20일).

24 EUL MS 99/1/1951 애거사가 코크에게(1951년 4월 16일).

25 EUL MS 99/1/1945 코크가 오버에게(1945년 6월 15일).

26 Osborne(1982; 2000 edition), p. 296.

27 EUL MS 99/1/1947/1 "소득세에 대한 책임······ 1930-1944".

28 EUL MS 99/1/1948 노먼 딕슨(Norman Dixon)이 코크에게(1948년 9월 17일).

29 EUL MS 99/1/1948 코크가 오버에게(1948년 9월 30일).

30 EUL MS 99/1/1950 세무조사관이 휴스 매시 에이전시에(1950년 1월 27일).

31 EUL MS 99/1/1948 애거사가 코크에게(1948년 8월 30일).

32 EUL MS 99/1/1950 애거사가 코크에게(1950년 2월 16일).

33 Adam Sisman, *John le Carre*(2015), pp. 271-2; EUL MS 99/1/1953/2 앤서니가 코크에게(1954년 12월 19일).

34 Lycett(1995), p. 277.

35 EUL MS 99/1/1955/1 애거사가 코크에게(1955년 2월 19일).

36 CAT 애거사가 로절린드와 앤서니에게(1956년 2월 20일).

37 EUL MS 99/1/1956/1 애거사가 코크에게(1956년 1월 8일).

38 EUL MS 99/1/1956/3 로절린드가 코크에게(1956년 6월 2일).

39 EUL MS 99/1/1958/2 로절린드가 코크에게(1958년 12월 5일).

40 매슈 프리처드, 개인 대화(2022년 1월 5일).

41 Janet Morgan, "Christie Dame Agatha Mary Clarissa", *Oxford Dictionary of National Biography*(2017)에 간결하게 요약되어 있다.

42 EUL MS 99/1/1966/2 애거사가 코크에게(1966년 3월 29일).

37. 기묘한 사람들

1 EUL MS 99/1/1960/1 애거사가 코크에게(1960년 9월 16일).

2 CAT 그린웨이에서 애거사가 맥스에게(1942년 10월 27일).

3 《시태퍼드 미스터리》(1931).

4 EUL MS 99/1/1960/1 애거사가 코크에게(1960년 1월 11일).

5 Eames(2004; 2005 edition), pp. 86-7.

6 EUL MS 99/1/1962/2 애거사가 코크에게(1960년 9월, 날짜 미상)(잘못된 폴더에 들어가 있음).

7 Ritchie Calder(1976).

8 출간되지 않은 자신의 회고록에서 이렇게 언급했다. 재닛 모건, 개인 대화(2022년 1월 3일).

9 CAT 애거사가 맥스에게(아마도 1930년 가을, 날짜 미상).

10 에드먼드 크리스핀의 말, Keating, ed., (1977), p. 45에서 재인용.

11 Saunders(1972), p. 109.

12 자비네 샤르나글의 다큐멘터리 *Agatha Christie in the Middle East*(2021).

13 CAT "In the Service of a Great Lady, the Queen of Crime", 조지 가울러의 타자 원고, pp. 5, 16.

14 NT 121991, 클라라 밀러가 쓴 책 "Recipes for Agatha"에 끼워져 있는 목록.

15 내셔널 트러스트에서 수집한 딕시 그리그스(Dixie Griggs)의 회상.

16 Light(1991; 2013 edition), pp. 79-82.

17 McCall(2001), p. 165.

18 EUL MS 99/1/1961/1 코크가 올딩에게(1961년 8월 29일).

19 Ollard, ed., (2003), p. 438.

20 EUL MS 99/1/1968/2 애거사가 코크에게(1968년 10월 18일).

21 엘런 매캐덤(Ellen McAdam), 개인 대화(2021년 4월 8일).

22 CAT 애거사가 로절린드와 앤서니에게(1956년 2월 20일).

23 사우샘프턴 솔렌트대학교 애거사 크리스티 학회 프로그램(2019년 9월 5~6일) 에마 셰클(Emma Shackle)의 초록, p. 9.

24 조지나 허먼, 개인 대화(2022년 1월 18일).

25 매슈 프리처드의 말, Underwood, ed. (1990), p. 65.

26 Rowse(1980; 1986 edition), p. 77.

27 로절린드의 말, *The Times*(8 September 1990), p. 66.

28 CAT 아치가 로절린드에게(1958년 10월 24일).

29 Cade(1998; 2011 edition), p. 257에서 재인용.

30 로절린드의 말, Thompson(2007; 2008 edition), pp. 410-11에서 재인용.

31 매슈 프리처드, 개인 대화(5 January 1922).

32 "Maj-Gen Campbell Christie", *The Times*(22 June 1963).

33 Marguerite Tarrant, "Mathew P", *People*(10 April 1978).

34 Underwood(1990), p. 42.

35 Rowse(1980; 1986 edition), p. 89.

36 필립 지글러, 개인 대화(2021년 11월 16일).

37 CAT "In the Service of a Great Lady, the Queen of Crime", 조지 가울러의 타자 원고, p. 4.

38 조지 가울러의 말, "Devon cream", *Daily Telegraph*(7 October 1993)에서 재인용.

39 CAT "In the Service of a Great Lady, the Queen of Crime", 조지 가울러의 타자 원고, pp. 16-22.

40 Morgan(1984; 2017 edition), p. 239; EUL MS 991/1/1945 애거사가 코크에게(1945년 1월 18일).

41 Faye Stewart, "Of red herrings and lavender: reading crime and identity in queer detective fiction", *Clues: A Journal of Detection*, vol. 27.2(2009), pp. 33-44.

42 Green(2015; 2018 edition), p. 306.

43 Curran(2009; 2010 edition), p. 179.

44 《살인을 예고합니다》(1950).

45 Tina Hodgkinson, "Disability and Ableism", 사우샘프턴 솔런트대학교에서 열린 애거사 크리스티 학회(2019년 9월 5~6일)에서 발표한 논문.

46 매슈 프리처드, 개인 대화(2021년 7월 28일).

38. 여성 탐정의 탄생

1 Mallowan(1977; 2021 edition), p. 227.

2 Wyndham(1966).

3 〈방갈로에서 생긴 일The Affair at the Bungalow〉,《열세 가지 수수께끼*The Thirteen Problems*》(1932), p. 261.

4 CAT 도러시 L. 세이어스가 애거사에게(1930년 12월 17일).

5 Wyndham(1966).

6 Keating(2017), pp. 327, 425.

7 《서재의 시체》(1942).

8 Margery Fry, *The Single Woman*(1953), pp. 31-3, Howarth(2019), p. 154에서 재인용.

9 Keating(2017).

10 CAT 노트 27.

11 Gill (1990), p. 201.

12 《살인을 예고합니다》(1950).

13 Gill(1990), p. 208.

14 Thompson(2007; 2008 edition), p. 373.

15 《쥐덫*The Mousetrap*》(1954), p. 19

16 Gill(1990), p. 203

17 《카리브해의 미스터리》(1964).

39. 떠나야 할 때를 아는 것

1 EUL MS 99/1/1960/1 올딩이 코크에게(1960년 7월 6일).

2 Wyndham(1966).

3 Curran(2011), p. 350.

4 Franks(1970), p. 5.

5 Curran(2011), p. 375.

6 CAT 노트 3, "Notes on Passenger to Frankfurt", p. 30.

7 Osborne(1982; 2000 edition), pp. 340, 42.

8 EUL MS 99/1/1970/2 올딩이 코크에게(30 June 1970).

9 *New York Times*(13 December 1970).

10 EUL MS 99/1/1971/1 코크가 애거사에게(2 August 1971).

11 Macaskill(2009; 2014 edition), p. 73.

12 EUL MS 99/1/1965/2 올딩이 휴스 매시 에이전시 직원에게(1965년 3월 29일).

13 EUL MS 99/1/1971/ 1 코크가 애거사에게(2 August 1971).

14 CAT 애거사가 로절린드에게(July 1971).

15 CAT 로절린드가 애거사에게(20 July 1971).

16 EUL MS 99/1/1966/2 애거사가 코크에게(31 December 1966).

17 Ian Lancashire and Graeme Hirst, "Vocabulary Changes in Agatha Christie's Mysteries as an Indication of Dementia: A Case Study", *19th Annual Rotman Research Institute Conference, Cognitive Aging: Research and Practice*(2009).

18 이언 랭커셔(Ian Lancashire)의 말, Alison Flood, "Study Claims Agatha Christie had Alzheimers", *Guardian*(3 April 2009)에서 재인용.

40. 윈터브룩 하우스에서

1 "Scheme for Torquay flats gets approval", *Herald Express*(1 October 1960); "An appeal against planning refusal", *Torbay Express and South Devon Echo*(3 November 1962).

2 Macaskill(2009; 2014 edition), p. 42.

3 《자서전》, p. 531.

4 CAT 애거사가 맥스에게(1943년 12월 24일).

5 Bernstein(1969).

6 CAT 애거사가 빌리 콜린스(Billy Collins)에게(1970년 10월 28일).

7 Morgan(1984; 2017 edition), p. 365.

8 CAT 노트 28, 뒤로부터 열네 번째 페이지.

9 NT 123654 레지널드 캠벨 톰슨이 맥스 맬로원에게(6월 14일, 뉴욕, 아마도 1934년).

10 Ollard, ed. (2003), p. 437.

11 NT 119087.57.7, 타자로 친 그린웨이의 역사.

12 CAT, 산더미 같은 팬 메일 가운데 몇 가지 사례.

13 마이클 모티머(Michael Mortimer), 개인 대화(2022년 1월 12일).

14 월링퍼드 박물관의 문서고에는 월링퍼드에서 애거사의 삶에 관한 훨씬 많은 정보가 있다. 큐레이터 주디 듀이(Judy Dewey)에게 감사한다.

15 Mallowan(1977; 2021 edition), p. 293.

16 CAT 맥스가 로절린드에게(1943년 10월 15일).

17 McCall(2001), p. 191.

18 Davis(2008), p. 136.

19 CAT 가족 사진 앨범.

20 Morgan(1984; 2017 edition), p. 368.

21 EUL MS 99/1/1966/2 애거사가 코크에게(1966년 3월 29일).

22 *Sun*(16 June 1971).

23 EUL MS 99/1/1971/ 1 코크가 오버의 에이전시에(1971년 6월 21일).

24 EUL MS 99/1/1971/ 1 맥스가 코크에게(1971년 6월 24일).

25 CAT 애거사가 로절린드에게(1971년 여름).

26 EUL MS 99/1/1973/1 올딩이 코크에게(1973년 7월 27일).

27 Curran(2011), p. 407.

28 Curran(2009; 2010 edition), p. 68에서 재인용.

29 CAT 버마의 마운트배튼이 애거사에게(1972년 11월 8일).

30 Aldridge(2016), p. 174.

31 Underwood(1990), p. 41.

32 리처드 굿윈(Richard Goodwin), 개인 대화(2021년 5월 22일).

33 Underwood(1990), p. 41.

34 *The Times*(11 February 1975).

35 리처드 굿윈, 개인 대화(2021년 5월 22일).

36 Mallowan(1977; 2021 edition), p. 215.

37 *Guardian*(9 October 1975).

38 EUL MS 99/1/1975/1 맥스가 코크에게(1975년 7월 31일).

39 Mallowan(1977; 2020 edition), p. 311; GH 맥스가 조지나 허먼에게(1976년 1월 29일).

40 Morgan(1984; 2017 edition), p. 376.

41 "Agatha Christie buried after closed funeral", *Hartford Courant*(17 January 1976).

42 매슈 프리처드의 말, Underwood, ed. (1990), p. 69.

43 GH 맥스가 조지나 허먼에게(1976년 1월 29일).

44 "Remembrance", *Star Over Bethlehem and other stories*(2014 edition), p. 191에 재수록.

45 CAT 애거사가 로절린드에게(날짜 미상, 1971년 7월).

46 CAT 애거사가 맥스에게(날짜 미상, 1930년).

47 《깨어진 거울》(1962).

48 헨리에타 매콜, 개인 대화(2021년 5월 7일).

49 Cade(1998; 2011 edition), p. 280; McCall(2001), p. 193.

50 맥스가 애거사에게(1943년 12월 22일).

51 GH 맥스가 조지나 허먼에게(1976년 1월 29일).

52 CAT 애거사가 맥스에게(1943년 10월 20일).

53 CAT 맥스가 애거사에게(1945년 2월 25일).

54 CAT 애거사가 로절린드에게(1971년 여름).

55 CAT 맥스가 애거사에게(1936년 9월 9일).

56 Thompson(2007; 2008 edition), p. 453에서 재인용.

57 NT 맥스 맬로원 1953년 출생과 사망법에 따른 인증 사본.

58 McCall(2001), p. 196.

59 CAT 애거사가 맥스에게(1930년 5월 21일).

41. 장례식을 마치고

1 Nicholas de Jongh, "Agatha Christie remains unsolved", *Guardian*(13 January 1976).

2 Mary Shepperston, "The Turbulent Life of the British School of Archaeology in Iraq", *Guardian*(17 July 2018).

3 엘런 매캐덤, 개인 대화(2021년 4월 8일).

4 Shepperston(2018).

5 자비네 샤르나글의 다큐멘터리, *Agatha Christie in the Middle East*(2021).

6 "Prolific Author's Fortune Gone", *Los Angeles Times*(2 May 1976).

7 Osborne(1982; 2000 edition), p. 368.

8 Robyns(1978; 1979 edition), p. 271.

9 Green(2015; 2018 edition), p. 15.

10 *The Times*(4 June 1998).

11 Tarrant(1978).

12 헨리에타 매콜, 개인 대화(2021년 5월 7일).

13 Macaskill(2009; 2014 edition), p. 107.

14 NT 119087.1 앤서니 스틴(Anthony Steen) 하원의원이 로절린드에게(2000년 1월 12일).

15 Hawthorne(2009), p. 18.

16 Macaskill(2009; 2014 edition), p. 125에서 재인용.

17 Bearnes Hampton & Littlewood 경매 보고서(2006년 9월 12일).

18 https://www.irishtimes.com/life-and-style/homes-and-property/fine-art-antiques/agatha-christie-and-the-mystery-diamonds-1.1898074.

19 제임스 프리처드, 개인 대화(2021년 5월 4일).

20 CAT 애거사가 도러시 클레이본(Dorothy Claybourne)에게(1970년 10월 21일).

21 Tarrant(1978); *Liverpool Echo*(13 March 1990), p. 8.

22 매슈 프리처드, 개인 대화(2022년 1월 5일).

23 Robyns(1978; 1979 edition), p. 120.

24 신문사에 보낸 편지, *The Times*(1977년 10월 14일).

25 Cade(1998; 2011 edition), p. 131.

26 Angus Calder, *Gods, Men and Mongrels* (2004), p. 2.

27 Beth Gillin, "Dame Agatha herself is still a big mystery", *Chicago Tribune*(11 January 1991).

28 Gill(1990), p. 2.

29 Light(1991; 2013 edition), p. 61.

30 마거릿 록우드의 말, Green(2015; 2018 edition), p. 403에서 재인용.

31 *Come, Tell Me How You Live*(1946), p. 2.

찾아보기

【ㅋ】

단행본·잡지·신문

범죄의 여왕 애거사 크리스티 이야기

초판 1쇄 인쇄 2025년 12월 18일
초판 1쇄 발행 2026년 1월 12일

지은이 루시 워즐리
옮긴이 홍한별
펴낸이 최순영

출판2 본부장 박태근
지식교양 팀장 송두나
편집 송두나
디자인 홍세연

펴낸곳 ㈜위즈덤하우스   **출판등록** 2000년 5월 23일 제13-1071호
주소 서울특별시 마포구 양화로 19 합정오피스빌딩 17층
전화 02) 2179-5600   **홈페이지** www.wisdomhouse.co.kr

ISBN 979-11-7171-565-7 03840